中华灯谜史(1949—2019)上

柳忠良 著

学苑出版社

图书在版编目（CIP）数据

中华灯谜史.1949-2019/柳忠良著.—北京：学苑出版社，2024.1

ISBN 978-7-5077-6881-7

Ⅰ.①中… Ⅱ.①柳… Ⅲ.①灯谜—文学史—中国—1949-2019 Ⅳ.①I207.709

中国国家版本馆CIP数据核字（2024）第036369号

责任编辑：周　鼎
美术编辑：齐立娟
内文排版：逸品书装
出版发行：学苑出版社
社　　址：北京市丰台区南方庄2号院1号楼
邮政编码：100079
网　　址：www.book001.com
电子信箱：xueyuanpress@163.com
联系电话：010-67601101（营销部）、010-67603091（总编室）
印　刷　厂：廊坊市印艺阁数字科技有限公司
开本尺寸：880 mm×1230 mm　　1/32
印　　张：25
字　　数：604千字
版　　次：2024年1月北京第1版
印　　次：2024年1月北京第1次印刷
定　　价：298.00元（全两册）

序

郑育斌[*]

灯谜艺术，源远流长。古老的灯谜艺术之所以能够历代相沿不衰、拥有广泛的群众基础并永葆生命力，盖因其具有深厚的文化积淀和独特的趣味性。中华灯谜发展史，可以说是中华文化发展史的一个缩影。

中华人民共和国成立后的70年，尤其是改革开放以来，是灯谜艺术光大复兴的一个非常重要的时期。编写中华人民共和国成立后70年谜史，是一项原创性工作。要将之写成一部严谨的史学著作，无疑需要大量占有灯谜活动的相关资料，并在深入研究的基础上条分缕析、理清脉络。可想而知，要做成这件事是多么不容易！可喜的是，面对这样一项意义非凡且难度超常的工作，柳忠良先生凭着强烈的文化使命感和敢于担当的实干精神，硬是以一己之力扛了下来，而且成果可圈可点。

近日，柳忠良先生把其编著的《中华灯谜史（1949—2019）》的电子稿发给我，让我先睹为快。记得在2015年10月底湖南浏阳举办的"第三届湖南灯谜节"期间，柳忠良先生告知我们几位谜友，说他正在编写《中华灯谜史》，当时大家都有些疑惑，也并不太在意，因为我们深知，仅凭一个人的力量，要完成一部浩

---

* 郑育斌，中国民间文艺家协会中华灯谜学术委员会主任。

瀚巨著的编纂工程，谈何容易！令我们惊喜的是，时隔三年，他的《中华灯谜史（先秦至民国）》于2019年出版，如今他的《中华灯谜史（1949—2019）》又即将问世。

《中华灯谜史（1949—2019）》共50多万字，全面系统地梳理、归纳、记录了当代中华灯谜发展史，勾勒出中华灯谜从1949年至2019年的发展全貌。作者按时间顺序，分4个阶段5个章节对这个时期灯谜发展情况进行了描述，从"谜事概况""大型活动""灯谜作品""灯谜组织""灯谜研究""灯谜传承""灯谜书刊""灯谜理论"诸方面做了介绍，纲举目张，体例清晰，史料取舍谨严。作者正视历史、尊重历史，如实征引，叙事、评述质朴平实，不率意臆想发挥。例如，在"别解方成谜""谜面成句加引号""造底谜""谜材延伸"等问题上，他不囿于己见而下结论，只是如实记录具体情况。又如，对谜人身份，柳忠良先生不任意评骘，一概以谜人行事表述，并说明"至于某谜人是否成'家'，待后人结论和传说"。反观当今一些所谓名人辞典的编者，一味照搬入选者提供的个人简历等材料，连起码的审核都没有，导致此类辞典充斥自吹自擂、言过其实之语。相比之下，柳忠良先生在这一点上的把握值得称道。再如，作者考虑周详，将"少数民族谜语""部队灯谜活动""儿童谜歌"等方面内容如实罗列，使此书更能全景式呈现当代灯谜发展概貌。

柳忠良先生早年毕业于汉语言文学专业，之前出版了10多本谜著，而且是《中钢衡重志》的编者之一，在灯谜著述、史志编写方面积累了不少成功经验，因而他在谜史研究和编著方面拥有相当的优势。

综览全书，笔者的感觉是，此书比较全面也比较客观地展现了当代中华灯谜史的灿烂风貌，也填补了中华灯谜史研究的一个空白。显然，此书的出版，对于读者特别是灯谜爱好者了解当代中华灯谜发展情况,很有助益。从这一意义上说,它是一部传播灯谜艺术、弘扬优秀传统文化的大众读物。而对于研究中国民间文学史和中国大众文化的学者来说,此书无疑具有文献价值和史鉴意义。

诚然,作为系统研究并编写当代中华灯谜史的"第一个吃螃蟹的人",柳忠良先生由于手头资料所限,在史实记录、谜作举证等方面难免有一些遗珠之憾。比如,"大型活动"方面,漳州于20世纪80年代多次举办"漳州市九县一区元宵灯谜会",无论是活动形式、参与人数、活动内容,还是所产生的社会影响,在那个时期均有一定意义,但本书只简单提及一届。又如,在"灯谜作品"方面,有些章节的谜例过多而有些章节偏少,有些甚至未能录入。细究之下,我们还能找出其他瑕疵。当然,瑕不掩瑜,该书仍不失为一部值得拥有的好书。笔者相信,此书出版后,作者会采纳谜界人士反馈意见,陆续补充史料,今后修订时必会更臻完善。

柳忠良先生自20世纪80年代起就笃嗜谜艺,好学敏求,特别是在谜史研究方面硕果累累,谜坛有目共睹。他勤勉过人,殚精竭虑,一心只为中华谜坛多做贡献。自打退休后,他为了撰写《中华灯谜史》,经常每天工作8小时以上,几百万字的资料和书稿,都是他自己一个字一个字地在电脑上敲打出来的。我们谜友中有一个"灯谜文史群",柳忠良先生与笔者都在群中,从平时的交流可知,他为了收集更多的灯谜史料,只要获知有他手头没有的谜书,都会不惜代价、想方设法搜寻到手。在柳忠良先生的身上,集中体现了中国当代谜人淡泊名利、默默耕耘、无私奉献的宝贵精神。

盛世修史,功在千秋。中华灯谜当代70年,昭示着中华灯谜大有希望的未来。当代谜人,理应明察中华灯谜的发展轨迹,把握中华灯谜发展的历史规律,以承先启后、继往开来的历史使命感,续写中华灯谜新的辉煌。

值此《中华灯谜史(1949—2019)》出版之际,欣喜之余,爰作数语,以谂读者。

庚子夏日于文心阁

目 录

上 册

序 / 001

第一章 社会主义改造与建设时期的灯谜
（1949年10月至1966年5月） / 001

 第一节 谜事概况 / 003
  一、猜谜活动 / 003
  二、谜语传播 / 020
  三、灯谜组织和谜人 / 034

 第二节 灯谜作品 / 043
  一、时政谜作 / 043
  二、大众谜风 / 052
  三、花色特色谜 / 060
  四、寓教事物谜 / 071

 第三节 谜学研究 / 089
  一、谜语研究 / 089
  二、灯谜研究 / 100

 第四节 谜语书刊 / 106
  一、出版社出版 / 106
  二、各地内印 / 111

第二章 "文革"与转折时期的灯谜
（1966年5月至1978年）/ 113

第一节 谜事概况 / 114

一、"文革"时期谜事概况 / 114

二、转折时期谜事概况 / 119

三、"文革"和转折时期的灯谜组织 / 125

第二节 "文革"时期谜作 / 127

一、时政灯谜 / 127

二、雅谜格谜 / 130

三、时新童谜 / 132

第三节 转折时期谜作 / 134

一、时政灯谜 / 134

二、时新谜语 / 136

第四节 灯谜书刊 / 140

一、出版社出版 / 140

二、各地内印 / 141

第三章 改革开放至20世纪末的灯谜（1979年至2000年）/ 144

第一节 谜事概况 / 146

一、促进繁荣的谜事 / 146

二、广泛多样的活动 / 155

三、特殊群体的谜事 / 178

第二节 大型活动 / 188

一、改革开放至调整时期的活动 / 189

二、调整时期至20世纪末的活动 / 212

三、谜事活动兴盛的城市 / 226

目 录

第三节　灯谜组织　/ 227
　　一、中华灯谜学术委员会　/ 228
　　二、全国职工灯谜联谊会　/ 235
　　三、省域属地灯谜组织　/ 238
　　四、学校及生肖宗亲等谜社　/ 258
　　五、网络谜社及网站　/ 262

第四节　灯谜作品　/ 265
　　一、猜赛灯谜　/ 265
　　二、各类谜语　/ 280
　　三、灯谜鉴赏　/ 298

第五节　灯谜传承　/ 305
　　一、灯谜之乡　/ 305
　　二、谜坛骨干　/ 311
　　三、知名谜人　/ 322

第六节　灯谜理论　/ 339
　　一、谜学理论的新成果　/ 339
　　二、"别解方成谜"的讨论　/ 343
　　三、谜旨谜艺探讨　/ 353
　　四、谜人情况调查　/ 364

第七节　灯谜书刊　/ 373
　　一、繁荣谜书新事　/ 373
　　二、谜书简介　/ 376
　　三、谜刊谜集　/ 385

下 册

第四章　进入21世纪后的灯谜（2001年至2019年）／401

第一节　灯谜活动　／404
一、中国谜语大会等广电谜事　／404
二、中华灯谜文化节　／415
三、省域和跨地区灯谜赛会　／420
四、网络灯谜竞赛　／470
五、学校、部队及其他谜事活动　／480

第二节　灯谜组织　／491
一、中华灯谜学术委员会　／491
二、中国职工灯谜协会　／498
三、省域属地及跨地域灯谜组织　／503
四、网络谜社及网站微信平台　／505

第三节　灯谜作品　／512
一、大众普及谜作　／512
二、适度回互谜作　／518
三、深度回互谜作　／526
四、主题专类谜作　／536
五、其他各类谜作　／543

第四节　灯谜传承　／553
一、非遗谜语（灯谜）项目　／553
二、灯谜传承基地　／573
三、谜坛骨干　／582
四、知名谜人　／589

第五节　灯谜理论　/ 596
　　一、灯谜传承与发展的讨论　/ 596
　　二、谜语（灯谜）申遗的理论与实践　/ 602
　　三、灯谜进校园的研讨与经验交流　/ 608
　　四、地域灯谜文化研讨　/ 618
　　五、百花齐放的谜学研究　/ 626
第六节　灯谜书刊　/ 634
　　一、繁荣谜书新事　/ 634
　　二、文化工程和郭龙春谜书奖谜书　/ 643
　　三、例选谜书简介　/ 649
　　四、谜刊谜集　/ 655

第五章　台港澳地区及海外华人谜事
（1949年10月至2019年）/ 660

第一节　台湾谜事　/ 660
　　一、谜事概况　/ 660
　　二、灯谜活动　/ 665
　　三、谜社谜人　/ 673
　　四、灯谜作品　/ 680
　　五、灯谜书刊　/ 687

第二节　港澳谜事　/ 692
　　一、谜事概况　/ 692
　　二、谜社谜人　/ 700
　　三、灯谜作品　/ 702
　　四、灯谜书刊　/ 708

第三节　海外华人谜事　/ 714
　　一、泰国　/ 714

二、新加坡 / 736
三、马来西亚 / 748
四、菲律宾 / 756
五、美国及其他 / 759

附　录　当代灯谜史编纂的若干思考 / 782
后　记 / 786

第一章 社会主义改造与建设时期的灯谜

（1949 年 10 月至 1966 年 5 月）

1949 年 9 月 30 日，中国人民政治协商会议第一届全体会议发表宣言："中华人民共和国现已宣告成立，中国人民业已有了自己的中央政府。""中国的历史，从此开辟了一个新的时代。"10 月 1 日的开国大典上，毛泽东主席庄严宣告中华人民共和国中央人民政府成立了。

中华人民共和国诞生后的一段时期为社会主义改造和建设时期，即新中国成立初期的社会主义改造和随后的社会主义建设全面展开时期（1949 年 10 月至 1966 年 5 月），俗称新中国成立后 17 年。

关于新中国的文化建设，在 1949 年 7 月北平召开的第一次中华全国文学艺术工作者代表大会上就达成了共识，核心内容是把毛泽东《在延安文艺座谈会上的讲话》提出的"文艺为人民服务，首先是为工农兵服务"的方针，确定为今后全国文艺运动的总方向。1953 年 9 月，我国召开了第二次文代会。会议期间，中共中央提出，文化艺术工作的方针和任务是：积极发展为人民所需要的文学艺术创作，以社会主义精神教育广大人民，鼓励群众努力参加国家经济建设，并逐步满足群众日益增长的文化要求。又提出：文化工作的首要任务是积极发展适合群众需要的新的文学艺术和电影的创作，同时对民间原有的各种艺术和文化娱乐形式应广泛地、正确地加以发掘、利用、改革和发展。

在国家文化建设的方针政策的指引下，中国文化艺术发展进入了一个新时期，中国传统文化之一的灯谜文化也进入一个新阶段。这个阶段，灯谜活动面向基层、面向群众，在属地党政宣传文化部门的领导下进行，单位社团和群文场馆组织开展；灯谜作品讲求通俗、大众、时政、健康；活动形式主要是传统的口头传猜、悬谜展猜、谜会报猜、作品阅览商猜；灯谜在配合时政宣传、辅助教育和活跃大众文化娱乐生活中发挥了作用。

这个阶段，灯谜活动的活跃程度呈两头平淡中段较为兴盛的状况。灯谜活动这种娱乐性的文化活动，与人们的社会生活状况密切相关。中华人民共和国成立之初，中华大地万象更新的同时，人们面对很多的困难和问题。当时，在军事上，人民解放战争还在继续；在经济上，要面对继承的一个生产萎缩、民生困苦的千疮百孔的烂摊子；在国际上，面临着帝国主义对新中国实行政治孤立、经济封锁和军事包围。人们紧张忙碌地投入清剿匪特、国民经济恢复、土地制度改革、抗美援朝、镇压反革命、"三反""五反"运动和社会各方面的民主改革等工作，很少精力涉足娱乐文化活动。平淡的灯谜活动持续了新中国成立之初的几年。随着社会主义改造的基本完成和社会主义制度的建立以及全面的大规模的社会主义经济建设开始，人们的社会生活改善，精神状态振奋，娱乐文化活动也随之活跃起来，形成了1956至1959年持续4年的群众性灯谜活动的小热潮。从1960年开始，我国面临新中国成立以来前所未有的严重经济困难，人们很少暇心从事娱乐文化活动，从而形成60年代前期，灯谜活动处于平淡。新中国成立后的17年间，灯谜活动在艰苦奋斗的岁月仍然不断开展，持续地传承、创新、发展了灯谜传统民俗文化。这是新中国传承和弘扬中华优秀传统文化的一个方面体现。

第一章　社会主义改造与建设时期的灯谜（1949年10月至1966年5月）

第一节　谜事概况

17年间的灯谜活动与之前相比，新变化新特点的突出方面是：面向基层、面向群众。

一、猜谜活动

新中国成立后，党和政府加强对群众文化工作的领导。中央人民政府文化部、中华全国总工会、中国新民主主义青年团中央委员会等都作出加强群众文化工作的决议，提出有领导、有计划地开展群众文化艺术活动。群众文化工作内容之中包含着利用受人民群众欢迎的谜语这种活泼的文化形式，去丰富人民群众的文化生活。群众性的灯谜活动主要由基层文化单位或工会管理的文化宫、文化馆和工人俱乐部组织进行。其时，文化宫、文化馆和俱乐部的工作范围中包含有组织职工开展健康的文化娱乐活动的内容。《工人日报》1955年7月1日社论《工会俱乐部是共产主义教育的中心场所》说："组织职工群众的正当休息，就是组织职工群众喜欢的各种游艺、棋类、野游等活动。"其时，在文化宫、文化馆、俱乐部和学校、工厂、机关、团体的组织下，全国各地经常开展群众性灯谜活动，尤其是我国东南部和中部地区更为活跃。

北京

灯谜活动频繁的城市。这一时期，元旦、春节、元宵节、儿童节、国庆节等节庆游园，市劳动人民文化宫、市少年宫、鼓楼等处有灯谜活动。如：1949年12月21日斯大林七十大寿之日，石景山发电厂职工举办祝寿晚会，会上进行了猜灯谜。20世纪50年代初中期，首都图书馆多次举办规模较大的灯谜晚会。当时在首都图书馆担任行政工作的薛汕回忆说：有一年的元宵节，有感于在南国这一夜是花灯高照，谜棚处处，绝不会寂寞以度。于是心血来潮，搞了一个"图书灯谜"晚会，借以招徕读书的人。哪知小小的厅堂，几乎挤破墙壁，而鼓声咚咚，以为猜中的号音，却是当地从未之闻。不久以后，这个做法就传染到其他的部门去了。中国新民主主义青年团北京市委员会为了丰富春节期间文化娱乐活动的内容，编印了《谜语和游戏》资料。其中的"谜语"分适应小学程度、适应中学程度、适应大学程度的深浅层次，供基层选择使用。1956年元旦，首都17000多名儿童在苏联展览馆欢乐聚会。在猜灯谜的地方，儿童们三三两两地在研究着、争论着，如同学习讨论会一样。1956年2月，华侨学生和首都青年在工业馆大厅举行春节联欢活动，工业馆两旁的四间游戏室里设猜灯谜。1957年前后，北京印刷二厂编印的每期《印工周报》上的"每周一谜"最吸引人。前三名猜中的人照例发给一张精印的画片。1959年国庆，郊区的南苑人民公社举办社员联欢晚会，猜灯谜为系列活动之一。1960年12月30日，北京电视台特地为少年儿童举办"电视猜谜会"，孩子们可以一面欣赏戏剧，一面猜谜。1961年1月19日《人民日报》特别报道北京汽车制造厂总装车间别开生面的宿舍晚会中的猜谜活动说："在楼梯附近的过道两旁，灯谜爱好者们专心致志地揣摩着挂在门口墙上的各种谜语。从车间下放到食堂当炊事员的共青团员杨正标，收拾干净炊具，就穿着白色工作服猜灯谜来了。他端详着'春回大地（打一句现代成语）'的谜语细心琢磨，终于悟出了谜底是'东风压倒西风'，乐得心花怒放地把谜底告诉了发奖者。"1962年2月2

第一章 社会主义改造与建设时期的灯谜（1949年10月至1966年5月）

日晚上，北京归国华侨200多人在华侨大厦举行春节联欢晚会，活动项目中有猜灯谜。60年代初中期，北京人民广播电台连年举办春节文艺猜谜晚会。

天津

1951年，天津电台文艺科组织谜语研究小组，成员有寇泰逢、邵守梅等近10名谜语爱好者。小组每星期日活动一次，由文艺科高心一、陈兰具体主持。电台每播完一批谜语，第二天就在《新生晚报》刊出。1956年4月7日新华社消息说：天津高等学校的教授、讲师和他们的家属1000多人，在天津市干部俱乐部里举行春假游园会。游艺室里悬挂着100多条谜语，这些谜语联系了物理、化学、历史、语文等各方面的科学知识，猜到任何一个都有奖品。南开大学历史系讲师来新夏猜到了6条有关历史知识的谜语。1958年12月11日《人民日报》消息说：天津市南开区红旗人民公社第七大队的公休日活动真是多种多样，大家分头去游艺室、谜语室、乒乓球室、少年之家。谜语室的人挤得更多，这是个脑力测验游戏很有趣。有一个打本村一人名的谜语，叫"八戒拜孔融为师"，围着的人都在琢磨着"这是谁呢"？老徐走了过来，大家对老徐说："你脑子快，你猜猜这是谁。""八戒是猪（朱），拜孔融为师？啊，这是学他谦让？准是理发所朱学谦吧。"大伙都哈哈笑了，说："对，你真行！"

河北

石家庄解放后的第二个新年来临之际的1948年12月31日，石家庄市立女子中学召开师生联欢会，会上有猜灯谜活动。1949年1月初，张家口市民众教育馆总馆及分馆先后成立。总馆夜间举办灯谜游艺会，吸引数千人；第一分馆也举办了灯谜晚会。1950—1958年元宵节期间，武安市灯谜活动再度兴盛，"一化三改"后，灯谜活动改由街道或生产队主办，其中六街东关街谜会、五街北关谜会、二街菜园街谜会和南关谜会比较红火。其时，仍有个人出资办谜会的，如小西关街任子兴曾多次在自家门前举办灯谜会猜。1951年1月，武安师范学校举办元旦谜会。1953年4月，武安三联校举办儿童节谜会。1956年元旦，武安城关高小举办师生迎新年谜会。1962年至1965年，武安小西关街、北关街、南关街、菜园街都先后举办灯谜会猜活动。

其时，河北电台一档谜语节目受到国家推介。中央广播事业局地方广播部编1957年10月19日《广播动态（第110期）》，刊发戴观田文《我们的猜谜语节目很受欢迎》。文章介绍：从1957年5月6日开始，河北台在文艺节目中举办了猜谜语节目，每天播送一两个谜语。这个节目受到广大听众的热烈欢迎，并且吸引了大批来稿。5个多月来，共收到来稿570件，谜语1979则。最多时，一天收到来稿30件以上，来稿者年龄有63岁的老大娘，也有四年级小学生。这些谜语大都以他们所熟悉的事物为题材，如写劳动工具、自然景色、娱乐用具等。猜谜语节目丰富了群众的文化生活。高阳县一区耿庄乡徐果庄村农业社员推康满盈为代表写信说："自从电台举办猜谜语节目以来，引起了我们浓厚的兴趣，我们每天都听，第二天一到地里，大家就兴奋地谈论起昨天的谜语，你猜东，我猜西，哈哈大笑一阵，真是有意思。大家都说'猜谜语是解除疲劳的法宝'。的确，大家一猜谜语，干着活忘了累了，越干越有劲。"雄县小步村红旗一社的初中毕业生邵培价等来信说："听了贵台的猜谜语节目，得到不少心得和锻炼脑筋的经验。"有不少农民来信说这是他们第一次拿起笔写稿。望都县康复医院、保定疗养院等院的休养员纷纷来信表示，这个节目给病床上的枯燥的生活增添了乐趣。保定砖瓦厂、机械厂等工人也来信说这个节目丰富了他们业余的文化生活。很多人在来信上说今天的电台真正是为他们服务的，并表示了他们对党、对

第一章　社会主义改造与建设时期的灯谜（1949年10月至1966年5月）

社会主义的热爱。希望这个节目能长期办下去，同时还给节目提供了不少意见。另外，这一节目的播出对于搜集和整理谜语还起了一定的作用。文章还介绍：这个节目是领导几次强调文艺节目要为工农兵服务，办他们喜闻乐见的节目，才办起来的。开始时，没有预料到这个节目会引起群众这么大兴趣，只是一个编辑捎带着办。后来稿件来多了才重视起来，用一个编辑的主要力量办。办这个节目，编辑尽可能多用基本群众来稿，播出时候加以介绍。介绍稿尽量写得亲切，想办法打动听众，形式也经常变换。

内蒙古

解放后，举办灯谜活动成为赤峰市文化馆的任务之一，每年元宵节前后，在文化馆内举行会猜。1961年元旦，呼和浩特市文化馆举办猜灯谜活动。同年春节前夕，内蒙古冶金矿山机械厂和附近的好几座工厂，联合举办大规模的文娱晚会，邀请郊区西菜园等农村人民公社的社员们参加工农大联欢。联欢会的游艺场中任凭喜好参加灯谜、掷圈、打靶等节目。

辽宁

20世纪50年代中期至60年代中期，沈阳的沈河区、和平区等市内几个区文化馆、图书馆和许多企事业单位工会，经常在节假日里开展群众性灯谜活动。1963年6月，沈阳市工人文化宫灯谜研究组举行了一次以"字字双"为专题的创作竞赛，石彧保存了这次竞赛的记录资料。"文化大革命"期间，石彧的书籍和笔记被红卫兵视为"四旧"强行"扫"去焚毁，唯这份记录侥幸剩下。1979年，石彧将这个资料整理刻印为《字字双灯谜集》，赠送给参加南京"全国九城市灯谜会猜"的与会代表。这本谜集汇编以曲牌名"字字双"为谜底的谜作140则，作者韦荣先、石彧、陶士正、马书荣、关竹轩、潘吉超等，都是"文革"前沈阳谜坛的活跃分子。

吉林

1957年初，长春市各文化单位为了使儿童们愉快地度过寒假和春节，筹办了一些有趣的活动，其中一项是在长春市儿童电影院举办元宵节灯谜晚会。1963年和1964年灯节期间，长春市谜事活动兴盛，除市工人文化宫举办灯谜活动外，全市主要街道悬灯结彩，设灯谜数十处。

黑龙江

1951年2月中苏友好条约签约一周年之际，哈尔滨铁路文化宫连续两天举行庆祝活动，活动中有猜谜。1962年12月31日，哈铁文化宫举行哈尔滨铁路局直属机关职工新年联欢晚会和游艺活动，灯谜为主要内容之一。

上海

灯谜活动的活跃区域。余真《打灯谜》前言介绍："打灯谜在晚会的文娱活动中，是一个很受欢迎的节目，越来越多的群众对灯谜游戏发生了兴趣。过去灯谜游戏只出现于春节或灯会里；现在，逢着节日前后或周末的联欢晚会，都有打灯谜的游戏活动。过去只是流行于少数知识分子队伍中间；现在已成为广大群众喜爱的娱乐。"《灯谜集锦》介绍："解放以来，不论在节日联欢，乃至俱乐部、文娱室、红角等日常文化休息的场所中，都经常举行猜灯谜的游戏；并且在不少地方的工人文化宫、俱乐部等群众文娱活动的阵地，以及学校、工厂、企业、机关的文娱组织中，都组成了业余灯谜研究小组，经常进行创作和游戏活动。"其他渠道的猜谜活动，如：1952年的中苏友好月里，上海联合广播电台儿童园地举办主题猜谜活动。1964年春节，《人民日报》记者来到上海一条普通的街道见到，丽园路街道的文化馆、图书馆全部开放，孩子们有的在看连环画，有的在猜灯谜。

第一章　社会主义改造与建设时期的灯谜（1949年10月至1966年5月）

江苏

1954年以前，南京市工人文化宫成立了灯谜小组，组长王嵩华，组员有张亚谟、刘干臣、白生祥、柳兆兴、吕天保等10余人。节日期间，对外开展灯谜活动，出过几本灯谜小册子。1955年1月，南京工学院的青年宫里开放了同学们自己建筑的"智慧洞"，洞内有谜语、科学问答等文娱节目。1955年元旦，苏州第一工人俱乐部举行迎新年猜谜活动后，谜事日盛。第二年，王能父、张荣铭、周宗廉、孙同庆、俞瑞元等一批灯谜积极分子联络筹建谜组，最早有组员10余人。谜组持续正常活动至"文革"，其间，编辑谜刊10余期。1956年，常熟市工人文化宫辟灯谜室，悬灯挂谜，逢节假日开放，谜赠为信封、书签等。1957年5月编印的《灯谜集》附言云："文化宫自元旦以来，广泛地吸引与发动职工群众进行创作，并取得各地兄弟单位的支援，使灯谜活动能经常地开展起来，受到了广大群众及其家属的喜爱。"又韦梁臣《常熟灯谜古今谈》描述：20世纪60年代初，逢新正，市政协各文艺研究组在政协礼堂当场制谜悬猜，中者赠以小奖品。谜作如："清晨当户立，岚影人眸来"猜成语"开门见山"，"加加林返回地球"猜本市政协人名"归星海"等。

浙江

1949年后，温州市图书馆前馆长梅冷生首创其风，每逢春节、元宵、国庆均举办谜会，聚众猜射。曾子辉也在公园路创办居民文化室，每晚都悬谜供人猜射，曾轰动一时。1957年，柯国臻主持市工人文化宫工作后，大力倡导灯谜活动，使温州谜坛日趋繁荣。至"文革"前，全市创制了数以万计的谜作，编印《白鹿文虎》《强弩》《商谜录》等多种谜刊。1965年，温州市工人文化宫举行了"字谜比质比巧赛"。20世纪50年代，湖州地区部分城镇的谜人自发结社，开始了正常的灯谜活动。

福建

漳州谜坛兴盛，文化、卫生、银行、工会、政协等部门、团体经常开展灯谜活动。1952年，有关部门在市区天主教堂举办综合游园活动，设灯谜专场。1956年后，漳州（今芗城区）文化馆在中山公园和工人俱乐部开展节日和周末猜谜，与文娱、曲艺、球赛合称"四果汤"。灯谜活动由文化馆灯谜组陈燕贻、柯如瑛、温而理等创制谜作和主持开猜。1962年春节，举办了为期6天的灯谜擂台赛。其时，龙海县、诏安县的灯谜活动也蔚然成风。永安县工人俱乐部每年春节举办灯谜晚会。《谜语趣话》作者雷风行回忆，1960年前后他在永安县中学读书时就深深爱上灯谜，总是灯谜晚会的常客。

湖北

20世纪50年代中期，武汉硚口、武昌工人文化宫组织开展灯谜活动，成立了业余灯谜组，黄有材、金仲初等还编印了灯谜资料。1956年7月30日，湖北省和武汉市教育局联合在文化俱乐部举办暑期教师联欢晚会，在正廊中和葡萄架下设猜谜游戏，武汉市2000多名教师参加。解放初期，宜昌市工人文化宫和宜昌市文化馆相继成立，将灯谜活动纳入群众性的文娱活动范围。逢年过节，在广场上或走廊里悬挂一些谜笺，供市民群众进行有奖猜射。那时的奖品极其菲薄，只是一些铅笔、橡皮擦之类的东西，但群众仍然感到很新鲜、有乐趣。当时市工人文化宫和市文化馆所悬猜的灯谜，都是从谜书上抄来的，还没有宜昌人自己的谜作。因此，只要一书在手，就能百发百中，谈不上什么谜艺水平。这样的活动维系了30多年。1958年，华中师范学院毕业后留校从事民间文学教学的刘守华（1935年生，1987年起任教授，博士生导师，《中国民间文艺学年鉴》主编，湖北省民间文艺家协会主席）下放到宜昌地区的草埠湖农场。劳动之余，他常和周围的农工们猜谜，用家乡沔阳的谜语作引子，把他们家乡当阳、枝江、长阳一带的谜语引出来，日积月累，记下了500来首，在1959年的《民间文学》上选刊了20多首，据此写出多篇民间谜语研究文章。

湖南

20世纪五六十年代中期，城乡文化单位举办灯谜会。1963年11月，长沙市工人文化宫举办灯谜征稿。从征稿中挑选出250余条灯谜装订成《职工创作灯谜汇编》，寄发给全市各基层单位。基层单位工会、文化宫、俱乐部收到资料后，用于组织群众猜谜活动。

广东

1954年，广州的群众娱乐场所陆续开展了猜谜活动。1955年，一群热心于灯谜事业的业余爱好者，以谜会友，志同道合，在广州市第一工人文化宫成立了嘤鸣春灯社。"嘤鸣"一词，取自《诗经》的"嘤其鸣矣，求其友声"。由于谜社的主要成员来自教育系统，有较好的文学修养和各方面的知识，因而其灯谜作品从谜面到谜讲内容，都有较强的文采和知识性。谜坛最兴旺的1957—1959年，岭南文化宫、西区文化公园、广州市各工人文化宫、各工人俱乐部都陆续有了经常性的群众猜谜活动。每逢周末、假日，爱好者们就守候在嘤鸣春灯社主持的谜坛前面，挤得水泄不通。1959年，当时的广东省委书记陶铸和广州市长朱光亲临广州文化公园，站在人群中，和群众一起参加猜谜活动，态度谦逊，连续中的，使在场者赞不绝口。晚会结束时，他们对谜社为群众提供了如此美好的良夜表示感谢，并一再嘱咐谜社同人，要努力使灯谜这颗祖国文化的明珠发扬光大，更好地为群众服务。(《广州研究》1984年第4期)

17年中，潮汕地区的灯谜活动相当活跃，是当时国内谜坛的活动中心之一。1952年，汕头市工人文化宫组织灯谜组，每逢周末、节日进行灯谜开猜。澄海县、潮安庵埠、潮州、揭阳、普宁、潮阳、饶平、南澳等地工人俱乐部、文化宫、文化馆也相继成立灯谜组。至20世纪60年代初，每逢节假日，灯谜组织都开设谜台，开展群众性的灯谜活动。潮汕的基层灯谜组织星罗棋布。1963年劳动节期间，汕头市工人文化宫主办基层工会灯谜会猜，汕头市房管局、市陶瓷工艺进出口公司、石油煤炭公司、盖一电池厂、饼干厂、培新中学、蔬菜公司、茶叶土产出口公司、人民银行、粮食中心站、渔船修造一厂、公厂、鱼露厂、中药材公司等14个基层工会灯谜组参加。20世纪50年代初期，潮汕的民间灯谜组织春灯扶轮社、东林谜苑、缤纷室谜社等也相当活跃。(《潮汕灯谜史》) 20世纪60年代初中期，汕头及周边地区多次组织三县一市或多县市灯谜会猜，算本时期比较大型的跨地区灯谜活动了。

广西

1961年，梧州炼油厂工会积极配合行政方面办好食堂。针对有些职工星期天喜欢上街坐茶楼，但是工厂离市区远，往来不方便，工会便在食堂设了星期茶座，除供应茶点外，还有棋赛、演唱、猜灯谜等活动。

重庆

中国现代著名国学大师、清华大学国学院创办人之一吴宓，在1949年后任西南师范学院教授时，经常参与谜事。《吴宓日记》记载：1954年2月4日上午，中文系教师荀运昌前来拜年，与吴宓谈谜。晚饭后，吴宓拜访中文系主任吴则虞教授，"得二灯谜，存"。又载：1954年2月13日上午，吴宓给穆济波教授回信说："其所出灯谜一一猜答。"又载：1956年12月22日，历史系举办师生联欢会，吴宓看完演出节目，"复至邻厅共猜灯谜"。又载：1960

第一章 社会主义改造与建设时期的灯谜（1949年10月至1966年5月）

年1月24日上午，吴宓受中文系之约，协助筹备新年猜谜晚会，以本校行政人员及中文系、历史系教师姓名为谜底，制谜11条，后采纳同事赵荣璇、荀运昌的建议，删去2条，余者交给主办方。1月27日晚上10时，到第一员工食堂参加除夕游艺活动，"黄克嘉及林昭德、荀运昌司其事。宓所出九条，尽为人猜中，宓亦猜中两条，得奖软糖两小方。惟灯谜办理殊不善：（1）灯谜不用毛笔大字写出，而用钢笔小字写于深色纸上，又无近处灯光，不易辨识。（2）不一律给奖，而只教职员猜中者给奖，学生猜中则不给奖，殊不合情理。宓与璇讨论灯谜"。又载：1962年4月24日上午，吴宓上了两节文言文课，抽空为学生们讲对联、灯谜等。

四川

什邡县财政局诗社作《春灯诗谜选序言》介绍："1959年春节，我诗社举办诗谜晚会，深得群众爱好，从除夕至旧历正月初七日，每晚参加人数均在百人以上。有工农商学兵各阶层人民，有远道来县的客人，猜诗捉谜，兴致甚浓。有时虽深夜休会，犹留余波。仅8天中，收到创作稿达200余件，风格朴实，体裁新颖，内容丰富多彩。它歌颂了党，歌颂了毛主席；表现了'大跃进'的波澜壮阔、一泻千里之势。"1964年2月，乐山县文化馆举办除夕灯谜晚会，以新年贺卡作赠品。

西藏

《人民日报》拉萨1956年5月4日电：拉萨市3000多藏族、汉族青年，来到了布拉达宫下的雪策林卡，同中央代表团十几个兄弟民族的青年一起举行游园大会，杂耍场里有猜灯谜。

甘肃

兰州解放初期，水晶谜社仍然在开展灯谜活动。每逢星期天，其成员涂竹居、王静庵、刘子荫、马啸天、赵浚、崔半僧、王品馨、蒋琢庵、郭廷献、周元、赵霖、赵九如、马守义等在柏道路上下沟一带花园茶社，品茶出谜，相互猜射，探讨制谜猜谜之道，一直持续到1953年。1950年春节，甘肃省人民政府主席邓宝珊在省政府西花园举办甘肃解放后第一次大型谜会，由邓宝珊、范振绪、冯国瑞、涂竹居、郭维屏制谜。谜条粘在方纱灯上，有数十个，悬挂在梨树枝上。1951年春节，西北铁路工程局在天水举办灯谜晚会，一些谜作表达出对反动派的蔑视、对新中国的热爱之情。1952年元宵节，王静庵、刘子荫、马啸天、赵浚、郭廷献制谜，自费购买奖品，在兰州中央广场石华治印室悬挂6个方纱灯，举办谜会，邓宝珊、范振绪也来出谜助兴。1953年，甘肃省科学教育馆举办天文学专题谜会，向群众宣传月食、日食等天文知识，对消除当时在群众中存在的"当年发生月全蚀将会发生灾害"的不科学认识，收到了很好的效果。这次举办科学知识谜会，由邓宝珊、王静庵、刘子荫、马啸天、赵浚、赵霖等根据甘肃省科学教育馆油印的《天文学名词》小册子制谜。奖品有两种：一种是利用抗战中击落日本飞机的残骸旋制的"立灯子"；一种是新华书店捐赠的科普书籍。1954—1964年，每逢元宵节，兰州市教育馆举办灯谜晚会。制谜者有王静庵、刘子荫、马啸天、赵浚、朱笠僧、周元、马子舆等。奖品有书画斗方、铅笔、大王瓜子、花生米、糖果等。猜灯谜的群众很多，方纱灯（每个灯悬16—20条灯谜）不敷需要，灯谜条就贴在游艺室的玻璃窗户上，群众在室外观看谜条，摇首猜射。1955年至1964年，政协甘肃省委员会每逢国庆节、元宵节举办灯谜会，在礼堂里拉上纵横交错的细麻线，绳上粘满五颜六色的谜条，供民革、民盟成员以及其他民主人士猜射，制谜者有邓宝珊、范振绪、水梓、裴建淮、冯国瑞等。1957年和1958年，兰州图书馆常举办灯谜晚会。1957年，兰州市工人文化宫灯谜研究创作小组成立，一直持续到1966年。其成员有王静庵、刘子荫、马啸天、赵浚、赵霖、

第一章　社会主义改造与建设时期的灯谜（1949年10月至1966年5月）

朱笠僧等。每逢劳动节、国庆节、元旦、春节、元宵节举办谜会，往往从上午10时一直持续到晚上10时，由市工人文化宫专干路逵组织联络。谜条一般用宣纸，王静庵用欧体、刘子荫用赵体、赵浚用魏体书写谜面，钤制谜者的压角印、名号室斋印。猜中后，谜条上揭晓谜底及射手名字，张贴在白墙上，供人学习、欣赏。由于谜条本身就是一幅微型书法作品，往往被爱好者揭去珍藏。灯谜小组不仅在文化宫制谜，还应邀去五泉山、白塔山公园制谜，主持谜会。每次谜会结束，精选佳谜500条，由路逵刻制蜡版、油印《兰州市文化宫灯谜选》，邮寄兰州各大厂矿工会以及全国各大城市工人文化宫、工人俱乐部，至1966年初共编印21期。1963年国庆节，兰州市工人文化宫灯谜小组在工人文化宫内举办甘肃省有史以来第一次灯谜展览，内容有前言、谜史简介、制谜法门、谜格介绍等图版，展出谜籍30多种，有王静庵提供展出的《蘪园春灯话》《跬园谜稿》《涂竹居先生谜条汇集》，涂竹居的《北派聊目谜语》，范振绪的《东雪草堂谜存》《水晶社友谜选》等，参观者众多。1964年国庆节将灯谜展览移往五泉山公园文昌宫展出。20世纪60年代前期，兰州大学常在劳动节、国庆节、元旦举办灯谜晚会，制谜者有赵浚、蔡寅、柯杨。(《陇上灯谜六十年》)

邓明《甘肃灯谜五十年概述》记载了邓宝珊制谜猜谜趣事：邓宝珊（1894—1968年），原名邓瑜，甘肃天水人。辛亥革命时，参加新疆伊犁起义。1926年后，任国民联军援陕前敌副总指挥、国民联军驻陕副总司令、国民党陕西绥靖公署驻甘肃行署主任、代理甘肃省主席、杨虎城部新编第一军军长等职。1949年他率部起义后，历任西北军政委员会委员，甘肃省人民政府主席，甘肃省省长；第三、四届民革中央副主席和全国政协常委。一次政协甘肃省委员会举办灯谜会，邓宝珊制"著作与孟子较优劣"射古人二"文同、轲比能",大家苦思久猜不能中的,有人请他放掉谜底,邓说:"用心猜!猜准了,我请客吃饺子。"书画家张慎微用此情此景制出一谜:"省长来了,谜底不放",射地名二。有人立即猜出"虎牢关",前一地名"邓至"始终无人射中。邓宝珊又出一谜"弯处在一头"射宋代陇将,人们正在思考之际,裴建准臂挂手杖姗姗而来,冯国瑞指着那个手杖说:"'曲端'来了。"大家对冯氏幽默射虎方式,开怀大笑。

20世纪50年代,天水市文化馆组织开展灯谜活动,由窦建孝、胡楚白组稿,多次在公园、文化馆举办上元会猜。20世纪60年代,由窦建孝、马明骏、唐勉斋、周培棠等组织上元会猜,猜众每夜多至3000余人。

解放军

1949年后,部队继承解放区和人民军队发展壮大时开展政治思想工作的传统,文化娱乐活动中常设猜谜项目。20世纪50至60年代的前线话剧团,曾创造了"文化赶集"的活动形式,广泛地组织群众参加文艺活动。这种形式就是利用假日,选择部队驻地比较集中的地点,插上彩旗,布置各种游戏"摊子",活动内容有猜灯谜、摆棋局、教唱歌、设书报摊等,好像赶庙会那样。官兵们来到这里,有说有唱,又看又玩,既是有意义的娱乐,又培养了他们喜爱文艺的兴趣。其时,部队文艺中有以灯谜为题材的相声。如机声创作的《字谜相声》非常入谜,灯谜的理论与实践都融入到相声艺术之中。剧本主要部分为:

乙:那请问你是一个什么样的艺术家呀?

甲:灯谜艺术家!

乙:头一次听说。

甲:在灯谜这门艺术中我又专攻字谜。

第一章　社会主义改造与建设时期的灯谜（1949年10月至1966年5月）

乙：那你对字谜都有些什么研究啊？

甲：字谜不仅有它的历史根源，而且还具有一定的现实意义。

乙：照你这么说是很重要。

甲：根据我的考查了解，历史上有过一个皇帝，曾经用字谜这门艺术招良纳贤，猜得着的，就封你做官。

乙：真有这种事么？

甲：这还能有假？这是我小时候听我二大爷讲的，我二大爷说是他小时候听他三舅舅给他讲的，二大爷的三舅舅说……

乙：算啦，算啦，你就别再瞎扯了吧！

甲：是有这么回事嘛！不过更重要的是，它能启发人们的智慧，锻炼人们的思考能力。所以自古以来，它就是我国广大人民所喜闻乐见的一种艺术！

乙：这还差不离儿。

甲：根据我的调查研究……

乙：又是小时候听你二大爷讲的？

甲：你怎么尽提我二大爷呀？

乙：我怕你把词儿忘了。

甲：根据我的调查研究，字谜现在又有了新的发展。

乙：新的发展？

甲：在艺术为政治服务这一方针指导下，它也能密切配合中心任务，对工作起到一定的推动作用。

乙：你能不能向大家介绍一下这方面的经验？

甲：经验倒谈不上，不过我可以马上出几个字谜来证明我的论断。

乙：那你就快说吧。

甲：远看是只手，近看不是手，是手不是手，到底不是手。

乙：那准是脚！

甲：咳！是排队的排字。

乙：噢，提手旁像手又不像手，非就是不。有理，有理！

甲：一人只长一只耳，大家还说是多余。

乙：那一定是聋字！

甲：挨得上么？

乙：聋子的耳朵没有用，岂不是多余！

甲：可我说的明明是一只耳朵呀，告诉你吧，是除字。

乙：对，左边是个耳刀旁，右边是个余字，有道理！

甲：古典文学！

乙：哎，古文合在一起是故事的故字。

甲：一耳右边立，黎明它就起。

乙：怎么又是耳朵啊？

甲：你就快猜吧！

乙：（声音由轻到重）刚才那三个字是排、除、故……哎！是排除故障的障字！

甲：不对！

乙：怎么不对？

甲：我是说你的判断方法不对，你应该从意义上去深刻分析。这回算给你占了个便宜，咱们再从另一个角度来几个。

乙：嘚，你说吧！

甲：名义是只手，实际不是手；是手不是手，到底还是手。

乙：提东西的提字！

甲：嘿，你怎么也变得聪明起来啦！

乙：本来我就不傻啊！

甲：听着：一点一横长，梯子靠上梁；大口缺下唇，小

第一章　社会主义改造与建设时期的灯谜（1949年10月至1966年5月）

口里边藏。

乙：高低的高字！

甲：嘿，再给你来一个难猜的！一人头重脚轻，腰里长只眼睛，头重三十二两，两脚只有半斤。

乙：几两制？

甲：你问这干嘛？

乙：当然大有关系！

甲：十六两制。

乙：性质的质字。

甲：好！一天走一里，一里走一天，说走没有走，这账怎么算。

乙：这账非常好算，定量的量。

甲：嚄，你的进步可真大啊！

乙：哪里，哪里！你不是说过么，字谜能够启发人们的智慧，锻炼人们的思考能力！

甲：对呀！除此之外，它还能配合中心任务！

乙：那到底是怎么个配合法呀？

甲：我们刚才说的字谜连在一起，不就是"排除故障，提高质量"么！

乙：（恍然大悟）哦——对，对！"排除故障，提高质量！"

（《人民海军报》1961年3月23日）

这一时期，部队报刊的文娱栏目经常刊登谜语，广州军区、新疆军区等多个军区和兵种的政治部文化部编印连队文娱游艺资料汇编谜语。军营猜谜常以政治思想内容和部队人物事物为题材。如：

像手不像手,胳膊向外扭;甘露滴三滴,四季幸福有;太阳刚出山,曙光照全球。(人名)——毛泽东

一个东西一人高,铁身木把头插刀;胸前佩着值星带,战斗中间逞英豪。(武器)步枪

(以上1949年察哈尔军区人民武装部编《人民武装》第6期)

远看像座坟,近看有个门,细看里面还有人。(物)1949年前后的"拱"式营房(《解放军75年沧桑巨变》)

三三制小组(字)众

目标——左边独立树(字)相

树立雄心,自力更生(字)性

共同办农业,下乡把田耕,跨着千里马,一跃上北京。(字)骥

不是私人栽的树(字)松

(以上新疆军区《文娱材料》)

二、谜语传播

17年间,谜语成为人民大众喜闻乐见的民间文学品类,主要通过三条途径广泛传播:

一是猜射与教学。猜射是谜语的天生属性,从古至今皆然。谜语作为教材运用于教学,是谜语为社会认可并立于优秀文化之林的体现。17年里,从幼儿启蒙到大学教育及至成人教育中,都可见谜语的内容。

二是谜书与谜刊。谜书谜刊的出版是谜语有形传播的主渠道。谜书是指由出版社正式出版发行的谜语书籍。谜刊是指单位

（社团）或个人出品的谜语资料（内刊或集子），亦称为内部印行的谜语书刊。"两条腿走路"成为具有时代特色的中国式的谜语书刊出品流传模式。

三是相声及其他。17年间灯谜流传的途径，既有猜射活动、教学传授、谜艺交流、谜书谜刊出版等主渠道，还有含谜的文学作品、文艺作品、报刊电台、黑板报墙报、烟画图卡、儿童益智玩具等多渠道。

1. 刊物谜栏

对谜语传播较有影响的是设立灯谜专栏的报纸杂志和文娱丛书（丛刊）。

（1）《新民晚报》

《新民晚报》原名《新民报》，1929年9月9日创刊于南京。1946年5月1日，《新民报》上海社成立，发行晚刊。1958年4月1日改名《新民晚报》。1966年8月22日停刊，1982年1月复刊。

1952年5月7日，《新民报》首次出现灯谜栏目，至停刊前1966年1月20日最后一次刊登灯谜，历时15年，共刊发600多名作者创作的灯谜（谜语）近2000条。谜作带有鲜明的时代烙印，反映出社会生活的各种变化。谜面均为白话，且多为自撰，谜目以字词、成语、人名、地名、影剧名、日常用品等普通群众喜闻乐见的谜材为主，极少"四书""五经"等旧谜材。

《新民晚报》灯谜栏目标题有"猜谜语""字谜""谜语""新谜语""灯谜""新灯谜""谜""谜谜子""猜猜想想""射覆谜"等，其中蜚声谜坛的是"一日一谜"。

"一日一谜"始于1957年12月29日，1958年9月9日第一次暂停。1959年2月27日恢复运行，9月12日第二次暂停。1960年5月1日再次恢复运行，5月31日停刊。《新民晚报》副刊编辑陈振鹏谈停刊的原因说："到后来，晚报的灯谜专栏逐渐维持不下去了。倒不是没有稿源，只是因为'知识性、趣味性'的办报方针遭到了'批判'，灯谜割爱自不在话下。除了春节、元宵偶尔发刊一组谜条，其他时间就不见了，遑论'一日一谜'！"

"一日一谜"专栏持续471天，影响了许多灯谜爱好者。江更生回忆："上海《新民晚报》开辟了'一日一谜'专栏，每天登一条灯谜，次日揭晓，到了周末和节日，还加刊一批佳谜，真是风魔了我辈爱谜者。记得每天放学，我都要背着书包迫不及待地去'阅报栏'鹄立寻觅'一日一谜'。一天，蓦地瞥见自己的习作赫然登在'一日一谜'上，竟一口气买了好几份晚报分送给亲友，那股臭美的模样别提有多神气了。"

"一日一谜"始、终刊发表的谜作如：

愿登龙图阁，怕上大成殿。（食物、俗语）面包、勿要面孔（余真）
皆大欢喜（地名·秋千格）乐都（正山）
克勤克俭搞生产（节日名）劳动节（闻奇）
帐（戏曲名）货郎计（沪仲）

1982年，《新民晚报》复刊后，开辟《今宵灯谜》专栏和经常发表谜文。

（2）《俱乐部游戏》

20世纪50年代初中期，我国出版了两种《俱乐部游戏》丛书：一为劳动出版社出版两集，两集都有谜语专类；一为上海文化出版社出版6集，每集都有谜语专类或"大家猜"专栏，刊登物谜、字谜、地名谜、人名谜、画谜、谜语故事等，部分署名部分不署名，署名谜作如：

第一章 社会主义改造与建设时期的灯谜（1949年10月至1966年5月）

庄稼人（作家名）田汉（顾俊）

元朝（饮料名）明前（张善同）

小英雄（水浒人名）童威（郑钊）

防空座谈（京剧名）安天会（周人杰）

两头尖尖，通体碧青，尝尝滋味，先苦后甜。（应时水果）橄榄（锡申）

蜻蜓老祖宗，来往在天空，上坐主人翁，卫国显英雄。（国防武器）飞机（夏杏宝）

钢铁炼成身，外号老牛精，生有一个独门牙，工业建设它有劲。（工具）牛头刨床（诸云来）

远看像座庙，紧走走不到，脚蹬两块板，手打莲花落。（手工业工具）织布机（傅长友）

四角方方小战场，又有兵来又有将，你八双来我八双，横冲直撞战一场。（文娱玩具）象棋（汤克仁）

（3）《游艺》

20世纪50年代中期至60年代初，上海文化出版社出版《游艺》丛刊7辑和属类《游艺·宣传总路线特辑》《农村游艺活动》《节日游艺活动》3本，出《游艺》月刊4期（3本）。每辑每期《游艺》都有谜廊，刊载谜文谜作较多，对猜谜和组织谜会具有指导作用。刊登的谜作多通俗易懂，有紧跟政治时事的主题灯谜，也有新颖有趣的拼音谜、象棋谜、连环谜、组谜等。《游艺》第1辑中余真、吕绍青、符诗伯等供稿的谜作如：

元旦（字）明

长篇大论（字）够

日（字）畔

田（字）普

十（字）思

上上下下（字）卜

见手就拉（字）立

你我各一半（字）伐

巧夺天工（字）人

含羞带喜（字）善

从《游艺》中还觅到《灯谜集锦（第2辑）》踪影。上海文化出版社1958年11月出版《灯谜集锦（第1辑）》后，很多谜人未见出第二辑而表示遗憾。《游艺（第4期）》谈及："新颖的谜条，已经编在上海文艺出版社将要出版的《灯谜集锦》第2辑中，现特选出其中55则，根据它的题材，用'主题灯谜'的形式编在本期的'猜谜廊'中。"由此窥得《灯谜集锦（第2辑）》之一斑，也算有幸。

（4）《快乐的节日》

《快乐的节日》是少年儿童出版社出版的《少年儿童文娱活动材料》丛书，1955年5月出第1集，至1957年出第6集，每集谜语专栏都刊登儿童谜语或浅近灯谜。第1集刊登由北京市少年之家提供的谜语：

普天底下是一家，家家户户种棉花，今年不留种，明年又开花。（自然现象）下雪

在家清清白白，出门脸上画花，远近它都能去，一去就不回家。（常用物）信

一个矮子量一量，生来不满二尺长，肚子里面滚滚烫，肚子外面冰冰凉，等到一朝外面烫，从此矮子没用场。（用品）

第一章　社会主义改造与建设时期的灯谜（1949年10月至1966年5月）

热水瓶

　　从小青，长大黄，盘龙针，遮太阳。（夏天常用物）草帽
　　一日行千里，喝水就生气，全身都是节，能合能分离。（交通工具）火车
　　劳动英雄脸孔红，天一亮来就上工，有朝一日不上工，不是下雨就刮风。（自然现象）太阳
　　红绸被，白夹里，七八个小孩睡一起，又酸又甜讨人喜。（水果）橘子

（5）《小舞台》

《小舞台》是上海文化出版社出版的文娱材料丛刊，创办于1963年1月，至1966年共出版28期后停刊。创刊之初，有5期刊登谜文谜作。1982年1月复刊至1984年11月出总第45期停刊，期期都刊载谜文谜作，有的期还设立"谜语""灯谜之窗"专栏。创刊号刊登的常用词谜如：

　　重视（常用词）再见
　　急等图章（常用词）立刻
　　化妆（常用词·秋千格）容易
　　正（常用词·求凰格）误会
　　读报（常用词）观念
　　手推磨（常用词二）掌握、扭转（周绍文、沙浪等供稿）

其他：

上海文化生活出版社编辑、1955年出版的《民间文艺选辑》中，多集辟有"民间谜语"专栏。中国民间文艺研究会编辑，通俗读物出版社出版，1955年创刊的《民间文学》，部分期号刊登

谜语选或谜文。中国福利会少年宫编,上海教育出版社1963年2月出版的《小伙伴俱乐部》"猜猜想想"专栏刊登灯谜(字谜、物谜、地名谜)。广东、湖北、江西等多地编辑出版的《农村俱乐部》杂志刊登谜语。

2. 猜谜相声

相声传播灯谜成为1949年后一段时间大众享受灯谜乐趣的时尚和热点,很具时代特色。

相声是语言文字游戏类的文艺节目,灯谜是语言文字游戏类的文学作品,两者都非常智趣娱心。灯谜短小精悍,情趣盎然,由相声演员撷取改编为相声作品表演,自宋代以来就有,清代和民国时期发展成为相声中属于"文哏"类别的节目。由于猜谜相声之类的节目讲求幽默尔雅,取笑而不庸俗,相声演员多擅长,且各具特色。1956年春天,张寿臣在天津市相声界的一次座谈会上谈相声表演方面的经验时说:"《顺情说好话》入《八扇屏》是拧着,要这么一想,是绝对不好入,其实好入。用几句话就带过去啦,'我呀,最好取笑,有三两知己呀,打个灯谜儿啦,联个句儿呀,也是取笑,刚才我还作对子哪……'接上啦,绝对不'硬山搁檩'。"此经验阐述,灯谜对于相声艺术表演能够发挥特殊作用。

1949年后,相声艺术界收集整理改编流传的多种猜谜相声版本,同时又有新创,形成相声传播灯谜的热点现象。其时,相声艺术家侯宝林、郭启儒、于连仲、董长禄、赵连功、张寿臣、侯一臣、马三立等都演出过《打灯谜》《猜灯谜》《春灯谜》《灯谜》《猜字》一类节目。猜谜相声丰富了相声体裁、增加了相声的趣味,同时也促进了灯谜的普及传播。

猜谜类相声作品如赵佩如、常宝堃创作的对口相声《新灯

第一章 社会主义改造与建设时期的灯谜（1949年10月至1966年5月）

谜》，对传统相声《打灯谜》进行了全面整理，用的是全新的谜语和具有时代意义的词汇。正活部分更是将传统相声"好字底"进行改良，使用新名词，反映新的时代内容。文本为：

新灯谜（节录）

甲：来啦？

乙：来啦！

甲：咱说段相声！

乙：说段，说什么？

甲：我由打"字"上说点灯谜。

乙：你能说吗？

甲：我能说，我说一个你猜不着。

乙：你说！

甲：我说你猜："捆上跑啦，解开躺下啦！"

乙：我猜不着。

甲：这是一个"人"。

乙：人怎么捆上跑啦，解开躺下啦？

甲：早晨把裤腰带、腿带儿捆上就跑啦，晚上把裤腰带、腿带解开，就躺下啦。

乙：这叫灯谜呀？

甲：我再说一个咱俩赌点什么？

乙：咱赌一盒烟卷。

甲：烟卷还得买去，干脆折干赌两千块钱。

乙：好，你说吧！

甲：我说："二人见面忙拉手"，打一个字。

乙：我猜着啦！是"好"字。

甲：怎么是"好"字呢？

乙：两个人走在街上一拉手，一定是互相问好。

甲：不对。

乙：你要说不对，咱们比画比画。

甲：咱们怎么比画？

乙：假如这是条马路，咱俩在路上遇见，一拉手说"好"就输。

甲：行。（做遇见拉手状）

乙：您好哇？

甲：你输啦，输啦输啦。

乙：你等等，我怎么输啦？

甲：你不说好了吗？

乙：你讲理不讲理！这灯谜是你说的，我猜的念"好"，你说不念"好"，我说"好"不算，你说"好"才输钱。

甲：你说"好"不算，我说"好"才输钱，我要说不好呢？

乙：你说不好也输钱。反正你说多少字，带出一个"好"字来，就算输。

甲：行啦。

…………

（1957年6月作家出版社《相声创作选集》）

20世纪50年代，马三立演出的猜谜含谜相声版本有近10个，如《总统招婿》《绕口令》《打灯谜》等。例：

吸毒者的下场

甲：咱们说段字儿谜。

乙：噢，猜字。这我知道：一竖一边儿一点儿。不念小，念卜。这边儿点上一点儿，那边儿可没点儿，对不对？这有什

第一章 社会主义改造与建设时期的灯谜（1949年10月至1966年5月）

么新鲜的。

甲：还有："李字去了木。"不念子，念一。把"了"跟"木"都去了，这字就变了，对不对？这我也会。

乙：不就是这个嘛！

甲：这是扣字。咱是说回拢意儿的字谜。"吸毒者"懂吗？

乙：这谁不懂，就是旧社会抽大烟、抽白面儿的人。

甲：这可是不良嗜好，沾上了，轻者添累，重者丧命，活着也是形同骷髅，满脸灰黑，要不怎么叫大烟鬼呢？

乙：那么这个谜面打什么字呢？

甲：四个字，一个音。猜吧！

乙：猜不着。这"吸毒者"怎么能打四个字一个音呢？

甲：你听啊！这是"吸毒者"四部曲；用这四个字表现出来。

乙：头一个字。

甲：引。

乙：哪个"引"哪？

甲：引诱的"引"。逢是沾上这种嗜好的人，都受过引诱。那位有这种嗜好，自己受毒还不算，他还劝你也抽："香着哪！抽完了，当时就长精神，气儿也足，你来一口尝尝。你不是肚子疼吗？抽这玩意儿可管事儿。"

乙：也就抽那么一会儿。

甲：这就是勾引你啊！你要是意志薄弱，贪图享乐，非上当，喂瘾子不可。有时，对方也不是坏意，这位一喊："我肚子疼啊！""吃药了吗？""吃药？喝姜糖水都不管事。""要不你抽一口烟试试，我这有俩烟泡，你先喝了。"一试，肚子不痛了，还真顶事。心说，敢情抽这个还治病。以后肚子一痛就想抽；那个老烟鬼又把他引进了烟馆。所以是"引"。

乙：勾引也是愿者上钩。

甲：这是恩人哪！以后吃多少苦，背多少债，短多少印子钱，戒烟受多大罪，也不能忘了这位恩人。

乙：还恩人哪！再戒不了，小命儿就完啦！

甲：是不是"引"？

乙：第二个字呢？

甲：隐。

乙：还是"引"？

甲：没告诉你是音同字不同嘛！这回是隐藏的"隐"。

乙：怎么个隐藏呢？

甲：刚一抽是偷偷摸摸的，不敢让人看见，也害怕让人知道；进烟馆就怕碰见熟人："这不是老×吗？上这干吗来啦？""大哥啊，我饿了，喝锅巴菜来啦！"

乙：有上烟馆喝锅巴菜的吗？

甲：不愿让人看见，不好意思，老躲躲闪闪、隐隐藏藏的，所以是"隐"。

乙：讲得好！可千万别沾染上这种坏习惯。那第三个字呢？

甲：瘾。

乙：这是抽上瘾了吧？

甲：对喽！老抽能不上瘾吗？一来二去离不开了，有点儿钱就给烟馆送去。有工夫就泡烟馆，躺在烟榻上对着烟灯喷云吐雾，嗜烟成癖，有一天不抽，浑身不得劲儿，骨头节儿就跟散了架一样。

乙：真是上瘾了。

甲：瘾一天比一天大，进项一天比一天小，怎么办？抽大烟都不过瘾了，也没那么些钱。干脆，来包"白面儿"吧！

乙：这个毒性更大。

甲：好多艺人就是死在吸毒上了。本来就贫病交加，再加上被烟所累，最后只落得倒卧街头。高五姑不就落了这么个下场吗？

乙：第四个还是这个"瘾"字吗？

甲：不是。这回是姓"尹"的尹了！

乙：哦，相声演员尹寿山的那个尹。

甲：哎，这就是引、隐、瘾、尹。完了。

乙：别忙，您还没说这个"尹"字怎么讲哪。

甲：说了。刚才不是说吸毒致死、倒卧街头吗？

乙：那怎么会是尹寿山的尹呢？

甲：你看，百家姓上不是有句"和穆萧尹"吗？他这回是"合目消瘾"。

乙：闭上眼了！

甲：这会儿也不怕债主子追着要账了！

乙：我还不明白，怎么会是"尹"字呢？

甲：尹字不是有个尸体的尸字吗？尸体横陈，街头上来个倒卧，对吧？

乙：嗳，尸字上还有一横呢？

甲：对啊，要的就是这一横；没有这一横还不行。

乙：怎么？

甲："穿心杠子把他抬"嘛，这一横穿过去，就好比两头一边一个人，就这样……

乙：抬走啦？！

（《马三立相声选》）

3. 多途径零散传播

杂书附载：

消灭苍蝇、蚊子、老鼠（戏名）除三害

处处保持干净，人人讲究卫生（三国人名）普净

救护车（成语）乘人之危（南大八局宣教协作区《卫生谚语谜语集》）

嘴像针尖腿细长，嗡嗡飞来到耳旁，肉皮叫它叮一口，时冷时热不起床。（昆虫）

一阵冷，一阵热。冷起来，直哆嗦；热起来，像冒火。按次数，守时刻，该犯病，不会错。（病名）

一物若有尺半长，一头细来一头方。铁面开张力量大，杀蝇本领属它强。不怕细菌弹，不怕美国狼。时刻把它带身旁，苍蝇不敢到厨房。霍乱、痢疾、伤寒病，一定无法进胃肠。见一个来打一个，见两个来打一双。爱国卫生立下功，杀敌献出大力量。（物）（史彦梓编《卫生杂谈》）

东边点倭瓜，牵藤到西家，花开人劳动，花落人归家。（自然物）

弯弯树，弯弯柴，弯弯树上挂银牌，别看它的身体小，能把地皮翻过来。（农具）

有头没有脚，整天地里跑，弯着瘦长脖，专门啃青草。（农具）（吉林省群众艺术馆编《地头文艺》）

有位先生本姓铜，屁股下面生个洞，别种医生看不好，要请自家同行中。（用物）锁

日里拜天地，夜里倒挂起（农具）锄头（《俱乐部文娱活动大全》）

报刊散见：

很多报刊虽不设谜栏，但在节假日或娱乐栏目中不定期地刊发灯谜。

第一章 社会主义改造与建设时期的灯谜（1949年10月至1966年5月）

井冈山人民盼红军。（王昌龄作唐诗一句）万里长征人未还

北京北海大桥扩建。（李煜词二句）雕栏玉砌应犹在，只是朱颜改

十尺黑布。（"水浒传"中一人绰号）一丈青

百花园里扑鼻香。（当代一作家名）何其芳（《人民日报》1957年12月29日）

天生像地主，身体胖又红，专门吸人血，从来不劳动。（生物）(《陇东报》1951年10月19日）

小说含谜：

含谜小说传播谜语，既广泛，又在不经意之间。1949年后重印的古典名著很多含谜，新版小说亦有含谜的。1963年7月，中国青年出版社出版姚雪垠著长篇历史小说《李自成》，其第1卷第26章叙元宵节牛金星在北京正阳门大街猜谜的情节：

正阳门大街十分热闹，有玩狮子的、玩旱船的、踩高跷的、放烟火的、耍龙灯的、猜灯谜的，看了几个地方，牛金星拉着尚炯的袖子挤进一处猜灯谜的人堆中，随便一望，立刻指着一个灯谜向尚炯咕哝说：

"这一个谜面是'挑灯闲看牡丹亭'，用的是钱塘妓女冯小青的诗句，谜底我已经猜到了，很巧，也很雅。"于是他指着谜纸向主人大声问："这个谜底是不是王勃《滕王阁序》上的一句：'光照临川之笔'？"

"是，是，您先生猜中啦！"主人笑着说，赶快撕下谜纸，取了一把湘妃竹骨的白纸折叠扇交给金星。

周围的人们用欣喜和羡慕的眼光望着金星和扇子，有几

个人称赞他猜的好，也称赞灯谜出的好。

文娱传播：

这一时期，谜语小画片流行于儿童中。谜语小画片是清末和民国时期的谜语烟画（洋画片）的延续和发展。一般用粗糙的厚纸印制，正面印动物、植物、器物、事物、人物等图案，背面印文字，部分为谜语。如：1949年前后出品的一套正面为封神榜人物图案小画片的背面《猜谜游戏》中，多枚印的是抗战题材的灯谜。大沪纸品工业社出品的一套人民对敌作战图案的小画片，背面印《益智谜语》。有套三国人物烟画，背面印《字谜》。儿童利用谜语小画片进行看图、识字、猜谜，或用于做扇翻游戏（用手扇翻者赢得）。有的小画片上印有编号，成为"谜语画片游戏牌"，儿童们用以摸牌出牌、比大小定输赢，或根据画面物件的威力大小（动物的威猛程度和食物链）吃牌决输赢。

花色扑克中也有谜语题材的，如公私合营天津扑克厂生产的《谜语扑克》。

三、灯谜组织和谜人

1. 灯谜组织

新中国成立之初，少数地方有民间灯谜组织活动，如上海的虎会，甘肃兰州的水晶谜社，广东潮汕地区的春灯扶雅社、东林谜苑、缤纷室谜社等。随着党和政府对群众文化工作领导的加强，各地文化馆、文化宫、俱乐部及其他基层文化部门、单位团体陆续成立了灯谜组（灯谜小组、业余灯谜组、业余灯谜小组、灯谜研究小组），有些地方单位则直接以文化馆、文化宫、俱乐部及其他基层文化部门、团体单位的名义，组织开展灯谜活动。

第一章　社会主义改造与建设时期的灯谜（1949年10月至1966年5月）

全国形成在中共党组织和政府领导下，以丰富群众文娱生活为目的，有组织有领导地开展灯谜活动的新局面。当时，比较活跃的灯谜组织如：

北京

北京市劳动人民文化宫灯谜组，20世纪50年代成立。

辽宁

沈阳市工人文化宫灯谜组，始建于1958年。

朝阳县工人文化宫灯谜组，不详。

上海

上海灯谜组织多以文化宫、俱乐部的名义开展活动，如上海市工人文化宫、上海市工会联合会蓬莱区工人俱乐部、上海徐汇区工人俱乐部等；以灯谜组开展活动的，如上海市南市区文化馆灯谜组。

江苏

南京市工人文化宫业余灯谜研究小组，始建于1952年。

苏州市工人联合会第一工人俱乐部灯谜研究小组，成立于1957年2月17日，组长王能父；1957年12月改名为苏州市工人文化宫第一工人俱乐部灯谜研究小组；1958年4月又更名为苏州市工人文化宫灯谜研究小组。苏州市邮电局灯谜小组，成立于1957年1月，组长周宗康。太仓县城厢镇工会工人俱乐部灯谜研究小组，不详。

淮阴市工人文化宫灯谜组，成立于1964年。

南通市劳动人民文化宫职工业余兴趣小组，20世纪60年代初成立。

浙江

温州市工人文化宫灯谜组，始建于1957年春。

湖州市菱湖镇工人俱乐部灯谜组，始建于1964年9月。

福建

泉州市工人文化宫灯谜小组，1957 年成立。

厦门市工人文化宫业余灯谜组，始建于 1960 年 1 月。

莆田市涵江"探虎窗"谜组，1963 年 9 月组建。涵江群友谜组，1966 年 5 月组建。

山东

青岛市工人文化宫灯谜组，1953 年成立。

湖北

武汉市硚口工人文化宫灯谜组、武昌工人文化宫业余灯谜研究组，始建于 1956 年。

广东

广州市第一工人文化宫嘤鸣春灯社，1955 年成立。谜社的主要成员有冯国材、许品良、梁嘉江、黄衮甫、张秉新、何朗夫、彭伯熊、周润等，活动至 1966 年"文革"止。

汕头市工人文化宫临时灯谜组，1952 年底成立，成员有李梓卿、黄炳华、胡天道、陈家辉、胡寄云、邱振宗等。汕头市工人文化宫业余谜语研究组，1954 年成立，李梓卿、张士侬先后任组长。汕头市下辖区县灯谜组织有：澄海县工人俱乐部灯谜组，1952 年 5 月成立，组长邹伟彤。南澳县总工会灯谜组，1960 年秋成立，组长许德润、副组长伍延才。汕头市的基层灯谜组织还有：汕头市房管局工会灯谜组、陶瓷工艺进出口公司工会灯谜组、石油煤炭公司工会灯谜组、盖一电池厂工会灯谜组、饼干厂工会灯谜组、培新中学工会灯谜组、蔬菜公司工会灯谜组、茶叶土产出口公司工会灯谜组、人民银行工会灯谜组、粮食中心站工会灯谜组、渔船修造一厂工会灯谜组、公元厂工会灯谜组、鱼露厂工会灯谜组、中药材公司工会灯谜组等。

潮州市潮州文化馆"凤水谜苑"，1954 年成立，组员有柯鸿才、翁松孙、饶锡吾等10余人。潮州（镇）工人文化宫灯谜组，1958年成立。潮安庵埠工人文化宫灯谜组，1952年底成立。潮安县第一建筑公司灯谜组，1953年成立。饶平县工人文化宫灯谜组，不详。

揭阳县工人文化宫灯谜组、普宁县工人文化宫灯谜组，不详。丰顺县汤坑镇灯谜组，始建于1952年。

广西

南宁市工人文化宫灯谜组，不详。

甘肃

兰州市工人文化宫灯谜研究创作小组，1957年成立，成员有王静庵、刘子荫、马啸天、赵浚、赵霖、朱笠僧等。

在全国众多灯谜组中，数苏州市工人文化宫灯谜小组活动多、影响大，《游艺（6）》刊登其经验如下：

一个灯谜小组的成长

江苏省苏州市工人文化宫的灯谜小组，从成立到现在已经三年了。我们在文化宫的领导和小组成员的积极参加下，共创制了三万多条灯谜，保证了文化宫阵地灯谜活动的正常开展；并且深入基层，在工厂、里弄中推广了灯谜活动，丰富了群众的文娱生活。在这同时，小组成员对于灯谜的知识也有迅速的增长，并提高了灯谜的创作水平，明确了灯谜也可以为政治、为生产服务的方向。

在我们这个灯谜小组成立以前，苏州市的许多单位在举行周末晚会或节日联欢会时，也常常有打灯谜的活动，灯谜都是从有关书籍中选来的。这些书籍对灯谜活动的开展，起着相当大的作用；但是，由于这类书籍不是经常有新的出版，自己又不能创作新的灯谜，因此感到灯谜来源缺乏，常常一

中华灯谜史（1949—2019）

谜数用，影响了群众的兴趣。甚至有个别群众把书上的谜背熟了，听到哪里有灯谜会，就到哪里去猜，几乎把里面的谜条全猜了下来，奖品也全归他所得，结果，严重地妨碍了灯谜活动的正常开展。当时群众就提出了成立灯谜小组的要求，希望自己也能创作灯谜，以满足活动的需要，保证灯谜活动的正常开展。同时，群众中也不乏具有创作灯谜能力的人，他们同样希望通过小组提高自己的思想认识和创作水平。

1957年春节，我们这个小组终于在苏州市第一工人俱乐部的领导下建立起来（1958年初，由苏州市工人文化宫领导），并且确定了它的任务是：保证阵地灯谜活动的正常开展，出版灯谜材料，辅导基层灯谜活动。由于领导上的支持和成员的热情参加，小组的活动从成立之初起，就得到比较顺利的开展。最初是每半月活动一次，不久因人数增多，创作的灯谜也增多，改为每星期一次，三年来从来没有间断过。阵地活动中，也因此经常有新灯谜补充，增加了灯谜活动的兴趣。

小组成员中，除掉各自创作灯谜以外，还经常举行集体讨论，议论某些灯谜的好坏，研究创作方法和讨论某些与灯谜活动有关的问题。讨论时，大家都能各抒己见，发表不同的见解，有时为了一条谜的好坏，会争得面红耳赤，但是通过争论，大家也很容易对某些问题获得一致的看法。如对于谜格问题，有些人认为，凡是属于灯谜范围的，都应该广泛地使用，这样，既便于作谜，也利于猜谜，可增加活动的兴趣；有些人认为，不用格的谜已经够难猜了，用了格就更难猜。经过讨论，大家的意见一致起来了，认为谜格是应该使用的，它的确可以增加活动的兴趣；但是也有一些谜格太冷僻了，那就以不用为好；在使用时，还得注意群众的水平，

第一章　社会主义改造与建设时期的灯谜（1949年10月至1966年5月）

逐步增加。三年来，我们经常使用的格有"徐妃""卷帘""秋千""求凰"等四种；并在活动时对群众进行了一些辅导，因此它们在群众中已扎下了根。目前我们正在进一步试用"马丁""皂靴""粉面""燕尾"等格来做谜。

　　关于灯谜如何贯彻为政治、为生产服务和如何扭转厚古薄今的倾向，我们也进行过讨论。这个问题首先是由工人文化宫领导提出来的，也是灯谜小组所面临的一个非常重要的问题，迫切需要解决。当时，在灯谜的创作中，的确存在着脱离政治的倾向，而且以历史人物和古代诗词为谜面或谜底的比较多，反映现代生活和群众斗争的比较少。组内有少数人认为，灯谜要结合政治、反映现实生活很难，这样做会失却灯谜的本色，表达的范围也太狭窄。这时，上海《新民晚报》已出现了一些反映现实、结合政治的灯谜，如"干部上山下厂"打"岸"字，"加劲劳动、个个有份"打"力"字等等，给了我们很大的启发。通过讨论，大家明确了灯谜也可以反映现实、结合政治的，不过不要勉强去结合。这就需要更好地学习，更积极地来提高自己的思想水平和创作技巧。

　　1958年的"大跃进"，为祖国建设带来了飞跃的发展，也改变了我们灯谜小组的面貌。为了进一步活跃工人的文化生活，支援工人为超额完成生产计划而斗争，灯谜小组与其他活动一样，在工人文化宫的领导下深入到工厂中去，受到了工人们的热烈欢迎。下厂的结果，不仅丰富了工人在"大跃进"中的文化生活，使灯谜活动更好地为政治、为生产服务；而且改变了我们过去以为只有文化水平较高的才爱好灯谜的错误看法；此外，还在工厂党委的支持下，从工人中扩大了小组队伍，丰富了创作题材。现在，我们已有23个组员、创作了3万多条灯谜，出版了6辑灯谜材料。

我们小组的成员,通过小组的种种活动,不仅在政治上有了提高,而且在灯谜的创作方面,也有很大的进步。有很多成员在参加之初,对于灯谜的知识是很缺乏的,有的连普通的谜格都弄不清楚,不知道"秋千格"与"卷帘格"的区别究竟在哪里;有的把做谜看成是一些字或词的解释,使人猜来感到乏味。但是在工人文化宫领导的关怀、群众的帮助和成员的积极努力下,这一方面的水平提高很快,所作灯谜的质量日有提高,因此保证了阵地活动和出版物的质量。这里特别应该感谢的是群众对我们的帮助,他们经常指出我们在创作中的缺点,甚至错误,并且积极帮助我们提高质量,使我们更明确了在灯谜创作中仍旧应该把政治标准放在第一位,并在这个前提下,来努力提高自己的创作技巧。

2. 谜人

17年中,全国各地活跃着一大批谜人,而当时发表谜作,只有少部分人用真名,部分人用笔名(谜号),相当部分创作不署作者姓名。

《新民晚报》发表的谜作有署名。邵才《〈新民晚报〉灯谜十五年综述》:《新民晚报》灯谜作者使用的真名或笔名有600多个。上海有余真、陈振鹏、申立峰、苏才果、张孝武、杨一峰、陶宽汝、季国虎、金寅、陈金生、江更生、苏纳戈、李申孟、朱育珉等。上海民国时期的三大谜刊编辑或作者也赫然在列,即《文虎》撰者薛韵柏、《黑皮书》编辑吕伯攸、虎会成员王寿富。苏州有王能父、周宗廉、张荣铭、俞瑞元、费之雄、孙同庆、赵锡章、汪寿林、沈人安、查坤林等。其他地区有常熟韦梁臣、沈阳韦荣先、天津杨松琦、厦门杨纪波、武汉向人红。还有数量更多的不知何地的作者,如桂华寅、叶彤居、胡惕、顾天林、

第一章　社会主义改造与建设时期的灯谜（1949年10月至1966年5月）

沈蔚成、邓惟寅、杜企韩、钱振国、羊微卿、孙又新、任慰民、叶世昌、滋荣、仲三、袁山、自翔、姚铭彝、颜鼎、西野、吴丁、吴伯曾、包鹤鸣、陈耀祥、大安、佳木、焦灼、金千里、柳明、璞玉、闻阆、闻乐，等等。作者群中还有复旦大学教授、上海著名钱币收藏家叶世昌，著名钱币学家、中国钱币学社创始人之一的马定祥，民国时期曾编过《力报》《小说日报》《铁报》《上海民国日报》的谢豹。

《游艺》丛刊的谜廊是集中署名，供稿者有上百人之多。如1957年12月出版的《游艺（3）》的灯谜供稿者：顾震白、汪洋、李少卿、黄原哲、梁硕之、李韬、朱生灿、顾雪翎、王能父、王宗昭、黄金荣、陈江晓、周止敬、黄立秉、汪寿林、张仰薇、沈成明、吴建国、李鸿泉、朱金城、孙同庆、曹寿年、杨官国、吕力、流云、陈理和、何孝农、丁光祖、丘发秀、张弢、林华广、李希贤、谢绍箕、江翼天、殷云锦、余宝程。又如1960年1月出版的《游艺（6）》的灯谜供稿人：锡产、张孝武、张国义、蒙扬光、季国虎、薛自强、王希明、陈耳东、费之容、桂华寅、查坤林、严家铣、徐琛、孙同庆、朱桂福、陈龙清、赵景尘、徐玮、张成忠、施起扬、叶彤居、梁阜球、孙树慰、张文祥、梁鸿伟、云中君、王文元、周继亮、李智乾、张荣铭、韩家森、仇国良、周宗濂、汪长根、徐成源、孔永、叶世昌、陈惜华、李贻福、滕明君、向苏、黄有材、殷凤来、余凝秋、绿风、陈智、陈治财、孙达庭、陆之、俞稚玉、张树声、石清泉、于朋、吴荣钊、周震康、郑元福、章甫之、梁兆麟、潘茂、杨惜身、徐成源、陈科昌、周家兴、方元、朱振毓、王和庆、金鑫。

广东潮汕是灯谜活跃地区，也是谜人济济的地区。新中国成立初期，潮汕灯谜组织如雨后春笋，谜人相当活跃，如汕头的张石侬、胡寄云、邱振宗、陈镇权、伍学恒、赵少如、陈少梅、黄炳华、余少良、杨振波、黄瘦秋、李春明等；澄海县的朱侠机、黄少铿、许浩然、邹伟彤、蔡璧、陈必建、林璧（白珩）、陈家骝（东风）、林友洲、庄瑰、萧名修、陈锡泉（白水）、王应钦、郑绵财（哲影）等；南澳县的李志鑫、许德润、伍延才、黄辉孝、余越、吴长成、罗火只和黄镜瑜（20世纪60年代初被雅称为"谜坛八友"）等；潮州的柯鸿才（回青）、翁松孙、饶锡吾（隐乐）、徐兴（醉雪）、王梦影、陈慕雪、谢庚三（述心）、李志浦、黄利泉（秋心）、黄继钊（梅隐）、黄梦文、谢元振等；潮安的谢应祥（心羊）、林伯源等；揭阳的纪伟忠（少亭）、许日华（解语）、黄瑞芳、刘特能、郭友生、陈友耀、纪日舟（一舟）、黄庆华、孙业廉、黄庆生、谢德才、林俊澄、周寿芝、叶子云等；普宁的方思辉（望尘）、方锐藻、庄容川（一笑老人）、许应时（雨若）、许斯爱（一心）、张声振、张伯封等。这一时期，潮汕地区新一代的青年灯谜爱好者也开始茁壮成长，其中的佼佼者，如汕头市区的郑韶南、吴宁伟等，澄海的黄郁南、杨文琦等。（《潮汕灯谜史》）

活跃在这一时期有影响的谜人如下。

张廉如（1920—1990），本名义璋，笔名余真、杨澄、蔺颇、柳絮、于雪、班香、宋艳等。浙江余姚人，上海黄浦区工商联干部，文史小品文作家。在《新民晚报》《游艺》等报刊发表谜作谜文，20世纪80年代为《新民晚报》"今宵灯谜"栏选稿，著《打灯谜》。

向人红（1927—1991），原名张骧化，自号立雪吟馆主人，湖北武昌人，民间文学专业作家，诗人，在《新民晚报》《游艺》《民间文艺选辑》等报刊发表谜作，编著《谜语（第一本）》《谜语（2）》《猜猜想想》《儿童谜语》《大家都来猜》《一物生来真稀奇》《猜猜看》《猜》《想》《幼儿谜语》。

陈振鹏（1920—2005），笔名陈长明、洛阳、背下，号落落、广东南海人,曾任中国人民银行苏南分行副股长,《辞海》修订本主要编写人,上海古籍出版社编辑室主任、副总编辑、编审,1959年任《新民晚报》副刊组副组长,主持谜栏选稿工作,主编《实用灯谜大全》《谜话》,入选20世纪百佳谜人。

王能父(1915—1998),名溶,字月江,笔名越冈、阿溶、苏印等,江苏泰县人,书法篆刻家,1957年倡议组建苏州市工人俱乐部灯谜组,任组长,主编谜刊,著《能父谜剩》,1982年被《文化娱乐》评选为"最佳谜手",入选20世纪百佳谜人。

周浊(1920—2000),名周正坤,谜号独清,上海人。1946年开始灯谜创作,并举办对外悬射。1948年12月,在上海寓所与屠心观等人举行灯谜集会,商定编印《虎会》谜刊,由其自编自刻自印,是为甲集。新中国成立后,编印工作多次停续。1980年聘为上海黄浦区文化馆灯谜组顾问,续编印《虎会·戊集》,共出100多期。1982年被《文化娱乐》评为"中华当代谜坛宿将"。与人合编《灯谜入门》。

第二节　灯谜作品

一、时政谜作

17年间,灯谜内容的突出特点是紧跟时事、为政治服务。

谜语作为群众喜爱和社会倡行的文艺娱乐形式,密切配合党的各个时期的中心工作,开展宣传活动,反映社会生活的各种新思想、新变化,表现出极其强烈的鲜明的时代性。其时,我国先后进行了巩固新生政权的斗争、反封建的土地改革和各项民主改革、实行对生产资料私有制的社会主义改造以及社会主义政治建设、文化建设和国防建设等；先后提出了过渡时期总路线和社会主义建设总路线；也先后进行了剿匪、抗美援朝、农业互助、合作化、"三反"、"五反"、整风、反右派斗争、"大跃进"、人民公社、国民经济调整、汉字简化、除"四害"等运动和事件；也采取了维护国家主权，应对我国周边形势变化，坚持和平外交政策的举措。这些，在谜作中都有体现。

1. 抒发解放情怀

新中国成立后，社会发生了根本性的变革，各方面都出现了翻天覆地的变化，到处呈现出新气象。通过谜语创作歌颂祖国，歌颂中国共产党，歌颂社会主义，追忆革命历程，抒发解放情怀，盼望祖国统一，也成为新时代谜坛的新气象。谜作如：

图1　1949年10月后首本谜书《猜猜看看》两个版首条"国旗"谜页影

第一章 社会主义改造与建设时期的灯谜（1949年10月至1966年5月）

一物四角长方，常在空中飘扬，五星金光闪耀，普照大地红光，人们举手欢呼，敌人见了发慌。（物）国旗（《农村游艺活动》）

太阳红彤彤，照出五个星，万民得了救，人人方向明。（物）国旗（李尤白《谜语浅谈》）

一个字，没秤称，共产党功劳可以比，毛主席英明也相称。五个角角像金星——解放了的象征。（一字破）大

有了共产党（国药名）来福（莱菔）或福临（茯苓）（以上《春灯诗谜选》）

胜利解放（国名）捷克

举国欢腾（国内地名，秋千格）乐都

社会主义大道（苏联影片名）《光明之路》

建设社会主义（罗马尼亚影片名）《为了美好的生活》

国庆前夕（捷克斯洛伐克影片名）《明日处处欢乐歌舞》

长征第一步（影片名）伟大的起点（以上《灯谜集锦（第一辑）》）

十月一日，万众欢腾（县名二）阳朔、民乐（黄继钊）

从今走向繁荣富强（诗品）来之无穷（谢述心）

社会主义革命胜利（新成语·卷帘格）兴无灭资

祖国强大了（三国人名）华雄

联苏、联共、扶助工农（三国人名）孙策（以上《游艺》）

我们知道这是必然的真理：中国革命的特点是武装的革命反对武装的反革命。（领袖名）董必武

为革命事业鞠躬尽瘁死而后已（中国小说）把一切献给党（以上《灯谜》）

1949年4月20日夜半（影片名）《百万雄师下江南》（《灯谜集》）

解放大军过长江（解放城市）济南

太平无事（解放区一地名）吉安

五谷丰登（华东区首长姓名）粟裕

开辟边区陕甘宁，十年游击著功勋，万丈山顶插红旗，建设东北第一名。（首长姓名）高岗

夫为革命遭暗害，可喜子女皆成材；子为全国青年冠，女为妇运领导者，一门三口都革命，人民政协全家来！（首长姓名）何香凝（以上《俱乐部游戏》）

回想旧中国，诚如漫长夜（唐诗）明日岁华新（甘肃佚名）

解放大西北，驱逐反动军（《古文观止》句）胡马奔走（甘肃佚名）注：胡马，别解指胡宗南、马步芳

努力生产支援人民解放军，巩固人民民主专政（影片名二）《劳动的创造、保卫胜利果实》（佚名）

我们一定要解放台湾（电影）《六亿人民的意志》

捍卫祖国（字）堡（以上陈耳东）

台湾同胞渴望返回祖国怀抱（新语汇·四字）思想解放（苏飞）

2. 表现经济建设

1950 年 6 月党的七届三中全会提出了用三年至五年的时间恢复生产，然后进行大规模的经济建设的计划。1953 年，我国开始了以实施发展国民经济第一个五年计划为中心的大规模经济建设。这一年，中国共产党正式提出逐步实现国家的社会主义工业化，逐步实现国家对农业、手工业和资本主义工商业的社会主义改造的过渡时期总路线，并把这条总路线作为党和国家一切工作的指针。为了领导社会主义建设的全面展开，党中央于 1958 年正式制定社会主义建设总路线，20 世纪 60 年代初对国民经济

第一章 社会主义改造与建设时期的灯谜（1949年10月至1966年5月）

进行全面调整。这些都是17年间我国治国的基本方略，也反映出这个阶段我国经济建设的形势。此期间的灯谜也表现出我国经济建设的基本面貌和不同层面的情况：

土地改革（字）圢（《灯谜》）
依靠群众（《红楼》人名）赖大家的
去建设祖国边疆（中药名）远志
根治黄河（俗语）彻底解决
十三陵工地大合唱（电影名）《水库上的歌声》
无痛分娩（工业名词）安全生产
全国各地收成好（国内地名）广丰（以上《灯谜集锦》）
牧场新绿（杂志二）《草地》、《萌芽》
集体劳动（古代神话人名）共工
日日红、月月红、年年红（书名）《开不败的花朵》
大家献好计，大家动手干（成语）群策群力
重点大协作（字）头
多多协作（淮剧目）《罗成》
比先进你追我赶（常用词）不甘落后
先进定额（字）宄
战胜自然灾害（成语）破天荒
向冶金专家请教（苏联小说名）《钢铁是怎样炼成的》
优质的米，好样的人（苏联小说名）《粮食》
喜闻稻麦双高产（报〈纸〉、杂志名各一）农业报、丰收（以上《游艺》）
开好诸葛亮会，掀起劳动竞赛（成语）群策群力
利用三门峡（字）溢
高楼万丈平地起（报刊名）新建设（以上《游艺·宣传

总路线特辑》)

看到工人的冲天干劲（字）规（《节日游艺活动》）

鞍山市（捷克影片名）《钢铁的城》(《俱乐部游戏》第4集）

成渝铁路通车（中药名）川连（泉州《灯谜集》）

增产节约，捷报双传（成语）克勤克俭

公社稻香闻欲醉（当代作家名二）田间、何其芳（以上南京《灯谜集》）

征服自然，改造自然（成语二）事在人为、人定胜天（陈耳东）

征服自然灾害（常用语）破天荒（朱振毓）

领导兰考人民战胜风沙涝旱（县名二）焦作、惠农（张石侬）

兴修水利（成语）开源节流（徐玮）

扩大耕种面积（名词）广播（洪全）

农业增产更增产，人民讴歌再讴歌（剧目二）《重逢》、《丰收乐》(潮安佚名）

今日北大荒（外国文学作品）《被开垦的处女地》(佚名）

粮棉大增产（成语）丰衣足食（三好）

一边从事生产劳动，一边努力学习文化（字）攻（洪全）

集中思想，搞好生产（毛主席诗词一句）同心干（汕头佚名）

积极劳动，虚心请教（新语汇·四字）勤工俭学（江华南）

紧握枪杆，努力生产（新名词）劳武结合（佚名）

劳武结合（兵种）工兵（张国义）

第一章 社会主义改造与建设时期的灯谜（1949年10月至1966年5月）

3. 反映新思想、新事物、新风尚

灯谜作品也反映出新社会的新思想、新事物、新风尚、新气象等的方方面面：

发明创造好精神，他对革命最关心，建设祖国当头阵，你猜他是什么人。（人物）工人

耕耙锄耘巧安排，谁跟他也离不开，粮食原料他供给，他是啥人大家猜。（人物）农民（以上《春去花还在》）

工人阶级是一家（字）仝

先进生产工作者大会（地名）集贤（以上《俱乐部游戏》）

先进生产者欢聚一堂（青年汇报演出剧目二）《风流人物》、《喜相逢》

先进生产者不断涌现（楚汉人名）范增（以上《新民晚报》）

工人联合起，干劲冲破天（字）夫

数风流人物还看今朝（电影名）《当代英雄》

知识分子劳动化（成语）能文能武

政治挂帅，业务精通（四字新成语二）又红又专、红透专深

向王崇伦请教（新名词，三字）学先进

比干劲，比先进（电影名）快乐的竞赛

人人爱清洁，个个讲卫生（地名）保康

蚊蝇鼠雀一扫光（字）罢

香烛铺改行，锡箔店转业（成语）破除迷信

消灭妖魔鬼怪（新名词）除四害

少先队员宣传爱清洁（杂志名二）《红领巾》《讲卫生》

百花齐放（影片名）《万紫千红总是春》

青年作者（杂志名）《文学新兵》（以上《游艺》）

中华灯谜史（1949-2019）

表扬好人好事（国内地名）嘉善
敲锣打鼓慰问烈军属（成语）欣欣向荣
除四害工作，蚊蝇已消灭，应该怎样？（成语）罗雀掘鼠
劳保规定有56天产假（影片名）《生的权利》
白求恩妙手回春，罗盛教冰窟牺牲（成语）治病救人（以上《灯谜集锦》）
结婚只请吃糖（沪剧、京剧名各一）《喜期》、《罢宴》
消灭蚊、蝇和臭虫，"六六六"免费使用（京剧、越剧各一）除三害、十八相送
人人不贪污（字）廉（以上《新民晚报》）
北京绿化香化彩化（《水浒》人名二）燕青、花荣
节约用电（字）胃（以上《节日游艺活动》）
南京路，抛黄金；好八连，不动心（电影名）《大街上发生的事情》（林俊澄）
好八连的针线包（电影名·掉尾格）《老兵新传》
拥军优属（电影名二）《正是为了爱》、《人民的战士》
不忘养身之恩（刊物）《体育报》（以上南京《灯谜集》）
幸福院（契诃夫小说）《老年集》（钮维恭）
越活越年青（花名）老来少（刘大松）
欢欢喜喜到农村去（三国人二）乐就、田畴（慕雪）
民兵队成立了（电影）《新战士站起来》（国渊）
勤俭兴邦（电影名）《节振国》（澄海佚名）
艰苦奋斗，勤俭朴素（节名）劳动节（汕头佚名）
立下决心超先进（词牌）《思越人》（汕头佚名）
政治挂帅，思想先行（香烟名二）红心、第一（澄海佚名）
糖衣炮弹（影片名）《迷人的礼物》（天水佚名）

第一章 社会主义改造与建设时期的灯谜（1949年10月至1966年5月）

4. 传扬外交思想

新中国成立后的一段时期，维护国家主权、坚持和平外交、反对美帝国主义和敌对势力、抗美援朝、中苏友好是我国对外时政的热点，也是灯谜创作题材的热点。谜作如：

我们永远热爱和平，我们从来不怕战争！（成语）义正词严（国渊）

全世界人民都厌恶战争（《水浒》人名）乐和

持久和平（国内地名）长安（以上《灯谜集锦》）

身穿白袍，口衔绿草，广大人民，见他欢笑，战争贩子，见他吓倒。（动物）和平鸽（《农村游艺活动》）

反帝反修反殖民（剧目）《除三害》（李春明）

制止侵略战争（影片名）《为了和平》（《灯谜集》）

打倒战争贩子（苏联影片名）《和平万岁》（《俱乐部游戏》）

只有彻底全面销毁核武器，才能制止核战争（三国人二）普净、杜袭（谢德才）

反对美帝的侵略战争政策（五唐）莫学武陵人（佚名）

艾森豪威尔外强内干（成语）美中不足（《节日游艺活动》）

帝国主义阵营谁在领导（志目）美人首（佚名）

美帝国主义是纸老虎（成语）外强中干（洪全）

种族主义在美国（成语）黑白分明（《游艺》）

大王八倒着爬，蒋介石的干爸爸（字）美（《灯谜选》）

夫妻二人援朝鲜，十万大军在前线，四面八方都围定，一心要把美帝歼。（字）德（《灯谜》）

为邻别家乡，英勇盖天下，杀得美国贼，一见心害怕。（军队名）中国志愿部队（《俱乐部游戏》）

朝鲜人民多才智，中国革命力量强（《三国》人物二）韩贤、华雄（蔡锡乾）

志愿军归国（京剧名）《辞朝》（《游艺》）

中国人民志愿军返国（京剧）《喜荣归》（张佑国）

千里马运动旗手（话剧名）《今朝英雄》（《新民晚报》）

中朝边境鸟语花香（我国长篇小说）《春天来到了鸭绿江》（《游艺》）

后唐（政治傀儡人名）李承晚（《新民晚报》）

美苏外交之别。（书名）《战争与和平》（《游艺》）

向老大哥看齐（杂志二）《学习》、《苏联》

今后之革命，非以俄为师，断无成就（《三国》人名）孙策

莫斯科——北京，八亿人民心连心。（苏联期刊）《苏中友好》

苏联首都日新月异（苏联电影）《莫斯科在建设中》

北大荒（苏联小说）《被开垦的处女地》

组织生活（苏联小说）《同志集》

东西柏林（苏联电影）《不同的命运》（以上《游艺》）

胜利前夕（苏联地名）明斯克（《新民晚报》）

战斗的古巴（电影名二）《英雄岛》、《全民皆兵》（泉州《灯谜集》）

向白求恩大夫的高贵共产主义精神致敬（香烟名三）可爱、国际、红人（佚名）

二、大众谜风

17年间，在为工农兵服务的政治方向指引下，灯谜的内容

第一章 社会主义改造与建设时期的灯谜（1949年10月至1966年5月）

健康和贴近时政方面展现出新面貌的同时，形成了前所未有的大众化谜风，其主要特点是：谜底取材于大众熟悉的、新近出现的事物或名词；谜面语言长于白描，少用典故，通俗易懂；谜法继承传统别解时，避其玄奥，不用或少用谜格。

1. 题材贴近现实

像一切民间文学一样，灯谜题材也是要随着历史的发展而发展的。这一时期，流行的新词汇、新事物名词成为灯谜创作的主要题材，例如：

国家壁垒（新词）公私合营（饶锡吾）
大家一同走（四字新词汇）群众路线
大家阅读（四字新词汇）集体观念
百废俱兴（四字新词汇）全面发展
逆流竞舟（四字新词汇）力争上游
全身暴露（四字新词汇）具体表现
戴口罩（四字新词汇）嘴上一套
瞎子打冲锋（四字新词汇）盲目冒进
石榴花（三字新词汇）红五月
一人、三人、七人（三字新词汇）大众化
八（二字新词汇）交心
大家一条心（常用名词）同志
萧何荐良将（常用名词）介绍信
评话英烈传（常用名词）说明书
八仙桌（常用名词）方案
隐身衣（常用名词）密件
由衷之言（哲学名词）唯心论

各执一词（哲学名词）相对论
公堂对质，口说不足凭信（哲学名词）辩证唯物论
高足（卷帘格·自然科学名词）优生学（以上《灯谜集锦》）
原子能（新术语）核心力量
钻探工作（新术语）深入下层（以上《灯谜》）
亲手缝制鞋袜（成语二）自给自足、满足需要
探照灯（成语）光芒万丈（以上《游艺》）
火车头（农业机器）拖拉机
赤壁（书名）《红岩》（以上《小舞台》）

新中国成立后，流传的民间事物谜语注入时代元素，新的事物谜语也不断出现：

一只独眼龙，夜晚跟人行，越明它越暗，越暗它越明。（日常用品）手电筒（王老九）
铜头铁骨小圆嘴，拧一把，流眼泪。（日常用品）自来水龙头（《猜谜语》）
小家伙，真灵巧；嘴巴大，喉咙小；城里乡下都有它，大小新闻它都晓；国语方言它都会，讲得通俗又明了。（宣传工具）扩音喇叭（郑元福）
我不夸自己多么稀奇，无影无踪能行千里，这里发出那里收下，嘀嘀嗒嗒传布消息。（通信用品）无线电报（路青）
大哥天天唱戏文，二哥专打抱不平，三哥坐着把头摇，四哥一到事分明。（四种电器）收音机、电熨斗、电风扇、电灯（《快乐的节日》）

第一章　社会主义改造与建设时期的灯谜（1949年10月至1966年5月）

2. 语言通俗易懂

以《灯谜集锦（第一辑）》收录的报刊名谜作为例，可见一斑。

祖国的保卫者（报刊）《解放军战士》
高楼万丈平地起（报刊）《新建设》
巡回放映队（报刊）《大众电影》
大江东去（报刊）《奔流》
欲穷千里目，更上一层楼（报刊）《展望》
源远流长（报刊）《延河》
焰（报刊）《火花》
惊蛰（报刊）《春雷》
流动演出（报刊）《游艺》
扩大眼界（报刊）《展望》
客寓（报刊）《旅行家》
信箱（报刊）《集邮》
姑苏风景（报刊）《园林好》
生产通讯（报刊）《劳动报》
通讯社天天发布消息（报刊）《新闻日报》
病愈通知书（报刊）《健康报》
黄河之水天上来（期刊二）《奔流、东海》
青梅竹马（期刊二）《儿童时代、小朋友》

又如，甘肃兰州多次谜会的佳作：

灯下喜相逢（外交名词）照会（邓宝珊）
宽宏大度饶他人（地名）海原（邓宝珊）
电影红星（星宿名）大角（邓宝珊）

牧童驱犊返（中药二）牵牛子、当归（范振绪）
逸仙（唐诗）空山不见人（范振绪）
无珠难为玉，解带懒围腰（字）工（范振绪）
行者有裹粮也（天文学名词）带食而出（佚名）
一川流水送残霞（字）没（王静庵）
鸦片战争（用具）烟斗（刘子荫）
飞入寻常百姓家（泊人二）燕顺、时迁（刘子荫）
绿竹千竿送客行（成语）虚心使人进步（马啸天）
麸（泊号）白面郎君（赵浚）
赏心叠唱健康歌（聊目）吕无病（赵浚）
恨他别后害相思（《西厢记》）怨归去得疾（赵霖）
家徒三壁（口语）一面倒（朱笠僧）
张三的帽子张三戴（名人）李四光（朱笠僧）
高楼万丈平地起（哲学词语）上层建筑（边绍龙）
数点落花委地（聊目）小谢（龙得天）
掌心雷（用物名）手电（邓明）
重修故宫（李煜词）雕栏玉砌应犹在，只是朱颜改（李珍）

此阶段创作的很多优秀的、语言通俗易懂的谜作深受人民的欢迎，被大众广泛流传，例如：

远看是座亭，近看没窗棂，上边直流水，下边有人行。（物）雨伞（杨松琦）

日常生活两件宝，穿得暖来吃得饱；若把他俩放一起，只觉多来不嫌少。（字）裕（贝容）

自小在一起，目前少联系（字）省（王能父）

他去也，怎把心儿放（字）作（王能父）

第一章　社会主义改造与建设时期的灯谜（1949年10月至1966年5月）

添个小数点，加减乘除全（字）坟（汪寿林）
一心推倒山，夺取双丰收（字）慧（汪寿林）
断一半，接一半，接起来，还是断（字）折（沪仲）
美好的开端（字）姜（弗之）
半价出售（字）催（杨一峰）
夺去一半留一半（简体字）奋（顾天林）
航空信（地名）高邮（佚名）

3. 规避玄奥别解

新中国成立后，清朝和民国时期的热点谜材如"四书""五经"文句及其他古籍文句篇名等，退为很少触及的谜材，即便运用，在扣法上力求大众化，别解隐意规避玄奥，如：

毛泽东思想（《四书》句）既明且哲
马克思列宁主义是普遍真理（《四书》句）百世不能改也
理论与实践相结合（《中庸》二句）言顾行，行顾言
高射炮（《诗经》句）声闻于天
晚会（宋词句）人约黄昏后（以上《灯谜》）
无线电收音机（唐诗七言）来是空言去绝踪
欧美籍（《诗经》句）西方之人兮
死老虎（《论语》句）斯亦不足畏也已
只从正面考虑（《诗经》句）不思其反
一而二，二而一（《诗经》句）其实三兮
一觉睡到大天光（古文句）不知东方之既白
腹稿（《诗经》句）我心写兮
落叶（《诗经》句）其黄而殒
老面皮（《诗经》句）颜之厚矣

車（《四书》句）而一旦霍然贯通焉

兑（《四书》二句）有一言；不亦说乎

示之以背（《西厢记》句）怎不回过脸而来（以上《灯谜集》）

其时，谜人谜艺切磋、文人之间猜射、内印谜集汇录的谜作，比用于大众猜射，出版选编的谜作，谜法运用上有一些深度，如讲求精新工巧、丝丝入扣、语言老成练达、运用典故等，但也力避僻典奥语。如：

三更斜月映镰钩（字）乳（胡寄云）

乌兹别克（泊人）白胜（伍学恒）

休言（幼学句）徙木以立信（佚名）

森（电影名二）《水》，《三合一》（佚名）

"生女犹得嫁比邻"（医院用语）不配外方（陈少梅）

"质本洁来还洁去"（成药）当归素（邱振宗）

"屈平诗词悬日月"（常用词）原文照登（林璧）

"三日断五匹，大人故嫌迟"（《西厢记》句）促织儿无休歇（庄瑰）

管鲍之交（县名二）穷结、友谊（赵少如）

庄周变幻，杜甫悲秋（《千家诗》句）蝴蝶梦中家万里（孙业廉）

4. 不用冷僻谜格

清朝和民国时期，谜格有数百种之多，常用的有几十种。17年间，使用谜格的谜作不多。其时，谜事活跃的潮汕地区，谜刊中出现过的谜格也只有40种。全国出版的灯谜通俗读物中，常

第一章 社会主义改造与建设时期的灯谜（1949年10月至1966年5月）

用谜格有卷帘、秋千、求凰、徐妃等4种，次常用格有数种，冷僻谜格基本不用。多种资料汇编中的格谜如：

灌溉（三字常用词·卷帘格）地下水

一家都好（四字常用词·卷帘格）安全第一

荧光灯（物理名词·卷帘格）电子管

一路太平（《水浒》人名·卷帘格）安道全

先生大作不平凡（古代人名·卷帘格）卓文君

靶（体育运动器具名·秋千格）标枪

情书（书名·秋千格）简爱

书房谈天（书名·秋千格）聊斋

柏林（外国作家·秋千格）都德

群众代表（五字新词汇·求凰格）人民委员会

文史研究（五字新词汇·求凰格）合理化建议

小说（三字新词汇·求凰格）大评比

上游（三字新词汇·求凰格）比先进

独唱（数学名词·求凰格）对数表

青梅竹马（徐妃格）憧憬

辞职（报刊·徐妃格）漓江

余（植物名·徐妃格）梧桐

素材（国外地名·徐妃格）柏林

郎君玉照（花名·徐妃格）芙蓉

永远望和平（书名·白头格）西望长安

咸（数学名词·燕尾格）减法

熔炉出铁（三字新词汇·玉带格）满堂红

三、花色特色谜

1. 花色灯谜
（1）拼音谜

我国自1955年开始推行汉语拼音，宣传汉语拼音的灯谜随之诞生。

一山连一山，看来很威严，人民的干劲儿大，弄它个底朝天。（拼音字母）W

十减一，不是九；七减一，不是六（拼音字母二）IL

是非曲直（拼音字母四）VXLI

一桥飞架南北（拼音字母一）D（以上《新民晚报》）

比十不足，比一有余（拼音字母）T

电解（拼音字母三）EIL

对顶角（拼音字母）X

YOU（兴趣活动）集邮

SHI（打画家名）齐白石

FEI（地名）合肥

GANG（地名）连云港

MING（成语）相依为命

GUO（国际组织）联合国

DING（成语）一言为定

QING（拼音术语）轻音

BAI（戏曲术语）念白

ZHI（成语）总而言之（以上《游艺》）

第一章 社会主义改造与建设时期的灯谜(1949年10月至1966年5月)

(2)画谜

(影片名二)画中人、她在保卫祖国

(南京《灯谜专刊》)

下面四幅画,每一幅画猜一个字。

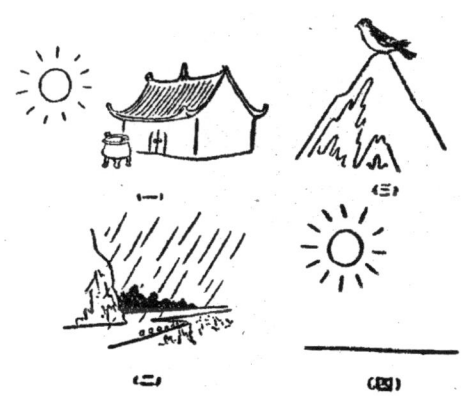

四幅画谜的谜底:1.时;2.露;3.岛;4.旦。(涛海)

(3)象棋灯谜

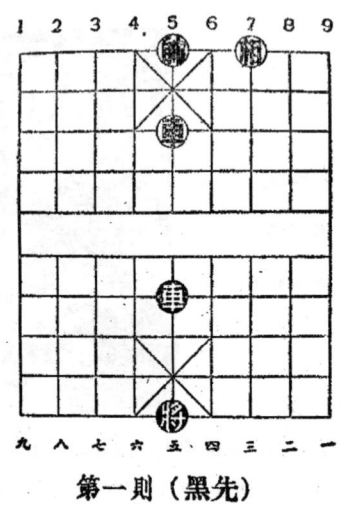

第一则（黑先）

以上图棋局为谜面，猜京剧剧名一。说明：车五进四，相7进5，将五进一（黑先和）。谜底：将相和。

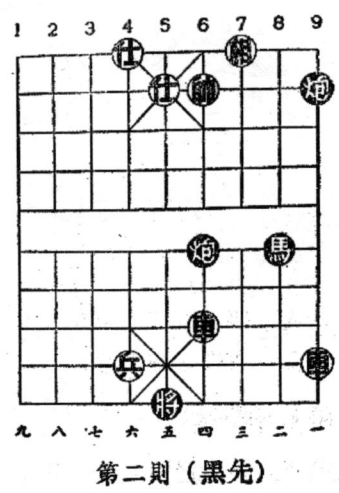

第二则（黑先）

第一章 社会主义改造与建设时期的灯谜（1949年10月至1966年5月）

以上图棋局为谜面，猜成语。说明：马二进三，帅6退1，马三进二，帅6平5，马二退四（黑胜）。谜底：快马加鞭。（姚惠）

（4）连环谜

一点铁，一点铜，一根木头一根绳——秤

你说秤，我说秤，一头软，一头硬——鞭

你说鞭，我说鞭，长在地里冒黄烟——窑

（《民间文学概论》献给国庆十周年版）

上搭桥，下搭桥，中间一个鲤鱼跑。说是梭，就是梭，不走平地不走坡。说是船，就是船，两头落地中间悬。说是桥，就是桥，内长骨头外长毛。说是鸡，就是鸡，早朝东来晚朝西。说是葵，就是葵，今年去了明年回。说是麦，就是麦，你晓得我不晓得。

（向人红收集）

我说谜语你来破，一物生来四只脚，瓜子脸，梅花脚，五六月间穿皮货——

狗。狗是狗，一件东西来回走，只有牙齿没有口——

锯。锯是锯，身材细细，满身麻皮，拉拉它的耳朵，问它多大年纪——

秤。秤是秤，圆头大眼睛，迎风一身轻，爱在枝上叫，又响又好听——

蝉

（《陕西谜语资料》）

四季循环（先打成语—接打小说—再打人名）寒来暑往、秋、夏衍

都成眷属（先打成语—接打字—再打常用词）无独有偶、仁、核心

斗剑（先打成语—接打字—再打京剧名）短兵相接、剑、单刀会

元旦（先打电影—接打小说—再打影片名）最初的日子、春、一年之计

（《游艺》）

（5）组谜

①一手写出加减乘（字）

②十八点（字）

③二十下加四，除八进一十（字）

④AOP三结合（字）

（以上四个字连起来，可组成一个新词汇）技术革命（《游艺》）

①鲁南浙北（国名简称二）

②知己（名词，秋千格）

③九个双工（简体字）

④道听途说（简体字）

（以上四条谜的谜底组合起来是一个人民团体的名称）中苏友好协会（方力）

（6）谜语故事

对诗

这是很多年以前的事情。

有一年夏天，在一片翠绿色的田地中，有一块瓜地，西瓜已经成熟，个个滚圆，长得十分可爱。

晌午天，两个到京城去赶考路过这儿的书生，因为走得非常口渴，就想吃瓜解渴。

第一章 社会主义改造与建设时期的灯谜（1949年10月至1966年5月）

"我们渴得厉害，卖给我们两个瓜吃吧。"两位书生向看瓜的老头说。

"瓜是不卖的。对上诗，可以给瓜吃，对不上诗，就不给瓜吃。"老头回答。

书生一听，可就乐了；心想：一个庄稼汉能出多深的题目，瓜是一定能吃上了。因此，就说道："好吧，请你出题吧。"

"我要一个四角方，再要一个对长双，三要一个盘龙集，四要一个脱衣裳。"

书生听了以后，你看看我，我看看你，不知怎样回答。老头又连续念出三首诗来，两位书生还是一首也对不上来。这三首诗是：

"我要一个叶儿长，再要一个靠南墙，三要一个一兜籽，四要一个一身疮。"

"我要一个穿大红，再要一个粉做成，三要一个大如天，四要一个土里钻。"

"我要一个甜如蜜，再要一个蜜不甜，三要一个喜欢乐，四要一个乐不欢。"

既然对不上诗，眼看这西瓜是吃不成了。正在这个时候，邻村的农民张大尤走过来了；他身上背着口袋，刚从集上回来，路过瓜地，天热口渴，他也想买个瓜吃，一听非得对诗才能吃瓜，只好试一试。老头又把第一首说出来。张大尤听完后，很快地就对上了，他说：

"桌子放上四角方，筷子搁上对长双，饺子端上盘龙集，粽子摆上脱衣裳。"

跟着老头把另外三首诗也说出来，张大尤也一首一首地对答如流。他说：

"豆角花儿叶子长，葫芦花儿靠南墙，西瓜开花一兜籽，黄瓜开花一身疮。"

"石榴开花穿大红,牡丹开花粉做成,种起地来大如天,好吃懒做土里钻。"

"乡亲和美甜如蜜,挑拨是非蜜不甜,粮谷丰收喜欢乐,租税加重乐不欢。"

张大尤全答对了,所以就吃了老头的西瓜。那两位空有"满腹经纶"的书生,这时才感到自己读的是死书,生活知识实在太少了……

(金凤)

2. 地方特色谜语

中国地域辽阔,有些谜语也长期保留地方特色。地方特色谜语有方言俗语的因素,也有表现手法的不同。

(1) 赋体谜

赋体谜是通过借物寄意的手法,用诗歌的形式隐喻谜底。潮州赋体谜一般采用四句头的格式描写谜底,首句或第二句运用谐音、会意、借代、象形等法门"叫响谜底"(让猜者琢磨出谜底),其余三句分别形容谜体物态。20世纪50年代,是潮州赋体谜的多产期和高质期。谜作如:

彼此一样圆通,陶然共同业工。做好大小水利,东风压倒西风。(用物) 盖瓯 (翁松孙)

端州见曼卿,文章通诸经。寄居在即墨,教学笔为耕。(用物) 砚

丑事利是图,深入反贪污。迈步向前进,狠将劣根除。(农具) 犁

军民合作抵外侮,训练民兵卫国土。阶级斗争要坚强,

第一章 社会主义改造与建设时期的灯谜（1949年10月至1966年5月）

英雄本色人鼓舞。（山名）武当

（以上赵少如）

（2）诗钟谜

诗钟是中国古代文人的一种限时吟诗文字游戏，大约出现在清中期。诗钟限一炷香功夫吟成一联或多联，香尽鸣钟。诗钟吟成，再作为核心联句各补缀成一首律诗，游戏结束。诗钟多半限定内容（诗题）、文字和种格，比如诗钟分咏，限"来、去"，即上联必须有"来"，对下联的"去"字。诗钟比一般对联要求格律更工整，内容更含蓄。民国时期，有谜人吸收诗钟的特点制谜，在灯谜创作上形成一种叫"诗钟谜"的新体裁。谢会心《评注灯虎辨类》介绍："诗钟一法，必其谜底能自成两句词，始得以分咏出之。"例："炎汉信都归涿郡，吴趋书画数衡山"卷帘射《书经》句"明徵定保"，卷读为"保定、徵明"，一地名，一人名。诗上句是指汉时的信都县归入涿郡，即是后来的保定；下句的吴趋是吴地之意，衡山是明朝的文徵明的号，故指文徵明。

诗钟谜这种新体裁在揭阳地区尤盛。《潮汕谜艺》介绍："诗钟谜的谜面创作以格律要求之，非有深厚的文学功底且精深的谜理者，实难为之。谜人多视此为畏途。问津者日少，偏独揭阳此风不衰，是以获此'专利'之故。必须指出的是因为其作品艺术要求甚高，既符合格律要求，又贴合谜理，且文字雅丽的精品是不多的。半个世纪前的揭阳诗钟谜，谜底多为方言谐音字且又不加格说明，与潮汕民间谜的扣合相似。"20世纪50年代及之后，揭阳谜人进一步探索诗钟谜的创作，开始摒弃初期创作中不工不文的谜作，提出"对仗工整、别解传神、典雅有致"的创作精神，产生了一些质量较高的谜作，如：

诸葛渡泸平孟获，云长温酒斩华雄。（国名二）越南、捷克（叶定）

雨飘秃杏露丹迹，风卷残云染碧空。（《葬花词》二句）洒上空枝见血痕，花谢花飞花满天（黄工能）

过枫桥张继夜归，咏金谷杜牧寄怀（《千家诗》一句）孤舟一系故园心（黄庆生）

其他地区亦见诗钟谜创作。20世纪60年代，天津寇梦碧、陈机锋、张牧石等，相呴相濡，苦中作乐，常聚首以诗钟相娱，其中创作的诗钟谜如：

限书名
已遣乌衣为寄信（《燕子笺》），更教红叶与通情（《韩诗外传》）。

或北或南俱可达（《史通》），无冬无夏始为佳（《春秋》）。

限词牌名
一骑红尘妃子笑（《荔枝香近》），半窗凉月旅人愁（《秋思》）。

3. 民族特色谜语
（1）瑶族谜歌
长颈细腰身，歌声十里闻，逢年又逢节，哥姐喜相迎。（长鼓）

腹中空，生来一条好喉咙，唱支山歌爱煞人，万马千军调动身。（号角）

一物四角方，身子窄又长，上边长花草，冬日不觉凉。

第一章 社会主义改造与建设时期的灯谜（1949年10月至1966年5月）

（头巾）

身子巧，浑身上下亮堂堂，穿过不少绸和缎，会过不少巧姑娘。（针）

只会爬，两只翅膀长胁下，一生好管不平事，口里吐出白莲花。（刨子）

铁打狗，来回走，只有牙，没有口。（锯子）（湖南《谜歌》）

（2）白族谜语

老马不吃草，瞪着眼睛跑，身驮千斤重，不知苦和劳。（汽车）

四四方方一座城，里头兵马外边人，阴兵不动阳兵动，手中无刀暗杀人。（下棋）

石头层层不见山，短短路程走不完，雷声隆隆不下雨，大雪纷纷不觉寒。（磨）

两个懒汉一般大，进进出出把手拉，每顿吃饭它先到，做活时候不见它。（筷子）

一张宝物四角方，房屋田地都能装，走近面前详细看，只见房屋不见床，贫苦人民多盼望，衣食住行有保障。（土地证）（《云南民族文学资料》第12集）

（3）布依族谜语

看它不像样，卖它不值钱，请客吃饭，要它在前。（抹桌布）

一步栏杆一步桥，桥上人马动摇摇。庞统设下连环计，诸葛领兵救汉（旱）朝。（水车）

祝（竹）家的女嫁到田家，半夜三更得娃娃。（鱼笼）

有耳不闻雷公响，有鼻不知桂花香；云南贵州都走遍，不知性命落哪方。（草鞋）

远看一朵花,近看一脸麻。(向日葵)(贵阳 1959 年《民间文学资料》第 13 集)

(4)塔吉克族谜语

能像鸟唱歌,好比金子亮。有它粮食多,牧草更兴旺。(泉水)

高高山上边,挂着一把剑。只见光闪闪,把剑猜猜看。(月亮)

老人身穿红,身在地里藏。说来真奇怪,胡子留在外。(红萝卜)(《新疆文学》1964 年 1 月)

4. 谜语歌曲

谜语歌曲是唱歌与猜谜的结合。这一阶段谜语歌曲已是别出一格,多有创作。

例如,中国音乐学校作曲系教授李重光作曲的《儿童谜语歌曲集》载"尺"谜语歌:

又如，湖北教育学院教授邱刚强作曲的《唱歌看画猜谜语》载"拖拉机"谜语歌：

```
1=C 2/4    不吃粮来不吃草
1̇ 1̇ | 2 1̇ | 6 6 | 5· | 5· | 6 5 | 4 3 |
不 吃 粮 来 不 吃 草，        天 天 都 在
2 1 | 2· | 2· | 3 2 1 | 2 3 5 | 6 2 | 3· |
地 里 跑，      耕 地 运 输 和 收 割，
3· | 3 2 3 | 1 6 5 | 2 3 | 1· | 1· |
    样 样 能 来 样 样 好。    （拖拉机）
```

四、寓教事物谜

灯谜为社会服务的途径之一是教育。17年间，谜语作为教学课文，在我国幼儿教育和小学、中学教育中都有运用，实践着传承优秀谜语文化从娃娃抓起；谜语还运用于扫盲教育；而更多的是作为教辅资料，发挥其寓教于乐的作用。

1. 幼儿教育

新中国成立后，谜语在幼儿教育中作为教育游戏，是我国20世纪40年代前将谜语运用于儿童教育的承接，也受苏联在儿童教育中运用谜语的做法和倡导的影响。

1948年由苏联E. N. 伏尔可沙整理编辑的《幼儿园教养员工作指南》，是苏联幼儿教育工作者的重要参考书之一，1950年，由中华全国民主妇女联合会编译，人民教育出版社出版。当时，我国的幼儿园教育较多地吸收了这本书的精神，很多幼儿园教材主要参考这本书进行编辑。这本书较为重视教学游戏中的猜谜游戏（苏联的猜谜包含猜射事物谜语和回答智趣问答、猜想隐藏物

件等），书中十多次提到猜谜，尤其对幼儿园大中班，提出了具体的猜谜指南。书中多处谈及：

> 儿童们对于需要用脑筋思索的游戏和作业的兴趣提高了。他们喜欢猜谜、解决问题、编故事、玩棋。应当启发他们对知识的兴趣、好学的精神，发展他们的集中力、注意力、记忆力、机智、迅速理解的能力。
>
> 教养员在选择游戏时，要注意到儿童们最需要的是那种练习。一切能够保证每个孩子都能积极参加，保证每个孩子都能高兴和感到兴趣的游戏，例如猜谜游戏，便可让全班儿童都来参加。

卢冠六编写的《谜语》，引用《幼儿园教养员工作指南》说：

> 在中大班，教养员可以进行民间的游戏——谜语。……教养员可以利用教学游戏来巩固儿童现有的知识并使之更为精确，也利用它来对儿童传授新的知识。教学游戏中，有种种任务。它们要求有综合的能力，要求有区别物体最主要的标志，记住并回忆那见过和听过的东西，找得所需用的词，猜中谜语等等的技能。语言在教学游戏中，是具有重要作用的。儿童在游戏中养成习惯，能更精确地使用词语，因此儿童常用的词汇就丰富起来了。

新华社长春1958年11月18日电：吉林省永吉县采取多种办法大力培训保育员，在双河镇开学的保育员训练班，共有400人参加学习，教材是由县妇联、文教局和保健站联合编写的，包括幼儿学话、学歌、谜语、卫生知识等。

第一章 社会主义改造与建设时期的灯谜(1949年10月至1966年5月)

17年间,我国各地编写的幼儿园语言教材,多数汇编谜语;幼儿园里的大中班,大多将猜谜作为教学游戏课程。教猜的谜语如:

青青的像稻穗,高高的像芦苇。奇怪奇怪,腰里长出胡须来,翻开胡须看一看,粒粒珍珠露出来。(玉蜀黍)

白白的梗子,绿绿的叶子,叶子像把小扇子,烧烧煮煮真好吃。(青菜)

弯弯两只角,耕田力气大,翻土种庄稼,农民多亏它。(牛)

(以上江苏省教育厅1956年编《幼儿园语言教材》)

一个宝宝,圆头圆脑,拍一拍,跳一跳,拍得重,跳得高。(皮球)

我有两个家,地上走走,水里划划,唱起歌来,咯咯咯咯。(青蛙)

一双手,真稀奇,没有骨头只有皮。(手套)

(以上北京市教育局幼儿教育研究室1957年编《北京幼儿园试用教材选集》)

尖耳朵,长尾巴,看见主人摇尾巴。(狗)

尖尖的嘴巴,长长的尾巴;白天洞里躲,晚上到处跑;喵呜一声叫,吓得洞里逃。(老鼠)

东一片,西一片,隔着毛山看不见。(耳朵)

上边毛,下边毛,中间一粒小葡萄;猜不着,对我瞧。(眼睛)

(以上福建省教育厅1957年编《幼儿园故事歌谣教材(大班适用)》)

扁嘴巴,大脚爪,只吃鱼,不吃草。好像小船水上漂,漂来漂去真逍遥。(鸭)

铁身体，木尾巴。弯弯的身体像月牙，我们割稻少不了它。（镰刀）

四四方方，跟我来往，伤风咳嗽，它就很忙。（手帕）

（以上云南省妇女联合会1959年编《农村幼儿园参考教材》）

2. 小学教育

1949年后，主流的第一套初级小学国语课本到"文革"前的十年制学校小学语文课本，都编入了谜语课文。

1948—1951年，华北新华书店、人民教育出版社等先后出版一套《初级小学国语课本》，被称为1949年后的第一套初级小学国语课本。这套课本共8册，册册都有谜语课文，合计有11课，为谜语入小学课文开了一个好头。例：

牛

两只长角，一个大头，谁要喂好它，耕地不用愁。（第一册）

这是什么

泥匠把他做，放在庙里坐。有眼看不见，有嘴不会说。没有半点用，骗人却很多。大家想一想，这是个什么？（第二册）

时光

下了课，我们跑到黄老师房子里去猜谜语，黄老师坐在椅子上，我们把他围了个不透风。

黄老师说："世界上有一种最宝贵的东西，是看不见、买不到、摸不着、藏不住的。你们猜这是个什么?"

谚新说:"看不见的风。"

振山说:"买不到的是雨。"

大顺说:"摸不着、藏不住的,一定是闪电。"

黄老师说:"都不对,猜一件东西。"

新华说:"是太阳吧?"

黄老师说:"太阳看不见吗?"

小金说:"我猜着了,一定是时光。"

黄老师说:"小金猜对了。时光是最宝贵的东西,我们应该爱惜它。"(第五册)

兄弟三个

星期六最后一节课,是讲故事和猜谜。小芬说了一个谜,要答三件东西,让大家猜。她说:"兄弟三个空中转,千年万代不休息。大哥像个大火球,悬在当中转得急。二哥绕着大哥走,带着他的三弟弟。三弟绕二哥,一圈只绕一个月。二哥绕大哥,一圈要绕春夏秋冬四个季。三人一齐团团转,好像走马灯儿在做戏。"

大家想了半天,都猜不出。最后李祥生忽然站起来说:"我猜着了!那三件东西是太阳、地球和月亮。"

大家问他什么道理。他说:"我听爸爸讲过,太阳是个恒星,地球绕着它旋转。地球自己转一圈是二十四小时,就是一天一夜;绕着太阳转一周要三百六十五天,就是一年。月亮是地球的卫星,绕着地球旋转,转一周要一个月。这三件东西,不正是太阳、地球和月亮吗?"

小芬说:"李祥生猜对了。"(第七册)

1949年至1953年，上海临时课本编审委员会原编，人民教育出版社修订出版《初级小学国语课本》，全套8册，前6册编入8课谜语课文。例：

猜个谜

姐姐叫妹妹猜个谜："两只小船，不在河里，跟着人走，到东到西。"

妹妹猜不出来。姐姐说："你抬起脚来仔细看看。"（第一册）

猜谜

表哥是一个很有趣味的人，他会讲笑话，又会编谜语。

一天晚上，妹妹吵着要他讲笑话，讲了一个还要一个。表哥说："顶多再讲一个，还得有交换条件。"

妹妹慌了，说："我讲不出笑话呀，拿什么做交换条件呢？"

表哥说："条件是这样：我先说一个谜语，你们有一个人猜着，我就再讲笑话；猜不着，我就不讲了。"

妹妹和我都急着要听表哥的谜语。表哥说："丁零零！丁零零！又会说话又会听。一只耳朵一张嘴，没有鼻子没眼睛，单有一张小圆脸。像只钟，没指针，只有1234567890。"

我们猜了半天，都猜不出来。表哥说："今晚不讲笑话了。把谜底告诉你们吧。我说的是电话机。"（第五册）

人民教育出版社1952年至50年代中期编辑出版的《初级小学课本·语文》，也编入了谜语课文。如：

这是什么

会走，没有腿，会说，没有嘴。会告诉我们，什么时候

起来,什么时候睡。(第二册)

它是什么

呜!呜!呜!呜!铁马喷着白汽,一边跑,一边吼着。

它装满了人,载满了货,在铁路上飞快地跑过。

它不用脚,转着铁轮,跑起来比马快得多。

它不吃草,装足煤和水,耐久的力量胜过骆驼。

它日日夜夜,来来去去,为人民担任运输的工作。(第六册)

人民教育出版社20世纪50年代中期至60年代初出版的8册套《初级小学课本·语文》中,前5册编有6课谜语课文。例:

谜语

红公鸡,绿尾巴,一头钻在地底下。

紫色树,紫色花,开了紫花结紫果,紫果熟了装芝麻。

弟兄七八个,围着柱子坐,大家一分手,衣服就扯破。

红口袋,绿口袋,有人怕,有人爱。(第三册)

我是什么

我会变。太阳一晒,我就变成汽。升到天空,……人们叫我"云"。

我在空中飘浮着,碰到冷风,就变成小珠落下来,人们叫我"雨"。……

平常我在池子里睡觉,在小溪里散步,在江河里奔跑,在海洋里跳舞、唱歌、开大会。……

小朋友!你们知道我是什么?(第四册)

从 20 世纪 60 年代初开始,人民教育出版社编辑出版《十年制学校小学课本·语文》,其中 5 册编入谜语课文。1963 年开始,人民教育出版社小学语文编辑室新编《初级小学课本·语文》,前 4 册都有谜语课文。

3. 中学教育

中学教育中,也有将谜语纳入课文教学的。人民教育出版社 1955 年 11 月出版张毕来等主编的《初级中学课本·文学》第二册,第二课全篇为:

谜语四组

高高山,低低山,鲫鱼游过白沙滩。(打一种劳动)

磐石转转而不颠,路途遥遥而不远,雷声隆隆而不雨,雪花飘飘而不寒。(打一种劳动)

一朵芙蓉顶上戴,锦衣不用剪刀裁,果然是个英雄汉,一唱千门万户开。(打一种动物)

像桃不是桃,肚里长白毛;拨开毛来看,还有小黑桃。(打一种植物)

我有一张琴,丝弦藏在腹,时时马上弹,弹尽天下曲。(打一种工具)

远看山有色,近听水无声,春去花还在,人来鸟不惊。(打一种艺术品)

一边硬,一边软;硬的能造屋,软的可做衣裳穿。(打一个字)

上不在上,下不在下;天没它大,人有它大。(打一个字)

(谜语四组:这里共有八个谜语,它们的谜底是:织布、磨面、公鸡、棉桃、墨斗、风景画、"破"字、"一"字。)

第一章　社会主义改造与建设时期的灯谜（1949年10月至1966年5月）

练习

一、第一个谜语怎样暗示织布？

二、第二个谜语怎样暗示磨面？

三、第三个谜语里哪些词语比喻公鸡的冠和羽毛？

四、"一唱千门万户开"暗示什么？

五、解释"弹尽天下曲"的含义。

六、背诵这些谜语。

这篇课文选编的都是大众谜语，对中学生来说，已不是像小学生学习谜语课文那样去教生字和引导猜射，应是更高层次的教和学，是从谜语的文学价值、语言艺术、修辞描述、作品赏析、指导创作等方面进行教和学。《初级中学课本文学第二册教学参考书》针对这篇课文的教学参考文章写得非常好，是值得借鉴的谜语教学资料，对人民大众分析欣赏谜语也有教益。全文如下：

课文分析

一般说来，谜语是人民的口头创作，也是一种有趣的游戏：抓住某一事物的特征，用比喻、象征等方法描述这些特征，叫人费一番思索，从这些描述里猜出那事物的本身。这些描述，既然切合事物的特征，它就处处显示事物；既然用的是比喻、象征等方法，它就处处隐蔽事物。一方面显示，一方面隐蔽，这是谜语的特点。这些描述叫"谜面"，那事物叫"谜底"。

本课第一组的两个谜语都是关于人民的生产劳动的。第一个，谜面是一幅风景：一眼望去，山有高的，有低的，一条鲫鱼从白沙滩游过。谜底是织布：挂着纱线的织布机，样子像高高低低的山。织布的主要动作是梭子穿纱。梭子的形状像鲫鱼，连成一片的白纱像水边的沙滩（"沙"和"纱"

又是同音字),梭子穿过白纱就像鲫鱼游过白沙滩。这个谜语把织布的特征生动地描写出来了。第二个,谜面是几个景象,谜底是磨面。谜面的几个景象有着叫人奇怪的地方,而这些地方正是谜底的特点。第一句,"磐石转转而不颠":磐石原是稳定的大石头,这里说的磐石却不断地转动;虽然它不断地转动,但又不倒下来。推磨的情形正是这样。第二句,"路途遥遥而不远":走着走着,路老走不完,所以说"遥遥",虽然遥遥,但又"不远"。这里描写出了推磨的情形。推磨的人绕着磨盘打转,距离虽然不远,但是老走不完。第三句,"雷声隆隆而不雨":就自然现象说,有雷的时候不一定有雨,但是,有雨的时候多些,这里也有一定的可奇怪的地方。只有磨面,才永远跟谜语里所说的景象相像。磨盘转动发出轰隆轰隆的响声,像干打雷不下雨一样。最后一句,"雪花飘飘而不寒":就自然现象说是奇怪的,磨面跟这景象很相像。磨面时候,磨下面粉来像下雪一般,但是人并不因此觉得冷。这个谜语把磨面的情形暗示出来了。

　　第二组的两个谜语是关于人民的劳动成果、家畜和农作物的。第一个,谜面是人,谜底是公鸡。公鸡的特征是羽毛美丽,气概雄健。耸立的鲜红的鸡冠像一朵芙蓉花,生成的一身彩色羽毛像披着锦绣的衣服。所以谜面说,这个人头上戴着"一朵芙蓉",他穿的锦衣是天生的,"不用剪刀裁"。谜面说这个人"一唱千门万户开",足见他很有号召力量,是个英雄。这个特征跟公鸡的报晓很相像。报晓是公鸡很重要的一个特征,每天东方一亮,公鸡就高声啼叫,家家户户听了鸡声就起来劳动。这个谜语把公鸡的特征说出来了。第二个,谜底是棉桃。这个谜语的谜面跟前几个不同,它用怀疑的口气揭示一个矛盾,说有一个东西像桃可又不是桃。猜谜的要拿桃做参考，尽量运用比较的方法来猜出谜底。棉桃像桃，可不是真正的桃，它的壳里长着雪白的棉花；拨开棉花来看，还有一粒粒黑色的种子，像些小黑桃。这个谜语是从棉桃的外部和内部的形状跟实在的桃联想起来做成的。

　　第三组的两个谜语是关于我国人民的发明创造的。一个的谜底是劳动工具，木匠用的墨斗；另一个谜语的谜底是艺术品，画。第一个，主要是从墨线上想出来的。把墨斗比作一张琴，把墨线比作琴弦——墨线不弹的时候是藏在墨斗里的。木匠常常跨在长凳（有的地方叫木马）上弹墨线，好像骑在马上弹琴。木匠用墨线弹出直线，矫正一切弯曲的木头。琴弦弹的是"歌曲"的"曲"，墨线弹的是"弯曲"的"曲"，最末一句用歌曲的"曲"影射弯曲的"曲"，有两层意义：除了说明一切弯曲的木头都能用墨线弹直以外，还暗示社会上一切不合理的事情，都应当像木匠对待弯曲的木头一样，把它们矫正过来。第二个谜语的谜底是画。这个谜语的谜面跟"像桃不是桃"那一个相似，也是用怀疑的口气揭示矛盾。画里有山有水有花有鸟，山的颜色是看得见的，水流的声音却听不出来；花不会跟逝去的春天一同逝去，鸟不会因看画的人来了就飞走。这个谜语指出画里的事物是固定的，现实里的事物是变易的，用比较的方法，把艺术品的特点写出来了。

　　第四组是关于我国文字的谜语。前一个谜底是"破"字；后一个谜底是"一"字。做关于文字的谜语大都着眼于字形或字义的分析。这两个都是分析字形的。"破"字左边是"石"字，右边是"皮"字；石头是硬的，皮子是软的，所以说"一边硬，一边软"。石头可以造房屋，皮子可以制衣服，从这两件事可以猜知硬的是什么，软的是什么。"一"字的谜语是从"上""下""天""人"四个字的字形上想出来的。"一"

字在"上"字里不能写在上面,在"下"字里不能写在下面,说"上不在上,下不在下",意思是说:就"上"字说,它不在上边;就"下"字说,它不在下边。"天"字去掉"一","人"字加上"一"都是"大"字,说"天没它大,人有它大",意思是说:"天"字没了它,成"大"字了;"人"字有了它,也成"大"字了。

从以上的分析可以看出,作谜语首先要能掌握事物的特征。要掌握事物的特征,必须对事物加以透彻的观察,仔细的分析,确切的概括。掌握了特征,还须用暗示的方法把这些特征描述出来。这就需要丰富的想像能力和很好的描述方法。从谜语里可以看出人民的观察、思维、想像的能力和艺术的描述技巧。有些谜语不但表现人民的智慧,还表现人民的雄伟气魄,如"一唱千门万户开"和"弹尽天下曲"所表现的。

谜语用比喻来描写事物的特征,跟一般比喻有些不同。一般的比喻通常是简单的、明显的,把被比方的和用来比方的两种东西都明白地说出来。例如说"鸡冠像芙蓉一样"。谜语里用的比喻是间接的、隐蔽的,被比方的东西是一定不说出来的。例如"一朵芙蓉顶上戴",虽然比的是鸡冠,但是没有明白地说出鸡冠。这里的芙蓉不单用来比方鸡冠,还有代表鸡冠、暗示鸡冠的作用。这种又代表又暗示的作用,叫作象征作用。因此,谜语的语言是富有象征性的。

谜语一般是押韵的,念起来好听,记起来容易,便于流传。

讲授这一课,目的在使学生认识人民的观察、思维、想像的能力和艺术才能,指导他们从谜语里学习人民的语言。

教学注意事项:

一、讲授这一课,主要在分析谜语的艺术特点,并不是叫学生猜谜。谜语的课堂教学应该是一个分析谜语的过程，不是一个猜谜的过程。

二、讲这几个谜语的时候，不要忽略思想教育，要指出作为谜底的事物都是我国劳动人民的文化创造，人民爱劳动、爱劳动生产品，总之，爱祖国的文化，这才对这些事物有深邃的观察，才喜欢这些谜语。

三、教师可以指导学生编谜语，或让学生转述他们所知道的谜语。

4. 大学教育

20世纪50年代，谜语已写进了民间文学和民间文学史教材。北京师范大学中文系1955级学生集体编写的《中国民间文学史（初稿）》（人民文学出版社1958年12月出版），设专节讲述"谚语和谜语"。谜语部分讲述：

> 谜语同样是劳动人民的创作，口口相传，是劳动人民智慧的结晶。谜语也是一种对小孩传授知识的工具，在人民生活中，有它的实用价值。
>
> 从三方面说明谜语是群众智慧的结晶：
>
> （一）反映了人民的生活经验。如："有根不到底，有叶不开花，日里乘风去，到夜不回家。"（浮萍）表明对浮萍特性很熟悉。又如："一根彩绸带，横挂在天外，不是风吹去，只因太阳晒。"（虹）它说明了劳动人民丰富的知识和想象力。
>
> （二）反映了劳动人民对事物观察的深刻、细致。如："像桃不是桃，肚里长白毛，剥开毛里看，还有小黑桃。"（棉花）"后房一棵蒿，天天用水浇，开花像蝴蝶，打籽像辣椒。"（凤仙花）

(三)反映了劳动人民驾驭语言的能力。如"一个小姑娘,生在水中央,身穿红衫,坐在绿船上。"(荷花)用拟人化的手法。"棋子多,棋盘大,只能看,不能下。"(星星)也很形象。

另外也有的谜语表现了对统治阶级的不满和仇恨的。如在一首少数民族谜语上就有"骂得将军无马骑"(四),"吾王不敢多开口"(五),"皂令忽然剪头去"(七),"田主拿来剥了皮"(十),但不多见。

师范大学的教学和实践中,常常运用到谜语。1952年,北京师范大学研究生编选《谜语与歌谣》,既是学习参考,也是研究运用。

西南师范大学教育系、中文系学生实践体验,集体创作《儿童谜语诗》,如:

我们十个兄弟,分左右住在两起。一块儿玩得多么快活,从没吵嘴生过气。有工作大家就分工互助——人人都说我们是万能的小集体。——手(周子瑜)

黑黑的小脑壳,住的是小盒盒,一句话也不说。你要碰着它的脑壳,它就要冒火。烧水烧饭离不了它,点灯也用得着。——火柴(黄贞清)

周身圆溜溜,无脚也无手,打我我就跳,踢我我就走,你把我打了踢了,我还是你的好朋友。——皮球(傅岩贤)

我到处乱跑,谁也捉不到,我跑过树林,树林就要弯腰,我跑过大海,大海就要呼啸。——风(陈锐锋)

青岛新声音乐学校教师孙桐友 1954 年 10 月编《音乐谜语》,

第一章 社会主义改造与建设时期的灯谜（1949年10月至1966年5月）

目的是"通过谜语方式，使音乐与谜语联系起来，也许能增加点阅读的兴趣，亦能以联想力来帮助记忆"。谜作如：

老大必须住二楼，老二必须住四楼；小三上下随意走，愿住几楼都自由。（音乐名词）谱号

八人为一组，顺序往后排；彼此有关系，莫要胡乱来。（音乐名词）音阶

同名异样，异名同样；长短大小，一阴一阳。（音乐名词二）平行调、关系调

长短距离不用尺量，大小重量不论斤两。（音乐名词）音程

5. 扫盲教育

1949年时，我国的文盲率高达80%，成为发展道路上的拦路虎。为解决这一问题，1950年，党和政府召开全国工农教育会议，确定开展扫盲教育。一场轰轰烈烈的扫盲运动在全国展开，一直持续到20世纪60年代。当时的扫盲班遍布工厂、农村、部队、街道，人们以高涨的热情投入到文化学习中。

全国扫盲运动的教材没有统一，但内容都是深入生活的。教材中有拥护共产党、爱祖国、反封建、爱岗敬业等思想政治教育内容，更多的是大众生产生活常识，极其实用，还有故事、歌谣、谜语等工农群众喜闻乐见的内容。

谜语运用于扫盲教育，在20世纪三四十年代的红色政权的革命根据地就已实践并受到欢迎和肯定，20世纪50年代得以继承和发扬。1951年1月21日《人民日报》描述曾在陕北坚持16年社会教育工作的吴堡县模范教师任逢华的教学事迹时说："他在教学时，常用以下几个方法：第一种办法是把字编成笑话、谜

语。如在教'告'字时,他就先说'一口咬了牛尾巴',在学生猜不中时,就趁他们注意力集中时加以说明,这样学生就对所学的字记得又熟又牢了。"

1950年底,全国冬学运动普遍开展后,《人民日报》发表《怎样巩固冬学》一文谈到:在教学方法上,应根据不同的情况,采取多种多样的教学方法,多用象形、会意、口谣、字谜等方式来教识字。

谜语运用于扫盲教育,主要有三种形式:一是以事物谜语为课文,教识课文中的汉字;二是通过字谜的字部描述,帮助人们辨识汉字;三是通过猜射谜语,辅助识字和认识事物。

扫盲教育中植入趣味十足的谜语,能够激发人们的学习热情和动力,活跃课堂气氛。如:兰溪县文教局1959年编《工农扫盲课本》,第八单元生字"趣"的扩词联想写作"有趣,有趣的谜语"。课到此处,教师出个谜语,别有趣味。又如:杭州市教育局1960年编《扫盲阅读写话课本(职工用)》,第七课为《纺织工人对歌》,这首像是谜语的新盘歌,将谜语的趣味性与激发工作热情的思想性融为一体。课文写道:

(女)什么声音震天响?什么东西像河长?什么人双手比天仙?什么人智慧赛过诸葛亮?(男)马达隆隆震天响,五色花布像河长,织布姑娘双手比天仙,保全工智慧赛过诸葛亮。

老川《徜徉在谜语的海洋里》(《金秋》2003年8期)回顾:

我与谜语结缘,那是40多年前的事了。1958年春节,单位举行灯谜联谊会,记得当时正在开展扫盲活动,主持人

第一章　社会主义改造与建设时期的灯谜（1949年10月至1966年5月）

考了大家很多字，最后又出了个谜面："加一笔不好，加一倍不少"，让猜一个字。大家都猜不着，我猛想到应该是"夕"，当我脱口说出谜底，并得到肯定时，我兴奋得跳了起来，也赢来了许多羡慕的眼光。那天晚上我猜出了3个谜语，得了一支带橡皮的铅笔、一把削铅笔用的小刀和一本描红练字本。从此开始喜欢猜谜语。后来又醉心于编谜语，并逐渐在单位有了名气，凡是逢年过节组织游艺、晚会，总少不了我的谜语这个项目，我也从中享受到了无穷的乐趣。上世纪六七十年代我在机床厂工作。我曾从厂劳资科找来全厂800多人的花名册，通过找书查典故觅资料，把大多数人的名字编成谜语；厂里组织各种评选、表彰，我把那些先进、劳模的名字制成谜面，在各种晚会上让大家猜，大家兴致很高；厂里组织青工培训班，为了便于大家记住那些机械名称，我就把一些机件制成谜语，增加大家的学习兴趣。比如把活顶尖制成谜面"生当作人杰"；把开口销制成谜面"叫卖"等等，大家竞相猜测，乐此不疲，提起了职工们的学习兴趣。

为了配合扫盲运动的开展，出版社把较为浅显的谜语编辑成小册子。福建人民出版社编辑《请你猜猜看》，汇编通俗谜语，作为"文化补充读物"发行。作为"学文化小丛书"之一的《猜谜识字》（江苏人民出版社，1958年5月出版），4本汇编的谜语，谜面配拼音，谜底配图，都猜日常事物，这些事物名称都是文化补习要求掌握的基本词语。如"一只铁牛地里跑，只吃油来不吃草。（拖拉机）""地里有只老黄猫，翘着尾巴弓起腰。（犁）""弟兄七十三，排队去上班，才从桥上过，又往水里钻。（水车）""两块饼，一样大，嘴里吃，腰里撒。（磨）"等。浙江人民出版社1958年也发行《学文化小丛书》，全套12册中有2册谜书。

6. 辅助教育

幼儿教育、小学教育、中学教育或扫盲教育中，更多的是将谜语作为课外读物内容或课外活动项目，以锻炼思维和丰富生活来辅助教育。

1949年和1950年，北京九区中心小学经过解放后一年的改造，成为首都一所新型小学，学校的教学方法之一就是运用谜语进行辅助教育。1952年6月1日，哈尔滨市经纬小学模范教师吕敬先介绍经验说，他给孩子们"讲一些简短的关于动物的故事，讲述谜语，朗诵简短优美的诗歌"。1956年11月21日《人民日报》描写沈阳市南昌街小学对特殊学生的教学经验时写道："一节课讲授到20分钟左右，教师就合起书本，指导儿童猜谜语、唱歌、做体操或伏案休息，三四分钟过后，再继续上课。"

17年间，学生的家庭作业思考题中常有猜谜语的内容；少先队活动和课外活动中常进行谜语猜射。这些做法为社会舆论所倡行。姬超、若锋等编《猜谜语》说："在你们举行课外活动，或者联欢会的时候，大家坐在一起，说个谜语猜猜，或者把它写在纸条上，让大家来猜，多有趣味啊！""不但增加了兴趣，还能培养想像力。"《儿童谜语诗》前言说："小朋友都喜欢猜谜语，因为猜谜语的时候，不但有兴趣，而且可以得到许多知识，还可以启发智慧。"李岳南文章《论谜语和儿童谜语诗》论及："通过谜语的活动和游戏，对少年们的作文和语法修辞上，也是有一定帮助的。总之，我们且不可认为谜语不过是单纯哄哄孩子的玩意儿，就忽略了它的文学方面的价值。"

这个时期，猜谜语成为儿童和长辈们交流的内容之一，家庭成员交谈和邻里相聚聊天，尤其在夏天，相聚户外纳凉谈聊，长辈们常常出谜语给儿童们猜，儿童们也出谜语给长辈们猜。儿童们把学到的谜语又带到同学群里相互出谜猜谜。其时的儿童，很少没有从长辈或邻里那里接触过谜语的。

为了弘扬谜语文化和满足儿童对谜语文化的需求,出版界大量出版了价格低、小开本、小薄本的谜语书籍,有的直接作为儿童教育参考书出版,为儿童课外阅读和开展猜谜活动提供了丰富的谜语资料。

第三节　谜学研究

一、谜语研究

17年中,谜语研究的内容触及谜语的特点、种类、创作手法、语言特征、社会意义、谜语教学等多个方面,尤其注重论述谜语的功用和谜语的思想性,论述如何继承和创作好的谜语作品。

路渊编写的《幼儿谜语》,前半部分是谜语研究,阐述怎样创作谜语,提出谜语作为幼儿园教育游戏,应注意从内容和文字两方面来选谜。文章谈"怎样创作谜语"说:

> 猜谜是一种儿童喜欢的语言游戏,也是一种有趣的教学活动。优秀的幼教工作者应该熟悉各项常见事物的谜语,还应该懂得创作谜语的方法。
> 一则优良的谜语,至少应包括下列四个特点:
> 1.要包括事物的主要特征。谜语最重要的原则是要能把这事物的特征说出来,使猜的人能够抓住特点去猜想。
> 2.词句要浅显明白。句子和用词要合于对方的理解程度,尤其是幼儿,更要估计到他的年龄特点和接受能力,格

外要做得浅显才好。

3.要音调和谐,要顺口好读。谜语最好能押韵;这样,读讲起来才顺口,并且容易记住。

4.要有条理,有趣味,有教育价值。把事物的特点很有次序地说出来,要注意趣味化,并且还要有教育价值。此外还要注意:不说得过于明显,让猜的人不用思考,一猜就着;因为也会减少兴趣的。

文章谈"怎样选择谜语"说:

谜语既然也是一种语言教材,教养员在指导幼儿猜谜时,对于所用的谜语也应加以选择。

选择谜语时应注意内容和文字两方面。内容方面应注意思想正确,合于教学要求;文字方面应注意浅显有趣和容易上口。具体的标准也和创作谜语时的标准相同,现在分别举例说明于下:

1.要包括主要特征。例如关于鱼的谜语有以下三种:
(1)一把刀,河里漂,有眼睛,没眉毛。
(2)家在水里,身穿鳞衣,尖头尖尾,什么东西?
(3)有头没有颈,身上冷冰冰;有翅不能飞,没脚倒能行。
以上三则谜语都很好。可是比较起来,第一则的特点明确,也写得形象化,比较好些。

2.要词句浅显。例如关于水的谜语,有以下两则:
(1)一样食品滋味好,男女老少当它宝。甜吃、咸吃都可以,不能切丝不能炒。
(2)给你猜,给你猜:双手抓不起,一刀劈不开。煮饭和洗衣,都要用我来。

在这两则谜语中,第二则的词句浅显,特点也明确,所以比较好些。

3.要音调和谐。例如关于月亮的谜语,有以下两则:

(1)圆圆的,不是球;会发光,并不烫。

(2)有时落在山坳,有时挂在树梢;有时像只圆盘,有时像把镰刀。

第一则的词句虽然浅显,可是不押韵;第二则音调和谐,容易上口,比较好些。

4.要有教育价值,要有思想性。例如关于公鸡的谜语,有以下两则,第二则的思想性好些:

(1)头戴红帽子,身穿花衣服,早上喔喔喔,唱到太阳出。

(2)一朵芙蓉头上栽,棉衣不用剪刀裁。不愧劳动英雄汉,叫得千门万户开。

又如关于豆芽的两则谜语:

(1)生根不着地,生叶不开花,街上有得卖,田里不种它。

(2)小姐生来白似银,头戴金花两面分,清水塘里洗个澡,绿帽掉在水中心。

第二则的思想内容不健康,不能采用;第一则比较好些。

在选择谜语时,注意每个小孩的特性,也是必要的。有一部分小孩需要猜较难的谜语;另一部分小孩却需要比较容易的谜语。要注意各时期幼儿的特点和程度,才能引起他们的兴趣。

卢冠六编《谜语》与路渊编写的《幼儿谜语》署名虽不同,实为同一编写者。其前半部分《谜语研究》的内容中,将制谜选谜的四个标准顺序调整为:①要有思想性,有教育价值;②要包括主要特征;③要词句浅显;④要音调和谐。这种调整,强调了思想教育的重要性,既是作者认识的变化,也是时势之使然。

王横编《字谜》的《字谜研究(代序)》中,介绍了字谜的十种表现手法(会意法、拼合法、拆合法、加减法、误解法、写形法、包含法、代替法、比较法、合用法和移补法),提出好的字谜应该吸收(检收),不好的应该舍弃,应该舍弃的字谜有三种:

(一)意思不好的,如:

八个王爷姘一女,弄得不亦乐乎(姜)

这是一种野兽的行为,这个字谜的"作者"却认为这是快乐的事。

有人认为字谜主要的功用是在于锻炼思考能力,它不是写社会生活,不是写人的感情,不是写阶级矛盾。他们拿这个理由做借口,说字谜没有思想性,没有阶级观点。这些人只看到一面,没有看到另外一面。事实上在怎样写和写什么当中,我们可以看出作者的思想感情,也可以看到作者在提倡什么、反对什么。如上例,作者的不健康感情就显露在对字谜描写当中。如下例,就可以看到作者拿深奥的东西来排斥通俗的东西,因此,思想性仍然是衡量字谜好坏的尺度之一,我们绝不让在字谜当中夹杂着不健康的思想感情,或是把字谜成为少数人享受的东西。

(二)深奥难懂的,如:

无边落木萧萧下(日)

"萧萧下"射"陳"字。齐朝有个萧道成,梁朝有个萧衍,齐、梁以后是陈朝。(六朝是吴、东晋、宋、齐、梁、陈)"陳"字去边"阝",再去"木"就成"日"字。

作者写这个字谜的确花了不少心血(由字想到人,由人想到朝代),谜写得很巧妙,可惜这样的字谜只好让下过"十载寒窗、磨穿铁砚""熟读《四书》《五经》"的人来猜。

字谜应该写得巧妙、含蓄,创作字谜也要下苦功夫,如果流于平淡的解释,不用猜就晓得,就失去字谜的意义。我们赞成字谜写得巧妙、含蓄,但是不赞成用生僻的典故,不赞成玩弄词句。锻炼思考能力和钻牛角尖是没有任何相同的地方的。

(三)牵强附会的:

树苗(樱)

"樱"字可折成"婴木"两字。作者认为初生的小孩可以称为"婴孩""婴儿",初生的树苗当然也可以称作"婴木"了。但偏偏我们就没有听见人家说过"婴木"这个词——就是有人要说,但是却没有人听,不是不听,是听不懂。

除了上面举的例子以外,有些字谜写得过于浅显,有些流于硬凑,有些词句写得不好,这些也都不能说是好的谜语。不过,产生这些缺点,不在于作者的思想,而是由于作者文化水平不高,对字谜缺少研究,所以编者不把这些字谜放在这里讨论。

吴超撰《试谈谜语的特点及其表现手法》(《民间文学》1957年2月号)论述谜语的创作和谜语对社会生活的反映:

谜语,指的是民间流传的谜语,它属于人民口头创作的范围。应该把民间谜语和文人所作的谜语区分开来。正像谚语一样,许多谜语最初都是由个人创作出来的。有些谜语的第一个作者往往是文人,不一定是劳动者。但是一般说起来,民间谜语吸取了文人的作品,总是要经过一番口头文学化的,从内容到形式多少都要有些改变。从民间谜语和文人谜语的总和来看，两者是有显著的分别的。绝大多数的谜语的作者还是劳动人民。作为人民口头创作的一种体裁，民间谜语本身是文人谜语的对立物。……

一般说来，谜语所反映的劳动人民的世界观、道德标准、痛苦、期望，不像民歌、谚语那样强烈、鲜明。它反映社会生活不是那样直接的。谜语的阶级斗争作用比较少。有人说谜语是一种较低级的民间文学，从这些方面说，我们是可以同意的。但是谜语绝不是远离社会生活的。谜语的取材十分广泛，人民生活的各方面的事物都是谜语的材料。这可以看出人们对于生活的密切的关心与兴趣。许多谜语对于旧的社会制度是提出讥弹、讽刺的。比如：

少年青，老来黄，几多敲打配成双，送君千里终须别，弃旧怜新撇路旁。（草鞋）

在娘家青枝绿叶，到婆家面黄肌瘦，不提起倒也罢了，一提起泪洒江河。（船篙）

这不是旧日妇女生活的写照么？像：

兄弟七八个，守着柱子过，老来分了家，衣服都扯破。（蒜）

这实在是对封建家庭的伦理关系的一个绝妙的嘲讽。

蒋风《给孩子们猜谜语》（《人民日报》1957年12月22日）讲述的道理非常通俗明白：

谜语，是深受孩子们欢迎的。谜语和儿歌一样，是较早为孩子们所接受的一种文学形式。它对学龄初期的儿童尤其具有魅人的吸引力。可是，这样一种为孩子们所喜爱的文学形式，有没有被所有的家长们重视呢？没有。

因此，我想向做父母的提出："尽可能挑些谜语给孩子们猜吧！"

不要把猜谜语仅仅看作一种消遣，这是教育孩子的一种有益的活动。谜语往往把一些孩子们常见的事物，如自然现象、动植物、日常用品、人体各项器官等，用一种明快、生动而又有韵律的语言，把事物的特征描写出来，叫孩子们去猜想，培养了孩子们的思维能力。例如：带孩子坐在皎洁的月光下，提出如下的谜语：

有时远远看，弯弯像只船；有时远远看，圆圆像个盘；大家猜猜看，是船还是盘。

这就引导孩子们从船的形状和盘的形状展开思维活动，让他联想到时间的转移和引起形状的变化，而且这个形状的变化又是与"远远看"联系着的，通过这一系列的思考活动，最后猜出月亮来。这对发展孩子们的想象力、培养孩子们的思维能力有很大的帮助。

通过猜谜的活动，可以让孩子们认识各种自然现象，如太阳、月亮、星星、风、霜、雨、露……；认识各种动物、植物的特征，认识各种器物的用处，认识人体各种器官的功能。这就扩大了孩子们的眼界，丰富了孩子们的知识。

孩子们对于周围的一切事物都感到极大的兴趣，他们经常向大人提出各种各样的问题，如果我们能经常给孩子们猜一些谜语，就能帮助孩子们解决一连串的疑问，而且解决得那么有趣。例如：为了让孩子们认识一些水果，可以给孩子们猜下面一个谜语：

大姐美一美，二姐一嘟水，三姐露着牙，四姐弯着嘴。

这样，孩子们就认识了苹果、葡萄、石榴、桃子四种水果；并且经猜谜的思维过程，懂得从事物的特征来认识事物的方法。又如:"上边毛,下边毛,当中一颗大葡萄。猜不着,瞧几瞧。"——眼睛。这可以让孩子们认识自己身体上器官和它的功能。

从以上的例子可以说明,猜谜对于丰富孩子的想象力、扩大他们的视野、巩固他们已经获得的知识,都有一定的作用。

谜语的语言又是那么准确、简洁、形象而又富于韵律。这种优美的语言,可以引导孩子掌握丰富的语汇,培养自己的表达能力,这对发展孩子的语言,也有很大的作用。

有时候,猜谜还在潜移默化的作用下,培养了孩子们优秀的品质。如:"小宝宝,真正好,爱清洁,勤做工,吐出丝来做衣袄。"——蚕。这不是无形中就教育孩子要养成爱清洁的卫生习惯和热爱劳动的优良品德吗?

所以,给孩子们猜谜也是进行教育的有力工具,对孩子们的智育、德育、美育都能起到良好的作用。

要是认为我谈的还有一些道理的话,那么,你就试试看,编制或挑选一些谜语给你的孩子猜猜吧!我相信,一定会受到你的孩子热烈欢迎的。

王仿撰《猜谜的窍门》(《小舞台》1963年1月)用文学性艺术性的浅显白描语言,非常通俗地介绍猜谜基础知识,是一篇有趣的适合大众阅读的谜普文章。文章说:

出谜语给别人猜,出谜的人只说出某桩事情、某件物体某些方面的特征,猜谜的人就是根据出谜的人所说的这些特征找到正确的答案。比如别人说的是这样一则谜语:
滴答算,滴答算,四七念八段,大的两段,小的三段。
开头两句叫你算。算什么?有件东西,大的是两段,小的是三段，总共是四七念八段。要是猜不出，可以叫出谜的人把范围告诉你。出谜的人说是动物身上的东西。你就想：狗身上、猫身上有没有这个东西？没有。人呢？人的手，大拇指是两段，其他的指头是三段，两只手十个指头，加起来正好是二十八段。

这个谜语还算比较好猜的，出谜的人把手的特征直接说出来了。有些出谜的人却不是这样，他要打个弯，兜个圈子，用个比方，像这一个谜语：

哥哥两岁，弟弟三岁，一齐凑拢念八岁。

谜底也是手。出谜的把大拇指比作哥哥，其他手指比作弟弟，把段数比作岁数。要是猜谜的人不知道这个窍门，只往哥哥、弟弟或岁数上面去想，就要上别人的当。

兜圈子，还有利用双关语和谐音手法迷惑对方，如猜灯笼的谜：

修修削削，筋多皮薄，害的什么病？火钳胸。下的什么药？白芷防风。

防风是药名，又可以作防止风吹解释，一个词有两种解释，找到正确的一种，谜才可以猜到。白芷的芷和纸张的纸音同字不同，听起来没有分别，写出来就两样；写出来都写"白芷"，不写"白纸"。应用这些手法出的谜语很多，猜的时候要注意。

一般说来，谜语中每一句句子都有意思，用来说明事物的特征，猜谜的人要把每一句话都想透。但是，民间谜语原先是口头创作；靠口头流传，为了使句子念起来好听、顺口，就必须讲究音韵，所以，往往第一句有若干字就不一定有什么意思，象这一个谜语：

一位老头八十八，吃了饭，嘴一抹。

> 谜底是斗。用斗量米,总要在盛满米以后,用刮尺刮一刮,这是斗的特征。后面一句是主要的,不能改。能够吃饭,可解释为动物,所以就用上老头;八十八说明老头的年纪,要是说它七十七或者九十九也可以,但是不押韵,所以末尾要用"八"字。把老头改成小孩也可以,如:"一个小孩嘴巴大,吃了饭,嘴一抹。"缺点就是不押韵、不好听。所以说,句子中也不是每一个字都有所指,我们猜谜的时候要抓住主要的。
>
> 上面说的是谜语的特点,也就是猜谜的窍门。这些窍门,只要多猜猜谜语,很容易找到。
>
> 单有这个,还不能解决全部问题,谜语牵涉的面很广,如果我们看到的东西不多,见识不广,知识不丰富,有很多谜就无法猜到,而且有些谜语还牵涉到科学知识,如:
>
> 小姑娘,身材妙,有时矮,有时高,高时穿单衫,矮时穿棉袄。
>
> 这说的是寒暑表。寒暑表中水银柱高低,就联系到物体遇热膨胀、遇冷收缩的科学知识,同时也联想到天热和天冷。因此,我们猜谜,也要努力学习文化,增加见闻与知识。

李岳南撰《论谜语和儿童谜语诗》(《儿童文学研究》1962年12月版),阐述了谜语的特点和作用,特别谈到谜语用于实际的政治和社会活动。文章说:

> 谜语对事物和生活的表现,是有所长与所短的。这是每种文学体裁都不会例外的。它和其他民间文学之间,既有文学上的共同性,但也有自己的特点,决不能互相代替。因此,彼此也不应分高下。如果说"谜语所反映的劳动人民的世界

观、道德标准、痛苦、期望,不像民歌、谚语那样强烈、鲜明,它反映社会生活不是那样直接的。谜语的阶级斗争作用比较少",因而断定它是"一种较低级的民间文学",这种结论,似乎不能令人信服。

……谜语也被人们应用于实际的政治和社会活动中,并且得到广泛的传播。比如唐代黄巢起义时,就曾以政治预言诗号召人民参加起义军。政治预言诗(又如义和团的揭帖),有的就完全采用了谜语形式。过去往往将带有政治预言性的谜语,冠以"童谣"的名称,如《三国演义》第九回中写道:"是夜有数十小儿于郊外作歌……歌曰:'千里草,何青青!十日卜,不得生。'"这就是一则谜语(字谜),谜底是"董卓当死"。作者的意图,无非借此以烘托董卓的不得人心。可见谜语决不能说它没有阶级斗争的作用,不能说它在一定程度上不能反映现实生活。尤其在我国近代的谜语作品中,更能找到例证。

谭达先撰《略论民间谜语的三个基本问题》(《民间文学散论》1959年1月版)阐述有关谜语的三个基本问题,第一,谜语的特征、种类和谜底的范围;第二,谜语的形象性及其在测验智慧和锻炼机敏上的作用;第三,谜语的思想内容及其艺术特点。

谜语在民间文学中的地位可从教材中体现。吉林大学等五校中文系合编《民间文学概论》(1959年10月献给国庆10周年版)第六章第三节论"谚语、谜语",谜语在民间文学中有其位。张紫晨著《民间文学知识讲话》(吉林人民出版社,1963年12月出版),全书13讲,《谜语》单列为第10讲,给足了谜语在民间文学中的地位。

20世纪五六十年代初，对少数民族谜语的搜集整理工作包含于某些语言文学的社科项目之中。1955年，由中国科学院语言研究所、中央民族学院和新疆省人民政府联合组成的新疆民族语言调查队，历时一个多月，完成了新疆民族语言调查工作。语言调查队除记录各民族各地区方言的词汇、语法上的差别以外，还搜集了各民族的民间作品，其中包括谜语。1960年5—9月，青海民族学院、青海师范学校、青海省民间文学研究会和群众艺术馆的人员共同组成的青海省民族民间文学调查团，跋山涉水到全省各藏族自治州和循化撒拉族自治县、互助土族自治县，搜集到汉、藏、回、土、撒拉、蒙古、哈萨克等七个民族的民间文学资料，其中包括谜语资料。少数民族谜语的搜集整理工作的成果亦见于某些著作中，如1962年白雁搜集整理的《谜歌》汇编瑶族谜歌，1963年中国作家协会昆明分会民间文学工作部编印的《云南民族文学资料》汇编白族谜语等。

二、灯谜研究

17年中，灯谜研究文章不多，表达的思想非常直白和鲜明。关于灯谜的作用与价值问题，柳絮《谈灯谜》(《新民晚报》1953年7月13—21日)论及：

> 有人说：灯谜是一种"趣味文学"。这样说法是对的；但它的作用与价值，应该不止于"趣味"一端；它的存在，不只为了给人们消闲。扼要地说，其作用有这样两点：①启发思考能力，培养思考兴趣。猜谜的第一个条件，就是"动脑筋"：多想，会得想，然后想得通。一个思想上的懒汉，决计和灯谜无缘；这当然不是说"凡是肯于思考问题的人，都

第一章 社会主义改造与建设时期的灯谜（1949年10月至1966年5月）

爱猜灯谜"。用通俗的字谜来作为识字班课外游戏，对记字、认字的帮助很大。②纯化自己的文学技能。用"推敲"的故事来形容做谜、猜谜的过程，比喻最为适当。无论谜的面、底，不许有一字之泛，应"推"的地方，不许用"敲"。这道理和一切写作技巧上的钻研，完全相通。

《灯谜集锦》（第1辑）《编者的话》是一篇观点鲜明地阐述本时期谜学思想的论文。文章说：

> 随着工农业生产的大跃进，群众文娱活动也已日益蓬勃地开展起来，这当然需要丰富多样的内容，但更重要的是：不论是哪一种活动，首先都必须贯彻为政治服务、为生产服务的方针。灯谜当然也不例外。
>
> 过去，灯谜仅作为一种"文字联想游戏"，过分地偏重游戏的趣味；因此在创作谜条时，一般都是在谜面与谜底的切合上求工巧、求曲折，以为这样才有趣味，才能达到艺术的境界。当然，工巧、曲折、引人入胜，作为一个好的灯谜来说，都是应具备的条件，但是决不应把"趣味"作为创作灯谜时唯一的追求目标，而忽视了文娱活动是掌握在我们手中的一个进行社会主义宣传教育的有力武器。灯谜创作不能脱离政治，唯有掌握了政治标准，才能衡量趣味是否健康、是否有益，才能创作出好的灯谜来。
>
> 根据近两年我们收到的灯谜稿件来看，追求趣味、忽视政治的倾向是存在的。主要表现在反映现实、结合政治的谜条不多，新社会中数不尽的新事物、新气象没有很好地运用到灯谜活动中来。关于这点，有些人持不同的意见，认为灯谜只能是一种文娱活动资料，不适宜作为政治宣传教育的工

具。我们认为这种看法是片面的,忽视了文娱活动的积极意义。比方说,我们既然可选择犁耙等古老农具来作为谜条的材料,那么为什么不可选择拖拉机和双轮双铧犁呢?我们既然能够从一些古典文学或典故中找寻制作谜条的材料,用文绉绉的语言来表现它;那么,为什么我们不能够从人民的新的伟大创造中选择材料,而用我们这个时代的火热的语言来表现它呢?当然,我们并不主张生硬的、机械的结合,但是我们主张,创作一个谜条时,我们首先想到的应该是怎样为政治服务、为生产服务,这样,才可能把我们的创作思想引导到现实的生活中来,也才有可能创作出更多的反映新事物、足以鼓舞人们的生产热情的好谜条。否则,就不可能明智地来考虑哪些材料是值得我们动脑筋去创作的,哪些材料是不值得去动脑筋或不应该去动脑筋的;就会失去对原始材料的鉴别力,也不可能掌握衡量一个灯谜的好坏的标准;甚至"拉到篮里就是菜",完全不加选择。

此外,还有一个比较突出的偏向,就是大量地选择那些生僻的、古怪的、不为群众所熟悉的字词、人地名、事物,来作为创作的材料。这样的谜条,不仅难猜中,而且即使把谜底揭示出来,猜的人仍然莫名其妙,不能理解。这种谜条即使再工巧、再曲折,也不能受到群众欢迎,只能由制谜者去自我欣赏。因此,在创作灯谜选择材料时,除非是存心不让人猜,就必须在群众所熟悉、所能理解的事物中去发掘;而对今天的群众来说,在他们的生活中最熟悉的、最关怀的,就是政治与生产。

余真编著的《打灯谜》,阐述怎样猜谜、怎样做谜。其中,谈了灯谜的 5 个关键性问题:

第一章 社会主义改造与建设时期的灯谜（1949年10月至1966年5月）

1. 谜面和谜底不许相犯

谜面和谜底不许相犯，就是说不许出现一个雷同的字。这是灯谜游戏的一条规律，马虎不得。如果面底相犯，这谜就永远不会有人猜得中，原因是猜谜的人一般都是照这规律来猜的。

比如谜面是"憨态毕露"，打京剧目一，谜底是"太真外传"。如果我们把谜面写成了"憨态外露"，在谜面的本身说来，也没有什么不通，但猜的人就会莫测高深了。由于谜面和谜底相犯，谜面上有了一个"外"字，就不可能让人联想到"太真外传"上面去。

以上说的谜面和谜底不能相犯，是指通常情况；如果在特殊情况之下，谜面和谜底也不妨相犯。不过这一类灯谜出现得不多。例如谜面"天气变化不一"，打自然科学名词一，谜底是"大气"。意思是"天气"这个词起了变化；减掉个"一"字，存下来便是"大气"了。

像这样特殊性的谜，面、底相犯得很巧妙，是可以允许的；但是一般的谜条就不许出现一个雷同的字。

2. 一谜不许有两底

一个谜面，通常只能有一个谜底。所谓"一个谜底"者，是指一个完整的谜底，至于一个完整的谜底包括几个对象，可以不限。例如谜面"阚泽曹营下降书"，打《水浒》人名二，谜底是"陈达、黄信"，它虽包括了两个人名，但还是一个谜底，不算两个。因为它不能只猜作"陈述"，也同样不能只猜作"黄信"；必须连在一起，才能完整地反映谜面的要求。

如果同一谜面，可以猜作"陈达、黄信"，也可以猜"花荣、石秀"，那便是一谜两底。在正常的情况之下，不可能出现。

但也有例外。有时作谜者的原来谜底是"甲",猜谜人却把它猜作"乙";一经推敲,可能"乙"还比"甲"更为贴切;或者虽不更切,亦不见差。这种情况也可能碰到,作谜者临此场合,自然没有理由坚持原来的谜底。

例如有一个谜面是这样:

二尺二(打一字)

谜底原定为"封"。拿到晚会里去求射,却有人猜作"等"。两者一比较,似乎还是"等"字更贴切些。作谜者于是只好从善如流,承认被猜"中"。这不是"虽不中不远",而倒是"中"得更着实些。

这个谜是比较简单的,碰到这种情况还不算奇怪。有的谜底较复杂,要同时包括两个对象,如前例"陈达、黄信"之类,也居然会出现"一谜二底"。

3. 别解应在谜底

灯谜最好有别解,就是有本义以外的解释。例如在谜面和谜底不许相犯的一节中所说的谜底"明朝会",这一个"会"字,我们是别解作开会的"会"的。倘然谜面改作"相见在次日",这就是按本义解释,成了"注解体",便不是顶好的灯谜。

但"别解"一般要求在谜底,谜面不能有别解,只有极个别的"现成谜面"容许例外。在一般谜条中,如果谜底用的是本义,而谜面倒用了别解,这叫作"倒葫芦"。例如有人作过这样一条谜,谜面"不老实",谜底"长生果"。就谜论谜,亦不算坏,但就是不符合于这个规律。它把"不老实"作了别解,解释作"不老的果实",而"长生果"倒是本义。在这里倘使把"长生果"作为谜面,打俗语一句,谜底是"不老实",这样别解就放在谜底,这个灯谜便自然浑成而合格了。

4. 谜面要成文

做谜的最起码要求是：谜面一定要能够成文。除非索性是一个字。

不成文理的谜面，不只是不合于规格的问题，猜起来也会使人不感兴趣；放在晚会里，立刻就会引起猜谜群众的不满："谜面先已不通，教人从何猜起！"因此，把谜面做通是有必要的。

举个例子来看，比如：有一条谜面"酉巳"，打的谜底是"分配"。这条谜曾在好几处晚会里出现过，就犯了上述的毛病。由于谜面不可解，这里面也就找不出一些灯谜的味道。

另外有一条，谜面是"十八斤"，谜底是"分析"。就"谜路"看，是和前一条相同，但这一条就不算坏，有谜味；因为谜面本身有它的含义，能够引人从"十八斤"的重量上去猜想。所谓"谜味"者就在于此。

再如以"七人"为谜面，打的谜底是"合作化"。这条谜没有毛病，站得住。但如以"示土"为谜面，打"合作社"，尽管还是走的同一路子，却又毫无谜味了。

5. 谜面不能有闲字

前一辈的灯谜专家，为制谜定下了许多戒律。其中提得最凶的一条是"凡谜面必须用前人成句"，要求用现成的诗、词或古文一句来作谜面，不许增减变化，宁可以词害意，使谜面牵强凑合。

这条戒律是不太合理的。我的看法是谜面能够现成固然最好，但现成的好谜面实在可遇而不可求，所以谜面只要求能够成文，不一定要强求诗、词或古文成句。一般的谜面必须紧扣谜底，面底要能互相呼应，因此谜面上就不能有闲字，闲字就是和谜底没有关系、毫无着落的字。即使是一个出入不大的虚字，也要尽可能注意避免。有了一个闲字，面底就不能字字紧扣，那么尽管是一句现成的唐诗、宋词或元曲，也不能承认它是好灯谜。

例如有一条灯谜，谜面"翁仲无言对夕阳"，打人名一，谜底是"石人望"。"翁仲"扣"石人"，"对夕阳"的一个"对"字扣"石人望"的"望"字；但"无言"和"夕阳"两个词就没有着落。谜面共只七个字，倒有四个闲字，这个谜就不好。

余真《一谜一糖》，对"晚会里的灯谜游戏，猜中一条，不分难易，一律酬糖一粒"的做法提出了看法，认为这个平均主义的办法非常不公。建议"高货高价，费一分脑力拿一分奖品。比如晚会的灯谜是一百条，其中八十条可以一谜一糖，另外较难的二十条还可以分级致酬。如设一等奖五个，每条赠电影券一张之类，所费的总值也不大，但是猜谜群众的劲头就大了"。

另，一些刊物和资料刊登了一些"灯谜的猜法""字谜的猜法""谜格简介"之类的通俗介绍灯谜基础知识的文章。

第四节　谜语书刊

一、出版社出版

17年间，中国大陆出版的谜书均为灯谜通俗读物、民间谜语和儿童谜语书，其中有蒙古文、维吾尔文、藏文、朝鲜文、景颇文、傣文版谜书。

第一章 社会主义改造与建设时期的灯谜（1949年10月至1966年5月）

1. 谜书简介

《猜猜看看》《小主人文库》之一种。童之友编，刘锡永绘画，上海大东书局发行，1950年6月初版。为新中国成立后出版的第一本谜语书，文图编印俱佳。汇编的幼童谜作，语言和谐，配以彩图，情趣盎然。后续多次印刷的书名为《看看猜猜》，修改本由谷音绘图。

《幼儿谜语》：列为儿童教育参考丛书。路渊编写，春秋书社1953年9月初版。上编"谜语研究"，说明教学谜语和创作谜语的方法；下编"谜语材料"，收录谜语近200则。

《儿童谜语诗》：西南师范学院教育系、中文系学生作，孙铭勋编，重庆人民出版社1955年5月出版。书中包含创作的谜语诗62首。这些谜诗继承民间谜歌的特点，采用长短不一的现代诗歌句式，句子宽松押韵，语言通俗易懂。

《儿童谜语》：辛安亭编，北京宝文堂书店1955年8月出版。书中汇编的都是通俗事物谜语，是1946年1月（涉县）新华书店出版的《儿童谜语》的修订版。1946年版《儿童谜语》已被国家图书馆列为新善本，20世纪50年代后难得一见。修订版的出版，可以间接地窥得解放区出版的唯一谜语书的风采。辛安亭（1904—1988），字适然，山西离石人，当代著名教育家、出版家、通俗读物作家，新中国普通教材编写的开路人和基础教育的奠基人。

《打灯谜》：余真编著，上海文化出版社1957年8月出版。是17年中国大陆出版社出版的唯一一本传授灯谜基础知识的通俗读物，在当代中国的灯谜发展史上具有重要的地位。全书分漫谈灯谜、灯谜游戏的一般规律、灯谜的猜法和做法、有关晚会里的打灯谜、注释灯谜5个部分介绍打灯谜的基本知识，以浅显的语言，揭示了灯谜游戏的要诀，引领众多的爱好者走进"谜途"。

此书一出,深受欢迎,为普及灯谜知识起了承先启后的作用。

《猜猜想想》:向人红著,中国少年儿童出版社1957年10月出版。全书编集了小朋友喜欢猜想的关于自然现象、动物、植物、文娱、用具、食物等类谜语244首。根据此书编选的同名书,由四川民族出版社用藏汉文对照编译,1959年6月印700册。

《灯谜集锦(第1辑)》:上海文化出版社编,上海文化出版社1958年11月出版,是本时期的一本灯谜汇编的代表作,供稿者为上海市工人文化宫、南京市工人文化宫、苏州市工人文化宫业余灯谜小组等。全书分字类、成语俗语及常用语、名词、影剧、人名、地名、其他等七类,共汇编谜作800多条,体现解放后群众灯谜创作的成果。《编者的话》阐述谜学思想。

《谜歌》:白雁搜集整理,湖南人民出版社1962年11月出版,为作者1958年在湘南江华瑶族地区工作时,收集瑶族谜歌的选集。该书所收谜作有鲜明的民族色彩、浓郁的生活气息,具有一定的文学价值,为本时期我国民族谜语搜集整理的代表作。

《儿童谜语选》:方轶群、李岳南编著,少年儿童出版社出版,1963年3月1版1印,至1964年9月4印,印数达33.5万册。1980年7月又出新1版,新版11次印刷,总印量137.2万册,为文革前后印量超百万的畅销谜书。书中选编的谜作,文辞通俗,清新自然,适合广大儿童猜想和阅读。编者方轶群、李岳南,都曾任出版社编辑,都是加入中国作家协会的作家,他们精于编辑和创作,对谜语也有非常专业的研究。

《唱歌看画猜谜语》:邱刚强作曲,郑海波等绘图,河南人民出版社1963年8月出版。原作于1956年向科学进军的高潮中,并写钢琴或风琴伴奏谱。将谜语配上曲调和绘画,又唱又猜又看,是一个新的尝试。20世纪80年代初,作者对原词、曲、画作了很大的修改,又创作了许多新的谜语歌曲,出修订增补本3

集。邱刚强（1934—），湖北教育学院教授，兼任国家教委中小学音乐教材审查委员、湖北省教委艺委会副主任、湖北省高校音乐教学指导委员会主任等。

2. 谜书例录

1950年：陈丹旭《新谜语》。

1951年：王心月《新谜语》（续集《大家猜》），高轩《猜猜看》，王作彝《小朋友谜语》，天织《新谜语》，上海童联书店《新谜语》，上海国光书店《新字谜》。

1952年：刘玉铮《儿童谜语》。

1953年：王云《猜猜看》。

1954年：北京宝文堂书店《儿童谜语》，李晨波《谜语》（6册陆续出版），陈中绳《俄罗斯谜语一百则》（俄华对照）。

1955年：姬超、若锋、徐强华《猜谜语》（11次总印37万册），北京宝文堂书店《新谜语》，奚奇《谜语选辑》，卢冠六《谜语》，王横《连环谜》，上海文化出版社《谜语》（10本陆续印行），湖南人民出版社《大家猜》。

1956年：浙江人民出版社《民间谜语》《儿童谜语》，南方通俗出版社《谜语选》，李佩等《春去花还在》，傅志《猜猜看》，江苏人民出版社《谜语》，江西人民出版社《儿童谜语》，江全章、向人红等《谜语》，康迈千《谜语选》，熊大绂《拼图猜谜》，四川人民出版社《儿童谜语》，田原、德雍等《猜猜画画》（4册陆续出版），王老九《儿童谜语》，李文超《猜一猜》，中国少年儿童出版社《猜谜》，鲁斌、冼戊开《聪明的骑手·谜语小故事》，广东人民出版社《谜语选辑》，张宁《猜一猜》。

1957年：格吉儒木图等《谜语》（蒙古文），汪承隆、傅秋霖等《谜语》，贵州人民出版社《儿童谜语和游戏》，傅天奇《猜了再拼》,黑龙江人民出版社《谜语》,陕西人民出版社《口吐千层一朵花》,江苏人民出版社《谜语三百则》,翟宜地《维吾尔族民间谚语及谜语》(维吾尔文),田稼、张超南《谁猜得对》,季广德、李渊《谜语四百个》,江苏人民出版社《灯谜集》,少年儿童出版社《想想猜猜》,黄碧云《猜一猜》,通俗读物出版社《猜谜语》,长安书店《谜语选》(9册陆续出版),吉林人民出版社《谜语》。

1958年:湖南人民出版社《大家猜·民间谜语》,张成忠、郭荣等《灯谜》,山西人民出版社《阴阳相合猜一字》《字谜》,洪永固等《谜语》,刘萍玲《注音谜语》,江西人民出版社《谜语》,浙江人民出版社《猜字谜》《猜猜看,啥东西》,陕西人民出版社《简化汉字谜语》,延边人民出版社《猜谜》(朝鲜文),汉声《猜谜识字》。

1959年:刀新华、康朗保《谜语》(西双版纳傣文),刘明纲《谜语》,河北省直工会幼儿园《幼儿谜语》,江牧等《儿童谜语》(景颇文),刘臣虹《你能猜着吗》,李重光《儿童谜语歌曲集》,河南省教育厅推广普通话办公室《看图猜谜》,广州文化出版社《猜猜看》,斯楞、旺楚克《猜谜识字》(蒙古文),杨明《猜猜谜语》(折页),筱湖、卢侠夫等《拼音猜谜》,湖南人民出版社《谜语》。

1960年:孙达庭等《谜语》,倪童《猜猜看》。

1961年:叶军等《你猜得到吗》(折页)。

1962年:甘肃人民出版社《猜一猜》。

1963年:毕家禄《谜语故事选》。

1964年:福建人民出版社《大众谜语》,孙运生《谜》,李青《谜语》,宁夏人民出版社《字谜百则》。

1965年:少年儿童出版社《马儿好(连环谜)》(折页)。

第一章 社会主义改造与建设时期的灯谜(1949年10月至1966年5月)

二、各地内印

各地机关团体和灯谜组织编印及谜人自费出品的灯谜资料,一般称为内印谜书谜集和内部谜刊,用于内部发放和交流,大多数为刻写油印。例录:

1952年:翁松孙等《苑花片瓣》。

1954年:孙桐友《音乐谜语》。

1955年:北京《谜语和游戏》、翁松孙等《谜集》、黄少铿《文虎合璧》。

1956年:上海《灯谜专辑》、翁松孙《五一虎侯录》。

1957年:上海市商业工会《灯谜》、上海市工人文化宫《灯谜》、常熟《朝虎夕拾》。

1958年:苏州《创作谜选》。

1959年:什邡县文化技术革命指挥部《春灯诗谜选》(机器纸石印线装,四卷90谜)、黄炳华《谜语集》。

1961年:汕头《灯谜(欢度春节专刊)》。

1962年:温州《1961创作灯谜》,汕头《灯谜(欢度春节专刊)》《灯谜(庆祝五一国际劳动节专刊)》《粉碎蒋匪帮冒险窜犯阴谋,保卫革命胜利果实灯谜专刊》《国庆灯谜专刊》《灯谜》《元旦灯谜专刊》,徐忍寒《六不斋文虎录》,温州《创作灯谜选》《趣味灯谜》,上海《凉亭谜集》,长春《谜语集》,苏州《群玉集》,潮安县庵埠《灯谜》,武汉《砾宫灯谜》。

1963年:新化《灯谜集》,澄海《春节灯谜》,北京《群众谜语》,福州《灯谜专集》,汕头《1963"五一"灯谜专刊》《灯谜会猜选登》,泉州《灯谜集》,镇江《灯谜知识游戏》,长沙《职工创作灯谜汇编》,汕头《三县一市灯谜会猜专辑》,陕西《陕西谜语资料》,沈阳《谜语》。

1964年:澄海《灯谜专刊》《"五一"节灯谜》《"七一"灯谜》《灯谜》《元旦、春节灯谜》,张荣铭《春灯夜话》,武昌《孔明灯》,南通《支援越南人民反对美帝武装侵犯灯谜专辑》,汕头《三县市灯谜汇猜选编》,潮州《灯谜会猜专辑》《学英雄灯谜专辑》,林壁《白珩解隐借镜》,费之雄《雄虎》。

1965年:晋江《春节、元宵灯猜专辑》(发至生产大队及重点生产小队),北京《灯谜资料》,黄秋心、翁松孙等《红楼丽影》,温州《灯谜集》《白鹿灯谜》,澄海《中秋灯谜》《国庆灯谜》,汕头《国庆节五单位灯谜会猜》,潮州《毛主席著作灯谜专辑》《松孙谜稿·千字文专辑》。

编印时间不详:广州女师《灯谜选辑》,费之雄《虎白·灯谜自述》,上海南市区《谜刊》,南京《灯谜集》,南通《乳虎集》,厦门《灯谜集》。

第二章 "文革"与转折时期的灯谜

（1966年5月至1978年）

1965年11月，《文汇报》发表《评新编历史剧〈海瑞罢官〉》，导致猛烈的文化批判而受到中央一线领导一定程度的抵制后，一场更加激烈、广泛的反对"修正主义"的运动展开了。经过1966年5月中央政治局扩大会议和8月党的八届十一中全会（扩大）作出《中国共产党中央委员会关于无产阶级文化大革命的决定》（《十六条》），"文化大革命"开始全面地发动。同年10月中央工作会议后，运动范围由文化领域及党政机关，迅速扩展到工矿企业和广大农村。"文化大革命"经历"全面夺权"，开展"斗、批、改"运动，遭遇林彪、江青两个反革命集团的阴谋活动，以粉碎"四人帮"而告结束。

这段时期，很多地方谜事活动难觅踪迹，但就全国而言，就某些地区而言，可见特殊环境下艰难生存的星星之火的灯谜，其灯谜活动主要仍是悬谜猜射和小型交流，灯谜作品的风格明显，或宽扣合的紧跟时政，或通俗性大众化。灯谜在某些范围配合时政宣传教育和满足兴趣爱好、娱乐身心等方面发挥作用，但也有谜人因玩灯谜而受到打击迫害，谜学资料大量毁失。

1976年10月，"文化大革命"结束。中国的历史翻开了新的一页，"进入了新的历史发展时期"。粉碎"四人帮"后，全国迅速形成群众性的批判"四人帮"高潮，开展清查工作。历经两年多的时间，肃清了"四人帮"在组织和思想上的残余和影响。在这段时间，灯谜作品的时政内容随着时政的变化而有所改变，而谜人思想拘谨，灯谜组织和灯谜活动的整体状态有些改观，但变化甚微。直到1978年后，灯谜开始复苏。

第一节 谜事概况

一、"文革"时期谜事概况

"文化大革命"时期，谜坛重创，但仍可见低迷状态的稀疏谜事。

这一时期，整个谜语（灯谜）都受到冲击，但谜语（灯谜）还是以顽强的生命力艰难地生存。

广东潮汕地区是灯谜活动的活跃区域。

1966年5月1日，汕头市工人文化宫灯谜组原计划由陈镇权、黄丽生、李春明主持节日谜台，场地布置好后，被有关部门叫停了。1966年5月，澄海县工人俱乐部灯谜组被强加上"小秦牧""小三家村"等莫须有的罪名，从而把很多灯谜作品随心所欲地乱加分析和批判。潮汕地区的灯谜组织开始偃旗息鼓，其停止谜事活动的时间长达6年之久。直至1972年5月，潮汕地区的灯谜活动才逐渐得到"复苏"，各地的灯谜组织也相继恢复活动。

1972年初，汕头市工人文化宫委托原灯谜组组长张石侬重新组建灯谜组，先后邀请陈镇权、邱振宗、伍学恒、杨振波、余

第二章 "文革"与转折时期的灯谜(1966年5月至1978年)

少良、卢成长、陈国民、黄丽生、庄玉波、李春明等谜友加入。5月1日,谜组在文化宫设立谜台对外开猜。"文革"结束后,陈镇权继张石侬接任组长。

1972年5月,潮州、潮安、普宁、揭阳等地工人文化宫所属的灯谜组织也开始恢复活动。此后,因"文革"而停止活动的潮汕各地灯谜组织,也逐渐恢复群众性灯谜展猜。较先恢复谜事活动的公社(镇)有:潮安的彩塘、枫溪;普宁的流沙、燎原;澄海的东里、莲下、隆都;潮阳的棉城等。这时期,汕头市中山公园、潮安县青少年宫(设于潮州开元寺内)以及一些厂社、居委每逢节假日多有灯谜活动。

1972年以后,灯谜活动虽然陆续得到恢复,但活动的形式和作品的内容极受限制,如:当时的"灯谜"被改称为"时事问答"或"革命谜语",原因是"灯谜"中的"灯"字源自"花灯",是"四旧"的产物;这时期猜中谜作所得到奖赏的物品不能称作谜赏,而应该称为"纪念品",以避开物质刺激之嫌。由于受到诸多限制,这时期潮汕灯谜活动以立足本地为主,没有较大规模"官方"或"半官方"的跨县(市)灯谜交流活动,但民间"地下"的跨县(市)的灯谜交流活动却比较活跃,成为"文化大革命"期间一种非常特别的文化现象。

"文革"后期也有新的灯谜组织成立。1975年元旦,由黄炳华、谢昭海(云鹤)发起,邀集朱虹、陈庆文、许锦创、吴玉华(红璧,女)、林幼虹(霓虹,女)等,组建向阳街道业余灯谜组,黄炳华任组长,街道干部郑建鹰任副组长,编印不定期《向阳灯谜》数期。1975年夏,由柯叔金、肖思强发起,邀集李木宣、林香藩、邱和祥等5人组成潮阳县工人文化宫灯谜组,先后编印谜刊《灯谜》6期。"文革"后期成立的公社(镇)一级的灯谜组还有澄海的隆都、东里、莲下;普宁的燎原;潮安的庵埠、枫溪、彩塘等。

新中国成立初期直至"文化大革命"结束,潮汕各地工人文化宫、文化馆或者文化站所管理和指导下的灯谜组织,对成员的吸收和管理相当严格。

"文革"初中期,潮汕地区公开化的灯谜活动中止的时间里,不乏"地下"从事灯谜活动的铁杆谜迷,如汕头的赵少如、吴浩水、陈国民、卢成长(菁华)等。"文革"后期,潮汕群众性的灯谜展猜虽逐渐恢复,但此时也有不少谜人聚集在一起,不定期地举办家庭式灯谜会猜以交流谜艺,如汕头的邱振宗、胡寄云、伍学恒、吴浩水、陈镇权,以及潮安彩塘的郑百川、翁卓、吴楚鸿等,经常在周末往返于汕头、彩塘间,开展谜艺交流,此项活动一直持续到20世纪80年代初期。

1976年春节,澄海县隆都公社(镇)在后溪大队举办全公社性的灯谜会猜,活动还邀请张石侬、胡寄云、邱振宗、伍学恒、郑韶南等五位汕头谜友参加,这是"文革"期间潮汕地区较为大型的谜艺交流活动。(《潮汕灯谜史》)

甘肃兰州、天水地区,也是灯谜活动的热点区域。

《甘肃灯谜五十年》记述兰州的谜事活动说,1964年以后,谜材要求突出政治,不能运用传统文化、古典诗词、"四书""五经"、戏剧、古人入谜,使制谜的路子越来越窄,谜人担惊受怕。于是制出了像"赫"射新语汇"一对红","刺刀见红"射"屻"字。

"文化大革命"开始后,兰州市的谜人仍在暗暗制谜猜谜。谜人在街头巷尾相遇,互相出谜猜射;有时三五谜人在谜友的家中会猜;其时,兰州谜人张启学(1925—1993)仍珍藏着自20世纪50年代初以来抄录的兰州谜人邓宝珊、范振绪、涂竹居、王静庵、刘子荫、马啸天等的谜作,并一一复写存副。至20世纪80年代,他抄录谜稿200多本,收谜8万多条,著《春明谜话》。

第二章 "文革"与转折时期的灯谜（1966年5月至1978年）

1973年恢复工会、文化馆活动。同年9月，兰州市文化馆"为了贯彻毛泽东革命文艺路线，活跃工农兵群众文化生活"，在兰州市工人文化宫南部举办灯谜讲座，由兰州四中教员金熙元讲授，并搜集、整理150条灯谜，油印为《谜语汇编》第一集，发给300多名听众。其中多为无关碍的旧谜，并多字谜，也有部分有新意的谜作，如"信守不渝"射革命圣地"遵义"等。

从1973年起，甘肃天水市的长城电工仪器厂、新印厂、红山厂、火柴厂、长通厂等一些企业工会，每年节日举办灯谜会猜。

"文革"后期，猜谜又出现在北京的节日庆祝和游园活动中。1973年5月1日，首都各界群众十万多人在劳动人民文化宫、中山公园举行盛大游园活动，庆祝"五一"国际劳动节。游园活动中的少年儿童文艺丰富多彩，其中表演唱《猜谜语》，饶有风趣地通过小朋友们互相猜"高炉""拖拉机""枪"的谜语，有说有唱地表现了孩子们学工、学农、学军，长大要当工农兵的美好理想。庆祝"六一"儿童节的游园活动中，《猜谜语》再次演出。1974年6月1日，首都五万名少年儿童在北京市劳动人民文化宫举行游园联欢，热烈欢庆"六一"国际儿童节。新华社讯描述：节日游园联欢活动，丰富多彩。假山上，花廊里，一群群儿童在猜谜语。1976年6月1日，首都两万多名红小兵和少年儿童在北京市少年宫举行盛大游园联欢活动，参加游园联欢的红小兵和少年儿童，尽情唱歌跳舞，玩各种有意义的游戏和猜谜语，生动活泼，充满朝气。

南京市工人文化宫灯谜组是1973年5月开始恢复活动的。但在"四人帮"的桎梏下，在制谜时，谨小慎微，不敢越雷池一步，以致数年来对灯谜理论研究甚少，对于古谜及其他有关著作的研习，也因缺乏资料（也不敢）进行。（周之屏《全国九城市灯谜会猜南京市材料》）

中华灯谜史（1949-2019）

广西田林县文化馆于 1974 年成立灯谜组，开始了灯谜活动。《老山风采·田林灯谜四十年（1974—2014）》记载：当时的文化馆叫"文化服务站"。文化站除了阅览室陈列几份报纸杂志，一些"样板戏"连环画，再没有什么别的了。逢年过节，几乎没有什么娱乐活动。1974 年春节将到，在县文化馆已工作 6 个年头的陈道平突发搞一场灯谜晚会的奇想。文化站领导和同事都认为可以试试。于是陈道平便着手准备，先把记忆中猜过的灯谜记录下来，又翻查了"文革"前的报纸书刊，找了一些民间谜语，共得谜题 200 多条，又看样学样地炮制了一些"样板戏"的人物唱词谜，新新旧旧共凑得 400 多条。忙碌了好几天，谜条抄写挂好，奖品备妥，海报贴上街。除夕之夜，人们吃过年夜饭，便早早来到县文化馆门前等候，灯亮门开，人群蜂拥而入，光临谜会的男女老少把将近 100 平方米的大厅挤得严严实实。大厅里会猜谜的猜谜，不会猜谜的看热闹。对谜底处围满了猜众，你争我抢，生怕迟了让人捷足先登，桌椅都给踩翻了，忙得几个主持谜会的同人汗流浃背，应付不过来。群众，接触灯谜，感到新奇有趣，猜对了高高兴兴领奖，猜不中的还要同你辩论一通。谜会从晚 7 点多直到近 10 点，人们还不愿离去，要求年初一再来一场。谜会举行了两晚，挂出的 400 多条谜，猜中了近三分之二。灯谜晚会大获成功。

1973 年，共青团上海柴油机厂委员会举办灯谜会，印制《奔马图〈灯谜会〉》书签为赠品。1974 年，共青团江南造船厂委员会举办猜谜活动，印制《群船图〈灯谜会〉》书签相赠。是年 12 月 26 日，上海工具厂团委组织灯谜会，印制 1975 年年历《灯谜会》书签作留念。

"文革"后期，温州谜人们暗中联系，于 1975 年 6 月 12 日在方振华家中举行非公开的商谜会。

第二章 "文革"与转折时期的灯谜（1966年5月至1978年）

文革时期，部队也有猜谜的娱乐活动。杨玉辰《最是难忘老连队》回顾：他1968年大学毕业入伍后在师机关当干事，后下连代理副指导员时，妻子带着不满周岁的宝宝来部队，在连队过春节。"这一天连里的活动也特别丰富多彩：上午我们参加了连队的拔河比赛，下午参加了猜谜语等游艺活动，晚上还观看了连里的联欢晚会。"

二、转折时期谜事概况

王惠锷、丁勇斌、李焕明创作的上海相声《新灯谜》表达出粉碎"四人帮"后民心所向的喜悦和欢庆：

甲：现在要用各种形式来欢庆伟大的历史性胜利！
乙：对。
甲：今天我给你猜个灯谜。
乙：猜灯谜也能欢庆胜利？
甲：当然啰。
乙：那猜什么东西呢？
甲：猜一样和欢庆胜利有关系的东西。
乙：好。
甲：有辫子，勿是姑娘；要吃药，毛病勿生；没有嘴，声音响亮；没有脚，一跳八丈。
乙：你的谜语每一句都自相矛盾，叫我怎么猜！
甲：只要猜出来，就不矛盾了。
乙：（轻声念谜面，略思索）噢——是半导体收音机。
甲：怎么会是半导体收音机？
乙："半导体"一根天线像根辫子，阿是"有辫子，勿是姑娘"?

甲：那"要吃药，毛病勿生"——"半导体"要吃什么药？

乙：要吃……吃干电池。

甲：干电池是电，不是药。要吃药。

乙：这……"半导体"里也有药的。

甲：什么药？

乙：音乐。

甲：音乐！

乙："半导体"开关一开，里面有音乐，说明没有毛病。有"音乐"，阿是毛病勿生？

甲：好极了！（对观众）连音乐也算药了！

乙："半导体"没有嘴巴，声音响亮。对哦？

甲：那没有脚呢？

乙："半导体"没有脚的。

甲：一跳八丈呢？

乙："半导体"一跳……

甲：怎么跳法？

乙："半导体"收音机里广播欢庆胜利的节目，我听到以华主席为首的党中央采取果断措施，一举粉碎"四人帮"，高兴得跳起来。

甲：你跳起来和"半导体"收音机没有关系的！

乙：我捧了"半导体"一道跳起来。

甲：那么激动啊！

乙：粉碎"四人帮"，大快人心，你说能不激动吗？

甲：灯谜里讲"没有脚，一跳八丈"，你脚有吗？

乙：没有的。

甲：啊！

第二章 "文革"与转折时期的灯谜(1966年5月至1978年)

乙：有的，有的。

甲：猜错了。

乙：那你讲是什么？

甲：炮仗。

乙：为啥？

甲：炮仗一根药线像根辫子，阿是"有辫子，勿是姑娘"？

乙："要吃药，毛病勿生"，炮仗要吃什么药？

甲：火药。炮仗里没有火药，勿会响，就有毛病了。

乙：噢。要吃火药，毛病勿生。

甲：炮仗没有嘴巴，一点"砰"——"啪"！声音响亮。

乙：炮仗没有脚，"腾"一跳八丈。

甲：欢呼华国锋同志任中共中央主席、中央军委主席，人人敲锣打鼓，放炮仗。炮仗和欢庆胜利有关系吗？

乙：有关系的。你这个灯谜出得好，配合形势。还有吗？

甲：你听好：身体一团，脚倒有八只；夜里出洞，穿一件铁甲；弹眼落睛，它横行不法；捉牢以后……

乙：你别讲了。人人都知道，捉牢以后要用绳子扎。

甲：不对。

乙：要用开水煮（读闸）。

甲：不对。要剥开来。

乙：我知道。剥开来再加米醋、生姜。

甲：做啥？

乙：吃蟹。

甲：我叫你打灯谜，你怎么想吃蟹？

乙：你这个谜底太便当了，人人都知道，一个字——蟹。

甲：不对，谜底三个字。

乙：噢，大闸蟹。

甲：不是蟹。

乙：什么，不是蟹？

甲：不过很像蟹。

乙：不是蟹又很像蟹，那是什么东西？

甲："四人帮！"……

粉碎"四人帮"后，灯谜活动和灯谜创作稍有恢复。

1977年春节，温州谜人张国荣结婚时，谜友们前往祝贺，并举行以新婚为内容的商谜会。

1978年3月下旬，《文艺轻骑》编辑部邀集部分谜语作者和文化宫负责游艺活动的同志举行谜语座谈会。到会同志发言热烈，大家联系学习华国锋主席在五届人大政治报告中要"开展多种形式的群众业余文艺活动"的指示，备觉亲切，心情激动。很多同志列举开展谜语活动受到广大工农兵和青少年喜爱的动人情景；实践证明，内容健康的谜语，对锻炼人们的智力、传播知识、丰富文化生活能起积极作用，其中有些谜语还能配合形势宣传，为当前的现实斗争服务。而"四人帮"挥舞起"不突出政治""低级趣味"等大棒，不准开展谜语活动，连谜语这朵小花也要加以扼杀，充分暴露了这帮人推行文化专制主义的凶恶面目。座谈会上对谜语的源流、取材、普及与提高等问题进行了讨论。大家认为，要认真学习研究劳动人民口头创作的、具有构思巧妙、想象丰富、语言精练、易记易传等特点的民间谜语；对灯谜也要批判继承、推陈出新；谜语的取材是很广泛的，当前要多创作配合高速度实现四个现代化的谜语；要普及谜语的基本知识。讨论中又联系到该刊发表的有些谜语不够新颖，或者缺乏谜语的特点，建议在刊物上开展评论谜语，并介绍开展谜语活动的经验，进一步推动谜语活动健康地发展。

第二章 "文革"与转折时期的灯谜（1966年5月至1978年）

1978年五一节前夕，苏州市工人文化宫组织所属灯谜组成员去望亭发电厂举办灯谜晚会。事先，灯谜组选写了100条灯谜，到厂后又根据厂内先进人物名单和有关生产专用名词创作了一些灯谜。活动开展时，分设三处核谜、领奖，防止拥挤现象。谜语被猜中以后，把预先写好的谜底贴在谜条下端，既表示猜中，又可供欣赏。有些青年还带来了成语词典，也有的在抄录谜条，大家对猜射本厂先进人物感到格外亲切。两个小时的活动，人来人往，络绎不绝。（费之雄《送谜下厂》）

1978年，上海市黄浦区工人文化宫举行了一次灯谜晚会。苏才果《谜条满廊，笑声满堂》描述：

> 这天下午六时刚过，人们就陆续来了。在谜廊的进口处，写着一篇《怎样猜谜》的文章；考虑到灯谜有难有易，分成了甲、乙、丙三种，猜中之奖品也各有不同。晚会开始不过半小时，谜条已经被猜出了几十条。来到发奖处，只见一片欢声笑语："124号，'学而时习之'打一物理名词，是不是'温度'？"一个工人问。"不对！唔，还差一点儿。""哦！我猜着了，是'常温'，学而时习之，不就是常常温习的意思吗？"一个学生在旁边突然抢着说。工作人员笑道："对，还是你聪明。送你一份奖品，不过今后要常常温习功课呀！"这时，只见一位退休工人笑嘻嘻地跑来问道："387号谜条是'骄'，打两个传统昆剧，大概是《挡马》和《断桥》吧！"工作人员大声说："老伯伯，你都猜对了，还是你熟悉传统戏。"老工人笑着说："这两出戏，过去常看，现在又重新演出了，要不是粉碎'四人帮'，就看不到了。"另外一个同志笑着说："老伯伯，'四人帮'要是不粉碎，不但看不到这两出戏，你也猜不到这两条谜啦。"大家听了一起笑

中华灯谜史（1949—2019）

了起来。时间过得很快,不觉已是晚上9时了。文化宫阵地组的负责同志高兴地对大家说:灯谜晚会开得很好,这说明了广大群众是喜爱这项活动的。万恶的"四人帮",鼓吹"文艺黑线专政"论,不但使得文艺园地百花凋零,连灯谜这一活动也遭到摧残。打倒"四人帮",文艺得解放。今后我们将定期举行灯谜晚会,欢迎大家前来参加,并希望提出改进意见。最后,让我们再猜一条谜:"热烈欢呼粉碎'四人帮'。打我国两个著名的油田。这也算是今天活动的结束好吗?"话音刚落,大家便异口同声地说:"大庆、胜利。"

转折时期的灯谜文章,多为灯谜基础知识介绍。

粉碎"四人帮"后,部队灯谜活动也开始复苏。1978年11月,成都军区政治部文化部编《连队文娱资料》,汇编《谜语》270条。

粉碎"四人帮"后,"文革"中断的谜语课文又回到了小学语文课堂。中小学通用教材小学语文编写组编,人民教育出版社1978年8月出版的《全日制十年制学校小学课本语文》第二册中,连续三篇谜语课文,内容都是传统优秀谜语,体现出改革开放思想的先声,令人耳目一新。三篇课文中的《画》谜和《我是什么》猜"水"的谜语,20世纪60年代前的课文曾出现过,另一篇《谜语》如下:

摸不着,看不到,没有颜色没味道,动物植物都需要,一时一刻离不了。

禾苗见它弯腰,花儿见它点头,云儿见它让路,小树见它招手。

小小白花天上栽,一夜北风花盛开。千变万化六个瓣,飘呀飘呀落下来。

第二章 "文革"与转折时期的灯谜(1966年5月至1978年)

粉碎"四人帮"后,谜语幽默的传闻,也体现出人们心态的变化。1978年初,我国现代著名学者、诗人、文学家、社会活动家郭沫若在北京医院住院期间,著名数学家华罗庚去看望他。言谈中,二人谈起关于"寿称"的问题时,郭沫若说:"有人把七十七岁称为'喜寿',八十八岁称为'米寿',九十九岁称为'白寿'。"华罗庚问道:"这是为什么?"郭沫若解释说:"原来这是三则字谜,'喜寿'可猜七十七岁,因为'喜'的草字体,便是'七十七'三个字组成;'米寿'可猜八十八岁,因为'米'字便是'八十八'三个字组成;'白寿'可猜九十九岁,因为'白'字是百里缺一。"

三、"文革"和转折时期的灯谜组织

"文革"初中期,灯谜组织基本瘫痪。"文革"后期和转折时期,一些地方的灯谜活动,多以工人文化宫的阵地和名义开展,如上海市、苏州市、成都市、西宁市、南阳市等地文化宫,也有少数灯谜组织开始恢复活动,亦有少数新成立灯谜组织开展活动的。

恢复活动的灯谜组织如:

广西南宁市工人文化宫灯谜组,1971年恢复活动。

广东汕头市工人文化宫职工业余灯谜组,1972年5月1日恢复活动,潮州、潮安、普宁、揭阳等地工人文化宫所属的灯谜组织1972年5月开始恢复活动。

江苏南京市工人文化宫灯谜研究组,1973年5月1日恢复活动后成立。

福建厦门市工人文化宫业余灯谜组,1976年恢复活动。

山东青岛市工人文化宫灯谜组,1977年恢复活动。

上海市浦东文化馆灯谜创作研究组、南市区文化馆"魁星阁"

谜研组、黄浦区文化馆等，1978年恢复活动。

新成立的灯谜组织如：

广西田林县文化馆灯谜组，1974年成立。

广东汕头市向阳街道业余灯谜组，1975年元旦成立。广东汕头市交通局灯谜组，1975年成立。广东汕头市中山公园灯谜组，1977年组建，1978年更名汕头市潮韵谜社。

广东潮阳县工人文化宫灯谜组，1975年夏成立。

广东佛山市九江灯谜小组，1975年成立，后更名为九江儒林灯谜会。

江苏常熟市工人文化宫灯谜组，1976年10月成立。

福建涵江文化馆灯谜组，1977年1月以涵江群友谜组为主成立。

辽宁沈阳市工人文化宫灯谜研究组，1977年4月成立。

安徽芜湖市群众艺术馆灯谜组，始建于1978年1月。

陕西宝鸡市工人文化宫灯谜组，1978年春节成立。

宁夏银川拖拉机厂灯谜小组，1978年春成立。

宁夏银川市业余灯谜组，1978年5月成立。

福建晋江县蚶江灯谜组，1978年10月1日成立。

广东顺德第一工人文化宫灯谜组，1978年6月成立

广东潮州彩塘文化站灯谜组，1978年成立。

河南南阳市工人文化宫职工灯谜小组，1978年成立。

第二章 "文革"与转折时期的灯谜（1966年5月至1978年）

第二节 "文革"时期谜作

一、时政灯谜

"文革"时期的时政灯谜，反映当时社会思潮和各项政治运动，部分谜作附和时势，带有"左"的错误迹象。这一时期的谜作，有谜面和谜底切扣妥帖的；也有相当部分为了时事政治宣传的效果或语句完整，不回避面底相扣之外的剩字闲词，将就成谜；还有一些近似语文解词。

1. 宣传马列主义毛泽东思想和以毛泽东诗词语录为题材

马列主义播全球（歌词）革命真理天下传

刻苦攻读马列主义（学科名）力学

参加革命（毛主席著作）为人民服务

三大纪律八项注意（毛主席著作）反对自由主义

人换思想地换装（毛主席语录）精神变物质

尽日南山看不足（毛主席诗词）风景这边独好

群英大会（毛主席诗词）风流人物还看今朝

一反过去个人狭隘思想（毛主席诗词）今日得宽馀

历史武剧（毛主席诗词）当年鏖战急

花和尚鲁达（毛主席诗词）僧是愚氓犹可训

第一次登了珠穆朗玛峰（毛主席诗词）头上高山

岗岗飘扬大寨旗（毛主席诗词）看万山红遍

出则不知其所往（毛主席词）此行何去

没有一个人民的军队,便没有人民的一切(县名二)武功、兴国

为工农兵而创作,为工农兵所利用(鲁迅篇目二)《革命文学》、《文艺的大众化》

或重于泰山,或轻于鸿毛(鲁迅篇目二)《死》、《一点比喻》

论持久战(诸葛亮文句)而以长策取胜

天天向上(《天论》句)是以日进也

星星之火(剧目)《点点红》

虚心使人进步,骄傲使人落后(成语二)谦受益,满受损

"歌声响彻月儿圆"(电影名)《不平静的夜》

"乱云飞渡仍从容"(剧目)《高山劲松》

"芙蓉国里尽朝晖"(香烟名二)湖南、曙光

"已是悬崖百丈冰"(中药二)天冬、寒水石

"五岭逶迤腾细浪"(三国人)山涛

水复山重花柳明,立志农村干一生,日耕夜读学毛选,十年消灭困和贫。(字)漳

2. 宣传党的路线方针政策和时政口号为题材

热烈欢呼党的"十大"胜利召开(商标三)中华、人民、重庆

万方欢庆四届人大(《红楼》人)同喜

沿"四大"指引航向胜利前进(书名)新的里程

庆祝人大的歌声响彻云霄(县名)乐至县

各族人民敲锣打鼓庆"人大"(《红色娘子军》二句)万众欢腾、举行祝捷会

第二章 "文革"与转折时期的灯谜（1966年5月至1978年）

加强国防力量，勤俭建设祖国（新词）精兵简政
自力更生，奋发图强（运动员）余有为
在群众之中，吃苦在前，享乐在后（字）茶
高高兴兴到农村安家落户（词牌）《归田乐》
节育卓有成效（名词）生疏
插队边疆干革命（三国人名）程志远
插队农村干革命（革命京剧人物）志田
继续革命（常用词汇）坚持不懈的斗争
革命的闯将，生产的能手（成语）又红又专
条条战线传捷报（新名词）全面胜利
工业学大庆，农业学大寨（报刊二）《中国建设》、《红旗》
铁人精神永放光辉（运动员）王传耀
万吨水压机（词）器重
艰苦奋斗学大寨，争取农业大丰收（县名二）民勤、广饶
大寨红旗（三国人名）田楷
春耕生产火样红（新词语）劳动热情

3. 其他时政内容的谜作

秋收起义（词汇二）穷棒子、武装革命
从损人开始，以害己告终（成语）自食其果
总结历史经验（成语）古为今用
边防战士（新剧目二）《任务》、《把关》
勤俭持家（国际名词）内务省
贵在实践（字）衡
大力宣传我国大好形势（亚运会运动员）张荣华
国际友人盛赞我国成就（《红楼》人名）张华

四面八方好景象(《红楼》人名)周瑞

失物招领(俗语)不见得

西沙大捷(市招三)中华、人民、胜利

不脱离实际,不脱离群众,不脱离劳动(新词语)三兼顾

一曲东方红(字)曹

北京有个金太阳(字)景

禾苗生长靠太阳(字)香

群众的眼睛是雪亮的(字)笕

工农兵同志们节日愉快(成语)皆大欢喜

二、雅谜格谜

1. 雅谜

"文革"时期有部分被称为逍遥型的谜作,健康通俗而不太明显反映当时的社会生活,其中有一些讲求灯谜艺术的作品,或典雅浑成,或精巧谐趣。

鸣琴治邑(县名)乐安县(伍学恒)

美苏会谈(词汇)霸道(伍学恒)

曹操抹书间韩遂(国名)巴拿马(吴楚鸿)

不动尺寸(医学名词)静脉(吴楚鸿)

孟母择邻定居(三国人二)轲比能、苟安(萧名修)

"花褪残红青杏小"(国名二)刚果、不丹(陈镇权)

"独托幽岩展素心"(牙膏名)留兰香(李春明)

"怒发冲冠凭栏处"(单位简称)气象站(郑百川)

"一枝秾艳露凝香"(《红楼梦》人)花自芳(林晓峰)

"一枝化作两枝看"(物理名词二)水平面、投影(许锦创)

第二章 "文革"与转折时期的灯谜（1966年5月至1978年）

荷叶满池三鹭飞（字）淄（黄炳华）

本期稿挤，来件退回（成语）满载而归（吴宁伟）

何谓边关原梗阻，冰封土裂冷侵人（字）寒（黄继钊）

"凤凰台上凤凰游"（数学名词）相似三角形（翁晨月）

2. 格谜

"文革"期间，少数几个谜格在运用，格谜量少。

少正卯为正义而牺牲（白头格·成语）现（献）身说法

黑旋风扯诏（粉底格·古人）李斯

汗滴禾下土（掉头格·《五蠹》句）夫耕之用力也劳

谐（掉头格·《五蠹》句）齐人曰

一针见效（调头格·《五蠹》句）必不几矣

红色娘子军（掉尾格·影片名）《英雄儿女》

投降派必定要失败（秋千格·朝代名）北宋

智取生辰纲的计策（秋千格·词）使用

初日照高林（燕尾格·香烟）朝阳桥

"金陵王气黯然收"（睡鸭格·房管名词）业权转移

对阶级兄弟的称呼（卷帘格·成语）志同道合（张石侬）

雪上空留马行处（下楼格·成语）白驹过隙（张石侬）

君颜识不得（摘遍格·中药）芙蓉花（金锡和）

"飞起玉龙三百万"（纳履格·毛泽东词）漫天皆白，雪（里行军情更迫）

"今夜月明人尽望"（隐目）首都仰光（张石侬）

"春城无处不飞花"（隐目）香烟飘香（伍学恒）

三、时新童谜

这一时期正式出版的谜书汇编的谜语:

一块明镜大又大,挂在俺队高山洼。果山梯田镜中照,显出公社万张画,社员们,齐声夸:有它旱涝都不怕!(水库)

有条大铁牛,喝水不抬头;一边喝进去,一边往外流,引水上高山,庄稼绿油油。(抽水机)

像盐味不咸,像糖又不甜。农业要增产,靠它来支援。(化肥)

三个娃娃一样大,年龄相加正十八,支援农业显威力,害虫见了就害怕。(六六六粉)

千万年来地下藏,浑身上下黑又亮。工人叔叔开采它,它为祖国献力量。(煤)

工人叔叔创造它,计算时间本领大,日日夜夜赶路忙,一步一响嗒嗒嗒。常常提醒小朋友,遵守纪律莫拖拉,哪个早上睡懒觉,唱起歌儿唤醒他。(闹钟)

一头尖尖一头齐,天天上学不能离,这头有错那头改,为了革命勤学习。(铅笔)(以上《儿童谜语》)

腰杆长,脸儿大,迎着太阳笑哈哈。花儿黄,花籽香,多产油料献国家。(植物)向日葵

长藤结个葫芦瓜,一到夜晚就开花,社员见了笑眯眼,齐把社会主义夸。(用物)电灯(潘岐秘)

有位好朋友,没脚到处跑,大事告诉你,说话不开口。(物)报纸

望见万水千山,胸怀五洲四海,看遍中外名城,使人眼

第二章 "文革"与转折时期的灯谜（1966年5月至1978年）

界大开。（印刷品）世界地图（袁丁）

万紫千红鲜花开，每逢佳节放光彩，百花园中找不到，工人叔叔做出来。（物）焰火

样子像朵牵牛花，成天张着大嘴巴，喊声一起震天地，冲锋陷阵要用它。（用具）军号（茂松）

四四方方挂门旁，又能说话又能唱，队里丰收它报喜，祖国形势它宣传，世界大事它也管，人人见了喜洋洋。（宣传工具）广播喇叭（程志远）

一条银龙长又长，穿山过岭绕田庄。哪怕老天不下雨，照样夺得粮满仓。（农田建设）灌溉渠（朱苑文）

洞里一条小蚯蚓，冷时缩来热时伸，增产粮食搞科研，请它当个小顾问。（仪器）温度计（金天）

身子圆圆像炮筒，头儿尖尖如刀锋，批林批孔上战场，大人小孩都爱用。（文具）毛笔（谭火苗）

身长三寸嘴儿小，不吃粮食饮水饱，闲时藏在人胸前，一到忙时就脱帽。（文具）钢笔

两只大脚圆辘辘，遇人响铃打招呼，日跑百里不吃粮，来来去去勤服务。（用物）自行车（兴宁县宁中公社石岭小学创作组）

长腰身，大脚丫，爱卫生，人人夸，闲时守门角，忙时满地爬，脏物臭物最怕它。（用物）扫帚（罗仲廷）（以上《谜语》）

第三节 转折时期谜作

一、时政灯谜

转折时期的时政灯谜,大体承接坚持以阶级斗争为纲的思维,而内容焕然一新,语言间流露出顺意的喜悦和舒畅的情调。

1. 欢庆粉碎"四人帮"的胜利和揭批"四人帮"的灯谜

热烈祝贺华国锋同志任中共中央主席、中央军委主席。
清除"四人帮",个个齐欢畅(成语)大快人心
彻底肃清"四人帮"阴谋复辟的流毒(七律)玉宇澄清万里埃
王张江姚结帮,一一落入法网(地名二)四会、连平
打倒王张江姚,解除心头之恨(字)眼
王张江姚,为非作歹,不一而足(字二)罪、罗
王张江姚搞复辟,革命人民齐声讨(字二)罪、筏
砸碎四人帮(鲁迅作品名二)《毁灭》、《恶魔》
彻底查清"四人帮"篡党夺权有牵连的人和事,肃清其影响和流毒(成语二)除恶务尽,不留后患
江青自称"学生""战友",想的是女皇、复旧(成语)口是心非
开展"一批双打"斗争,摧毁"四人帮"社会基础(成语)斩草除根

第二章 "文革"与转折时期的灯谜（1966年5月至1978年）

王洪文的一帮小兄弟（成语）狐群狗党

姚文元从小给国民党军统特务当干儿子（成语）认贼作父

江青摆好拍照的架姿：拿着扁担锄草（成语）装模作样

把"四人帮"搞乱了的东西整顿好（成语）正本清源

姚文元伪造"临终嘱咐"（成语）鬼蜮伎俩

江青戴着红帽子，藏着黑心肝（成语）人面兽心

把揭批"四人帮"的伟大斗争进行到底，才能抓好其他各项任务（成语）纲举目张

粉碎王张江姚，帝修反发疯了（成语）颠三倒四

把揭批"四人帮"的第三战役作为头等大事来抓（成语）当务之急

再接再厉，打好揭批"四人帮"的第三战役，把"双打"运动进行到底（体育名词）连击

叛徒狄克，早已乔装打扮，想当总理，抛出"春桥思想"，旧符新桃，写下二月有感，一声惊雷，啊呀，我的老娘！（成语）丑态百出

把林彪死老虎揪出来（字）彬

批判"两个估计"，砸烂精神枷锁（成语）思想解放

2. 拥护党和国家的决策，宣传贯彻党的路线方针政策及其他时政灯谜

刚听十一大公报，又闻一中全会召开（地名）重庆

大张旗鼓地宣传新时期总任务（成语）家喻户晓

全国人民热烈拥护新宪法（成语）众望所归

高速度实现四个现代化（成语）一日千里

大寨英雄抗大旱，百里千担一亩田（成语二）战天斗地、

斗志昂扬

大寨英雄汉，大旱大干夺丰收（成语）人定胜天

齐唱《东方红》，大干社会主义（成语）高歌猛进

贯彻繁荣发展文学艺术的方针（成语二）百花齐放、百家争鸣

革命加拼命，拼命干革命，有命不革命，要命有何用？（成语）奋不顾身

广阔天地炼红心（成语）大有作为

说话算数，办事奏效（成语）言必信，行必果

修正主义是条死胡同（成语）穷途末路

列宁为什么说对资产阶级专政（《洪湖赤卫队》词）保卫苏维埃

第三世界团结紧，反霸斗争必得胜（物理名词三）合力、势能、压强

国家要独立，民族要解放，人民要革命（成语）大势所趋

蒋帮人士起义归来（成语）弃暗投明

保卫西沙，保卫珍宝岛（革命现代京剧唱词）祖国的好山河寸土不让

二、时新谜语

转折时期的谜语创编的基本思想，在北京市少年宫1977年编《猜谜语》中言明："我们一定要用马列主义、毛泽东思想批判那些毒害少年儿童思想和身心健康的坏谜语；同时，希望广大教师和同学们，业余和专业作者同志们，以无产阶级政治挂帅，为少年儿童创编更多的有教育意义的新谜语。"《猜谜语》汇编的谜作如：

第二章 "文革"与转折时期的灯谜（1966年5月至1978年）

一顶草帽两脚泥,小小银针送情谊,红心装着千万家,贫下中农欢迎你。(新生事物)赤脚医生

唱着红军歌,走着长征路,练出铁脚板,革命不停步。(新生事物)野营拉练

平地下面一长廊,石头水泥来筑墙,隆隆一阵火车过,备战是个好地方。(新生事物)地下铁道

地下长城万里长,钢筋水泥来筑墙,人民意志坚如钢,哪怕敌人逞凶狂。(新生事物)防空洞

街街巷巷气象新,家家户户喜盈门,组织起来跟党走,破旧立新满院春。(新生事物)向阳院

千里钢龙地下穿,喷吐黑油如涌泉,自力更生谱新曲,大庆凯歌四海传。(新生事物)大庆—秦皇岛—北京输油管

天上星星数不清,有颗星儿格外明,高唱《东方红》乐曲行太空,世界人民倾耳听。(新生事物)人造卫星

向阳院里育新苗,光荣职责肩上担,又讲故事又忆苦,培养新人好接班。(新生事物)校外辅导员

小小木房四方方,废钉废铁里边装,积少成多送工厂,废物利用是方向。(物)节约箱

小小物件四方方,针、膏、片、剂里面装,"六二六"指示照山寨,它伴医生日夜忙。(物)药箱

又如：

红红墙,黄黄瓦,八盏红灯高高挂,五星红旗迎风展,全国人民敬仰它。(建筑名称)天安门

大井架,高又高,千里雪原献珍宝,一面红旗传天下,铁人叔叔是代表。(地名)大庆

七沟八梁一面坡,不长庄稼石头多,虎头山上闹革命,处处变成米粮窝。(地名)大寨

一盏红灯满屋照,男女社员都来到,学习理论搞批判,都夸是所好学校。(名称)农民政治夜校(以上武冀平编《谜语》)

远看好像火一团,映红地来映红天,镰刀锤头闪闪亮,指引我们永向前。(物)党旗

他是人民子弟兵,鞠躬尽瘁为革命。毛主席写书来夸赞,"全心全意为人民"。(人名)张思德

支援抗日离家乡,不远万里到太行。救死扶伤为人民,国际主义精神放光芒。(人名)白求恩

从小生在苦水里,报名参军最积极;为了建设新中国,舍身炸敌创奇迹。(人名)董存瑞

抗美援朝把江跨,流血牺牲全不怕;一颗红心扑上去,敌人机枪变哑巴。(人名)黄继光

毛主席题词闪金光,他是我们好榜样。愿做革命的螺丝钉,忠于革命忠于党,除掉四害云雾散,他的名字更响亮。(人名)雷锋

手上层层开茧花,身上常年有泥巴;虎头山上竖红旗,战天斗地实干家。(人名)陈永贵

为了"四化"攀高峰,科技战线出英雄;废寝忘食破"猜想",又红又专是标兵。(人名)陈景润(以上杨畅《新谜歌》)

一物生来两面坡,坡顶好像马蜂窝;对准蜂窝吹吹气,陪我唱起革命歌。(文娱用品)口琴

吃进麦穗一堆,洒下金雨一片,眼见新粮堆成山,备战备荒作贡献。(农业机械)脱谷机

粉碎"四人帮",人人心欢畅;我村千口人,同把甘露尝。(字)甜(以上窦元富编《猜猜看》)

第二章 "文革"与转折时期的灯谜（1966年5月至1978年）

一物不大身上装，胜过千金万宝囊。里面有长也有短，能装棉来能装钢。爸爸带它打鬼子，姐姐带它去下乡。艰苦奋斗永不忘，革命传统大发扬。（物）针线包

脾气暴躁像烈马，横冲直撞跑天下。有时遮天把地盖，卷水断树毁庄稼。人民公社力量大，条条绿带拴住它。（自然现象）风沙（以上杨畅《谜语》）

眼圆身小穿红衣，说它是蜂不酿蜜，贫下中农夸奖它，消灭害虫最积极。（动物）赤眼蜂

小盒子，亮光光，桌上摆，袋里放，革命儿歌教你唱，世界大事天天讲。（物）收音机

提起旧社会，不禁泪淋淋，我家十口人，只有草盖身。（字）苦（以上《红小兵》等）

又如，绵阳地区文化馆编方芳词《放歌·打个谜子给你猜》部分歌词：

（男独）啥子哟花开哟人人爱呀？（男女齐）人人爱呀？（男独）啥子哟花开哟一排排吔？（男女齐）一排排吔？（男独）啥子哟花开哟金光闪哪？（男女齐）金光闪哪？（男独）啥子花儿见了模范开？（男女齐）啥子花儿见了模范开？

（女独）四化鲜花吔人人爱，（女男齐）人人爱呀人人爱。（女独）田园花开一排排吔一排排，（女男齐）一排排呀一排排。（女独）钢花那个飞溅金光闪哪，（女男齐）金光闪哪。（女独）光荣花见了模范开吔，（女齐）光荣花见了模范开吔，（女男齐）哎呀咿得儿哟，哎呀咿得儿哟，光荣花见了模范开吔。

第四节　灯谜书刊

一、正式出版物

"文革"和转折时期,是当代出版谜书数量最少的时期。"文革"时期前 8 年未见出版,后两年只见 2 种,转折时期见到 8 种,皆为描绘事物的谜语书。

1."文革"时期出版

《儿童谜语》:甘肃人民出版社编,魏福坤绘图,甘肃人民出版社,1975 年 2 月出版。

《谜语》:广东人民出版社,1975 年 8 月出版。128 开本。

2. 转折时期出版

《谜语》:北京人民出版社,1977 年 1 月出版。

《谜语》:武冀平编文,北京人民出版社,1977 年 7 月出版。

《猜谜语》:北京市少年宫编,北京人民出版社,1977 年 7 月出版。

《新谜语》:湖南人民出版社社编,湖南人民出版社,1978 年 3 月出版。

《新谜歌》:杨畅编,内蒙古人民出版社,1978 年 10 月出版。

《猜猜看》:窦元富编著,内蒙古人民出版社,1978 年 10 月出版。

《谜语》:杨畅编,河北人民出版社,1978 年 11 月 1 版印

219万册，1979年12月2版印100万册，创造了谜书总印量最多的纪录。书中谜作体现出欢乐喜悦、积极进取、健康向上的民俗文学特征。编者杨畅（1931—），张家口地区文联创作辅导部长、文协主席，河北省灯谜学会副主席，获"河北儿歌大王"称号，编著10多种通俗读物，含多本歌谣谜书。

《动物谜语》：河南人民出版社社编，河南人民出版社，1978年12月出版。

二、各地内印

1. "文革"时期谜集谜刊例录

1966年：揭阳《榕江文艺（第10期）》。

1967年：澄海《春节灯谜》，苏州《灯谜》，陈少梅等《香水风华传》(传抄)。

1970年：澄海《春节灯谜》。

1972年：张石侬等《灯谜》，佛山《谜语选集》。

1973年：澄海《文化宣传材料（谜语选辑）》，汕头《灯谜选集》《灯谜专刊》，潮安《灯谜》，福州《谜语》，黄岩《灯谜选集》，温州《灯谜·附注释》，苏州《谜语》，南京《灯谜》(多集陆续出刊)，武汉《课外活动资料（谜语专辑）》，郑抒《灯谜研究》，兰州《谜语汇编》，佳木斯《灯谜集锦》，潮安《灯谜》。

1974年：潮安青少年宫《灯谜》，潮安文化馆《灯谜》，汕头《灯谜》《灯谜（批林批孔专辑）》《灯谜（国庆专辑）》《向阳灯谜》，朗月（黄炳华）《革命谜语》《朗月廋词画谜拙集》，湛江《谜语选辑》，佛山《谜语选辑》，盐城《谜语》，海口《谜语选辑》，茂名《灯谜》，澄海《灯谜》，乐昌《游园活动资料·谜语集》，苏州《谜语》，伍学恒《新灯集》，武汉《课外活动资料（谜语专辑）》，南平《谜语选》，吴浩水《繁英集外集（诗谜专辑）》，胡寄云《谜书考初稿（上下卷）》，南澳《南澳灯谜》。

1975年：福建省图书馆《谜语选编》，南通《灯谜》，南阳《欢庆春节·灯谜》《灯谜》，福州《谜语选》《灯谜》，澄海《灯谜》《灯谜（国庆专辑）》，潮安《灯谜》，乐昌《游园晚会·灯谜集》，茂名《迎春·灯谜小辑》，普宁《春节谜语》，汕头《灯谜》《潮汕灯谜会猜专辑》，伍学恒《灯谜浅说》，黄炳华、朱虹等《广阔天地炼红心》，成都《灯谜（第1号）》《灯谜（第2号）》，潮安《春灯影刊（枫溪、潮州灯谜内部汇猜专辑）》《友谊花开（汕头潮州彩塘枫溪灯谜内部汇猜专辑）》，株洲《灯谜》，哈尔滨《课外活动资料（谜语）》，武汉《课外活动资料（谜语、儿童谜语）》，苏州《灯谜》，梧州《谜语》，赵松雪、吴浩水《爨桐集（泊号连泊人谜作专集）》。

1976年：汕头《灯谜（庆祝1976年元旦）》《红五月灯谜集》《向阳灯谜（农业学大寨专辑）》《向阳灯谜（"七一"专辑）》，青岛《灯谜》，柯国臻《漫谈谜格》《谈虎色变》，厦门《灯谜》《灯谜集》，揭阳《工农灯谜会猜选集》，庆元《伏虎集》，连云港《灯谜》，澄海《灯谜（1976年春节专辑）》《隆都灯谜会猜》《歌颂伟大领袖和导师毛主席（灯谜专辑）》《文虎友声选集·嘤鸣红树放新花》，黄炳华《灯谜盛开友谊花》《朗月谜话》，温州《灯谜集》，曾玉麟、张国光《创作灯谜选》，福州《谜语》，揭阳《五一灯谜》，晨月、江风等《消夏射虎集》。

2. 转折时期谜集谜刊例录

1976年：汕头《向阳灯谜（声讨批判王张江姚四人帮反党集团专辑）》，庵埠《打倒"四人帮"谜语专辑》，澄海《灯谜集锦》。

1977年：汕头《灯谜知识浅谈》《元旦春节灯谜》《红五月灯

第二章 "文革"与转折时期的灯谜（1966年5月至1978年）

谜集》《灯谜专刊》《1977年国庆节灯谜专刊》，黄炳华《百家灯谜集》，福州《春联与谜语》《谜语》，乐昌《乐昌文艺（灯谜集）》，泉州市工人文化宫《灯谜》，中国人民银行泉州市支行《灯谜》（至1978年出3集），郑百川《开襟集》《红叶集》，武汉《课外活动资料·灯谜（谜语专辑）》，桂平《灯谜（灯谜常识之一）》，漳州《灯谜》，石岐《迎春花》，南澳《灯谜》，长沙市图书馆《灯谜》，庵埠《学"五卷"灯谜专辑》，湛江《谜语选辑》，海口《谜语选辑》，澄海《灯谜集》《谜语集》《纪念毛主席〈在延安文艺座谈会上的讲话〉发表35周年灯谜集》《元旦谜刊》。

1978年：潮州《灯谜》（元旦、五一各1集），汕头《春节灯谜集》《红五月灯谜专刊》《鮀江灯谜（纪念七一专刊）》《国庆灯谜专刊》《西湖集》，澄海《春灯集》《莲塘销夏集》《春灯集锦》《纪念毛主席〈在延安文艺座谈会上的讲话〉发表36周年灯谜集》《庆祝中华人民共和国成立29周年灯谜专刊》，顺德《灯谜·春联》，朗月《春灯百谜》，庵埠《热烈欢呼五届人大胜利召开（诗歌、灯谜）》，郑百川《戊午春灯》《戊午秋灯》，晚翠老人《灯谜爱好者》，吴鸿影《春灯同岑集》，黄浦区《谜语》《黄浦灯谜》《灯谜》。芜湖《谜语》，沈阳《新灯谜》，北京航空航天大学双拼研究小组《谜语》，泉州《刺桐谜苑》，沈阳《沈水谜刊》，何仰之《谜格浅谈》，南阳《工人文艺·灯谜知识专辑》，汉阳《灯谜》，乐昌《叔叔：你猜得中吗》，福州《灯谜》，龚西《灯虎集》，温州《瓯海谜花》《鹿城谜苑》。

第三章　改革开放至 20 世纪末的灯谜

（1979 年至 2000 年）

1978 年 12 月，中国共产党第十一届中央委员会第三次全体会议在北京举行。全会批评了"两个凡是"的方针，高度评价了关于真理标准问题的讨论，停止使用"以阶级斗争为纲"口号，否定了中共十一大沿袭的"文化大革命"中的"无产阶级专政下继续革命"的观点，实现了思想路线、政治路线、组织路线的拨乱反正和系统地清理重大历史是非的拨乱反正；全会作出了把党和国家的工作重心转移到经济建设上来，实行改革开放的伟大决策。十一届三中全会揭开了党和国家历史的新篇章，是新中国成立以来具有深远意义的伟大转折。

十一届三中全会后，思想解放和改革开放的春风吹遍神州大地，文艺复兴，谜苑复苏。灯谜文化得到了最大的弘扬，内容和形式、深度和广度都发展到一个前所未有的阶段，形成了中国灯谜发展史上的第三次大浪潮。

十一届三中全会后，灯谜活动遍地兴起，多样化地开展，大型灯谜活动频繁。各地各单位和跨地域的灯谜社团陆续成立，以至酝酿和成立了全国性的灯谜组织。老一辈谜人焕发青春，新一代谜人生机勃勃，把灯谜文化传承发展到新的高峰。灯谜作品百花齐放，数量和质量都上了一个新的台阶，谜学理论也有新的发

第三章 改革开放至20世纪末的灯谜（1979年至2000年）

展，灯谜书刊出版出现前所未有的繁荣。灯谜的兴盛吸引越来越多的人参与，为传承我国的传统文化、丰富人们的文化娱乐生活，为社会主义精神文明建设发挥了积极有益的作用。

改革开放至20世纪末的谜事，还可以分为两个小阶段。

前个阶段是从1979年至1992年10月，灯谜逐年热起来，形成一波高潮。1990年2月，中央电视台新闻联播报道辽宁丹东等地举办元宵灯谜活动时，总结概述这波高潮说：当时，全国已有200多家报刊，300多家电台、电视台刊谜、播谜、举办猜谜活动；据不完全统计，全国各地已组建灯谜社团230多个，创办内部谜刊谜报590余种，出版谜书320多部。在灯谜发展的历史上，出现了最为辉煌的时期。

后一个阶段是从1992年10月至2000年，灯谜热潮在调整中持续。1992年10月，中国共产党第十四次全国代表大会提出"我国经济体制改革的目标是建立社会主义市场经济体制"。这一改革方向的选择和种种改革举措的步步实施，使我国经济体制改革进入制度创新的阶段。其时，许多计划经济的企事业单位进行改革调整，有些谜人因转换职业而停止灯谜爱好，有些灯谜社团因主管部门体制改革而遭遇组织管理和活动经费的困难，灯谜的活动模式受到一些影响，但影响并不太大。其时，国家的喜庆事情多，对外交往多，促使灯谜活动在探索和调整中活跃地进行，且成立了全国性的灯谜组织。

其时，一种新型的灯谜网络活动模式诞生，吸引了一批新的爱好者。1994年，中国互联网正式接入国际互联网。1997年网易公司创立，随后，搜狐网、腾讯、新浪创立，聊天软件QQ出现，后改名腾讯QQ风靡全国。2000年，百度公司创建。至此，实现了中国互联网的第一次大浪潮。从这第一次大浪潮开始就改变着中国老百姓的生活，也开始创新灯谜活动的模式。

第一节　谜事概况

一、促进繁荣的谜事

十一届三中全会以后，有几件谜事对灯谜的认识和灯谜的繁荣产生很大影响。

1. 南京会猜首创风气

1979年5月，全国总工会在无锡市召开部分省市文化宫俱乐部会议。会中，南京市工人文化宫提出举行灯谜会猜的倡议，得到很多地区的同意和支持。

9月30日至10月3日，全国九城市灯谜会猜在南京市工人文化宫举行。长春、上海、苏州、南通、厦门、沈阳、温州、漳州等市文化宫（馆）灯谜组的41名代表，南京市的12名成员参加。与会人员中最大的68岁，最小的18岁，有女代表。

九城市灯谜会猜包括对群众开放和内部会猜探讨谜艺两项活动。为搞好对外开放展猜，与会的每个城市都准备了一定数量的谜条。苏州、沈阳等地准备了数百条，又临时制作数百条。国庆节期间，连续三天下午和晚上，九城市的谜条自始至终满布室内，供群众猜射。在大会之前，南京市文化宫在街道通衢张贴海报，省市报纸及电台予以报道，《新华日报》还刊了专题文章，吸引群众两万余人次参加猜射，盛况空前。各地谜条展出时保持了当地的特色。漳州、沈阳、厦门把谜条挂在壁上；沈阳以锣鼓之声表示猜中与否。苏、沪、宁、南通及温州为悬挂，对号。谜

第三章 改革开放至 20 世纪末的灯谜（1979 年至 2000 年）

条纸也五彩缤纷，各显特色。各馆在开放时间始终是熙熙攘攘、热闹非常。有的馆挤得水泄不通。有的谜友，从下午至晚上，携带干粮，寸步不离；有的猜者，携扶老幼，全家出动。有白发老人，有红巾稚子，有工有农，有军人有学生，亦有 30 年未问谜事的老谜友闻讯而来，旧艺重弹。会猜共展出谜 3000 余条，猜中 2000 余条，涉及谜目之多，亦是前所未有，如字、词、成语、唐诗、宋词、词牌、穴位、天文、地理、医药、戏曲和《西厢》《红楼》《水浒》等人名，以及电影、小说等。

内部会猜的重点是评议谜艺。每一地区选谜 5—8 条，悬挂 15 分钟，供与会同志猜射，未中的也揭晓，然后评议。评议根据制作技巧、扣合泛切、撰句成文、别解合理、谜味浓郁等方面进行研究和评讲，作者本人也可提出意见和看法，有时争论很长时间，最后才达到基本一致。谜艺讨论热烈，发言踊跃，会场始终保持友好气氛。会议还就多个谜学理论问题展开了专题讨论。

在活动结束的大会上，代表们一致通过了对各地文化宫（馆）的倡议书，倡议建立和健全灯谜组织，重视灯谜在职工文化生活中的重要地位和对提高文化水平为四化服务的积极作用。

九城市灯谜会猜活动的影响很大。1983 年 6 月至 8 月，谜界多个社团联合多家报刊评选出十一届三中全会以来中华谜坛"十大事件"，其中第一件介绍和评价："九城市灯谜会猜活动，当地省市报刊电台以及《文汇报》等发了消息报道和会猜述评，两万多人次参猜，是迄此为止中国历史上最大一次全国性灯谜盛会，为以后的匡庐谜会、青岛之夏谜会、汕头谜会、竹西谜会、姑苏谜会和福建蚶江侨乡谜会等灯谜会猜活动打下了良好的基础。"

2.《半月谈》推介典型

《半月谈》1980 年第 14 期刊登的《侨乡灯谜会》一文，专题报道福建蚶江灯谜组灯谜会。《半月谈》是由新华通讯社主办的面向广大基层读者的重要党刊,其发行量和影响力雄踞全国时政报刊之首,被誉为"中华第一刊"。改革开放不久,新华社记者蔡清河、王嫣采访福建蚶江灯谜组后,在《半月谈》发文推介谜会,对全国灯谜活动起到了极大的推动作用。文章如下:

侨乡灯谜会

一天晚上,我们在福建省著名侨乡晋江县蚶江公社蚶江大队一个社员家里,欣赏了一场饶有风趣的灯谜会。

会场正中摆着一张四方桌,桌上放着"文房四宝"。两位书写员坐在方桌两侧,为出谜者和揭谜者当场书写谜面和谜底。二十多位灯谜爱好者欢乐地聚集在灯光下,幽默而沉着地在进行"斗智"游艺。

灯谜会开始后,谜坛老将苏温才首先开了腔,出了一道谜题,叫"星际之谜",打一书名。只见青年灯谜爱好者欧阳团安抢先揭谜,高声说道:"《宇宙的秘密》!"会场顿时活跃,大家称赞揭得好。

苏温才再出一道新谜,题为"逢单停产,逢双出勤",打一俗语。灯谜小组长郭建义不甘落后,当场揭了谜:"一不作二不休。"这时全场沸腾,一片赞声。

苏温才接着又出了一道新谜,谜题是"突然袭击",打一成语。话音刚落,62岁的谜坛老将林为敏应声揭道:"攻其不备。"苏温才感到猜得有意思,但他的谜底是"不宣而战"。以谁为准?他俩经过推敲,最后把谜底定为"不宣而战"。

今年56岁的苏温才,从小就喜爱灯谜,少年时代,在村里举行的一次灯谜会上,他看到有一谜题:"明月依稀云脚下,残花零落马蹄前",打一字,谜底是"熊"字。谜面词

第三章 改革开放至20世纪末的灯谜（1979年至2000年）

句很美，引起了他对灯谜的兴趣。从此以后，他也成了村里灯谜"迷"。他识字不多，但为了丰富灯谜题材，经常利用工余时间，阅读我国古典小说、古今名诗，增长学识。他读到我国唐代诗人白居易的《长恨歌》，就想出了一道谜题"一朝选在君王侧"，打一字，谜底是"旺"字。

苏温才已创作灯谜一千多条，深受灯谜爱好者的赞赏。头次灯谜会，就是在他家厅堂里举行的。

在这次灯谜会上，49岁的老社员、灯谜爱好者林祖炳，更是谜才出众，光他一人就出了15条灯谜。社员黄杏川还带着他的一个15岁的儿子来赴会。黄杏川，一家三代都喜爱灯谜。他的78岁的老父亲，是村里谜坛老将，他本人也是本村谜坛名师。他家里存有自己创作的一千多条灯谜集锦。今晚他出的灯谜颇有特色。如其中一条谜题，叫"农村一片好风光"，打我国一个电影演员名字，谜底"田华"。还有一条谜题，叫"嘉陵与峨眉争秀"，打一唐诗句，谜底"蜀江水碧蜀山青"。他的儿子黄祖庆，在今晚灯谜会上，也初露头角，一连揭了两个谜底。

这次灯谜会整整开了两个多小时，一共出了56条谜题，揭谜42条。

灯谜活动已有近百年历史的蚺江大队，类似这样的灯谜会，不仅逢年过节举行，而且经常在周末举行。有时灯谜会还从室内搬到小广场举行。大队还花上十元、八元钱，买些香烟、糖果、饼干等作为奖品。每次灯谜会都有大批围观者，有时多达三四百人，热闹异常。

从20世纪80年代开始，蚺江灯谜组开展灯谜活动一直非常活跃。

1982年2月7日，蚶江灯谜组被省文化局评为"福建省农村文化艺术工作先进集体"。

1983年3月18日，菲律宾《世界日报》以《灯谜之乡——蚶江》为题，介绍蚶江开展灯谜活动的状况和成果。

1983年开始，蚶江多次举办侨乡谜会。

1991年10月7日，全国政协、文化部、教育委员会组成的赴闽调查团，视察蚶江侨乡谜社。

1992年8月，在保定市举办的"全国历史文化名城灯谜艺术节"上，蚶江侨乡谜社被评为"全国最佳谜组"；蚶江侨乡谜会被评为"全国最佳谜会"。

是年10月，福建省文化厅确定蚶江侨乡谜社为省繁荣发展社会文化"芳草计划"示范点。

1997年8月，《灯谜之乡——蚶江》入编《泉州市小学乡土教材》。

2000年2月，福建省文化厅命名蚶江镇为"福建省灯谜艺术之乡"。

是年5月，文化部命名蚶江镇为"中国灯谜艺术之乡"。林江波、纪清华出席文化部召开的"中国民间艺术之乡命名暨现场经验交流会"，作《弘扬民间文化艺术，促进灯谜事业发展》的经验交流。

是年7月，由林清富、纪凯声、林松龄组成的蚶江侨乡谜社代表队，参加中华灯谜学会举办的"首届中华灯谜锦标赛"，摘取团体冠军奖杯。

历年来，蚶江侨乡谜社配合各项中心工作举办了计生、普法、精神文明建设、迎香港澳门回归、百谜颂中华、亚洲雄风、科普、抗击非典以及新婚、金婚、钻婚、寿星、敬老、迎亲、思亲、移风易俗等专题谜会；编印《谈虎》《蚶江侨乡谜会会刊》《蚶江第二届侨乡谜会会刊》和个人谜刊《活页谜话》《虎影》《海外探骊珠》《滴水集》《耕耘集》《听潮灯话》等，出版《苏温才先生灯谜选注》《蚶江乡土灯谜简注》。蚶江谜社谜人获得全国性和省级谜会谜赛的各种奖项300多人次。2001年1月，蚶江侨乡谜社在全国主要谜报谜刊联合发起的投票评选中，被公推为20世纪十大谜社之一。

3.《人民日报》谜文引领

《人民日报》1981年1月19日刊登苗文撰《灯谜的"体"和"格"》，介绍灯谜知识，发表上海市工人文化宫业余灯谜研究组供稿的《灯谜一束》。《人民日报》是中国共产党中央委员会机关报，《人民日报》发表谜文谜作于思想解放之初，是对灯谜文化的充分肯定，也为各省市各地方报纸杂志传播灯谜文化和人民大众开展灯谜活动作出了示范引领。

又，《人民日报》1991年2月8日刊登中国民俗学家、民间文学大师、现代散文作家钟敬文写的《谜语——有意义的文化现象》，此文为《中华谜书集成·序》的部分。1995年3月9日刊登钟敬文的又一篇谜文《神州谜学之快事》，此文是《现代灯谜精品集·序》的摘编。在我国谜事调整发展时期，《人民日报》刊载谜文，再次对中华谜学以肯定，给谜人以激励，对谜事以促进。

4. 猜谜破案彰显意义

1982年11月，广东中山市公安局在侦查一件特务案件中，发现一些"隐语"式的信件。为了弄清这些"隐语"的内容，公安人员来到中山县工人业余灯谜小组要求协助猜破隐语。中山县的同志又与顺德县灯谜小组共同研究，基本弄清"隐语"内容，他们及时向公安局作了汇报。结果，真的在该市郊区查获了一个

与海外敌特机关联系的坏家伙。(《知识窗》1983年第6期《猜谜协助破案》)

猜谜协助破案之事在《南方日报》也作过报道,由于保密的原因,当年发表的文章没能公开运用灯谜协助破案的具体细节。若干年后,林生花、林长华等多人撰文介绍:1982年,广东省中山县公安局查获了一封寄往台湾情报部门在港澳机构的信函。封信里面有五六张纸条,每张纸条上都写有一两个隐语式的句子。看着这些纸条,公安人员一时如坠五里云雾之中,后来慕名请到时任中山县职工灯谜协会会长的黄润权协助破案。黄润权接过纸条一看,只见上面写着:"讲素绢鞋合,一丝劲力少,多多当益善""一岁已尽不是有大喜过⋯⋯"黄润权想起传统灯谜中的"黄绢幼妇外孙齑臼"式的隐语,便顺着这条思路猜出那几句话的意思是"请给经费,年底有望"。黄润权破解了谜信,使公安人员很快破了案。巧破谜信这件事被评为当年"中国谜坛十大新闻"之一。(《闽南日报》2016年8月23日及《文史春秋》等)

利用灯谜进行秘密通信从事间谍活动和猜谜协助破案,在当代极少发生,或许是偶然事件,是灯谜原始的社会作用的再现,以此可以说明灯谜确有多方面的生存空间。从这一事件中可以引发多方面对灯谜的社会意义和文学价值的认识,证明灯谜的存在不只是游艺文娱。

5. 领导的支持和鼓励

1982年3月20日,全国总工会主席倪志福、副主席顾大椿及北京市总工会领导等来到北京市劳动人民文化宫举办的"文明礼貌月"灯谜展猜会现场,接见并鼓励谜组成员。

1983年大年初一,中顾委常务副主任薄一波在首都联欢晚会前,在人大会堂江苏厅会见在京部分台湾同胞、港澳同胞、国外侨胞和归侨、侨眷时即席讲话的结束语说："除夕之夜，我和孩子们一起看电视，新春联欢晚会上让大家猜一个谜语，叫'从上到下，广为团结'打一字。孩子们说，可能是'卡'字，也可能是'天'字，管它对不对，我是赞同这句话的。"风趣的言谈，引起一片欢笑声。

1983年9月20日，全国人大常委会副委员长周谷城、中华全国奥委会主席钟师统等到上海市青年宫，为"中秋赏月谜会"剪彩。

1983年12月14日，胡耀邦同志召集《人民日报》、新华总社和广播电视部的领导同志谈话。讲话中明确指示："谜语、对联都有广泛的群众性。……举这些例子，无非说明精神文明可以搞的东西太多了。"

1985年2月，中宣部副部长曾德林、北京市委宣传部部长李筠、北京市总工会副主席刘尚贵被聘为北京市职工灯谜协会名誉会长。

1989年4月，文化部常务副部长高占祥为"第二届蚶江侨乡谜会"题写"两岸连深情，四海结友谊"的贺词。

1991年11月8日，中宣部副部长翟泰丰、民政部顾问杨琛、北京军区司令员王成斌、政委张工、河北省委书记邢崇智等领导参加在保定市举行的五星杯全国双拥模范城首届灯谜大赛决赛晚会，并为获奖队颁奖。中国人民解放军中将、中国人民解放军总政治部副主任周文元题词"'双拥'谜会，共建文明——为全国双拥谜赛题"。杨琛题词"全国'双拥'模范城首届谜赛：同台竞射虎，军民传佳话"。

1996年，中国人民政治协商会议全国委员会副主席叶选平在《中华谜报》创刊200期庆典活动前题写报名。《中华谜报》自5月2日起使用。

1997年5月9日，全国人大常委会原副委员长彭冲参观漳州灯谜艺术馆，题词"求真悟美"。

2001年5月4日，中国文联主席周巍峙为"蚶江灯谜馆"题写馆名。

国家党政军领导和省部级领导亲临谜会，论说谜语或为谜事题词，既是对发展灯谜文化的重视和支持，也是对谜人的支持和鼓励。

6. 打开对外谜事交流新局面

20世纪80年代中期后，对外谜事交往和谜艺交流出现了喜人的景象。香港刘雁云多次往返新加坡、马来西亚、泰国和我国台湾之间牵线搭桥，促使海外和港台的谜人卢一雄、林宝才、郑泽生、李次高、沈志谦、徐添河等多次组团回内地参加谜事活动，进一步加深了谜友情谊。国内谜人也开始走出国门，打开内外双向谜艺交流的新局面。

1996年3月，中华灯谜学会副会长郑百川、副秘书长张哲源应邀至新加坡出席华族文化节谜艺交流会，开创了中国谜人国外出访的先河。

1997年1月至4月，中华灯谜学会会员韩庆铭经香港赴台湾探亲期间，应邀出席台北市元宵灯谜晚会、台北市集思谜社月活动会等，并在台湾谜联大会上致辞和参与颁奖。在港台期间，韩庆铭与众多谜友切磋交流谜艺，受到刘雁云、沈志谦、范胜雄、徐添河、吴学平、李次高、高武煌、萧瑾瑜、张平顺、王火山、黄大倬等的热情接待。此举开启大陆谜界谜人参与台湾谜界活动的先河。

1998年2月8—14日，漳州市灯谜协会张奕虎、杨梓章应台湾高雄市谜学会邀请，偕同陈绍雄和芗城水仙花少儿艺术团一行35人到台湾高雄三凤宫、文化中心广场和鸟松乡进行了4场灯谜展猜和演出，与台湾谜友交流谜艺，成功地实现了大陆谜人首次访问台湾谜界的历史性突破。

1999年2月27日至3月9日，澄海市民间艺术访问团应高雄市谜学研究会邀请，到台湾访问交流，其中"澄海之夜"灯谜晚会由张哲源、郑百川主持，在高雄市三凤宫广场举行。艺术团还到台南和台北拜访台湾谜学界，结识了一大批新老朋友。

二、广泛多样的活动

十一届三中全会后，灯谜活动的广泛性、形式的多样性、规模的大型性都前所未有，多种活动或常态化进行，或此起彼伏，交互进行。

其时，各种各样的猜谜形式都出现在灯谜活动中，多种多样的谜事活动遍布全国。

1. 悬谜展猜

悬谜猜射很能活跃现场气氛，一般在节假日进行，元旦、春节、元宵、国庆、中秋和地方性的纪念日、庙会等常见，尤以元宵节最盛。我国大型谜会都有悬谜猜射活动，以悬谜猜射为主的大型灯谜活动也很多。

1979年1月28日，贵州惠水县文化馆、图书馆举办春节灯谜会，此后，县文化部门一年一度连年组织迎春灯谜活动。

1980年、1981年的春节和元宵节期间，北京、南京等市的文化宫灯谜组开展了较大型的节日灯谜展猜活动。

1982年，春节期间，沈阳市工人文化宫举办"全国佳谜展猜会"。新疆维吾尔自治区石河子市文化馆，举办大型春节猜谜会，悬谜 1500 多条。元宵节期间，北京市劳动人民文化宫举办谜会，《北京日报》《北京晚报》事先报道，《人民日报》发表新闻照片，新华社、外国专家局组织数十位外国新闻记者实地采访，瑞典、日本、西德等国驻华使馆均有官员参加。

1983 年国庆期间，北京市劳动人民文化宫举办以爱国主义教育为中心的"我爱中华灯谜对联会"。

1984 年，春节期间，广西田林县文化馆举办"全国灯谜名家作品展猜"。元宵节期间，北京举办"元宵节灯谜大会"，17 个区、局基层谜组参会，外国使节、记者、港澳人士数十人莅临，《参考消息》刊登了美联社的报道。辽宁沈阳市工人文化宫举办"全国首届金虎奖展猜竞选会"。9 月 24 日，湖南省总工会在长沙市工人文化宫举办欢迎日本滋贺县工会代表团灯谜专场展猜。国庆期间，浙江绍兴市工人文化宫举行"越州谜会"，展猜全国 20 个省市的谜作，邀请了绍兴县、上虞县、嵊县和越城区及一些基层工会谜组代表参加。陕西宝鸡市文化宫举办"百名谜家灯谜展猜"。

1985 年，春节期间，北京市劳动人民文化宫举办万人春节灯谜大赛。元宵节期间，上海市工人文化宫举办"春之谜"展猜，设"金牛宫""打虎台"和"百花厅"，开放 3 天，2 万余人次参与；福建漳州市灯谜协会举办"金盏谜会"，中央电视台拍摄后，作为《闽南元宵行》专题片内容之一；吉林九台营城文化馆举办"九台地区元宵谜会"，九台所属城镇、农村的 7 个代表队参加。

1986 年，元宵节期间，为纪念漳州建郡 1300 周年，漳州市举办九县一区灯谜会猜，60 余名代表参加。5 月，重庆市劳动人民文化宫、市职工谜研会联办"渝州谜会"，重庆 14 个大型厂矿和 9 所大专院校参加。

1987 年 1 月，江苏徐州市举行"古彭谜会"。春节期间，福

第三章　改革开放至20世纪末的灯谜（1979年至2000年）

建东山岛举办灯谜会猜，回乡探亲过节的部分华侨和台湾、香港、澳门同胞及去台人员亲属、回归定居的台胞观摩了两场开猜。江苏无锡市太湖职工谜艺社举办"华东地区丁卯元宵谜会"。5月31日，南京市总工会、市文化局等单位在白鹭洲公园举办"金陵文化日"谜展，南京市工人文化宫灯谜组悬谜1000余条。7月至9月每周六晚上，哈尔滨东北轻合金加工厂在厂文化宫广场举办"夏季乘凉谜会"。国庆期间，福建漳州谜协举办五场全国灯谜展猜。12月，广州市灯谜学会、中山市灯谜学会、顺德市灯谜研究会与香港刘雁云，参加广东首届民间艺术欢乐节的灯谜专场活动。

1988年元宵节期间，江苏南通市县10个文化宫举办的"元宵有奖灯谜大奖赛"在南通市劳动人民文化宫开猜。辽宁丹东市人民政府主办、市灯谜学会承办"丹东市首届灯谜节"，数万条灯谜悬挂在市区最繁华的七经街近两公里路段两侧，并设有10个擂台重奖征射，24万余人参加猜射，市电视台拍专题片。广东佛山市第四届元宵灯谜大会在三水县工人文化宫举行。6月，广州市灯谜学会在"广州龙舟节"活动期间，连续8天8夜举办灯谜展猜，中山市灯谜协会应邀参加。9月至10月，云南省首届民族艺术节灯谜展猜在昆明市工人文化宫举行，展猜共进行16天，香港刘雁云专程与会。10月1日，湖南邵阳市保险公司、市灯谜协会联合举办"第二届保险谜会"。10月30日开始，作为"88年广东艺术欢乐节"主要项目之一的灯谜展猜，连续进行了14天。

1989年4月，广西桂林市举办"三月三"谜会。9月24日，广西南宁市举办"绿城之秋"谜会。10月1日，福建漳州举办"社会公德、职业道德"专题大型灯谜展猜。10月23日，广州市灯谜学会主持"广东欢乐节"灯谜专场，历时11天。

2. 函寄会猜

许多灯谜社团和灯谜报刊组织过灯谜函寄会猜，其中相当部分于活动后编印专辑。

1980年2月，汕头市工人文化宫举办"全国各省市40个单位"灯谜函寄会猜。国庆节，温州市工人文化宫举办全国灯谜函寄会猜。

1981年，春节期间，上海市工人文化宫举行全国灯谜函寄会猜，共收到33个市县的灯谜作品2000余条。无锡市工人文化宫举办"迎春花"全国函寄会猜。南昌市工人文化宫举办全国30市（县）灯谜函寄会猜。7月1日，长春第一汽车制造厂工人文化宫举办"全国文化宫（馆）函寄灯谜会猜"。10月1日，上海浦东文化馆谜协举办"国庆灯谜函猜"，全国40个市县300多位作者参加。

1982年1月，武汉琴台工人文化宫举办"全国灯谜函寄会猜"。武汉硚口工人文化宫举办"迎春灯谜函寄会猜"。5月，云南个旧市工人文化宫、江苏常熟市工人文化宫分别举办全国灯谜函寄会猜。广西田林县文化馆举办"红五月"灯谜函猜。10月1日，福建漳州、河北邢台、浙江温州、陕西宝鸡等地分别举办全国函寄会猜。

1983年，春节期间，云南个旧市工人文化宫举办第二届全国函寄会猜。安徽六安市举办"全国迎春灯谜函寄会猜"。浙江宁波市职工谜协、黑龙江佳木斯市分别举办全国灯谜函寄会猜。元宵节期间，广东揭阳榕城镇举办全国函寄展猜。浙江黄岩工人文化宫举办"全国灯谜名家函寄会猜"。陕西宝鸡金台区文化馆举办"全国著名谜家佳作汇展"。福建莆田江口文化中心由香港知名人士卢善美赞助举办首届"锦江之春"灯谜函寄会猜。5月1日，福建龙海县灯谜协会举办全国函寄会猜。广东饶平县工人文化宫举办"闽粤七市（县）灯谜会猜"。10月1日，四川眉山县工人俱乐部举办"三苏谜会"，16个省50个市（县）336位作者函寄谜作参加展猜。

1984年，春节期间，广东顺德灯谜研究会举办第18届省"迎春灯谜函寄会猜"。四川峨眉县总工会举办"峨山谜会"函寄会猜。福建莆田县涵江工人俱乐部举办首届"涵江之春"全国函寄会猜，19个省67个市县及港澳同胞的谜作参展。云南个旧市工人文化宫举办第三届迎春函寄会猜。浙江温州市工人文化宫举办"全国灯谜函寄交流展猜"，参加单位互寄谜作100条。江苏南通市劳动人民文化宫举办"山川、历史、人物——全国灯谜函寄会猜"。5月1日，福建三明化工厂举办"全国职工五一灯谜'山花奖'函寄会猜"。7月1日，吉林九台县营城镇举办全国函寄会猜。10月，福建华安县、南平市，江苏镇江市分别举办全国函寄会猜。11月，广西梧州市举办第一届艺术节"全国灯谜函寄会猜"。

1985年，春节期间，无锡市工人文化宫谜研组举办"梁溪谜会"全国函寄会猜，200多个文化馆700余人惠寄8000余条谜作。江苏兴化县职工谜协举办"板桥春灯谜会"，20个省市自治区600余名谜手函寄谜作。铁道部唐山机车车辆厂文化宫灯谜组举办全国灯谜函寄会猜。4月29日，吉林长春第一汽车厂灯谜协会举办全国灯谜函寄会猜。7月1日，浙江定海县粮食局工会举办全国函寄会猜"七一谜会"。9月，浙江湖州菱湖镇工人俱乐部举办"首届龙湖谜会"，全省15个灯谜组织函寄作品参加。10月1日，河北省沧州灯谜学社举办"狮城戏虎"全国联谊函寄会猜。江苏泰州市化肥厂工会举办"飞星奖"全国灯谜函寄会猜。福建福州市灯谜协会举办全国灯谜函寄会猜。11月，江苏常熟市工人文化宫举办"第三届赏菊谜会"全国函寄会猜。12月28

日，广西南宁市职工灯谜协会举办全国灯谜函寄会猜。

1986年，春节期间，湖南长沙市工人文化宫举行"首届全国哑谜、故事谜函寄展猜"，收到179位作者的842条专题作品。元宵节期间，浙江湖州市工人文化宫举行"菰城之春"全国灯谜函寄会猜暨湖州市基层灯谜团体邀请赛。福建晋江县文化宫举办"鸿江之春"全国灯谜函寄会猜。齐齐哈尔车辆厂职工之友联谊会灯谜协会举办"谜海索趣"全国函寄会猜，23个省、市、自治区40多个灯谜组织100余位作者参加。6月，广州市第二工人文化宫灯谜俱乐部举办全国函寄会猜。7月20日，广东潮州市庵埠灯谜协会举办全国灯谜函寄会猜。9月30日，福建南靖县灯谜协会举办全国灯谜函寄展猜。哈尔滨东北轻合金加工厂举办"小天鹅谜会"全国函猜。广东揭阳县淡浦农民文化宫举办"南阳虎全国灯谜函寄会猜"。浙江湖州市菱湖化工厂灯谜组举办"红吉谜会"全国函寄会猜暨湖州市灯谜交流会。10月，云南昆明市职工灯谜协会举办全国灯谜函寄会猜。河南安阳市博物馆、市文化馆等单位联合举办"殷墟谜会"全国函寄会猜。

1987年，元宵节期间，湖南衡阳市职工灯谜协会举办会员新作展猜和各地函寄会猜。安徽芜湖市灯谜研究会举办"十八省市灯谜展猜"。5月1日，广东潮阳县灯谜协会举办全国函寄会猜。江苏兴化县工人文化宫举办"水浒谜会"，邀请全国108名谜友函寄谜作，中国红学会会长冯其庸为会猜专辑封面题签。福建莆田函关谜社和涵江区文化局等联合举办"中华百家灯谜函寄会猜"。福建南平水泥厂举办"绿叶隐趣"全国函寄会猜。5月，河南安阳市职工灯谜协会举办"端阳谜会"全国函寄会猜。湖北东风汽车工业联营公司、二汽工会联合举办首届"东风谜会"全国函寄会猜。7月26日，广西柳州市职工灯谜协会举办全国函猜"鱼峰"谜会。9月，四川眉山县在举办首届"东坡艺术节"

第三章 改革开放至 20 世纪末的灯谜（1979 年至 2000 年）

和"东坡书市"的同时，举办第二届全国"三苏谜会"。国庆期间，辽宁大连市辐条厂蓝天谜社、福州谜协、上海闸北区工人俱乐部灯谜组等，分别举办全国函寄会猜。11 月 19 日，黑龙江哈尔滨市平房区灯谜协会举办"卫星城谜会"全国函寄会猜。

1988 年春节期间，漳州青少年谜协举办全国（包括港澳台）暨新加坡、泰国、菲律宾灯谜函寄会猜。铁道部长春客车厂职工谜协举办"风从东方来"全国函寄会猜。湖南邵阳市工人文化宫举办"邵陵之春"全国灯谜函寄会猜。元宵节期间，山西太原市团市委、青年宫、太原电视台和重型机器厂谜协联合举办全国灯谜函寄会猜。北京市职工谜协在劳动人民文化宫举办"龙年首届全国灯谜函寄会猜"，为期 10 天；江苏常熟市工人文化宫举办"龙年旅游"专题全国函寄会猜。陕西宝鸡市灯谜学会举办"龙年元宵全国灯谜函寄会猜"。3 月，江苏望亭发电厂举办"三色火"全国函寄会猜。上海市职工灯谜协会举办"迎春谜会"全国函寄会猜。5 月 1 日，湖南衡阳市职工谜协举办"雁城谜会"全国灯谜展猜。安徽马鞍山市工人文化宫举办全国函寄会猜。是月，福建漳州糖厂建厂 30 周年之际举办全国灯谜函猜"白玉兰谜会"。齐齐哈尔车辆厂举办"谜海索隐"第二次全国灯谜函寄会猜。6 月，江苏徐州市环保局和市职工谜协联合举办"全国首次环境保护灯谜函寄展猜"。10 月 1 日，南京市职工灯谜协会举办全国灯谜函寄会猜。西北铝加工厂举办以"百花"和"安环"为专题的首届全国灯谜函寄展猜。10 月，河南开封市举办全国函寄会猜。12 月至 1989 年春，广西梧州市职工谜协举办"鸳鸯江"全国灯谜函寄会猜。

1989 年 1 月，广东肇庆市端州谜社举办"中国名城"灯谜有奖函猜。江苏淮阴市、扬州市、连云港市、南通纺织机械厂、山东青岛市分别举办全国函寄会猜。春节期间，四川峨眉市文化宫举办"峨眉名胜全国灯谜函寄会猜"。福建三明钢铁厂举办全国灯谜作品函寄展猜。四川自贡市工人文化宫举办首届函寄会猜。元宵节期间,齐齐哈尔市文化宫举办"鹤城全国灯谜函寄会猜"。河南三门峡市灯谜学会举办全国灯谜函寄会猜。6月5日,福建南平市环保局举办全国环保灯谜函寄会猜。9月中旬,浙江湖州菱湖化工厂举办第二届"红吉谜会"全国灯谜函寄会猜。下旬,江苏徐州市计生委、市职工谜协联合举办全国计划生育灯谜函寄会猜。10月,第一汽车制造厂谜协举办全国金秋函寄谜会。福建华安县举办第二届全国灯谜函寄会猜。江西南昌市职工灯谜协会举办"滕王阁杯"全国灯谜函寄会猜。重庆市劳动人民文化宫举办全国谜联函寄展览。辽宁大连市、黑龙江佳木斯市、浙江宁波市、广东顺德县的灯谜社团分别举办全国函寄会猜。

3. 联合会猜

南京九市灯谜会猜后,类似的多市县多单位多灯谜社团联合组织的灯谜会猜接踵而来,主要模式有两种:一是各自准备谜题在一地同时会猜,一是共同组织统一谜题分别在各地同时组织猜射。

1980年3月1、2日(正月十五、十六),长春市工人文化宫举办灯谜会猜晚会,长春市客车厂、营城煤矿机械厂、国营长春机械厂、柴油机厂、新华印刷厂、电信局、长铁俱乐部、长春市建筑一公司等14个单位参加。10月1日,广东澄海工人文化宫邀请汕头、潮州、潮安两市两县6单位参加灯谜会猜。

1981年,元宵节期间,潮州市文化馆主办汕头、潮州、潮安、澄海、普宁、揭阳、潮阳等2市5县12单位灯谜会猜。上海市青年宫、黄浦区文化馆、南市区文化馆、卢湾区工人俱乐部、浦东文化馆等5单位联合举办元宵灯谜会猜。上海、南京、无锡、扬州、常熟、苏州举办6城市灯谜会猜。劳动节及前后,辽阳市工人文化宫举办省内部分城市灯谜会猜,沈阳、鞍山、辽阳市文化宫(馆)参加。12月,广东佛山地区工会举办2市3县6单位灯谜会猜,参加的市县有佛山、江门、中山、南海、顺德(第一、第二工人文化宫)。

1982年元旦,汕头地区2市3县灯谜会猜在潮安县庵埠镇举行。11月底,佛山地区顺德、中山、南海、江门、佛山的5县市6个工人文化宫在佛山市工人文化宫举办职工灯谜会猜,进行了佳谜评选。

1983年2月,南通、泰州、扬州3市和南通市6县文化宫联办"紫琅谜会"。国庆期间,沪东工人文化宫举行上海市5单位灯谜联谊展猜。江苏镇江市工人文化宫举办"京口谜会",邀请上海、南京、扬州等地谜友到镇江联谊会猜。

1984年2月,湖南省第三届迎春灯谜会猜以衡阳市工人文化宫为中心会场举行开幕式,长沙、株洲、湘潭、邵阳、常德、益阳、津市、浏阳、桃源、溆浦、衡铁等12市县(局)同时举行灯谜会猜。

1987年8月,江苏无锡市工人文化宫职工谜协与15个厂家团委联合举办"文化宫之夏纳凉猜谜"活动。

1988年元旦,广东潮州彩塘镇举办"4市8镇灯谜邀请赛联猜"。4月1日,广东澄海县举办"港澄谜友灯谜联猜晚会",香港刘雁云和潮汕谜友100多人参加。4月至9月,由文化部、广播电影电视部和北京东城区谜协联合举办"新时代杯"京、津、汉、穗群众文化系列大赛,其中包含灯谜项目。

1989年12月1日,广东澄海县文化馆举行"港、闽、粤谜友大联猜",香港刘雁云和漳州、诏安、蚶江及潮汕谜友共80余人参加。

4. 专题会猜

专题会猜即围绕某一主题选谜、创作、征稿，组织专题谜会。这是灯谜为政治、经济、文化服务，为当地、为社会服务，为时政服务的很好体现，被越来越多的灯谜活动组织者付于行动。

1982年4月，上海浦东谜协举办"纪念毛主席《在延安文艺座谈会上的讲话》发表40周年专题征稿"活动。

1983年3月，广东肇庆市职工谜协举办"五讲四美三热爱"专题有奖灯谜会猜，广东、广西、湖南3省2万多群众参加猜射活动。12月，吉林营城煤矿举办"五讲四美三热爱"专题灯谜会猜，第一汽车制造厂、长春市工人文化宫、营城煤机厂等8个代表队参加。

1984年3月，江苏常熟印染厂工人俱乐部灯谜组，举办"建设社会主义精神文明"全国灯谜函寄会猜。5月1日，北京市劳动人民文化宫举办"可爱的中国"专题谜展。8月，山东莒南县职工谜协举办以储蓄、保险为专题的"文化夜市灯谜展猜"。

1985年4月，长沙市工人文化宫举办"三热爱"有奖灯谜征稿，国庆展猜后评佳。9月，山东省青岛市举办"山东好"专题灯谜展猜。

1986年，元宵节期间，汕头市总工会举办以"可爱的潮汕"为主题的"元宵职工迎春谜会"，汕头市所属14个市、县、镇和市区6个基层工会灯谜组参加。6月，广东肇庆市端州谜社与荣华花店联合举办全国"与砚虎谋皮"评奖活动，收到全国（包括台、港）以及泰国、新加坡、印尼、菲律宾、美国等地寄来的砚谜1万余则。7月28日，唐山机车车辆厂文化宫举办以"抗震救灾"为专题的全国函寄会猜。9月，吉林长春市灯谜协会举办"振兴长春、爱我中华"专题谜会，长春地区24个单位参加。

1987年2月8日，河南安阳市博物馆、市保险公司、北关区文化馆联合在市博物馆举办首届"殷墟谜会"。3月7日,上海红星阀门厂举办"妇女、儿童、计划生育专题谜会"全国女谜手函寄会猜,5个省市女谜手的谜作参猜。5月,广东南澳县举办以道德教育为专题的全国函寄会猜。广州市职工谜协等单位联合举办"双增双节灯谜会猜"。8月,山东青岛市总工会四方俱乐部灯谜研究会举办以职业道德为主题的"四方谜会"。11月,广东中山市灯谜协会举办全国性"迎亚运、征佳谜"活动。

1988年1月,河南安阳市职工谜协举办"安阳风物与人才灯谜大奖赛",面向全国公开征射。

1989年5月1日,广东潮阳县举办"蔡楚生杯"电影灯谜大竞猜。6月5日,江苏徐州市环保局和市职工谜协联合举办环保灯谜有奖征集。12月28日至1990年1月28日应"1989《红楼梦》艺术节"组委会邀请,广东省谜研会承办《红楼梦》专题灯谜展猜64场,历时32天。

5. 综合谜会

综合谜会是多个谜事项目组合的谜会,一般为会猜(对外展猜、内部猜射)、谜赛(笔赛、抢猜)、灯谜创作、谜作评佳、征文研讨、灯谜文物展览或其他与灯谜相关的活动等两项以上组合。十一届三中全会后各地举办的灯谜艺术节和大中型谜会,都是综合性谜会。20世纪80年代中期后,市县辖区范围内的谜会、乡镇谜会和单位社团谜会,一般也不是单一活动安排,多为中小型综合谜会。

1987年2月,福建漳州市委宣传部、市灯谜协会等单位联合举办"庆祝漳州市批准为国家历史文化名城暨漳州市区灯谜擂台赛",同时展猜了20个省市灯谜组织和菲律宾、泰国、新加坡等国华侨的谜作。是月,上海市虹口区灯谜爱好者协会举办首届

"飞虹杯"灯谜邀请赛和函寄会猜。5月1日，湖北宜昌市工人文化宫举办"西陵谜会"，同时举办全国函寄会猜。贵州都匀市谜协和市文化馆等7个单位联合举办"都匀地区团体猜谜竞赛"。5月15日，浙江湖州水泥厂工会举办全国函寄会猜暨上海经济区灯谜邀请赛"高翔谜会"。6月，浙江省第二届龙湖谜会暨全国灯谜函寄会猜在湖州市菱湖镇工人俱乐部举行，17个灯谜组织参加，全国145个谜组函寄作品。8月，福建永安燕江谜社举办第四届中秋谜会，进行了全国函猜、基层竞猜和报刊征射。

1988年2月，广东汕头市职工灯谜协会举办"龙灯谜艺大赛"，中山市举办"山海谜会"。3月8日，湖北二汽工会女工部、厂谜协联合举办"纪念三八妇女节职工猜谜大赛"。5月，福建漳州青少年谜协举办"八宝印泥杯"青年灯谜大奖赛。

1989年2月20—21日，广东佛山市第五届职工元宵谜会在石湾举行，6个县区代表队和南宁、桂林、三明、大连及广东省内的来宾共50余人参加。2月28日，上海浦东文化馆举行"虎社百期纪念"上海灯谜社团体赛。10月1日，江西赣州市举办首届金秋艺术节灯谜大赛。10月，福建晋江县举办"第三届晋江侨乡谜会"。重庆市举办首届职工灯谜竞赛。河北邯郸市举办首届职工谜赛。12月，成都市举办"首届少年儿童灯谜大赛"。

1990年5月1日，河北保定市举行"首届职工灯谜大赛"。广东肇庆市举行"第三届职工谜会"。5月4日，"福建省龙岩地区首届长汀杯灯谜大赛"在长汀举行。5月28—30日，吉林长春市举办"首届蓓蕾杯少年谜赛"。

1991年3月1日，广东佛山市第七届职工灯谜大会在佛山乐园举行，市谜协和4县2区代表及来宾45人参加。5月22日，福建龙岩市举办"第二届灯谜艺术节"，进行"全国函猜灯谜一条街"和市属各县7个代表队参加的灯谜大奖赛。9月，广东肇

第三章 改革开放至20世纪末的灯谜（1979年至2000年）

庆市第四届职工谜会在罗定县举行。福建永安市职工谜协与市工商银行联办"工行杯"灯谜邀请赛。成都铁路局重庆分局举办首届职工谜赛，5个地区的7支代表队参赛。10月1—3日，中国银行宝鸡市支行、市灯谜学会、市工人文化宫联办"中行储蓄杯"宝鸡灯谜邀请赛暨全国灯谜函寄会猜，来自陕西、河南、甘肃、宁夏的选手参加现场抢猜决赛晚会。

1992年5月1日，贵州贵定县总工会、文化局、职工谜协联合举办"云雾山谜会"。11月，上海市工人文化宫举办"上海九谜家从谜35周年回顾展"，同时举办上海市职工灯谜公开赛。

6. 友好交流

十一届三中全会以后，随着谜事活动的活跃开展，谜社和谜人之间的交流也日益活跃起来。1981年6月22—28日，漳州市谜协出访潮汕地区。11月14日，福建蚶江谜组14人出访漳州、厦门，举行座谈和联谊会猜。1982年4月，广东潮州市文联风水谜苑成员一行5人，访问福建漳州、泉州、厦门谜坛。10月，广东潮汕地区谜界五老吴显彬、柯鸿才、一笑老人、吴浩水、陈镇权及同好30余人，欢聚潮州枫溪镇举办联谊会猜。1989年1月1日，河南安阳谜协与河北邯郸谜协结为友好谜协。1994年8月，石狮市灯谜协会与宝鸡市灯谜协会结为友好谜协。

20世纪80年代中期以后，随着改革开放、对外交流的发展，我国台湾、香港和海外谜社谜人来大陆（内地）访问交流也活跃起来。如：1986年，福建蚶江灯谜组举办"思亲灯谜会"。1987年5月，泰国锦绣灯谜社社长庄笑生与旅泰华侨庄小舟访问广东，在普宁县流沙广场举办"夏令灯谜会"。菲律宾锦江诗谜社王礼贤首次访问蚶江灯谜组。10月，泰国潮州会馆灯谜组在林宝才、卢一雄带领下，一行29人到潮州市访问。1988年5月至6月，台北集思谜社吴学平先后访问漳州、福州、三明灯谜界。8月，台湾历史学者、台北谜坛宿将唐羽，利用来大陆探讨史学的机会，专程访问漳州谜界。12月，广东澄海县举办"港潮澄谜友联猜"，香港刘雁云应邀参加。1989年2月，台湾8位谜人在香港刘雁云陪同下，访问中山市谜界。1990年3月1日，广东澄海县举行"港漳诏潮澄饶"谜友联猜暨郑昆吾专场谜会。12月，新加坡黄叔麟到福建漳州市访问，交流谜艺。

20世纪90年代后，大陆（内地）与台湾、香港和海外谜协之间多对结盟联谊。1990年安阳与台南缔结两岸首家谜学姐妹会。1992年6月25日，台湾高雄县谜学研究会与苏州市职工灯谜研究会结为友好协会。1993年7月2日，台湾高雄市谜学研究会与福建漳州市灯谜协会结为姐妹会。1994年8月，高雄县谜学研究会与保定市灯谜学会结为友好谜协。

1991年以后，大陆（内地）与台湾、香港和海外谜协之间的友好交流更加活跃。

1991年3月29日，中国台湾高雄市举办灯谜大会，首次邀请大陆谜人参加，大陆谜人虽因故未能赴会，但拉近了大陆谜人参加台湾灯谜活动的距离。4月，安阳—台南友好谜协举办灯谜创作观摩活动。6月，台港地区和泰国到北京参加全国谜艺研讨会的来宾，在闽粤谜友陪同下，分别到天津、江苏、上海、浙江、陕西、四川、福建等地访问和交流谜艺。7月3日，泰国卢一雄、香港刘雁云应邀到广东澄海主持"泰港澄谜友联猜"。9月30日，香港张恭立到广东佛山市工人文化宫主鼓悬谜。

1992年2月20日，上海、天津、宁波、沈阳及台湾、香港的14位谜友，在福建石狮市蚶江侨乡谜社举行灯谜联谊晚会。6月下旬，台湾高雄县萧瑾瑜一行5人到北京、天津、保定、安阳、苏州、漳州、福州访问和交流谜艺。8月3日，台南范胜雄

第三章 改革开放至20世纪末的灯谜（1979年至2000年）

再度访问河南安阳市，进行联谊交流活动。9月中下旬，泰华谜学界代表团及香港刘雁云、张伯人访问广东汕头、朝阳、普宁、饶平等地，主持了多场联谊会猜。海峡两岸许多代表到福建漳州参观灯谜艺术馆。台北吴学平访问福建三明市职工谜协。宝鸡田鸿牛、台湾郑国泰、美国陈世禄联名举办"三圆杯"灯谜联谊赛。泰国庄笑生回广东普宁，先后在果陇村、县城流沙广场主台悬猜。11月，台湾高雄县黄茂春返乡探亲，访问福建龙海县谜协，并到漳州灯谜艺术馆参观。11月26日至1993年1月，广东郑百川、张哲源以个人身份作为我国内地首次出访海外的谜人，在香港访问5天后，出访泰国，参加国际谜艺交流会。

　　1993年3月6日，台湾台南市张平顺访问宝鸡市灯谜学会，举行灯谜联谊。4月25日，台湾高雄县萧瑾瑜一行，先后来北京、沈阳、长春、哈尔滨等地，与谜界联谊交流。5月2至11日，应台北集思谜社和香港灯谜研究社邀请，漳州谜协杨梓章、张奕虎、林智宏一行3人，赴香港旅游观光和进行谜事交流。10月，香港刘雁云、张伯人应邀到广东普宁县泥沟乡主持谜会。泰国文风谜社社长黄焕南，应邀参加"庆祝广东省第三届老人节谜会"。

　　1994年1月，香港刘雁云、台湾沈志谦与广东杨锐光、张子才、陈日荣及漳州谜友，先后与诏安县谜协、厦门市职工谜社座谈联欢，举行"台港粤闽联谊灯谜晚会"。2月，香港刘雁云等12位谜友为悼念北京李万超，举办"友情谜会"征射活动。4月，旅泰华侨谜人马维克、郑侨南、王乙文等人访问北京、广东谜友。10月12日，香港联谜社主席白福臻、副主席张伯人，应邀访问广东普宁市，并主持大型谜会。10月28日至11月，福建石狮市林祖武前往菲律宾马尼拉市参加"世界第五届林氏恳亲会"期间，拜会菲律宾谜人王景超、刘天佑，回程取道香港，拜访香港谜人。

7. 个性活动

除了常见的几种灯谜活动外，还有其他各种形式的个性活动。

1980年秋，上海市青年宫（上海大世界）举办"灯谜知识学习班"，江更生、朱育珉应邀担任辅导老师。学习班老师和学员每逢星期三举行"周三谜会"，一直连续坚持8年，共办灯谜晚会400多场。1980年12月，漳州市灯谜协会筹备组举办"一代风流录"谜笺约稿活动，全国82位谜人应征，汇集谜笺820张选编成册。

1983年7月，南昌市工人文化宫灯谜组发起"八一连环灯谜"活动，第一轮以"八"为题，连环100条，一年内结束。

1984年，大年三十晚上，浙江省慈溪县桥头乡五星村朱玉龙家举办"家庭除夕猜谜晚会"。朱家门口50多盏彩灯把100多平方米的院子照得如同白昼，院子里挂满了写着谜语的纸条。几百名群众吃过年饭，便聚集到朱家参加猜谜晚会。朱玉龙准备的1000多条谜语几个小时就被大家猜完。是年春节期间，浙江温州市灯谜资料交流站召开成立一周年茶话会，后连续几个周年如期举行。5月1日，温州市南郊公社文化站举办"五一"灯谜大家猜活动，800多名公社社员和农村青少年参加。

1985年1月21日，温州市工人文化宫灯谜组举行"拜师收徒"仪式，汪德亨、陈征文、钟克雄、陈承文、金文平五人拜柯国臻为师。4月15日，温州市工人文化宫灯谜组为彭志川80诞辰举办祝寿诗谜会。

1986年9月，上海浦东灯谜协会主办"百家谜作"展评邀请赛，全国有143人应邀参加，创作灯谜的同时自撰《灯谜之我见》短文。10月12日，蚶江灯谜组以别具一格的化妆猜射形式，举办大型文艺化妆游行谜会。年内，上海市工人文化宫在开展每周一次"周日大家猜"活动坚持6年之际，应上海电视台邀请，

第三章 改革开放至20世纪末的灯谜（1979年至2000年）

由"大家猜"主持人主持"家庭猜谜大奖赛"。

1987年5月10日，丹东铁路分局、丹东市环保局联合在"丹东—北京"298次列车上举办"纪念世界环境日"有奖猜谜活动。

1988年2月，北京市东城文化馆灯谜组举办连环谜赛，在举行北京第一届全国灯谜展猜，发行展猜纪念封的同时举行函猜。纪念封背面印谜题，封内装猜谜卡，参与者填入谜底寄举办单位。3月26日，苏州市职工灯谜研究会举行"受聘、拜师、入会"仪式。5月至8月，河北邯郸市举办"邯山杯"马拉松灯谜竞猜活动，连续15次周末刊载谜题，每周设奖和汇总评奖。

1989年7月2日，安徽马鞍市工人文化宫和市职工爱谜协会举行"街头猜谜表演"。主办者在街头设谜坛，让群众出谜，主办者猜谜。任何一位市民都可以出谜让主办者猜，3分钟猜不中，即向出谜者颁发奖品。活动进行了7个小时，群众出谜201则，射中195则。

8. 报刊谜事

20世纪八九十年代，全国大多数日报、晚报和时政、文化报刊登载谜文谜作，有的在传统节日、重要纪念日刊谜，有的开设灯谜专栏、组织谜赛。

1980年1月6日，《南方日报》"星期天"副刊开辟灯谜专栏。

1981年12月12日，《汕头日报》以孙晋芳、张蓉芳、郎平三位女排国手为底征求谜面。

1982年2月20日，《哈尔滨日报》开辟"每日十谜"栏目。

1983年1月，《江西青年报》举办有奖征射，分5期刊出谜题；《八小时之外》第1期举办"春节灯谜竞猜"活动；《汕头日报》发表征集佳谜启事，从8月起开辟"谜坛鼓点集"栏目。10月1日，上海《采风报》举办"灯谜有奖征射"。

1984年，春节期间，《工人日报》和北京市劳动人民文化宫主办"新春有奖竞猜"。

1985年1月1日，《南方日报》文艺部举办有奖猜谜活动。春节期间，《经济日报》《广播之友》《长沙晚报》《语言美》《世界青年》《周末》等报刊分别举行灯谜有奖征射。8月28日，《生活参谋报》与中央电视台、《北京晚报》、北京市劳动人民文化宫、北京市职工谜协联办"月儿圆灯谜赛"。

1986年至1990年期间，全国各地有56家报刊举办的82次灯谜竞赛汇编入翁德明编《全国灯谜集粹》。其中有：

1986年：《爱晚报》虎年新春灯谜竞猜大奖赛，《三明日报》五·四灯谜有奖竞猜，《温州日报》"白鹿谜会"全国灯谜竞猜大奖赛，《宝鸡报》金秋灯谜大奖赛，《科学与文化》"富丽杯"电视灯谜大会猜。

1987年：《宁夏日报》元旦有奖灯谜竞猜，《南宁晚报》周末迎春有奖灯谜竞猜，《无锡日报》丁卯春节有奖猜谜，《中国水利电力报》热电杯灯谜有奖征答，《杭州广播影视》生活知识猜谜竞赛，《三明日报》"储蓄与生活"有奖灯谜竞猜，《汕头日报》"美鹏"灯谜有奖猜射，《城市金融报》金秋灯谜有奖赛，《城市时报》猜谜有奖征射。

1988年：《广西日报》春节灯谜有奖竞猜，《长春影视广播图书周报》新年有奖猜谜赛，《钱江晚报》健力美灯谜大奖赛，《淮阴日报》腾龙灯谜大奖赛，《江苏广播电视报》龙年虎会猜谜，《右江日报》迎春灯谜大奖赛，《南方日报》元宵猜谜双喜奖、中秋灯谜竞赛，《文学故事报》龙年元宵节灯谜，《吉林广播电视报》新春乐有奖灯谜大赛，《殷都工人报》安机杯迎春灯谜赛，《辽宁老年报》"五一"猜谜有奖赛，《广西日报》邕丰杯有奖灯谜竞猜，《星期天》长安星期天灯谜大奖赛，《镇江日报》金山之夏灯谜

第三章 改革开放至20世纪末的灯谜（1979年至2000年）

大会猜，《福州晚报》工行杯灯谜大奖赛，《太重报》"爱我太重，爱我中华"职工灯谜会猜，《南京日报》南京市第二届辞旧迎新灯谜大赛。

1989年：《泉州晚报》海内外灯谜会猜，《淮阴日报》建行杯灯谜大奖赛，《今晚报》新年灯谜有奖函猜，《星期天》蛇年元宵节保值储蓄灯谜大奖赛，《台州日报》金蛇元宵灯谜大赛，《徐州日报》建行杯春节灯谜大奖赛，《江苏邮电报》南通杯新春猜谜大奖赛，《三明日报》迎新春斑竹杯全国灯谜会猜，《无锡日报》太湖杯蛇年谜会，《辽宁老年报》庆灯节猜灯谜，《吉林农民报》小龙年有奖灯谜大赛，《汕头日报》国土杯全国灯谜竞赛、俊英杯灯谜有奖竞猜，《宝鸡日报》国庆储蓄灯谜有奖竞赛，《泉城周报》全国34城市"历下周末"灯谜会猜，《税务报》有奖猜谜，《汕头日报》第二届"美鹏"灯谜有奖竞猜。

1990年：《黔南报》中国"90杯"灯谜大奖赛，《吉林日报》迎新春雅美杯灯谜大奖赛，《东宫报》东宫杯迎春有奖征射赛，《渤海商报》全国灯谜大奖赛，《南方日报》元宵猜谜"白天鹅"奖，《兰州晚报》元宵节有奖雅谜，《齐鲁晚报》工行杯灯谜竞猜，《银幕与舞台》保险乐迎春谜赛，《莲下文艺》迎春游艺竞赛灯谜征射，《星期天》第二届长安星期天全国灯谜大赛，《甘肃工人报》迎五一瓣膜杯职工灯谜大奖赛，《石家庄日报》鹿泉灯谜大家猜，《宁夏日报》第二届全区灯谜保险杯大奖赛，《吉林广播电视报》新华杯灯谜状元赛，《宝鸡日报》迎亚运邮电杯全国灯谜大奖赛，《张家口日报》海陀杯灯谜竞赛，《上海教育》庆祝教师节灯谜大奖赛，《辽宁老年报》敬老谜赛，《安徽体育报》庆亚运有奖猜谜竞赛，《黄山日报》黄山杯全国灯谜大奖赛，《汕头日报》宝才金银盾灯谜函猜竞赛，《锡城工人》锡都灯谜大赛。

20世纪80年代后期和90年代初期，全国报刊谜事非常频繁和热烈的现象，引起谜界的关注，许多谜人进行了资料搜集整理和汇编。1991年1月，芜湖苟礼胜编《虎邮》特辑，刊《国内发表灯谜作品的报刊一览表》，收录123种发表灯谜报刊的栏目和社址信息。东台李长春主编《报刊灯谜集萃》月刊，从1990年5月试刊开始，共出42期，先后汇编了《新民晚报》《今晚报》《北京晚报》《沈阳晚报》《扬子晚报》《齐鲁晚报》《中国旅游报》《工人日报》《星期天》《现代家庭报》《渤海商报》《文化娱乐》《兰州晚报》《南方日报》《人民日报（海外版）》《宁夏日报》《新晚报》《银川晚报》《长春晚报》《智力》《羊城晚报》《第二课堂》《辽宁日报》《老年版》《汕头日报》《经济生活报》《广州日报》《杭州日报》《台州日报》《西安晚报》《徐州工矿报》《中国电视报》《厦门广播电视报》《甘肃广播电视报》《南通日报》《南通广播电视报》《淄博日报》《精神文明报》等数十种报刊发表的谜作，并选录数十种报刊发表的谜题供读者试猜。其后，又有舟山朱建国于1994年编《报刊谜汇》3期，苏州市青年灯谜学会于1995年编《各地报刊谜选》2期。

　　20世纪90年代中期，全国报刊兴办灯谜专栏达到高峰期时，衡阳市工人文化宫主管，曹晓耕主编的《中国报刊谜汇》于1995年底试刊，1996年1月创刊。《中国报刊谜汇》一诞生，即在全国谜界产生影响，迅速成为谜界知名内刊。创刊之初的前10期，汇编谜作的报刊和谜栏有49种：《北京晚报》"灯谜"、《今晚报》"每晚一谜"、《智力》"魔方大厦""谜苑采珍"、《燕赵晚报》"燕赵虎影"、《张家口晚报》"今晚灯谜"、《新民晚报》"今宵灯谜"、《镇江日报》"每期一谜"、《姑苏晚报》"良宵新谜"、《福州晚报》"今夕灯谜"、《文化生活报》"新灯谜"、《齐鲁晚报》"今宵一谜""周末灯谜"、《青岛晚报》"赏灯谜""有奖猜谜""消夏猜谜"、《深圳晚报》"每天一谜"、《宁夏日报》"谜林"、《杭州日报》

"今日灯谜"、《金华晚报》"光大擂台"、《安康日报·周末版》"射谜台"、《石家庄日报》"鹿泉灯谜"、《辽宁老年报》"灯谜"、《新晚报》"灯谜"、《常州日报》"每日一谜"、《常州晚报》"季候风"、《江海晚报》"射虎台"、《南通广播电视报》"紫琅苑"、《江南晚报》"每天一谜"、《宁波日报》"每周灯谜"、《宁波晚报》"今宵灯谜"、《黄岩报》"谜语一束"、《邵阳日报》"每周一谜"、《周末文化》"周末谜坛"、《兰州晚报》"谜苑"、《温州晚报》"灯谜竞猜台"、《绍兴日报》星期刊"智力体操"、《舟山日报》"周末灯谜"、《舟山晚报》"谜宫探径"、《右江日报》"星期天灯谜"、《生活导报》"天山谜廊"、《烟台晚报》"港城观灯"、《内江日报》"猜一猜"、《彭城晚报》"猜猜看"、《端州报》"端州灯谜"、《西江日报》"星湖谜宫"、《西江青年报》"猜猜看"、《泉州晚报》"周末灯谜"、《山东广播电视报》"猜猜看"、《计划生育之窗报》"计生虎影"、《德州广播电视报》"新湖谜苑"、《乐山日报》"周末猜谜"、《东山日报》"三江周末"。

进入新世纪后，随着网络灯谜的兴起，报刊谜栏虽然减少，但报刊谜事常有所见，报刊仍是谜事信息和灯谜流传的重要载体。

9. 广电谜事

20世纪70年代末，中央人民广播电台、南京人民广播电台、温州人民广播电台等先后恢复或开展了广播猜谜活动。20世纪80年代后，全国的广播谜事活跃起来。电视谜事活动则是随着电视进入平常百姓家后逐渐活跃起来的。

1980年2月15日，除夕晚，北京电视台《文化生活》专栏举办"迎春灯谜"节目，漫画家李滨声、作家刘心武、相声演员姜昆等参加。2月18日，上海电视台播出《猜谜的秘诀》节目，介绍"会意、分扣、离合、象形"四大谜体，出谜10则供群众猜射。5月，江苏电视台与中国人民银行南京市分行联合举办"储蓄谜会"。

1982年2月6日，无锡人民广播电台举办"新春广播猜谜会"，1.8万多名听众参加猜射。7月，上海人民广播电台、上海电影制片厂与上海黄浦区灯谜之友社联合举办"文艺猜谜乘凉晚会"，文艺界名人朱逢博、程之、于飞、吴海燕、梁波罗、龚雪、严顺开等参加。

1983年1月1日，广东人民广播电台与南方大厦联合举办粤曲有奖猜谜活动，应射者106万人；内蒙古人民广播电台等6单位举办元旦有奖广播文艺猜谜会；南昌人民广播电台举办迎春猜谜广播音乐会。春节期间，北京人民广播电台举办春节文艺猜谜晚会；天津人民广播电台举办有奖猜谜音乐会；江苏电视台举办有奖猜谜活动；江苏人民广播电台举办"迎春广播猜谜文艺联欢会"；湖北人民广播电台、湖北电视台联合举办"迎春灯谜会"；沈阳人民广播电台采用文艺与广告相结合的形式，将该市名优产品或商标由韦荣先制谜，在节日播出，35万人应射。夏季，长沙人民广播电台举办有奖猜谜乘凉晚会，著名相声演员姜昆、李文华主持。8月6日，福建人民广播电台举办"中秋灯谜有奖晚会"。

1984年2月1日，中央电视台举办除夕晚会，聘请苏寿真编排灯谜节目，节目中穿插的猜谜，吸引全国17万观众应射。2月4日，江苏电视台、南京市工人文化宫、《周末报》联合举办的"以底求面"活动揭晓，同时发表盛庚的《谜面评选简析》。

1985年2月5日，中央人民广播电台、重庆人民广播电台联合举办有奖征射，设特等奖4个，获奖者免费乘江轮自重庆至武汉游览观光。

1986年，春节期间，由侯印、隋晶等创作，丹东电视台、丹东手表联营公司联合拍摄的3集灯谜电视片《谜林射虎》在丹东播出，后又在武汉、哈尔滨等地播出。元宵节期间，吉林电视台"艺林漫步"节目中播出反映九台市营城文化馆灯谜学会举办"龙腾虎跃闹关东谜会"实况的《虎年射虎》专题片。10月1日，湖北宜昌电视台现场直播"迎国庆电视猜谜文艺晚会"。11月，福建省科协、福建电视台、福州市谜协等联合举办"富丽杯"全国电视灯谜大奖赛，比赛第一阶段在《科学与文化》杂志刊谜征射，遴选优胜者；第二阶段在福州举行优胜者现场决赛，福建电视台转播决赛实况。

1987年5月，青岛市工人文化宫和中国工商银行青岛分行联合举办"储蓄杯"灯谜会猜，青岛电视台播放决赛实况。6月，浙江电视台、浙江省群艺馆联合举办"荧屏乘凉晚会"，用灯谜穿插始终，晚会专题片于7月至9月间10次播出；沈阳市举办"北方杯"电视猜谜赛，辽宁电视台播放决赛实况。8月，重庆人民广播电台、重庆市职工谜联研究会联合举办"重庆市首届广播灯谜有奖竞赛"；杭州人民广播电台举办"生活知识猜谜竞赛"。

1988年，春节期间，哈尔滨市举办"首届哈尔滨灯谜电视大奖赛"；无锡人民广播电台主办"龙年新春广播电话猜谜会"；内蒙古赤峰人民广播电台举办"龙年庆新春灯谜百题大赛"。

1989年2月，长沙市人民广播电台、电视台等单位联办"蛇年元宵灯谜会猜"。6月10日，黑龙江人民广播电台在"农村天地"节目中播出"农民猜谜大赛"电控抢答决赛实况。10月12日，济南人民广播电台"历下周末"节目与《泉城周报》联合举办"34城市灯谜百题大会猜"。12月，河南电视台与文心出版社联合举办"文心杯"谜语比赛；马鞍山市电视台开辟"银屏谜苑"专栏。

10. 评优选佳活动

随着谜事的日益兴盛，谜界评优选佳活动也越来越频繁。通常所见的有优秀谜人评选、优秀谜作谜文评佳、优秀灯谜书籍刊物评选、优秀灯谜活动项目评选、谜坛大事评选等。评选期限有当次活动的，年度综合的、长期总评的，持续进行的等。如：

谜坛十大新闻和十大事件评选活动。1983年6月至8月，广东省中山县工人文化宫灯谜组发起举办全国性评选中华谜坛1982年"十大新闻"和十一届三中全会以来"十大事件"活动，得到《文化娱乐》《智力》《知识窗》《南方日报》《广西日报》《广东农民报》《广州日报》等7家报刊编辑部以及15个省市50个工人文化宫等单位灯谜组共130多位代表的热烈响应参评，《智力》杂志1983年第5期刊登评选结果。

全国优秀谜书谜刊评选活动。1989年，《全国灯谜信息》与中国民间文艺家协会河南分会、安阳内衣厂联合举办了1988年全国谜刊评优活动。此后，这项活动的举办单位虽有增减变化，而活动持续进行，评优项目拓展到谜书谜集。

年度谜坛十件大事评选活动。1990年2月，在邯郸市举行的河北省第一届职工谜赛期间，与会谜友及评委回顾了中华谜坛兴旺景象，推出了中华谜坛十件大事。1991年2月，《全国灯谜信息》又评选出1990年中华谜坛十件大事。1992年2月，《灯谜指南》《全国灯谜信息》《文虎摘锦》等联合评出1991年中华谜坛十件大事。此后，这项活动的评优项目拓展到谜坛十大和网络十大，持续至21世纪。

三、特殊群体的谜事

1. 部队谜事

十一届三中全会后，部队猜谜活动也活跃起来。

为了进一步引导部队基层开展文娱活动，各部队编印文娱资

第三章 改革开放至20世纪末的灯谜（1979年至2000年）

料发放到基层，资料中多载灯谜。1979年和1980年，武汉军区《文体活动资料》，广州军区《连队文娱资料》，昆明军区《连队文娱活动资料》，空军《俱乐部》，炮兵《文娱活动资料》，海军《基层文娱活动资料》，国防科委《文体活动资料》等，都介绍怎样猜谜和汇编谜语。乌鲁木齐军区《连队文娱资料》汇编谜语。1991年11月，黄河出版社出版一套供部队的"基层文化活动丛书"，其中陈丹华编《玩——游戏游艺》的猜谜部分，介绍谜的来历、制谜的方法、猜谜的要领、猜谜会的组织。

《解放军报》"俱乐部"栏经常刊登字谜、成语谜、科技语谜等，有时也刊谜文。1981年3月29日刊张国义文《花开谜苑》，讲述"花"字在灯谜艺术中的种种文义别解。次日，刊登胡秀堂、刘光斌文《先猜个谜语，再细讲道理》，推介某部队九连指导员梁仪坚做思想工作讲究说话艺术的经验。文章描述：战士马开平在一次外出训练时违反纪律受了处分，一时想不通。梁仪坚找他谈心时，他板着面孔不理睬。梁仪坚笑着对小马说了一个谜语："包上重重，抖开轻轻——打一物。"小马听着谜语很简单，随口答道："包袱呗！""是啊，你的思想包袱也该抖落抖落，抖开了就不重了。"由此打开了僵局。梁仪坚给小马讲了诸葛亮挥泪斩马谡的故事，然后，耐心地给小马讲必须遵守纪律，执行《内务条例》的道理，鼓励小马好好工作，改正缺点，照样可以进步。小马的思想通了，第二天愉快地投入了训练。

解放军出版社1990年6月出版《官兵文体活动大全》，介绍谜体、谜格、猜谜制谜规则、灯谜的创作、谜会的组织并汇编灯谜。1998年4月出版黄全德等编《连队晚会》，讲述如何组织灯谜晚会。这些资料对部队基层猜谜活动具有直接的指导作用。

部队的猜谜活动，立足基层营地，多而分散，一般不对外报道，即便报道，也回避部队所在地，谜界知之不多，所闻者：

1979年，北海舰队举办灯谜学习班。

1981年，北海舰队军人俱乐部主持全军"八一"灯谜会，潘政新等人组织。

80年代初，青岛北海舰队军人俱乐部成立灯谜组，潘政新任组长。

1982年7月，海军北海舰队政治部参加青岛之夏全国十城市灯谜会猜。

1984年，春节期间，广西凭祥市工人文化宫举办以边防和军民关系为题材的"春到法卡山"全国灯谜函寄会猜，并应邀将灯谜送到边防部队领导机关、法卡山前沿阵地和部分连队，供指战员欣赏猜射。

1986年6月，北海舰队军人俱乐部组队参加天津市职工首届津门谜会。

1987年，春节期间，云南老山前线某部举办战地谜会。7月底，江西南昌市工人文化宫举办以军事题材为主的八一谜会，进行全国函寄会猜和军民联猜。8月，云南红河州总工会组织"战士在我心中"专题灯谜展猜慰问团，到老山前线慰问。10月，中央电视台文艺部等在青岛市主办全国"双星杯"灯谜邀请赛期间，组委会派出代表队，到北海舰队进行联欢展猜。

1988年2月，宁波市工人文化宫、某部队俱乐部等联合举办宁波市龙年灯谜大赛。

1989年，除夕夜，南沙永暑礁海域锚泊舰船的水兵们在甲板上举行春节联欢晚会，其中有猜谜语。7月的一天，在巴里坤草原的一座毡房里，沙比提老人与为邻的某边防团战士进行有趣的哈萨克民间谜语的猜射游戏。

1991年1月，中国人民解放军某工厂青年灯谜协会编印《虎邮》。

第三章 改革开放至 20 世纪末的灯谜（1979 年至 2000 年）

1994 年 10 月，深圳龙华 53206 部队骆泓编印《谜彩》。

1996 年，海南军区海防某团新兵营在长约 30 米的新兵文化长廊里，开设猜谜语栏目。

1999 年 2 月，"雪海孤岛"红山嘴的新疆边防连官兵与前来慰问的客人一起进行了猜谜语等联欢活动。

2000 年，空降兵某部进行昼夜奔袭 100 公里训练，一路上讲故事、猜谜语，情绪异常活跃。

部队活跃着不少军旅谜人，知名谜人赵濂、李国安、姜文清、闻春桂等都有在部队主持谜事的经历。《解放军报》1987 年 8 月 17 日刊登了吴景生采写的一篇军旅谜人特写《谜苑生香有人来——记"战士灯谜大王"柏华基》，文章描述：南京军区某部战士柏华基入伍 6 年来，坚持灯谜研究，共创作灯谜 1000 余条，先后被全国各家报纸杂志选登 430 多条。他还把灯谜创作与连队生活紧密结合起来，在连队办过 40 多次灯谜会，用自己的稿酬买来奖品发给战士。他把几位灯谜爱好者组织起来，成立了"战士灯谜组"，与国内几十个灯谜组织取得联系，定期函寄灯谜新作，并参加各地举办的灯谜函寄会猜，获得了"谜坛新军"的赞誉。他还经常在训练场上即兴创作，如轻武器训练时，他出"矮人二度削山头（打一军事常用语）射击"等，很受战士喜爱。他还能把一个班战士的名字用连环谜串起来，读来妙趣横生。连队黑板报上有他的《谜苑》专栏，俱乐部墙壁上有他关于灯谜创作的常识介绍。谜界知名人士称他是"战士灯谜大王"，苏温才为他创办的《军营灯谜》题词曰："雕虫小技登大雅，骊海寻芳乐无涯；军营谜事独帜秀，谜苑生香有人来。"

2. 儿童与学校的谜语活动

十一届三中全会后，儿童与学校谜语活动有一些新变化：

一是儿童娱乐的谜语产品多样化。如：

谜语积木：湖南省安江智力玩具二厂出品的专利产品《数学谜语积木》，正方形一面为图案和数学题，另一面为图案和谜底，四周为谜语的谜面文字。怀化科教用品厂等多家工厂生产《儿歌猜谜组词积木》《看图猜谜积木》《汉字谜语积木》《幼儿启蒙数学谜语积木》等。

谜语卡片：天津人民美术出版社 1979 年出品柯宝成编《猜谜语学拼音》卡。湖南美术出版社 20 世纪 80 年代出版《动漫谜语祝福卡》《请你猜》卡。宝文堂书店 1982 年出版《歌画谜》系列套卡。江苏少年儿童出版社 1986 年出版《猜谜识字》卡。中国连环画出版社 1987 年出版《米老鼠谜语画片》。上海科技教育出版社 1989 年出版《活动组合教图·幼儿谜语》。武汉出版社 1989 年出版《最新看图识字卡片》。远方出版社 1999 年发行《猜谜卡》等。还有文化用品企业、玩具厂家等生产的《猜谜语智力玩具卡片》《谜语乐园·猜谜语幼儿教学卡》《名侦探柯南（谜语卡）》等。

谜语烟画：20 世纪 80 年代，仍有少数企业运用烟画促销，如杭州卷烟厂出品《趣味谜语百图》，作为赠品放入香烟盒内。更多的是仿烟画形制生产作为儿童玩具，如中国书店发行《儿童教育烟画》，正面儿童教育图文，背面谜语。不知名商家印制《十二生肖谜语》《谜语图片》《动物谜语·看图认汉字识拼音》《看图识字猜谜语》等。

谜语扑克和游戏牌：正面印有谜语的扑克如杭州产小型《谜语扑克》《一休扑克》。仿扑克形制生产的绘有图文谜语用于以物吃物、以强胜弱、以大胜小博弈的游戏牌如《看图说话谜语多功能游戏牌》《孙悟空七十二变》《西游记之三打白骨精》等。到 2019 年，以谜语（灯谜）为题材的扑克仍陆续出品，谜藏和扑克收藏皆成一个专题类。

第三章 改革开放至20世纪末的灯谜（1979年至2000年）

儿童谜语图书：出版社出版的儿童谜语图书数，无论年平均量，还是总量，都超过以往任何时期，另有大量是由玩具厂和单位社团印制的，如：北京通县毛庄玩具厂出品《看图识字谜语》系列、北京曙光幼儿园编《谜语》、吉林大学工会妇幼工作委员会印行曹保明编《幼儿猜谜歌》等。

谜语音像制品：很多父母亲都喜欢打开录放机（碟片播放器）给孩子播放谜语。本时期社会流传的谜语磁带或光碟有：北京普教音像出版社的《猜谜》，少年儿童出版社的《365夜谜语选》，中国唱片上海公司的《猜谜语学拼音》，甘肃少年儿童出版社的《鞠萍故事系列·儿童谜语》，中国唱片总公司的《猜猜这是啥乐器（谜语歌曲）》，上海音像公司的《猜一猜（幼儿配乐常识谜语）》，白天鹅音像出版社的《听歌猜谜语》，武汉大学音像出版社的《趣味谜语》等；还有谜语幻灯，如上海幼专幻片厂生产的幻片《新教材儿歌（谜语、绕口令）》等。

二是谜语课文又入语文教科书。如：

中央教育科学研究所教改实验小组等编《小学实验课本语文》第二册（教育科学出版社1981年10月版）课文《谜语》；人民教育出版社语文一室编《六年制小学课本语文》第二册（人民教育出版社1984年6月版）课文《风筝》《谜语》；贵州省教育科学研究所等编《六年制小学苗汉课本（试用）语文》第二册（贵州民族出版社1987年5月版）课文《谜语》。

三是谜语作为学校的特色教育。如：

南宁师专英语科于1980年译编谜语配合中学英语教学。湖南沅陵县鹤鸣山小学在1984年将谜语（灯谜）普遍运用于各年级各科辅助教学和纳入第二课堂活动。山东巨野魏海小学从1985年开始聘请灯谜辅导老师讲灯谜课。随之，福建莆田市第六中学、南通市陈桥中学、福建永安市第一中学、福建东山第一中学、福建东山第三中学、福建柘荣第一中学、江苏省常熟市徐市中学、江苏句容县中学、河南安阳市第七中学、广东惠州市第九中学、辽宁丹东市金汤小学、河南郑州汝河新区小学等,都进行谜语(灯谜)知识辅导讲座或作为兴趣课教学。其时,有学生呼吁教育部门重视灯谜教学。无锡市公益中学高三学生张珉写的论文《灯谜与创造性思维的培养》,建议把灯谜活动纳入创造性思维教学,吁请教育部门加以重视。1993 年,这篇论文在国家教委等多部门联合举办的全国第四届中小学生读书活动"科学是第一生产力"主题征文中荣获金奖。

其时,有服务于小学生教学的谜语辅助资料和教材问世,如晋江县莲埭业余学校 1982 年 2 月编《教学灯谜》,又如:湖南沅陵县教研室 1986 年 1 月印行覃远志编著的《谜语与教学》,既是指导教师谜语教学用书,又被作为校本教材。1991 年内印的徐学武、周保光编《小学语文识字教学字谜选》,运用于山东单县各小学的语文教学中。西南师范大学出版社 1993 年 8 月出版的邹文功、叶世辉编《小学生谜语识字手册》,搜集整理小学语文课本中的 2000 多个生字的谜作,按小学语文课本生字出现的顺序排列,利用"谜语识字教学法"来教学生字和巩固所学。1999 年,江苏省常熟市徐市中学自编《灯谜教程》。

其时,高校尝试开设灯谜选修课。1988 年秋,深圳大学开设《灯谜学》课,邵滨军任授课老师。1999 年 9 月,同济大学开设《灯谜鉴赏》课,徐汉明任授课老师。到 21 世纪,有 10 多所高校开设灯谜课。

四是学校灯谜活动日臻活跃。如:

福建漳州师范学院于 1986 年 12 月举办"漳州大中专院校灯谜会猜";1987 年 9 月 10 日举办纪念教师节全国灯谜函寄展猜。福建莆田第六中学青璜谜社于 1988 年 5 月举办第二届"青

第三章 改革开放至20世纪末的灯谜（1979年至2000年）

璜之夏"中华百家灯谜函寄会猜；福建龙岩第一中学灯谜爱好者协会于1988年10月举办"生龙活虎"全国灯谜函猜。西南大学于1992年10月举办"爱我中华，兴我建院"全国灯谜函寄会猜。兰州大学物理系大学生组织灯谜沙龙，于1993年秋在兰大校园举办谜会；1994年初举办全国高等院校灯谜函猜活动。中华高校生谜协1995年4月成立后，编印《高校谜报》活页和《风华正茂》会刊，连续3年3次组织《中华谜报》专版。

五是高校网络灯谜活动初起。如：

20世纪90年代中期，互联网灯谜兴起和发展，国内外高校的网络谜友成为网络灯谜的推动力量，建立起一批高校BBS谜版。BBS是一种电子信息服务系统。它向用户提供了一块公共电子白板，每个用户都可以在上面发布信息或提出看法。早期的BBS由教育机构或研究机构管理，后来多数网站上都建立了自己的BBS系统，供网民通过网络来结交更多的朋友，表达更多的想法。BBS谜版是网络谜人建立的相互交流和举行谜赛的平台。20世纪末始建的若干高校BBS站如：

清华大学水木清华BBS站，1995年8月8日建立，是中国教育网的第一个BBS。

东北大学白山黑水BBS站，1995年10月建立。

中山大学逸仙时空BBS站，1995年11月建立。

中国科技大学瀚海星云BBS站，1996年1月建立。

华中科技大学白云黄鹤BBS站，1996年3月建立。

上海交大饮水思源BBS站，1996年4月建立。

复旦大学日月光华BBS站，1996年4月建立。

广东工业大学南国飘香BBS站，1997年建立。

浙江大学飘渺水云间BBS站，1998年1月建立。

汕头大学郁金香BBS站，1998年3月建立。

西安交大思源兵马俑 BBS 站，1999 年 6 月由建于 1995 年 11 月的西北网络中心兵马俑站和建于 1998 年 6 月的西安交大思源站合并而成。

北京大学一塌糊涂 BBS 站、北大未名 BBS 站，1999 年建立。

这些高校 BBS 站在建立之初，谜事活动有多有少，到 21 世纪网络谜事兴盛时，都参加过"全国高校 BBS 灯谜联盟"活动。

3. 民间文学界及少数民族谜事

这一时期，谜语（民间谜语、少数民族谜语）作为民间文学的内容之一，地位提高且形成基本格局。主要表现：

一是，1979 年至 20 世纪 80 年代末，民间谜语研究在民间文学、民族民俗文化界展开，出现了一波小的热潮。文章如：李尤白《谜语浅谈》，刘天泽《漫话谜语》，谭达先《盘歌——斗智的民歌》《民间谜语漫谈》，于回《谜语之谜》，梁前刚《谜语分类浅见》，老彭《民间谜语是什么性质的文学》，汪松涛《谜语源流探索》，韩伯泉《略论谜语的产生与宗教的关系》，王仿《也谈谜语与宗教》《谜语起源试探》，刘守华《重视谜语的学术研究价值》《民间谜语琐谈》，张运隆《哈萨克民间谜语浅论》，张家秀《浅谈藏族谜语》，等等。经过研究讨论，对民间谜语的文学价值、学术价值和起源发展有了进一步的认识。

二是，1979 年后的民间文学教材或普及类读物，通常将"谜语"作为一节来讲述，分量明显重于以往。如：张紫晨著《民间文学基本知识》，钟敬文主编《民间文学概论》，段宝林著《中国民间文学概要》，张文著《民间文学入门》，赵志忠著《中国少数民族民间文学概论》，季永海、赵志忠著《满族民间文学概论》等，谜语内容都是一节的篇幅。21 世纪后的民间文学教材，大体延续这种结构。

第三章 改革开放至 20 世纪末的灯谜（1979 年至 2000 年）

十一届三中全会后，民间谜语尤其是少数民族谜语的收集整理工作有了新的进展。出版社出版了维吾尔族、满族、白族、朝鲜族、哈萨克族、畲族、瑶族、壮族等多个少数民族的谜语书，有的还是用蒙古文、朝鲜文等民族文字出版。谜作在《山茶》《民间文学资料》等杂志丛书间有刊载，《中国近代文学大系·民间文学集》《中国民间歌谣集成》的多个省市分卷、《鄂伦春族文学》《零陵地区志·民族志》《黄平民间文学集》《河湟民间文学集》《青海风俗简志》、南昌市湾里区《民间文学资料》等大量综合和地方民间文学集有收录。

20 世纪八九十年代，中国民间歌曲集成全国编辑委员会组织全国各省市搜集整理编集《中国民间歌曲集成》，汇编了一些民间谜语歌曲，如河南卷中的《打灯谜》《猜谜》《打哑谜》《十字歌》等。

此时期，一种猜谜歌在计划生育宣传中别出风格。1983 年开始，桂林山歌王秦国明编《计划生育问答歌》（《国策歌》），用问答式盘歌体山歌宣传计划生育政策法规。例歌："问：高山高岭一口钟，不是生铁不是铜，一敲五湖四海响，问你是口什么钟？答：人口问题敲警钟，警钟长鸣在心中，人口猛增不控制，国更困难家更穷。"问答歌比喻生动，语言形象，形式活泼，被多地翻印传阅传唱和出版社出版，在文化艺术节的多处舞台演唱曾引起过轰动，获 1991 年广西优秀作品奖，受到全国计划生育宣传工作会议表彰。

灯谜会猜和展猜活动一般在汉族中流行，也有少数民族地区开展此类活动的，如 1994 年 4 月 16 日，西南四省区彝文古籍整理协作会、贵州省彝学年会暨奢香墓、奢香博物馆落成典礼在彝文化比较发达的贵州大方县举行，大方县灯谜协会创作了 200 多条和彝文化密切相关的灯谜，在现场举办专题谜会。

4. 美术界为谜运造势和助力

随着改革开放后的灯谜兴盛，美术界及时捕捉到这一新气象，20世纪70年代末和80年代初中期，多幅以猜灯谜为题材年画出版发行。如：上海人民美术出版社发行魏瀛洲作《猜灯谜》，辽宁美术出版社发行邵佐唐作《猜灯谜》，天津杨柳青画社发行杨明作《猜灯谜》(亦载《人民日报》1981年2月9日)，黑龙江人民出版社发行高惠民作《红楼梦·猜灯谜》，陕西人民美术出版社发行李白颖作《猜灯谜》，河北美术出版社发行张卿作《猜灯谜》，四川美术出版社发行高茂振作《灯谜》(省美术展作品)，还有山西教育杂志社用于1980年历画的李真耀作《灯谜会》等。这一时期，新绘如此多的猜灯谜题材画作，且面向社会广泛发行，在灯谜史和绘画史上都是仅见。20世纪90年代亦有作品，如中国世界语出版社发行《红楼梦·春灯猜谜》，上海人民美术出版社发行《幸福美满·元宵猜谜》，湖南长沙国防科技大学附中女生周蓉绘水粉画《猜谜》入选参加北京国际儿童画展。

这一时期，火花设计也多处运用灯谜。长沙、菏泽、济宁、麻城、安阳等火柴厂都使用了成套的灯谜火花。建平《儿童谜语火柴》全套更换不同颜色，多版次生产销售。还有电影和电视剧宣传小画片、影星小画片、香味小画片、食品宣传小画片（卡）、书签等，都有不少设计了猜谜图案或运用谜语。

第二节 大型活动

十一届三中全会后，谜事兴旺，中小型灯谜活动此起彼伏，到处开展，举不胜举。大型灯谜活动也非常多。大型灯谜活动，

第三章 改革开放至 20 世纪末的灯谜（1979 年至 2000 年）

一般指省级及以上政府、部门、单位、社团组织举办的较大规模较大影响的灯谜活动，各地举办的跨地域多单位参加的较大规模较大影响的灯谜活动，以及新闻媒体或其他单位举办的参与人数较多、场面热烈、影响较大的灯谜活动。大型灯谜活动的范例如 1998 年中华灯谜学会评选出的"中华十佳谜会"，即南京九城市灯谜会猜（1979 年）、首届鮀江侨乡谜会（1983 年）、庐州谜会（1984 年）、漓江谜会（1986 年）、首届全国"中华杯"电视猜谜竞赛（1987 年）、漳州首届中华灯谜艺术节（1989 年）、红楼谜会（1989 年）、"五星杯"全国双拥模范城首届灯谜大赛（1991 年）、澄海 92 华夏金秋灯谜艺术节（1992 年）、第五届青澳湾"名商游艇杯"中秋谜会（1997 年）。

一、改革开放至调整时期的活动

1979 年

9 月 30 日至 10 月 3 日，江苏南京市工人文化宫举办全国九城市灯谜会猜。

12 月，广东省工人文化宫工作现场会议在汕头召开期间，汕头市工人文化宫组织汕头地区抽纱公司、市运输一社、中山公园、塑料一厂、罐头厂、省二建公司、市郊文教局、针织厂等 13 个单位举行灯谜会猜，轮流主擂，一连 10 晚对外开猜。

1980 年

2 月 16 日至 3 月 1 日，福建省 6 市举办"80 年代第一春灯谜联合展猜"。厦门、福州、漳州、泉州、三明、南平等六市各准备 100 条谜，一式 6 份，各市交流，在春节期间同时对外展猜。节后，6 市代表 124 人会聚厦门，交流活动体会。

3 月 1 日，元宵节，福建省龙溪地区 9 县 1 市首届灯谜会猜在漳州举行。

9月30日至10月3日，东北3省4市首届灯谜会猜在长春市工人文化宫举行，哈尔滨、长春、沈阳、大连的40位谜人参会，进行了谜艺研讨、内部会猜、对外展猜、参观长春电影制片厂等活动。

1981年

2月16—19日，福建省第二届职工谜会在福州市工人文化宫举行。厦门、漳州、泉州、南平、三明、龙岩和福州等6市1县职工灯谜组交流经验，切磋谜艺。元宵节，各地代表合台举行灯谜大会猜。

2月17—20日，东北3省4市第二届灯谜会猜在哈尔滨市工人文化宫举行。沈阳、长春、大连、哈尔滨的代表参加。其间进行了内部会猜、命题创作、谜艺研讨、群众展猜。

10月1—3日，浙江绍兴市工人文化宫举办纪念鲁迅诞生一百周年谜会。温州、黄岩、绍兴等3市3县灯谜组织派员参加，进行了内部会猜、群众展猜、谜艺探讨等活动。

12月1—4日，江西南昌市工人文化宫主办江西省5市1县1矿谜会，南昌、九江、景德镇、赣州、抚州和福安县、七二一矿的50余人参加。

1982年

1月，春节期间，湖南省湘潭、株洲、衡阳、津市、常德、长沙等6市灯谜会猜在长沙市举行。

2月，东北3省4市第三届灯谜会猜在沈阳市举行。60人参加，进行了谜艺研讨及文化宫活动经验交流、内部会猜、元宵节对外展猜等活动。

2月6日—9日，福建省7市职工灯谜会猜在泉州市工人文化宫举行。7市代表及莆田、龙海两县和蚶江灯谜组的与会观摩

第三章 改革开放至 20 世纪末的灯谜（1979 年至 2000 年）

者共 69 人参加。进行了对外展猜、内部展猜、佳谜评选、座谈交流、参观元宵踩街与灯展等活动。

5月7—9日，福建泉州市工人文化宫主办2省4市职工灯谜会猜，开展了对外展猜、内部交流展猜、谜艺探讨等活动。

5月7—11日，江西九江市工人文化宫在庐山举办匡庐谜会。来自长江中下游的武汉、黄石、合肥、南京、南通、苏州、上海、长沙、南昌、赣州、景德镇、抚州、七二一矿、九江等地的 14 个单位 99 人参加，进行了笔试会猜、即兴创作、评选佳谜、灯谜晚会、灯谜展猜、探讨谜源谜格谜艺等活动。

7月1—2日，辽宁大连市工人文化宫主办第四届东北3省4市"大连之夏"灯谜会。沈阳、长春、哈尔滨、大连的代表和保定、烟台、齐齐哈尔、佳木斯、延边等地观摩者共 60 余人与会，进行了连续两晚的对群众展猜和内部会猜、给灯谜爱好者讲课等活动。

7月15—19日，山东青岛市工人文化宫主办青岛之夏全国10城市灯谜会猜。北京、天津、沈阳、哈尔滨、长春、南京、温州、辽阳、本溪、青岛和第一汽车制造厂、海军北海舰队政治部等 13 个单位 70 人参加，开展了经验交流和佳作评选，举行了灯谜知识专题报告会，组织了对群众展猜、谜友会猜等 6 场猜射活动。全国总工会文艺处负责同志赴会。

9月30日至10月3日，广东汕头市工人文化宫举办"全国函寄会猜暨6省13市（县）灯谜会猜"。佛山、潮州、汕头、湛江、饶平、澄海、梧州、南宁、泉州、襄樊、昆明、石嘴山及汕头市 11 个基层谜组 100 余人参加。

10月，广东人民广播电台举办"1982年迎国庆贺中秋有奖广播猜谜"节目。共收到广东、广西以至香港等地的猜谜答卷 14.5 万余份，全部答对的有 23140 份。在西湖路西湖商场举行了全对答卷现场抽奖活动。《羊城晚报》刊发《十四万人着了迷》

的特写。

1983年

1月25—28日，广西壮族自治区总工会宣教部在南宁市举办广西第一届职工灯谜会猜。南宁、柳州、桂林和柳铁工人文化宫及部分县市工会、大厂矿工会代表30余人参加。其间组织了内部会猜、谜艺探讨、对外展猜等活动。

2月12日，除夕，中央电视台首届春节联欢晚会举办全国电视观众新春联欢会有奖猜谜活动，由刘晓庆、马季、姜昆、王景愚主持，北京市劳动人民文化宫灯谜组协助，谜底揭晓时，由苏寿真讲解。全国观众电话报猜，应射人数18.4万人，发出奖品2万余件。活动得到中央有关领导的支持和赞誉。供猜射的5条灯谜受到群众欢迎并广泛流传。

2月25—28日，黑龙江省5市首届灯谜会猜在哈尔滨市工人文化宫举行。伊春、佳木斯、牡丹江、齐齐哈尔、哈尔滨等市的46人参加。进行了对外会猜、谜艺探讨、经验交流、学术报告、到东北轻合金加工厂展猜等活动。

2月26—28日，福建省7市1县职工灯谜会猜暨创作会议在三明市工人文化宫举行，67人参加。与会各代表队分别作谜论发言，分组互相命题限时即席创作并大会讲评；各代表队主持谜坛对民众征猜；进行谜刊、谜史资料展览，进行下厂会猜、团体电控竞猜、佳谜评选等活动。

2月27日至3月1日，吉林、延边、辽源、长春4城市首届灯谜会猜在长春市工人文化宫举行，共有10个单位50余人参加。其间组织了群众展猜、命题创作、佳谜评选、团体竞猜、个人竞猜等活动。

4月30日至5月3日，江苏扬州市工人文化宫举办竹西谜会，来自江苏省南京、苏州、南通、扬州、镇江、淮阴、常熟、泰州

第三章　改革开放至20世纪末的灯谜（1979年至2000年）

8市和华东地区沪、浙、皖、赣的谜手120余人参会。在"工人之家"辟两厅展猜全国各地函寄的谜作和江苏省代表的谜作，进行了会猜比赛、命题创作评比、佳谜评选和灯谜学术交流活动。

9月20—22日，上海市青年宫、《解放日报》文艺部、上海电视台社教部等联合举办中秋赏月谜会，全国人大常委会副委员长周谷城、中华全国奥委会主席钟师统等为谜会剪彩。谜会分设月谜馆、声像馆、函猜馆、青年佳谜评选馆、抢猜谜会馆、命题配面馆和艺术灯谜馆等8大馆，全国21个省市自治区93个青年宫、文化馆（宫）、俱乐部寄来5000多条谜作参展。上海电视台拍成《中秋赏月谜会》专题片播放。

9月30日至10月3日，福建石狮市蚶江灯谜组举办首届蚶江侨乡谜会，黑龙江、吉林、辽宁、云南、广西、四川、上海、河北、江西、江苏、广东、浙江、陕西、山东、湖南、福建16个省市自治区35个市县所属48个单位的灯谜组织和台港海外6人共166人参会。国庆期间，连续三晚上分设14个谜坛举行大型群众性灯谜展猜，海内外函寄会猜，悬谜近万条。在影剧院组织团体电控竞赛；进行了海内外谜刊展阅、论文交流、命题创作等活动。与会代表拟写《致全国灯谜爱好者的一封信》，倡议灯谜为精神文明建设服务，促进繁荣创作，呼吁成立全国性学术组织等。《人民日报》、中央电视台、《福建日报》、香港《文汇报》、菲律宾《世界日报》等30多家媒体报道谜会盛况。

12月25—26日，广东澄海县灯谜协会主办闽粤13市县灯谜会猜，120人参加。其间召开了澄海县灯谜协会成立大会，举办了澄海县灯谜活动展览，进行了"纪念毛泽东同志诞生90周年"专题谜会。

1984年

1月1—4日，湖北省首届职工灯谜会猜"琴台谜会"在武汉市琴台工人文化宫举行,沙市、襄樊、黄石、随州、荆州和第二汽车制造厂、463厂及武汉市硚口、江汉、武昌、琴台等12个代表队59名射手参加,进行了笔猜会猜、命题创作、佳谜评选、对外展猜和灯谜茶话晚会等活动。

2月2日,浙江上虞县工人文化宫举办曹娥谜会,华东6省1市的谜友参加。

2月14—16日,上海市工人文化宫、《文汇报》、上海电视台联合举办春申谜会,以上海经济区为主的21个城市100余人参加。谜会组织了征谜作品展猜、笔试竞赛、评选佳谜、命题创作等活动。灯谜会猜设一廊一台十馆,展出各类灯谜4200余条,光顾者达3.4万余人次。上海电视台于21日播放《春申谜会》专题片。

4月29日至5月3日,辽宁丹东市振兴区文化馆绿水谜社主办首届全国谜海探骊邀请赛,全国14个省市27个代表队183人参加,进行了制谜、猜谜个人比赛、内部会猜和经验交流,举行了两场大型对外展猜,挂出各地特色谜笺近万条。

7月15—23日,青岛市工人文化宫主办"青岛之夏——伟大的祖国"谜联交流会展,4市6单位72人参加。活动内容有对群众展猜、征对联、谜友会猜、经验交流、谜艺探讨、讲授灯谜课、韦荣先谜作展览、深入基层观摩指导灯谜活动。

9月29日至10月2日,广东省总工会在汕头市工人文化宫举办广东省首届城市职工灯谜会猜。广东7城市及外地代表100人参加,进行了全国函寄会猜、联猜、学术探讨等活动。

10月2—3日,闽粤9市县灯谜会猜暨第三次谜艺交流会在澄海举行,厦门、漳州、佛山、肇庆、中山、汕头、潮州及诏安、澄海谜友参加。会猜分笔猜和击鼓传猜两种形式进行;交流会对印谜等艺术形式进行了探讨。

第三章　改革开放至20世纪末的灯谜（1979年至2000年）

10月11—14日，安徽合肥市工人文化宫主办庐州谜会。会议在合肥开幕，黄山闭幕。全国14个省市自治区29个城市的96名代表参会。会议探讨由柯国臻、吴仁泰、金瓯提出的"关于统一谜格的建议"，并取得必须简化谜格的统一认识；讨论了建立全国性灯谜组织、端正谜风、净化谜坛等问题。会议进行了谜刊展销、灯谜活动照片展出、灯谜抢猜、命题创作、评选佳谜等活动。

12月8—11日，四川省总工会和成都市总工会在成都市举办四川省第一届职工谜会，进行了团体互猜、讨论会猜谜作、对外展猜等活动。

1985年

1月，湖北省总工会、沙市市总工会在沙市市主办湖北省第二届职工谜会"荆江谜会"，进行了内部笔猜、命题创作、佳谜评选、对外展猜、论文交流、内部抢猜和联欢晚会等活动。

2月1—3日，浙江上虞市总工会、市政协、市工人文化宫举办曹娥谜会，杭州、宁波、温州、绍兴、定海、嵊县、新昌等地10个谜队及知名谜人共52人参加，会议以"重温曹娥古迹，争创碑隐文化"为宗旨，进行了谜史探讨、笔试会猜、命题创作、参观曹娥孝女庙和评选佳谜、最佳射手、最佳谜手等活动。

2月2—4日，广西壮族自治区总工会宣教部在邕宁县主办广西第二届职工灯谜会猜，全区各地市40人参加。进行了笔试竞猜、与虎谋皮、佳谜评选、对外展猜等活动。

3月2—5日，福建省第六届职工谜会在南平市工人文化宫举行，全省10个地市68名代表参加。举行了团体友谊竞猜、内部团体竞猜、九峰山游览即景谋面、佳谜评选等活动。

9月1—5日，湖北武汉市琴台工人文化宫主办全国职工灯谜会猜"黄鹤谜会"，本省市42人外地245人参加，进行了内部笔猜、对外展猜、佳谜评选等活动。

9月16—18日，广东省第二届8市职工灯谜会猜在肇庆市工人文化宫举行。本省8市及温州、苏州、厦门等地特邀代表共80余人参加。大会交流开展群众灯谜活动的经验和研讨灯谜的继承和创新，佛山、汕头、深圳、肇庆等市灯谜组织介绍了开展活动情况；大会举行了大型群众猜射晚会、内部会猜、肇庆风光专题灯谜创作等活动。

9月18—22日，辽宁沈阳市工人文化宫主办盛京谜会。天津、青岛及东北三省部分城市谜组共16个代表队70多人参加，外埠300多谜人函寄谜作1400多条。谜会进行了内部会猜、命题创作、谜艺探讨、灯谜资料展览、对群众悬谜征射、东陵野餐射谜等活动。

9月29日至10月1日，福建永安燕江谜社主办永安市第二届燕江中秋谜会。全省7市2县10个灯谜组织55人参加。进行了石林游览即景谋面、佳谜评选、团体笔猜竞赛、论文交流、全国灯谜函猜展猜等活动。

10月28—31日，四川省第二届灯谜展猜大会在重庆市劳动人民文化宫举行，全省15个地市县代表参加，进行了内部竞猜、与虎谋皮、佳谜评选、灯谜讲评、对群众展猜等活动。全国25个省近万条谜作参展。

12月23—27日，浙江宁波市工人文化宫主办明州谜会。浙江省内11市县48位谜友参加，进行了互相出题竞猜、竞制、评佳等活动。

1986年

2月19—21日，福建省第七届职工谜会在龙岩市工人文化宫举行，54人参加，进行了谜论交流、团体竞猜、个人笔试、与虎谋皮、佳谜评选、下厂活动、对外展猜等活动。

2月23—28日，《工人日报》文艺部、湖北省总工会宣教部、

第三章 改革开放至20世纪末的灯谜（1979年至2000年）

武汉市琴台工人文化宫在武汉市举办全国职工虎年灯谜会猜。全国会猜预赛试题刊于1月22日《工人日报》，全国有6000多名职工参加，210位职工获一至三等奖。105人（湖北34人、外地71人）参加谜会，进行了内部笔猜、对外展猜、命题创作、佳谜评选等活动。黑龙江、丹东、江西、福建、吉林、武汉和辽宁（并列）获得团体奖前六名。姜文清、胡明路、关德安、袁茂仲、黄荣宽、张玉祥、曹锵、傅国防、康大伟、游佩秋获最佳射手奖。

4月2—7日，湖北省第三届职工谜会"隆中谜会"在襄樊市举行，武汉、黄石、沙市、宜昌、十堰、襄樊等市10个代表队80余人参加，进行了内部笔猜、对外展猜、命题创作、最佳射手和佳谜评选等活动。

4月17—20日，《知识窗》杂志社、常熟市民间文学工作者协会在常熟市举办全国春季灯谜邀请赛，9省市18个灯谜组织60多人参加，进行了团体竞猜、个人竞猜、佳谜评选等活动。

4月18—21日，四川省精英谜会暨成都市第二届职工灯谜会猜在成都市劳动人民文化宫举行，来自重庆、自贡、泸州等18个地区的92名代表参加，进行了团体互猜、与虎谋皮赛、与虎谋目底赛、对外展猜等活动。

5月1—5日，浙江温州市总工会、温州市工人文化宫、《温州日报》社与温州市谜协等联合举办"白鹿谜会"，南京、上海、苏州、杭州、宁波、绍兴等地17个代表队参加，进行了谜艺讨论、命题创作、佳谜评选、有奖竞猜、对群众展猜等活动。

6月28日至7月2日，天津市第二工人文化宫、天津市工会俱乐部联谊会主办天津市职工首届"津门谜会"，北京、沈阳、青岛、天津和北海舰队军人俱乐部的7支谜队41人参加，进行了个人赛、下基层展猜、对群众展猜、谜友内部会猜、命题创作、选手经验交流、征联、团体决赛等活动。

9月12—14日，广东省第三届职工灯谜会猜大会在佛山市举行，汕头、肇庆、深圳、海口、江门、湛江、茂名、佛山等8市代表队及特邀代表共57人参加，省总工会副主席张传英等出席。谜会进行了大型对外展猜、观摩鉴赏、竞赛式内部会猜、笔猜竞赛、命题创作、佛山特色谜创作竞赛、谜学座谈会等活动。省总工会制谜会纪实片《汾江射虎会群英》。

9月17—21日，上海团市委、上海市青年宫与电台、电视台联办中秋赏月谜会。江苏、浙江、安徽、福建、云南、山西、河南、湖南和上海等10个省市的150多人参加。其间，成立了上海市青年灯谜学会，举办了露美杯全国青年灯谜大奖赛，开展了谜艺交流；上海市青年宫与《新民晚报》等面向全国开展了"三征（征谜、征诗、征联）"活动。

11月1—6日，广西壮族自治区总工会宣教部、桂林市总工会、《广西工人报》联合在桂林市主办"漓江谜会"，全国18个省区市60个县市灯谜组织的188名谜手参加，进行了笔试竞猜、命题创作、佳谜评选、谜艺交流、悬奖点射、即兴谜会、对外展猜等活动。

11月13—16日，安徽六安地区工会办事处、六安市总工会主办"皋城谜会"，江苏南京、扬州、镇江、南通、常熟，浙江绍兴，福建龙岩、永安，安徽合肥、屯溪、巢湖、六安的13个代表队70人参加，举行了佳谜评选、命题创作、笔试竞猜、送谜下厂、内部点射、谜艺研讨会等8项活动，同时举办六安市第二届全国函寄会猜。

11月16—19日，江苏苏州市工人文化宫、苏州市职工灯谜研究会主办纪念苏州建城2500年"姑苏谜会"暨首届灯谜知识竞赛，上海、无锡、南京、肇庆、晋江等全国17个省市的30支代表队108名谜手参加。活动内容有灯谜和灯谜知识竞赛（笔试和电控两轮)、古今谜籍展览、艺与谜联欢晚会、内部会猜、佳谜评选、对群众展猜、虎丘摆擂大会猜、与虎谋皮等12项。谜会特制2500枚纪念封作为奖品。

1987年

2月11—15日，福建莆田市文化局、总工会主办福建省第八届职工谜会，福州、厦门、漳州、泉州、三明、南平、龙岩、永安、邵武、莆田、晋江10市1县的代表114人参加，进行了个人竞猜、即席谋皮、团体竞猜、自荐佳谜评选、元宵对外展猜、评选谜论、灯谜一条街、文艺联欢会等活动。

3月14—16日，中央电视台文艺部、中国谜报社、中国电视报社联合举办首届中华杯电视猜谜竞赛决赛。此前进行了预赛，预赛谜题100则，95则于1986年12月中旬由两报同时刊出，5则在春节文娱晚会上播出，广大读者和电视观众都可参加猜射。预赛阶段共收到答卷33万份，评出"中华猜谜手"100名，前20名到中央电视台参加半决赛。16日晚决赛选出中华最佳猜谜手5名：葛志全、侯康林、袁杰、田鸿牛、章镳；中华优秀猜谜手5名：东有礼、丛川、黄叙梁、赵首成、胡安义；中华猜谜能手10名：王谦、汤健安、张志有、冯同英、陆影、黄穆灿、蓝成扣、王万森、刘二安、王合松。两场半决赛和一场决赛在中央电视台播出后，立即在全国引起强烈反响，主办单位收到大量盛赞的电报和信件，收视率仅次于春节文艺晚会。1988年6月2日，"中华杯电视猜谜竞赛"节目被评为电视文艺"星光杯"一等奖。

4月25日至5月1日，上海市工人文化宫、《文汇报》《新民晚报》和上海无线电十八厂联合主办第二届春申谜会。由两报刊出竞猜谜题，从答卷中遴选出54份最佳者，应邀参加"五一"现场笔试决赛。同日，还进行了全国灯谜大会猜、上海灯谜大家猜和灯谜大擂台活动。

5月26日,湖北省第四届灯谜会猜"西陵谜会"在宜昌市举行,11个代表队59人参加。

8月8—11日,四川乐山市劳动人民文化宫主办四川省第三届职工灯谜会猜大会,104人参加,进行了对外展猜、即兴即景创作、对内竞猜、与虎谋皮、与虎谋目底、佳谜交流赏析、谜事探讨等活动。

10月7—9日,深圳市总工会主办广东省第四届职工灯谜会猜大会,广州、汕头、茂名、海口、湛江、江门、佛山、深圳的60多人参加,邀请了苏州、上海等地6位谜人、泰国潮州会馆灯谜组访问团和珠海、东莞、中山等市灯谜协会参加。谜会进行了与虎谋皮竞赛、灯谜知识竞赛、自选佳谜竞赛、深圳风光谜竞赛、电子记分抢猜、灯谜展览会、对外展猜、内部会猜、论文交流等活动。

10月20—25日,中央电视台文艺部、中国谜报社在青岛市主办全国"双星杯"灯谜邀请赛。全国26个省市自治区的105个代表队424名谜手参加。其间,组委会派出50支代表队,深入青岛橡胶九厂、青岛农药厂、青岛国棉二厂、北海船厂、北海舰队等单位进行联欢展猜,各代表队之间进行联谊活动。赛事包括预赛笔答、团体决赛、评选佳谜等。25日在青岛话剧团排练场举行决赛。辽宁、江苏、上海、吉林、福建、浙江代表队获省级团体赛前6名;长春、南通、漳州、沈阳、上海、兴化代表队获市(县)级团体赛前6名;方炳良、朱建铭、王正亮、王有祥、李大宇、田鸿牛、张文元、刘鸿喜、张奕虎、王锁林获最佳谜手;蔡芳、范翔华、张志有、叶国泉、董书祥、纪清华、东有礼、章镳、周跃建、陶炎烈获优秀谜手。灯谜创作评选出佳谜30条。谜会其间,谜界人士讨论了成立全国性灯谜组织等事宜。本次谜会参赛代表队多、社会参与面广、赛题种类齐全、组织形式正式、社

第三章 改革开放至20世纪末的灯谜（1979年至2000年）

会影响大，被誉为"谜坛全运会"。中央电视台播出了大会盛况专题片和直播了决赛盛况。《中国谜报》1987年第11期全部刊登赛况，并配发社论。《中国电视报》等多家报刊媒体报道比赛情况。

1988年

2月22—24日，福建永安市燕江谜社主办福建省第九届职工灯谜会。福州、厦门、漳州、泉州、三明、莆田、龙岩、南平、永安、邵武、永安、石狮、晋江、华安11市2县代表队84人参加，进行了个人笔试、团体电控竞猜、游览桃源洞命题创作评佳、论文评选、对群众展猜晚会等活动。团体电控竞猜在福建水泥厂职工礼堂举行，水泥厂数百名职工临场观战。

3月2日，元宵节，天津电视台举办《龙年灯谜晚会》。晚会由曲艺作家王鸣录写稿，著名相声演员苏文茂、马志存主持，杨晓歌任顾问。晚会悬挂的各式精巧花灯上贴满谜条，会中播放了几段以录像为谜面的灯谜。晚会还专门设计8条字谜（谜底为"盛、世、龙、年，津、门、巨、变"）供电视观众猜答。晚会前，电视台通过《天津广播电视报》向电视观众征集灯谜1000多条。

4月30日，贵州大方县文化馆、县灯谜协会主办贵州"杜鹃谜会"，贵阳、都匀、桐梓、贵定、毕节、威宁等市县80多位谜友参加，进行了灯谜竞猜、佳谜评选和谜艺交流等活动。

5月2—4日，浙江上虞市政协、市委宣传部、市总工会、《文化娱乐》杂志社联合主办华夏曹娥谜会，全国17个省市和海外华侨共149人参加，进行了灯谜竞猜、电控抢猜、最佳射手和最佳谜手评选、即兴创作、佳谜评选、最佳论文评选等活动。谜会前，举办了"华夏百家佳谜"大奖赛，从全国各省市灯谜协会推荐的谜作中选出有代表性的包括美国、新加坡、泰国、菲律宾、印度尼西亚及港澳等地的100位谜人的100则灯谜，不署名投票评选出10位谜人参加曹娥谜会。

7月1—4日，湖北省第五届职工灯谜会猜"车城谜会"在十堰市举行。

7月7—8日，河南安阳市文联、市内衣厂主办安阳市灯谜学会成立大会。晋冀鲁豫四省60人参加，进行了对外展猜、游览殷墟古迹即兴猜谜与创作等活动。

9月19—21日，广东省总工会、广州市总工会等在广州市第二工人文化宫举行广东省第五届职工灯谜会猜大会，广州、汕头、佛山、深圳、肇庆、江门、茂名等7支代表队69人参加，进行了佳谜和灯谜论文评选、灯谜知识笔试竞赛、命题创作广州风光谜等单项个人赛及电控抢猜团体赛，举办了谜艺交流研讨会、大型展猜晚会。

9月28—29日，河南省职工灯谜研究会成立大会暨河南省首届职工谜会"中州谜会"在郑州市举行，14个地市的灯谜组织60余名代表莅会，进行了猜射、创作比赛和河南省首届艺术节灯谜展猜。

10月17—20日，四川省第四届职工灯谜赛猜大会在南充市举行，来自四川各地的28支代表队107人参加。会议宣布成立四川省职工灯谜协会，进行竞猜竞制和谜会擂台赛、组织到厂矿及驻市大专院校和公共场所展猜、邀请著名演员岳红等与谜友联欢。

1989年

1月14—15日，广东省谜学研究会成立大会在中山市举行。全省10多个市县59人香港1人参加。召开了成立大会，开展了联猜活动。

1月至2月，陕西省工商银行、陕西电视台和《星期天》报联合举办蛇年元宵节保值储蓄全国灯谜大赛。经过预赛，从全国各地参赛谜手中选出 18 名汇集西安,于 2 月 18 和 19 日进行半决赛和决赛。决赛由中央电视台节目主持人刘路主持。陕西省委、省政府、省人大、省政协、省顾委的领导为获奖选手颁奖。

2 月 5 日,中央电视台 1989 年春节联欢晚会"谜语擂台赛"向全国亿万观众播出。擂台谜手有江苏队的黄叙良、王正亮,吉林队的王谦、董书祥,福建队的方炳良、蔡芳,浙江队的葛志全、章镳,上海队的胡安义、袁杰,辽宁队的东有礼、于红丁。顾问组有章品、汪寿林、侯康林。著名笑星姜昆主持谜赛。擂台谜手猜谜 8 条,现场观众和电视机前观众猜谜各 1 条。谜赛长达 10 分钟,创造了灯谜上春晚的纪录。

2 月 18—22 日,福建漳州市文化局、芗城区文化局、漳州灯谜协会等主办漳州首届中华灯谜艺术节,来自国内 20 个城市的 135 名及台湾、香港的 16 名代表参加,进行了"纪念张起南诞辰 100 周年"中华灯谜资料展览、笔试竞猜竞制、对外开猜、论文交流评优、内部会猜、电控竞猜、恳谈会、联欢会等活动。中央电视台、《人民日报》《参考消息》和台湾《联合报》《自立晚报》、菲律宾《世界日报》等近 40 家媒体报道了艺术节活动情况。这次灯谜艺术节是海峡两岸谜人在分隔 40 年后的欢聚。

2 月 19—21 日,贵州贵阳市工人文化宫、贵阳市职工灯谜协会主办"甲秀谜会",来自贵州省内六市县灯谜组织的代表 73 人参会,其间成立了贵州省灯谜协会,举行了与虎谋皮、佳谜评选、个人竞猜、擂台会猜和连续两晚的元宵灯谜展猜等活动。

4 月 22—25 日,福建石狮市蚶江侨乡谜社主办第二届蚶江侨乡谜会,内地(大陆)27 个市县 100 多人和港台及海外的朱家熹、刘雁云、陈杰、许连进、王景超等 43 人参加,进行了对群众展猜、儿童专场灯谜会猜、内部交流会猜、集体命题创作、个人竞猜、团体电控竞猜、论文交流、最佳谜作评选、参观蚶江十年文化成果展等活动，同时倡导成立海峡谜人联谊会。

5月20—24日，全国历史文化名城灯谜邀请赛暨河南省第二届职工灯谜会猜"卧龙谜会"在南阳市举行，全国历史文化名城的108名代表参加，进行了名城笔试、本省笔试、名城电控抢答、灯谜展猜、送谜到基层厂矿企业、谜友游览即兴猜射、谜友联欢晚会。

5月27—29日，"再生杯"全国青年灯谜邀请赛在漳州市举行，黑龙江、贵州、广西、江西、浙江、江苏、广东和福建等地23个代表队73名谜坛新秀参加，其中13名在校大中学生，进行了个人竞猜、命题创作、团体预赛决赛、论文交流、对外开猜和到糖厂参观开猜等活动。莆田市第六中学青璜谜社获得"再生杯"。

7月22—25日，天津市职工第二届津门谜会在天津市第二工人文化宫举行，市内25人外地20人参加，进行了个人猜赛、下基层展猜、对群众展猜、谜友内部会猜、团体电控抢答、评选佳谜、命题创作、选手经验交流等活动。

8月16—19日，四川省第五届职工灯谜猜赛大会在达县市工人文化宫举行，省内11个地市区34个代表队146名代表参加，进行了内部竞猜、与虎谋皮、与虎谋目底竞赛、对外展猜、论文交流等活动，召开了四川省职工灯谜协会第二次全体代表大会。

9月8—9日，广东省第六届职工灯谜会猜暨省职工灯谜协会成立大会在潮州市举行，广州、汕头、佛山、肇庆、深圳、潮州、中山等地的80名代表参加，进行了团体电控竞猜及个人比赛、对外展猜等活动。

9月13—17日，湖北省第六届职工灯谜会猜"西塞山谜会"在黄石市工人文化宫举行，武汉、沙市、宜昌、襄樊、十堰、黄石等6市16个代表队70名选手参加，进行了个人和团体竞猜、

第三章 改革开放至20世纪末的灯谜（1979年至2000年）

命题创作等活动。

9月26—28日，吉林省总工会宣传部等单位主办的吉林省首届职工灯谜精英大赛在长春市工人文化宫举行，全省65名谜手参加，开展了群众展猜、内部互猜、团体及个人笔试、团体及个人抢答、佳谜评选、灯谜活动先进个人及先进集体评选等活动。

9月30日至10月3日，贵州省总工会、贵州省灯谜协会在全省开展大型灯谜展猜活动。中心会场设在贵阳市工人文化宫，遵义、都匀、安顺、凯里、六盘水、毕节等地及贵阳钢厂、贵州铝厂、贵州钢绳厂、遵义铁合金厂等设立13个分会场，共展挂灯谜5万余条。展猜大会前，开展了向全国征谜活动。

10月11—14日，上海黄浦区文化局、浦东文化馆、浦东灯谜协会主办《红楼》谜会，来自全国10个省市20个市县队的100多位谜人参加，进行了笔赛和团体电控决赛、制谜比赛、两次灯谜擂台赛、两次大规模对群众展猜；举办了《红楼梦》专题灯谜展览；举行了"《红楼梦》与灯谜"学术探讨和联谊活动。

11月16—19日，陕西宝鸡市灯谜学会、中国人民建设银行宝鸡市支行、宝鸡市工人文化宫主办"建行杯"陈仓谜会。全国10多个省市的84人参加，开展了笔猜、团体电控抢猜、个人十佳射手比赛、命题创作、佳谜评选等活动。

12月14—16日，广西全区第四届职工灯谜会猜在南宁市举行，桂林、梧州、柳州、合山、南宁、邕宁的32名谜手参加，进行了与虎谋皮、个人笔猜、内部悬猜、电控抢猜、对外展猜等活动。

1990年

1月至3月，黔南报社、都匀有线电视台、都匀市谜协联办中国"90杯"灯谜大奖赛，分笔试初赛和电控决赛。《黔南报》于元旦刊登谜题后，得到全国27个省市自治区的谜友响应。3

月10日，决赛在都匀市粮食局举行，贵州电视台著名播音员谢红应邀主持。大赛摄制的《90杯灯谜大赛》专题片在中央电视台2套节目中连续播放4次。

1月，春节前夕，中央电视台文艺部与中国谜报社联袂举办"综艺大观·灯谜擂台赛"，上海、广州、杭州、宝鸡、镇江、长春的6个队进行了电视角逐，长春队获第一名。著名节目主持人王刚主持，章品、侯康林、柯国臻任评委。节目在周末文艺中播出。

2月7—8日，广东省总工会、广东省谜学研究会在汕头市主办元宵谜会，120人参加，进行灯谜论文评选、"新气象杯"电子抢猜、"青云杯"灯谜有奖竞猜，召开省谜学研究会年会、省职工灯谜协会年会。

2月，春节和元宵节期间，天津举办第五届"沽上春好"灯节万民大联欢，设灯谜展猜。

又，辽宁丹东举办"元宵节迎春灯会"，在两条大街上接连悬谜8万多则，摆设谜台12座，赏灯猜谜人数多达26万。中央电视台现场录采访。

2月8日，广东省谜学研究会、澄海县灯谜协会在澄海县举办广东省元宵谜会澄海联猜会，全省17个市县140人参加"俊英杯"灯谜竞猜颁奖会和闽粤1区3市4县灯谜联猜活动。"俊英杯"灯谜竞猜由《汕头日报》文艺部等单位与旅外侨胞联合组织。

2月12—14日，河北省总工会宣教部、省文化宫俱乐部协会、省灯谜学会在邯郸市举办河北省首届职工谜赛，7个地市的9个代表队80人参加。谜赛以"可爱的河北"为主题，通过笔猜赛、邯郸名胜游览创作赛、电控抢答形式进行了个人和团体预决赛。中国民间文艺家协会组联部主任赵光明到会并与谜友商议成立全国灯谜学会的有关事宜。

5月3—6日，福建省青少年灯谜协会、漳州市青少年宫主

第三章 改革开放至20世纪末的灯谜（1979年至2000年）

办福建省首届青年灯谜邀请赛，有14个队63人参加，进行了对外开猜、笔试竞猜竞制、电控竞猜、命题创作、论文评选等活动。

5月7—10日，首届中华古都灯谜艺术节暨河南省第三届职工谜会"古都谜会"在安阳市举行，中国七大古都及其他古都、河南各地市的17个代表队174人参加，台南谜学研究会代表应邀与会，进行了猜射创作初赛、团体电控决赛、古都与灯谜专题论文评选、送谜到基层、灯谜一条街群众大展猜、安阳与台南缔结友好谜协等活动。

5月26—27日，"昌蒲来风"两广谜友端午联谊会在广西梧州市工人文化宫举行。广西南宁、桂林、柳州、合山、梧州和广东佛山、肇庆谜友举行了个人和团体谜赛。

5月27—30日，福建省第十届（晋江安海）灯谜会在晋江县安海镇举行，福建省12个市县127名谜人参加，进行了个人笔猜、命题竞制、佳谜评选、论文交流评选、团体电控竞猜、"鸿江之夏"全国谜坛名手作品展猜等活动。

6月16—18日，江苏省首届天马杯职工谜会"文心谜会"在镇江市举行，江苏省11市及汕头、合肥、上海的22个代表队98人参加，进行了论文交流、评选佳谜、命题创作、书面猜射、团体抢答、灯谜擂台、对群众展猜等活动。

9月16日至10月7日，北京市劳动人民文化宫、市职工灯谜协会举办"亚运在今天"全国15个省市灯谜函寄展猜活动，连续22场，参加者达22万人次。

10月16—19日，湖北省第七届职工灯谜会猜"楚天谜会"和湖北省职工灯谜协会成立大会在武昌工人文化宫举行，省内8市14个代表队近100人参加。

1991年

2月23日至3月1日，上海市浦东文化馆举办"开发浦东、振兴中华"谜会,展示了全国函寄谜作和谜文,举行了上海市灯谜团体邀请赛。

4月30日至5月2日,河北省第二届职工灯谜赛在沧州市举行,全省13个队54名选手参加,进行了个人笔猜、命题创作、即兴制谜、团体笔猜、电视竞猜(决赛)、谜家讲座、谜艺交流、各代表队赴商业区悬谜展猜等活动。

5月6日,福建石狮市灯谜协会、夏威移凉垫公司(董事长高云鹤独资)举办"夏威移杯"猜谜大奖赛。漳州、泉州等地数百位谜友参赛。特等奖日产本田125C摩托车被福建省漳州市张奕虎夺得。

5月20—23日,河南省第四届职工灯谜会猜暨新乡市首届职工灯谜大会"牧野谜会"在新乡市工人文化宫举行,河南省各地市及上海、天津等地特邀代表共150人参加,进行了团体及个人灯谜猜射和创作赛、李永文收藏灯谜资料展、佳谜评选、谜友内部会猜、联欢、送谜下基层等活动。

6月15—17日,中华灯谜学会筹委会在北京举办全国灯谜艺术研讨会,国内各省市灯谜社团及中国台湾、中国香港、泰国的代表140余人参加。中国民间文艺家协会主席钟敬文、中国文联秘书长孟伟哉等出席开幕式并讲话。会议期间举行了佳谜评选、内部会猜、谜艺研讨及中华灯谜国手赛预赛。

又,四川省第六届职工谜会在成都市劳动人民文化宫举行,全省33个队136名选手参加,进行了命题创作、个人笔猜、团体抢猜、对外展猜等活动。

7月10—14日,湖北省第八届职工谜会"荆楚谜会"在沙市工人文化宫举行,武汉、黄石、宜昌、襄樊、沙市5市18个队68名谜手参加,进行了内部笔猜、对外展猜、命题创作、佳谜评选、论文评选、谜艺交流和参观农药厂灯谜活动室等活动。

第三章　改革开放至20世纪末的灯谜（1979年至2000年）

8月13—16日，贵州省文化厅、贵州省灯谜协会等联合在贵阳市举办"金筑杯"西南地区灯谜邀请赛，南宁、昆明、重庆、贵阳等地11队60余人参加，进行了个人笔猜、电控决赛、交流打擂、对外展猜等活动。

9月21—23日，福建省文化厅、省群众艺术馆、省灯谜协会等在石狮市举办福建省首届灯谜节，130人参加，进行了文艺踩街、灯谜一条街展猜、个人竞赛、最佳谜作评选、命题创作、论文交流、团体电控竞赛、参观石狮市首届商品展销会、观看文艺晚会等活动。

10月1—3日，福建省第11届职工谜会在厦门市工人文化宫举行，福州、三明、漳州、南平、龙岩、泉州、诏安、永安、龙海、晋江等10个队66人参加，进行了书面测试、评谜、笔猜、谋皮、评选佳谜、评选论文、电控竞猜、对外展猜等活动。

11月，《全国灯谜信息》从1990年11月开始举办的海内外灯谜创作大赛揭晓，海内外1000余人参赛，评选出佳谜、优秀灯谜各100则。

11月5—8日，河北保定市精神文明建设办公室主办、保定市职工谜协等单位承办的五星杯全国"双拥"模范城首届灯谜大赛在保定市举行，大赛与北京军区召开的军民共建十周年总结表彰大会同步进行，河北省35人、其他省市72人、香港1人参加，进行了团体猜射、个人猜射、现场制谜、自荐佳谜、命题制谜、谜艺讲座、参观游览等活动。

1992年

2月至4月，福州灯谜协会等举办"金鹿杯"闽台港灯谜大赛。2月15日，《港台信息报》刊登征猜灯谜50条和制谜5条的试题，从参赛的2000份答卷中选出12名优秀者参加4月8日在福州举行的决赛。决赛实况专辑《逐鹿射虎》在福建电视台《海峡同乐》

节目中播出。

2月17—19日，福建省文化厅、省群艺馆、省谜协、漳州市节日办、漳州市文化局举办福建省第二届灯谜节暨漳州灯谜艺术馆落成典礼，来自北京、上海、天津、河南、广东等13个省市及台湾、香港的谜友162人参加。福建省文化厅厅长李联明为漳州灯谜艺术馆剪彩揭幕。灯谜节开展了"张起南谜学理论"和"灯谜与社会文化"专题论文交流评选、竞猜竞制、内部会猜、对外展猜等活动。

5月1—4日，江苏南通灯谜艺术节（海花杯）暨江苏省第二届职工谜会在南通市劳动人民文化宫举行，江苏省各市及上海、杭州、舟山等地特邀代表共80人参加，进行了专题演讲、论文讨论、谜艺竞赛、创作竞赛、谜家擂台、谜海汇猜、谜籍展览、经验交流等活动，发行了纪念封。

6月10—14日，"92山东好"灯谜会猜在青岛市举行，山东省9个市县14个代表队68人参加，进行了对群众展猜、谜友会猜、笔猜、抢猜、评佳活动；进行了经验交流与谜艺研讨，播放四部约200分钟的灯谜电视片；举办了青岛市职工灯谜组织创建和开展活动38周年成就图片展。

6月13日至10月1日，天津市职工文化协会灯谜联谊会在第二工人文化宫举办的"海河之夏文化夜市"消夏会。其间，由会员轮流主持，每晚于湖边长廊挂谜向游园群众展猜，共计80余场。其间的6月20至23日，第二工人文化宫主办天津市职工第三届津门谜会"飞鸽杯"12城市灯谜大赛，哈尔滨、安阳、漳州、青岛、南昌、保定、北京、上海及台湾高雄等地代表74人参加，进行了个人赛、团体电控抢答赛、命题创作、评选佳谜、评选最佳谜文、选手经验交流、下基层展猜、全国灯谜函寄会猜等活动，两晚的对群众展猜把谜会推向高潮。

第三章 改革开放至 20 世纪末的灯谜（1979 年至 2000 年）

8月11—13日，河北保定市文化局、社科联主办"田野杯"全国历史文化名城灯谜艺术节，来自全国24个市县及香港、台湾的100多人参加，进行了个人竞猜、团体射虎、命题制谜、佳谜评析、谜论评比、谜界评佳（名城谜家、名城活动家、最佳谜组、最佳谜刊、最佳谜会）、内外展猜、谜书交流、录像观摩、参观游览等活动。

9月至1993年9月，《中华谜报》《谜汇》《高谜通讯》《虎啸西瀛》主办、10家企业协办中华灯谜国际创作大赛。参赛谜作分命题创作和自由创作两种。《中华谜报》刊发13期2180多则参赛谜作，从中评选出一等奖至三等奖作品。

9月8—11日，广东澄海县政协文艺委员会主办（泰国泰华谜学界赞助）的"澄海92华夏金秋灯谜艺术节"在澄海县举行，全国20个省市的65名谜人和泰国（林宝才、卢一雄等24人）、新加坡（郑泽生等3人）、香港（刘雁云、张伯人等）、台湾（李次高等）的34位谜人及其他应邀人士共126人参加，进行了灯谜理论研讨、华夏灯谜佳作展览、"月是故乡明"谜会和"泰华杯"团体赛、神州擂台、个人笔猜、灯谜创作、评选佳谜等赛项及旅游联欢。其间，澄海10镇谜社联办灯谜一条街活动。

9月30日至10月2日，福建省第12届职工谜会在福州市举办，厦门、泉州、漳州、三明、龙岩、南平、晋江和诏安7市1县代表76人参加，进行了个人笔猜、团体电控竞猜、命题创作、论文研讨评比，参加了省"92旅游节"联合灯谜展猜。

10月17—19日，第二届中华古都灯谜艺术节暨河南省第五届职工谜会"宋都谜会"在开封市举办，北京、南京、郑州、洛阳、安阳、南阳等古都及河南省16个地市15个代表队100余人参加，进行了个人竞赛、团体竞赛、团体电控决赛、宋都御街灯谜一条街展猜（展猜征稿活动收到全国26个省市区500多位谜友的谜作和谜笺 6000 余条）、谜友内部会猜、谜台擂鼓报猜等活动。

12 月 25—28 日，湖北省第九届职工谜会"金龙谜会"在荆门市文化宫举行，武汉、黄石、沙市、宜昌、襄樊、荆门 6 市 14 个代表队 90 余人参加，进行了对外展猜、内部笔猜、命题创作、佳谜评选、论文交流等活动。

12 月 31 日至 1993 年 1 月 2 日，江西省职工文化学会等主办的江西省首届职工谜会在南昌铁路文化宫举行，九江、吉安、鹰潭、彭泽、奉新、进贤等市县和江西铜业公司、南昌飞机制造公司、江西石油总公司南昌润滑油公司、南昌铁路分局等大型厂矿企业的 40 名代表参加，进行了笔试竞猜、命题创作、佳谜评选、团体电控抢猜、内部会猜、对外展猜、谜艺交流、谜史探讨等活动。

二、调整时期至 20 世纪末的活动

1993 年

2 月 3—4 日，第二届"夏威移杯"猜谜大奖赛决赛在石狮市文化中心举行。参加决赛的是从 300 多名初赛函猜者中选取的来自北京、江苏、浙江、福建、河南、陕西等地的 50 名优秀射手和 10 多名特邀谜手。赛期进行了笔试竞猜、电控竞猜、对群众展猜、参观蚶江侨乡谜社等活动。

5 月 23—26 日，福建省第 13 届（诏安）谜会在诏安县举行，福州、石狮、厦门、泉州、南靖、漳州、三明、龙岩、南平和诏安 10 个市县 57 人参加，进行了个人笔试、团体电控竞猜、命题创作、自荐佳谜和优秀论文评选。

6 月 28—29 日，广东省职工灯谜会猜大会在肇庆市工人文化宫举办，省内 11 个市 13 支代表队 70 余人参加，进行了命题创作、笔猜和"肇宫杯"团体赛、内部竞猜和对外展猜，召开了

第三章　改革开放至 20 世纪末的灯谜（1979 年至 2000 年）

研讨会；举办了"庆祝宫庆 40 周年、端州谜社成立 10 周年"全国函寄会猜。

7 月 6—8 日，河南安阳市职工谜协、《全国灯谜信息》社等主办"冬夏枣茶杯"全国部分文化宫（馆）谜刊研讨会。24 家谜刊的代表 40 余人参加，评选全国十佳谜刊，进行谜刊研讨，召开《中华灯谜艺术画册》首发式，举行"平原杯"全国灯谜函寄会猜。

9 月 29—30 日，上海东方广播电台举办部分城市灯谜名家"谜坛精英邀请赛"。比赛分预赛和决赛，赛题有笔答题、选手互相出题、听众电话出题抢答。台湾吴学平通过长途电话出了谜题，经角逐，汪永生夺得冠军。

10 月 20—22 日，湖北省总工会、襄樊市总工会主办的湖北省第十届职工谜会"中心杯"谜会在襄樊市举行，全省各市县和企事业单位的 28 个队及个人代表近 100 人参加，进行了团体赛、个人赛、佳谜评选和命题创作赛。

11 月 20—21 日，河南省民协灯谜学委员会主办，郑州市国棉一厂职工谜协等单位承办的河南省第六届职工谜会"中州谜会"暨郑州市第五届职工谜会在郑州市举行，省赛 9 个队、市赛 11 个队共 78 名选手参加，进行了笔试、团体电控决赛、佳谜评选。

12 月 8—13 日，北方十城市灯谜会猜在青岛市工人文化宫举行，天津、济南、邯郸、济宁、青州、青岛等市工人文化宫及一汽集团、齐鲁石化总公司、莱芜钢铁总公司、济南铁路局、青岛市交通银行证券所等企业的 11 个队 50 人参加，进行了谜作谜文评选、对群众展猜、谜艺探讨、经验交流、崂山风光现场创作、海上侃谈会、谜友之夜大联欢等活动。

12 月 26—28 日，纪念毛泽东同志诞辰 100 周年暨福建省第三届灯谜节在莆田市举行，省内各地市代表及台湾、广东等地嘉宾 70 多人参加，进行了个人笔试竞猜、团体电控竞猜、对群众展猜、内部会猜、命题创作、自由创作、灯谜论文评比、精神文明评比等活动。

1994 年

1 月 22—24 日，"桥牌电炒锅杯"四川省第七届职工谜会在乐山市举行，全省 26 支代表队 200 余人参加，竞赛以中国近代史知识为主题。

2 月 21—25 日，上海东方广播电台、上海申懋房地产经营公司主办中国首届"申懋杯"东方谜王赛，来自全国 27 个省市的 30 名选手参加，经预赛笔试和复赛、决赛，章镳获东方谜王称号，刘二安获挑战奖。

4 月 28—29 日，河南省灯谜学会主办的"嵩山杯"首届河南省中州谜王赛在郑州国棉三厂举行。经笔试预赛，选出前 10 名进行电控抢猜决赛。罗营东获首届"中州谜王"称号。其间举办了对外展猜、谜友联谊会猜。

5 月 12—15 日，福建省第 14 届职工谜会在泉州市工人文化宫举行，全省 12 个市县的代表 80 多人参加。谜会宣布福建省职工谜协成立，进行了个人笔猜、自荐佳谜、即席谋皮、优秀论文评选、团体电控竞猜。

6 月 14—17 日，全国部分城市职工"滕王阁谜会"在南昌市工人文化宫举行，全国 20 多个城市的文化宫来宾、14 个城市的代表队和台湾、香港的特邀代表共 100 余人参加，进行了个人笔试竞猜、个人命题创作、团体电控竞猜、谜艺交流和南昌市工人文化宫建宫 40 周年联欢。

8 月 22—24 日，中华灯谜学术委员会成立大会在河北保定市召开，来自全国各省市自治区及台湾、香港和新加坡的 156 人参加。其间举行了"青澳湾名商游艇会杯"中华灯谜国手赛和经

第三章 改革开放至20世纪末的灯谜（1979年至2000年）

贸活动。高雄县谜学研究会与保定市灯谜学会、石狮市灯谜协会与宝鸡市灯谜协会分别举行仪式结为友好谜协。

10月5—8日，湖北省第11届职工谜会"长坂谜会"在当阳市工人文化宫举行。省内7市和武钢、二汽、沙隆达3个大企业共21个代表队75人参加，进行了个人及团体竞赛。

10月8—10日，《现代节能》杂志社等主办的"94全国节能宣传周节能知识灯谜竞猜大奖赛"在湖南长沙市举行，来自全国各省市的14支代表队参加，进行了群众展猜、擂台竞猜、空中撒谜、气球放谜、笔试竞赛、团体电控决赛等活动。

10月15—16日，河南省第七届职工谜会"颍河谜会"在周口市举行，全省17个市县的70人参加，进行了个人笔试、命题创作、团体电控竞猜。

11月18—20日，河南郑州纺织机械厂职工谜协主办首届全国大型企业灯谜赛、郑州市第六届职工谜会、郑纺机厂第四届职工谜会，共27个代表队112人参加，进行了团体赛和个人猜射、创作赛。东北轻合金加工厂队、莱芜钢铁公司队、东风汽车公司队获大企业赛电控猜射团体前三名；华北制药厂队、莱芜钢铁公司队、西北铝加工厂队获笔赛猜射团体前三名；东北轻合金加工厂队、西北铝加工厂队、华北制药厂队获团体创作前三名；东风汽车公司一队、周口味精厂队、东北轻合金加工厂队获综合谜艺前三名。

1995年

1月14日，辽宁省民协灯谜学会第一次代表大会在沈阳召开，沈阳、丹东、大连等地70多位代表参加。当日还举办辽宁省梦之花灯谜大赛，进行了个人竞猜和创作评佳。又举办辽宁省首届工艺杯灯谜擂台赛，进行了内部会猜和谜艺交流。

4月至12月，中华灯谜学会外事部、泰华各地谜社、新加坡芳林公园灯谜俱乐部、香港灯谜研究社、香港联谜社、槟城谜社、广东澄海市灯谜协会、高雄市谜学研究会、台北市集思谜社等海内外10家灯谜社团联合主办"百谜颂中华"海内外灯谜创作大赛。共收到4个国家和国内30个省区市以及港台地区812位作者的1.2万多则谜作。创作主题之鲜明、参赛人数之众多、谜赛意义之重大,为历届赛事所罕见。

6月24—26日,江西省第二届灯谜大会在南昌飞机制造公司举行,九江、赣州、景德镇、鹰潭、金溪、进贤、彭泽、南昌代表队的35名选手参加,进行了猜射和命题创作比赛、内部会猜、谜艺交流和联欢等活动。其间举行了南昌飞机制造公司与南昌卷烟厂缔结友好企业谜协仪式和灯谜对抗赛。

7月1—3日,福建省第四届灯谜艺术节在厦门市举行,福州、泉州、漳州、莆田、宁德、南平、三明等市的7个代表队30余人参加,进行了笔试和电控竞猜、命题创作和灯谜小品评奖、佳谜赏析、对外开猜。

7月至12月,全国灯谜信息社、腾龙谜社等16个灯谜社团联合举办"团圆杯"花色谜创作大赛。

7月15—17日,"西北铝杯"全国大中型企业灯谜赛暨甘肃省首届谜会在西北铝加工厂举行,郑州纺织机械厂、东北轻合金加工厂、甘肃阳光工贸总公司等13个企业和兰州、天水、秦安、成县、陇西等5个市县的24支代表队110余人参加,进行了灯谜笔猜、综合谜艺赛、命题创作、电控竞猜。甘肃省集邮总公司特发行谜赛纪念封1枚。

10月1—3日,福建省第15届职工谜会在三明市工人文化宫举行,福建、厦门、漳州、泉州、石狮、龙岩、南平、宁化、莆田、诏安、同安、永安、华大等13支代表队60余人参加,进行了笔试、创作、电控竞猜。

10月18—20日,江苏省第三届职工谜会"金东谜会"在镇江市工人文化宫举行,来自全省9支代表队30余人参加,进行了笔试、电控竞猜、佳谜评选、论文交流、对外展猜等活动。

10月23—25日,河南省第八届职工谜会"山阳谜会"在焦作市举行,郑州、开封、新乡、安阳、周口、三门峡、扶沟、洛阳、巩义等地的10支代表队50人参加,进行了笔试、电控竞猜、佳谜评选、对外展猜等活动。

11月2—4日,南京新世纪电子电器设备技术公司主办新世纪重阳谜会,大陆各省市及中国台湾、中国香港、泰国灯谜届代表100余人参加,进行了座谈交流、灯谜展猜和游览联谊活动。

11月6—8日,上海浦东文化馆主办"广洋杯"海内外灯谜精英赛谜会。比赛分两个阶段,历时近3个月。前期的第一阶段创作比赛,收到178位作者的参赛谜作和104篇短论。第二阶段从参赛作者中邀请21位和港台12位谜友来上海参加谜会。其间进行了初赛、复赛、决赛,召开了"改革开放与民族传统文化的继承"研讨会。

12月8—10日,四川省第八届职工谜会暨"白塔山杯"爱国主义知识灯谜竞赛在宜宾市工人文化宫举行,全省各地13个代表队39位选手参加,进行了个人笔试、团体比赛和创作评奖等活动。

1996年

1月至2月,江苏省职工文联灯谜分会主办"创企业精神,树主人翁形象"主题教育灯谜联猜,征集创作灯谜300条,春节其间分别在全省各市工人文化宫同时展猜。

又,天津人民广播电台举办和播出《1996年迎新春灯谜对联联欢晚会》,获第三届中国广播文艺政府奖一等奖。

3月3—5日,96元宵"漳台杯"闽南语地区灯谜邀请赛在漳州市举行，汕头、潮州、澄海、厦门、泉州、石狮、龙岩、漳州组队及香港和其他地方特邀代表近70人参加，进行了团体电控竞猜、命题创作和优秀论文评选。

3月23日，上海东方广播电台在周末特别节目"谜坛第一擂"中举办电话猜谜擂台赛，由陈国泰等3人组成的上海队与曹锵等3人组成的长沙队相互攻擂，上海队获胜。

6月20—24日，《中华谜报》举行创刊200期庆典大会和系列活动，大陆和中国台湾、中国香港地区及新加坡的50多位谜人应邀参加。庆典谜会在丹东电视台大演播厅举行，新加坡叶少玲、台湾徐添河、张平顺、江苏王正亮、陕西田鸿牛荣获"金虎奖"。大会授予"中华谜坛十大功臣"荣誉牌。

7月至11月，第一汽车制造厂举办庆祝国产汽车诞生40周年暨第一汽车制造厂43周年"一汽杯"全国灯谜大奖赛，100道赛题分别刊登在7月14日《工人日报》和18日《中华谜报》上。11月揭晓：张志有获特等奖，123人获一至三等奖，506人获特别奖和纪念奖。

8月至1997年6月，福建三明市总工会、中华谜报社、香港灯谜研究社、香港联谜社等6单位联合举办"香港回归"中华灯谜创作国际邀请赛，共收到海内外813位谜人的4万多则参赛谜，评选出97则佳谜，《春灯话香江》专辑收入谜作1.5万余则。

9月16—17日，河南省第九届职工谜会"喜临门杯"灯谜邀请赛在安阳卷烟厂举行，来自河南各地10个代表队50人参加，进行了笔试、电控竞猜、命题创作和为卷烟厂职工举行灯谜展猜等活动。其间召开河南省民协灯谜学委员会理事会，一致通过给予为省灯谜事业发展作出卓越贡献的《春灯》主编罗营东特别嘉奖，对身患绝症仍心系灯谜事业的蒋景佩表示慰问。

9月29日至10月1日，广东省第八届职工谜会在广州市第二工人文化宫举行,汕头、潮州、佛山、肇庆、中山、顺德、揭阳、南澳、三水、罗定、广州和汕头港务局等代表队50余人参加,进行了笔试、命题创作和论文评选,举办了千谜有奖竞猜晚会。

10月7—8日,浙江菱化企业集团公司承办的第四届"红吉谜会"暨浙江省灯谜邀请赛在湖州市菱湖镇举行,舟山、湖州、温州、绍兴、菱化、宁波、兰溪、杭州8个代表队40余人参加,进行了对群众会猜、命题创作、团体电控决赛。

11月3日,江西省第三届谜会决赛在南昌市举行。谜会从8月末开始通过函猜方式作预赛,全省16个地市县(单位)参加。预赛选取的各地第一名参加决赛。

1997年

1月至7月,全国各地灯谜组织广泛开展以喜迎香港回归为主题的灯谜创作和展猜活动。《人民日报(海外版)》、北京老舍茶馆、北京谜友联谊会主办的"迎九七盛喜谜赛",不仅得到国内谜友的支持,许多中国香港、中国台湾谜友及美国、比利时、加拿大的海外华人、学子都纷纷寄来答卷,参赛者几乎包括各行各业。还有"舟山杯"迎香港回归中华灯谜大奖赛、太仓"墨妙亭杯"迎香港回归灯谜创作大赛、"庆香港回归"京津冀灯谜创作大赛、银川市"喜庆香港回归灯谜展猜"、常熟市"七一迎回归"专题灯谜展猜等。

2月20—22日,第二届中华灯谜艺术节在漳州市举行,来自大陆(内地)16省市12个竞赛队及台湾、香港的10位谜友共100余人参加,进行了个人笔试竞猜、团体电控竞猜、命题创作、优秀论文和佳谜评选,在芗城区组织了悬谜展猜。

5月2—3日,西北铝加工厂举办甘肃省首届灯谜联谊会,兰州、天水、秦安、陇西等地6个灯谜社团派代表参加,进行了灯谜联猜、内部展猜和联谊座谈,举办了"五四"青年节大型谜会。

5月28日至6月1日，全国总工会宣教部、《工人日报社》、河南省总工会、河南省文联、安阳市总工会主办的97全国城市职工灯谜邀请赛在安阳市举行，大陆近50个城市的文化宫、灯谜社团及中国台湾、中国香港和海外的谜友等共230余人参加。赛会进行了笔试竞赛、电控竞猜、自荐佳谜、命题创作、论文评选和商灯联谊、灯谜一条街及文艺晚会等活动，成立了全国工人文化宫职工灯谜联谊会。全国总工会宣教部授予安阳市工人文化宫"职工灯谜活动的学校和乐园"称号。

6月21—22日，福建省迎接香港回归祖国第十六届职工谜会在福州市工人文化宫举行，省内8个代表队50余人参加，进行了笔试竞赛、电控竞猜、命题创作、灯谜论文评选和大型展猜、灯谜擂台赛。

6月23—27日，四川省第九届职工谜会暨庆祝香港回归祖国灯谜大赛在新津县举行，省内11个代表队60余人参加，进行了笔试竞赛、电控竞猜、创作比赛和对外展猜。

6月27—29日，广东省第九届职工谜会暨全省庆祝香港回归灯谜联猜在南澳县举行，省内19个代表队和海内外嘉宾100余人参加，进行了大型庆回归灯谜展猜、内部展猜、谜艺交流和笔猜竞赛、命题创作等活动。

9月8—10日，河南省第十届职工谜会"会纺杯"灯谜邀请赛在三门峡市举行，郑州、安阳、开封、周口等11个地区40余人参加，进行了个人笔试竞赛、团体电控竞猜、自荐佳谜、命题创作和联谊会猜、在会兴纺织厂展猜等活动。

9月16—17日，广东省南澳县政府、《中华谜报》社、台湾高雄市谜学研究会、名商游艇会和南澳县灯谜协会联合举办第五届青澳湾名商游艇会杯中秋谜会，全国各地和港台地区及海外谜界代表共100多人参加。谜会除丰富多彩的赛事外，设巾帼谜坛、

第三章 改革开放至20世纪末的灯谜（1979年至2000年）

西厢专场、花卉专场、社会公德擂台、香港回归专题等8个主题谜台，其中谜谊台、联欢园专供台湾代表献技，被猜众围个水泄不通。谜台共挂出灯谜2万余则，被射中1万多则。谜会期间，两岸谜友举行了"中秋以谜话团圆"座谈会。会后，港台谜友又到澄海、潮州、漳州、厦门、莆田等地，分别举办灯谜联谊活动。

9月18—20日，江西省第四届职工灯谜大会在南昌市举行，省内13个地市县38名选手参加，进行了个人笔猜、团体电控竞猜、自荐佳谜评选、命题创作、优秀论文评选和内部会猜等活动。

10月22—24日，湖北省第12届职工灯谜会猜"宜宫谜会"在宜昌市举行，省内16个代表队70余人到会50名选手参赛，进行了笔试、电控竞猜、命题创作和内部抢猜等活动。

12月至1998年1月，北京谜人队（京队）与游子吟谜社队（游队）举行了一场跨国谜网对抗的"首届京游赛虎大会"。京队由翟鸿起、王小勇等主将坐阵，游队主要由旅居美国的华人谜友组成，另有德国、加拿大及国内几位网友助阵。赛题分三轮，各自猜对方所出的赛题。第一轮双方各出三组题，第一组19题，第二组9题，第三组7题，象征1997年。第二轮双方各出5名队员，同号选手互相出题。第三轮由京队擂主王小勇对游队擂主老哈。三轮赛罢，京队以微弱优势胜对方。

1998年

2月6日（正月初十），黑龙江电视二台《谜园》节目正月十五《唱灯猜谜闹元宵》灯谜会猜文艺晚会在演播厅举行。上海、江苏、福建、河南、辽宁、吉林6省市的代表队参加。晚会融歌舞、曲艺和猜谜为一体。猜谜由王学勤、侯康林、汪永生任评委，姜文清任评判长。经角逐，吉林队获一等奖。灯谜晚会于元宵节期间在黑龙江电视台播出。9月份，这台晚会被黑龙江第四届电视文艺评奖委员会评为一等奖。

4月30日至5月2日,陕西宝鸡市华宝快美彩印有限公司主办、宝鸡市工人文化宫等承办"华宝杯"宝鸡灯谜节,北京、河北、河南、福建、江西、甘肃、宁夏等10多个省市的代表队和台湾、香港嘉宾共50余人参加,进行了个人猜射、命题创作、自荐佳谜、团体电控竞猜和内部展猜、对群众展猜及联欢会。

5月9—11日,广西桂林市、南宁市节水办主办的"节水杯"桂林灯谜邀请赛在桂林市举行,青岛、郑州、贵阳、广州、南宁、柳州、梧州、玉林、桂林及香港的代表共40余人参加,进行了笔猜、命题创作和两场"灯谜一条街"对外展猜及一场轮庄主擂展猜活动。

5月28—29日,黑龙江电视二台《谜园》灯谜爱好者联谊会在哈尔滨举行,沈阳、齐齐哈尔、牡丹江、佳木斯、五常、肇东、绥化、尚志、双城、青冈、呼兰和哈尔滨等市的12个队60多人参加,进行了个人笔试、团体猜射、内部竞猜、对外展猜和座谈交流、谜艺探讨等活动。

7月至10月,北京老舍茶馆、北京谜友联谊会发起,《人民日报(海外版)》《北京日报》《中国建材报》、香港灯谜研究社、台湾谜学界联谊会、东方文化馆、《全国灯谜信息》《灯谜指南》合办第二届盛喜谜赛。50道赛题分别在合办单位的报刊刊登。杨溢获一等奖,王小勇、田鸿牛获二等奖。盛喜谜赛闭幕式于10月17日在北京老舍茶馆举行,首都部分谜友和新闻界人士参加。发奖式后,举行了"京城虎王赛",王小勇获金虎奖。

7月25—26日,"宾城杯"广西全区灯谜邀请赛在来宾县宾城饭店举行,南宁、桂林、梧州、百色、合山、柳州和来宾等7市县的代表队参加,进行了对外展猜、内部会猜、个人笔猜和团体电控抢猜等活动。

10月5—7日,名商游艇杯98中国国际灯谜大赛暨青澳湾第六届中秋谜会在南澳县举行，大陆（内地）、台湾、香港及海外的100余人参加。广东、安徽等10个省的代表队举行了国际灯谜大赛决赛，设4个谜台进行了对外开猜。赛会期间召开了中华灯谜学会第二次全国代表大会。

10月9—10日，广东中山市海外旅游公司、中山市文联主办纪念辛亥革命灯谜大会暨新旅程杯全国灯谜精英赛，大陆和中国台湾、中国香港及海外80余人参加，进行了精英赛笔试、辛亥革命及中山专题笔试、电控竞猜。

10月15—18日，河南省第11届职工灯谜大赛在平顶山市工人文化宫举行，郑州、开封、安阳、南阳、三门峡、周口、新乡等10多个市县的代表队50余人参加，进行了笔试、电控竞猜、自荐佳谜、命题创作和内部会猜、对外展猜等活动。

1999年

2月26—28日，山西平遥县政府、晋中行署旅游局、平遥牛肉（集团）有限公司、中华灯谜学会等主办"冠云杯"平遥古城国际灯谜邀请赛，全国10多个省市及台港的代表100余人参加，进行了函猜、笔试、电控竞猜、命题创作、自荐佳谜等比赛；山西谜人召开了山西省民协灯谜学会第一届代表会。

3月6日，上午，在福建漳州灯谜艺术馆新馆举行开馆仪式，举行高伯瑜第二批藏书捐献仪式，参观新馆。台湾代表团8人、香港2人、新加坡2人莅临。下午，召开"迎接新世纪"谜学研讨会。这次活动收到30位谜友的应征论文，评选出优秀论文10篇，邀请5位论文作者与会。

4月28日至5月1日，江西省第六届职工谜会在九江市工人文化宫举行，南昌、彭泽、金溪、鹰潭、新建、景德镇等市县50余人参加，进行了笔试、电控竞猜、命题创作、自荐佳谜等个人和团体比赛。

9月24—25日，第二届"广洋杯"情系澳门迎回归谜会在上海浦东文化馆举行，国内50余人参加，召开了海内外灯谜创作邀请赛颁奖大会、"新世纪灯谜的传承和活动方式的构想"灯谜研讨会。

10月21日，河南省第12届职工灯谜大赛在郑州市举行，开封、洛阳、平顶山、安阳等地10多个队80余人参加，进行了个人笔试、团体电控竞猜、自由创作、命题创作比赛。

10月21—22日，广东澄海金秋灯谜联欢节在澄海市文化馆举行，海内外60余人参加。其间，举行了广东省命名澄海"灯谜之乡"揭牌仪式，来宾们参观《澄海谜乡风采》展览，举行"携手新世纪"灯谜学术研讨，进行海内外灯谜联谊大会猜，各省市及港台和澄海8镇文化站共16队分设8台同时击鼓开猜。

12月18日，第二届滕王阁谜会及全国部分城市灯谜邀请赛在南昌市工人文化宫举行，福建、广东、安徽、河南、重庆、江西等地12支代表队及个人50余人参加，进行了笔试、电控竞猜、自荐佳谜、命题创作等项竞赛。

12月18日至2000年1月6日，广东汕头市电信局数据分局主办、汕头特区职工谜协、潮安县庵埠镇谜协协办"首届中国互联网灯谜大赛"。其间，20万人次访问网站。大赛开发谜题2104题，被猜中1715题，猜中题次24447题。参赛人数达3312人，有大陆和港台的，还有美国、新加坡、澳大利亚、俄罗斯、加拿大等国的。其中广东最多，为1952人。魏育涛以猜中934题夺冠，前8名分布广东、福建、江苏，还有100名入围奖，奖品为手机、电脑笔记本、电话机等。

12月19日，湖南省职工灯谜专业委员会成立大会在衡阳市工人文化宫举行。会后进行"迎澳门回归"灯谜赛，长沙、株洲、邵阳、衡阳等市和株洲冶炼厂、衡阳钢管厂等大型企业的代

第三章 改革开放至20世纪末的灯谜（1979年至2000年）

表30余人参加团体和个人赛。

2000年

2月22—25日，第五届福建省灯谜节暨第三届漳州中华灯谜艺术节在芗城区会展中心举行，省内和广东、广西、江西、湖南、河南、浙江、安徽、江苏、台湾、香港及新加坡的谜友100余人参加，进行了电控竞猜、笔试竞猜、论文交流、内部会猜和灯谜展猜。

5月11—16日，山东省青岛教师之家、青岛市灯谜学会（筹）主办"五月的风"全国灯谜邀请赛，北京、河北、山西、陕西、安徽、山东和青岛的30余位代表参加，进行了擂台赛、内部展猜、群众展猜、谜艺研讨和经验交流等活动。

6月20—21日，湖北省第13届职工谜会在荆门市举行，武汉、宜昌、黄石、荆州和东风汽车公司、武汉钢铁公司等地市、企业的13个代表队44人参加，进行了内部笔猜、命题创作、佳谜评选、经验交流、内部展猜、大众谜会。

7月5—27日，游子吟谜社主办第四届华清杯谜网对抗赛。游子吟谜社、南京、安阳、潮州、青岛、三明、南昌、淮阴、宜昌、沈阳、长春、临海、周口等13个队参赛，直接参与创作、猜射的有100多人。谜赛由网络服务器自行检测时间，显示不同页面。谜赛分四阶段进行，第一阶段5日至12日，各队熟悉赛场，输入己方10则谜题、谜底；第二阶段13日至21日，各队猜射其他各队的谜题共120题，输入答卷；第三阶段22日至26日，各队对其他各队的谜题进行评价，输入评分；第四阶段27日后，计算名次，公布结果。游子吟、安阳、潮州、沈阳、南昌、宜昌获团体猜射前6名，周口、游子吟、长春、安阳、沈阳、青岛获团体创作前6名，并评选佳谜7则。这次谜网赛集制谜竞赛和猜谜竞赛于一身，出题、猜射、评分等步骤全部由参赛队自行完成，参赛队与谜赛之间具有完全的互动性。在互联网的帮助下，一切进行得快捷稳妥，引起海内外谜界广泛关注。

7月20—23日，中华灯谜学会在陕西绥德县召开二届二次会议暨首届中华灯谜锦标赛，上海、天津、重庆、广东、河南、河北、安徽、辽宁、江西、福建等省市和台湾、香港的86人参加。锦标赛进行了团体赛和个人赛，石狮代表队获团体赛冠军。谜会期间还举行了中华灯谜学会第八次常委会、陕北谜学研究会一届一次会议，进行了谜作展猜、两岸谜友话友情等活动。

12月8—10日，河南省第13届职工灯谜大赛在郑州一棉公司举行，省内10多个市县50余人参加，进行了笔试、电控竞猜、自荐佳谜、命题创作。

12月18日，江苏省常熟徐市灯谜馆举行开馆仪式，苏州市、常熟市有关领导及多地谜友、当地群众300多人参加。参观灯谜馆后举办迎接新世纪"银海杯"江浙沪灯谜邀请赛，上海、南京、绍兴、苏州、太仓及徐市镇谜协的6支代表队参赛。

三、谜事活动兴盛的城市

1991—1993年，谜界热心人连续三年自发开展评选灯谜城的活动。

初次评选灯谜城时确定的选入条件是：（1）在1991年内举办过全国性、跨省、省级大型谜会者；（2）发生过值得载入史册的重大谜事者；（3）为加强海峡两岸和国际谜艺交流，作出显著贡献者；（4）市级领导对灯谜高度重视，亲自布置、参加，大力支持，使本市谜事有重大进展者；（5）全年不间断地开展多种形式的灯谜活动，参加人数众多，规模巨大，影响广泛，造成声势者；（6）灯谜组织在全市普及，各基层单位普遍重视，形成全年

"灯谜热"者；（7）有一群人坚持不懈从事灯谜事业，成绩卓越，受到谜界推崇和公认者。

1991年的评选活动由杨耀学发起，30余家油印谜刊联合评选。各家自由提名40余城，经投票评选出与第一批全国历史文化名城数目相同的1991年灯谜24城：北京、保定、沧州、丹东、上海、南京、淮阴、南昌、厦门、石狮、漳州、高雄、沙市、新乡、安阳、广州、潮州、珠海、贵阳、成都、乐山、重庆、宝鸡、兰州。其中，漳州、安阳、北京、高雄、保定五市全票获选。

1992年灯谜城评选活动由杨耀学、朱建铭主持，由投稿《当代青年灯谜精选》的100多位作者用贺年片形式进行，评选出1992年灯谜32城：澄海、丹东、漳州、保定、安阳、石狮、南通、开封、福州、天津、青岛、宜昌、南昌、上海、荆门、长沙、淮阴、北京、重庆、汕头、沈阳、武汉、贵定、乐山、香港、邯郸、苏州、九江、台北、三明、桂林、长治。

1993年灯谜城评选活动由杨耀学、李国安、侯增、袁杰、林清富主持，由金鸡、腾龙、银蛇、伏虎四个生肖谜社联合选出1993年灯谜5省：福建、广东、河南、台湾、辽宁；选出灯谜28城：安阳、丹东、漳州、上海、石狮、青岛、郑州、莆田、哈尔滨、高雄、襄樊、肇庆、香港、诏安、台南、北京、中山、保定、澄海、台北、重庆、周口、湖州、淮阴、陇西、镇江、沈阳、合肥。

第三节　灯谜组织

党的十一届三中全会后，灯谜社团发生新变化，灯谜组织发展兴旺。

20世纪70年代末,我国谜界组织主要延续50年代的"灯谜组"模式,80年代,以灯谜协会名义的灯谜组织开始出现。1994年8月22日,全国最大的灯谜学术机构——中国民间文艺家协会中华灯谜学术委员会成立。至此,从全国到省市到县乡镇,形成了灯谜组织体系。同时还有生肖谜社、宗亲谜社、行业谜社、企业谜社等各种类型的灯谜组织相继成立。灯谜走向网络后,国外国内先后成立网络谜社。灯谜组织兴旺和各种谜社共同发挥作用,使灯谜的发展势头持续不减,且持续到新世纪的灯谜繁荣。

1998年7月,中华灯谜学会评选出"中华十佳灯谜社团":漳州市灯谜协会、高雄市谜学研究会、上海市浦东灯谜协会、澄海市灯谜协会、南澳县灯谜协会、保定市灯谜协会、泰国潮州会馆灯谜组、甘肃西北铝合金加工厂灯谜协会、安阳市职工灯谜协会、莆田市第六中学青璜谜社。

一、中华灯谜学术委员会

1. 学会的筹备

1983年之后的一些大型谜会上,陆续有谜人呼吁成立全国性的灯谜组织。1987年10月的青岛"双星杯"谜会期间,与会谜人初步讨论了成立全国性灯谜组织的构想。1990年7月14至16日,中国民间文艺家协会委托中国谜报社在丹东市文联举办中华灯谜学会筹备会,来自15个省市自治区的灯谜社团代表参加。代表们酝酿了谜学会章程、代表、理事、常务理事名额及机构设置等有关事宜,讨论了成立大会的时间、地点等问题。

1991年6月,中华灯谜学会筹委会原拟在北京丰台举行中华灯谜学会成立大会,因审批手续未果,改为举办全国灯谜艺术研讨会。

1994年2月,中华灯谜学会成立大会筹委会在河北保定召开。会上组建的中国民协中华灯谜学会成立大会筹备委员会,林相泰任主任,刘雁云任副主任,章品任秘书长,高鸿泰任副秘书长,秘书处设在保定市。4月,在保定召开中华灯谜学会成立大会第二次筹备会。6月,又在保定召开成立大会全体工作人员会。

2. 学会成立及第一届组织机构和章程

1994年8月22—24日,中国民间文艺家协会中华灯谜学术委员会成立大会暨首届全国代表大会在保定举行,全国各省市自治区、香港、台湾以及来自新加坡的正式代表和荣誉代表、嘉宾、国手赛选手、特邀代表共计200余人与会。大会决定将常务理事会和秘书处设在河北省保定市。大会通过无记名投票,选举产生了理事会、常务理事会、组织机构和工作人员;大会通过了章程。

理事会、常务理事会、组织机构和工作人员名单

中华灯谜学会首届理事会83人:

民协:林相泰、刘蕴杰(女)、白旭旻;

谜报社:章品、关德安;

北京:翟鸿起、张孝武;

上海:胡安义、苏才果、江更生、金寅;

天津:陆克勤、邱淑芬(女)、许志龄;

河北:高鸿泰、韩万明、宋世荣、孙勃红(女);

山西:杨耀学;

内蒙古:钟建民;

辽宁:侯印、东有礼;

吉林：王谦、康大伟；

黑龙江：姜文清、侯康林；

江苏：汪寿林、汪永生、王正亮、朱墨今；

安徽：赵首成、翁德明、范淑敏（女）；

浙江：丛川（女）、章镳、葛志全、张礼鹤、汪德亨；

山东：吉其厚、傅国防、顾法培；

福建：张奕虎、杨梓章、方炳良、蔡芳、王燕惠、陆影（女）；

江西：余勇、周跃建；

湖南：敖耀寰、陈斌；

湖北：罗良铭、葛晓滨；

河南：李国安、刘二安、任全胜；

广东：郑百川、张哲源、胡三白、黄树基、刘安敬；

广西：叶国泉、侯南宁；

贵州：胡德怀；

海南：陈广；

四川：张顺社、周发仁；

云南：杨华廷、田光泽；

陕西：田鸿牛、陈光作；

甘肃：张志有、王安生；

宁夏：薛茂章；

青海：陈希浩、裴靖（女）；

新疆：李泰和；

西藏：陈清泉；

香港：刘雁云；

泰国：庄明伟；

台湾：李次高、陈联松；

第三章 改革开放至20世纪末的灯谜（1979年至2000年）

新加坡：叶少玲（女）。

中华灯谜学会首届常务理事会21人：

王谦、方炳良、田鸿牛、丛川（女）、白旭旻、刘雁云、刘蕴杰（女）、江更生、关德安、张奕虎、张哲源、汪永生、汪寿林、苏才果、杨梓章、林相泰、郑百川、胡安义、赵首成、高鸿泰、章品。

中华灯谜学会首届理事会组织机构和工作人员：

名誉会长：钟敬文。

名誉副会长：马汉南、冯君义、刘洪礼、李元、刘守信、柯国臻、陆滋源、吴仁泰、林尚义、沈志谦、卢一雄、萧瑾瑜、林宝才。

顾问：王学勤、郭龙春、苏温才、黄辉孝、周浊、陈以鸿、钱燕林、周问萍、张鹤绵、费之雄、陈振鹏、黄耀河、白福臻、张伯人、吴学平、郑泽生、王火山、黄叔麟、陈祖舜、杨海松、陈世禄、许永康、刘天佑。

法律顾问：李庆应、卢立祥。

会长：林相泰。

副会长：刘雁云、章品、郑百川、刘蕴杰（女）、张奕虎、胡安义、丛川（女）。

秘书长：章品（兼），常务副秘书长：高鸿泰、白旭旻，副秘书长：张哲源、杨梓章、田鸿牛、王正亮。

组联部部长：胡安义，常务副部长：王谦，副部长：余勇、敖耀寰、侯印、孙勃红（女）。

学术部部长：郑百川，常务副部长：赵首成，副部长：汪永生、张志有、叶国泉、蔡芳、范胜雄、林仲杰。

宣传部部长：张奕虎，常务副部长：关德安，副部长：朱墨兮、刘二安、瞿鸿起、杨耀学。

竞赛部部长：汪寿林，常务副部长：方炳良，副部长：侯康林、葛志全、章镳、苏才果。

外联部部长：刘雁云，常务副部长：李次高，副部长：陈联松、庄明伟、叶少玲（女）。

第一届会员代表大会通过的《中国民间文艺家协会中华灯谜学术委员会章程（试行）》总则明确：中华灯谜学术委员会是隶属于中国民间文艺家协会的专业委员会，是进行灯谜学术研究、从事灯谜创作、开展灯谜活动的群众性学术团体。其宗旨是：继承和弘扬中华民族优秀传统文化，贯彻和执行"百花齐放，百家争鸣"的文艺方针，组织和团结海内外灯谜爱好者，为繁荣和振兴中华灯谜事业做出积极贡献。其职能任务是：从事灯谜理论研究，开展谜史、谜理、谜艺等各种研讨工作，组织编写、出版各种灯谜优秀作品和论著；普及灯谜知识，繁荣灯谜创作，组织各种类型的谜事活动。《章程》规定：凡承认本会章程，在灯谜创作、理论研究、谜事活动方面有一定成绩和贡献的个人，经常务委员会批准，即可成为会员。会员有遵守本会章程、按时交纳会费、及时完成本会交办的工作的义务。有选举权和被选举权，有对本会工作提出建议和批评的权力。《中华谜报》为学会机关报。会址设在北京。

3. 学会第二次大会及第二届组织机构

1998年10月，中华灯谜学会第二次全国代表大会在广东南澳"名商游艇杯1998中国国际灯谜大赛"期间举行，进行换届选举，产生了第二届理事会组织机构。

第三章 改革开放至20世纪末的灯谜（1979年至2000年）

中华灯谜学会第二届理事会（103人）

民协：林相泰、刘蕴杰（女）；

北京：李飞鸿、翟鸿起、崔慧明；

上海：胡安义、金寅、袁先寿；

天津：陆克勤、徐志龄；

重庆：张顺社、张践；

河北：高鸿泰、韩万明、宋世荣、龙吉江、孙勃红（女）；

山西：杨耀学、卫斌虎；

内蒙古：钟建民、王建民；

辽宁：章品、侯印、关德安、王永珊；

吉林：王谦、康大伟、董书祥；

黑龙江：姜文清、冯汉臣、侯康林；

江苏：王正亮、朱建铭、汪永生、俞涌、王子安、李保华；

安徽：赵首成、范淑敏（女）、翁德明；

浙江：丛川（女）、章镳、葛志全、张礼鹤、汪德亨、周震康；

山东：郑惠民、傅国防、侯增、辞明；

福建：张奕虎、杨梓章、方炳良、王燕惠（女）、许祯祥、蔡芳；

江西：余勇、周跃建、刘建朝；

湖南：敖耀寰、曹晓耕、舒放、万建明、柳忠良；

湖北：葛晓滨、杜心宁、王先文；

河南：刘二安、李国安、罗营东；

广东：郑百川、黄辉孝、张哲源、黄树基、胡三白、王绍宽、鄞镇凯；

广西：叶国泉、廖西川、林仕福、侯南宁；

贵州：胡德怀、黄光荣；

海南：梁同坤；

四川：周发仁、蔡元俊、王德海、兰自涛；

云南：田光泽、杨华廷；

陕西：田鸿牛、陈光作、李国元；

甘肃：张志有、王安生、李建斌；

宁夏：苏德友、薛茂章；

青海：裴靖（女）；

新疆：李泰和、郭亚军；

西藏：陈清泉；

香港：刘雁云、蔡经湘。

中华灯谜学会第二届常务理事会28人：

方炳良、王正亮、田鸿牛、叶国泉、丛川（女）、关德安、刘二安、刘雁云、刘蕴杰（女）、宋世荣、李飞鸿、张奕虎、张哲源、杨梓章、杨耀学、余勇、郑百川、林相泰、金寅、赵首成、胡安义、俞涌、姜文清、高鸿泰、敖耀寰、黄辉孝、章品、章镳。

中华灯谜学会第二届会长办公会议成员15人：

林相泰、刘雁云、章品、郑百川、黄辉孝、刘蕴杰（女）、丛川（女）、胡安义、高鸿泰、杨梓章、张哲源、田鸿牛、王正亮、方炳良、张奕虎。

中华灯谜学会第二届理事会组织机构和工作人员：

名誉会长：胡珍、马汉南。

名誉副会长：吴仁泰、陆滋源、柯国臻、沈志谦、卢一雄、林宝才、刘守信。

第三章 改革开放至20世纪末的灯谜（1979年至2000年）

顾问：王学勤、郭龙春、周浊、陈以鸿、钱燕林、周问萍、张鹤绵、白福臻、张伯人、费之雄、陈振鹏、吴学平、郑泽生、杨海松、黄耀河、黄叔麟、王火山、陈祖舜、刘天佑、苏寿真、杨焕文、汪寿林、林尚义、江更生、唐毓龙、宋胜林、苏才果。

法律顾问：李庆应、卢立祥。

会长：林相泰。

副会长：刘雁云、章品、郑百川、黄辉孝、刘蕴杰（女）、张奕虎、胡安义、丛川（女）。

秘书长：章品（兼），常务副秘书长：高鸿泰、杨梓章，副秘书长：张哲源、田鸿牛、王正亮。

组联部部长：胡安义（兼），副部长：敖耀寰、余勇、孙勃红（女）、侯印。

宣传部部长：张奕虎（兼），副部长：宋世荣、许祯祥、关德安、俞涌。

学术部部长：郑百川（兼），副部长：赵首成、叶国泉、张志有、林仲杰、范胜雄。

竞赛部部长：方炳良，副部长：章镛、蔡芳、张礼鹤、朱建铭。

外联部部长：刘雁云（兼），副部长：李次高、庄明伟、黄俊琪。

二、全国职工灯谜联谊会

1997年3月27日，在全国七大古都暨部分城市工人文化宫职工文化交流活动筹备会上，召开了全国职工灯谜座谈会。与会代表交流了开展职工灯谜活动的情况，大家一致认为，工会系统应建立一个全国职工灯谜联络机构，以指导协调全国职工灯谜活动。座谈会逐条讨论了章程。座谈会后，全国总工会宣教部文化处向各直辖市、省会及部分城市工人文化宫下发了《关于成立全国职工灯谜联谊会的通知》和《全国工人文化宫职工灯谜联谊会章程（讨论稿）》等。

《章程》明确：全国工人文化宫职工灯谜联谊会（简称全国职工灯谜联谊会）是中华全国总工会宣教部指导、宣教部文化处具体指导下的，由全国工人文化宫及所属灯谜社团自愿参加的联络机构，以促进职工灯谜活动，繁荣职工文化事业为目的。全国职工灯谜联谊会由全总宣教部文化处暂委托安阳市工人文化宫办理日常事务。联谊会会员为团体会员制，由各地工人文化宫、俱乐部、大中型企业工会及所属灯谜社团组成。

1997年5月28日至6月1日，在安阳市举行的1997全国城市职工灯谜邀请赛期间，正式成立了全国工人文化宫职工灯谜联谊会。

全国职工灯谜联谊会的首批团体会员为：北京市劳动人民文化宫、天津市职工灯谜协会、长沙市工人文化宫楚湘谜苑、石家庄市总工会第一工人文化宫、贵阳市职工灯谜协会、河南省工人文化宫、安阳市工人文化宫、海口市灯谜协会、汕头特区职工灯谜协会、常州市职工灯谜协会、无锡市工人文化宫职工谜协、无锡市太湖职工谜联社、柳州市职工灯谜协会、南宁市工人文化宫、南昌市职工灯谜协会、合肥地区职工灯谜爱好者协会、福州市工人文化宫、衡阳市工人文化宫灯谜专业委员会、邯郸市职工灯谜协会、泉州市职工灯谜协会、厦门市职工灯谜协会、淮阴市工人文化宫职工灯谜协会、哈尔滨东北轻合金加工厂谜协。

全国职工灯谜联谊会的组织架构与人员为：

会长：马恩成（全总宣教部文化处副处长）。

秘书长：朱希鸣（安阳市工人文化宫主任）。

第三章 改革开放至20世纪末的灯谜（1979年至2000年）

顾问委员会：张铁林（北京市劳动人民文化宫副主任）、陈元忠（天津市第二工人文化宫副主任）、邓伯勋（长沙市工人文化宫主任）、赵培根（石家庄市一宫副主任）、周荫中（贵阳市工人文化宫副主任）、李玉（河南省工人文化宫主任）、陈世培（海口市工人文化宫副主任）、陈永钦（汕头市工人文化宫主任）、苏伟健（常州市文化宫俱协副主任）、金秋萍（无锡市工人文化宫主任）、苏关兴（无锡市太湖工人文化宫主任）、朱翠莲（南宁市工人文化宫主任）、李卫东（柳州市工人文化宫副主任）、欧阳伏环（南昌市工人文化宫副主任）、许志远（合肥市工人文化宫主任）、曾生力（福州市工人文化宫副主任）、李心谷（衡阳市工人文化宫主任）、李静水（邯郸市工人文化宫主任）、曾文钦（泉州市工人文化宫副主任、书记）、苏梦麟（厦门市工人文化宫副主任）、王宝根（淮阴市职工谜协秘书长）、张泽仁（东北轻合金加工厂工会主席）。

组织委员会：韩小园（北京）、肖素华（天津）、陈米德（长沙）、路文（石家庄）、余国庆（贵阳）、田密生（郑州）、卢智超（海口）、关雅娟（汕头）、袁松海（常州）、廉明（无锡）、王子安（无锡）、黄曼林（柳州）、侯南宁（南宁）、涂远峰（南昌）、范淑敏（合肥）、张长光（福州）、王志明（衡阳）、王旭东（邯郸）、吴永亮（泉州）、张金城（厦门）、易中（淮阴）、冯汉臣（东北轻合金加工厂）、刘二安（安阳）。

艺术委员会：崔慧明（北京）、严宗达（天津）、敖耀寰（长沙）、徐湛（石家庄）、张劲（贵阳）、李国安（郑州）、梁同坤（海口）、鄞镇凯（汕头）、张士斌（常州）、王子安（无锡）、孟跃进（无锡）、刘建才（柳州）、叶国泉（南宁）、余勇（南昌）、吴仁泰（合肥）、谢复华（福州）、曹晓耕（衡阳）、刘英魁（邯郸）、陈光亮（泉州）、林有福（厦门）、朱墨兮（淮阴）、赵殿阶（东北轻合金加工厂）、杨声远（安阳）。

三、省域属地灯谜组织

省域属地灯谜组织一般由两条线主管，组织名称中有"职工""工人文化宫""俱乐部"字样的，通常由工会主管，组织名称中没有这类字样，直接以省市县区冠名的，大多数由文化管理部门主管或文联等社团所辖，少数由工会或其他单位组织管理。

这一时期，新成立的灯谜组织很多，重组、更名、升格的也络绎不绝。

1. 北京

北京市职工灯谜协会，1985年2月6日成立。

北京市劳动人民文化宫灯谜组（北京职工灯谜创作组），1979年恢复活动。1983年2月荣获"北京市精神文明1982年先进集体标兵"称号，出席在人民大会堂召开的表彰大会。

北京市东风市场工会灯谜组，1984年1月成立。

北京市东城区灯谜协会，1988年2月10日成立。

东方文化馆灯谜学委员会，1993年9月成立。

北京灯谜爱好者联谊会（筹），1994年12月成立；北京市群众文化学会谜友联谊会，1996年成立。

北京九龙山商场九龙灯谜俱乐部，1995年12月26日成立。

2. 天津

天津市职工灯谜协会，1982年成立。

天津市职工灯谜研究会，1986年5月成立，前身是天津市第一工人文化宫灯谜研究组。

天津市职工文化协会灯谜联谊会，1992年6月20日成立。前身是天津市第二工人文化宫灯谜组。

3. 河北

河北省灯谜学会，1989年12月26日在沧州市成立。

河北省职工灯谜协会（河北省职工谜学联合会），1999年成立。

张家口市灯谜学会，1990年成立。

沧州市工人俱乐部灯谜研究组，1983年10月成立。沧州市文学艺术界联合会灯谜学社，1985年10月成立。

唐山机车车辆工厂工人文化宫灯谜组，1985年4月成立。

邢台市职工灯谜协会，1987年1月14日成立。

邯郸市职工灯谜协会，1987年8月26日成立。

石家庄市职工灯谜协会，1990年10月1日成立。华北制药厂职工灯谜协会，同年11月27日成立。石家庄市灯谜学会，1991年8月18日成立。石家庄市拖拉机厂职工灯谜协会，同年9月11日成立。

保定市灯谜学会，1991年12月24日成立。

秦皇岛市职工灯谜协会，1995年成立。

4. 山西

山西省灯谜学会，1999年2月27日成立。

太原工人文化宫灯谜组（太原市职工业余灯谜组），1983年1月28日成立。

太原重型机器厂灯谜组，1983年7月22日成立。太原重型机器厂灯谜协会，1986年5月1日成立。

太原市青年宫灯谜研究组，1985年10月5日成立。

太原市灯谜学会，1988年4月17日成立。

5. 内蒙古

赤峰市红山谜社，1991年1月29日成立。

6. 辽宁

辽宁省灯谜学会（辽宁省灯谜学术委员会），1995年1月14日成立。

沈阳市职工灯谜协会，1984年12月成立，前身为沈阳市工人文化宫灯谜研究组。沈阳市灯谜学会，1985年4月1日成立。沈阳市和平区文化馆灯谜研究组，1979年成立。沈阳市和平区灯谜学会，1991年成立。沈阳市沈河文化馆灯谜研究组、沈阳市大东区工人俱乐部谜语研究小组、沈阳飞机制造公司文化宫灯谜组，活动于20世纪八九十年代。沈阳市邮政灯谜组，1980年初成立。沈阳松陵公司文化宫灯谜研究组，1981年9月15日成立。辽宁省沈阳市铁西区建筑工程公司谜社，1985年5月17日成立。沈阳市汇文灯谜俱乐部，1996年7月12日成立。

丹东市职工灯谜协会，1984年8月25日成立。谜协吸收鸭绿江造纸厂职工灯谜协会（1983年9月成立）、钢管厂、机床厂、丝绸二厂、市第四中学等工会灯谜组和振兴区文化馆绿水谜社（1983年12月15日成立）为团体会员，谜协骨干为1983年1月创建的市劳动宫业余灯谜研究组。丹东市灯谜学会，1986年12月16日成立。丹东市青少年灯谜学会，1987年1月25日成立。沈阳铁路局丹东铁路分局职工灯谜协会，1992年7月成立，前身为丹东铁路分局铁流谜社，始建于1990年5月。东沟县东港谜社，1993年7月4日成立。

辽阳市职工灯谜协会，1985年2月14日成立。

锦州市职工灯谜协会，1985年5月26日成立，前身为锦州市工人文化宫灯谜小组，始建于1982年。

营口县蟠龙谜社，1987年5月1日成立。盖州市职工灯谜协会，1992年3月10日成立。盖州市灯谜学会，1993年2月成立。大石桥市灯谜学会，1983年1月29日成立。

大连市职工灯谜协会，1989年10月1日成立，前身为大连市工人文化宫灯谜组。大连市辐条厂蓝天谜社，1987年10月1日成立。

7. 吉林

长春市职工灯谜爱好者协会，1982年1月18日成立。长春第一汽车制造厂灯谜协会，1984年4月29日成立，前身为长春第一汽车制造厂工人文化宫业余灯谜研究组，始建于1980年2月。长春拖拉机制造厂灯谜协会，1986年11月22日成立。九台县营城镇灯谜爱好者协会，1984年1月21日成立。九台县星火谜社，1987年7月1日成立。

白城地区灯谜学社，1989年8月1日成立。大安县灯谜协会，1984年3月成立。镇赉七星谜社，1989年1月1日成立。镇赉县灯谜爱好者协会，1989年5月1日成立。

通化市灯谜学会，2000年5月成立。

8. 黑龙江

黑龙江省民间文艺家协会灯谜专业委员会，1993年12月25日在哈尔滨成立。

哈尔滨市灯谜协会，1986年2月23日成立。哈尔滨市灯谜学会，1988年2月26日成立。哈尔滨东北轻合金加工厂业余灯谜组，1982年11月3日成立。哈尔滨飞机制造公司灯谜组、哈尔滨伟建机器制造公司灯谜组，1985年9月成立。哈尔滨市平房区灯谜协会，1987年11月19日成立。

佳木斯市灯谜协会，1986年9月18日成立。佳木斯市工人文化宫业余职工谜语研究组，1981年成立。

牡丹江市灯谜协会，1994年12月28日成立。

绥化市灯谜学会，1998年9月22日成立。兰西县灯谜协会，1994年11月15日成立。

齐齐哈尔车辆工厂职工之友联谊会灯谜协会，1984年4月23日成立，前身是灯谜研究小组。

9. 上海

上海市职工灯谜协会，20世纪80年代成立。前身为1979年6月成立的上海市工人文化宫灯谜组。90年代以上海东方谜院的名义开展活动。

卢湾区工人俱乐部灯谜组，1980年1月1日成立。

沪东工人文化宫灯谜组，20世纪80年代初成立。

黄浦区文化馆灯谜之友社，1981年7月5日成立。

浦东文化馆灯谜爱好者协会，1981年9月13日成立，前身为浦东文化馆灯谜创作研究组。

徐汇区工人俱乐部灯谜组，1982年4月成立。

闸北区工人俱乐部灯谜组，1983年11月成立。

上海市青年灯谜学会，1986年9月成立。上海市青年宫灯谜创作组，80年代初成立。

虹口区灯谜爱好者协会，1987年2月14日成立。

上海市红星阀门厂灯谜组，1985年5月1日成立。

上海第三钢铁厂职工灯谜协会，1985年12月成立。

上海市芙蓉花谜室，1986年成立的民间灯谜组。

上海港灯谜协会，1987年3月17日成立。

上海市石油化工总厂灯谜协会，1987年10月14日成立。

上海於菟谜社,80年代中期成立。

10. 江苏

江苏省职工灯谜协会,1989年7月15日成立,办事机构设在镇江市工人文化宫。

南京市职工灯谜协会,1988年10月1日成立,前身为南京市职工业余灯谜研究组(南京市工人文化宫灯谜组)。南京扬子石油化工公司灯谜协会,1992年5月27日成立。南京新世纪灯谜沙龙,1995年5月6日成立。

苏州市职工灯谜研究会(苏州市职工文化体育协会灯谜专业委员会),1986年9月1日由苏州市工人文化宫灯谜组改名。苏州市谜学研究会(苏州市民间文艺家协会谜学分会),1994年11月成立。苏州市青年灯谜学会,1990年1月1日成立。吴江市老干部局青松谜社,1997年成立。太仓县浏河镇文化站谜海一粟灯谜组,1979年10月成立。太仓利泰纺织厂灯谜协会,1981年初成立。太仓县总工会职工灯谜兴趣协会,1985年8月成立。太仓县文联灯谜研究会,1987年9月成立。江苏望亭发电厂灯谜组,1983年3月成立。

南通市职工灯谜协会(南通市劳动人民文化宫职工灯谜会),1985年5月1日改名,前身为1978年成立的南通市职工灯谜研究小组。南通县灯谜协会,1988年8月成立,前身为南通县灯谜研究组,始建于1985年1月。南通市青年灯谜研究会,1988年9月24日成立。南通长江联谜社,1989年4月初成立。南通市唐闸文化宫灯谜协会,1989年5月1日成立。兴仁灯谜之友社,1985年10月成立。如皋市职工灯谜协会,80年代成立。

扬州市工人文化宫灯谜组,1979年10月成立。

无锡市工人文化宫灯谜协会,1987年成立,前身为无锡市工人文化宫灯谜研究组，始建于 1980 年 5 月。无锡市太湖职工谜联社，1986 年 12 月成立。

常熟市工人文化宫灯谜研究会，1983 年 4 月成立，前身为常熟市工人文化宫灯谜组。常熟市职工灯谜协会，1991 年 5 月 6 日成立。常熟印染总厂工人俱乐部灯谜创作组，1983 年 6 月成立。常熟市徐市镇灯谜协会，1998 年 3 月 1 日由常熟县徐市文化站灯谜组升格成立。

淮阴市工人文化宫灯谜组，1983 年成立，1989 年国庆节改组成职工灯谜协会。

镇江市职工灯谜协会，1984 年 11 月 1 日成立。镇江市建筑材料厂工会灯谜组，1984 年 5 月 1 日成立。镇江市青年灯谜协会，1994 年 6 月 11 日成立，同时在市青年宫成立镇江市青年灯谜俱乐部。丹阳职工灯谜协会，1985 年 5 月成立。丹阳市云阳谜社，1989 年 4 月 27 日成立。

泰州市工人文化宫灯谜组，80 年代初期成立。兴化县职工灯谜协会，1987 年 12 月 10 日成立，前身为县工人文化宫灯谜组。兴化县文化馆楚水谜社，80 年代中期成立。

徐州市职工灯谜协会，1987 年 1 月 24 日成立。

盐城市灯谜协会，1989 年 4 月 3 日成立。

连云港市职工灯谜协会，1990 年春成立。

常州市职工灯谜协会，90 年代初成立。常州市戚电厂职工灯谜协会，1993 年 2 月 15 日成立。

11. 浙江

杭州市工人文化宫灯谜研究组（后为杭州市职工灯谜研究会），1984 年 4 月 24 日成立。

绍兴市职工灯谜协会，1985 年 10 月 1 日成立，前身为市工人文化宫灯谜组，始建于 1980 年 8 月 27 日。绍兴钢铁厂灯谜协会，1992 年 3 月 22 日成立。

湖州市文化馆灯谜组，1982 年 10 月 30 日成立。湖州市工人文化宫灯谜组（后为湖州市职工灯谜协会），1983 年 10 月 20 日成立。湖州市菱湖化工厂工人俱乐部灯谜组，1982 年元旦成立。湖州市菱湖镇工人俱乐部景阳岗灯谜组，1982 年 7 月 15 日成立，前身为湖州市菱湖镇工人俱乐部灯谜组。长兴县职工灯谜协会，1987 年 9 月 29 日成立。

温州市职工灯谜协会，1986 年 4 月 20 日成立，前身为温州市工人文化宫灯谜组。温州市灯谜学会，1989 年 6 月 4 日成立。温州冶金机械厂灯谜小组，1980 年 5 月 1 日成立。平阳县灯谜协会，1990 年 5 月 1 日成立。

宁波市职工灯谜协会，1986 年 8 月 31 日成立，前身为宁波市工人文化宫灯谜组，始建于 1980 年 10 月。

上虞市工人文化宫灯谜兴趣小组，1984 年 5 月成立，1985 年 7 月更名为上虞市工人文化宫职工灯谜小组。上虞市民间文学工作者协会灯谜分会，1991 年 12 月成立。

兰溪市工人文化宫灯谜组，1986 年中秋节成立。

舟山市灯谜协会（筹）1987 年 4 月 13 日成立。舟山市定海区职工灯谜协会，1991 年 6 月 1 日成立，前身为定海县工人俱乐部灯谜组。

黄岩县灯谜协会，1987 年 9 月 24 日成立，前身为黄岩县工人俱乐部灯谜组，始建于 20 世纪 70 年代末。温岭市灯谜协会，1994 年 5 月 1 日成立。

临海市灯谜协会，1995 年成立。

丽水市莲都区职工灯谜协会，2000 年 10 月 22 日成立。

12. 安徽

合肥市工人文化宫灯谜研究组，1981年9月成立；1983年8月更名为合肥市职工灯谜爱好者协会；2000年成立合肥市灯谜协会。

六安市业余灯谜组，1982年1月成立；六安市职工灯谜协会，1983年9月25日成立。六安淠河化肥厂业余灯谜组，1980年3月成立。六安市三里桥文化站灯谜组，1980年5月成立。

芜湖市灯谜研究会，1987年2月12日成立，前身为芜湖市群众艺术馆灯谜组。

马鞍山市职工爱谜协会，1987年10月成立。

马鞍山市工人文化宫灯谜组、马鞍山钢铁公司第一烧结机厂职工爱谜协会、铜陵市工人文化宫灯谜组、贵池总工会工人俱乐部灯谜组，20世纪80年代成立。

安徽省地矿局332地质队工会山花灯谜组，1987年元旦成立。

五河县灯谜爱好者协会，1991年3月23日成立。

安庆市灯谜学会，1997年1月成立。

13. 福建

福建省灯谜协会，1990年10月3日成立。福建省职工灯谜协会，1994年5月13日成立。福建省青少年灯谜协会，1989年5月成立。

福州市灯谜协会，1985年10月1日成立，前身为福州市工人文化宫灯谜组。罗源县凤山谜社，1983年3月成立，2014年更名为罗源县灯谜协会。

厦门市职工谜社，1982年10月17日成立，前身为厦门市工人文化宫业余灯谜组。厦门市职工灯谜协会，1994年5月13日成立。同安县职工灯谜协会，1990年5月1日成立。

第三章 改革开放至 20 世纪末的灯谜（1979 年至 2000 年）

漳州市灯谜协会（下设漳州职工灯谜协会、漳州师院灯谜协会），1981年5月20日成立，被评为20世纪十大谜社之一。漳州糖厂灯谜协会，1986年5月1日成立。漳州市青少年灯谜协会，1988年1月16日成立。东山县灯谜工作者协会，1988年9月20日成立，前身为东山县灯谜研究组，始建于1980年1月。东山灯谜社，1994年2月成立。诏安县文化馆灯谜组，1980年5月成立。诏安县青少年灯谜协会，1990年5月20日成立。诏安县灯谜协会，1992年12月20日成立。龙海县灯谜爱好者协会（龙海县灯谜协会），1983年1月8日成立。龙海县青年灯谜学会，1989年8月20日成立。云霄县业余灯谜兴趣小组，1979年成立。云霄县青少年灯谜协会，1993年9月成立。南靖县坐山谜伍，1981年成立。南靖县灯谜协会，1986年9月30日成立。漳浦县文化馆业余灯谜组，1980年2月成立。漳浦县绥城灯谜组，1983年7月1日成立。漳浦青少年灯谜协会，1989年10月1日成立。长泰县文化馆业余灯谜组，1983年春节成立。华安县文化馆谜组，80年代初成立。

南平市职工灯谜协会，1984年10月4日成立。南平市青少年灯谜协会，1990年5月4日成立。南平造纸厂职工灯谜协会，1984年成立。邵武市邵武煤矿职工灯谜协会，1987年5月1日成立。福建沙溪口水力发电厂职工灯谜协会，1992年2月25日成立。

三明市工人文化宫灯谜组，1980年2月成立，1987年12月18日改名为三明市职工灯谜协会。三明市灯谜协会，1989年12月17日成立。三明市灯谜学会，1992年11月22日成立。三明化工总厂合成氨厂山花谜社，1982年11月成立。三明市农药厂灯谜协会，1988年5月1日成立。三明钢铁厂谜社，1989年12月成立。永安市燕江谜社，1985年7月1日成立，前身为永安市文化馆灯谜组，始建于 1984 年 3 月。永安市职工灯谜协会，1990 年 9 月 28 日成立。福建化纤化工厂职工灯谜协会，1991 年 1 月 10 日成立，前身为福建维尼纶厂职工灯谜组，始建于 1984 年 3 月。

泉州市工人文化宫灯谜组，1979 年 2 月成立，后为泉州市职工灯谜协会。泉州第二制药厂灯谜组，20 世纪 80 年代初成立。泉州市鲤城区文化馆刺桐谜社，1991 年 9 月成立，前身为泉州市文化馆灯谜组。晋江县灯谜爱好者协会，1986 年 5 月 25 日成立。晋江县安海鸿江谜社，1983 年 5 月成立，前身为安海文化宫灯谜组。石狮市灯谜协会，1989 年 9 月 14 日成立。石狮市蚶江侨乡谜社，1988 年 3 月 27 日成立，前身为 1979 年成立的晋江县蚶江灯谜组（在香港设立分组）。南安县向阳谜社，1990 年 12 月成立。东石龙江谜社，1990 年成立。晋江市深沪镇灯谜协会，1993 年成立。石狮市永宁镇鳌城谜社，1995 年 10 月 9 日成立。惠安县职工谜协，1996 年 3 月 4 日成立。

龙岩市职工灯谜协会，1985 年 5 月 1 日成立，前身为龙岩市工人文化宫灯谜组，始建于 1979 年 10 月。龙岩市灯谜协会，1990 年 1 月 7 日成立。龙岩市青少年灯谜协会，1989 年 11 月 12 日成立。漳平市灯谜协会，1991 年 12 月 1 日成立。

宁德市灯谜协会，1992 年 5 月成立。宁德市蕉城区灯谜协会、福鼎县文化馆灯谜组，1985 年 5 月成立，撤县设市后成立福鼎市灯谜协会。柘荣县灯谜协会，1990 年成立。

莆田县文化馆业余灯谜创作组（莆田县文化馆灯谜组），1981 年 12 月成立。莆田函关谜社，1987 年 5 月 1 日成立。莆田市涵江灯谜协会（下属有文化馆灯谜组、青璜灯谜组、望江灯谜组），1992 年成立。

第三章　改革开放至 20 世纪末的灯谜（1979 年至 2000 年）

14. 江西

江西省灯谜学会，1991 年 2 月 27 日成立，社团登记更名为江西省民间文艺家协会灯谜专业委员会。

南昌市工人文化宫灯谜组，1979 年成立。南昌飞机制造公司灯谜协会，20 世纪 80 年代成立。南昌卷烟厂职工灯谜协会，1993 年 6 月 7 日成立。南昌铁路局火车头文化艺术学会谜语分会，1997 年 10 月 26 日成立。

九江市工人文化宫灯谜组，1981 年 12 月成立。九江市职工灯谜协会，1992 年 4 月 26 日成立。九江锁江楼发电厂职工灯谜协会，1991 年 11 月成立。

景德镇市工人文化宫灯谜小组，20 世纪 80 年代初成立。

抚州市工人文化宫灯谜组，1981 年成立。金溪县仰山谜社，1995 年元旦成立。金溪县灯谜协会，2000 年 9 月 22 日成立。

赣州市工人文化宫灯谜研究组，20 世纪 80 年代初成立。赣州市文联灯谜协会，1987 年 12 月 19 日成立。

15. 山东

济南市灯谜协会，1998 年成立。济南铁路文化宫火车头灯谜协会，1987 年 10 月 1 日成立，前身为济南铁路文化宫灯谜研讨小组，始建于 1986 年 8 月。

青岛市职工灯谜协会，1988 年 12 月 28 日成立，前身为青岛市工人文化宫灯谜组。

莒南县职工灯谜爱好者协会，1987 年 9 月 30 日成立，前身为莒南县工人文化宫灯谜组，始建于 1983 年 10 月。

16. 河南

河南省民间文艺家协会灯谜学委员会，1992 年 11 月 4 日成立，前身为河南省职工灯谜研究会，成立于1988年9月29日。

郑州市职工谜语协会（市职工文联分会），1986年1月25日成立。郑州市职工灯谜协会，1986年8月成立。郑州纺织机械厂职工谜语协会，1986年4月17日成立。郑州国棉三厂工会谜协，20世纪80年代成立。郑州印染厂灯谜协会，1990年4月23日成立。郑州市归元谜社，1991年1月1日成立。

洛阳市工人文化宫灯谜协会，1985年8月19日成立，前身为洛阳市工人文化宫灯谜组。

南阳市职工灯谜协会，1983年由南阳市工人文化宫职工灯谜小组转化成立。南阳机场民航第十六飞行大队灯谜协会，1991年4月成立。

安阳市职工灯谜协会，1987年5月31日成立。安阳市灯谜学会，1988年7月7日成立。

开封市职工灯谜协会，1987年10月31日成立，前身为开封市工人俱乐部职工灯谜组。开封塑料厂黄河谜社，1989年9月14日成立。

信阳市职工灯谜协会，1989年8月24日成立。信阳地区汽车运输公司职工灯谜联谊社，1989年7月5日成立。

三门峡市灯谜学会，1990年2月18日成立。三门峡水工机械厂水工谜泉灯谜组，1984年5月1日成立。

焦作市谜语楹联协会，1991年4月3日成立。

新乡市职工灯谜协会，1991年5月成立。

周口市职工灯谜协会，1992年5月1日成立。周口市灯谜学会，1996年10月18日成立。周口地区味精厂职工谜协，1990年5月1日成立。扶沟县谜语协会，1993年成立。

平顶山市职工谜协，1998年10月13日成立。

南召县灯谜协会，1986年成立。

17. 湖北

湖北省职工灯谜协会，1990年10月19日成立。

武汉市总工会硚口工人文化宫灯谜协会，1986年11月30日成立，前身为硚口工人文化宫灯谜组，1980年恢复活动。武汉市武昌工人文化宫楚天谜社，1987年成立，前身为武昌工人文化宫灯谜组，1979年恢复活动。武汉市总工会琴台工人文化宫灯谜研究组，1980年3月成立。武汉第二棉纺厂职工谜组，1984年5月1日成立。武汉第三棉纺厂职工灯谜组，1984年5月16日成立。武钢灯谜协会，1989年成立。

宜昌市职工灯谜协会，1987年5月27日成立，前身为宜昌市工人文化宫灯谜组，始建于1984年3月19日。宜昌市灯谜协会，1990年5月1日成立。宜昌市益寿谜社，成员为离退休老干部，1988年7月1日成立。

沙市市职工灯谜协会，1986年7月10日成立。

黄石市工人文化宫职工灯谜协会，20世纪80年代成立。

第二汽车制造厂灯谜协会，1986年7月5日成立。

18. 湖南

湖南省职工文化协会灯谜楹联专业委员会，1999年12月19日在衡阳市工人文化宫成立。

长沙市灯谜研究会，1999年1月成立。长沙市工人文化宫枫林谜苑，1980年成立。长沙市工人文化宫灯谜组，1980年成立。长沙市工人文化宫楚湘谜苑，1989年成立。

邵阳市灯谜协会，1986年12月30日成立，前身为邵阳市职工灯谜研究组。

衡阳市职工文化协会职工灯谜专业委员会，1985年5月成立。衡阳市职工灯谜协会，1987年2月10日成立。衡阳钢管厂职工灯谜协会，1987年5月1日成立。衡阳有色冶金机械总厂职工业余兴趣协会灯谜协会，1990年3月成立，前身为1988年成立的厂职工业余灯谜兴趣组。衡阳江雁机械厂灯谜协会，20世纪90年代中期成立。

株洲市职工灯谜协会，1986年5月1日成立。株洲市民间文艺家协会灯谜学会，1998年9月成立。株洲化学工业集团公司职工灯谜协会，1992年2月成立。株洲谜协电力机车工厂文化宫灯谜组、株洲冶炼厂职工灯谜协会、湘江氮肥厂职工灯谜协会，20世纪80年代后期、90年代初成立。

湘潭市工人文化宫灯谜组、涟源钢铁厂职工灯谜协会，津市市灯谜协会，沅江市灯谜协会，20世纪80年代成立。桂阳县楚南谜社，20世纪90年代成立。

19. 广东

广东省灯谜学会，1989年1月在中山市成立，1991年5月更名为广东省谜学研究会。

广东省职工灯谜协会，1989年成立，会址设汕头市工人文化宫。

广州市职工灯谜协会，1987年2月17日成立。广州市灯谜学会，1987年7月27日成立。广州嘤鸣灯谜社，1982年由广州市东山区文联重组。广州市东山区灯谜学会，1989年12月9日成立。广州市第二工人文化宫灯谜俱乐部，1986年6月成立。广州小精灵灯谜队（青少年组成），1996年6月1日在广州市儿童活动中心成立。

深圳市工人灯谜协会，1985年12月25日成立。

潮州市文联灯谜研究会，1982年10月12日成立。潮州市灯谜协会，1984年8月8日成立。潮州市职工灯谜协会，1989

第三章 改革开放至 20 世纪末的灯谜（1979 年至 2000 年）

年 5 月 2 日成立。潮安枫溪镇云步灯谜组（潮州市枫溪区云步灯谜组），1984 年 9 月 15 日成立。潮州市枫溪灯谜协会，1991 年 2 月 27 日成立。潮安庵埠镇灯谜协会（潮州市庵埠灯谜协会），1986 年 7 月 20 日成立，前身为庵埠工人文化宫灯谜组。潮州市文化馆凤水谜苑、潮州市工人文化宫灯谜组、潮安枫溪工人文化宫灯谜组、潮安意溪文化站灯谜组，20 世纪 80 年代成立。潮安县灯谜学会，1983 年 2 月成立。潮安县职工灯谜协会，1993 年 12 月 26 日成立。饶平县工人文化宫灯谜组，1986 年 4 月 1 日成立。饶平县灯谜学会，1989 年 6 月成立。饶平县职工灯谜协会，1994 年 5 月 1 日成立。饶平县青年灯谜协会，1995 年 8 月 20 日成立。

汕头市职工灯谜协会，1988 年 2 月 29 日成立；1993 年 2 月更名为汕头特区职工灯谜协会。达濠镇濠江谜苑，20 世纪 80 年代初成立。鮀浦镇鮀江谜社，1995 年成立。澄海县灯谜协会（澄海市灯谜协会），1983 年 12 月 25 日成立，被评为 20 世纪十大谜社之一。澄海县职工灯谜协会，1986 年成立。澄海县东林谜苑（东林谜社）、莲阳谜苑、蓬津谜苑、澄城谜苑、隆都谜苑、溪南谜苑、十五乡谜苑、莲下文化站灯谜组，20 世纪 80 年代成立。澄海县隆都侨乡谜社，1987 年 5 月 11 日成立。澄海县上莲谜苑，1991 年 10 月 6 日成立。潮阳县灯谜协会，1987 年 5 月 1 日成立，前身为潮阳县工人文化宫灯谜组。南澳县职工灯谜协会，1988 年成立。南澳县灯谜协会，1993 年 5 月 19 日成立。南澳县青年灯谜协会，1990 年在原晨风谜社的基础上组建。南澳县后宅镇灯谜研究组，1986 年 1 月 1 日成立。

揭阳市职工谜协，1998 年 9 月 26 日成立。揭阳县职工灯谜协会，1986 年 5 月 1 日成立。揭阳市榕城区灯谜协会，1993 年 10 月成立，前身为揭阳县榕城镇灯谜协会。揭阳县登岗镇、新亨镇、县氮肥厂、县棉纺厂、榕城钟表厂、淡浦村农民文化宫、玉浦村文化室等业余灯谜组，20世纪80年代中后期成立。普宁县灯谜协会，1985年10月1日成立，1993年后更名为普宁市灯谜协会。普宁县职工灯谜协会，1990年5月1日成立。揭阳市炮台桑浦谜社，1996年10月27日成立。揭西县棉湖镇工人文化宫灯谜组，1984年3月成立。揭东县登岗镇文化站虎山谜社，2000年6月30日成立。

佛山市职工灯谜协会，1984年6月30日成立。佛山市少年灯谜协会，1987年1月11日成立。顺德县灯谜研究会，1981年成立。顺德县职工灯谜协会，1984年6月6日成立。顺德县大良镇华盖谜会、勒流镇勒流谜会、陈村镇陈村谜会、北滘镇甲子谜会、龙江镇儒林谜会，1984年成立。顺德县桂洲灯谜协会、桂洲镇花洲谜会、容奇灯谜协会，1985年成立。

中山市灯谜协会，1987年8月28日成立。中山县石岐工人文化宫灯谜组，1982年3月成立。

肇庆市端州谜社，1983年11月13日成立，前身为市职工业余灯谜组，始建于1979年7月9日。

丰顺县灯谜协会，1997年10月1日成立。丰顺县汤坑镇灯谜协会，1993年10月1日成立，前身为汤坑镇灯谜组。

20. 广西

南宁市职工灯谜协会，1985年12月28日成立。邕宁县工人文化宫灯谜组，1982年9月1日成立。

桂林市职工灯谜协会，1983年5月1日成立。桂林钢厂职工灯谜学社，1987年4月1日成立。

梧州市工人文化宫灯谜组，1984年5月1日成立。梧州市群艺馆灯谜组，80年代中期成立。梧州市灯谜协会，1986年5

月1日成立。

柳州市职工灯谜协会，1987年7月26日成立。柳州钢铁厂职工灯谜协会，1991年12月25日成立。

百色地区右江谜社，1995年10月成立。田林县文化馆灯谜组，1980年成立。

凭祥市工人文化宫灯谜组，20世纪80年代初成立。

河池市金城江职工灯谜协会，20世纪80年代初成立。

桂平县城区谜协，1985年成立。

广西合山矿务局灯谜协会，1987年5月17日成立。

21. 海南

海口市灯谜协会，1993年3月21日成立。

22. 重庆

重庆市职工灯谜协会，1983年10月1日成立。重庆市劳动人民文化宫灯谜组，20世纪80年代初成立。重庆市南桐矿务局灯谜学会，1983年11月15日成立。重庆市长安机器厂工会职工灯谜学会，1986年4月成立。重庆建设机床厂灯谜楹联学会，1987年5月1日成立。

涪陵市职工灯谜协会，1990年2月10日成立。

23. 四川

四川省职工灯谜协会，1988年10月19日在南充市成立。

成都市灯谜学会，1989年7月17日成立。新津县文化馆业余灯谜创作小组，1979年8月成立；1981年12月10日改称新津县文化馆群众业余灯谜创作研究组。新津县灯谜学术研究会，1987年12月13日成立。新津县职工灯谜协会，1994年8月14

日成立。

南充市职工灯谜协会，1986年6月15日成立。

乐山市职工灯谜协会，1988年5月7日成立。

宜宾市灯谜学会，1989年6月15日成立。宜宾变压器厂灯谜组、宜宾七九九厂灯谜协会，20世纪80年代末成立。

内江市三元谜联社，1989年6月成立。四川省第十三建筑公司工人俱乐部灯谜协会，1990年4月26日成立。

泸州市职工灯谜协会，1989年成立。长江液压件厂职工灯谜协会，1991年3月3日成立。

自贡市职工灯谜协会，1990年7月7日成立。

峨眉县灯谜协会，1987年5月24日成立。金顶（集团）峨眉水泥厂灯谜协会，1986年11月30日成立，前身为峨眉水泥厂职工灯谜爱好者协会。

彭山县青龙公社文化站灯谜组，20世纪80年代初成立。

24. 贵州

贵州省灯谜协会，1989年2月19日成立。有团体会员7个：贵阳市职工灯谜协会（1986年8月30日成立）、都匀市谜语协会（1987年3月8日成立）、大方县灯谜协会（1985年1月15日成立）、桐梓县灯谜协会（1984年8月成立）、黔西县职工灯谜对联协会（1988年5月1日成立）、贵定县灯谜协会、贵州有机化工厂灯谜协会。

桐梓县娄山谜社，1992年5月23日成立。

25. 云南

昆明市职工灯谜协会，1986年9月成立，前身为市工人文化宫灯谜研究组。

个旧市工人文化宫职工业余灯谜创作组（个旧市职工谜协），1980年4月成立。云南锡业公司老厂锡矿工会灯谜组，1980年初成立。

昭通市文化局太平谜社，1984年成立。

26. 陕西

西安市灯谜学会，2000年9月7日成立。

宝鸡市灯谜学会，1988年3月1日成立。宝鸡市金台区灯谜学会，1985年2月10日成立，前身为宝鸡市金台区文化馆灯谜组。

陕北谜学研究会，2000年由绥德县凌云电脑公司和绥德县灯谜协会发起成立。

27. 甘肃

甘肃省灯谜学会，1991年6月5日成立，前身为甘肃省民间文学研究会灯谜组，1982年8月成立。

兰州市工人文化宫灯谜研究小组，1979年国庆节恢复活动。兰州市五泉山公园灯谜组，1980年成立。兰州日用化工厂职工灯谜协会，1990年1月27日成立。

天水市灯谜学会，1981年11月成立。天水市职工灯谜协会，1987年1月3日成立。秦安县灯谜协会，1989年3月成立。天水卷烟厂职工灯谜协会，1995年12月成立。

陇西县灯谜协会，1989年3月成立。西北铝加工厂灯谜协会，1986年5月10日成立。

28. 宁夏

宁夏回族自治区灯谜协会，1988年2月17日成立。

宁夏民间文艺家协会灯谜学会（宁夏灯谜学会），1991年冬成立。

银川市灯谜学会，1990年12月1日成立，前身为银川市业余灯谜组。

固原地区灯谜学会（固原市灯谜学会），1992年6月28日成立，前身为1990年11月组建的固原县灯谜小组（1991年2月为固原县灯谜协会筹备组）。

29. 新疆

新疆天山谜社，1995年12月成立。

四、学校及生肖宗亲等谜社

1. 学校谜社

中华高校生灯谜协会，1995年6月15日成立，会长王勇，副会长郭少敏、王福阳、王政，下设学术部、公关部和竞赛部。首批会员分布19省市共73名，首批团体会员3个：广东汕头大学灯谜协会（1993年12月成立）、江西师范大学灯谜协会（1991年10成立）、河南安阳大学灯谜协会。1997年第三届理事会成立时，团体会员新增45个：广东潮州卫校谜组、上海闵行区友爱实验中学谜组、福建中医学院灯谜协会（1994年10月成立）、厦门大学南强谜社（1994年9月成立）、江苏省江都市中学谜组、舟山水产航海学校灯谜协会、广东澄海东浦小学谜组、兰州大学灯谜协会（1996年10月19日成立）、鞍山钢铁学院灯谜协会（1996年10月26日成立）、江苏常熟市徐市中学灯谜兴趣小组（1988年9月成立）、江苏扬州大学师范学院谜组、浙江苍南仙居中学谜组、福建泉州华侨大学灯谜协会、陕西榆林高专谜社、四川富顺县永年小学谜组、太原钢铁公司第九小学谜组、南通市

第三章 改革开放至 20 世纪末的灯谜（1979 年至 2000 年）

陈桥中学谜组、广东饶平所城中学谜协、南京邮电学院谜协、山西医科大学汾阳医学院诗谜书联社、广东省潮州市桑浦谜社、广东商学院谜组、漳州师范学院灯谜协会（1985 年 9 月成立）、华南师范大学谜协、辽宁大学谜协、山东巨野魏海镇少年谜协、广东省韩山师专灯谜协会（1986 年 12 月成立）、广东揭阳一中榕水谜社、福建石狮鹏山师范文学社、福州大学绿荫谜社（1989 年 5 月 4 日成立）、江苏南通市唐闸中学谜组、山东师范学院北院医疗系谜组、广东澄海莲华中学谜组、福建林学院灯谜爱好者协会、福建商业专科学校谜组、福建东山樟塘学校谜组、福建柘荣一中新蕾谜社（1993 年 12 月 19 日成立）、福建莆田市第六中学青璜谜社（1986 年 5 月 23 日成立）、福建莆田涵江一中望江谜社、南昌大学灯谜协会、广东肇庆华南艺术学校谜组、北京陶然亭小学谜组、江苏常州师范学校谜协、东北大学谜组、河南西华一高中学生谜协。

其他学校灯谜社团如：

（1）高校

复旦大学复旦灯谜社，1984 年 12 月 12 日成立。

上海工程技术大学谜社，1986 年 9 月 29 日成立。

江苏南通河运学校灯谜协会，1987 年 5 月成立。

大连工学院研究生灯谜协会，1988 年 3 月成立。

漳州大学灯谜协会，1988 年 5 月 4 日成立。

鞍山大学铁架山谜社，1988 年 7 月成立，由大学教师组成。

上海交通大学骊珠谜社，1988 年成立。

福建集美航海学院灯谜协会，1989 年 4 月 8 日成立。

福建农学院金山谜社，1989 年 4 月 10 日成立。

华东师范大学丽娃谜社，1989 年成立。

江西财经学院灯谜协会，1990 年 6 月成立。

湖南省财经学院学生会灯谜协会，1990年10月成立。
东南大学灯谜协会，1991年10月18日成立。
重庆建筑大学建苑谜社，1992年10月成立。
吉林通化师范学院灯谜组，1992年12月20日成立。
北京大学谜社，1992年10成立。
泉州华侨大学灯谜协会，1994年1月成立。
河南安阳大学益友谜社，1995年3月20日成立。
福建省工商行政管理学校锋风谜社，1995年10月12日成立。
广东商学院法商灯谜协会，1995年10月成立。
沈阳大学谜社，1995年11月2日恢复成立。
苏州教育学院苏教谜社，1995年12月15日成立。
南昌大学灯谜协会，1996年5月9日成立。
汕头职业技术学院金园校区灯谜学社（汕头教育学院灯谜学社），1998年12月成立。

（2）中学

福建永安市第一中学新弓谜社，1987年12月30日成立，1991年9月重新建社。

江苏句容县中学茅山虎社，1988年1月7日成立，前身为学校灯谜组。

辽宁丹东市第四中学工会教工灯谜研究组，1988年3月18日成立。

江苏省南通市第二中学东南风谜社，1988年8月成立。
福建东山一中延风谜社，1990年1月1日成立。
福建东山三中苔花谜社，1990年6月1日成立。
河南安阳市第七中学绿荫谜社，1993年4月成立。
广东惠州市第九中学芳圃谜社，1994年2月24日成立。
广东省汕头市金山中学虎踪灯谜社，1997年成立。

福建石狮市永宁完全中学灯谜兴趣小组，1998年5月4日成立。

（3）小学

山东省巨野县魏海小学巨野少年谜组，1985年6月1日成立。

辽宁丹东市金汤小学新芽谜社，1986年7月18日成立。

河南郑州汝河新区小学小草谜社，1990年10月5日成立。

辽宁丹东市新风谜社（经山小学），1991年4月29日成立。

2. 生肖谜社

中华诸子谜社，1994年7月与甲子谜社合并，统称诸子谜社。

中华金牛谜社，1994年8月成立。

中华虎友谜社，1993年10月1日成立。

新丁卯谜社，1987年成立。

中华腾龙谜社，1993年11月成立。

中华银蛇谜社，1993年11月成立。

中华庚午谜社，1992年10月成立。

中华吉羊谜社，1994年2月与金羊谜组合并，统称吉羊谜社。

中华金猴谜社，1992年成立。

中华金鸡谜社，1993年成立。

中华伏虎谜社，1993年成立。

中华乙亥谜社，1994年春成立，1998年取消生肖限制。

3. 姓氏宗亲及其他谜社

华夏颍川谜社，1993年4月1日由陈姓谜人组成。

中华李姓灯谜联谊会，1995年5月1日由李姓谜人组成。

曹氏谜友联谊会（后改子建谜社），20世纪90年代中期由曹姓谜人组成。

中华三槐堂谜社，1996年由王姓谜人组成。

中华红烛谜社，1993年9月10日成立，为全国教师的灯谜组织。

而立风采谜社，1993年1月成立，由20世纪60年代初出生的谜人组成。

象棋谜研究社，1998年4月筹备组开始活动。

五、网络谜社及网站

1994年，一群散居在世界各地的海外学子，借国外高等学府的近水楼台，得益于西方世界先进的计算机互联网技术，并受惠于中文操作系统的创建，将灯谜搬到互联网，开创了网络灯谜活动之先河。学子们最初在互联网上的新闻组里随意贴谜猜谜，后打出"游子吟谜社"的旗号。1997年，经游子谜友与国内谜界沟通，《全国灯谜信息》《中华谜报》介绍，引起谜坛广泛关注。20世纪90年代后期，随着计算机网络技术在中国发展普及，游子吟谜社的成员不再限于海外游子，北大、清华、浙大等高校学子以及其他国内谜友纷纷上网打虎，成为社员。由游子吟谜社参与发起、主办、组织，并为之进行程序设计的网络灯谜团体对抗赛（华清杯），也成为一项影响较大的网络灯谜比赛。

1997年后，国内也诞生了一批灯谜网站和网络谜社。如：

清华大学水木清华猜谜版。1997年regood（华清）创版，续有MY1999、Diotima（知非）等版主。举办过1997年4月的第一届谜语大赛、1999年4月至2000年6月的每日一谜、1999年12月31日的千禧灯谜会、2001年3月至2002年1月的游子谜苑、2001年4月1日谜赛和12月元旦谜会、2001年5月至12月的苏菲灯谜等活动。2002年后举办原创佳谜、射虎连环、

第三章 改革开放至 20 世纪末的灯谜（1979 年至 2000 年）

与虎谋皮等活动。

华清谜吧。游子吟谜社副社长赵旭晟（华清）创建。赵旭晟，北京大学博士研究生，1997 年加入游子吟谜社。由他联络的北京—游子吟灯谜对抗赛，开海内外网上谜赛之先河。由此发展而成"虎鼎杯"团体对抗赛。前两届比赛由赵旭晟完成组织联络工作。从第三届起，他运用计算机专业特长，编写成功谜赛程序，使"虎鼎杯"成为第一个由网络服务器自动主持的谜赛。赵旭晟积极在网上 BBS 主持灯谜活动，吸引了一大批年轻学子步入灯谜殿堂。他的个人主页"华清谜堂"成为灯谜网页中的佼佼者。2000 年 6 月，赵旭晟不幸逝世。为纪念赵旭晟，"灯谜屋"网站的聊天室现场谜赛迁至华清谜吧，每周末举行一次。安阳市职工谜协也于每年岁末在"华清谜吧"举办辞旧迎新灯谜竞猜。

汕头大学郁金香 BBS 谜版。1998 年 3 月开版，版名"挑战智力"，内容以灯谜为主，兼顾对联、推理等，为汕大谜协的网络活动基地。历任版主 ipeak、oceanfish、may 等。谜版参与发起高校谜版的与虎谋皮活动，举行"桑浦虎踪"原创谜会猜等活动。

复旦大学日华光华谜版。版主 ltlepple 和 scorpionking 为在读硕士。谜版包括灯谜知识、谜语大全、原创谜收录等栏目。每年在聊天室举行中秋谜会、元宵谜会，2000 年举办"白兔老师半月谈"谜评栏目，2001 年举办"余力谜屋"原创谜竞猜活动，2002 年参与首届高校 BBS 灯谜联谊赛等，还开展灯谜游园、执谜不悔、原创谜会猜、与虎谋皮等活动。

北京大学一塌糊涂谜版。版主有 greyhorse、bantouzhu 等。谜版开展"与虎谋皮""难得糊涂"灯谜竞猜等活动，举办过 2000 年元宵灯谜会、2002 年元旦谜会等大型网络谜会。

北京大学北大未名谜版。版主有 sholmes 等。谜版的日常版面为灯谜猜射，主要活动是参与七大高校联合举办的与虎谋皮活动。

华中科技大学白云黄鹤谜版。版主有 stevie、yumen 等。谜版主要举办与虎谋皮、每日一谜、"白云黄鹤"杯灯谜竞猜大赛等活动。

东亭谜社。西安交通大学东亭谜社是以西安交通大学兵马俑 BBS 为网络依托的网络谜社，谜社成员主持 BBS 论坛。历任版主 tosea、snowriver、cannan 等。2001 年 12 月谜社成立后，每周在兵马俑 BBS 上举办灯谜竞猜；参加高校 BBS 网络灯谜对抗赛；与各大高校 BBS 联谊开展与虎谋皮活动。

灯谜屋。1998 年 9 月由杭州阿涛（陈明涛）创建。网站有灯谜屋和灯谜沙龙论坛、谜人风采等栏目，开辟每周竞猜，在聊天室举办谜赛。

中华灯谜网。汕头市电信局数据分局主办的灯谜专业网站。网站提供广泛的灯谜资讯，分为灯谜辞海、灯谜总汇、灯谜擂台、灯谜创作等 10 个部分，举办过首届互联网中华灯谜大联赛、99 澄海金秋灯谜联欢节、"与读者同乐"灯谜大联猜、"反腐保廉、爱我中华"网络灯谜赛等。

麒麟虎啸。1999 年 3 月在浙江信息超市 My169 空间建立。2000 年 3 月推出 ASP 版麒麟虎啸，并将主力站点移入中华灯谜网。栏目有灯谜入门、文虎摘锦、谜友月报（三明市谜协内部活动谜报）、麒麟谜擂、灯谜评析、谜人谜刊、射虎必备及谜学研讨。版主薛红建（福州大学绿荫谜社秘书长）。

谜城一灯。1999 年 8 月创办，站长陈小峰。设追本溯源、射虎技巧、谜格详解、在线猜谜、练兵场、论坛等栏目，人气最旺的求面求底创作竞赛栏目"清风扑面""深山觅虎"于 2002 年 3 月开版，每周命题，由偶尔乐乐（李洪源）、山人（宫清先）相继任版主。网站可自动出题、自动评分、加分、排名和多角度灯谜搜索。

采桑居。1999 年 12 月建立，设有虎山觅路、射虎必备、谜人谜作、雅虎共赏、探索争鸣、虎口拔牙等栏目。网站以潮州灯谜文化为依托，具有潮汕乡土气息。版主陈朝毅（采桑）。

腾讯社区 IQ 大测试讨论组。即时通讯软件腾讯 QQ 网站属下的一个讨论组，成立于 2000 年 12 月 27 日。曾举行首届腾讯聊天室灯谜比赛和与虎谋皮活动。2001 年举办两届 BBS 灯谜团体赛。2002 年 3 月起每周五晚在腾讯"灯谜天地"聊天室举办灯谜擂台赛。网管版主源代码、芃兰、庄梦蝶等。

张士谜网。版主张士斌（士隐，常州市职工灯谜协会副会长）的个人灯谜网站，2000 年 12 月开通。主页包括张士谜庄、士隐谜仓、谜海导航、网上风光、风闻八方、谜网论坛、猜谜聊吧等栏目，首页设"时新谜网"链接和"网上查询"搜索猜谜作谜资料。

第四节　灯谜作品

一、猜赛灯谜

思想解放后，灯谜突破了旧题材狭窄的境况，在承接扬弃传统谜材的同时，充实了大量现代新题材、新谜目，如国情乡俗、国际时事、抗洪救灾、亚运奥运、计划生育、公民道德、信息网络等。本时期的猜谜制谜赛事多，新创谜作数量非常多。下面，截取几个有代表性或有特色的谜事活动的谜作，以窥本时期灯谜之风貌。

1. 南京会猜谜作

1979 年国庆，南京举办全国九城市灯谜会猜，悬挂数千灯谜,多为通俗之作,彰显出清新之风、大众之风,具有改革开放后的示范效应。

南京会猜中的上海市谜人,以其精湛的谜艺和对灯谜发展的独到见解和思路,倾倒与会的各地谜人和金陵成千累万的灯谜爱好者。"海派"灯谜的美誉从此而生。海派灯谜的基本特色是勇于创新、富于变化、讲究谜味、雅俗共赏,有趣、新、俗、文四大特色之说。在内容上,多用新的群众喜闻乐见的题材;摒弃老掉牙的"四书""五经"之类的高、古、雅、奥的名目,大量地把人们工作、学习、生活中常见的事物、知识、趣闻制成灯谜。在形式上,坚持传统,不为传统所束缚,以趣味性为重,让猜的人猜得出,笑得出,笑过之后有回味。

南京会猜谜例：

> 读新书,读好书(成语)不念旧恶
> 攻书莫畏难(学科名)应用力学
> 铁扇公主(电影二)《红孩子》《母亲》(以上苏纳戈)
> 行行复行行(称谓)哥哥
> 人人都翻了身(影片名)《丫丫》
> 破格选人才(字)财(以上苏才果)
> 等到鱼儿上钩后(成语)揭竿而起
> 集体萝卜地,收获归集体(成语)不能自拔
> 包裹领取处(成语)待人接物(以上张礼鹤)
> 生产必须出正品(成语)不可造次(方始)
> 中秋音乐会(柳亚子词)歌声响彻月儿圆(胡安义)
> 对影成两人(影片名)《丫丫》(金寅)
> 东坡兄弟把谜猜(西药二)大苏打、小苏打(江更生)
> 一一补足(字)是(朱谓滨)

第三章 改革开放至20世纪末的灯谜（1979年至2000年）

夜来风雨声（成语）下落不明

人人都有优缺点（字）很（以上陶宽汝）

——以上上海市

"十一"晚会（动词）节约

广泛开展竞赛（成语）比比皆是

你答对一半（字）符（以上韦荣先）

走在时间前面（京剧用语）行头（潘吉超）

——以上沈阳市

技术革新，不留一手，不留一点（字）枝

个人依靠集体（字）本（以上高歌）

——以上长春市

举双手拥护（常用词）用户（汪寿林）

不要讲大话、讲废话（建筑设施）防空洞（费之雄）

邮路畅通（常用词）信得过（周宗廉）

楚王不识和氏璧（画家）齐白石（郑和平）

谁使万物受到光和热（科学词）太阳能（张国义）

婆说婆有理（工业用词）公差（王泓）

——以上苏州市

天涯无处不芳草（泊人二）周通、花荣（周松林）

再三复习（古科学家）陆羽（郑抒）

——以上南通市

两个黄鹂鸣翠柳（杜牧诗）绿树莺莺语

天方夜谭（成语）不可同日而语（以上柯国臻）

三只狡兔（字）究（蔡洛）

——以上温州市

为何烽火戏诸侯（电影三）《希望》《绝代佳人》《笑》（胡郑辉）

仙人指路（词牌）《迷神引》（杨直海）

——以上漳州市

铁扇公主调弦佐家宴（成语）对牛弹琴（徐宾鸿）
不知征人几时回（影片）《停战以后》（林石）
对不住（金融术语）存单（杨纪波）

——以上厦门市

初入桃源仿佛若有光（成语）宾至如归（周之屏）
有始有终（唐人）元结（张亚谟）
却嫌脂粉污颜色（成语）淡然处之
九药（五唐）粒粒皆辛苦（钱燕林）
杨柳千条尽向西（影名）《风从东方来》（周问萍）
三八二十四（体育项目）女子双打
上下而一（字）血（以上陆滋源）

——以上南京市

2. 央视春晚灯谜

1983年2月12日，中央电视台首届春节联欢晚会举办全国电视观众新春联欢会有奖猜谜活动，供猜射的5条灯谜，深受群众欢迎并广泛流传。

从上至下，广为团结（字）座
年终算总账（唐诗）花落知多少
制定人口政策（成语）国计民生
镜子里面照着人（字）入
晚会（字）多

1986年央视春晚的电话猜谜又一次轰动全国。晚会播出5

条灯谜：

> 囍（成语）好事成双
> 四化在心上（字）总
> 春节三日不离厂（字）反
> 慢等除夕钟声来（人名）徐寅生

1989 年央视春晚的擂台赛灯谜和现场观众谜、电视机前观众谜谐趣幽默：

> 共同致富（货币带量）一块多钱
> 画谜：笑着开降落伞而下（成语）喜从天降
> 阿谀、奉承、拍马（菜肴）熘三样
> 画谜：唐老鸭和米老鼠（成语）衣冠禽兽
> 丰收之后盖新房（称谓）高产作家
> 八戒踏过火焰山（即物赠）红烧猪蹄
> 传达室禁止吸烟（体育名词二）守门员、反抽
> 画谜：车队向半个古钱方孔开去（四字俗语）见钱眼开
> 笑星开口（饮料带量）一听可乐
> 话说童年时的老北京（电影演员）谭小燕

3. 首届中华杯电视猜谜决赛题

1987 年春，中央电视台等联合举办的第一届中华杯电视猜谜竞赛，意旨在于普及猜谜知识，推广猜谜活动，让越来越多的人们对猜谜发生兴趣，参与到这项健康有益的文化娱乐活动中来。创作竞赛谜题时，十分注意浅显、易懂和有趣，从内容到形式都立足于创新，使内容既有时代感，又贴近现实生活并富有知

识性;在形式上既保留传统,又开创新的品种,增强灯谜的浓厚趣味性。例,决赛题前20题:

(1)文义谜:姐妹别后又相逢(外国电视剧)《女奴》
(2)文义谜:鸡犬之声相闻,老死不相往来(电影名二)《知音》《人生》
(3)象棋谜:(见下图)(电影、京剧名各一)《兵临城下》《两将军》

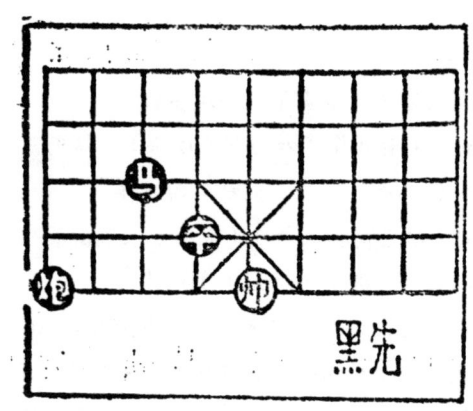

(4)文义谜:冬泳自古就盛行(喜剧演员)游本昌
(5)节目谜:游本昌表演的小品节目:举重运动员夺标后,陶醉于胜利之中,最后被淘汰。(六字成语)成败在此一举
(6)文义谜:平定安史之乱(运动员)李宁
(7)文义谜:钱塘花似锦(运动员)江加良
(8)文义谜:(供观众猜射)八戒大闹通天河(食品)猪下水
(9)文义谜:铡美案(即物赠)处理男背心
(10)节目谜:演唱歌曲《叫声哥哥你快回来》(数学名

词二）圆心、正切

（11）文义谜：文姬归汉（三字俗语）别胡来

（12）画谜：（见下图）（服装名词）双排扣

（13）文义谜：金鼓齐鸣（成语）进退两难

（14）文义谜：闲谈（语言学名词）歇后语

（15）节目谜：冯巩、刘伟表演的相声《俏皮话》：甲、乙二人互不服气，你好我比你还好，你能我比你还能。（成语）出口不逊

（16）文义谜：（供观众猜射）公子王孙把扇摇（五字俗语）大少爷作风

（17）文义谜：（供观众猜射）屈指行程二万（姓氏）董

（18）文义谜：小雨慢悠悠（四字口语）细水长流

（19）文义谜：姜昆表演大变活人：舞台上放一个箱子，姜昆从观众中找一个人请他进箱，然后又请一个观众坐在箱子上，姜昆说声变，刚才进箱之人又从观众席上站了起来。正当观众叫好时，箱子里有人要出来，打开一看，与观众席

上那位一模一样,原来他俩是铁道文工团的孪生兄弟刘金和、刘金利。之后,即以"大变活人"作谜面。(唐朝名人)一行

4. 首届中国灯谜国际大奖赛题

1989年8月,《中国谜报》举办首届中国灯谜国际大奖赛,赛题经过精选,语言顺畅,风格雅致,不用典故,根据文义别解,有一定难度,体现本时期很多报刊谜赛谜题的风貌。

急中生智(机关用语)临时机构

春风又绿江南岸(摄影术语)彩色还原

末期(电视剧)《最后一个要求》

人人希望安定团结(历史学家)齐思和

俄国革命一声炮响(字)鹅

印谜:金屋藏娇(隋诗)雕房锁玉人

室内挂起丰收图(美术用语)户县农民画

全国推广邮政编码(标志用语)通用信号

浪花积累成汪洋(世界地名)波罗的海

文人道它如眉,武人道它如弓,农人道它如镰,渔人道它如舟(杂志名)《半月谈》

官府衙门八字开,有理无钱莫进来(成语二)一纸空文、不可告人

书法谜:在天愿作比翼鸟(唐诗)空结同心草

喜欢单干(外国影目)《好事不成双》

泉水出自山(字)皛

没有第三者(歌曲)《除了你那就是我》

便于掌握(六字俗语)一把屎一把尿

独占春光(四字新词)个体包干

第三章 改革开放至 20 世纪末的灯谜（1979 年至 2000 年）

农牧副渔归口统管（五字俗语）隔行不隔理

浪打歌舫代管弦（经济管理名词）经济节奏

含苞欲放招蜂蝶（剧种）花鼓戏

不写情词不写诗，一方素帕寄心知（文学名词二）对联、绝句

印谜：品质好（现代诗人）章德益

为伊消得人憔悴（四字常言）思想丰收

东风有意便周郎（外国政治家）利加乔夫

十娘（西药名）妈妈多

敢笑黄巢不丈夫（古书名）江表志

呼吸中断（六字俗语）上气不接下气

电报谜：海峡有雾绕道基隆（广播电视用语）电视差转台

没有文化令人失望（电视剧）盲中盲

不坠青云之志（五字新词）思想境界高

与老百姓想在一起（公关名词）顺意公众

小船儿轻轻飘荡在水中（字）心

虎啸（气象学名词）风成音

爹想祖母我想娘（电视剧三）《都是一样》《怀念》《妈妈》

孤灯如豆（五字口语）一点小意思

考古（《出师表》句）试用于昔日

但愿君心似我心（四字常言）思想一致

容貌憔悴怕春去（五唐）衰颜长倚酒

只待火起（三字新词）大气候

四方俱欢乐（电视演员）田二喜

颗粒归仓（穴位二）不容、漏谷

出师未捷身先死（四字俗语）没完没了

一对蜻蜓点水（四字常言）有两下子

5. 海内外灯谜创作大赛获奖谜作

1995年，海内外10家灯谜社团联合主办"百谜颂中华"海内外灯谜创作大赛，评选出获奖作品100则。这些谜作围绕主题，运用各种成谜手段，涉猎广泛谜目，抒发了颂国之情，体现出专题谜事活动特征和优势。例：

九十春光十里风，分曹射覆蜡灯红。江山胜迹扬文藻，经建繁荣国步雄。（文事活动）百谜颂中华（泰国许方猷）

中国人民从此站起来了（家电冠商标）华强立体音响（山东赵可东）

中华七万里，何处无人杰（宋人）周邦彦（台湾李易峻）

六亿神州尽舜尧（《诗经》篇目）《皇皇者华》（福建戴旭寰）

万里长城永不倒（外交用语）保持中立（黑龙江任焕长）

有五岳，有五岭，或雄峻，或秀挺（古国名二）中山、高丽（西藏陈清泉）

黄河阔，长江长，珠水秀，龙江壮（旅游广告）四川揽胜（山东李永文）

我爱五指山，我爱万泉河（成语）脉脉含情（江苏陈政）

古国神州岁岁春（人事用语）老中青（浙江张胜声）

大汉天声扬异域（外国地名）夏威夷（台湾苏明呼）

龙种自与常人殊（刊物）《中华传奇》（陕西田鸿牛）

炎黄儿女同奋发（物理名词二）中子、共振（陕西栗印海）

尧之都，舜之壤，禹之封（地图用语）中老边界（浙江夏建松）

苏武节，骨铮铮；直谏镜，有魏徵；范仲淹，怀天下；宋包拯，锄横霸；文天祥，寸心丹。（四字常言）五官端正（江西陈勇）

生当作人杰，死亦为鬼雄（电视剧《上海一家人》人物二）李若男、何志伟（陕西张长水）

伟人虽逝廉政在（党史人物）韦国清（广西龚酉）

留取丹心照汗青（节能名词）节能成本（福建罗泽清）

一代英豪开创九州新局面（七字俗语）强中自有强中手（广东蓝汉钊）

望长城内外，唯余莽莽（七言唐诗句）万里寒光生积雪（泰国马维克）

把我们的血肉筑成我们新的长城（军事名词）立体防御（福建赵子鑫）

6. 华清杯网络谜赛佳谜

华清杯网络谜赛开网络谜赛之先河，1997年至2000年举办四届。谜题风格与当时普遍开展的传统谜会谜赛相比，谜面语言、谜目设置、扣合方式大体相近，略有不同的是拆字谜的比例多一些，且有一些无示离合谜。以两届谜赛佳谜若干为例：

第一届"京游赛虎大会"佳谜

一人涛头立，一人水中翻（字）似（王小勇）

诸位心中装着我（称谓）记者（王小勇）

云端又有月光现，令人神迷，令人神往（称谓）谜友（王小勇）

说文解义讲字音（字）自（翟鸿起）

真心牵挂意中人（字）春（杨溢）

君恋后宫不早朝（字）瑚（王敏）

本谜赛首轮皆猜中（成语）一网打尽（霄汉）

半塘残月三分菏（字）疆（亭下）

数三九，未有汝相伴，平添那愁；是秋水难觅，心迹全无，惟看红丝渐消残。（称谓）打工妹（沙子）

相对旧情郎，洒清泪，三两点，难留情郎住！（国名）新西兰（华清）

明末思想家（七唐）日暮乡关何处是（虎友）

快哉网络，会友通信！（七唐）马上相逢无纸笔（基甸）

画中悬玉兔，笔底洒流星（字）腮（零比零）

出一点人民币做个东（字）梓（老哈）

第四届华清杯佳谜

板凳队员哭了一夜（七言唐诗句）替人垂泪到天明（李良柱）

互相理解无代沟（回文称谓）老知青（朱墨分）

调美人直入内宫（外国新闻人物）金大中（聂大林）

来世枝头共化蝶（字）虫（陈洪庆）

老公培训贤内助（探骊）外教练佐夫（郑惠民）

岁岁谁知征夫心（五言唐诗句）频年不解兵（徐官礼）

李逵道：就怕我手中的两个兄弟不答应（成语）斤斤计较（汪永生）

7. 20世纪百佳中的当代谜作

2000年，由《春灯》《中华灯谜》《文虎摘锦》《中国报刊谜汇》《全国灯谜信息》五谜刊联合并邀请部分谜人和灯谜社团参与，评选出20世纪百佳谜作，亦称20世纪最具影响力的谜作。其中，82谜的作者生活在当代，谜作体现出本阶段灯谜风格风貌和谜人对谜作的审美倾向。录如下：

第三章 改革开放至20世纪末的灯谜（1979年至2000年）

个中未许红丝系，虽咏《关雎》各一方（字）鸿（翁松孙）

这相思石烂海枯（食品）豆腐干（来楚庚）

丹心一直图为国（字）匡（何仰之）

吕奉先射戟辕门，邓士载偷渡阴平（首都）布宜诺斯艾利斯（陆雨之）

到处逢人说项斯（民国人）陈其美（陈镇权）

青梅竹马两无心（常用词）憧憬（韦荣先）

自小在一起，目前少联系（字）省（王能父）

严监生临终伸指（红人二）云光、大了（钱燕林）

田（七唐）城墙四面锁山多（马啸天）

遥知不是雪，为有暗香来（红人二）王作梅、花袭人（陆滋源）

但悲不见九州同（《答苏武书》句）边土惨裂（黄景云）

如鱼目而微有声，一沸也（聊目四）陆判、头滚、喷水、珠儿（卢山夫）

孟德放歌乌南飞（字）一（顾为善）

玄宗下诏征禄山（七唐）凭君传语报平安（苏温才）

白首雄心志不移（字）恁（白福臻）

馈金珠李肃说吕布（农药）速灭杀丁（吴仁泰）

芳心无主空对月（字）册（刘雁云）

风雨空中雁阵斜（字）佩（柯国臻）

桃花潭水深千尺（成语）无与伦比（柯国臻）

全不见半点轻狂（体育项目）女子举重（周问萍）

一川横贯，双峰倒影（字）带（金瓯）

包胥哭秦庭（兵役名词）申请退伍（郑百川）

御厨络绎送八珍（包装用语）此端向上（范胜雄）

杨柳青青江水平（电影）《绿色的波斯坦》（黄穆灿）

中华灯谜史（1949—2019）

八十五（电影）《月到中秋》（张礼鹤）

死去原知万事空，但悲不见九州同（化学名词）游离酸（叶国泉）

臣心一片磁针石（近代报刊）《图南日报》（张哲源）

千帆过尽无消息（文化用品）航空信封（李振洲）

书山有路勤为径（京剧唱词）一本一本往上升（易中）

唐僧远行劫难多（地理用语）西经八十一度（杨耀学）

我才不及卿，乃觉三十里（球类术语）打时间差（田鸿牛）

终生念伊减姿容（字）一（武骝）

忽闻海上有仙山，山在虚无缥缈间（电影）《阿混新传》（张奕虎）

东吴定下美人计（广告用语）配备成套（赵首成）

吾不如子房（常言）自我感觉良好（郑长彦）

激动得无语泪先流（字）放（敖耀寰）

玉堂春诉冤状，王御史暗凄伤（美学名词）审美感官（章健儿）

废除官员终身制（成语二）不可一世、原封不动（葛志全）

驰誉丹青（探骊）名著《红与黑》（蔡芳）

吾才不及卿（外币冠量）三十里拉（王保武）

给一点机遇，创一流水平（市名）杭州（韩彦荣）

曾是惊鸿照影来（文学名词二）游记、唐诗（刘茂业）

晴空一色远无边（外币）日元（章镳）

邹容立志改旧制（古称谓）隐士（王祥方）

奉先千人之上，却空有勇力；信义更不堪议及（考古名词）秦俑（张卫平）

念你，悲你，惜你，你影踪儿全无，心俱碎，残花相依（成语）今非昔比（郭少敏）

第三章 改革开放至20世纪末的灯谜（1979年至2000年）

来日破魏靠子龙（电影）《香魂女》（施奕盛）

直见文山一片心（字）恼（吴楚鸿）

多少心血得一言（字）谥（汪寿林）

毁掉森林，后患就在眼前（字）想（余植华）

此地空余黄鹤楼（离合字）禽人离（陈洪盛）

学效李广射卧虎，铮然一声崩箭镞（离合字二）弓虽强、石更硬（吴融杭）

古城墙头听蛙声（字）凹（王桀）

柳眼半舒卿见否（字）相（陈斌）

池边残月，柳丝常伴钓丝悬（字）沸（杨志刚）

问君能有几多愁（成语）应答如流（徐鸿基）

吕子明白衣渡江（成语）蒙混过关（黄有材）

师恩难忘（歌名）教我如何不想他（江更生）

飞流直下三千尺（民族四）高山、水、景颇、壮（朱育珉）

大饼油条豆腐浆（学校用语）早点名（胡安义）

不为锦鳞设，只钓王与侯（地名二）尚志、会昌（苏纳戈）

白娘子盗灵芝（电影四）《蛇》《精变》《红颜劫》《昆仑山上一棵草》（苏才果）

化作春泥更护花（外名人二）[英]甘地、培根（王文来）

抚尺一下，满座寂然，无敢哗者（成语）拍案叫绝（张来苏）

今君有一窟，未得高枕而卧也（江苏名胜）宜兴三洞（张志有）

竹西佳处（歌名）《有一个美丽的地方》（杨炎木）

花褪残红青杏小（国名二）刚果、不丹（张荣铭）

共君今夜不须睡（植物学名词）相对休眠（陈光亮）

到黄昏点点滴滴（外小说二）《天才》《黑雨》（黄荣宽）

他方寸零乱，俺面庞瘦损（古作家）施耐庵（孙建新）

犹见诗圣束寒装（国名）柬埔寨（亭下）

天下英雄，尽入吾彀中矣（地名三）上高、兴国、进贤（任焕长）

关羽斩将酒未凉（植物学名词）温汤去雄（韦梁臣）

双胞胎忘了认记号（古文句）先生不知何许人也（费之雄）

书被催成墨未浓（署名美术作品）《浅予速写》（赵宗成）

残雨翻飞入眼来（电影）《泪痕》（石城）

本人（离骚句）虽体解吾犹未变兮（杨纪波）

扶桑长系鉴真心（字）春（柯一沧）

幽兰山下二度开（字）兹（陈启达）

今夜月明人尽望（探骊）仰光（洪流）

其婿之望在岳父之上（探骊）泰山（东有礼）

二、各类谜语

本时期，谜语表现出生机活力，儿童谜语、民间谜语、少数民族谜语都有许多新创作、新发现、新整理。

1. 儿童谜语
（1）童谣问答谜

童谣问答谜是传统事物谜和童谣相结合的谜语，类似少数民族盘歌（问答歌）。这种谜语可猜可诵。当代民俗学家曹保明创作的《幼儿猜谜歌》《问答歌》《猜谜歌》等，就是这种类型。例：

车

什么车红？什么车绿？什么车晴天能下雨？什么车里冰

冰冷？什么车身背红十字？

消防车红，邮政车绿，洒水车晴天能下雨。冷藏车里冰冰冷，救护车身背红十字。

圆圆

什么圆圆挂在天？什么圆圆路上转？什么圆圆用脚踢？什么圆圆手中敲？

太阳圆圆挂在天，车轮圆圆路上转，足球圆圆用脚踢，锣鼓圆圆手中敲。

陈子典著《谜语儿歌》中的谜作为问歌与答歌的组合，有反复陈述事物特征，加深儿童对事物认识的童趣。如：

降落伞

什么花儿这样怪，花儿先要飞机载，种子撒在云层里，花儿就在天上开？

降落伞，就是怪，花儿先要飞机载，种子撒在云层里，花儿就在天上开。

邮筒

是谁穿着绿袍袍，站在街边笑开口，不怕风来不怕雨，专为人们收信忙？

邮筒穿着绿袍袍，站在街边笑开口，不怕风来不怕雨，专为人们收信忙。

（2）谜语课文

20世纪八九十年代，编入中小学语文教科书中的谜语课文的数量比五六十年代减少,内容则多选编传统谜语中的精品谜作,如月亮、公鸡、鸭子等谜语。

语文教科书中有篇刘蕊的《父亲的谜语》,是被广泛采用的谜文新作。这篇不同于以往教科书中的描述猜谜的谜文,紧紧围绕"父亲的谜语"展开情节,描写人物,表现出一位父亲对女儿无微不至的关心爱护,展现出父亲对女儿细腻而深沉的情感,谱写了一曲感情浓郁的父爱之歌。文章最初发表于1986年6月16日《人民日报(海外版)》,被人民教育出版社中学语文室编入初级中学语文自读课本第六册《新正气歌》,后又收入北京大学对外汉语教材《博雅汉语·高级飞翔篇》、河北省教育科学研究所编《语文(七年级上册)》、上海市中小学课程改革委员会编《语文(四年级第二学期)》等多本语文教科书中。课文全篇:

父亲的谜语

小时候,父亲最爱教我猜谜语。

父亲有很多谜语。夏日的晚上,坐在星光笼罩着的院子里,最有趣的事是猜父亲的谜语。父亲那细眯眯的眼睛笑着看我,悠悠地念着他的谜语。我眨巴着眼睛,仰头对着那满天的星斗苦苦地寻找,谜底藏在哪里呢?再盯着父亲的眼睛瞧,觉得他那双笑眯眯的小眼睛也和夜空一样深邃、神秘。当我苦思冥想,觉得小脑瓜子发胀的时候,父亲便会给予巧妙的提示,直到我得意地叫起来,他也"嘿嘿"地笑了。

渐渐地,父亲的谜语很少能够难倒我了。只有一条谜语我猜不出。

"晚上关箱子,早上开箱子,箱子里有面镜子,镜子里有个细妹子。"

我想了半天想不出,问父亲:"怎么镜子里有个细妹子呢?"

第三章 改革开放至 20 世纪末的灯谜（1979 年至 2000 年）

父亲笑着说："你再听呀——"他把眼睛合上："晚上关箱子"，又把眼睛睁开："早上开箱子"，父亲把眼睛凑近我："箱子里有面镜子，你仔细看看，镜子里是不是有个细妹子？"

我叫起来："是眼睛，是眼睛。"

父亲说："对。这是爸爸的眼睛。"

我问："那我的眼睛又该怎么说呢？"

"晚上关箱子，早上开箱子，箱子里有面镜子，镜子里面有——"父亲摸摸饱经忧患而早白了的头发，说："有个老头子。"

我把这个谜语拿去考小伙伴们，把最后一句改成："镜子里有个小狗子。"也像父亲那样把眼睛一张一合地去启发他们。

每当我噘起了嘴，皱着眉头，一副烦恼忧愁的样子时，父亲便念起"关箱子、开箱子"，笑眯眯的眼睛一张一合，然后问我："镜子里面有个什么呢？"我不做声，他便猜："巧克力？大苹果？洋娃娃？绸结子？花裙子？有小鹿的铅笔刀？……"我小小的心总会被其中某样东西引得高兴起来。父亲将它们"变"出来时，我问他："你怎么就猜得出我镜子里面是什么呢？"父亲的眼睛神神秘秘，仿佛可以给我变出许许多多快乐和光明。

可后来有一次父亲猜不出了。因为我长大了，心里有张小门儿悄悄地开了。一个影子从眼睛投到了心里，抹也抹不掉，可影子"他"却全然不知。陡然觉得父亲带给我的光明黯淡了，我心里只对那个人说："没有你呀，我就是黑暗。"父亲做的饭菜也不香了，涩涩的咽不下去。父亲问："谁欺负我们的细妹子了？"我忽然觉得委屈得不行，眼泪叭哒叭哒淌下来。父亲逗我："千根线、万根线，落到地上看不见。细妹子的眼睛下雨。"可我觉得满心都是父亲无法开释的烦恼，一甩头跑进自己的房子里。父亲跟过来，拍拍我的头，问我：

"怎么啦?"我嚷道:"我要死啦!"父亲好笑起来,说:"你小小年纪就说要死,爸爸这么老了,还想活100岁呢。哦哦哦,一定是有一件东西你很喜欢,又不肯跟爸爸说,对不对?好,我来猜一猜。"

父亲数了好多东西,自然都不是我所要的,我怎么能告诉父亲,镜子里面有了个"臭小子"呢?因为父亲是无论如何不能将那颗心变到我的手心的。父亲继续在猜,可他还是猜不出来。我感到和父亲一下子遥远起来,原来父亲的力量也是有限的。我对父亲说:"你猜不中的,也变不出来,这回得靠我自己。"父亲细眯眯的眼睛一下子变得那样忧郁。

有一天,我告诉父亲我要离开家,跟着那个人到离家很远的地方去。我是父亲的独生女,父亲老了,我应该留在他身边,我也舍不得离开父亲,可是我没有办法。父亲静静地听我说,浑浊的眼睛里什么表情都没有。半晌才开口:"我知道有一天你要走的,女大不中留啊。"临走的时候,他又说:"要是他待你不好,你就回家来。"

可是他待我很好,我和他在一起是那么幸福,幸福得常常以为世界上只有两个人。给父亲写信,也总是说我很快乐很快乐。有一次记起父亲的生日,想着要孝敬一下他老人家,便写信问父亲需要什么,说不管他要什么,女儿都会想尽办法"变"出来的。信投进邮筒后,我忽然生出一荒诞的想法:假如父亲跟我要太阳、月亮,我也能"变"给他吗?当然父亲绝对不会跟我要这些的,但我却因此嘲笑起自己的孝心来。猜一猜,父亲会要什么呢?

父亲来信了,我急急忙忙地拆开,只有四行字:

"晚上关箱子,

早上开箱子,

第三章 改革开放至20世纪末的灯谜（1979年至2000年）

箱子里有面镜子，

镜子里有个细妹子。"

那是父亲的眼睛，我怎么会猜不出呢？

2. 民间谜语

（1）诗词谜

新作诗词谜，采用古代诗词的文学样式，以新事物为谜底，为现代生活服务，有新意，有乐趣。例：

【柳梢青】碧海涛腾，漩流雪涌，物竞浮沉。风息长空，龙眠海底，谁肆狂凶？移时海涸漩空。又闻听，轻雷细霖。尘寰涤荡，衣冠潇洒，人面春风。（洗衣机）

【西江月】入世虽云轻薄，从来素洁怀身。有缘交结管城君，情似相依为命。长赋佳章赠我，更留字画真形。左郎一赋擅才名，我更洛城价重。（纸）（以上马中良）

终身默默愿无闻，不为名声去动心。怎奈情急需露面，一鸣到底又惊人。（警报器）

曾经磨砺万千番，报效之机眼望穿。一线希求不为己，给人愿做嫁时衫。（针）（以上董福东）

又到村中见到他，桃红李白竞芳华，青蓝翠服身常绿，作栋为梁喜万家。（字）树

山上无峰开一田，霞红树绿竞鲜妍，莫愁春去花无色，却喜天干水有源。（字）画（以上丁翕云）

现代诗谜也非常精彩。我国著名诗人邵燕祥，1983年3月作《谜语》诗，耐人品味。诗曰：

有人有它，有人没有它；
有它的人珍贵它爱护它，真正的人不会离开它；
没有它的人说世上从来没有它，却在市场上零整出卖它；
有人因它而流离颠沛，但得到它的安慰；
有人曾因没有它而飞黄腾达，但受到它的责骂；
它会化为道义的鞭挞，它会化为历史的惩罚；
它又具体，它又抽象，请你猜一猜，它是什么？
谜底：它就是良心。

诗人流沙河亦作仿邵燕祥《谜语》诗，同样含有很深的寓意。

（2）青林寺谜语

青林寺村位于历史悠久、地理环境独特的湖北省宜昌市宜都高坝洲境内，因初建于盛唐时期的青林寺庙而得名。20世纪90年代初，青林寺村有8个村民小组，350余户，1100余人，主要民族为汉族和土家族。谜语在青林寺村流传久远，形成独特的村落谜语文化。村民们擅长制谜、猜谜，痴谜成风。在青林寺村，几乎人人能说谜语，全村上下不论男女老幼，随时随地都能相互比试自己的得意之作。据调查，掌握谜语30—100则的占该村人口的15%，掌握100则以上的占该村人口的5%。因青林寺村位于清江梯级开发工程高坝洲电站库区的主要淹没区域，建成后的库区将淹没该村1000余亩，移民人口达630余人。为了抢救民间文化遗产，青年农民丁开清在宜都市文联的指导和帮助下，历经7年多的时间，走村串户，费尽心血，挖掘整理出《青林寺谜语选》。青林寺谜语在谜面制作上都比较通俗、简短、易记好学，一般比较好猜。谜面语句浅显，有韵、不拗口，谜底多为常见之物之事之字。例：

第三章 改革开放至20世纪末的灯谜（1979年至2000年）

肉桩对肉缝，一股白浆往里送，双手拍屁股，乖乖你不动。（生理）喂奶（高开英讲述）

五男二女分家，打得纷乱如麻，若问几时了结，直到清明方罢。（文化用品）打算盘（廖明松讲述）

竹做栏杆木做墙，只关猪儿不关羊，三个伢子来捉猪，吓得猪儿直蹦墙。（文化用品）打算盘（丁运春讲述）

一物生得奇，越洗越有泥，不洗有人吃，洗得吃不得。（自然物）水（丁开红讲述）

初三初四身如弓，十五十六最英雄，本想做个三十岁，二十七八影无踪。（自然现象）月亮（廖炅远讲述）

昨日我打沙市过，买了一个稀奇货，指头大个眼，针都穿不过。（物件）顶针（丁开珍讲述）

生在高山叶叶儿青，没到成年就定亲，蛮汉丈夫不讲理，锯我的身，挖我的心，狠心婆婆从中作梗，捏我的嘴，抓我的身，遇一巧妇来讲情，我才得脱身，问在搞化儿？气冲冲，泪淋淋，只喊烟子熏眼睛。（物件）吹火筒（丁开清、廖炅远讲述）

（3）女书谜语

"女书"是湖南省江永县及其毗邻一带汉族妇女中流传的一种传统文字，有创于宋代之说，20世纪80年代才被发现、整理和研究。由于这种文字仅在妇女中使用，故被称为"女书"。"女书"由妇女家传亲授，世代相传，不见于史籍记载。这种文字全系由妇女手写，或写在纸上，或写在扇面上，或写在布帕上，甚或有织在服饰上或绣在布帕上的。已收集到的"女书"作品有数百件。其中"女书"谜语反映湖南江永妇女群体的想像力和创作特色。例：

春天不下种,四季不开花,一时结雪豆,一时结西瓜。(月亮光)

四四方方一只船,三条大路下古城,两个结拜三兄弟,身上带得五百兵。(三弦)

一层楼,两层楼,三层楼上出日头。(桐油灯火)

簸箕大者穴,花针穿不过。(缸囡)(以上义年华抄存)

圆圆溜溜一口塘,两头草鱼一样长,中央打一棍,头上一点光。(桐油灯)

高山翻竹尾,平地走江湖,将军抓不到,皇帝奈不何。(风)

三兄弟,四弟兄,两夫妻,单身公。(铁三角架、灶台、火钳、吹火筒)

人不像人,鬼不像鬼,脖头上挑水。(坛)(以上高银先抄存)(谢志民著《江永"女书"之谜》)

3. 少数民族谜语

十一届三中全会后,少数民族谜语的搜集整理工作又取得新成果,出版了数十种民族文字谜语书。少数民族语言的谜语有其特有的民族风格,如果翻译成汉文,有些语言难以准确地表达,译文念起来也会难以达到民族语气神韵,不是那么原汁原味了,因而很多少数民族语言谜语未能见于汉语版。

(1)回族谜语

回族是我国分布最广的少数民族之一,明末清初后群体性使用汉语作为通用语。回族在使用汉语的同时仍然保留了自己的民族文化属性,这个特征也反映在回族谜语中。部分回族谜语使用回族用语或地区方言。例:

红脸蛋儿绿头发,泥里出来水里耍。(萝卜)

铁公鸡、木尾巴;上山去,喀啦啦;下山去,嚓啦啦。(镰刀)

截截儿木头截截儿梁,咋好的木匠盖不上。(喜鹊窝)

金斗套银斗,我在河南走一走;河南来到家,金斗银斗开了花。(锁子)

黑牛卧着,黄牛舔着,尕媳妇儿门上览着。(灶火)

一样尕大的两兄弟,好在尕媳妇肩上叽咕叽,去时摇摇摆摆,来时哭哭啼啼。(水桶)

初一、初二养下了,十四、十五长大了,十七、十八病下了,二十七、八无常了。(月亮)

一个黑窟窿,十个牦牛拉不动。(井)

一个不大的尕人人,屁股里拖着半截绳。(针)

一个果子两个把,哪一个猜出,给匹红骟马。(碌碡)(马超英、马进祥搜集)

(2)藏族谜语

藏族谜语起源很早,古称"德芜(德乌)",通称"格布采(卡布泽)",有的地方叫"忾""格""嘎泽""德布"等。藏族谜语发展到当代,题材已很广泛,人民生活中经常接触的事物,大多数成为谜语对象,生活气息很浓。藏族谜语的表现手法也多种多样,有白描、象形、比喻、会意等多种。例:

圆圆脑袋光光的头,无手无脚欢蹦乱跳。(冰雹)

报晓时它是神,摊场时它是鬼。(公鸡)

筑个坛城在空中,自己住在坛城中。(蜘蛛)

外如一顶雪白帐,里似殊胜的法轮。(蘑菇)

去时肚子空空，来时肚子撑撑。(背水桶)
一只母羊四条腿，有腿有脚不会跑。(桌子)
外面匠人打成，里面海水满满，上面阳光灿灿。(供灯)
白岩石板一片片，睡着寒鸦千千万。(书)(张家秀《浅谈藏族谜语》)
非鸟有翅，非猫有爪，非牛有角，非虎有斑。(苍蝇)
日里饱来夜里饿。(鞋子)(尕藏仁青加《藏族儿童文学浅见》)
不是鸟儿有双翼，不是猫儿有爪子，不是牦牛有抵角，不是老虎有花纹，不是老鼠能钻洞。(蜜蜂)
喇嘛一百零八个，大家只有一根肠。(佛珠)
吃饭它用舌头舔，粪便它从头顶排。(刨子)(尕藏搜集翻译)

（3）维吾尔族谜语

维吾尔族人民喜爱谜语，在游戏中经常有猜谜语的节目，甚至在婚礼中也穿插猜谜语的游戏。维吾尔族谜语比喻新颖，民族特色浓厚，大部分有韵，朗朗上口，也有少部分无韵。例：

一个盘子两个馕，一大一小放光芒，大的像火一样烫，小的像冰一样凉。(自然物二) 太阳、月亮
这些姑娘真奇怪，每天晚上才出来，聚会天空真快乐，太阳一出就躲开。(自然物) 星星
身体圆胖手叉腰，花花衣裳白铁帽，莫看面上冷冰冰，肚里热得似火烧。(生活用具) 暖水瓶
肚里装着水，心中烧着火。(民族生活用具) 茶饮
青马上了天，红马地上跳。(自然物二) 烟、火

小小铁狗不会叫,看家守门从不跑,不见主人不开门,外人见它把头摇。(生活用品)锁

头像大花帽,脚像细木棒,肠在肚外边,手在脚两边。(民族乐器)都塔尔

有只小船怪得很,平身只在雪中行,夏天休息不出户,冬天外出忙不停。(交通工具)雪橇

身上长着千只眼,粮食上场忙不闲。(生产工具)筛子(阿不都克里木·热合曼搜集)

(4)苗族谜语

苗族谜语散落在村村寨寨、田间地头,具有浓郁的乡土气息、地方韵味。每条谜作如同一则小歌谣或是一句顺口溜,短小生动,通俗易懂。谜面着眼于事物形体、性能、动作的描写,含蓄幽默,生动有趣。例:

娘穿绿衣裳,儿子披黄服,母亲已过坳,儿子才露面。(竹子和笋子)

三个花妹娘,合戴一项圈。(三脚)

红纸包芝麻,丢到河不沉。(辣子)

调皮小姑娘,住间窄窄房。(银铃子)

石墙土壁,石墙垮台,泥墙永存。(牙齿)

母亲穿棕衣,儿子背棉絮,母亲把脚张,儿子落下岩。(板栗)

夜来木锅一锅肉,天明只有烂棉留。(床)(《黄平民间文学集》第四集)

早晨蝙蝙下水洗澡,夜晚蝙蝙吊脚睡觉。(洗脸毛巾)

老汉肚子饱老汉站得了,老汉肚子空老汉随地倒。(装

粮食的麻袋）

山洞里面一座桥,一头坚固一头摇。(舌头)

你把我怎得一干二净,我就让你东倒西歪什么都看不见。(酒)

穿着衣服去游泳,脱开衣服就进洞。(粽子)(侯兴邹等编译《文山苗族民间谜语集》)

（5）瑶族谜语

瑶族谜语多靠口耳相传,谜作题材涉及的事物广泛,有动植物谜语,生产、生活谜语,还有歌谜、字谜等。例:

拱桥难过,花马难骑,花带怕捆,绣球难提。(虹、虎、蛇、蜂窝)

大哥有桨,二哥有火,三哥有针,四哥有线。(鱼、萤火虫、蜂、蜘蛛)

四兄弟,抬个毛古虫,前面打鼓,后面耍龙;生客来了打鼓,熟人来了耍龙。(狗)

竹山顶上一塘水,塘水清清没泥沙,一对玉龙水底过,龙嘴吐出红莲花。(桐油灯)

小马四脚落地,大人小孩爱骑,家里来了客人,首先让他来骑。(凳子)(湖南《民族民间文学资料》第23集)

小手小脚小圆身,出门就把歌儿哼;你若问她哪里去,百花山里正阳春。(动物)蜜蜂

生在山中叶青青,头顶开花没子生,年纪轻轻生胡子,年老牙齿才全失。(植物)玉米

娘穿蓑衣,崽穿红袍;娘不开口,崽不下地。(植物)板栗、毛栗

陡壁山上两口塘,无雨无井水汪汪。(人体)眼睛(湖南《零陵地区志·民族志》)

(6)白族谜语

白族谜语内容丰富,格式多样,谜面简洁,富有知识性、趣味性和哲理性,启人思索,耐人寻味。白族谜语的语言,用白语读来,铿锵有致,朗朗上口,极富音乐美,汉语翻译难以准确表达。例:

一根绣花针,抬个大肚子。(谷子)
捆起像个葫芦样,上面生出一把毛,把它丢到水中央。(秧)
穿得龙袍,穿不得靴,人人说它官职小,天下城门等它开。(公鸡)
不透风,石灰墙,里面有白又有黄。(鸡蛋)
不吃你的谷,不吃你的米,借你的房子躲躲雨。(燕子)
圆圆一座山,山上七匹马,听的两匹,看的两匹,嗅的两匹,吃的一匹。(头)
无父无母自生来,无兄无弟有人抬,一到秋风寒露后,谁也不把它理睬。(草人)
大口进,小口出;小口进,大口出。(茶壶、广播筒)(张东向主编《白族谜语歇后语》)

21世纪,白族谜语作为乡土文化入选校本资料。2016年印行的洱源县第一中学资料《白族民间文学经典选读》汇编白族谜语。

(7)哈萨克族谜语

在哈萨克语里,谜语被称作"朱木巴克",其本义是"关闭上的"或"掩闭上的"。从这个基本义出发,它不光指谜语,也指隐语、双关语以及它具有掩而不露性质的,或具有隐喻意义的言语、动作,比汉语的"谜语"要宽泛一些。哈萨克谜语主要取自日月星辰、自然景物、牲畜鸟兽以及哈萨克牧业生产生活里的特有事物、现象、活动。运用描写法的谜语,常常表现出哈萨克人对生活、对事物的独特观察体验和思想情感。例:

一座山有两个侦察,两个守卫,三十只狼。(头、耳朵、眼睛、牙齿)

上天是云层,下地灰濛濛。(雾)

我的黑羊奔过去,羊粪蛋直洒过去。(乌云、下冰雹)

入火着不了,入水沉不了。(冰)

我为客人在野地立一架毡房,只因我那客人头脑里少智慧,客人一进来,那毡房就坍塌,我那留宿的人就留在房底下。(捕鸟的网)(以上毕桦《哈萨克民间文学概论》)

兄弟四个的收获,全都装进一口锅。(挤牛奶)

有头野兽下牙多,锋利的上牙还经常磨;吃草从早吃到晚,再吃它肚子也撑不破。(铡刀)

小小鸭子跑得急,跑得肠枯口水滴;不知跑了多少里,老跑不出方戈壁。(写字)(以上张运隆《哈萨克民间谜语浅论》)

(8)鄂伦春族谜语

鄂伦春族的谜语是一种短谣式的口头创作,有物谜和事谜两种,以物谜数量为多。谜语构思巧妙,富有想像力,构谜方法大

第三章 改革开放至 20 世纪末的灯谜（1979 年至 2000 年）

多抽取谜底的某方面特征，以拟人化的方式加以描述，或以其他某些特征相近或相似的事物借代。例：

用手抓不满一把，放开手无边无涯。（眼睛）
山两旁卧着两只小老虎。（耳朵）
一片白桦鲜又鲜，一匹红马蹦得欢。（牙齿和舌头）
走一步，丢只鞋。（雪地的足迹）
一只狍子没屁股，肠子拖在身后边。（针和线）
两个山洞下，各结一个瓜。（耳环）
一个老头愁又愁，两只耳朵让人揪。（吊锅）
一棵樟松粗又长，根朝上来梢朝下。（马尾巴）
一只鸟嘴尖又尖，一口咬死犴达罕。（箭）
囵囵被上盖一条有千万个窟窿眼的破皮袄。（夜空和星星）
一条绳子量起来没有头。（道路）（徐昌翰等《鄂伦春族文学》）

（9）多民族歌谜

在我国少数民族谜语中，有一个特殊类型的歌谜（谜歌、猜歌）。这种歌谜是唱出来的，而不是说出来的。歌谜的出现与少数民族的歌舞传统有着直接的关系。歌谜经常出现在相互问答的"盘歌"之中，一问一答，一个唱出谜面，一个唱出谜底，更能表现出对歌者的机智与灵敏。

壮族歌谜

问：什么盘脚岩上坐？什么半岩织绫罗？什么会打天边鼓？什么会唱五更歌？

答：狮子盘脚岩上坐，蜘蛛半岩织绫罗，雷公会打天边鼓，公鸡会唱五更歌。(《零陵地区志·民族志》)

布依族歌谜

问：什么花开满园新？什么花开好爱人？什么花开斗合斗？什么花开心合心？什么花开成双对？什么花开打单身？什么肚里长牙齿？什么肚里有眼睛？

答：青菜花开满园新，菜籽花开好爱人。豌豆花开斗合斗，蚕豆花开心合心。红豆花开成双对，茄子花开打单身。磨子肚里长牙齿，灯笼肚里长眼睛。

黎族歌谜

问：苍公传下书一本，啥字合来变成村？汉语诗书谁能识？何字合来变成群？

答：苍公传下书一本，木字合寸变成村；汉语诗书人人识；君字合羊变成群。

水族歌谜

甲：你猜什么是尖头五？你猜什么是虾子房？你猜什么是水盖板？你猜什么能盖天？猜对了就来唱歌，不会猜就靠那边。

乙：我说笋子就是尖头五，我说水藻就是虾子房，我说浮萍就是水盖板，我说白云能盖天，我说错了你管骂，我猜对了你快来这边。（以上赵志忠著《中国少数民族民间文学概论》）

畲族歌谜

什么闪闪照眼耀？什么使树把头摇？什么像片鱼鳞飘？什么似座彩色桥？天星闪闪照眼耀，大风使树把头摇，云象

第三章 改革开放至20世纪末的灯谜（1979年至2000年）

一片鱼鳞飘,虹像一座彩色桥。

什么外穿麻布衣?什么内藏木梳子?什么叶子烧烤吃?什么菜不生土里?花生外穿麻布衣,柚子内藏木梳子,烟叶烤成烧着吃,豆芽菜不生土里。(宁德市文化局等编《畲族风情谜语选》)

(10)多民族谜抄

山洞里有个花牛犊,花牛犊最害怕沙土。(眼睛)(蒙古族)

猜谜谜,猜谜谜,红毡子擀过去,黑毡子擀过来。(野火烧山)(普米族),

母唧唧,儿子肥胖;母去玩,儿子不壮。(纺纱)(水族)

不分昼夜和寒暑,不知疲倦走不停,若问终生多少岁,一生只有十二更。(手表)(塔吉克族)

头大得像大皮帽,脚细得像葡萄枝条。肠子在肚子外边,耳朵长在脚上。(得他尔琴)(乌孜别克族)

一块煎饼,吃也不能吃,卖又卖不掉,拿到市场去也没人要。(抹布)

一个光老头儿,只会四处磕头。(镢头)(以上裕固族)

有两个竹筒,个个争先行。(腿)(壮族)

人在船中走,船在身上行。(跑旱船)(满族)

每家都有弟兄仨,老大总把气来发,老二心肠总不佳,老小日子最富华。(烟袋锅、烟袋杆、烟袋嘴)

野兽头,鱼鳞身,野鸡足。(萨满的法衣)(以上达斡尔族)

去时咚咚响,来时泪汪汪。(竹水筒)(基诺族)

一把伞,百叶扬,向天上。(椰子树)(黎族)

比马高,比狗低。(鞍)(柯尔克孜族)(以上赵志忠《中

国少数民族民间文学概论》)

两脚飞飞一脚勾,五湖四海任它游;万亩良田由它管,皇帝无它也发愁。(水)

什么二月种下地,到了五月是归期,头上戴花腰带仔,主人见了笑眯眯。(玉米)(以上仫佬族)(周作秋主编《民族民间文学原理》)

三、灯谜鉴赏

改革开放后,灯谜鉴赏成为品鉴灯谜、提高谜艺的一项重要谜事活动,形成一种新风格新时尚的谜文。

1. 20 世纪 80 年代灯谜鉴赏

20 世纪 80 年代,安徽文艺出版社出版了吴仁泰著《佳谜欣赏》两辑,开灯谜鉴赏之风气。多数鉴赏文章采用四段式的写法:一是解析谜面出处与文意;二是解析谜底原义与别解;三是阐述谜面和谜底的扣合方法;四是对谜作进行评价。此四段式行文朴实,写出了分析欣赏谜作的主要内容,被部分谜人视为灯谜鉴赏的基本方式。例文:

(1) 囊括全部冠军(成语)片甲不留(钱燕林)

有以"囊括全部冠军"猜古官名"都头"者,意即"都是头名"之意,此从正面会意入手,底面关映,亦见妥帖。此谜取法,则从侧面射击,如挥偏师,出奇而制胜。"甲"是古代战士护身之服,现别解为"第一"之意,义通"冠军";谜面已"囊括全部",切底"(一)片不留",自无异议。如此衬托,应照分外有神。作者运思奇巧,读后耳目一新。

（2）公子王孙把扇摇（5字俗语）大少爷作风（江更生）

题文是《水浒传》第15回白胜唱的诗歌，全诗是："赤日炎炎似火烧，野田禾稻半枯焦。农夫心内如汤煮，公子王孙把扇摇。"谜作者引用此诗后一句为面，立意甚明。在扣合技巧上，使底句"作风"一词，性变而意转。此词关底本指大少爷生活上一贯表现的态度和行为，应面则成挥扇有助空气流动而生风。表里语出天成，实为妙手偶得。运笔庄谐并蓄，故有俗中见雅之趣；通俗明白，却无直率浅薄之弊。

（3）"今日得宽余"（成语）先天不足（韦荣先）

谜题引用毛主席《水调歌头·游泳》词句。原句表达了作者在万里长江中游泳，比起往日在庭院里散步，今天感到更加宽畅的心情。成谜之法，则运逻辑推理，从反面加以论证：因为"今日才得到了宽余"，所以，可以推见，"过去的时日是不足的"。谜底"先天"两字，须悟作"先前这些天（时日）"之意。词经别解，妙趣环生。此谜之题从正面落笔，底则是反面生情，相互映照，显豁生姿。

（4）曹孟德中计斩蔡瑁（成语）操之过急（吴显彬）

《三国演义》第45回故事：孙权、曹操两家兵马对峙于赤壁，曹操以幕宾蒋干与周瑜有同窗之谊，着其过江劝降，周瑜故意假蒋干之手盗去假书，曹操看了信以为真，立斩水军将领蔡瑁、张允，中了东吴之计。谜底"操"字以虚为实，踏实孟德其人；"过"字词性活用，转为"过失"之过。全底解作"曹操之过失在于急躁"之意，从侧面点出了"中计"之要害。曾忆20多年前，有以毛主席《浪淘沙·北戴河》句"魏武挥鞭"猜"操之过急"者，"魏武"是曹操之帝号扣"操"名正言顺，而"过"则须作"经过"之过解，"急"乃是当"急速"之急释，表里对照，字字停妥。两谜面出天成，各有韵致,虽别解不一,而工巧相同。或云"真正的艺术是永远不会重复的",我观此谜,颇有同感。

(5)废民国,号洪宪,世所不容(明代诗人)袁凯(吴才懿)

1911年的辛亥革命推翻了清朝;1912年北洋军阀首领袁世凯窃取了中华民国临时大总统职位。袁世凯野心勃勃,处心积虑要想当皇帝,在民国五年(1916年)丙辰岁正月元日,他的阴谋得逞,废除了民国,改称洪宪元年。但此举遭到全国人民的反对,在同年3月22日被迫取消了帝制,称帝仅83日。题文"废民国,号洪宪"是指特定的历史事件和特定人物"袁世凯","世所不容"是妙语双关,关面专指袁世凯这一逆历史潮流的丑行,为世人所不容,关底则暗示"袁世凯"三字中,不容纳一个"世"字,即成底句"袁凯"。1917年出版的《春灯大观》,有一条谜以"慰亭去世"作面(袁世凯,字慰亭,号容庵),也猜明人"袁凯"。两谜均从谜面中叫出"世"字着手,思路均同;而遣词造句手法各异。前者是以写特定事件来暗示特定人物,含蓄地指出"世"之所不能容,后者则从袁的表字中直接叫去"世"字;前者曲,后者直;前者隐,后者明;前者趣浓,后者味薄。观此两谜,高下自见。"谜艺今人胜古人",余谓此言不谬。

2. 20世纪90年代灯谜鉴赏

20世纪90年代是灯谜鉴赏文章取得成就的高峰期,鉴赏文章增量,且质量普遍较高。与20世纪80年代相比,行文在朴实文风的基础上,增加了某些得体的文采。

《佳谜鉴赏辞典》例文:

第三章 改革开放至20世纪末的灯谜（1979年至2000年）

（1）本人退休，儿顶替

（猜字一）谜底：兀

朱映德作谜，谜体：拆字

本人退休，由未就业的子女顶替工作，是我国70年代末80年代初为解决青年就业难而实行的政策，曾经牵动千家万户，现在回顾，记忆犹新。作者将人民群众深关痛痒的政策条文拿来作面，巧布迷宫，足见匠心。成谜兼用了两种手法，逐节分扣。先令"本人"二字中"退"去"休"字，留下"一"字，此乃减笔离损之法；再让"儿"字"顶替"到"一"字下面（"顶替"总是自下而上的，所以此二字又点明了方位），成就"兀"字，此乃增补合形之法。此谜谜面流畅自然，不见雕琢痕迹，增减脉络清楚，扣合干净利落，初读谜面，似乎明白如话，一经推敲，方觉暗藏玄机。大智若拙，最是难得。（胡安义）

（2）封以帛，曰：非君手不解

（猜单位名一）谜底：开发公司

周问萍作谜，谜体：会意

面取唐人贾直言与父道冲坐事，俱贬岭南与妻诀别，直言妻董氏引绳束发，封以帛，使直言署之（签名），曰：非君手不解。直言贬二十年乃还，署帛宛然（原封未动）。事见《新唐书·烈女传·贾直言妻董氏》。此谜题面"曰：非君手不解"之前，加以"封以帛"句，是明确指出"非君手不解"的是"发"。因为此帛是用以封在被绳所束起来的头发上的，有了此句，则"非君不解"自然是"发"无可他移。"君"与"公"均是对人之敬称，也就是泛指你。"君"也可专指丈夫，即"夫君"。方言中，也有称丈夫为"老公"者，所以"君"和"公"，泛指和专指，均无不可。"司"是主持、掌管,底句经别解后,意即"解开我的头发的要你掌管",那"非君手不解"之面句,扣得字无剩意。此谜底材,不易配面,幸汉字之简化,然与"公司"二字连用较难,而在历史之典实上,确有封起头发来"非君手不解"的史实。作者信手拈来,恰到好处,真个是"得来全不费功夫"的巧制。阅此谜,能令人神往之至。(钱燕林)

《古今优秀灯谜鉴赏辞典》例文:

(3)两岸猿声啼不住(刊物名二)大江南北、争鸣

作者:〔安徽〕陈清远

【赏析】唐肃宗乾元二年(759),李白贬放夜郎,至白帝城遇赦,返舟东下,吟成一绝,命曰《早发白帝城》,一作《白帝下江陵》,一作《下江陵》。《水经注·江水》篇云:"朝发白帝,暮到江陵,其间千二百里,虽乘奔御风,不以疾也。每至晴初霜旦,林寒涧肃,常有高猿长啸,属引凄异,空谷传响,哀转久绝。故渔者歌曰:'巴东三峡巫峡长,猿鸣三声泪沾裳。'"李白延其意而反用之。"两岸猿声啼不住,轻舟已过万重山",此时景随人意,夹岸猿声,亦显欢悦之情。

"大江"乃长江之代称。白帝至江陵,由西而东,"两岸"非"南北"莫属。"大江南北"一语,笔情洒脱而谜意真切。"啼不住"一作"啼不尽",皆言猿声起伏不已,无休无歇。盖猿啸春山,相与属引,层峦叠嶂之中,一而十,十而百,百而千,千而万。其猿则或雌或雄,或长或幼;其势则或跃或静,或单或群;其声则或低或高,或长或短;其情则或悲或恐,或喜或惊。山鸣谷应,回荡不绝。况顺流峡中,舟行如

第三章 改革开放至20世纪末的灯谜（1979年至2000年）

飞，一声渐远而一声又近，一声甫送而一声又迎。参差交错，不辨其详。"啼不尽"之情状，亦难写尽。"争鸣"切之，繁在简中。着此二字，使笔势超逸而谜趣飞动。底面参读，可为互解。舟中之人，载瞻载欣，群山掠影，释以往之重负，众猿争鸣，寓不尽之豪情。

谜则佳矣，端赖天工；俯拾便得，着手成春；自然之妙，诗、谜皆同。（王粲）

（4）山中无老虎（中药名二）当归、猴头

作者：〔上海〕江华逵

【赏析】世人常把当权者不在或暂缺称之为"山中无老虎"，比喻形象生动，含义诙谐有趣。这威震山林的百兽之王一旦不在山中，将会是什么情况，作者是自有安排的。中药里有种猴头菌，欲称"猴头"。若把它拈来作谜底，并戏解作"猴子当头"（"头"即首领，猴子出没山林，既为头，仍当冠以"大王"），正好补全了俗语"山中无老虎，猴子称大王"。底面合璧，饶有风趣，足可把玩。但仅用"猴头"二字，作者总厌其太实，有板滞之嫌，再配上一味中药"当归"（谬化作"当然归于"之义），则形神俱到，奇趣顿萌，谜味更浓，扣准山中无老虎，当头的非"猴"莫属了。

此谜通俗可爱，俗不伤雅，以戏谑的口吻，用启下法叫出谜底，何等自然，绝非勉强。文义虚实错综，点化着力。初读感其滑稽，又读忍俊不禁，若再细细品味，定然捧腹、喷饭。评话有噱头，相声有包袱，灯谜也有令人嬉笑之作。寥寥数字，能产生如此奇异的艺术效果，也属难得之好谜。（杨志刚）

(5)忽闻海上有仙山,山在虚无缥缈间(电影名)阿混新传

作者:〔福建〕张奕虎

【赏析】面出《长恨歌》之后半段,乃叙明皇思念杨妃,寂苦难耐,遂遣一"能以精诚致魂魄"的道士"上穷碧落下黄泉",觅之既遍,方才打听到杨妃潜居于海上仙山。以此中"忽闻"句扣底,"阿"须作"山阿"训义(《滕王阁序》:"访风景于崇阿");"混"则作"混合""混杂"意会(孟浩然《临洞庭上张丞相》:"涵虚混太清。"柳宗元《永州韦使君新堂记》:"远混天碧")。"传"原读去声,为人物之传记,今读平声,作"传扬"解释,以"新传"恰映合了"忽闻"一词。题面两句本系联珠句式,"忽闻"以下十二字,实际只是一句话:仙山在虚无缥缈的海上。故底文"阿混"犹言:山阿涵混于其间。此乃少少许胜多多许,区区二字赅义无穷之佳例也。

此谜倒装扣合,虚实相间,详略得宜,且命意清新,节奏灵动,给予读者以和谐流动的美感。"感情富于曲折,而从质朴明快的语言出之。结构饶有层次,但却统一在浑然一气的境界氛围之中。流转而不失之浮滑,律动和谐中包含着凝炼的风度,甚至峭拔的格调。"(吴调公《说"清空"》)(赵首成)

进入21世纪之后,谜评鉴赏数量有增无减的同时,也出现一些快餐冗余文气和求赞求评现象。

第三章 改革开放至20世纪末的灯谜（1979年至2000年）

第五节 灯谜传承

灯谜，从古至今一直在生生不息地传承。20世纪80年代中期以后，多了一些有利于灯谜保护和传承的新举措新动力，如建立健全各级灯谜组织，命名"灯谜艺术之乡"，支持鼓励开展灯谜活动，对谜人从谜业绩的肯定和激励等。

一、灯谜之乡

1987年，文化部为推动民间文化艺术事业的繁荣发展、丰富活跃基层群众文化生活，设立命名"中国民间文化艺术之乡"的文化品牌项目。20世纪90年代，文化部命名挂牌的"中国民间艺术之乡"和各省命名挂牌的"省级艺术之乡"中，有多个"灯谜艺术之乡"。

1. 中国灯谜艺术之乡：漳州（芗城区）

福建省漳州市（芗城区）的灯谜活动有着广泛的群众基础。改革开放至21世纪初，坚持周末开猜，从未中断，还举办了漳州中华灯谜艺术节和海峡两岸（漳州）谜艺研讨会、再生杯全国青少年灯谜邀请赛、漳台杯闽南语灯谜邀请赛和多届省级谜会（其中含福建省首届青年灯谜邀请赛）、多届市级谜会和10多届市区基层灯谜会猜。平均每年都有一次大型谜事活动。数十次组织谜人外出参加大型谜赛，10多次荣获团体冠军。创办谜刊《虎啸》。

漳州芗城区区委、区政府每年都拨出一定数额的"芳草"经费，支持群众性灯谜活动。外出参赛、对外交流和大型谜节活动，又另拨专款。1992年拨款建成漳州灯谜艺术馆，1998年又把新建的漳州标志性建筑威镇阁主楼作为新展馆，并帮助谜馆实现资料贮存、展览电脑化，使其成为漳州对外开放的文化窗口。国家新闻出版署副署长梁衡、《人民文学》副主编王扶、福建省副省长潘心城等领导先后前来参观灯谜活动。

从1984年起，漳州通过《虎啸》介绍台湾灯谜活动。1989年举办的首届漳州中华灯谜艺术节，迎来了台北、高雄、台南谜友，打破了海峡两岸40多年隔阂，首次进行谜学交流。之后，台湾经常有谜人来漳州交流谜艺。1998年元宵，漳州灯谜协会赴台文化交流，实现了两岸谜界双向互访。1993年高雄市谜学研究会和漳州灯谜协会结成姊妹会，建立文虎基金会，出版《文虎丛书》。漳州还多次邀请我国香港及新加坡、泰国等国家的谜人来访，也多次派谜人到香港、新加坡交流谜艺。漳州灯谜活动在海内外产生相当的影响，先后有《人民日报》《中国文化报》和台湾《联合报》、菲律宾《世界日报》、泰国《亚洲日报》、新加坡《联合早报》等30多家报纸杂志报道；2000年CCTV-4《天涯共此时》栏目播放漳州市电视中心拍摄的《两岸谜人会漳州》专题片。

1990年，福建省文化厅把漳州灯谜协会列为省繁荣社会文化"芳草计划"示范点，把漳州灯谜馆列为海峡两岸文化走廊示范点。1998年，漳州灯谜协会被中华灯谜学会评为"全国十佳灯谜协会"，1999年12月，福建省文化厅命名漳州芗城区为"福建省灯谜艺术之乡"。2000年1月，中华灯谜学会正式命名漳州灯谜艺术馆为"中国灯谜艺术馆"。2000年5月，中国文化部命名漳州芗城区为"中国灯谜之乡"。

第三章　改革开放至20世纪末的灯谜（1979年至2000年）

2. 中国灯谜艺术之乡：蚶江（见本章第一节）

3. 中国灯谜艺术之乡：澄海

澄海灯谜活动历史悠久，清代已兴司鼓引猜，曲乐助兴，送谜标（中状元标）的猜谜活动。清光绪五年（1879）举办莲阳谜会。20世纪30年代，樟东地区有"笔猜"活动形式。40年代，四并斋谜社进行投帖函猜。其时全县谜社林立，涌现朱侠机、黄少铿、李君玉、许超然、蔡醉红等一批名家。全县各乡村猜灯射虎蔚然成风，有"谜乡"美誉。

澄海城乡灯谜活动具有广泛的群众基础，每年春节至元宵，全市各地开猜的灯谜活动达100多场次，一些乡村连续三天三夜开猜。每年举办的"迎春灯谜一条街"和"灯谜艺术广场"都成为节日文化的重头戏，城乡处处谜鼓咚咚，报谜猜谜欢声笑语，场面十分热烈。在诸多谜事活动中，最具特色的是国防教育、计划生育、遵纪守法、尊师重教、廉政教育、国土、水利、环保、禁毒、税收、工商、金融、科技等众多专题谜会及老人、儿童、青年、妇女专场。澄海文化部门多次举办台港闽粤灯谜联谊大会猜、潮汕灯谜大联猜等各种大中型谜会，不定期编印《澄海灯谜》。

澄海是著名的侨乡，与东南亚各国和港台地区的灯谜交流活动非常活跃，1987年，泰国潮州会馆灯谜访问团莅澄交流谜艺，台湾谜学界联谊会莅澄联办灯谜会猜。1989年，香港灯谜研究社莅澄联办港澄谜友会猜。1992年，澄海谜人首赴泰国参加国际灯谜艺术交流会，赴新加坡参加华族文化节灯谜会猜。1998年，澄海民间艺术团访问台湾。1992年和1999年，澄海两度举办金秋灯谜艺术节，进行海内外灯谜联谊。

改革开放以来,澄海灯谜创作队伍健全、人才辈出、谜艺水平提高、开猜活动频繁,形成独特的人文盛况。1998年,中华灯谜学会授予澄海谜会、谜刊、谜社三项"中华十佳";1999年,澄海被广东省文化厅命名为"广东省民族民间灯谜艺术之乡";2000年5月,被国家文化部命名为"中国民间灯谜艺术之乡"。

4. 中国灯谜艺术之乡:南召

1975年元宵节,河南省南阳市南召县文化馆在院内试办第一届灯谜晚会,反响热烈。从此,每逢正月十五、十六都举办谜会,规模一届比一届大,质量一年比一年高,效果一年比一年好,群众爱灯谜、痴灯谜的情绪一年比一年浓。

1998年,南召县第23届元宵节灯谜晚会,从文化馆大院挪向街头,变文化馆一家承办为宣传、工贸委、金融、教委、邮电等各口牵头,各局参与联办。在县城中心东西南北四条主街道路旁,开设30米长的大型谜区4个,张贴悬挂谜笺5000余条。纵横十里长街悬挂各式彩灯3000余盏。各临街机关、商店,户户挂红灯,灯灯有谜语,盛况空前。同时,人行、农行、电业、公路管理局、工会俱乐部等单位,也分别在自家院内或街头,举办小型灯谜晚会。前往观灯猜谜者达10万之众。南召电视台也开设了"电视灯谜"栏目。

南召的每次元宵灯谜晚会都经过周密筹备和组织。晚会前一个月,文化馆就把人员分成灯、谜、后勤、联络、采购5个小组,各司其职,做好准备工作。晚会期间,县有关领导、文化局、赞助单位、公安、派出所参加,组成组织委员会,下设保卫、后勤、发奖、办公室等组,具体做好晚会的各项工作。

南召有制谜行家230多人,经常为县城和村、镇晚会提供谜作的有50多人。每届晚会所需要的4000条左右的灯谜,绝大部分都是南召谜人依据所见所闻，结合南召和身边的事物创作出来的。

南召县领导对办好元宵节灯谜晚会十分重视，每年都拿出一定的资金支持。20世纪90年代，县委、县政府两办直接签发关于搞好春灯节文化活动的文件，对办好灯谜活动作专项部署。每届晚会的组委会主任，一般由主管书记或主管县长担任，宣传部主管部长亲自坐阵指挥，文化局领导全力以赴做好活动的各项工作。由于县委、县政府把发展南召灯谜文化摆上位置，列入日程，措施得力，各单位通力协作，使南召元宵灯谜晚会一年接一年的延续下来，使灯谜走红文化舞台，成为南召群众文化的一大奇观。

南召县文化部门依托县文化馆和各乡镇文化站，把辅导机关、厂矿、企事业单位、学校和乡镇开展灯谜活动作为工作任务，先后举办谜语知识培训班10多期，为乡村两级培训谜语骨干300余名。50多个单位在节日或厂庆开展灯谜活动。全县16个乡镇337个行政村，有12个乡镇100多个村相继开展猜谜活动。1998年，南召县被河南省文化厅命名为"特色文化之乡"。2000年5月，被文化部命名为"中国民间艺术（灯谜）之乡"。

5. 省级灯谜之乡：桐梓县城娄山关镇

清道光年间，桐梓诗钞中有"门上武将驱鬼去，檐下文虎引人来"的记叙，令狐塾（1872—）《鼎山诗钞》中有"惟怜日暮无灯虎，寂寞山城夜月孤"的描述。1926年至20世纪40年代中期，贵州省遵义市桐梓灯谜活动不断。

1956年，桐梓灯谜活动重新起步。是年4月25日创刊的中共桐梓县委机关报《桐梓县报》，在5月12日副刊上刊登《谜语》，后设"有奖猜谜"专栏。1963年，桐梓县文化馆举办春节、元宵灯谜晚会，这一活动一直延至 1965 年。

1978 年春节，桐梓县文化馆恢复灯谜晚会。其时，县文化馆坐落在大十字街头，文化馆当街的门窗即为灯谜投递和揭晓的窗口，整个大十字成为谜会的会场，参与灯谜活动人群涌动大街。自此，县文化馆每年春节、元宵都兴办谜会，"五一"、"七一"、国庆、中秋、元旦等节亦常办谜会。

20 世纪 80 年代以后，桐梓灯谜空前活跃。1983 年春节，官仓、花秋和城关镇三街、四街都兴办灯谜晚会，尤以官仓区谜事规格和时间较长。1984 年，桐梓县图书馆举办大型春节元宵灯谜晚会，设"雅座"灯谜沙龙，创"雅座"与"会场"并举的格局，还举办首次评选射虎高手大赛。1986 年，农历正月初五至初八，县文化馆和县谜协应遵义市文化馆之邀，在遵义市区红花岗剧院、河边公园举办大型谜会，展猜三天，获得"谜乡虎威"荣誉匾。

1987 年的元宵节，全省组织贵阳灯谜大会猜，《桐梓谜宫》布置典雅，对联高挂，彩条飘舞，并展示商品，宣传桐梓特产。在桐梓、龙里、黔西和大方的四虎对峙中，桐梓打虎队战绩辉煌，射中几百条谜。闯大方县灯谜擂台，攻下了悬挂三天未曾攻下的谜条。《贵州日报》《贵阳晚报》记者闻讯专访，作了《巧遇谜王》《当心，贵阳人，桐梓老虎进城了》的报道。1991 年 1 月 22 日，贵州省总工会组织电视直播灯谜擂台赛，桐梓队获冠军。

桐梓有宋仲簏、龙砺孚、徐江人、欧邦涛、李思明、高德淮、令狐荣楷、廖保中、江浩、傅长能、张振波、黄光荣、文树林等老中青相结合的谜人队伍，还涌现了"老有所为精英奖"的文化个体户胥丕文。他以开店以出租杂志、书籍为生，自 1982 年起，每天都以小黑板悬谜供猜，猜中者奖其免费看书一本。逢大型节日，他悬谜 30 余条供猜，并当场以实物发奖。自 1986 年起，他还于每年春节自费举办为期三日的个人谜作展猜。

1993年3月,贵州省命名桐梓县娄山关镇(县城所在地)为"灯谜之乡"。

二、谜坛骨干

20世纪八九十年代,中华谜坛活跃着一批传承灯谜文化的骨干力量。其中,一批老一辈谜学研究工作者学有专长,著书立说,牵线搭桥,建树颇丰;一批风云人物筹划重大谜事,促进谜学交流,培育谜坛新秀,是谜坛的中坚力量;一批灯谜新人风华正茂,锐意进取,勇于开拓创新,是谜坛的新生代力量。

从各项谜事活动的评选中,可以见识到一批一批的谜坛骨干。

1. 中华灯谜学术委员会表彰和沈志谦文虎奖获得者

1998年,中华灯谜学会表彰人物奖项5个,其中,中华十佳灯谜工作者:刘二安、李次高、杨梓章、张礼鹤、郑百川、范淑敏、高鸿泰、敖耀寰、徐添河、章品。中华十佳灯谜新秀:龙吉江、汤为民、朱墨兮、任焕长、苏卓平、张卫平、罗营东、施奕盛、郭少敏、章镳。中华十佳灯谜学术研究员:叶国泉、沈玉泉、李珍、吴楚鸿、张志有、范胜雄、周震康、赵首成、董书祥、蔡芳。中华当代谜坛宿将:王学勤、卢一雄、白福臻、许成章、刘雁云、苏寿真、杨海松、吴仁泰、吴学平、张伯人、张鹤绵、陆滋源、陈以鸿、陈振鹏、郑泽生、周浊、周问萍、柯国臻、黄炳华、黄辉孝、钱燕林。特别贡献奖:马汉南、沈志谦。

1993年开始,由台湾沈志谦与漳州市谜协联合设立"沈志谦文虎奖",专门奖励对灯谜艺术做出贡献的谜人,奖金由沈志谦和漳州灯谜艺术馆提供(沈志谦出资8万元,高雄漳州各出1—

2万元。1998年文虎奖基金增加到20万元）。获奖者为：第1届：刘雁云（香港）、许成章（高雄）、李次高（台北）、苏温才（石狮）、郑百川（潮州）、柯国臻（温州）、陆滋源（南京）。第2届：卢一雄（曼谷）、罗庆云（基隆）、朱家熹（屏东）、周浊（上海）、章品（丹东）、赵首成（六安）、刘二安（安阳）。第3届：陈祖舜（基隆）、郭自得（澎湖）、吴仁泰（合肥）、高伯瑜（苏州）、江更生（上海）、李珍（兰州）、张哲源（澄海）、张奕虎（漳州）。第4届：王火山（台南）、杨海松（马来西亚）、章镳（绍兴）、余勇（南昌）、叶国泉（南宁）、胡安义（上海）、李著成（宜昌）、黄辉孝（南澳）。第5届：张礼鹤（宁波）、田鸿牛（宝鸡）、敖耀寰（长沙）、方炳良（莆田）、范叔敏（女，合肥）、苏寿真（北京）。第6届：钱燕林（南京）、张鹤绵（青岛）、徐鸿基（厦门）、费之雄（苏州）、王正亮（镇江）、马维克（泰国）、黄永文（台北）。第7届：郑泽生（新加坡）、吴学平（台北）、张伯人（香港）、马汉南（香港）、胡三白（中山）、郭龙春（北京）。

2. 主流谜刊谜事活动奖项获得者

1982年1月，《文化娱乐》举办"谜坛点将台"，1—10期每期刊载全国谜坛名手4人谜作各10则，最后由群众投票评出5位最佳谜手：王能父、苏纳戈、柯国臻、费之雄、汪寿林。

1989年8月，《中国谜报》举办"首届中国灯谜国际大奖赛"，评选出中国灯谜百强、优秀射手、好射手共500名。首届中国灯谜百强（实为101名）为：丛川（杭州）、侯康林（哈尔滨）、葛志全（宁波）、李次高（台北）、王力（长春）、陈世禄（美国）、胡安义（上海）、田鸿牛（宝鸡）、卢一雄（泰国）、刘二安（安阳）、刘安敬（广州）、卢立祥（上海）、许永康（菲律宾）、陆影（三明）、方炳良（莆田）、侯印（沈阳）、吴学平（台北）、韩宇鸣（北

第三章 改革开放至20世纪末的灯谜（1979年至2000年）

京）、余勇（南昌）、东有礼（沈阳）、章镳（绍兴）、李春河（高雄）、张志有（兰州）、冯同英（银川）、臧镜涛（丹东）、陈盛君（澳门）、陈朝雄（南宁）、陈书法（陇西）、钱燕林（南京）、王振坤（唐山）、柯春山（日本）、韩克栋（辽阳）、张伯人（香港）、王正亮（镇江）、王谦（长春）、沈玉泉（南通）、丁文泉（济南）、尹文钦（十堰）、李万超（北京）、周跃建（南昌）、王寿林（苏州）、黄叙梁（太仓）、邱天（永安）、叶全根（印尼）、杨耀学（汾阳）、张华成（重庆）、王能（宜宾）、黄树基（广州）、傅国防（青岛）、方柱中（华安）、刘英魁（邯郸）、宋世荣（沧州）、杨佳作（沈阳）、李著成（宜昌）、裔胜东（句容）、陈光亮（泉州）、沈新（绍兴）、蔡芳（永安）、曹振远（哈尔滨）、单鑫华（太仓）、孟辉（南昌）、刘德新（武汉）、张礼鹤（宁波）、黄穆灿（三明）、逯梦蛟（宝鸡）、陈光作（西安）、张文生（太原）、王安生（陇西）、汤健安（太仓）、李国元（咸阳）、谢灿星（泉州）、张立生（宝鸡）、朱道存（上海）、左剑秋（天津）、赵开源（黄山）、沈杰（泰州）、朱建铭（南通）、黄守信（宜宾）、袁杰（上海）、刘劲松（哈尔滨）、王子安（无锡）、叶国泉（南宁）、纪岱山（潮州）、王树芬（南京）、龙汉德（宝鸡）、扈进标（沧州）、褚维信（天津）、顾福留（镇江）、王成喜（本溪）、敖耀寰（长沙）、郭蕃（哈尔滨）、兰成扣（上海）、武勇（长春）、张长水（山阳）、王定一（西安）、王瑞桐（西安）、李大宇（淮阴）、翁德明（黄山）、董书祥（长春）、郑长彦（镇赉）、刘干臣（南京）。

同年，《知识窗》为纪念创刊十周年，特请有声望的谜人撰写《百家论谜》，经过三上三下推选出"当代百名谜家"：苏才果、苏纳戈、柯国臻、费之雄、陆滋源、汪寿林、李保华、郑抒、胡安义、韦荣先、郑百川、马啸天、刘雁云、张鹤绵、钱燕林、苏温才、苏寿真、王能父、金寅、汤健安、江更生、侯康林、东有礼、章品、石彧、罗捷、王谦、徐鸿基、夏永胜、何仰之、吴仁泰、张礼鹤、张奕虎、田鸿牛、萧瑾瑜、赵首成、曹锵、冯同英、邱景衡、张志有、侯印、刘二安、季国虎、章镳、陈光亮、张孝武、朱育珉、冯汉臣、扈进标、方炳良、杨耀学、周发仁、许连进、丛川、涂承荣、吴学平、关德安、葛志全、林富杰、董书祥、吴龙云、蔡芳、方柱中、龚酉、李次高、黄树基、庄睿龙、王颉、陶宽汝、陈文科、张瑞权、韦梁臣、张荣铭、朱墨兮、陈雨门、庄容川、田光泽、杨焕文、袁杰、王振坤、黄容宽、杜宇澄、张哲源、刘安敬、姜文清、汪南昌、罗良铭、杨承业、韩克栋、张顺社、李平、白珩、安春阳、翁德明、陆影、王定一、李珍、李著成、黄辉孝、周荫中。

1996年6月,《中华谜报》举行200期庆典时,将"中华谜坛十大功臣"光荣称号授予为发展灯谜文化作出突出贡献的香港马汉南、台湾沈志谦、新加坡郑泽生、泰国卢一雄、林宝才、香港刘雁云、广东黄辉孝、福建杨梓章、丹东刘作金。

同年10月至12月,《全国灯谜信息》《春灯》《文虎摘锦》《中国报刊谜汇》与诸子、金牛等17家谜社联合评选出当代"中华十佳青年谜人":(浙江)章镳、(江苏)王正亮、(台湾)李次高、(河南)罗营东、(福建)柯木雄、(福建)郭少敏、(山东)侯增、(江苏)朱墨兮、(福建)张卫平、(山东)辞明。

2001年,《春灯》《中华灯谜》《文虎摘锦》《中国报刊谜汇》《全国灯谜信息》组织评选出20世纪百佳谜人:俞樾、唐景嵩、樊增祥、况周颐、孙凤翔、薛宜兴、孙玉声、顾震福、黎国廉、孔剑秋、谢会心、张超南、张起南、谢国文、徐枕亚、吴莲洲、王文濡、韩少衡、张郁庭、薛凤昌、涂竹居、李文宾、吴朝纶、庄容川、李君玉、谢云声、黄朝传、屠心观、韩振轩、陈玦琳、来楚庚、何仰之、陈雨门、张亚谟、陈镇权、袁定华、刘子荫、许成章、韦荣先、罗庆云、谢述心、王能父、高伯瑜、朱家熹、周问萍、田式、张鹤绵、杨承业、马啸天、陆滋源、卢一雄、杨海松、余真、陈振鹏、周浊、陈祖舜、黄景云、陈以鸿、苏温才、白福臻、吴仁泰、郑泽生、黄辉孝、刘雁云、苏寿真、吴学平、张伯人、郭龙春、柯国臻、林仲杰、黄永文、林宝才、费之雄、黄叔麟、王火山、徐添河、张九如、郑百川、范胜雄、江更生、方炳良、叶国泉、张哲源、关德安、余勇、杨耀学、田鸿牛、沈志谦、杨梓章、张奕虎、赵首成、刘二安、敖耀寰、葛志全、韩清源、李次高、章镳、朱墨兮、罗营东、赵旭晟。其中20世纪80年代后活跃在谜坛的有70人。

3. 谜家辞典收录者

刘二安、牛书友主编《中国当代灯谜艺术家大辞典》，收录中国当代在灯谜创作、猜射、研究、评论诸方面成绩卓著者和灯谜活动家、组织家等1350人词条：

2画：丁纵、丁文泉、丁可嘉、丁光斗、丁雨兴、丁殿卿、丁潭清；

3画：于升起、于国清、于忠东、于建瑞、于景林、万文、万青、万建明、卫斌虎、马子芳、马立炳、马志华、马杰忠、马佩文、马荣海、马显涛、马爱国、马家俊、马啸天、马维克；

4画：王华、王进、王念、王诚、王勇、王勇、王敏、王麟、王义武、王小勇、王子安、王子瑜、王开景、王云樵、王友宜、王少鹏、王中和、王长兴、王长臣、王长君、王文本、王文来、王文恒、王文渊、王文楷、王火山、王水松、王玉书、王正亮、王世忠、王本仁、王龙顺、王务一、王汉生、王礼贤、王必灿、王永治、王永修、王民建、王亚东、王亚斌、王再兴、王有昆、王存生、王传章、王兆贵、王安平、王安生、王安钢、王志成、王志刚、王志强、王应钦、王宏坦、王君影、王茂林、王松

中华灯谜史（1949–2019）

昌、王昆松、王佳玺、王炜堃、王泽宏、王学孟、王定一、王建民、王建伟、王绍宽、王春台、王栋臣、王贵民、王思真、王复陈、王保武、王保柱、王俊杰、王胜全、王庭富、王恩惠、王铁云、王海帆、王海祥、王祥方、王祥正、王能父、王骏涛、王培慧、王得道、王寅丑、王隆逊、王维国、王维雪、王彭年、王景超、王新忠、王福有、王静庵、王嘉宾、王德海、韦汉荣、韦荣先、牛书友、丹国石、文木、文新甫、方平、方书璧、方名列、方求斌、方建生、方建国、方树铭、方钦城、方炳良、方高维、方锡珊、尹恺、尹业基、尹海军、尹稚彬、邓明、邓当文、邓传喜、邓启明、邓家乐、邓德源；

5画：石彧、石巍、石幼华、石昭智、石爱民、龙文、龙汉德、东有礼、卢一雄、卢小虎、卢志文、卢阿柔、卢育明、卢恒庆、申挺、申世中、申志杰、申杰侯、申河成、叶元旦、叶传经、叶国泉、叶承恩、叶冠华、叶鸿鸣、田式、田文生、田文亮、田光泽、田守文、田志彤、田秀明、田洪亮、田鸿牛、史东山、史宝明、史建国、白超谦、丛国林、包四新、冯丰壹、冯汉臣、冯同英、冯孝聪、冯忠良、冯重光、冯济峰、冯毅然、冯儒琦、兰金、兰自涛、宁甲风；

6画：邢华旭、戎慧莲、吉其厚、毕可朝、毕克东、毕洪河、毕殿魁、吕祥、吕铭、吕光源、吕茂林、朱宁、朱瑛、朱镛、朱璋、朱一鸣、朱元达、朱凤德、朱先杰、朱君祥、朱国强、朱建铭、朱星龙、朱俊龙、朱洪星、朱振经、朱家熹、朱敏义、朱渝生、朱渝春、朱锦华、乔北海、乔在明、乔守信、乔绪涛、伍延才、伍耿怀、仲军、仲鲁连、任全胜、任志广、任宝琦、任建明、任素华、任焕长、任敦新、华浩年、邬绍思、庄荣池、庄荣坤、庄笑生、庄容川、庄毓添、庄镇安、刘发、刘刚、刘旭、刘进、刘实、刘敏、刘二安、刘干臣、刘广军、刘之侠、刘小丹、刘子荫、刘

第三章 改革开放至20世纪末的灯谜（1979年至2000年）

天禄、刘凤俦、刘文奇、刘兰懿、刘同友、刘廷福、刘守平、刘连舫、刘青云、刘茂业、刘英魁、刘国瑞、刘典忠、刘忠和、刘宝元、刘宗芬、刘珉传、刘荣贵、刘炳权、刘恩站、刘铁跟、刘益民、刘海涛、刘涤瑕、刘雪春、刘鸿洁、刘森源、刘惠民、刘惠德、刘雁云、刘群雄、刘德安、刘德新、刘德襄、齐石山、关玉田、关怡娟、江兴锥、江瓯生、江咏清、江贵镫、汤为民、兴山柏、安丽华、安建国、安润泽、安瑞金、许昌、许友金、许介锥、许成章、许孙育、许志龄、许连进、许伯文、许识途、许秉川、许炳萱、许振东、许海魁、许涌泉、许祯祥、许斯爱、许德润、农伟诚、那荣臻、阮凤友、阮治祥、牟艺、牟仁龙、纪乃坤、纪日舟、纪伟忠、纪志康、纪画屏、纪凯声、纪培明、纪清华、纪鹤龄、孙华、孙宏、孙波、孙峰、孙彬、孙耀、孙文荣、孙本炎、孙业濂、孙安邦、孙延华、孙伯雨、孙幸源、孙国光、孙国和、孙佩江、孙经存、孙胜利、孙培桢；

7画：麦贤安、麦振福、麦家鹏、严宗达、苏剑、苏晖、苏颖、苏伟喜、苏寿真、苏君湖、苏卓平、苏国强、苏明呼、苏宗彬、苏荣灿、苏培中、苏章明、苏温才、苏锡武、苏德友、杜敏、杜心宁、杜玉树、杜宇澄、杜松华、杜锡涛、杨冰、杨柳、杨锐、杨翔、杨乃胡、杨广斌、杨天生、杨风海、杨文权、杨文明、杨世亮、杨龙生、杨生安、杨永泰、杨光明、杨观浩、杨志远、杨声远、杨含璋、杨宏声、杨良伟、杨启献、杨国显、杨佳作、杨金根、杨炎木、杨承业、杨春梅、杨树生、杨洪起、杨焕文、杨继述、杨梓章、杨清培、杨斌生、杨锦标、杨德铭、杨耀华、杨耀学、李光、李华、李军、李进、李彤、李波、李珍、李保、李莫、李彬、李璜、李禧、李一如、李万超、李飞鸿、李井和、李戈文、李长春、李仁发、李仁杰、李文林、李文璟、李方燕、李玉成、李玉虹、李功平、李东峰、李占农、李申孟、李生国、李永文、李亚琼、李好焕、李志坚、李志新、李伯顺、李君玉、李茂生、李国安、李明会、李明富、李易峻、李忠芳、李忠海、李忠辉、李忠福、李金国、李郑凌、李学忠、李宗耀、李定坤、李建华、李绍先、李春年、李荣光、李荣镐、李贵节、李钟勋、李保华、李滋胤、李洪源、李祝英、李泰和、李振苍、李振贵、李振洲、李铁松、李浩德、李著成、李章舜、李清川、李敬予、李景平、李景东、李锦龙、李福印、李毓瑜、李德谈、李德强、来楚庚、肖文亿、肖伯成、肖沧帆、肖梦鸥、吴刚、吴超、吴长原、吴文海、吴正德、吴世钊、吴世煌、吴礼龙、吴光国、吴行峤、吴旭初、吴庆和、吴志纯、吴志昌、吴两顺、吴作义、吴作良、吴良江、吴青松、吴松泰、吴贤芳、吴和鸿、吴朋宾、吴泽乐、吴学平、吴建伟、吴承奎、吴荣进、吴显彬、吴凌涛、吴海水、吴家宏、吴朝纶、吴鑫、吴楚鸿、吴锦文、吴锦洲、吴新民、吴端兵、吴德元、吴德显、吴融杭、邱云、邱广田、邱中尧、邱立魁、邱成金、邱谷安、邱茂文、邱春木、延洁、何云从、何玉琦、何正文、何汉雨、何仰之、何志伟、何志铨、何秀礼、何明生、佘绍洲、余真、余存林、余成孝、余克昂、余昌钊、余泮浩、余春全、余超群、余植华、余献才、谷银宝、邹文功、辛毓秀、汪长才、汪良淦、汪金鼎、汪南昌、汪德亨、沈新、沈一鸣、沈玉泉、沈志宏、沈志谦、沈海德、沈家麟、沈智慎、宋绍、宋毅、宋子牛、宋江山、宋宗鉴、宋继大、宋禹田、张力、张立、张劲、张建、张俊、张践、张皓、张雷、张燕、张飚、张麟、张九如、张士斌、张广发、张卫平、张卫东、张开彭、张天宇、张长清、张玉芝、张世培、张龙游、张平顺、张汉华、张礼鹤、张亚平、张亚谟、张芝生、张在胜、张成田、张壮璧、张守娥、张如冰、张孝武、张来苏、张连志、张伯人、张伯封、张宏保、张宏福、张启学、张松林、张国宝、张国栋、张国新、张昌明、张明辉、张

第三章 改革开放至20世纪末的灯谜（1979年至2000年）

和兵、张金才、张金魁、张学兵、张学智、张建德、张建疆、张绍武、张树林、张思锋、张顺社、张奕虎、张洪滨、张哲源、张铁城、张留顺、张海舟、张清畅、张鸿玉、张鸿弟、张维仁、张敬严、张斌礼、张谦君、张墅煜、张德生、张德伟、张毅安、张鹤绵、张醒华、张耀贤、陆炜、陆天伦、陆天松、陆占山、陆克勤、陆甸坤、陆雨之、陆建堡、陆顺祥、陆惠敏、陆滋源、陈伟、陈政、陈塔、陈德、陈三徒、陈士平、陈万星、陈卫文、陈艺辉、陈木青、陈长孺、陈文中、陈以鸿、陈书法、陈世明、陈永康、陈邦利、陈光作、陈光亮、陈年杰、陈传贤、陈庆彬、陈孝逵、陈志光、陈志明、陈志强、陈连苏、陈希浩、陈良庆、陈良勇、陈启初、陈玦琳、陈其廉、陈松柏、陈雨门、陈雨林、陈昆辉、陈国伟、陈国庆、陈昌年、陈明雄、陈岳桐、陈征文、陈宝芳、陈建辉、陈孟章、陈春祥、陈修建、陈剑毅、陈胜洲、陈洪庆、陈洽尧、陈祖舜、陈振凡、陈振鹏、陈雪芳、陈盛国、陈盛顿、陈盛强、陈清远、陈清泉、陈喜大、陈朝阳、陈朝毅、陈赐民、陈智佩、陈道平、陈裕生、陈照明、陈锦麟、陈镇权、陈寮斌；

8画：武骝、武东升、武殿录、苗恩培、范强、范志刚、范胜雄、林平、林宁、林强、林璧、林九亭、林友洲、林仲杰、林文义、林文裕、林仕福、林有福、林同军、林庆发、林志攀、林伯源、林应生、林松龄、林明远、林凯胜、林学仁、林宝才、林宗寿、林宗泽、林建兴、林建雄、林春增、林树青、林钟潮、林彦希、林祖武、林祖炳、林家文、林清富、林惠波、林智宏、林富杰、林瑞正、林锦生、林镇潮、欧康、虎影、国杰、昌庆锋、明万有、易中、欧阳建华、罗兴、罗放、罗文锋、罗庆云、罗育辉、罗泽清、罗营东、罗锦文、岳广华、金瓯、金鸽、金鑫、周浊、周骁、周之屏、周仁祖、周立新、周旭暄、周问萍、周君勉、周树怀、周俊龙、周益民、周海定、周跃建、周象平、周朝仪、

中华灯谜史（1949–2019）

周景富、周鹏顺、周聪德、周震康、庞文德、郑晖、郑斌、郑万年、郑友生、郑长彦、郑百川、郑庆元、郑远达、郑昆吾、郑国泰、郑明义、郑育斌、郑泽生、郑学义、郑建民、郑建彬、郑树炳、郑俊生、郑洪川、郑雪秋、郑惠民、郑裕国、单鑫华、房延龄、居智凡、屈承府、孟凡祥、孟宪强、孟跃进、孟照阳、经纬斌；

9画：项行、赵龙、赵刚、赵远、赵轲、赵晶、赵翔、赵濂、赵子鑫、赵元厚、赵友添、赵从照、赵书鼎、赵可东、赵伟杰、赵旭晟、赵红革、赵志刚、赵志国、赵坤鹏、赵宗成、赵春林、赵贵龙、赵修廷、赵首成、赵振庆、赵晓南、赵海滨、赵菊燕、赵智生、赵福平、赵殿阶、赵静安、赵德华、郝子俊、郝汉涛、郝春林、郝思年、郝庭玉、荣耀祥、胡兵、胡寅、胡三白、胡永久、胡伟民、胡亦虎、胡明路、胡荫龙、胡显明、胡美瑜、胡晓辉、胡家贵、胡韩麟、胡德怀、柯南、柯允华、柯汉鑫、柯国臻、柯鸿才、柳昌龙、柳莉杰、蚁再然、钟德湖、郜廷伟、段瑞涛、侯印、侯增、侯保安、侯国忠、侯咏松、侯康林、俞涌、俞敏、俞佳陵、俞敦诗、施正雄、施志民、施志光、施奕盛、施清叁、姜伟、姜涛、姜曰文、姜建平、姜爱勇、洪汉斌、洪永祝、洪伟泽、洪寿仁、洪育斌、洪宽志、宫清先、祖振扣、费之雄、姚苏丹、姚连生、姚增祥、贺产海、贺美玉、贺禄宝、骆岩、骆文胜、骆正南；

10画：秦涌、秦向东、秦向前、秦国胜、秦明科、秦喜遂、敖耀寰、袁士珍、袁克诚、袁松麒、袁定华、袁济辉、袁朝领、聂大林、莫子钦、莫志刚、莫荷生、莫耀木、栗印海、贾文元、贾宗仁、贾铁山、贾新凤、夏雨、夏彬、夏孟林、夏晨钟、原成群、顾斌、顾为善、顾贤东、顾法培、顾剑清、顾祖荣、晁钦凯、晏礼峰、钱成章、钱孝勤、钱振球、钱渐升、钱燕林、倪斐、徐宏、徐文荣、徐圣能、徐成堂、徐向东、徐希庆、徐学武、徐战鹰、徐显良、徐贵材、徐培勃、徐常威、徐崇娃、徐添河、徐锦

第三章 改革开放至20世纪末的灯谜（1979年至2000年）

忠、殷凤来、殷立身、翁弘元、翁松孙、翁朝安、翁德明、高中秋、高文启、高玉舜、高东阳、高永华、高庆樵、高伯瑜、高树凯、高复强、高海澜、高鸿泰、高福才、高德全、郭蕃、郭天林、郭少敏、郭升德、郭龙春、郭代录、郭用发、郭亚军、郭亚强、郭建明、郭荣琳、郭家荣、郭海龙、郭喜木、郭联玺、郭燕云、唐大受、唐广慧、唐灵涛、唐盛才、悦刚、诸家瑜、谈谦、陶卫国、陶余桐、陶炎烈、陶维松；

11画：黄亮、黄粼、黄少文、黄文龙、黄正义、黄永承、黄有材、黄行仁、黄志澄、黄杏村、黄利泉、黄英章、黄昌朝、黄明发、黄明华、黄金山、黄宗堵、黄建平、黄建民、黄荣宽、黄荣斌、黄树基、黄俊伟、黄炳华、黄秦奇、黄晓光、黄钰茹、黄家湘、黄展华、黄继钊、黄培松、黄焕南、黄清明、黄彭生、黄朝传、黄辉孝、黄筑筠、黄楚平、黄景云、黄煜煌、黄福忠、黄瑶根、黄增荣、黄穆灿、黄耀河、萧以文、萧名修、萧隽烈、萧瑾瑜、曹锵、曹瑾、曹成荣、曹志标、曹志航、曹尚宽、曹府山、曹洪田、曹振远、曹晓耕、曹鸿业、龚乃相、龚庆根、龚海波、崔井文、崔月明、崔复醒、崔慧明、康大伟、康永信、康重庆、章云、章镳、章友全、章春民、章荣跃、章健儿、阎中山、阎永强、阎守诚、阎丽华、阎宝生、阎宝民、阎宝启、阎德双、阎德富、粘良图、粘荣令、梁玉麟、梁可为、梁民生、梁同坤、梁次山、梁学智、梁宝仁、梁信德、梁前刚、梁锦泉、扈进标、逯梦蛟、尉应捷、屠心观；

12画：彭曙、彭万碧、蒋恺、蒋东亮、蒋景佩、蒋翰章、葛志全、葛治祥、葛晓滨、葛践实、董云献、董仁法、董书祥、董达文、董先明、董汝河、韩东、韩冰、韩郁、韩万明、韩庆铭、韩宇鸣、韩尚荣、韩金玉、韩树义、韩彦荣、韩炳江、韩清源、韩喜林、覃儒林、程松、程建明、程绍春、程荣林、傅华球、傅治安、傅金良、傅爱民、舒放、舒雄清、童汝锷、曾康、曾文安、曾正明、曾令禄、曾传武、曾志宏、曾国星、曾建成、曾昭国、曾钦平、曾德林、富忠耀、谢礼让、谢苏平、谢武林、谢述心、谢泗洲、谢奎兰、谢烈树、谢振亚、谢锡亮、谢新荣、谢德峰；

13 画：蓝汉钊、蓝成扣、蓝梓夫、赖兴、赖浩明、甄喜顺、雷鸣、雷鸿仁、路正明、辞明、詹尧山、詹细清、詹鸿行、詹锡金、詹肇耿、解晓霞、阙东明、窦平友、窦泉涌；

14 画：蔡芳、蔡大金、蔡卫东、蔡元俊、蔡尤资、蔡少健、蔡文彬、蔡民强、蔡亚忠、蔡传勇、蔡玛利、蔡志勇、蔡纯如、蔡郁瑜、蔡和平、蔡和耿、蔡金生、蔡炎木、蔡治君、蔡建荣、蔡经湘、蔡秋欣、蔡秋湖、蔡家枢、蔡惜亮、蔡鸿达、蔡鸿章、蔡维勇、蔡景盛、蔡智武、裴靖、管士希、鲜利亚、廖西川、廖坚文、谭永祥、谭桂东、翟功印、翟鸿起、熊辉、熊立鹏、熊铤清、缪建金；

15 画：颜继仲、潘吉超、潘雨麟、潘明辉、潘建国、潘昭雁、潘洁双、潘洁妹、潘振芳、潘炯铭、潘培生；

16 画：燕鸿、薛良、薛云祥、薛茂章、薛宝虎、薛祖评、薛道达、霍树英；

17 画：戴成龙、戴伟锋、魏强、魏志坚、魏芳沙、魏希洪、魏纯锌、魏茂川、魏育涛、魏建国。

三、知名谜人

钟敬文（1903—2002），原名钟谭宗，笔名静闻等，广东海丰人，曾留学日本。我国著名民间文艺学家、民俗学家、教育家。北京师范大学中文系主任、中国民间文艺家协会主席、名誉主席、中国民俗学会理事长、中华诗词学会副会长、中华灯谜学会名誉

第三章　改革开放至20世纪末的灯谜（1979年至2000年）

会长。主编高校文科教材，出版学术著作10余部和文学著作多部。数十年将民间谜语及其有关的活动当作"个人专攻学艺范围内的事"，将民间谜语写入《民间文学概论》，为《广州谜语》《中华谜书集成》《现代灯谜精品集》《中华灯谜年鉴》等书作序。

钱燕林（1916—2004），谜号养拙，江苏张家港人，定居南京。1939年起，供职于上海恒顺酒行、南京汽轮电机厂。1954年参加南京市工人文化宫灯谜组，1974年编审《灯谜》。1979年参与主持南京全国九城市灯谜会猜；1982年参加匡庐谜会。1983年为《文化娱乐》编审谜作并主持"有奖征射"，编《古谜集萃》《灯谜增刊·钱燕林专集》，获沈志谦文虎奖。

周问萍（1916—2007），字莞秋，别号遭涯馆主，江苏南京人。20世纪30年代经常涉足上海报刊举办的灯谜征射。24岁在南京市民教馆任职时自制灯谜举行全市性的征射。70年代后期加入南京市工人文化宫灯谜组。1980年出个人专辑《灯谜增刊》，参加过匡庐谜会、春申谜会、苏州谜会等。历任南京灯谜协会顾问、南京新世纪灯谜沙龙顾问、中华灯谜学会顾问。著《遭涯谜草》。

张鹤绵（1917—2000），笔名瘦廋叟，辽宁开原人，1981年教师退休。1953年倡议组建山东青岛市工人文化宫灯谜组，1977年任组长，主编《谜宫》。1988年任青岛市职工谜协会长。先后参与策划十城市"青岛之夏"灯谜会猜、"山东好"谜会等10余次大型谜会，被10余家灯谜协会聘为顾问。曾荣获中华灯谜百家、中华当代谜坛宿将、沈志谦文虎奖、20世纪百佳谜人等。著作有自刊《鹤巢谜稿》《壶边集》和青岛谜协编《茶烟鹤迹》。

杜宇澄（1917—2016），号醉冰，谜号怡隐，江苏灌云人。就职于青岛市房产管理局，为中华灯谜学会顾问、青岛市职工灯谜协会顾问、济南市灯谜学会顾问，被评选为当代百名谜家，获沈志谦文虎奖。1953年参与组织创建青岛市工人文化宫灯谜组，定期主持青宫猜谜活动。20世纪80年代后,参与策划全国十城市"青岛之夏"灯谜会猜、京津沈青四城市专题谜展等多个大型谜会。自刊《怡隐集》,编辑《谜宫》。

陆滋源(1918—2011),号雪花轩主,浙江定海人,南京工学院退休。任中华灯谜学会名誉副会长、南京市灯谜协会顾问等,获沈志谦文虎奖、灯谜终身成就奖。20世纪60年代开始灯谜创作和研究,1974年参加南京市工人文化宫灯谜组;1979年参与发起并组织南京全国九城市灯谜会猜;1985年参与组织金陵灯谜理论探讨会,多次参加大型谜会,担任评委、顾问。撰谜论20余篇,著《中华灯谜研究》《雪花轩谜稿》《陆滋源灯谜谜文选》,合编《现代灯谜精品集》。

黄炳华(1923—2015),谜号朗月,广东潮州人。汕头市灯谜协会副会长、顾问;被评为中华当代谜坛宿将,获沈志谦文虎奖。1949年前开始灯谜活动。1952年与多人创建汕头市工人文化宫灯谜组。编《谜语集》《革命谜语》《朗月廑词画谜拙集》《广阔天地炼红心》《灯谜盛开友谊花》《百家灯谜集》《春灯百谜》《百谜连环》《白香词谱百谜录》《袖珍诗画谜影集》《谈虎见闻录》《国庆灯谜集》《国庆秋灯》《文虎蜗庐》《两岸风情》等30余种谜集谜刊,合著《四皓趣灯》。

陈以鸿(1923—),字景龙,江苏江阴人。先后毕业于无锡国学专修学校文学组和上海交通大学电机系。任上海交通大学出版社编审,长期从事科技译校工作。20世纪30年代末参加《黑皮书》猜谜活动,获《和平日报》"鸡尾文会"猜谜冠军。40年代加入上海谜会虎会。1949年后注重谜诗谜联研究,参加匡庐谜会、春申谜会等。任上海市职工灯谜协会顾问、中华灯谜学会顾问。著《雕虫十二年》及续集。

苏温才(1924—1994),谜号习云。石狮市灯谜协会首任会

第三章 改革开放至20世纪末的灯谜（1979年至2000年）

长、福建省谜协顾问、中华灯谜学会顾问。20世纪40年代开始从谜。1978年创建蚶江灯谜组，参与组织蚶江侨乡谜会、第二届夏威移杯猜谜大奖赛等。参加数十次全国大型谜会，多次获佳谜奖、命题创作奖，多次担任顾问或评委。被评为20世纪百佳谜人，荣获沈志谦文虎奖，被石狮市人民政府授予"文化事业先进工作者"称号。编印《虎影》《海外探骊珠》，谜学成就见《苏温才先生灯谜选注》《苏温才灯谜艺术学术研讨会论文集》。

黄辉孝（1924—2002），又名黄柏，谜号爱晖，人称海岛虎痴，广东南澳人。中华灯谜学会顾问、广东省职工谜会副会长、南澳县灯谜协会会长。1949年后长期担任企业会计，参与县、市、省和全国灯谜组织的发起筹建工作，参与主办多个大型谜会，参加海内外大型灯谜活动获奖60多项。被评为"中华佳谜手"、华夏百家佳谜手、当代百名谜家、20世纪百佳谜人、沈志谦文虎奖等。编印《友谊集》《龙城晨风》《爱晖集》《春晖集》《艺苑又结翰墨缘》等谜集，主编《海风》《南瀛春灯》《青澳湾之谜》等谜刊，著《海岛虎痴谭虎录》，合著《四皓趣灯》《掌上明珠》，事迹见《黄柏长青集》《解读黄辉孝》。

吴仁泰（1924—2019），字志达，笔名萧萧雨、西郭生，浙江绍兴人。中华灯谜学会顾问、合肥市灯谜协会奠基人、合肥市非物质文化遗产"庐州灯谜"项目代表性传承人。获沈志谦文虎奖、灯谜终身成就奖。20世纪40年代后期开始创作和研究灯谜。50年代工作于皖南区总工会、安徽省总工会。"文革"初，因谜作被人诬为"含沙射影"而遭到冲击。1969年下放至皖南，回城后供职于安徽省新闻图片社。1984年筹办主持庐州谜会。1986年被评为"中华佳谜手"。曾担任多个灯谜大赛评委。主编《庐州虎迹》《庐阳商灯》等谜刊。编著《佳谜欣赏》《海外佳谜欣赏》《奇谜妙谜趣谜》《古谜集萃》《吴仁泰灯谜作品集》；合编《佳谜鉴赏辞典》《中华谜语大辞典》《中国灯谜知识》《中华谜语大观》。

苏寿真（1927—1999），谜号乐虎居士。20世纪50年代起从事工会和文化工作，为北京市劳动人民文化宫副研究员。1978年召集谜友恢复成立文化宫灯谜组。1988年退休后患脑血栓，仍组建北京谜友联谊会，组织举办京糖杯、九龙灯谜俱乐部、老舍茶馆等谜赛，参加多地谜会活动，协助《工人日报》《八小时以外》等报刊举办猜谜活动。合编《猜谜十日通》《妈妈教宝宝猜》。

郭龙春（1928—2003），笔名向辛，山东潍坊人，人民日报出版社高级编辑、副社长，中华灯谜学会顾问、东方文化馆灯谜学委员会副主任委员。1987年在人民日报出版社担任谜书责编。1989年，合作编纂《中华谜书集成》。先后参加多次全国大型谜事活动，撰写《俞曲园如果有知》《给新版〈辞海〉挑个疵儿》等谜文，为《中华灯谜鉴赏》《开启谜宫的钥匙》等书责编。获沈志谦文虎奖。为纪念郭龙春生前为祖国灯谜学术作出的重要贡献，设立郭龙春谜书奖。

吴超（1929—2020），原名吴君超，安徽桐城人。1956年转业到中国文联工作。曾任《民间文学》《诗刊》编辑、《民间文学论坛》副主编、《中国歌谣报》《通俗文学选刊》主编，中国民间文学刊授大学教务长。积极主张将灯谜纳入民间文艺家协会工作范畴。20世纪50年代为《民间文学》选登谜作，80年代编著《歌画谜》8辑。1990年被推为中华灯谜学会筹委会主任。1991年离休后，任东方文化馆副馆长兼灯谜学委员会主任委员和馆刊主编，开辟《灯谜学专号》。多次参加全国谜赛和各地谜事活动，被聘为谜赛总顾问、评委等。撰《〈开启谜宫的钥匙〉序》等多篇序文和《同搭高台，共创文明——略论灯谜与经济的关系》等

第三章 改革开放至 20 世纪末的灯谜（1979 年至 2000 年）

论文。2004 年被中华灯谜学会聘为名誉主任。

王学勤（1929—），笔名勉之、穆方，黑龙江省哈尔滨师范专科学校教授。长时间从事谜语理论研究，在报刊发表或谜会上宣读《〈文心雕龙·谐隐〉发微》《谜语与文学的关系》《谜语四论》《谜的起源初探》《谜与隐》等谜论。20 世纪 90 年代任黑龙江省灯谜学会顾问、中华灯谜学会顾问。主编《中华谜语大辞典》。

范淑敏（1930—），女，安徽颍上县人。解放战争时期参加工作，新中国成立后，先后在合肥市文化馆和合肥市工人文化宫从事群众文化宣传工作。1981 年 9 月，组建合肥市灯谜研究组，任合肥市职工灯谜爱好者协会秘书长、中华灯谜学会理事。获沈志谦文虎奖，被中华灯谜学会评为"中华十佳灯谜工作者"。曾 10 余次率队参加大型谜事活动。1982 年创编《庐州虎迹》；1984 年筹办并主持庐州谜会，编辑《庐州谜会》。1989 年 5 月创办《庐阳商灯》。

柯国臻（1931—2003），谜号微山。温州市工人文化宫主任、温州市图书馆副馆长兼书记，温州市职工灯谜协会名誉主席。1957 年组织温州市职工业余灯谜组，开辟灯谜室、举办商谜会，编印《强弩》《白鹿文虎》。1978 年主编《鹿城谜苑》，编印《漫谈谜格》《谈虎色变》《谜谱》。被《文化娱乐》评选为"最佳谜手"和"中华佳谜手"。多次担任大型谜会评委或顾问。著《微山谜话》，合著《中国灯谜知识》《开启谜宫的钥匙》《佳谜鉴赏辞典》《中华当代谜手佳作选》。事迹见《柯国臻先生谜艺研讨论文专集》。

杨焕文（1932—2006），笔名洪波，长沙市第二工人文化宫从事群众文化工作。为中华灯谜学会顾问，湖南省职工谜联协会顾问。1963 年举办灯谜征稿活动，主编《职工创作灯谜汇编》。1980 年组建枫林谜苑，主编《枫林》《湘妃竹》。1982 年协助长沙市人民银行举办"储蓄灯谜"电视晚会。1983年起在湖南电视台、省老年大学、全省文化宫主任学习班等处讲灯谜知识。多次组织全省性谜会。10余次参加各地大型谜会，1987年首届中华杯电视猜谜大奖赛中获"中华猜谜手"。事迹见《枫林集》。

费之雄（1934—），笔名吴虔，为左笔书画大家费新我三子，故又名左传三郎，斋名左庐。为苏州市书法家协会副主席、楹联研究会会长、苏州市灯谜协会会长、苏州市谜学研究会名誉会长、中华灯谜学会顾问。1958年参加苏州市工人文化宫职工灯谜研究组。1964年开始撰写《虎白》《虎斑》《虎林》《虎步》等谜文。先后参加30余次省级以上谜会，任中央电视台"中华杯"、东方电台东方谜王赛等大型谜赛评委，获"中华佳谜手""华夏佳谜手"等称号。所藏千余谜册捐赠苏州民俗博物馆。著《雄虎》。

李珍（1935—），字叔儒，号乐川，室名乐斋。甘肃省灯谜学会副会长、全国李氏灯谜协会副会长，获沈志谦文虎奖，被评为全国十佳灯谜学术研究员，获西北地区首届"德艺双馨灯谜艺术家"称号。1965年加入兰州市工人文化宫灯谜组，80年代开始编印《乐斋谜丛》《陇头商灯》《松石谜话》《癸未春灯》，撰《古代谜书钩沉》《制谜五说》《涂竹居〈北派聊目灯谜集〉的发现与经历》等谜文，著《乐斋探虎》。

林尚义（1936—），福建惠安县人，谜号翔翼，高级工程师。曾任三明化工厂合成氨厂副厂长、福建省化肥农药工业公司经理、中华灯谜学会名誉副会长，福建省和福州市谜协顾问等。1981年任厂领导时，为山花谜社名誉社长，编写《灯谜浅说》并举办灯谜学习班，主编《山花谜苑》。1983年在福建省第四届谜会上运用电控竞猜形式。调到省化肥农药公司后，继续主编谜刊，组织灯谜活动。数十次参加全国各地举办的灯谜会猜。为福州双谜的创作者之一。著《松石斋诗文选》。

第三章 改革开放至20世纪末的灯谜（1979年至2000年）

苏才果（1937—），上海通联运输实业总公司工会工作。中华灯谜学会常委兼竞赛部副部长、顾问，上海市职工灯谜协会副会长、顾问。1956年开始灯谜创作，谜作谜文陆续在《人民日报》《新晚报》《文汇报》等50余家报刊发表。1980年受聘为《知识窗》特约灯谜编辑。1992年参加上海九谜家成果回顾展。多次应邀担任各地大型谜会评委。主编《神州谜苑》，任《实用节日灯谜大全》副主编，为《浦东谜刊》主编之一。

张志有（1938—），笔名微风，甘肃省兰州机床厂技术干部。甘肃省灯谜学会常务副会长、中华灯谜学会学术部副部长、顾问。1978年加入兰州五泉公园灯谜组。1983年后多次参加灯谜竞赛获奖，获中华猜谜能手、中华灯谜百强、中华十佳灯谜学术研究员等称号。著《灯谜·典故·杂感》。

郑百川（1939—），原名郑少波，谜号关耳，居潮州市潮安县，牙科医生。中华灯谜学会副会长兼学术部部长、主任、首席顾问，潮州市灯谜协会会长，广东省灯谜学会副会长。20世纪70年代开始主持漳州、厦门、汕头灯谜协会谜艺交流会，多次到潮汕地区高等院校作灯谜讲座。曾作为国内谜界的捷足者应邀出访泰国、新加坡以及香港、台湾。先后参加各地大型谜会数十次，多次担任评委和拟赛题。先后评为"中华佳谜手"、百名世纪谜人，获沈志谦文虎奖，被中华灯谜学会授予"中华十佳灯谜工作者"称号。编印《彩塘灯谜》《谜潮》《广东谜学》《玉简谜集》《鼓噪余音》《虎尾春冰录》《春潮谜花》等20余种谜刊谜集，编著或合著《谜病例话》《郑百川灯谜选注》《人名谜》《中华灯谜百科全书》《郑百川灯谜作品集》《百川谜薮》。

章品（1939—2010），本名张九如，满族，辽宁大学中文系毕业后从事新闻工作，后为专业事谜者。1983年参与创建丹东市劳动宫灯谜组，任副组长，主编《江畔谜芽》；组建丹东市振兴区文化馆绿水谜社，任副社长，主编《天外银河》。1986年组建丹东市灯谜学会，任理事长。1985年与同仁创办《中国谜报》，任副总编、总编。1987年创办《灯谜指南》，任主编。20多次应邀担任中央电视台春节联欢晚会、"综艺大观"灯谜擂台赛等全国大赛顾问、组长或评委主任。在中央电视台主持灯谜知识讲座15讲。多年奔走促成中华灯谜学会的成立，被选为副会长兼秘书长。获沈志谦文虎奖、文谜双佳奖等奖项数十次。组织编写《中华谜语大辞典》，编著《猜谜必读》《民间谜语》《漫画谜语》《花色谜语》《故事笑话谜语》《中外谜语集粹》《中华谜典》，合编《当代百家谜选》《农家谜选》《灯谜大观（第六辑）》《中国新谜选》《教你猜灯谜》《当代百家谜选》等。

汪寿林（1939—），又名汪斌，字江一，笔名林涛、就灵、秀岭等，苏州市艺石斋经理、工艺美术师。苏州市职工灯谜研究会副会长、会长，苏州市谜学研究会会长，中华灯谜学会常委兼竞赛部部长、顾问。1956年参加苏州市工人文化宫灯谜组。1957年开始在80多种报刊发表谜作谜文。1982年央视春晚选用6则字谜。在历次谜会中获奖60多次；评为全国最佳谜手、"中华佳谜手"。担任谜会顾问、评委、指导教师30余次，其中被中央电视台文艺部等举办的青岛谜会和春节文艺晚会聘为评委。著《汪寿林灯谜作品集》《寿林虎迹》，合著《开启谜宫的钥匙》。谜作以字谜著名，事迹见《姑苏谜林·汪寿林字谜研讨会文集》。

汪永生（1940—2007），谜号望云，江苏省姜堰市人。曾就职于上海第一钢铁厂、江苏省冶金厅，任江苏省冶金职工大学教务长、副教授。20世纪70年代末开始醉心于灯谜，多次参加全国性或地区性的灯谜会猜，多次获奖。为南京市职工灯谜协会会长、中华灯谜学会学术部副部长、南京新世纪灯谜沙龙会长。事迹见《钟山谜苑·汪永生谜文集》。

第三章 改革开放至20世纪末的灯谜（1979年至2000年）

成志伟（1941—），笔名申江，上海人，1963年毕业于南开大学中文系。曾任中共中央宣传部文艺局副局长，中共浙江省绍兴市委副书记，《作品与争鸣》总编辑，《桥》总编辑，副研究员，中国群众文化学会副会长等。1960年开始发表作品，著有多部评论集、散文集，主编多部丛书、工具书，编著《中华谜语大全》丛书10多种及《谜语大全》《启迪智慧的谜语》《谜语选汇》《大众谜语全书》等20多种谜书。

周震康（1941—），笔名风云居，谜号云风、舟山等。浙江省定海国家粮食储备库工作。舟山市灯谜协会会长、定海县职工灯谜协会会长。20世纪50年代末在《游艺》发表谜作。20世纪80年代初与友人组成灯谜小组，策划多个谜赛。先后为市《东方信息导报》《舟山晚报》《舟山乡音报》开辟"东方谜廊""千岛谜宫""莲花洋谜荟"栏目并负责组稿。在《中华谜报》《舟山日报》等报刊策划谜赛近20次。主编或合编《定海谜苑》《舟山风光》《舟山虎迹》《定海虎林》《七一谜会专刊》《昌国商灯（字谜专辑）》《粮油灯谜集锦》《千岛人口灯谜》《游目春灯》，主编《蓬瀛航灯（徐福之谜）》。

张礼鹤（1942—），宁波市镇海商业职工学校教师，中华灯谜学会竞赛部副部长、宁波市职工灯谜协会会长。1979年开始创作灯谜，多次被大型谜会选为赛题。曾任竹西谜会、春申谜会、黄鹤谜会、鹿城谜会等谜赛评委。先后获中华灯谜百强、中华灯谜国手、沈志谦文虎奖、中华十佳灯谜工作者等荣誉。撰写谜评短文200多篇。合编《医药灯谜大全》，编印《月湖谜草》《谜会》《谜摘》《三年集》等刊。

江更生（1942—），笔名江生、余工、乔山浩，别署游于艺、砖砚斋主。上海汉语大词典出版社副编审，中华灯谜学会顾问，上海职工灯谜协会顾问。获沈志谦文虎奖。20世纪50年代初和同学组织秋水灯谜组，后参与组织三好中学灯谜组、沪青虎社。1956年加入虎社。1983年参与组织并主持上海青年宫中秋赏月谜会。1994年为主策划上海东方广播电台举办的东方谜王赛。为东方广播电台"灯谜万花筒""正午茶座"等节目提供谜作和讲解灯谜知识。编著《灯谜万花筒》《灯谜大世界》《中国灯谜辞典》《海派灯谜一万条》《画谜大观》《谜语故事会》《新编灯谜五千条》《巧学灯谜》《详说灯谜》等30多种灯谜专著。

方炳良（1943—），字灵华，号微风楼主，笔名方习，别署蕙草。中学语文高级教师。莆田市涵江区教师进修学校培训处主任，中华灯谜学会竞赛部部长、顾问。1977年创建涵江灯谜组；1986年创建莆田六中青璜谜社；1987年创建莆田市函关谜社；1993年组建红烛谜社；1999年创建涵江银河学校小星星谜社，均任社长。主编《青璜乳虎》《函关谜苑》等谜刊。曾获中国灯谜百强、沈志谦文虎奖、20世纪百佳谜人等称号。2015年任中央电视台《中国谜语大会》评委兼顾问。历任大型谜赛评委26次并多次为大赛命题。5次应邀赴新加坡进行谜事交流。历年来制谜万余则，著文600篇，评谜700则，得奖100余次，培养青少年谜手1000余人。著《微风习习》《方炳良论灯谜》，合著《中华当代谜海》《中华灯谜教程》《学诗词赏灯谜》等。

张哲源（1944—），澄海区文化馆群文辅导部主任，中华灯谜学会副主任、顾问，广东省谜学会副会长，澄海市灯谜协会主席。20世纪60年代到文化馆听击鼓报猜灯谜，由听而猜，由猜而制。1979年和谜友们组织澄江探虎斋，编印《探虎斋谜刊》《滴水集》《攻玉集》等。80年代中后期到文化馆工作，策划组织多个大型灯谜赛事，先后赴数十城市参加大型谜事活动，多次获佳谜创作奖、论文奖。2004年受广东省政府派遣，晋京主持天坛公园首都游园活动灯谜展猜。多次访问泰国、新加坡及香港、台湾。荣获中华灯谜百家、沈志谦文虎奖、澄海区政府文艺基金终身成就奖。2009年被广东省文联等授予"广东省民间文化杰出传承人"称号。2014年10月被命名为广东省非遗项目代表性传承人。著《阿源谜谭》，主编《澄海灯谜》《谜海观潮》《熏南谜萃》《谜海艺舟》《泰国灯谜选萃》《澄海谜书志略》《智泉居灯谜藏书集录》。

高鸿泰（1944—2021），字江鸟，号江老船长，高级教师。保定市灯谜学会会长，河北省职工灯谜协会会长，中华灯谜学会常务副秘书长、副主任、顾问，中国职工灯谜协会会长。20世纪90年代起，策划并组办五星杯全国"双拥"模范城首届灯谜大赛、田野杯中国历史文化名城灯谜艺术节、中华灯谜学会成立庆典、中国职工灯谜协会成立大会等全国大型谜会和10余届保定市谜会。组办并主持200多场市内灯谜展猜。创建保定灯谜艺术馆。带领保定谜人进北京大学、清华大学、上海大学举办灯谜知识讲座和专题灯谜展猜。参与央视第70期《综艺大观》灯谜命题工作。获中华十佳灯谜工作者、沈志谦文虎奖等，被命名为保定市非遗项目代表性传承人。主编《郎峰虎啸》《鼓楼灯影》《红星闪闪》《田野茫茫》《青澳湾湾》《中华雄风》《中国灯谜基本知识读本》等。

胡安义（1944—），笔名冷园生、晓湖。浙江宁海人，居上海。中华灯谜学会副会长兼组联部部长、顾问，中国职工灯谜协会顾问，上海浦东灯谜协会会长。获沈志谦文虎奖，被命名为上海浦东新区非遗项目代表性传承人。1977年参加浦东文化馆灯谜组；1980年与范重兴、朱映德等共创虎社。1981年浦东谜协成立后，主持工作和主编《浦东谜刊》，策划举办多个大型谜会。在上海广播电台文艺台举办灯谜知识讲座。多次参加大型谜会，多次获猜谜奖、创作奖、优秀论文奖，多次被大型谜会聘为评委或担任评委主任。1989年夺得央视春晚"谜语擂台赛"冠军。撰写谜文30余篇，谜评赏析200余篇。主编《濠境归航》《金融灯谜》《谜海博览》《谜苑揽胜》。

叶国泉（1944—），笔名绿笛，文学学士。广西科技情报研究所副研究员，南宁市职工灯谜协会副理事长，中华灯谜学会学术部副部长、顾问。20世纪60年代初步入谜坛。1986年后，陆续荣获银箭奖、银灯奖、最佳射手奖，获"中华灯谜国手"称号、沈志谦文虎奖，被授予"中华十佳灯谜学术研究员"，选为"20世纪百佳谜人"。两次担任《南宁晚报》迎春有奖灯谜赛谜题总策划，合编《实用灯谜小辞典》《猜谜》《毛泽东诗词灯谜精选》《毛泽东诗词灯谜鉴赏》《儿童学谜语》《当代谜国雁臣刘雁云》等。

关德安（1945—2018），辽宁省抚顺县人，满族。下过乡，当过兵，当过丹东机床厂热处理技师。为中华灯谜学会宣传部部长、顾问，丹东市灯谜学会秘书长、名誉会长。被评为中华当代百名谜家之一，获丹东市政府园丁奖、沈志谦文虎奖。1984年加入丹东市绿水谜社。多次参加谜会谜赛，获猜谜奖、佳谜奖。1987年在首届中华杯电视猜谜竞赛中担任拟题工作，在全国双星杯灯谜邀请赛中任《决赛》《专题》两部电视片制片主任。1988年和同仁创办中华灯谜函授学校，办《灯谜指南》。1985年聘为《中国谜报》业余编辑，1988年调入，先后任编辑、副总编、总编。主编《中华灯谜》，编著或合编《中华当代谜海》《苏温才先生灯谜选注》《千家灯谜》《灯谜大观》《海岛虎痴谭虎录》等。

田鸿牛（1949—），笔名江鹏。陕西宝鸡电力设备厂宣传干事，中华灯谜学会副主任、顾问，宝鸡市灯谜学会第一届至第五届会长，西北地区谜友联谊会会长。1987年在首届中华杯全国电视猜谜竞赛中获中华最佳猜谜手；后多次在大型谜会上获创作

第三章 改革开放至20世纪末的灯谜（1979年至2000年）

奖、佳谜奖和猜谜奖，获"中华灯谜百强"。组织主持各类大型谜事活动40余次，多次率队参加大型赛会。2001年2月被陕西省文联评为"德艺双馨"优秀会员。先后被宝鸡市委、市人民政府授予"有突出贡献的文学艺术家""优秀文艺工作者"，2007年获宝鸡市文艺创作一等奖。获沈志谦文虎奖、20世纪百佳谜人。先后带队赴香港、新加坡、马来西亚进行谜艺交流。著《舌尖上的灯谜解析》《田鸿牛灯谜作品集》，合著《中华灯谜百科全书》《节日的灯谜》《咬文嚼字猜灯谜》。

杨梓章（1950—2007），笔名乡文。漳州市芗城区文化馆副馆长、漳州灯谜艺术馆馆长、漳州市灯谜协会秘书长、中华灯谜学会副主任。荣获中华谜坛十大功臣、中华十佳灯谜工作者、特别贡献奖、20世纪百佳谜人、灯谜终身成就奖。1976年10月调文化馆负责灯谜工作后，于1977年1月恢复漳州灯谜组活动，1981年成立漳州市灯谜协会，1992年创建漳州灯谜艺术馆。组队到香港进行谜事交流，促成漳州市谜协与高雄市谜学研究会结为友好协会，促成建立高雄漳州文虎基金会，经办11届市区会猜、3届地区会猜、3届福建省谜会、3届中华灯谜艺术节。撰写《论灯谜的组织形式与活动方式》《筹建灯谜艺术馆的设想与构思》《海峡两岸灯谜交流史初探》等10余篇论文。

赵首成（1950—），回族。笔名肖耳、成岩、宋一、邯郸生，谜号阿蚌。工作于安徽六安，退休后定居广东深圳。先后任六安市职工灯谜协会会长，六安市民族文化学会会长，六安市民间文艺家协会副主席；中华灯谜学会学术部常务副部长、学术研讨部部长、副主任兼学术部部长、《中华谜艺》主编、"金虎奖"评委会副主任兼办公室主任、《中华灯谜图书大系》总主编；深圳市灯谜学会会长。2012年策划及参与实施举办居佳杯首届灯谜文化节（深圳）并担任评委。多次被聘为国内国际大型谜会及创作评选活动的评委或顾问，出任《中国谜语大会》第一、三季评委。获沈志谦文虎奖，评为中华十佳灯谜学术研究员。著《沐云斋文虎类稿》三卷四册，合著《新时期灯谜佳作集》《古今优秀灯谜鉴赏辞典》《历代灯谜赏析》《百年谜品》《开启谜宫的钥匙》等，主编《皋城虎萃》《灯谜新花》《浔水谜话》《皋风》《中华谜联》《阿蚌谜叶》《大鹏风采》（新编号刊）、《深圳灯谜读本》。

张奕虎（1950—），笔名兴凤，漳州市档案馆副研究馆员，中华灯谜学会副会长兼宣传部部长、顾问，漳州灯谜协会会长、顾问，漳州灯谜艺术馆馆长，福建省灯谜协会副会长。1978年参加厦门职工谜社，1982年加入漳州市灯谜协会，主编《虎啸》。参与组织第一届至第三届漳州中华灯谜艺术节和筹建漳州灯谜艺术馆。多次任大型谜会评委，获大型谜会猜制论奖60多项。为漳州队16次撷取团体桂冠、荣获大型谜会团体"七连冠"的主力队员。撰《海峡两岸谜学交流刍论》《名城谜花正芳菲（漳州灯谜史话）》等谜论30余篇。

董书祥（1950—），曾用名舒扬。长春市职工灯谜协会常务理事。多次主持长春市职工谜赛及对外展猜活动。多次参加国内谜会，多次获灯谜创作和竞猜奖，获"中华灯谜百家""中华十佳灯谜学术研究员"等称号。在《吉林日报》《城市时报》等五家报刊主持"雅美杯""新华杯""未来杯"等有奖猜谜活动。撰谜文数十篇，编印《谜友》《春萍集》《纱罩灯》《钩沉集》。

刘二安（1951—），网名一一。中华灯谜学会副主任、顾问，河南省灯谜学委员会会长，安阳市职工灯谜协会会长，河南省级非遗项目"安阳灯谜"代表性传承人。1964年读中学时涉足灯谜，1977年供职安阳市图书馆后，逐步以灯谜为兴趣、为特长、为事业。获央视首届中华杯电视猜谜竞赛"中华猜谜能手"，上海东方谜王赛亚军，沈志谦文虎奖，被中华灯谜学会评为"全国

第三章 改革开放至20世纪末的灯谜（1979年至2000年）

十佳灯谜工作者"。发起主持首届中华古都灯谜艺术节、海内外灯谜创作大赛、全国谜刊研讨会、全国城市职工灯谜邀请赛等多个大型灯谜活动，从1998年后不间断策划举办河南省灯谜大赛。2005年担纲中央电视台元宵晚会《商灯猜谜闹元宵》灯谜编撰主力。发起组建河南省职工灯谜研究会、河南省灯谜学委员会。发起主持20世纪中华灯谜十大、百佳及报刊网络灯谜双十佳评选、最佳谜书评选活动。倡导安阳、台南缔结海峡两岸友好灯谜社团。1989年创办《全国灯谜信息》，2013年续主编《谜也者》。2001年创办"全国灯谜信息网"及"文虎论坛"BBS。编《中州谜刊》《殷都文虎》《殷都虎萃》等。主编60多部谜书。

敖耀寰（1951—），笔名龙孙，谜号葫芦居士，湖南浏阳人，长沙市工人文化宫副研究馆员。中华灯谜学会学术部副部长，湖南省灯谜学会主任。1985年参加长沙枫林谜苑。先后主持湖南省多个谜会。长期坚持到社区、学校讲座，下基层开展活动，与海内外社团广泛交流。2009年后，多次赴美国为俄亥俄州立大学、现代中文学校及华人社团开展灯谜讲座和主持活动。聘为中央电视台2014年《中国谜语大会》评委。荣获中华灯谜国手、中华十佳灯谜工作者、沈志谦文虎奖、长沙市第二届文艺之星、湖南省德艺双馨中青年文艺家、长沙市"十大民间艺人"、雨花区"首届文化领军人物"、长沙市"基层最可爱的文化宣传人物"等。2010年被评为长沙市首批非遗（长沙谜语）代表性传承人。主编《楚湘谜苑》。著《葫芦集》《赛虎集》《乐隐集》《悟怡集》《无韵集》《品灯集》，主编《湘风集》《情迷张家界》《安监文虎》《星灯集》。

蔡芳（1953—），福建尤溪人，永安市电视台高级工程师；中华灯谜学会学术部副部长、竞赛部副部长，中国职工灯谜协会副会长，福建省灯谜学术委员会副主任。1984年前后与同好发起成立永安市灯谜组和燕江谜社,任副社长、社长,主编《燕江灯谜》《燕江谜报》。在谜事活动中获160多次佳谜奖和100多次猜谜奖。1989年2月参加央视春节联欢晚会谜语擂台赛,1994年获评"中华灯谜国手",1998年被中华灯谜学会授予"中华十佳灯谜学术研究员"。灯谜论文获奖40多次。2000年后多次担任全国大型谜事活动评委,2011年应邀赴新加坡担任全国中学生灯谜比赛评审。著《桂峰谈谜录》《桂岭商灯录》《燕江赏灯录》《灯谜基础知识》《蔡芳灯谜作品集》《其乡居谜话》,合著《字谜解析》《诗词佳句灯谜》《趣味谜语词典》《教你猜字谜》《唐诗灯谜解析》《学生常用谜语手册》。

丛川(1954—),女,山东黄县人,居杭州,为杭州中医院副主任医师,杭州职工灯谜研究会会长,中华灯谜学会副主任;浙江省杭州市非遗项目代表性传承人。80年代初参加《文化娱乐》灯谜猜射。1984年参与组建杭州市工人文化宫灯谜组,任组长。1987年参加央视中华杯全国灯谜大奖赛,获"中华优秀猜谜手"称号。1989年获中国灯谜国际大奖赛一等奖和"中国灯谜百强"。在都匀"中国90杯灯谜大奖赛"中首开男女同台竞技全国性灯谜大赛女谜人夺冠纪录。

马汉南,香港维高投资有限公司主席、香港港润(集团)国际有限公司主席、南澳外商活动中心董事长、南澳名商游艇会董事长,中华灯谜学会第一、二届名誉副会长、名誉会长。获沈志谦文虎奖和《中华谜报》授予的"中华谜坛十大功臣"之一。20世纪90年代初投资开发建设南澳县青澳湾。出资在青澳湾举办93中国摩托艇超级明星大奖赛,投资举办第一届青澳湾名商游艇杯中秋谜会。1994年资助举办中华灯谜学会成立大会,继续资助举办名商游艇杯中秋谜会;1997年举办第五届。短短几年,在灯谜事业方面投资过百万元。

陈政（1957—），上海浦东文化馆灯谜研究会会员，南京职工灯谜协会理事。一周岁时，因患小儿麻痹症留下一足跛行、双手痉挛、头颈歪斜、口齿不清的后遗症。踏上社会后，在从事照顾性工作外，孜孜不倦地追求灯谜事业。他艰难地翻阅各类书籍，自修大学中文，学习谜理知识，构思创作灯谜后，由父亲或儿子帮助刻印或输入电脑。在很多刊物发表谜作，多次参加各地大型灯谜赛会，著《隐乐斋谜稿》。《大山梦》汇编的报告文学《灯谜个体户》，描写残疾人陈政只身参加中央电视台主办的青岛全国"双星杯"灯谜大奖赛取得好成绩，表现陈政对灯谜的执着和对人生追求的毅力。《金陵晚报》等多家报刊发文介绍陈政克服生活艰难，用灯谜寄托人生希望的事迹。

第六节 灯谜理论

一、谜学理论的新成果

十一届三中全会以后，谜学研究掀起热潮，涌现出大量灯谜研究和理论探讨文章，出版多部灯谜学术著作，其中包含着丰富的学术新成果。

（1）灯谜鉴赏和谜艺交流促进灯谜艺术提高

灯谜鉴赏是谜学发展的新特色，吴仁泰著《佳谜欣赏》开灯谜鉴赏著作之先河。随后，吴仁泰等主编《佳谜鉴赏辞典》、赵首成等主编《古今优秀灯谜鉴赏辞典》、叶国泉等编著《毛泽东诗词灯谜鉴赏》、吴仁泰著《海外佳谜欣赏》、郑百川著《谜病剖析》等多部灯谜鉴赏著作问世，开阔了人们的灯谜创作和欣赏艺术眼光。改革开放后，谜艺交流活动在各地开展。1981年9月27日，沈阳市沈河区文化馆举办全市灯谜爱好者创作经验交流会。20世纪80年代初，广东澄海探虎斋多次举办谜艺交流会，邀请外地谜友参加。1984年10月，广东潮州谜协主办谜艺交流会，厦门、漳州及潮汕地区代表参加。

（2）灯谜学辞典诞生

工具书诞生是学科开始走向成熟的标志。20世纪80年代出版的灯谜学科的综合性工具书如：叶国泉等编著《实用灯谜小辞典》，王学勤主编《中华谜语大辞典》，章品主编《中华谜典》。20世纪90年代问世的如：江更生等主编《中国灯谜辞典》，杨佛章等主编《中国谜语大辞典》，余植华等主编《中华灯谜百科全书》，江更生主编《中华谜海》，徐进主编《中华谜语大辞典》，刘典忠主编《中华当代谜家辞典》。

（3）中华灯谜学现出雏形

研究性的灯谜理论著作和普及性的灯谜知识著作接连问世。如陆滋源《中华灯谜研究》、邱景衡《中华灯谜鉴赏》、王春台《中华灯谜》、李敬信《中国的谜语》、杨晓歌《中国灯谜》、吴直雄《中国谜语概论》、柯国臻等《中国灯谜知识》、谜界名家《开启谜宫的钥匙》等，以及港台朱家熹《中华灯谜学》、谭达先《中国民间谜语研究》、黄云生《谜体谜格与谜例》、洪伍雄《谜语的理论与应用》、张伯人《独脚虎技法四十式》《字谜技法四十式》等。20世纪八九十年代，还有多部综合性的谜话式著作问世，如《灯谜万花筒》《灯谜大世界》《神州谜苑》等。面对灯谜理论研究方方面面出现的新成果，谜人们开始了建立中华灯谜学的学科思考，研究文章如：梁前刚《为建立完整的谜学理论体系而努力》《再谈我对谜学理论体系的看法》、任勇《建立谜学的初步设想》、李万超《"中华灯谜学"小议》,杨建生《呼唤谜学》,蔡少文《灯谜学的理论建构模式》、许少文《建立灯谜学刍议》《灯谜学的理论模式》、陈德《应当让灯谜作为一门学科进入课堂》、东方文化馆灯谜学委员会研究部《开展灯谜学讨论的建议》、朱墨兮《中华谜学导论》。

（4）灯谜史研究的基础工作正在夯实

一是翻印和汇编历史谜籍，为灯谜史学研究提供了宝贵的资料。20世纪80年代，温州、漳州等地灯谜协会翻印多种清末民初的灯谜理论书籍。90年代《中华谜书集成》第一册至第三册、《中国古代灯谜集珠》出版，使很多谜人见不到的古籍获得阅览。二是开始编纂灯谜年鉴。《中华灯谜年鉴（1995年）》及2000年后陆续编辑出版，为灯谜史研究提供翔实的资料。三是建立灯谜专题藏馆。最先建馆的是漳州灯谜艺术馆，1992年春建立。四是开展谜史研讨及相关活动。1982年元宵节期间，苏州市工人文化宫、文化馆举办灯谜展览和六市灯谜会猜，展览以文字、插图、图表、古今谜书、专著、照片和实物介绍灯谜知识及本市谜史。5月1日，兰州市五泉公园灯谜研究组与甘肃省民研会灯谜组联办灯谜资料展览。12月，上海浦东文化馆举办"虎社谜会"专题展览，系统介绍灯谜的历史、体裁、格律等知识和浦东谜协成立一周年成果。1984年2月，在漳州市举行福建第五届灯谜会猜暨福建谜史讨论会期间，举办甲子迎春谜展，分中华谜史、今日谜坛、港台侨谜、灯谜知识、芗城谜话、谜会书画六部分展出，举办福建谜史讨论会。

（5）灯谜研究活动活跃，多方面展开灯谜学术研讨

20世纪八九十年代，谜学论文数量日益增多，内容涉及谜史、灯谜基础理论、灯谜的社会作用、谜法、谜体、谜格、谜艺、谜种、谜作分析欣赏、灯谜创新、谜人、谜书、灯谜大众化、灯谜活动、灯谜组织、灯谜与教学、灯谜与企业文化、灯谜与社会经济发展及与其他学科的关系等方方面面，还有一些热点问题的大讨论。1998年，中华灯谜学会评选出"中华十佳灯谜论文"，为：《柯国臻灯谜艺术观抉微》（荣耀祥）、《中华灯谜近代史初探、再探》（张奕虎）、《灯谜与台语探源》（叶明冬）、《甲骨文与中国灯谜的起源》（刘二安）、《繁荣灯谜创作，增强精品意识》（董书祥）、《当代谜坛的评佳倾向》（叶国泉）、《曹娥碑蔡邕题字考析》（蔡大金）、《灯谜创作优选法初探》（方炳良）、《灯谜与文学的思考》（章健儿）、《隐者自怡悦——关于谜和谜人的思考》（敖耀寰）。

（6）广泛开展灯谜知识普及工作和学校灯谜教学实践

一是灯谜知识培训讲座在全国很多地方进行，1979年，汕头市工人文化宫举办多期灯谜学习班。1983年，苏州市金阊区退休科技工作者协会举办灯谜函授讲座，面向全国招生。1986年，湖南长沙市工人文化宫枫林谜苑与湖南电视台合作，摄制播放《灯谜知识》专题节目。福州市灯谜协会与福州电视台联合录制《谜语琐谈》，在福建电视台"观众之友"节目播出。山东省总工会宣教部、青岛市总工会文体部举办职工谜联学习班，150余人参加。《中国电视报》连载章品的《灯谜知识》。1987年8月开始，《人民日报（海外版）》连载章品的《怎样猜谜语》。9月至10月，中央电视台在每周二、五的"小百花"节目中，播放灯谜知识讲座。是年，中国谜报社成立中国灯谜函授学校，面向全国招生。1988年，青岛市工人文化宫、杭州市工人文化宫等举办灯谜知识学习班和灯谜讲习班。1991年4月开始，中央电视台播出由《中国谜报》编辑主讲的"灯谜知识讲座"，每周播出一讲，共播10周。1992年5月开始，上海人民广播电台举办灯谜知识系列讲座，每周一讲，共22讲。二是灯谜基础知识教育的书籍陆续出版，如：《灯谜入门》《谜语知识手册》《猜谜制谜诀窍》《猜谜入门》《怎样猜灯谜》《中学生灯谜入门》《灯谜猜制入门》《谜语知识大全》等，有些已运用于校园谜语课和谜语知识讲座。

改革开放后，灯谜进校园的探索也取得成果。湖南沅陵县教研室1986年1月印行的覃远志编《谜语与教学》，汇编了4篇来自湖南沅陵县鹤鸣山小学的运用谜语进行教学的作法和体会。特级教师王耀芹《谜语寓于语文教学中》和教师邹级玲《发展思维，陶冶情操》，介绍运用谜语传授语文知识的作法；全国"红读"活动优秀辅导员苗建云《趣中求知，乐中长智》和教师瞿永兰《猜谜—兴趣—思维》，介绍将猜谜运用到数学教学中的作法。还汇编了沅陵县幼儿园副园长代先凤介绍《利用谜语引导幼儿认识大自然》。又，孙德华《国内小学识字法在对外汉语教学中的应用》介绍：吉林省双辽县教师进修学校辛连翔等人从1987年开始尝试在小学汉字教学中使用字谜识字法，利用汉字的结构和形体特征，采用联想、分析、推理等方式进行谜语创作。学生看到字谜后，通过谜语所提示的信息，在自己头脑中的"汉字知识库"中进行检索，最终找到合适的答案。这是一种自主探究的识字过程。这种识字法使汉字学习充满了游戏的乐趣。又，20世纪90年代初，山东单县各小学推行在小学语文识字教学中运用字谜的作法。

多种谜学活动的开展，大量灯谜理论著作和丰富学术成果的产生，极大地促进了灯谜学理论发展，为灯谜正式成为一门独立的学科打下了基础。

二、"别解方成谜"的讨论

"别解方成谜"的讨论是谜界一场最具影响的灯谜基本理论讨论。

1978年上海黄浦区工人文化宫编《灯谜》第2期和1979年

中华灯谜史（1949–2019）

温州市业余灯谜创作小组编《鹿城谜苑》第 2 期，发表苏纳戈文《别解方成谜》，引发谜界持续 10 多年的大讨论和 21 世纪 10 多年的续论。《别解方成谜》全文：

  灯谜的关键是文字的巧妙别解。别解使灯谜形式多变，意境开阔，富于联想，耐人寻味。别解能巧妙地把互不相关的世间各种事物、名称牵连在一起，产生出一种独特的文字语言艺术，给人以妙趣横生、回味无穷的感觉——这就是通常所说的"谜味"。

  因此可以说，别解产生了谜味，谜味来自于别解；甚至于还可以这样说，没有别解就没有灯谜，别解方成谜。

  一些初学者对灯谜不得其法的原因也往往在于未能懂得和掌握别解。因此他们在猜谜时看不出关键，抓不住实质；在制谜时，找不到点子，构不成佳句。

  其实，别解并非是灯谜中独有的，在汉语的双关语、歇后语里，在滑稽笑话、相声节目中，在一些趣味文学内也存在着这种类似的别解。只不过灯谜中的别解高度概括集中，隐蔽得更奥妙谐趣和变幻莫测罢了。

  没有别解的谜，味同嚼蜡。如"兵革既未息"打话剧名"没有结束的战斗"，谜面尽管用了唐诗成句，由于没有别解，缺乏谜味。至于像"超先进"打成语"后来居上"、"教师大合唱"打沪剧名《园丁之歌》一类谜作，严格讲只能算是词语注释，而不能称作灯谜的。目前在各地的灯谜集子里，此类作品却往往占了大多数。灯谜创作必须纠正那些"标语口号式"的注释体的倾向，否则就会丧失灯谜的传统特色和创作方法，以致面目全非。

  所谓别解，即词汇不照本义去解释。原则上讲，灯谜的

第三章 改革开放至20世纪末的灯谜（1979年至2000年）

谜底都应该是别解的。名词、成语谜的谜底必须别解，否则就成了单纯的词汇解释。另外一些词汇，如人名、地名等，看上去似乎未作别解，其实人名、地名仅仅是一种名称符号，它不代表文义，如"长春"并非是指该地春天长，如姓"高"的人并不一定是高个子，等等。现在用这些词汇赋予一定的文义制谜，那也应该算是一种广义的别解。

那么，谜面可不可以别解呢？有些同志认为不可以，但我认为是可以的。因为灯谜一个重要的特点就是词汇上的别解搭配，它的谜面就像一层迷人的面纱，而巧妙地将谜底隐藏着。这层面纱也包含着谜面的别解。况且在制谜过程中，不仅仅是在谜底词句上下工夫，而且也在为寻求最合适作谜面的词句而动脑筋，面、底互相对照，推敲，使之扣合恰当、妥帖，尽量做到字字不落空，并且还要兼顾谜面最好用现成的词句。因此，有时别解在谜面上也是很自然的。

这样的例子是很多的。增损离合体的灯谜，别解大多在谜面。如"生旦丑末"打"一"字；"一杯一杯不落空"打电影演员名"二林"；"他们二人同去"打国名"也门"等，谜面含义均作了别解。词义体的灯谜，其谜面别解的也有不少。如："彩排"打国名"以色列"；"记者"打电影名《难忘的人》；"彩调剧"打成语"声色俱厉"；"鲁迅手迹"打曲艺名"山东快书"；"冲喜"打京剧名《快活林》等，这些谜都扣得自然、贴切、精练，并不因谜面别解而显得别扭、深奥、费解。如果把"以色列"的谜面改为"编号的化装油彩"，虽未别解，但比起"彩排"这个谜面，句子噜苏累赘，谜味也逊色多了。

由此可见，"谜面不可以别解"这个论点是站不住脚的。其实，问题的提出并不在于谜面可否别解，而是别解是否自然得当。那种生拼硬凑、牵强附会的，读起来佶屈聱牙、别别扭扭的,或者褒贬不当、容易误解的,其别解无论在谜面或在谜底都是不足取的。如"机会"打电影名《长空比翼》,飞机"会"在一起不一定在"长空",也不一定在"比翼",这条谜就显得牵强附会。即使面底互换,也无法相扣,因为在长空中比翼的不一定是飞机,也有可能是鸟。

巧妙的别解常在人们的意料之外,但一经揭破,就应该合乎情理之中,大有豁然开朗之感,并使人愈看愈像,愈想愈对。这样的灯谜才能耐人咀嚼、百读不厌。

（苏纳戈）

"别解方成谜"的论述是对传统"别解"认识的冲击。清代之后,流行的"别解"认识是将其作为灯谜法门之一看待,或作为造底方法之一看待。1989年版《中华谜语大辞典》就是采用这种认识确定词目和解释词义的。辞典解"别解法"曰:"造底方法的一种。它利用谜底句中的一字多义,在不发生音变的情况下转移了原意而另作的临时性解释,叫作别解。别解不仅是一种造底方法,也是一种拟面的方法。"按辞典释义,别解是多种谜法的一种,与其他谜法并列。

"别解方成谜"之说发表后,引起当时谜界的不同意见。徐鸿基认为:"我还是赞同凤城谢会心的看法,只把它（别解）当作一个法门。"林艺撰《谜味不一定来自别解》认为:"许多谜的制成,不可能经别解方成谜。也可运用别读顿读、反意相扣、意的形容、形的描绘等方法,以及借助谜格成谜来增强谜味。"由此拉开了谜坛的"别解之争"。《浦东谜刊》《鹿城谜苑》等发表了多篇赞同"别解方成谜"的文章,如郑抒《略谈"别解"》《也论灯谜的特性》《"别解"析论》,马啸天《也谈"别解成谜"》,郑百川《别解……人各有见》等。苏纳戈又发表了《别解是制谜

第三章 改革开放至20世纪末的灯谜（1979年至2000年）

的原则——和徐鸿基、林艺两同志商榷》的文章。谜刊还发表了多篇不同观点的文章，如洪流《我对谜中别解的看法》，李照维《也谈我对别解的看法》，柯国臻《谜格与别解的作用不同》《直解与别解是相互依存的》《关于别解和双关的问答》。

《神州谜苑》汇编了4篇论灯谜别解的文章，其中，陶士正《漫谈灯谜别解》认为："谜面、谜底都不别解的谜，确实存在。……别解应作为灯谜的基本特征之一，它不属于谜体。别解是基本的，然而也有面底直解的灯谜存在。"其他3篇文章与"别解方成谜"的观点一致，苏纳戈《别解是制谜的原则》谈道："一些同志习惯地把别解和会意、分扣、离合、象形等并列在一起，当作一种制谜方法（亦称'法门'或'体'），我认为这是不妥的，也是不符合文理的。这样就把别解看得太狭义了。……制谜就是巧妙地利用汉字的一字（词）多音、多义和字形上、语法上的一些特点，使谜底（有时也可能在谜面）词句的原义变了样，这就是别解。显而易见，别解应该是制谜的基本原则，而不是某一种狭义的方法。……把别解看得过于狭窄的另一个原因，是我们在观察词语时，常习惯于以制谜者的眼光去思索。虽然在制谜过程中很自然地运用了别解的手法，自己却不觉得。"郑抒《也论灯谜的特性》说："各种法门又不是无章可循的，哪些法门能成立，能被群众认可，能产生谜味，它有一个总的章法，这就是别解。……有人会问：照你这么说，双关、别读、顿读、直解、会意……都可属于别解，难道就没有无别解存在的谜了吗？回答是肯定的，因为现代化的'黄绢幼妇'正层出不穷呢，这正是学谜的第一阶段，原始的、幼稚的阶段。继而进一步追求谜味，那就正如有论者所说：'谜味来自别解，甚至还可以这样说，没有别解也就没有灯谜，别解方成谜。'笔者大胆地补充一句说：别解正是现代灯谜的特征。"赵首成《"别解"乱弹》说："最近有人著文谈到'提倡别解之说甚嚣谜坛'，则主流明矣，人心知矣。作为文义谜的灯谜，其体制基础就是利用汉字义、形、音方面的多种变化，进行曲解，达到'于情理之中，出意料之外'、曲径通幽、发人体味的效果。这是初学者学习过程中必须遵循的法则，也是传授者传授过程中的第一要素。假如脱离了这个根本东西，一味强调'不用别解也可出好谜'，让直解、原解来充斥谜坛，那么中国灯谜的艺术特点将会逐步蜕化、淹没。"这些论述，进一步阐明别解是制谜的基本原则，是灯谜的特征。

在"别解方成谜"的讨论中，上海谜坛组织了一次"谜面别解"的讨论。1984年4月21日晚上，南市、浦东、市宫、卢湾和徐汇等区的40多位谜人，相聚在南市区文化馆魁星阁地下室，对谜面别解的问题进行了一个多小时的认真讨论。江更生、朱育珉、季国虎、陶宽汝、胡安义、范重兴等发表见解，对部分意见取得基本一致的看法，还有一些问题不能取得统一。此后，1985年至1986年的《浦东谜刊》发表冷园生《谜面别解的断想》、立祥《既不滥用，亦不排斥》、汤健安《谜面别解杂谈》、江南昌《小议谜面的别解问题》，尹业基《谜面别解与回互其辞》以及柯国臻《谜面别解的提法不确切》《此法本善，用者未善》等不同认识的文章。1986年9月，郑抒赴上海参加谜会，在会上发表反驳柯国臻的别解观点的演讲。在"别解方成谜"的讨论中，全国各地谜人也零零星星地在各种不同谜刊上发表各自不同的看法，如《中华谜报》刊陈斌《回互其词与别解》、傅国泰《也谈灯谜实质》等。至20世纪80年代末，"别解方成谜"的讨论基本在平和地展开。

1991年12月，杨耀学在《爱谜》上发表《扯下"别解"的华丽外衣》，火药味浓厚，言辞激烈地论说"别解在灯谜中无所不在"之观点站不住脚，"别解是灯谜的基本特征"之说法不攻自破。这篇文章被部分谜人视为"骂战"的导火索。

1992年5月1日,南通市举办灯谜艺术节,郑抒作为东道主,向与会的各地谜人发表题为《当代谜学理论的重要论战——再论别解兼评无别解灯谜》的演讲,点了全国10多位知名谜人的名,语言尖刻锋利。其基本观点为:

> 别解:存在于灯谜自身的一种规律,它是联系灯谜和猜者的机枢,是区别谜与非谜的"试金石"。别解有在谜底、谜面和底面双别解三种情况。别解是灯谜创作获得灵感的源泉。
>
> 正因为有别解这一规律,制谜和猜才有了"共识"。而规律,是不以人的意志为转移的。也正因为有规律,别解的各种体例才可以解析,使初学者心中有"度"。
>
> 无神论者当然是不论灵魂的。然而倘若灯谜有灵魂的话,别解就是灯谜的灵魂——这个比喻和一切比喻一样总是蹩脚的,但是不管一些人怎样向别解大泼污水,灯谜因为别解,它的生命之树才常青。

郑抒的演讲被指为"点名骂谜",此阶段的激烈争论被视为"骂战",郑抒与柯国臻的论战,称为"郑柯骂战"。

20世纪90年代,多位谜人参与别解论战。《文虎摘锦》《浦东谜刊》及其他谜集谜刊发表了多篇别解论战的文章,如杨耀学《灯谜基本特征再认识》《正确认识灯谜别解》、郑湘杰《谜艺论争当与人为善——兼议直解与别解灯谜》、文汉源《也谈别解谜与无别解谜——和郑抒先生商榷》、刘国瑞《承上启下与回互其辞》、万峥嵘《别解,不是灯谜充要条件》、王学勤《别解、谜趣及其他——兼答郑抒谜友》、陈春祥《掌声响起来——别解论战焦点透视》、董书祥《别解不是谜法》、叶国泉《别解——灯谜的基本特征与灵魂》《"别解方成谜"是颠扑不破的谜学原则》、赵首成《别解丛谈》、吴楚鸿《论谜法中的会意与别解》、敖耀寰《试谈灯谜别解与概念的同一性》、许少文《"别解"别解》等。

1992年至1993年，《文虎摘锦》组织了"别解方成谜"大讨论。1992年11月号《文虎摘锦》发表柯国臻《驳"再论"者言》的长文，对郑抒的文章进行全面反击，其中有措辞辛辣激烈的语言。

在"郑柯骂战"中，首先提出"别解方成谜"的苏纳戈却保持沉默，自始至终未发言表态。直到2005年6月，上海《於菟》19期刊登采访苏纳戈的文章《一场变了味的所谓"大论战"》，道出其中原因。苏纳戈说：

> 其实，谜必须有别解，否则不足云谜。此论古已有之，并非是我新发现，我只不过是将其归纳为"别解方成谜"这句话而已。此观点和提法，同意与否，悉听君便，即便争论，也不求统一，也不可能统一。但令人不解的是某些谜人却说什么"提倡别解之说甚嚣谜坛""扯下别解的华丽外衣""对制谜的思想引导十分有害""自取灭亡的必由之路"等等，这种语气显然不是在探讨谜艺。

在1995年《文虎摘锦》进行的"中国谜人情况抽样调查"中，有"你同意'别解方成谜'吗"一题，1170份回收卷中，回答"是"的有599人，占51.2%；回答"否"的有294人，占25.13%；回答"无所谓"的有277人，占23.68%。

在"别解方成谜"的讨论期间，《开启谜宫的钥匙》汇编了赵首成专题论述别解的长篇论文《"别解"与灯谜》，全文有理有据地论述了没有别解就没有灯谜、别解是灯谜的特征，有别解才

第三章　改革开放至20世纪末的灯谜（1979年至2000年）

有谜味的"别解观"。文章表述别解的定义时写道：

> 灯谜别具一格的性质和它的一些基本规律，可以看到：一、"别解"的问题与"谜"一直难分难解，它几乎是与"谜"共生的；"别解"紧随着"谜"的意义而来，又与之融成一体而共存亡。二、"别解"即"不按本意"来解释、来领会。它从宏观上来讲，理应包括通过一切手段成谜而达到的"别"的效果；从微观上来看，它又是具体技巧运用上的一个术语。"别解"技巧的含义，既指单一的谜底、谜面的词义变化，也指以义变为主的音、形、义的多种变化；既指个别的具体的字、词的别种解释，也指底与面在整句含义上，即整体意境上的别种解释。

文章例举无别解谜写道：

> 铁脚板注式的"无别解"，已经彻底泯灭了"谜"的特征，脱离了"谜"的本质，只剩下一具颇类似学生问答作业式的躯壳；即便从文字游戏的最低限度上来衡量，它也已不能再称作是"谜"了。如果拿这种类型的"无别解"作个反面证明，那它就充分证实了"有别解"对于"谜"这种具有一定特殊性的文艺作品的不但可贵，而且极其重要！谜正因为有了"别解"，才有"谜味"，才能引人入胜，才能更好地启迪人们的智慧，锻炼人们的脑筋，娱乐人们的身心；否则，人们要"谜"干什么？不能"别解"而生趣的谜，将会逐步减退、湮没"谜"的特色，猜谜也终会被"知识问答"或"遇到问题查字典"这类活动所代替！

文章谈到与"别解"密切有关的"会意"问题时写道：

"会意"这个词，虽然源头很古（为构成汉字的"六书"之一），但究其义其实就是"领会意思"。在谜以外的世界里，不但形诸文字者可以"会意"，即便人们的一举一动也可以"会意"。按此词义用之于谜，则"有别解"的谜须"会意"固不待言，而像前面举出的"无别解"类型的"谜"，自也能"会意"而得。一些人习惯把"会意"和"别解"作为不相类属的两种成谜方法而并列，那么，依此观念，是否意味着虽无"别解"但有"会意"而仍然是谜呢？这就需要弄清楚，"会意"在概念上和使用范围上，比"别解"要大得多，通过"会意"形成的文字并不定是谜。从"谜"的性质和艺术特征上来看，无异"别解"最能实现"回互其辞"，以达到"使昏迷也"的目的；而"会意"则显然不具备这个功能——因为它太"泛"而不专。倘或一定要将"会意"运用于谜的话，那只能降格使用，把它列为"别解"总体概念之下的一种具体技巧，这就是"整体意境别解"——它同"字义别解"的具体技巧、"字音别解"的具体技巧、"字形别解"的具体技巧，以及"综合别解"的具体技巧并列，从而一道筑成"灯谜别解"的基石。

进入21世纪，"别解方成谜"的讨论仍在继续，讨论文章时有见闻。如：郭少敏《论别解的实质》、叶明冬《灯谜别解与汉语文法刍议》、黄秦奇《别解是灯谜的自然属性》、蓝汉钊《谈虎色变——"谜面别解"之我见》、张嗣春《别解也许有度》、郑天宝《浅谈灯谜艺术中的字义别解》、荣耀祥《灯谜"别解"范畴新论》、杨耀学《"别解"争鸣的由来与灯谜发展前景》、郑百川《会意加别解是灯谜的本质特征》、叶国泉《灯谜"别解"之真谛》、顾斌《试论意境别解谜》、胡慈丹《赵首成的别解观初探》等。

经过长时间的灯谜别解问题讨论,不同意见依然存在,但现象显示,"别解方成谜"的观念被越来越多的人理解和接受,成为灯谜学的重要理念,多部灯谜学教材类读物如《中华灯谜教程》《中华灯谜学》《灯谜基础知识》《灯谜基本知识》《灯谜大课堂》《教你学会猜灯谜》等,都是持"别解方成谜"之说,将别解作为灯谜的基本特征、基本法则或灯谜不可或缺的基因进行阐述。

三、谜旨谜艺探讨

1. 灯谜如何为四化服务问题讨论

1979年9月底,在南京举办的九城市灯谜会猜期间,与会代表对灯谜如何为四化服务以及灯谜的作用等问题展开了讨论。

代表一致认为:灯谜应该为四化服务,而且是可以为四化服务的,问题是如何为四化服务。灯谜不同于标语,除了选面以外,还有谜底,因而它具有一定的技巧性和趣味性。《文心雕龙》给谜的注解是:"纤巧以弄思,浅察以衒辞,义欲婉而正,辞欲隐而显",也就是"虽有小巧,用乖远大"。这就是灯谜的艺术性。一条好的灯谜,除了直接宣传的谜面应该用词健康以外,还要谜底扣合紧密、技巧良好、谜味隽永。这就是政治与技巧结合较好的标准。灯谜除能利用它的特点起着宣传和教育的良好作用外,同时灯谜本身也是一项文化娱乐活动,对职工来说,工作之余,调剂劳逸,兼能增智益思。有的谜友说,自从猜谜以来,不得不翻阅很多书籍,因而增进了不少知识。这种有益身心健康,对提高文化水平起了一定作用的正当娱乐,我们说这就是在为四化服务。

会议讨论了人名谜的问题,一致认为人名可以入谜,历史上已有先例。人名是灯谜中一项主要的谜目。讨论重点集中在"现代人名"方面。与会同志例举在下厂举行灯谜晚会时,对厂内人名包括先进生产者、领导人员等人名入谜,无论猜者还是本人,都颇欢迎。这也是正面宣传的一个好方式,所以现代人名是可以入谜的。当然谜面必须是正义而不是反义的,是正确的而不是歪曲的,否则宁弃勿用。会议还本着求同存异的原则,百家争鸣,各抒己见,对谜格的袭用和取舍、谐音别读、灯谜历史等多个问题进行了探讨。

会上,多个单位介绍了开展灯谜活动的经验。沈阳市工人文化宫《灯谜活动是怎样从群众出发,为群众服务的》介绍:沈阳市工人文化宫灯谜研究组在开展灯谜活动中,主要做到三个坚持:坚持为广大人民群众创作的方向;坚持经常开展对外征射活动;坚持经常听取群众意见,不断改进工作方法。南京市房地产管理局砖瓦厂在《浅谈基层工会开展灯谜活动的一些体会》中说:灯谜是这个厂职工最受欢迎的业余活动项目,组织职工开展灯谜活动的基本做法:一是从基础开始,由浅入深,逐步培养群众对灯谜活动的兴趣和爱好;二是组织互猜互学,逐步诱导,不断提高群众的猜谜素质;三是想方设法,广开谜源,变冷门谜条为热门谜条(举办专题灯谜晚会前将谜底范围的名词公布出来);四是灯谜晚会后,组织开展雅谜共赏活动,使群众对灯谜的认识更上一层楼;五是结合时事政治开展灯谜活动,起到了宣传作用;六是将年度先进生产工作者的姓名制成灯谜给大家猜射,既活跃了职工业余文化生活,又宣传表彰了先进模范人物。

第三章 改革开放至20世纪末的灯谜（1979年至2000年）

2."形扣从宽，义扣从严"的讨论

1982年，《虎社》第27期刊苏纳戈《形扣从宽，义扣从严》的短文。1983年，《浦东谜刊》第18期载一组文章：苏纳戈《形扣从宽，义扣从严》、柯国臻《形扣从宽，须再探讨》、韦荣先《也谈形扣从宽》、周宏侣《"宽"到什么程度》、苏才果《形扣从宽合乎谜法》。由此引发"形扣从宽，义扣从严"的讨论，这场讨论持续了30多年。

苏纳戈《形扣从宽，义扣从严》全文：

近来，谜坛对"天≠天""隹≠佳"等一类问题争议较多。我的看法是"形扣从宽，义扣从严"，即若面底按字形相扣，则从宽处置，若以字义相扣，则从严对待。

如："见人就笑"打"竺"（天≈天），"忉"打舞剧名《小刀会》（忄≈小），"人生七十古来稀"打"哗"（七≈匕），"人人翻了身"打影片名《丫丫》（翻人≈丫），"人人埋头干"打"坐"（士≈土），"第二国际"打"哑"（口≈口），"始"打数学名词"相似三角形"（厶≈△），"AOP"打口语"拼命"（A≈△，O≈口，P≈卩），这些谜主要都是以字形笔画的增移拼拆来相扣的，既然谜中有把某些笔画比作月亮、小身之类的象形手法，那么同样也可以运用相近笔画替代的艺术手法，使其产生谜味。因此这类谜的扣法，我以为基本上是可以的，这就是"形扣从宽"。

"形扣从宽"的原则，还习惯用于汉字边旁简化的问题上。如我们不能因为"金"旁简写成"钅"，"言"旁简写成"讠"，"糸"旁简写成"纟"，就否定"钎"打成语"一字千金"，"吾"（骊珠）打"成语有言在先"，"半放红梅"打"繁"这些谜的成立。

至于用"言归于好"或"语言美"打"谁"，这类谜不

是以"隹≈佳"的字形入扣,而是错用了"隹"的字义,那就不能成立。这就是"义扣从严"。

柯国臻《形扣从宽,须再探讨》写道:

"义扣从严"是毫无异义的,而"形扣从宽"须待进一步探讨。

形,可以说有二,一是指字同物的形象,如:"乚"像舟,"丁"像帘、"阝"像耳、像旗、"口、口"像格子方框,以及"人"雁"入"燕,"冖"桥,"八"眉和"灬"马蹄,"册"疏篱,"丰"远树,这类形象不是从宽的问题,而是已领了"许可证"的;二是指与字的相似,如"竹"可作"个个","王"作"毛"(称挑王),"文"作"攵"(称反文)"忄"作"小"(四角号码属小),"木"字中的"人"和"八"同用,以及"草字头"作"卄"等等,这类相似的字还可以称为从宽。但是,纳戈同志文中所指的"七=匕""倒人=丫""士=土""夭=天"等,既不是形象,又不能相似,实是乌焉成马,帝虚为虎,风马牛不相及,如果此例一开,恐其流弊甚大。

我曾作过"人生七十古来稀"扣"哗",将"匕"作"七";"人间开并蒂,天上会双星"扣"笑"。将"夭"作"天",都是失误之作,不足为法。若依"形扣从宽"如被认可,那么"厅前佳人立"可扣"雁","沃"可扣"天水"了。这样的"形扣从宽"我认为对谜艺有害,既不能使老妪都解,也不能使雅士低头,若是启迪童稚,造成笔误,将归咎于制谜者。

文中还提到"始"打"相似三角形"(厶=△),与"夭=天""倒人=丫""士=土"相并列,实贬低"始"谜,因为它好在有"相似"二字。另有"翠翳幽篁别有天"扣"笑",好在"别

第三章 改革开放至20世纪末的灯谜（1979年至2000年）

有"二字；"全当归"扣"疑是玉人来"，好在"疑是"二字。这些词在谜间作了附加说明、恰能通情达理，无可非议。

至于"言"作"讠"，"金"作"钅"，"糸"作"纟"等偏旁从简，只是简了笔形，其义均未变，对谜没有产生多大影响，另如"厂"本读"汉"，今作工厂的"厂"，"玉"偏旁为"王"，"月"（肉）偏旁为"月"，草字头为"艹"，楷书无别，却为成谜提供了方便，但我们不能固执地死命"厂"是"山石之厓"，排王为玉了。若为成谜之便，仍做原义释，又未尝不可。

有人定说，古人对于这类并不苛求，如将"奪"字作为"一寸佳人"，我人何必强求呢？古人是古人，我们有不使今谜胜古谜的理由吗？由于古有始作俑，我也曾盲从一段时间，若不在我人中立即遏制，让其谬种流传，一旦后来居上者必然为我们一代谜风纠正。

总之，我以为用字要精当，运法要严谨，遵法度又要创新，善创新要遵法度，切不可马虎。

苏才果《形扣从宽合乎谜法》，从三个方面阐述：一是"形扣从宽"是自古以来逐渐形成的；二是"形扣从宽"现在已被广为采用；三是"从宽"不是宽大无边。文章说：

"形扣从宽"实际上是常用的谜法。我们承认"形扣从宽"，并不是宽大无边。韦荣先同志以此类推了"仑≈仓，材≈村，兔≈免，人≈入"等等，是不妥当的。制谜并不是运用数学公式，某种谜法在这条谜中能成立，照搬到那一条谜中并不一定能成立。柯国臻同志担心此例一开，恐流弊甚大。其实这种担心也是完全不必要的。我们知道，格律诗要讲究平仄、押韵。但古今以来许多著名诗人的作品中不是也有一些违背这些格律的诗篇吗？人们读了这些诗，并不会因此而忘记诗的格律。同样在谜中，我们运用了这类形扣，也决不会造成汉字混乱的。那么，到底如何从宽，有没有标准呢？我觉得柯国臻同志有两段精采的经验之谈很能说明问题："成法应守，有规要循，但不能墨守成规。""有些意立理明的谜竟能超然象外，有时冲规突法成谜，却妙不可言。这就是无规似遵规，有法不见法之谜诀。"（见《浦东谜刊》第 8 期《也谈倒吊》）其实，如何从宽，善谜者自会掌握，猜谜者也有公论。这既不至于悖理，更不会乱了谜法。像"人生七十古来稀"扣"哗"这条谜，人们决不会因"七"和"匕"略有差异而否定其巧趣。老柯同志更不必把它当成失误之作。

就"义扣从严，形扣从宽"的话题，其他谜人和谜刊也陆续发表了一些文章。这是第一波讨论。

到 2010 年，《中华谜艺》《文虎摘锦》同时在第 3 期刊登王水生《"形扣从宽"之我见》，作者在对始于 20 世纪 80 年代的"形扣从宽，义扣从严"讨论"无从考察到"的情况下，另起谈"形扣从宽"。文章"旗帜鲜明、毫不含糊地表达"："绝对反对'字形从宽'（不论宽到何种程度，都一律反对没商量）！""'字形从宽'是种极不负责任的说调，这是有文化的谜人在不知不觉中所犯下的低级错误，必须坚决抛弃。"文章反对"形扣从宽"的理由是：既然义扣要从严，本着公平对待的原则，形扣也要从严。"形扣从宽"违反了汉字的正确书写规范，很可能对学生或受众进行误导。

相关讨论文章又见：《文虎摘锦》载梁信德《宽严须有度》，高建川《宽严适当方成谜》；《中华谜艺》载郭少敏《形扣灯谜与等式分析法》；《锦水春风》载张强《不审势即宽严皆误》；《互动谜社十周年纪念刊》载江南柳影《也谈"义扣从严，形扣从宽"》。

在"义扣从严，形扣从宽"讨论再起时，"苏剑谜学奖"举办《我看"义扣从严，形扣从宽"》专题征文。获奖者为崔永凯《说一说"形扣从宽"》，提名奖为孙胜利《宽严遗谬规范是法》、黄清明《对"字形从严"的管见》，入围6篇。

《说一说"形扣从宽"》一文，分析了适用于"形扣从宽"的几种情况：一是象形从宽；二是部首扣合的从宽；三是整体提取的从宽；四是数字母的从宽。文章谈道：当不能从宽的情况出现时，可以采取"以修饰词提示差异、以抱合词实现改造"的办法予以补救。文章总结说：

> 灯谜，既然是一种以汉字的形义别解为主的文字艺术，尊重汉字的书写规范是必须的，但这不应该成为从严苛责的借口。如果一切形扣都从"严"要求，必须照葫芦画瓢，无疑会束缚谜人的想象力，形扣谜的艺术性也会大打折扣，不利于其进一步发展。
>
> 所以，我认为，"形扣从宽"的观点并没有错。我们需要做的，是探讨什么样的形扣可以从宽处理、什么样的形扣不能从宽处理，而不是将"形扣从宽"一棒打死。对于能从宽处理的情况，大胆去扣合；对于不能从宽处理的情况，也不要生搬硬套强行去扣合，而应该冷静地思考，该选用什么样的修饰词、抱合词加以弥补，采用曲线救国的方法去扣合。只要掌握好了"度"，宽而不失其规范，有何不可？
>
> 汉字，是我们中华民族的宝贵财富，确实不容亵渎。而灯谜，同样是我们中华民族的艺术瑰宝，需要借助汉字的帮助来熠熠生辉。我们完全能做到在兼顾汉字的书写规范的同时，充分地展现灯谜的艺术特质，当严则严，该宽则宽，在

两者之间找到完美的契合点，让汉字更好地为灯谜服务，让灯谜更好地为汉字增添光辉。

"形扣从宽、义扣从严"的讨论中，也出现谜人各抒己见语气激亢、互不相让、一时间剑拔弩张的情况。此现象见于网络。

3. "断句谜"的讨论

断句谜，亦称作断气谜、断义谜。其谜学之争多称"断气之争"。

断气之争是一场持续了30多年的谜艺之争，始于1982年柯国臻编《微山谜话》中《什么是"断句谜"》的短文。全文为：

> 断句谜是指谜面和谜底在相互演绎过程中，出现断了句、词相扣，使全谜整体支解、丧失词意而言。如"西极龙媒"扣"木马"。"西极"用拆字扣"木"，"龙媒"用会意扣"马"。比照"西极龙媒"终究不是"木马"之故。纵然每字相扣十分紧切，也避免不了貌合神离、气阻语塞之病，读来毫不相干，更乏谜味，实为南宗运法所禁忌。
>
> 有些谜形似断句，而意未断，就不能以断句论。如"表面光"扣"颜辉"。虽"表面"可扣"颜"，"光"可扣"辉"，就底面各自连续，演绎文义仍无妨碍。这果然同用会意一法有一定的关系。而另一种谜兼用两法扣单字，也不能称断句的，如"一时半刻"扣"孩"便是。由于底只一字，便无"断"理。
>
> 但是，我们不能以此把分咏体、诗钟体和北派体法与"断句谜"相提并论。因三体的题面造句有其特异功能（这里不作详谈），断句谜同它是不能相比拟的，更不能把断句谜作"赋体谜"看。

第三章 改革开放至20世纪末的灯谜（1979年至2000年）

柯国臻认为断气谜不好，手法下乘，应该禁忌。谜界不同意见者认为不能一概而论，法无定法，于是两种不同意见者开始讨论。谜界人士对这一讨论的关注程度和参与热情较高，较多谜人发表了见解，有赞同者，有反对者，也有中和者。《文虎摘锦》1985年9月创刊号专题谈了"断句谜"讨论。其中，新九据《微山谜话》《浦东谜刊》《西山虎》《红豆灯》《滕王阁谜稿》等谜刊的讨论文章摘编的《"断句谜"讨论摘要》写道：

前一阶段，谜坛就所谓"断句谜"问题展开了一场讨论。"断句谜"的概念是由温州柯国臻先生首先提出来的。柯老认为，对于半拆字、半会意手法制成的谜，"扣板滞，谜气断，无谜味"，是灯谜创作中的不正之风，因而必须坚决杜绝。而上海部分谜友则认为断句谜并未违反成谜的基本条件，把它说得没有任何价值大可不必。由此引起了一些师友的争论。

范重兴同志认为，"断句谜"在表现手法上的特征是，一半用拆字技巧，一半运用拢意手法，将词句断开相扣，在面底扣合的演绎过程中，词断、意断、气断，如"打天下"扣"十二大"，"优点"扣"不劣方头"等等。而纯会意的分扣手法、一些形断意不断的灯谜以及混用拆字会意制成的单字谜则不能视为"断句谜"，如"鲁迅全集"扣"山东快书"，"众说纷纭"（卷帘）扣"白参、人参"，"天上人间一条心"扣"恐"。

赵首成同志认为，"断句谜"的实质是"断意"，即文意断裂，因此"断句谜"不妨改为"断义谜"。"断义"是个很广的概念，它不仅仅表现在半拆字、半会意的手法中。如："孤老头子"扣"一古脑儿"，文意也发生了断裂；再如："你耕田来我织布，我排水来你浇园"扣"男女对表"，"吾翁即若翁"扣"刘白羽"，男女对表究竟表的是什么，刘邦对项羽究竟说的是什么，没有交代清楚，仅有形式，内涵尽失，也可看成是文意中断。

汤健安同志同意赵首成关于将"断句谜"改为"断义谜"的意见。他也认为，"断义"的现象是十分广泛的，几乎所有的"断扣"谜都有可能产生"文义断裂"。比如："好！"扣"女子棒球"，谜底原解的文意是体育项目，但别解后的文义能表达什么呢？但是，汤健安认为，底面文字音形义扣合的一致性是成谜的主要条件，这个条件要求各种变化扣合不能有错误，否则就有科学性的错误，谜就不能成立；而底面文字音形义扣合的连贯性衔接性则是成谜的附加条件，违背了这个条件，则有艺术上的缺陷，但谜还是成立的。因此，"断句谜"也好，"断义谜"也好，它们面底的扣合是妥帖的，那么作为谜本身来讲也是成立的，只是在艺术上有谜病。有谜病就要医治。汤健安还具体地提出了"断句谜"的补救措施，他认为，采用"关联抱词"可以弥补。如"天下乌鸦一般黑"扣"大处着墨"，虽然谜底别解后的文意是断裂的，但由于有"……处着……"作文义连接，因而不再断裂。

张瑞权同志认为，说"天下乌鸦一般黑"扣"大处着墨"便很好，而"打天下"扣"十二大"却很糟，也未必如此，因为二谜并无太大区别。尽管存在着各不相同的地方，但从总体而言，均属分扣一个类型，从创作方法上都符合灯谜的常用手法，符合面底相扣的逻辑关系。

1988年《谜潮》第5期载郑百川《断句》，与柯国臻的看法不同。全文为：

成谜撰面，法门多变，一谜多法，今不寡见，是以谜圣张起南说："今人作谜之心思曲折，过古人远甚"。

第三章 改革开放至20世纪末的灯谜（1979年至2000年）

一谜多法，则难免体例不一，一半会意，一半拆合即此中之常见者，论者名为"断句谜"，在摒斥之列，句断气断更非所宜，而因断句致断气之谜，今也不寡见。

究其因，无非谜材无尽，谜法易穷，常底虽易措置，但取法成面也易雷同，特殊之底，则往往一法难御，不制则已，硬欲做入，多法掺合也变通之法。制谜赖此，有不得已如谜会命题，非制不可者，也有意在用熟底翻新路，跳出窠臼者。至于谜之好坏，尚须就谜论谜，不能一概否定，因断句而断气、冗杂不类者，也如其他单法所成之劣谜，宜为论者所斥。

常底如"鲜为人知"，几见之后，已觉不"鲜"，意欲出新，无妨拆合间之，"羊续悬鱼世称道"，虚悬典实，暗用合字，底断意连，也"断句"之功。

特殊谜底如"可控硅"，"硅"字属科学家之生造，三字连词，除全用增损离合（据说这还属于二法），欲以一法处置，是非有绝技不行的。若不嫌断气，则"码头重地，非请勿进"，措面不可谓不顺当，扣底不可谓不巧妙。

前人以"笔下超生"为面射"毛延寿"，也真亏他想得出，更遑论其并取拆字会意二法，而忍责其"断气"呢？

香港武侠小说家梁羽生说："文字形式本身并无高下之分，所谓高级与低级，只取决于作者本人的见识、才力和艺术手腕。"是欤？非欤？

"断句谜"一词收入两本灯谜辞典中，释义的观点也不一致。《实用灯谜小辞典》释义：

这是一个有争议的谜学问题。"断句谜"这个概念是当代温州谜家柯国臻同志首先提出来的。他认为对于半拆字、半会意手法制成的谜，往往"扣滞板，谜气断，无谜味"，是灯谜创作中的不正之风，因而必须坚决杜绝。但谜界中也有一部分人认为，断气谜并未违反成谜条件，把它说得没有任何价值，大可不必。应当允许断句谜在谜坛上有一席之地。

《中华谜语大辞典》释义：

"断句谜"一词，是在全国灯谜活动广泛开展，群众欣赏水平不断提高，并要求灯谜作者提供具有较浓谜味作品的情况下，首先由谜人柯国臻提出来的。它是指谜面和谜底在演绎过程，出现断了句、词相扣，使全谜整体支解，丧失词意。其表现手法的特点是一半用拆字技巧，一半用会意手法。如以"笔下超生"猜汉人"毛延寿"，这是"笔下"以示形扣"毛"，"超生"取会意扣"延寿"，此谜纵然每字相扣紧切，却避免不了貌合神离和文截意断之病。断句谜主要是在南宗谜中出现。至于兼用两法扣单字的（如以"一时半刻"扣"孩"字），由于谜底只有一字，并非是句，故不算断句。另外，分咏体、诗钟体和北派谜三种体法的谜题，因其造句有特殊功能，亦不能作为断句谜论。

"断句谜"的讨论延续到21世纪。半拆字半会意手法制成的谜作不断出现，认同者有之，指责之声也不断出现。

四、谜人情况调查

1993年至1994年，谜界人士进行了两次谜人情况调查，调查结果从某些方面反映出国家经济调整时期谜人的大体面貌和对

第三章 改革开放至 20 世纪末的灯谜（1979 年至 2000 年）

当时谜事的一些看法。

1. 退出谜坛谜人调查

1993 年上半年，杨耀学作了《71 位谜人退出谜坛的调查》。"退出谜坛"的标准拟为：一是有 5 年以上谜龄，其姓名为本市（地）以至本省谜人熟知和认可。二是近 3 年没有参加一次谜协或谜组的活动；近 2 年没有订阅《中华谜报》《全国灯谜信息》《文虎摘锦》《知识窗》；近 3 年没有给报纸杂志、灯谜内刊投稿；近 3 年没有参加省级以上谜会谜赛；对谜友信件不作答复，不再有谜界交往。以上两部分共七条全具备者，即被认为"退出谜坛"。符合上述标准者，搜集调查到 71 人。

71 人分布在全国 21 个省市。其中，男性 65 人，女性 6 人。年龄：20—30 岁者 19 人；30—40 岁者 30 人；40—50 岁者 12 人；50—60 岁者 7 人；60 岁以上者 3 人。职业：工人 15 人；干部（含技术人员）18 人；商人 8 人；农民 5 人；医生 5 人；教师 9 人；演员 1 人；战士 2 人。其他职业 5 人，无业 3 人。

《71 位谜人退出谜坛的调查》介绍，谜人退出谜坛的原因各地各人不同，大体归纳有以下几种：

一是大环境变化。在社会潮流影响下，谜人忙于下海赚钱，考虑后路，顾不上搞谜。有一位家居农村的谜人说：他耕种责任田，生活负担很重，吃饭第一。湖北某市谜组 10 人，有 7 人不再参加灯谜活动，原因是该市经济大滑坡，市场疲软，多数企业不景气，单位效益差，工资发不出，谋生要紧，无心搞谜。四川某市谜协聚会时谜友比穷，后来 1 人去卖麻辣烫，1 人开茶馆，1 人打工，其余谜人自散。

二是个人情况变化。本职工作忙、职务升迁、工种变动、跳槽、入学、入伍、出国等，均是停止从事灯谜的原因。青年谜人中，有的参加函授学习，有的忙于自学考试，有的为评定技术职称而补课，由此抛开谜事。

三是家庭情况变化。有的因遭遇失恋、离婚、诉讼、亲属生病、亲属亡故、本人患病、意外事故受伤、丢失贵重物品等不幸，情绪不好，疏懒谜事。有的因结婚生子或辅导子女学习等而放弃谜事。

四是兴趣爱好转移。计有转移为从事文学创作、钻研书法、搞篆刻、学《易经》、主攻对联艺术、嗜好象棋、围棋、桥牌、门球、麻将、集邮收藏等多种。

五是谜途遭遇挫折而退却。有的因玩谜而影响提干、耽误调工资、被厂长经理批评警告甚至解雇，或被周围舆论说成"不务正业"而感到压力很大。有的因制谜多年，屡投作品未能发表或获奖而产生灯谜艺术上的迷惘。有的因组织灯谜赛事筹集资金难（自己掏钱办谜会），编印谜刊谜集难（一本谜集编辑多年难印出），组织谜事活动难（某地通知谜人不便，参加聚会者少）而感到谜事艰难。有的对主管谜事的文化部门的有些不好做法而心寒，如某文化宫不能为平日谜事活动提供场地，某文化宫组队参加外地谜会不告知谜人而组织宫内人员参加，某市原定举办谜会后编印谜刊的许诺不予兑现，某市艺术节原定灯谜项目经由谜人策划准备就绪后被取消，某俱乐部组队参加外地谜会要求参赛谜人所在单位赞助后未组队前往而使谜人在单位受到训斥。

六是谜人内部关系处理和谜风问题。如：某谜协内部争山头，闹不团结，聚会时争地位，打派仗，有谜人远离此状；某地举办省级谜会，与会谜友百般挑剔，对招待、食宿、赛事安排都有意见，原来交厚的谜友因此断绝关系，有谜赛组织者表示就此告别谜坛；有位青年谜人给5位知名谜人写信求教不复，登门拜访拒见而失去信心。有谜人第一次参加某谜赛，就遭遇泄题露底做人情交易现象，对灯谜前途大失所望，如1991年的北京丰台谜会，使不少热心谜人冷静反思，抽身告退。

2. 谜人情况抽样调查

1994年，《文虎摘锦》开展了中国谜人情况抽样调查。调查内容之一是谜人的身份识别；之二是谜人的从谜情况；之三是谜人的灯谜观；之四是佳谜部分填写"我最欣赏的谜"和"我的得意之作"。调查问卷随《文虎摘锦》邮寄给读者，又向灯谜组织和没有订阅《文虎摘锦》的谜人邮寄问卷，收回有效件1170份。调查问卷的统计数字大体反映出谜人的身份和从谜情况，以及对重要谜学观点的认识。

（1）谜人基本情况

性别：男性1143人，占97.69%；女性27人，占2.31%。

年龄：20岁及以下14人，占1.2%；21—30岁310人，占26.5%；31—40岁225人，占19.23%；41—50岁254人，占21.71%；51—60岁227人，占19.4%；61岁以上140人，占11.97%。

文化程度：小学及以下9人，占0.77%；初中173人，占14.79%；高中（中专）428人，占36.58%；大专351人，占30%；本科及以上209人，占17.86%。

婚姻状况：未婚202人，占17.27%；已婚934人，占79.83%；离婚14人，占1.2%；丧偶20人，占1.71%。

职业：局处级干部或企事业单位负责人56人，占4.79%；科级干部131人，占11.2%；高、中级职称专业人员299人，占25.56%；农民36人，占3.08%；一般科教人员、办事人员254人，占21.71%；工人或商业服务人员239人，占20.43%；个体雇户和劳动者14人，占1.2%；学生52人，占4.44%；待业2人，占0.17%；离退休人员149人，占12.74%；其他25人，占2.14%。

月均现金收入：200元及以下72人，占6.15%；201—300元423人，占36.15%；301—400元322人，占27.52%；401—500元164人，占14.02%；501—600元98人，占8.38%；601—700元47人，占4.02%；700元以上44人，占3.76%。

收入在当地的水平：上96人，占8.21%；中824人，占70.43%；下250人，占21.37%。

有无职业外收入：有341人，占29.15%；无829人，占70.85%。

除灯谜外，还有无业余爱好：有1129人，占96.5%；无41人，占3.5%。在有业余爱好的人中（可兼填），写作346人，占30.65%；收藏312人，占27.64%；花鸟虫鱼119人，占10.54%；棋牌215人，占19.04%；其他292人，占25.86%。

性格：外向263人，占22.48%；内向342人，占29.23%；一般565人，占48.29%。

调查结果表明，阳盛阴衰已成定局；老中青三代中21—30岁占相当数量，谜坛后继有人；大专以上学历占将近一半；专业技术人员和干部占多数；收入中等偏下；兴趣广泛。

（2）谜人从谜情况

是因为猜谜而爱上灯谜的吗：是802人，占68.55%；否368人，占31.45%。

从谜时间：5年及以下254人，占21.71%；6—10年344人，占29.4%；11—20年306人，占26.15%；21—30年97人，占8.29%；31—40年94人，占8.03%；41—50年43人，占3.68%；50年以上32人，占2.74%。

学谜方式：自学833人，占71.2%；拜师236人，占20.1%；其他101人，占8.63%。

从谜原因（可兼填）：受他人影响131人，占11.20%；自己有兴趣 583 人，占 49.83%；因工作需要 389 人，占 33.25%；为有一业余爱好 189 人，占 16.15%。

从谜目的（可兼填）：求知 254 人，占 21.71%；消闲 428 人，占 36.58%；出名 371 人，占 31.71%；获知 203 人，占 17.35%；其他 160 人，占 13.68%。目的达到了吗：达到 738 人，占 63.08%；没有 432 人，占 36.92%。

谜途中什么使你最高兴（可兼填）：获奖 151 人，占 12.91%；谜作发表 407 人，占 34.79%；猜谜制谜成功 250 人，占 21.37%；别人夸奖 164 人，占 14.02%；参加谜会 158 人，占 13.5%；与谜友交往 299 人，占 25.56%。

什么使你最苦恼（可兼填）：技艺难以提高 460 人，占 39.32%；从谜目的未达到 42 人，占 3.59%；谜作难以发表 84 人，占 7.18%；谜坛丑恶现象 476 人，占 40.68%；周围人对灯谜的干涉 125 人，占 10.68%；其他 84 人，占 7.18%。

灯谜对你事业的影响：利多 460 人，占 39.32%；弊多 50 人，占 4.27%；一般 660 人，占 56.41%。

灯谜有无给你带来直接的物质利益：有 397 人，占 33.93%；无 773 人，占 66.07%。

家人对你的爱好支持否：支持 501 人，占 42.82%；不支持 50 人，占 4.27%；一般 619 人，占 52.91%。

单位对你的爱好支持否：支持 281 人，占 24%；不支持 140 人，占 12%；一般 749 人，占 64%。

你希望你的孩子也爱好灯谜吗：希望 247 人，占 21.11%；不希望 50 人，占 4.27%；顺其自然 873 人，占 74.62%。

你有否参加过外地谜会：有 543 人，占 46.41%；否 627 人，占 53.59%。参加谜会你多半是（据答"有"者计算百分比）：自费 290 人，占 53.42%；公费 253 人，占 46.58%。

你有无参加灯谜社团：有 1066 人，占 91.11%；无 104 人，占 8.89%。

你从谜的主要表现：猜 184 人，占 7.18%；制 128 人，占 10.94%；又猜又制 951 人，占 81.28%；不猜不制，只欣赏或组织 7 人，占 0.6%。

你写过谜文吗：有 684 人，占 58.46%；无 486 人，占 41.54%。

谜文你阅读吗：是 1141 人，占 97.52%；否 29 人，占 2.48%。

你平均每周接触灯谜的时间：35 分钟以下 113 人，占 9.66%；35—70 分钟 165 人，占 14.1%；70—140 分钟 168 人，占 14.36%；140—210 分钟 157 人，占 13.42%；210—420 分钟 249 人，占 21.28%；420—840 分钟 194 人，占 16.58%；840 分钟以上 124 人，占 10.6%。

你在过去的一周内有无接触灯谜：有 940 人，占 80.34%；无 230 人，占 19.66%。在无接触者中，因病 22 人，占 9.57%；工作忙 110 人，占 47.83%；家事忙 15 人，占 6.52%；无兴趣 15 人，占 6.52%；无谜事活动 50 人，占 21.74%；其他 18 人，占 7.83%。

你已有多久没有猜制谜：7 天及以内 622 人，占 53.16%；1 月 176 人，占 15.04%；2 月 73 人，占 6.24%；3 月 99 人，占 8.46%；半年 88 人，占 7.52%；一年 50 人，占 4.27%；一年以上 62 人，占 5.3%。

过去的一个月，你所在的谜组或你地谜组有无活动：有 570 人，占 48.72%；无 600 人，占 51.28%。无活动的原因：无场所 141 人，占 23.5%；无人组织 254 人，占 42.33%；无人参加 39 人，占 6.5%；无经费 117 人，占 19.5%；其他 49 人，占 8.17%。

现在的报刊谜赛你参加吗：参加 566 人，占 48.38%；不参加 604 人，占 51.62%。在不参加者中，因无时间 228 人，占 37.75%；无兴趣 68 人，占 11.26%；获奖机会不多 54 人，占

8.94%；奖品无吸引力 12 人，占 18.54%；交流的人太多 132 人，占 21.85%；其他 10 人，占 1.66%。

自费编印过谜刊吗：是 292 人，占 24.96%；否 878 人，占 75.04%。

你有无出资订阅谜报谜刊：有 1120 人，占 95.81%；无 49 人，占 4.19%。在订阅者中（可兼填），订《文虎摘锦》731 人，占 65.21%；订《中华谜报》965 人，占 86.09%；订《全国灯谜信息》897 人，占 80.02%；订《谜汇》78 人，占 6.96%；订《知识窗》609 人，占 54.33%；订《文化娱乐》185 人，占 16.5%。在未订阅者中，没必要 20 人，占 40.82%；不知道 10 人，占 20.41%；其他 19 人，占 38.78%。

你有无购买过公开出版的谜书：有 1141 人，占 97.52%；无 29 人，占 2.48%。在购买者中（可兼填），书店买 680 人，占 59.6%；邮购 244 人，占 21.39%；两者皆有 975 人，占 85.45%。

你经常与谜友通信吗：是 714 人，占 61.03%；否 456 人，占 38.9%。

你熟悉的谜友中有无退出谜坛：有 620 人，占 53%；无 550 人，占 47%。

你参加谜赛与人交流过吗：有 644 人，占 55.04%；无 526 人，占 44.96%。

调查结果表明，因有兴趣猜谜而走上谜途及自学灯谜者众；从谜 10 年以下的人数过半；谜作发表最高兴；达到目的者占 6 成；参加谜社者达 90%。有 80% 的人每周都接触灯谜；绝大多数人买过灯谜书刊；有朋友退出谜坛的和谜赛时与人交流答案的，都占半数以上；面对谜坛丑恶现象最苦恼。

（3）对谜的认识

你认为灯谜的最大功用（可兼填）：娱乐 585 人，占 50%；

益智 787 人，占 63%；教化 94 人，占 8%；增知 527 人，占 45%；其他 12 人，占 1%。

你认为佳谜的最重要标准（可兼填）：典雅 445 人，占 38%；精练 374 人，占 32%；巧妙 655 人，占 56%；新颖 316 人，占 27%；趣味 445 人，占 38%；通俗 199 人，占 17%；教益 176 人，占 15%；其他 23 人，占 2%。

灯谜能否成为一门学科：能 948 人，占 81%；否 222 人，占 19%。

你对如今的谜事发展如何评价：满意 208 人，占 17.78%；一般 716 人，占 61.2%；不满意 246 人，占 21.03%。

你对目前的灯谜赏析（鉴赏）文章满意吗：满意 187 人，占 15.98%；一般 793 人，占 67.78%；不满意 190 人，占 16.24%。

你怎样看待各生肖、宗亲谜社：很好 298 人，占 25.47%；一般 594 人，占 50.77%；没意义 278 人，占 23.76%。

创新谜种有无必要：有 813 人，占 69.49%；无 357 人，占 30.51%。

你对谜赛交流怎么看：好 187 人，占 15.98%；一般 538 人，占 45.98%；不好 445 人，占 38.04%。

你对谜面用成句怎么看：好 737 人，占 62.99%；不好 47 人，占 4.02%；无所谓 386 人，占 32.99%。

大陆与台湾、海外灯谜交流有无必要：有 1153 人，占 98.55%；无 12 人，占 1.45%。

你对成立全国谜协怎么看：好 927 人，占 79.23%；不必要 15 人，占 1.28%；无所谓 228 人，占 19.49%。

经济发展对灯谜发展有利否：有 1110 人，占 94.87%；无 60 人，占 5.13%。

利用灯谜或谜人关系搞经济活动你同意吗：同意 567 人，占

48.46%；不同意 144 人，占 12.31%；一般 459 人，占 39.23%。

如因经商或升职，你会息谜吗：会 50 人，占 4.27%；不会 977 人，占 83.5%；不知道 143 人，占 12.22%。

你最不能容忍的谜坛丑恶现象（可兼填）：不容忍拉帮结派 512 人，占 43.75%；不容忍争权夺利 439 人，占 37.5%；不容忍交流 219 人，占 18.75%；不容忍谜赛透底 439 人，占 37.5%；不容忍以谜谋私 548 人，占 46.88%，不容忍打击别人、抬高自己 461 人，占 39.38%；其他 80 人，占 6.88%。

谜界最迫切的任务是（可兼填）：普及 731 人，占 62.5%；提高 212 人，占 18.13%；成立全国谜协 278 人，占 23.75%；建立谜学 178 人，占 15%；加强自身修养 271 人，占 23.13%；争取社会支持 548 人，占 46.88%；其他 7 人，占 0.63%。

如今谜界创作和理论哪个更重要：创作 123 人，占 10.49%；理论 94 人，占 8.03%；并重 953 人，占 81.48%。

调查结果表明，多数人认为灯谜功用是益智；佳谜标准为巧妙；灯谜能成为一门学科。近七成人士赞成新谜种；赞成谜赛交流者为 15.98%；多数人同意"别解方成谜"，也看好"面用成句"。多数人对灯谜发展评价为一般；认为应重视灯谜的普及。

第七节　灯谜书刊

一、繁荣谜书新事

1. 成立灯谜资料交流站

1984 年 10 月，温州市灯谜资料交流站成立，联系人张国光、张国荣。交流站与国内700多个灯谜组织和个人建立了联系,拥有谜刊(报)1万余册(份),有不同版本的谜书谜刊1500多种,常受有关谜会邀请参加谜刊展出;编印和翻印多种灯谜书籍资料;每季出版《交流动态》,向全国灯谜组织和灯谜爱好者提供最新谜刊消息;为灯谜爱好者代购或交换谜刊服务。

2. 建立灯谜艺术馆

1991年5月20日,福建漳州灯谜艺术馆筹委会成立。1992年2月12日,被誉为"中华灯谜第一馆"的《漳州灯谜艺术馆》在漳州市芗城区文化馆四楼建成,总面积200多平方米。开馆时,馆藏近百年海内外的各类灯谜书刊2000余册。艺术馆落成典礼之际,举行了中华灯谜资料影展。1999年初,艺术馆乔迁到名胜古迹威镇阁主楼,3月6日举行新馆开馆仪式。此时,馆藏古今中外灯谜资料1.2万余件,其中以珍藏历代灯谜古籍和国粹一号端砚而闻名。2000年1月,被中华灯谜学会命名为"中华灯谜艺术馆"。2002年建馆10周年之时,馆藏古今中外灯谜资料已达1万多种2万多册,实物资料3000多件。乔迁至新馆后,接待了彭冲、贺敬之和文化部、统战部及省市有关部门领导莅临视察,接待了海内外谜人、来宾、游客数万人参观游览。

进入21世纪,又有安阳市工人文化宫的中华灯谜图书馆,翔宇教育集团的翔宇灯谜馆等多个灯谜资料藏馆诞生。

3. 谜书资料展览

谜书资料展览常伴随着猜谜活动和谜会谜赛而进行。1983年7月15日长春第一汽车制造厂建厂30周年大庆时,举办全国灯谜函寄会猜及灯谜资料展。1985年5月1日,福建省龙岩市

第三章 改革开放至 20 世纪末的灯谜（1979 年至 2000 年）

职工灯谜协会成立时，举办全国函寄会猜及灯谜资料展览。同年 9 月，沈阳盛京谜会期间，展出韦荣先收藏的 600 多种谜书和灯谜资料，其中有古谜书 50 多本。1986 年 11 月江苏苏州姑苏谜会期间，举办了古今谜籍展览。1987 年春节期间，安徽六安市职工谜协举办新春灯谜资料展览会，展出古今灯谜资料 1300 多种（册）。10 月 1 日，浙江舟山市灯谜协会（筹）举办全国灯谜函寄会猜的同时，举办全国谜刊展览。

4. 部分文化宫（馆）谜刊研讨会

1993 年 7 月 6—8 日，河南安阳市职工谜协等主办全国部分文化宫（馆）谜刊研讨会。《文虎摘锦》《虎啸》《庐州虎迹》等 24 家谜刊代表 40 余人参加，上海、漳州、澄海、厦门、三明、合肥、开封等地谜刊主编或编委会提交了谜刊研讨文章，台湾谜界沈志谦、陈联松、李百谋、陈村金专程莅会。会议概述，"灯谜书刊，林林总总，如百花竞放，各地灯谜社团编印的谜刊就有数百种，这是中华灯谜辉煌成就的标志之一。众多的内部谜刊，不仅代表了中华灯谜的繁荣，也代表了中华灯谜的艺术水平"。会上，《浦东谜刊》编委胡安义介绍办刊心得是：坚持质量标准，具备一流眼光，团结一群作者，保持一股傻劲。《全国灯谜信息》主编刘二安介绍办刊体会为提高编辑素质，重视总体设计，加强内部交流。《亚洲雄风》《明珠璀璨》主编谈关于谜刊重要性、办刊方向、谜刊内容、谜刊编排艺术等问题的认识。《澄海灯谜》主编张哲源、蔡炎廷论谜刊的方向性和编辑艺术。

5. 评选十佳谜刊和 20 世纪十大谜书谜刊

为推动内部谜刊交流活动，不断提高谜刊质量，《全国灯谜信息》自 1989 年创刊开始，每年都举办全国十佳谜刊评选。首先刊登一年谜刊目录，然后或印发选票，或由编辑部综合评选，选出该年度十佳谜刊。1998年开始，增设年度功勋谜刊评选。

1993年7月，全国部分文化宫（馆）谜刊研讨会在历年十佳谜刊评选的基础上，又现场评选出"1988—1992年全国十佳谜刊"。

世纪之交时，《春灯》《中华灯谜》《文虎摘锦》《中国报刊谜汇》《全国灯谜信息》等五家谜刊联合评选出20世纪十大谜书和十大谜刊。

二、谜书简介

1. 20世纪十大谜书和郭龙春奖谜书

20世纪十大谜书为1949年前5种：薛凤昌《邃汉斋谜话》、张起南《橐园春灯话》、王文濡《春谜大观》、钱南扬《谜史》、谢会心《评注灯虎辨类》，及当代5种如下：

《中华谜语大辞典》：王学勤主编，安徽文艺出版社，1989年9月出版。正文由谜史、谜艺、谜格、谜种和古今谜著、谜社、谜家谜人等14大类组成，是一部内容完备丰富，资料翔实的工具书。1990年10月获第四届全国图书"金钥匙奖"优胜奖。大连理工大学出版社1999年10月出版的章品主编《中华谜典》，是该辞典的修订和增订本。

《古今优秀灯谜鉴赏辞典》：赵首成、邵滨军主编，漓江出版社1991年6月出版。收录宋代至当代包括台、港及海外华人的优秀谜作的赏析文章828篇，附录古今优秀谜作3200则，简述灯谜术语70条，摘录谜论要点60节，介绍历代灯谜书刊390种。1992年获广西第二届桂版图书奖二等奖。

《中华谜书集成》：高伯瑜、邱景衡、诸家瑜、陈秉才、郭龙

第三章　改革开放至20世纪末的灯谜（1979年至2000年）

春编纂，人民日报出版社先后于1991年、1993年、1997年出版第一册至第三册。本书是为发掘和保存祖国优秀文化遗产，弘扬中华谜学而编纂的历代谜籍汇编，主要收集1948年前的汇辑谜语作品的书籍，兼及一些文集中的谜语专门篇章，计200多种，其中有国家图书馆和谜人珍藏的善本，也有首次面世的稿本，内容经过校勘，有汇编谜书及作者简介。

《中华当代谜海》：方炳良、关德安主编，辽宁科学技术出版社1992年9月出版。收入当代3000多人创作的5万多条谜作，编排以谜面首字笔画及其字数为序。

《中国谜语库》：刘二安主编，中州古籍出版社，1999年11月出版。全书分26个大类，数百个细类，汇集14万余条灯谜，是一部特大型灯谜集。

郭龙春谜书奖谜书有上列《中华谜语大辞典》《中华谜书集成》《中华当代谜海》《中国谜语库》，还有：

《中华灯谜鉴赏》：邱景衡编著，人民日报出版社，1988年1月出版。该书论述灯谜的发展历史、谜学研究概况、制谜原理和猜谜诀窍，鉴赏优秀古谜、近代佳谜和现代各种类型灯谜的代表作，为一部全面介绍灯谜的著作。

《中国谜语大辞典》：张松林编，书海出版社，1990年11月出版。为一部大型的普及型灯谜典籍。全书分谜语知识、灯谜集锦、花色灯谜、谜格大观、谜语故事、佳谜欣赏6部分，收谜语4万余条，附录古今谜书一览表。

《佳谜鉴赏辞典》：吴仁泰、柯国臻主编，黄山书社，1991年1月出版。收入灯谜赏析文章2000余篇，纵的方面注意系统性和历史继承性，横的方面顾及全国各地及港、台、泰国等谜作。

《中华灯谜大博览》：翟鸿起、周剑豪编著，中国友谊出版公司,1994年6月出版。收有灯谜史略、猜谜要领、谜格略释等,还有大量的灯谜作品。

《现代灯谜精品集》:陆滋源、郭龙春、江更生主编,知识出版社(沪),1995年1月出版。该书是荟萃海内外300多位现代谜人作品的选集。钟敬文所作序的主要内容在《人民日报》刊登。

《蚶江乡土灯谜简注》:王景超、林祖炳、黄杏川编注,中国华侨出版社1996年10月出版。该书收集整理中国灯谜艺术之乡蚶江自清末民初以来60多人创作的灯谜,主要为乡土灯谜注释,亦介绍蚶江乡土灯谜史略及谜格谜法基本知识。

《开启谜宫的钥匙》:谜界名家合著,人民日报出版社,1997年3月出版。为柯国臻、陆滋源、郑百川等8位谜界名家联手,从多方面总结有关制谜猜谜的规律性认识,可以使初学者找到入门的"捷径"。

《中华诗词灯谜》:李永文编著,山东人民出版社,1998年2月出版。集以1600句诗词佳句为谜面的1.5万余则灯谜,融诗情与谜趣为一体。

《中华字谜大全》:黄穆灿主编,江西科学技术出版社,2000年1月出版。汇编字谜2万条以上,入选单字达12389个,将《辞海》中所有规范汉字全部成谜收入。

《中华谜海》:江更生主编,学林出版社,2000年11月出版。上编分谜史、谜法、谜格、谜艺、谜种、谜社、谜书、轶事等8部分,下编为佳谜品赏、当代42家灯谜巡礼、谜话集锦等。

2. 希望书库和印量过百万谜书

《谜语知识手册》:马念慈编著,中国青年出版社,1989年12月出版,多次印行。该书为介绍谜语基本知识的通俗读物,1995年被中国青少年发展基金会、希望书库编辑委员会纳入希

第三章　改革开放至20世纪末的灯谜（1979年至2000年）

望书库图书，标注"非卖品"，赠予农村学校配置小型图书室。有封面只印"希望书库"的版本，也有分别印广西区体委、北京市烟草专卖局（公司）、中外运—敦豪天津分公司、粤海企业集团有限公司、诺华、摩托罗拉（中国）电子有限公司、肯德基、安部牡丹园株式会社等不同资助单位名称的多个版本。

《谜语大全》：申江编，湖南人民出版社，1981年2月1版1印36万册，汇编谜语1800余条。续编有《谜语大全（增订本）》《谜语大全（续集）》。到1993年，正集和续集反复印刷10多次。1993年11月后，又由大众文艺出版社陆续出版《谜语大全》《谜语大全（正集）》《谜语大全（续集）》《谜语大全（正续集合编）》《谜语大全（修订本）》《谜语大全（新世纪版）》。《谜语大全》几次修订改版，销售出100多万册。

《看图识字猜谜》：图文版式的幼儿启蒙读物，全套1—8册。丁村编，吴珹配谜语，河北人民出版社，1981年8月初版1—4册，1984年8月3印的同时出版5—8册。河北少年儿童出版社1986年2月续印，1990年1月出修订版。总印量1—4册各超191万本，5—8册各为89万本。

《中国谜语大全》：王仿编，上海文艺出版社，1983年10月出版，后出修订本，至21世纪前10年，20多次印刷，印数过百万。该书收入民间谜语4000余则，书末附录有关谜语的资料。书首《编者的话》论述了谜史、谜语表现手法及相关谜学问题，其中，阐述了六书非灯谜原理的思想。文章说："字谜的产生，决定于文字结构的特点。字有六书：指事、象形、形声、会意、转注、假借；实际上，主要是三书：形、声、义。汉字一个字可以拆成许多字，许多字也可以合成一个字，在拆与合的过程中，形、声、义都发生了变化，构成了谜。"

《365夜谜语》：鲁兵主编，少年儿童出版社，1986年1月初版。为《365夜》丛书之一，先后10多个版别50多次印刷，总印量超过200万。全书汇编精选的365个谜语，按一日一谜编排。主编鲁兵（1924—2006），为严光化的笔名，浙江金华人，中国作家协会会员，中国出版工作者协会幼儿读物研究会会长。

《谜语三百则》：圣野、吴少山选编，浙江少年儿童出版社，1998年9月初版。全书选编300则谜语，注音和配以相应的彩图，续印版本设有助读提示，多次改版多数版本精装，至2016年印刷近40次，总印量突破256万册。

3. 例选谜书

《谜语漫话》：杨永生著，广西人民出版社，1980年8月出版。该书为论述谜语的演化发展、介绍谜语形式和制谜猜谜知识的大众读物。再版时，作者在谜语形式的阐述和附录谜作等方面作了较大篇幅增订。

《谜语集锦》：新华出版社陆续出版3集。第1集苏勤编，1981年1月发行；第2集小丽、晓英编，1982年11月发行；第3集桑富、里康编，1986年2月发行。

《灯谜大观》：共6辑，为多位谜界人士编著的陆续出版的一套汇编灯谜作品兼及介绍猜制谜知识的谜书。陈雨门编著第1—3辑，中州书画社1981年7月出第1辑，1982年12月出第2辑；中州古籍出版社1984年8月出第3辑。第4辑扈进标编著，1985年2月初版；第5辑为卷帘格灯谜专集，刘二安、关德安、刘涵华编著，1988年6月初版；第6辑为第一届中华杯电视猜谜竞赛专集，崇仁、章品、关德安、刘二安编著，1989年10月初版，1992年成套印行。

《灯谜万花筒》：江更生、朱育珉编著，湖南人民出版社，1982年9月初版。该书内容包括灯谜简论、谜坛轶事、谜苑杂俎、

第三章 改革开放至20世纪末的灯谜（1979年至2000年）

灯谜集锦。湖南文艺出版社1986年1月出新1版。

《中国灯谜》：杨晓歌编著，天津科学技术出版社，1982年9月出版。该书讲述古代谜语故事、灯谜源流、谜格、制谜猜谜和灯谜集锦。著名作家、书法家、国家对外文委副主任周而复题写书名。

《灯谜入门》：多位谜界人士编写，上海文化出版社，1986年1月出版，12次印刷。全书深入浅出地讲解灯谜基本知识，汇编佳谜赏析、病谜批改、谜艺琐谈等。1998年11月出版的苏纳戈等编著的《灯谜教你猜》，为其精简本。

《中华灯谜研究》：陆滋源编著，江苏科学技术出版社，1986年5月出版。该书叙述灯谜发展历程，举例阐述灯谜的原理、规则、技巧、体格、分类，选列古今灯谜。

《灯谜大世界》：江更生、朱育珉编著，湖南文艺出版社，1987年6月出版。该书内容有古谜诠释、谜人剪影、谜格大观、谜书辑录、谜艺杂谈、谜苑拾趣、稗林谜拾、谜社综览、灯谜集锦。

《武强古版灯方年画》：2集，武强年画博物馆、武强年画社于1987年和2011年出品，据武强年画博物馆藏旧版和新征集到的年画古版资料用传统印刷方式印行。第1集收入11个戏出故事52则灯谜，目次介绍："此集灯方四幅组成一个灯，30个灯合一堂。灯画上方写灯谜，下方画戏出故事，均供民间正月十五日灯会猜谜与观赏之用。"第2集收入8个戏出故事46则灯谜。灯谜均未揭底。所载灯方谜作被称为清代灯谜"活化石"。

《中国历代谜语故事》：全套5集。雷风行改编，分别由胡勃、王迎春、刘大为、戴敦邦、孙庆国等绘画，工人出版社，1988年5月出版，为64开连环画。

《中国谜语概论》：吴直雄著，巴蜀书社，1989年11月出版。

该书内容包括谜语的名称定义、起源发展、法格、分类、特点和作用、创编及谜事活动等。

《中国的谜语》：李敬信主编，人民出版社，1990年5月出版。为"祖国丛书"之一，主要讲述谜语的起源、发展、种类、制谜和猜谜、谜语与文学等内容及灯谜赏析和集锦。又，中国国际广播出版社于2011年1月纳入"中国读本"丛书出版。

《虎缘》：胡三白编，广东人民出版社，1990年12月出版，为泰国、中国台湾、香港和广东中山市谜文谜作选。

《灯谜精选系列》：中州古籍出版社出版，含陆续印行的4个分册：1990年12月出版刘二安主编《海内外灯谜精选》（1992年获首届中国北方民间文学一等奖），1992年12月出版刘二安、葛志全主编《全国灯谜大赛谜题精选》，1996年12月出版杨耀学、刘二安编《当代青年灯谜精选》和杨声远等编《谜语故事精选》。此系列于2002年纳入《中华灯谜丛书》书目。

《猜灯谜长知识丛书》：中国国际广播出版社出版，12个分册为：第一批1991年6月出6个分册：赵濂编著《猜灯谜学成语》《猜灯谜讲典故》《猜灯谜知民俗》，江更生编著《猜灯谜识汉字》《猜灯谜赏诗词》，江更生、吴华、林庆祺编著《猜灯谜谈体育》。第二批1992年3月出6个分册：江更生编著《猜灯谜析词语》《猜灯谜学历史》《猜灯谜读名著》，赵濂编著《猜灯谜讲故事》《猜灯谜游名胜》《猜灯谜观戏曲》。

《古今灯谜三千条》：崔慧明、何楠编著，金盾出版社出版，1991年至2010年20次印刷，总印数39.9万册，2013年补列入《设谜猜谜技巧丛书》。

《世界谜语精华》：李敬信、于雷主编，辽宁教育出版社，1991年8月出版。书中外国谜语主要依据日本大修馆书店1986年第5印的柴田武等合编《世界谜语大辞典》译编而成，按谜底属类编排。

《宝宝谜语》：裘志熙、陈鸿光、王峰等编，杨同元等绘画，云南少年儿童出版社，1991年12月出版，连环画型儿童谜语书，全套含动物、植物、综合3册。晨光出版社续印。

《桂峰谈谜录》：蔡芳著，海峡文艺出版社，1992年3月出版。该书汇编作者从谜10余年的灯谜论文、谜艺杂谈、谜作评析、自创灯谜及例析。

《中华灯谜丛书》：辽宁科学技术出版社出版。5个分册为：1992年11月出版姜桂林、隋文有主编《金融灯谜集粹》；1993年9月出版翁德明、侯印主编《电影灯谜大观》；1994年6月出版关德安编注《苏温才先生灯谜选注》、隋晶编注《郑百川灯谜选注》、隋文有编著《趣味灯谜选注》。

《宝宝看图猜谜语》：靳士石选编，金盾出版社，1992年11月出版。该书汇编从部队系统幼儿园选取的谜语儿歌50首。1993年6月出下册，后又出合订本。至2006年总印数达40万以上，获金盾版优秀畅销书奖。

《〈满谜〉研究》：赵志忠编著，辽宁民族出版社，1993年3月出版。作者对光绪十一年（1885）成勋编辑的《满谜》进行了翻译，对其内容及分类、形式和韵律特点作了研究性论述，附录《满谜》原文影印。

《中华灯谜》：王春台著，中国大百科全书出版社，1994年3月出版。自序介绍："这部著作是从灯谜的历史、理论以及应用谈起，力求通过它可以对中华灯谜能有个比较全面的了解掌握。书稿以教程的形式出现，其目的主要是为了灯谜的普及与提高，力争一改灯谜民间化而为正规化——灯谜学。"

《中华谜语丛书》：安徽文艺出版社，1994年12月出版。5个分册为：吴仁泰著《海外佳谜欣赏》《奇谜妙谜趣谜》，郑百川编《人名谜》，范重兴、朱映德编《红楼梦故事灯谜》，杨志刚著《〈水浒〉故事灯谜》。

《词谜三百韵》：马中良著，湖南文艺出版社，1995年3月出版。所制谜语全部采用"词"的文学样式表达，其中不少以新事物为谜底的谜作。

《中国古代灯谜集珠》：俞为民、蔡敦勇主编，江苏文艺出版社，1996年6月出版。该书整理、校注、汇编民国及之前的谜著6种。

《灯谜与英文谜——汉英文义谜研究》：胡郑辉著，成都科技大学出版社，1996年8月出版。全书通过英文谜与中文灯谜对比的手法，详尽地对英文谜作基本的谜理性阐述。

《世界谜语经典》：宋韵声主编，辽宁人民出版社，1997年3月出版。该书为系统地按国别译介谜语的书，分亚洲、欧洲、美洲、非洲、大洋洲5卷，汇编100个国家的谜语3300则。

《启智的谜语》：张中编著，广州出版社，1997年11月初版。该书为简要介绍谜语知识和辑录谜语的通俗读物，先后列入百科世界丛书、科学素质教育文库、跨世纪青少年必读百科、百科世界知识丛书、学生版知识百科丛书等多套丛书印行。

《古今趣味谜语系列丛书》：章品编著，大连理工大学出版社，1998年2月出版。该书包含《民间谜语》《漫画谜语》《花色谜语》《故事笑话谜语》4个分册。

《中华谜语大全》套书：申江主编，学苑出版社出版。该书为汇编各类谜语的大众谜语书，共出9个分册。2000年1月出8册：《字谜大全》《语谜、词谜大全》《人名谜、地名谜大全》《事物谜大全》《谜语故事大全》《花色谜、趣味谜大全》《带格谜大全》《谜语知识大全》。2002年1月出《书报刊、影视剧名谜大全》。另有多类组合的合集。

《中华灯谜百科全书》：余植华、郑百川、田鸿牛主编，辽宁科学技术出版社，2000年3月出版。该书内容含谜史趣事、谜法例析、谜病例话、谜格例释、谜种画廊、灯谜百科等6部分。

《实用灯谜大全》：陈振鹏主编，上海古籍出版社，2000年9月出版。该书上编为灯谜知识，包括谜史漫话、谜艺探讨、讲述谜体、谜法、谜格、谜艺和制谜猜谜等；下编为分门别类的灯谜集锦。

三、谜刊谜集

1979年后，灯谜刊物和内部谜书谜集如雨后春笋般冒出，除屈指可数的正式出版的谜刊外，内印出品了大量的谜刊谜书谜集。有刻写油印的，有打字油印的，有铅印的；有个人自费编印出刊的，有文化宫（馆）或其他单位主办的，有灯谜社团编印的；有获得内部资料性出版物准印证印行的，有未向文化主管部门申报批准出品的。少则只印几十册，大多印量数百上千，也有少数上万。有些谜刊的出刊号即为终刊号，有的办少数几期便消失。也有多种办刊持续时间较长，出刊期数较多。所办谜刊谜书谜集，绝大多数作为内部资料免费发放或赠阅交流，也有多种收取工本费订购。

1. 公开发行的谜刊和设灯谜专栏的刊物

国内统一刊号公开发行的谜刊仅《中华谜报》一种。

《中华谜报》：原名《中国谜报》，国内统一刊号 CN21—0052。中国谜报社主办，社址在辽宁省丹东市。为四开四版月报。1985年以《杜鹃》增刊创刊，出第4期后单独办刊。从1988年第1期开始改为半月刊，由中国民间文艺家协会辽宁分会主办，总编李敬信、孙丕任。1988年12月，经江苏省评报协会主办的首届民间评选最佳娱乐报活动评选，《中国谜报》获第一名。1989年底出第82期后停刊。1992年更名为《中华谜报》重新出周报，国内统一刊号CN21—0081，邮发代号7—106，社长高同利、包泉万，总编刘崇仁。1994年9月起为中华灯谜学会机关报，理事长马汉南，社长刘洪礼、刘作金。1996年1月下旬，调整为社长刘作金、包泉万，总编章品，副总编关德安。1995年，报纸增容扩量为四开八版。报纸除刊登谜事消息、通讯、照片外，还设有谜林飞鸿、热门谜题、刊海采珠、幼虎乐园、谜坛史话、争鸣、创作漫谈、方家之见、含谜小说、谜语故事等专栏。报社先后与中央电视台、《中国电视报》等联合举办中华杯全国电视猜谜竞赛和双星杯全国灯谜邀请赛。1988年在中央电视台举办灯谜知识讲座15讲。1989年在中央电视台春节联欢晚会上举办谜语擂台赛。1992年，举办国际灯谜创作大赛。1994年，《中国谜报》在香港国际书展参展。1997年12月25日，出总第278期后停刊。

国内公开发行的刊物中，设灯谜专栏且在谜界影响较大的有多种。

《知识窗》：江西人民出版社出版，编辑部位于江西南昌市。1979年7月创刊。1987年后为江西科学技术出版社出版。《知识窗》为综合类益智休闲期刊，曾获新闻出版总署双效期刊奖、江西省优秀期刊奖和华东地区优秀期刊奖。1981年1月，开辟"谜苑拾萃""猜中有奖"谜栏，1987年起改为"神州谜苑"，刊登谜作谜文至2001年停刊。其间，举办了灯谜函授讲座；与多个单位联合举办多次全国灯谜大奖赛、灯谜有奖竞猜或灯谜大会猜活动，联办豫章谜会展猜、华联杯全国灯谜大会猜、通达杯全国灯谜大会猜。

《文化娱乐》：浙江人民出版社《文化娱乐》杂志社出版，编辑部位于浙江杭州市。1980 年 1 月创办月刊，在"娱乐园地"栏中发表各种灯谜作品，在"知识小品"栏中刊登介绍灯谜知识的文章，持续到 2000 年。其中最有影响极具特色的是组织多项谜事活动而开辟的灯谜专题子栏目。1982 年开辟"谜坛点将台"，获 1982 年中华谜坛十大新闻之一；1983 年开辟"虎将佳谜录"，续刊至 1993 年；1986 年开辟"中华佳谜手"大奖赛佳谜百条谜栏。还与多单位合作，不定期举办谜赛。如 1988 年联办华夏百家佳谜大奖赛；1989 年举办中华中青年灯谜赛；1991 年合办生化杯中华趣味灯谜有奖赛；1992 年合办达达杯全国花色谜有奖赛；1994 年合办三潭杯中华广告灯谜智力题有奖赛；1997 年合办欢庆香港回归全国灯谜创作赛；1999 年合办爱我中华全国创作谜投票有奖大赛。

《智力》：智力杂志编辑部出版，编辑部位于天津市和平路。1983 年 7 月创刊，2018 年出第 12 期后休刊。灯谜内容一直伴随着刊物始终，编辑部间或联合组织谜事活动。

《欢天喜地》：甘肃人民出版社编辑出版。社址位于甘肃兰州。1983 年 7 月创刊时设"益智宫"，刊灯谜作品、谜事掌故、有奖悬射等。1984 年将灯谜内容设为"谜语廊"。

2. 中华灯谜学术委员会会刊和十佳十大谜刊

中华灯谜学会的会刊《中华谜苑》，即为《绥德》杂志副刊，由《绥德》杂志编辑部、中华灯谜学会、绥德凌云电脑公司主办。1999 年 7 月出试刊号，2000 年出第 6 期（总第 12 期）后休刊。会刊刊登中华灯谜学会的资料，设有专题报道、学术圃囿、艺林探秘、灯谜论坛、九州谜作、花色谜宫、谜作赏析、谜坛采风、谜人春秋、谜人文选、校园来风、海外谜讯、虎丘摆擂、综合信息等 20 多个栏目。

1998 年 10 月，中华灯谜学会评选出"中华十佳谜刊"，为：

《虎啸》：前身是 1977 年 9 月创刊的《灯谜》，福建漳州市文化馆灯谜组编印。从 1980 年"五一"出第 8 期起更名《虎啸》，由漳州市灯谜协会、漳州灯谜艺术馆、芗城区文化馆等编印，主编先后有张奕虎、杨梓章、郑明义等。2019 年出第 60 期。

《浦东谜刊》：上海市黄浦区浦东文化馆编。主编先后有苏纳戈、苏才果、胡安义等。1978 年 7 月出第 1 期名《黄浦灯谜》，第 2—7 期名《灯谜》，1980 年 4 月出第 8 期起更名为《浦东谜刊》。至 1995 年出刊 39 期，另出《百家谜会专辑》《虎社百期纪念专辑》《红楼谜会专辑》等多本专辑。

《谜潮》：广东潮州市群众艺术馆、市灯谜协会编印，主编先后有杨启献、郑百川、施奕盛等。1984 年 10 月创刊，2019 年出总第 36 期。

《庐州虎迹》：安徽合肥市工人文化宫、合肥市灯谜协会等编印，夏晨钟、吴仁泰、范淑敏、陶士正等编辑。1982 年 1 月创刊，1998 年 12 月出第 18 期。2004 年 1 月复刊出第 19 期；2017 年总第 27 期改刊名为《庐州灯谜》；2018 年 12 月出总第 30 期。

《三明谜花》：福建三明市工人文化宫、三明市职工文联灯谜分会编印。前身为 1981 年 3 月试刊的《新市谜苑》；1983 年 9 月改刊名为《三明谜花》。编辑先后有许祯祥、廖允明、徐松芒、方建国、邓启明等多人。2016 年出总第 24 期。

《澄海灯谜》：广东澄海县文化馆、澄海县（区）灯谜协会等编，张哲源、林晓峰、余克昂等主编。1985 年出澄海县灯谜协会成立纪念专辑；1986 年春节创刊；2019 年出第 28 期。

《青澳湾湾》：河北保定市灯谜学会 1995 年 8 月编印的《鼓楼灯影》特刊——中华灯谜学会成立大会专辑，主编高鸿泰、龙

第三章 改革开放至20世纪末的灯谜（1979年至2000年）

吉江。

还有《谜汇》《高雄谜集》(专辑)《侨乡灯影》(专辑)。

世纪之交评选出"20世纪十大谜刊"，为：

《文虎摘锦》：朱墨斋谜社编印，朱墨兮主编。1985年9月创刊，为不定期刊。1990年总4—5合期起改为月刊，由江苏省淮阴市工人文化宫、市职工灯谜协会主办，朱墨兮主编，王宝根副主编。1994年改为双月刊；1998年休刊3期。2000年出总第91期后又休刊。2002年1月出增刊（总第92期）。2007年冬季复刊，增加篇幅，精美装帧，改为季刊。翔宇教育集团、淮安市工人文化宫主办，社长卢志文，主编朱墨兮。截至2019年冬季刊，已出总第138期。《文虎摘锦》主要刊登灯谜新作和谜艺论文，文虎特稿针对谜坛现象、热点话题、争鸣激辩重磅出击，已多次围绕热点、焦点组织谜艺探讨，如举办中华谜人情况调查、别解讨论、灯谜申遗专题等。举办过多次猜谜赛，出版了字谜专辑、台湾灯谜专辑。2011年起为"苏剑谜学论文奖"主办谜刊。2014年起在"神州新灯录"中评选"志文虎头奖"，卢志文提供奖金，每期评选10名虎头，年度评选金虎头。

《中华灯谜》：前身是中国灯谜函授学校主办的《灯谜指南》月刊，1988年6月出第1期，主编章品，副主编关德安。1992年12月出总第55期后停刊。1998年1月，中华谜报停刊后，报社续办《灯谜指南》，当年出刊13期（其中11月第67期为增刊）。从1999年1月出总第69期起更名为《中华灯谜》，主编关德安。刊物基本保留《中华谜报》的主要内容，包括谜事报道、各类谜作、谜论谜文、谜材等。2014年11月出第11—12期合刊（总第260期）终刊号。

《全国灯谜信息》：河南省民协灯谜学委员会主办，全国灯谜信息社编印，安阳市工人文化宫出版，主编刘二安。1989年1

月创刊，32开活页月刊（1992年为半月刊），为面向灯谜界的刊物。2013年10月第300期终刊，同时改刊为《谜也者》创刊。全部刊物累积2400页，200多万字，传播各类灯谜信息数万条。先后还组织举办京广灯谜列车、生肖谜社系列征射、十佳谜刊联合征射、春夏秋冬、东西南北及二十四节气系列灯谜创作赛等猜射或创作活动，主办或联办夏威夷杯、东亚杯、东风杯、东方杯等谜赛，举办海内外灯谜创作大赛，发起评选优秀谜刊，举办全国谜刊研讨会。《全国灯谜信息》出刊100期时，钟敬文题词："百期传信息，一等记功勋"。

《中华谜联》：中共安徽省六安市委宣传部主管，安徽省六安市文联主办，社长兼编委主任李开贵，主编赵首成，是灯谜和楹联两大类艺术的合刊。1995年8月创刊，大16开本48页，1997年出总第6期改为普16开本，1998年12月出总第10—11期合刊后停刊。刊物栏目有名人名作、学术园地、名著导读、名家风采、一方风情、史海探幽、精品求索、专家讲座、谜苑杂弹、联谜沙龙、谜语故事、花色谜苑、八面来风等30多个，每期栏目多则20余个少则10余个。

《春灯》：河南省民协灯谜学委员会主办，周口市无线电总厂、周口市职工灯谜协会编印，双月刊，社长李璜，主编罗营东。1996年1月创刊，2019年11月出总第144期。主要报道谜事、刊登新作、举办春灯创作赛，还开辟佳谜评析、谜艺与争鸣、随笔与杂感、射虎必备、有奖猜谜等栏目。

《中国报刊谜汇》：衡阳钢管厂职工灯谜协会曹晓耕主编，1995年底出试刊号。1996年1月出创刊号（总第2期），主办单位更名为衡阳市工人文化宫灯谜专业委员会，社长由工人文化宫主任李心谷担任。从1996年8月出总第9期起，刊物主编为赖杰（申杰侯）。1997年1月出总第14期开始，刊物主办领导和

第三章　改革开放至 20 世纪末的灯谜（1979 年至 2000 年）

管理者调整为名誉社长李心谷，社长曹晓耕。2001 年 2 月调整为社长李心谷，顾问曹晓耕。2007 年 1 月起，谜刊的主办单位为湖南谜联协会、衡阳市工人文化宫，杨启福任社长，2013 年 10 月调整为严卫文任社长。2012 年 6 月出第 183 期起，蔡建荣任执行主编。2018 年 3 月出总第 207 期后休刊。创刊之初，刊物主要汇编各种报刊发表的谜作，辅设"投稿指南"和"报刊谜讯"等栏目，后来，随着报刊谜汇的数量减少，陆续增加内刊选登、网珠采硕、阃奥自鸣、灯谜评析、无忌评谜、衡阳米市、有奖猜谜等栏目。

还有《文虎》半月刊、《谜汇》《谜径通幽》《联谜》。

3. 1979—2000 年谜刊例录

1979 年：潮安《彩塘灯谜》、甘肃《兰泉谜阵》、上海《黄浦谜苑》、汕头《灯谜集》、沈阳《谜林荆苗》、兰州《金城谜刊》、扬州《维扬灯虎》、常熟《琴宫文虎》、太仓《谜海一粟》、邢台《灯谜》。

1980 年：潮州《庵埠灯谜》、北京《灯谜》、苏州《新谜林》，龙岩《谜花》、武昌《谜海探花》、潮州《凤城虎窗》、辽阳《古城新谜》、上海《虎社》、北京《谜友》、青岛《谜宫》、绍兴《镜湖谜影》、长沙《枫林谜苑》、武汉《琴台谜廊》、南昌《滕王阁谜稿》、个旧《谜津》、长春《灯谜集》。

1981 年：晋江《谈虎》、沈阳《新芽》、上海《上海工人谜刊》，哈尔滨《冰城谜苑》、长春《九州谜萃》、澄海《城关谜集》(《城关谜苑》)、南通《紫琅谜刊》、梧州《谜途羔羊》、沈阳飞机制造公司《松陵灯谜》、上海《东宫虎踪》、无锡《梁溪灯谜》、宝鸡《宝宫虎影》(《灯谜》)、顺德《凤岭谜话》。

1982 年：宁波《谜会》、中山《烟墩谜苑》(《灯谜爱好者》)、

中华灯谜史（1949-2019）

莆田《荔乡谜苑》、宁波《月湖谜草》、银川拖拉机厂《三人成虎》、黄岩《白虎堂》、漳州《职工谜苑》、佳木斯《三江谜蕾》(《佳城谜苑》)、澄海《东林集》、潮安《百合花》、六安《桥头商灯》、景德镇《珠山谜圃》、六安《浠水谜话》、温岭《温岭谜苑》、上海《虎汇》、鸭绿江造纸厂《鸭江稚虎》、常熟印染厂《虞山虎啸》、绍兴《文虎》、潮州《潮州灯谜》、上海《灯谜选》、龙海《龙海谜刊》、苏州《姑苏谜林》、长沙《湘妃竹》、湖州《景阳岗》、锦州《辽西谜廊》(《谜苑新苗》)、太仓《安窗文虎》。

1983年：东台《东台谜苑》、桂林《秀峰谜坛》、彭山《青苑谜丛》、合肥《庐阳谜刊》、澄海《澄海谜讯》、天水《天水灯谜》、沈阳《新芽谜艺月报》、宜昌《葛洲坝虎仔》、澄海《隆都谜花》(《谜花》)、六安《皋城虎萃》、建水《临安灯谜》、温州冶金机械厂《风尘》、邕宁《五圣宫谜苑》、三明化工总厂合成氨厂《山花谜苑》、东北轻合金加工厂《东轻谜苗》、漳浦《绥城谜苑》、丹东《江畔谜芽》、成都《蜀郡商灯》、晋江《鸿江谜苑》、望亭发电厂《望电谜蕾》、南澳《海风》、宝鸡《西秦谜萃》、揭阳《榕城谜苑》、九台《火石岭谜集》。

1984年：潮州《枫林一叶》、梧州《红豆灯》、永安《燕江灯谜》、漳州糖厂《白玉兰》、潮州《古渡寻津》、肇庆《端州谜苑》、武汉第三棉纺织厂《银海谜花》、沈阳《露天文虎》、潮州《谜潮》、湖州《菰城谜苑》、丹东《天外银河》、华安《小於菟》、南通纺织机械厂《雏凤》。

1985年：杭州《武林虎影》、景德镇《三间庙谜选》、上海《於菟》、齐齐哈尔车辆工厂《谜海索趣》、南平《剑津谜苑》、唐山机车车辆工厂《谜风》、上海红星阀门厂《红阀灯花》、兰州石油化工机械工业公司《微风习习》、漳州师院《虎山行》、汕头鮀浦中学《桑浦虎踪》、太仓《娄东谜趣》、南通《天乐谜苑》、兴化《兴

第三章 改革开放至20世纪末的灯谜（1979年至2000年）

虎苑》、哈尔滨伟建机器制造公司《伟建谜刊》、青岛《齐鲁风》。

1986年：宁波化学纤维厂《甬江谜影》、南宁《壮府商灯》、温岭《太平文虎》、饶平《风采集》、莆田第六中学《青璜乳虎》、龙海《谜苑》、西北铝加工厂《金虎》（《西铝谜苑》）、北京《北京灯谜》、峨眉水泥厂《乐都谜草》、广西《八桂谜苑》、沙市《荆江谜萃》、昆明《谜苑春华》、上海工程技术大学《谜苑》、句容县高庙职业中学《虎耳草》、深圳《大鹏风采》、潮阳《潮风》（《灯谜》）、济南铁路局《谜苑新絮》、云阳《云步谜花》、汕头《鮀浦谜集》、上海《闸工谜报》。

1987年：邵阳《昭陵虎影》、安阳《殷都文虎》《殷都虎萃》、温州《鹿衔草》、广州《广州谜报》、邯郸《邯郸灯谜》、郑州《中州谜苑》、郑州纺织机械厂《虎啸中州》（第2辑印10500册）、乐山《嘉州虎迹》、四川建设工业有限责任公司《建设谜苑》、衡阳《雁城谜苑》、上海石油化工总厂《金灯》、长兴《雉州谜苑》《浙北风情》、中山《中山谜苑》、广州《广州谜报》、普宁《普宁谜苑》、澄海《莲峰虎影》、合山矿务局柳花岭矿《煤海谜苑》。

1988年：顺德《清晖谜苑》、株洲《株洲谜报》、嘉善《梅花谜蕾》、邯郸《赵都谜苑》、新丁卯谜社《玉兔集》、永安一中《新弓初试》、宝鸡《宝鸡灯谜》、南通《南通青年谜苑》、上海《智力浪花》、犍为《犍为谜苑》、福州大学《校园谜花》（《绿荫谜苗》）、马鞍山《爱谜》、宜宾799厂《酒乡谜苑》、鞍山大学《铁架山谜报》、邯郸《赵都谜苑》、宜宾变压器厂《三江口》、大安《嫩江谜苑》、蚌埠《蚌埠商灯》。

1989年：漳州《风华》、澄海《津江谜集》、成都《锦里商灯》、西北铝加工厂《金虎月影》、同安一中《轮山虎啸》、福建农学院《金山虎迹》、丹阳《云阳谜花》、龙海《锦江探骊》、合肥《庐阳商灯》、南宁《酒精灯谜刊》、潮州《古瀛谜苑》、宜宾《宜宾谜苑》、吴江《鲈乡谜苑》、莆田《函关谜苑》、广东《广东谜学》、白城地区《鹤鸣九皋》、广州《广州灯谜》、石狮《石狮谜苑》、丹阳化肥厂《丹化谜报》、饶平《饶平谜苑》、贵阳《甲秀清风》、天津《天津谜苑》、郑州国棉一厂《商灯》、霞浦洋中学《校风》、揭阳《云湖谜苑》、长春第一汽车制造厂《车灯》、南京《谜艺沙龙》。

1990年：周口市无线电厂《颍河春灯》、开封塑料厂《黄河风》、龙岩《采茶灯谜刊》、重庆南桐矿务局《矿灯》、涪陵《巴都文虎》、三门峡《虎跳峡》、沈阳《沈水风采》、徐州《西楚风》、石家庄《一滴泉》、郑州国棉三厂《嵩山灯话》(《灯窗》)、石狮《狮城雄风》、兰州日用化工厂《陇头商灯》、郑州印染厂《郑印谜花》、永安《燕江谜报》、温州《东瓯谜艺》、大安《虎跃龙泉》、西北铝加工厂《金虎撷芳》、常熟市徐市中学《谜花飘香》、张家口《垣风》、长沙《楚湘谜萃》(《楚湘谜苑》)、自贡《灯城虎影》、华东师范大学《丽娃谜苑》。

1991年：宜昌《宜昌谜苑》、永安《浮流春谜刊》、固原《六盘虎啸》、澄海《凤塔谜苑》、保定《郎峰虎啸》、蚌埠《珠城灯话》、九江市长江毛纺织有限公司《长江谜苑》、开封《宋都赏灯》、舟山《定海谜苑》(《舟山谜苑》《舟山谜宫》)、福建《八闽商灯》、上海教育杂志社《海风》、华夏颍川谜社《颍川风采》、吴江《鲈乡晚风》。

1992年：保定《鼓楼灯影》、泉州《刺桐商灯》、沈阳有色金属加工厂《沈加谜花》、汕头大学《桑浦虎踪》、重庆铁路分局《铁弓缘》、宁德《三都澳谜花》、金猴谜社《花果山风采》、惠来《惠来谜苑》、黄石《虎斑贝》、华北制药厂《华药谜苑》。

1993年：诏安《怀恩谜苑》、庚午谜社《午风谜花》、柘荣《东狮虎啸》、苏州《姑苏青年谜话》、南昌卷烟厂《南烟虎》、丰顺《丰顺谜苑》(《汤城灯谜》)、金鸡谜社《一唱雄鸡》、盖州《辰

第三章 改革开放至 20 世纪末的灯谜（1979 年至 2000 年）

州风》、银蛇谜社《杯弓蛇影》《谜舞银蛇》、虎友谜社《虎友谜苑》。

1994 年：南平铝厂《玉屏山风采》、东山《虎屿拾贝》、桐梓《娄山风采》、北京《东方文化馆馆刊·灯谜学专号》、虎友谜社《虎友谜影》、济南《趵突谜苑》、腾龙谜社《龙腾虎跃》、昭通《朱提商灯》、陆丰博美中学《博美风采》、澄海《湾头灯谜》、黑龙江《龙吟虎啸》、伏虎谜社《伏虎集锦》、龙海《闽南虎》、石狮《石狮侨乡谜讯》、金牛谜社《金牛谜刊》。

1995 年：中华红烛谜社《烛影摇红》、中华高校生谜协《高校谜报》《风华正茂》、国营锦江电机厂《锦江谜刊》、金溪《仰山谜苑》、金猴谜社《金猴谜页》、吴江《鲈风》、乙亥谜社《采珠集》、南京《新世纪灯谜沙龙》、潮安《海阳谜苑》、诸子谜社《诸子文虎》。

1996 年：百色地区《右江虎踪》、泸州《酒城谜苑》、三槐堂谜社《安石遗风》、齐齐哈尔《鹤城谜苑》。

1997 年：南京《休闲副刊》、伏虎谜社《伏虎飞报》、巾帼谜社《虹·巾帼谜报》、漳州《虎啸余韵》、中华三槐堂谜社《王者之风》、北京《京都谜花》《紫禁城文虎》、绥德《黄土风情》。

1998 年：韩山师范学院《笔架虎踪》、庚午谜社《庚午风华》、济南《历下采风》、临海《巾子临风》、新疆《天山风》、安庆《安庆谜苑》、大石桥《镁都风采》、吉羊谜社《吉祥草谜报》、金鸡谜社《金鸡谜报》、曹氏谜友联谊会《曹氏商灯》、三明钢铁厂《流金飞瀑》、红烛谜社《红烛谜报》、象棋谜研究社《棋谜弈虎》。

1999 年：晋江《晋江谜艺》、澄海《溪南风》、三明、南澳姊妹会《山海风采》、连云港《苍梧谜苑》、东风汽车公司《文虎壮东风》、绥化《北林谜苑》、汕尾《红海探骊》、甘肃《甘肃灯谜》、澄海《蓬沙谜林》。

2000年：南澳《南海骊珠》、澄海《溪南文艺》、中华李姓灯谜联谊会《唐山虎》、湖南《楚风湘韵》、湖北《三楚谜苑》、大方《大方虎林》、常熟《银海谜谭》、澄海《谜海新潮》、苏州《苏州谜苑》。

4. 十佳谜刊和功勋谜刊

《全国灯谜信息》组织评选的十佳谜刊和功勋谜刊：

1988—1992年全国十佳谜刊：《浦东谜刊》《虎啸》、《三明谜》刊10期、《高雄谜集》(《三凤宫谜集》)、《庐州虎迹》、《澄海灯谜》《昭陵虎影》《谜汇》《文虎摘锦》《全国灯谜信息》。

1988—2000年度全国十佳谜刊和功勋谜刊（不复录）：《三明谜花》《水浒春灯》《庐州虎迹》《昌国商灯》《虎啸》《浦东谜刊》《殷都文虎》《皋城虎萃》《爱谜》《彩塘灯谜》《灯谜指南》《谜汇》《海外探骊珠》《澄海灯谜》《昭陵虎影》《虎啸中州》《亚洲雄风》《全国卅二届灯谜函部揭晓录》《谜潮》《超级球谜》《东瓯谜艺》《澄江骊影》《殷都文虎》《高雄谜集》《青璜乳虎》《明珠璀璨》《赤崁虎踪》《中山谜苑》《红星闪闪》《宋都赏灯》《厦门谜坛》《颍河春灯》《午风谜花》《山花谜苑》《狮城雄风》《庐阳商灯》《趵突谜苑》《鲈乡晚风》《定海春灯》《楚湘谜苑》《鹿衔草》《金牛谜刊》《玉兔集》《三人成虎》《松陵灯谜》《宜昌谜苑》《巾子临风》《滕王阁谜稿》《安庆谜苑》《流金飞瀑》《虎友谜苑》《紫禁城文虎》《濠境归航》《甘肃灯谜》《竹山英烈》《昌河谜苑》《文虎壮东风》《怀恩谜苑》《六盘虎啸》《谜花飘香》《龙吟虎啸》《银海谜谭》《舟山谜宫》《东狮虎啸》《楚风湘韵》《南海骊珠》《谜海新潮》《红海探骊》。

第三章 改革开放至 20 世纪末的灯谜（1979 年至 2000 年）

5. 1979 至 2000 年谜集例录

1979 年：昌江《灯谜》、普宁《春节灯谜》、汕头《春节灯谜》、沈阳《谜语（专集）活动资料》、温州《谜谱》、武汉《少年科技谜语》、北京曙光幼儿园《谜语》、南京《谜苑》、澄海《热烈庆祝中华人民共和国成立三十周年谜刊》。

1980 年：上海《灯谜集》、澄海《百花迎春灯谜专辑》、漳州《龙溪地区首届灯谜会猜资料》、汕头《谜苑群英集》、陕西《谜语》、江汉石油管理局《团队活动资料（谜语专辑）》、成都《灯谜知识》、福州《仓山文艺（谜语专集）》、湖南《民族民间文学资料》第 23 集《瑶族谜语、谚语集》、洛阳《牡丹灯谜集》、吴显彬《五老会猜集》。

1981 年：福州《福建省七城市职工迎春灯谜会猜选编》、南京《五讲四美文明礼貌灯谜选》、冯仁鸿《灯谜二千条》、汕头《灯谜知识浅谈》、沈阳《沈水千文虎》、成都《灯谜三百条》、陕西《陕西谜语初集》、虹口区《储蓄灯谜》。

1982 年：泉州《福建省七市灯谜会猜选编》《汕头、潮州、佛山、泉州职工灯谜会猜选集》，汕头《红五月灯谜集》《谜苑群芳集》，长沙师范《生物谜语集》，九江《庐隐》，青岛《青岛之夏灯谜会猜专辑》，长春第一汽车制造厂《新虎集》，邢台《百泉谜花》，漳州《计划生育宣传月灯谜专辑》。

1983 年：佛山《职工灯谜会猜选集》，三明《福建省七市一县职工灯谜会猜选编》，饶平《1983 年劳动节闽粤七市县灯谜会猜汇编》，田逢春《谜语（湘西方言）》，莆田《函关索隐》，揭阳《十省市灯谜函寄展猜会谜选》，铁道部西南西北九局二厂《卫生科学谜语选》，上海《中秋赏月谜会谜选》《中秋赏月谜会艺术灯谜选》，营城煤矿《灯谜集》。

1984 年：衡阳《蒸湘·湖南省十二市县（局）灯谜会猜专辑》，

河北《古狮新虎》,沈阳《金虎》,凭祥《春到法卡山》,眉山《三苏谜会》《峨山谜会专集》,汕头《岭南谜花》,吴显彬撰《落英缤纷集》,合肥《庐州谜会》。

1985年:无锡《梁溪谜会》,兴化《板桥春灯》,定海《七一谜会专刊》,河北《狮城谜苑》,尹弘等《刘德培谜语选》,南京《金陵谜会论文选》,四川《谜苑新花》,沈阳《盛京谜会》。

1986年:龙岩《福建省第七届职工谜会专辑》,沧州《狮城谜苑》,长春《长春谜萃》,广州《穗宫谜苑》,漳州《玉合风雅》,普宁《计生宣传月灯谜专刊》,南澳《婚礼谜会集锦》。

1987年:土敦、措牧《藏族谜语》,二汽《二汽集团首届东风谜会函猜专辑》,周镇宏《青少年科学灯谜》,大方《大方灯谜》,南平水泥厂《绿叶隐趣》,张广德《灯谜两年历》,揭阳《南阳虎》,莆田《福建省第八届职工谜会专辑》,毕节《毕节灯谜》。

1988年:舟山《昌国商灯(字谜专辑)》,汕头《鮀岛谜苑》,中山《中华之光》,二汽《劳模谜萃》,望亭发电厂《望电谜蕾专辑》,姚硕仓《医药谜语》,晋玉堂《谜语字谜集》,武昌《楚天谜林》,天水《秦风》,邵阳《计划生育灯谜集锦》,龙岩一中《生龙活虎》。

1989年:北京《钟鼓楼谜刊》,浙江《卫生谜语选》,诏安《良峰虎迹》,苏温才《海外探骊珠》,龙岩《节日灯谜活动资料大全》,贵州《灯谜猜法及欣赏》,澄海《全民国防教育灯谜专辑》,汕头《灯谜手册》,南平《环保谜花》,北京《画谜》,无锡《扬名乡风》。

1990年:福建《风华》,南阳《南都虎》,隋文有《新谜选》,舟山《舟山风光》,绍兴《绿茵飞花》,如皋《人普谜廊》,黄山《"黄山杯"全国灯谜大奖赛》,三明《亚洲雄风》,宁德《畲族风情谜语选》,宁夏《春风集》。

第三章 改革开放至 20 世纪末的灯谜（1979 年至 2000 年）

1991 年：浙江《环境谜语漫画资料集》，佛山《春灯虎韵雅禅城》，太原重机厂《并蒂谜花》，上海《浦东风采》，汕头《汕头特区国防教育·灯谜》，四川《党的知识灯谜选编》，刘之侠等《贵州谜荟》，福建《银海谜踪》，宁夏《金凤集》。

1992 年：王静庵《静庵谜稿》，宁夏《民族团结灯谜集》，湖南《环境游艺智慧宫》，长阳《长阳民间谜语集》，舟山《粮油灯谜集锦》，同安《铜鱼灯会》，新疆十月拖拉机厂《十月谜花》，三明《明珠璀璨》，成都《计划生育灯谜集》。

1993 年：常熟《常熟市职工灯谜研究会成立十周年活动专集》，梁伯彦《客村谜话》，而立风采谜社《而立风采》，衡阳钢管厂《质量灯谜大观》，太仓《巧夺天工》，南澳《南瀛春灯》。

1994 年：甘肃《白塔春灯谜选》，郑抒《新灯韵鼓》，东山《用谜宣解谜一样的海关》，襄樊《隆中文虎集》，三明《安全谜花》，南澳《青澳湾之谜》。

1995 年：现代节能杂志社《节能灯谜集》，潮安《新三字经专题谜》，百色《百色谜苑》，潮汕《谜海观潮》，武汉《擒虎》，武钢《钢城之风》，江西《赣江文虎》，舟山《定海春灯》，宝鸡《鸡峰虎啸》，南召《南召灯谜选粹（1975—1994 年）》。

1996 年：庵埠《社会公德四字歌》，揭阳一中《青年之风》，任鹏文《纪念国际消除贫困年专题谜辑》，赖浩明《文虎杂谭》，熊辉《百字先生》《长恨歌词牌谜》，田鸿牛等《友情谜会》，章希召《闲话驯虎》。

1997 年：许祯祥《春灯话香江》、蒙自《蒙自县迎香港回归全国灯谜函寄汇猜谜条汇编》、海口《椰城谜苑》、陈斌《抱瓮探骊录》、钱孝勤《百家姓字谜大观》、佛山《禅城虎迹》、齐鲁晚报《南灯北虎》、郑州市铁路局《路灯》。

1998 年：沈阳《盛京谜苑》、潍坊《鸢都文虎集》、桂林《节水灯谜荟萃》、三明《环保谜荟》、无锡《地税知识与灯谜》、罗定《龙乡谜丛》、南澳《双珠集》。

1999年：澄海《澄海市禁毒谜语专辑》、《知识窗》杂志《灯谜简史及灯谜常识》、上海《濠境归航》、东风汽车公司《文虎壮东风》、望州山人《妙趣横生》、中华灯谜学会等《微山文虎选》、北京《谜界一杰苏寿真》。

2000年：湖北《荆楚谜苑》、虎友谜社《青龙赛虎》、陆滋源《陆滋源灯谜文选》、黄炳华《巡天遥看一千河》。

中华灯谜史

(1949—2019) 下

柳忠良 著

学苑出版社

第四章　进入 21 世纪后的灯谜

（2001 年至 2019 年）

2001 年来到之际，我国国民经济第九个五年计划胜利完成，信息科学技术发展势头强劲。我国进入全面建设小康社会，加快社会主义现代化建设的新的发展阶段。

2001—2019 年，我国社会主义现代化建设取得伟大成就，信息科学技术飞速发展，中国互联网经历从搜索到社交化网络，从 PC 互联网到移动互联网的一波波大浪潮，较大程度地改变着我们每一个人的生活方式。

这一时期，国家的社会经济科技发展，尤其是信息科学技术发展，促进了灯谜的兴盛，灯谜再次掀起浪潮，创造出新的高峰。

这一时期，春节、元宵节、国庆节、中秋节等节庆及配合文化节、艺术节、旅游节等开展灯谜展猜和谜会活动，在文化宫、文化馆、图书馆、公园、广场等场所开展灯谜活动，已成为较为普遍的现象，校园、部队的灯谜活动也非常活跃。

这一时期，大型灯谜活动的组织因信息交通发达而更加便捷，全国性的、全省性的、跨地区的灯谜活动此起彼伏，传统谜会与网络谜会交互促进发展，中央电视台、中央人民广播电台及各省市电视广播，《人民日报》和各省市报刊都经常报道或组织举办灯谜活动。灯谜作品既继承传统，又有较多创新，灯谜理论和谜史研究都有新的成果,灯谜被作为非物质文化遗产保护、传承和弘扬。

这一时期,灯谜与互联网科技又有新结合。随着二维码技术的普及,一些地方的二维码灯谜随之兴起。新华社电,2013年2月元宵节期间,武汉中南路的一家大型商场门口,展板上贴满了二维码灯谜。山东、湖南、浙江、安徽等地的电信运营商也推出二维码灯谜有奖竞猜活动。《人民日报》2015年4月22日消息,河北省秦皇岛市海港区,传统文化与现代科技相结合的二维码灯谜让市民乐此不疲。又2016年3月17日报道:秦皇岛市海港区举办的港城庙会上,二维码灯谜吸引了市民的互动参加。当下,猜谜、谜会、谜赛、谜书等多方面已运用二维码。

这一时期,中国内地(大陆)与港澳及海外谜人之间的交流日益广泛深入。内地(大陆)举办的多次谜赛谜会和灯谜文化节,有香港、澳门、台湾地区和美国、新加坡、泰国、马来西亚等国家和地区代表出席,多次共同举办灯谜活动。内地(大陆)谜人也多次出访这些国家和地区,参与谜事活动,交流谜艺,共同为发扬光大中华传统文化作出积极的贡献。

这一时期,灯谜热上电话卡。2000—2009年,先后有中国电信集团的河南、上海、山东、海南、重庆、南宁、武汉、襄樊、连云港的公司(分公司),武汉市电信局、湖北省移动通信公司、中国联通湖北分公司、中国网通河南省通信公司、中国移动贵州有限公司等单位发行灯谜题材电话卡。

这一时期,灯谜印上了邮票。2018年3月2日,中国邮政发行《元宵节》特种邮票1套3枚,其中"赏花灯"图右上方的彩灯巧妙融入灯谜,谜面是"站着没有坐着高,一年四季穿皮袍。看见生人它就叫,看见主人把尾摇。"在紫外灯下可见谜底"狗"字。这是中国大陆第一次将灯谜印上邮票。此前,邮政系统发行过灯

第四章 进入 21 世纪后的灯谜（2001 年至 2019 年）

谜题材的个性化邮票、纪念封、明信片等多种邮品。

这一时期，党和国家领导人又与谜语进行了亲密接触。新华社北京 2005 年 5 月 29 日电，六一前夕的 5 月 27 日下午 3 时 20 分许，中共中央政治局常委、国务院总理温家宝，在中共中央政治局委员、北京市委书记刘淇和市长王岐山及中国残联主席邓朴方、理事长汤小泉的陪同下，来到中国聋儿康复研究中心，看望这群特

图 2　中国邮政 2018-4（3-2）元宵节·赏花灯邮票

殊的孩子们，与他们一起共度六一国际儿童节。在聋健合一班，几名康复后的聋儿和健康的小朋友们一起开心地做游戏，看到温家宝进来就纷纷上前展示各自的才艺。张楚仪、丁知易小朋友拿着画好的谜底，跟温爷爷玩起了猜谜语。"这是一种小动物，是我们国家的宝物，身上有黑白两色，喜欢吃竹子，你猜它是什么？""大熊猫。""它长得像一个大大的蘑菇，下雨时人们常带在身边，它能挡雨。猜猜看，这是什么？""一把伞。"总理与儿童猜谜语的情景也被新华社图片传发。2010 年 11 月，温家宝在广州珠海考察时，走访广州市越秀区都府社区，看望居民。广场上，人们有的在参加亚运会知识灯谜有奖活动。温总理微笑着和居民们亲切握手，询问他们的生活、工作情况。

2017 年 1 月 12 日，习近平总书记在人民大会堂澳门四季厅，和越共中央总书记阮富仲畅谈中越共通的茶文化，共叙两党两国

关系未来,"'茶'字拆开,就是'人在草木间'"。习近平一语道出中华文化"天人合一"的内涵。(《人民日报》)

这一时期,灯谜入编我国最高层最权威的学习新平台。中共中央宣传部主管,中共中央宣传部宣传舆情研究中心出品的学习平台《学习强国》开辟了"学习文化·中国灯谜"专栏,内设"谜语知识""谜语作品""灯谜竞猜"分栏。从2013年开始运作,2019年,分电脑PC端、手机客户端上线,主要转载《人民日报》《新民晚报》《咬文嚼字》等报刊谜文谜作,选载朱致翔著《灯谜》、柳忠良著《中华灯谜史》、蔡芳著《灯谜基础知识》等谜书,录载央视网、中华谜艺网、上海灯谜网等网站的谜文谜作。《学习强国》设置灯谜专栏,是一件鼓舞谜坛,促进谜事的幸事,对于传播中华灯谜文化具有特殊意义和促进作用。

第一节 灯谜活动

进入21世纪,灯谜活动遍布中国大地,全国各省市自治区无一不有。大型灯谜赛会此起彼伏,接连不断。

一、中国谜语大会等广电谜事

1. 促进灯谜普及和发展的广电谜事

春晚灯谜、中国谜语大会、中国灯谜大会等广电谜事,层次高,参与度(受众)广泛。

2002年,中央电视台与石狮市联合举办的《春与石狮共舞》春节联欢晚会,于正月初二、初三在中央电视台第七频道播出。

第四章 进入 21 世纪后的灯谜（2001 年至 2019 年）

晚会介绍石狮灯谜，与观众互动猜谜。

2003 年 2 月，元宵节，中央电视台国际频道《天涯共此时》栏目播出两岸《名家对对碰》，大陆翟鸿起、台湾徐添河分别在北京、高雄介绍灯谜，且当场制谜给观众猜射。

2005 年 2 月 23 日，中央电视台举办《观灯猜谜闹元宵》晚会。晚会将全国 32 家电视台的主持人分 4 组，以每人 1 条灯谜做线索串联。灯谜相应分为四类：地名一类，体现本组主持人的地域；以"元宵"作谜底的一类，体现元宵节的现场气氛；谜面或谜底含"鸡"字的一类，象征鸡年；春节晚会节目谜一类，配合节目颁奖。每类 8 条灯谜，分别由 8 个主持人串联主持。此外，还有 1 条谜题以手机短信的形式让电视观众参与。晚会的对联及灯谜由中国楹联学会负责统筹，刘二安为灯谜编撰主力。

2005 年 6 月 5 日，中央电视台少儿节目《大风车》推出《风车谜社》节目，在中央电视台一套、七套和少儿频道播出。少儿栏目主持人"金龟子"刘纯燕成为满腹经纶的"金先生"。金先生有猜灯谜的绝活，身边还有两个幽默搞笑的徒弟大迷糊和小迷糊。金先生带着两个徒弟和风车谜社的小朋友们，猜谜解谜，比拼智力，以戏剧化角色的游戏方式，趣味性地向孩子们"说谜解惑、解文说字"，展示中国文化的精髓。

2006 年 1 月 28 日，中央电视台 2006 年春节晚会让各省市自治区电视台主持人集体亮相送 34 条灯谜，又一次将灯谜展示在世界人民面前。这次春晚灯谜，都是些通俗之作，虽够不上优秀称不上佳，且有些病谜，但基本达到了"既有文化味，又有幽默性，既闪烁智慧，又结合各省份的特色"的目的。

2007 年 4 月 2—4 日，中央电视台《风车谜社》举行 2006 年度全国灯谜大赛总决赛。2006 年 5 月，风车谜社推出走进校园活动，通过到全国各地小学校园现场办节目，加强了节目的互动性，收到了更好的宣传效果。至年底，经考察选定 8 所学校参加年度决赛。决赛在 CCTV 演播厅举行，汕头市私立广厦学校、汕头市实验学校分获冠亚军。

2007 年中秋期间，中央电视台三套《新视听》栏目播出《花好月圆贺中秋》央视 2007 大型中秋灯谜联欢晚会三集。晚会在众明星同台欢唱的热烈场面中，分三次播出 10 多条正宗扣合、别解得当的灯谜。

2008 年 10 月 28 日至 2009 年 2 月 6 日，湖北省广播电视总台楚天卫星广播承办，《湖北省广播电视报》《全国灯谜信息》协办"悬谜楚天"首届中华灯谜创作大赛。楚天卫星广播全程记录比赛情况。全国各地逾千谜友参与。大赛评选出 6 则获奖谜作，"一则佳谜，万元奖金"的一等奖空缺。

2013 年 12 月 31 日晚 20 时至 2014 年 2 月 14 日，云南卫视台原创的中国首档全媒体互动民俗文化益智节目《中国灯谜大会》直播 10 期。节目由龙润茶冠名；中央电视台著名主持人王小丫和原中央电视台主持人文清主持；文化学者于丹、媒体评论人梁宏达担任嘉宾评委；中华灯谜学会全力配合，参与赛制策划、赛手选拔和题库建设，比赛现场有卢志文、郭少敏先后担任点评嘉宾。节目组于 11 月 11 日在全国启动选手报名后，不到两周，报名人数突破万人。《中国灯谜大会》采用攻与守的擂台比拼方式进行。每期节目由 6 位守擂者坐镇灯谜擂台，迎接前来攻擂的谜友。第一关由主考官出题，每位攻擂谜友若在 100 秒内答对 3 题，即可进入第二关，否则淘汰。进入第二关后，攻擂谜友可任选一位守擂者进行对决，对决分三题，每题限时 30 秒，两位对决者同时答题，三答两胜，若出现平分，从第四题开始，谁先答对即为获胜。凡荣登擂台的谜友，均可获得《中国灯谜大会》元宵总决赛的邀请卡，决战"中国灯谜大王"的荣誉桂冠。荣登总

第四章　进入 21 世纪后的灯谜（2001 年至 2019 年）

决赛的擂主是：陈颖炜、高宇博川、潘灏、赵轲、何若雪、李军。票选进入挑战赛的是：李晋琼、王少鹏、汪锦雄、庄云、王世全、张践。王少鹏荣获冠军。《中国灯谜大会》节目首创全媒体互动传播的新形态。在演播室内的选手竞猜、嘉宾点评等环节之外，观众可以通过短信、微信、手机应用等互动猜灯谜，实现了电视节目的全媒体互动传播。节目直播期间，共有 1.1 万多名观众通过短信、4.8 万多名观众通过微信进行场外互动猜谜。"疯狂猜灯谜"手机游戏应用累计下载量达到 1000 万余次，同城报纸、广播等媒体渠道都开通了每天猜灯谜的互动活动。《中国灯谜大会》节目播出后备受好评，在央视和各省级卫视跨年晚会和开年大剧的挤压下，最高收视率突破 0.5，进入省级卫视同时段前五名。国家新闻出版广电总局发出《关于积极开办原创文化节目，弘扬和传承优秀传统文化的通知》，点名表扬《中国灯谜大会》等原创文化节目生动展示传统文化魅力，形成独特的电视文化现象。认为这些节目把中华文化元素与现代电视节目形态有机结合，在传承展示优秀传统文化、丰富电视节目表现内容、创新节目形态等方面进行了有益探索。1 月 23 日，央视《新闻联播》播出的《国家广电总局推动原创，让优秀传统文化焕发生机》，提到《中国灯谜大会》等原创文化节目成为收视亮点并向全国电视观众重点推荐。

2014 年 2 月 11—13 日，中央电视台精心打造的大型电视竞猜节目《中国谜语大会》连续三晚 20：05—22：00 时在 CCTV—1 综合频道直播。福建晋江安海中学队、福建石狮一中队、江苏常熟职校队、广东汕头广厦中学队、湖南浏阳一中队、陕西宝鸡长岭中学队、河南开封求实中学队、贵州毕节大方一中队、北京东直门中学队等 10 支代表队 30 名中学生参赛。通过两场预赛和一场决赛，北京 171 中学获得冠军。大会 3 场比赛由刘帆、王立欢总导演,撒贝宁、周涛主持,点评嘉宾蒙曼、姜文清,点评主持陈志峰,灯谜评委郑育斌、赵首成、敖耀寰,谜艺顾问文木、郑育斌、姜文清、赵首成、方炳良、敖耀寰、苏颖、胡文明。《中国谜语大会》采取明星出谜、选手猜谜、专家评谜的方式,喜闻乐见。尤其是斯琴高娃、姜昆、田连元等演艺明星以及董卿、郎永淳、李思思等央视主持人相继亮相出题,显得很活泼、亲切。比赛谜题分历史谜局、咬文嚼字、今日谜宫三大版块,融经典古谜、趣味字谜、时尚热词为一体,内容丰富。场上选手猜谜语的同时,电视观众可通过手机扫描二维码的方式实时参与竞猜,并且有机会获得奖品。3场直播有2.8亿观众收看,206万人通过手机、网络参与互动。在《中国谜语大会》的官方微博上,网友意见最大的就是"我扫描了二维码也挤不进去",可见观众的参与热情之高。2014年2月20日《人民日报》刊马一聃《谜语文化重获新生》的文章说:"《中国谜语大会》是以连续直播形态带动民众参与的大型文化益智类节目,在央视综合频道播出。无论是黄金时段连续3场的直播,还是作为今年元宵晚会的开胃菜系的总决赛,都引起了观众的极大兴趣。竞猜第一场收视率就达到1.35%,网络热议指数一路飙升,位居新浪'微话题'电视节目排行榜第一名。通过手机参与大会同步猜谜的手机用户在不到2小时内即达到43万人,下载'央视悦动'参与节目抽奖活动的观众达13万人。总决赛收视率达到1.56%,收视份额3.94%,有7900万人收看了直播节目。"《中国谜语大会》播出后《人民日报(海外版)》《光明日报》等多家报纸报道,人民网、新华网、新浪、腾讯、搜狐、网易等网站均在首页要文区推荐。《中国谜语大会》赛前历时40天,通过央视网向全国谜友征集原创谜语2万条,从中选出500余条和赛题101条,汇编成《中国谜语大会谜语精选》,由中国民主法制出版社出版。《CCTV大型直播节目·中国谜语大会》3DVD由中国国际电视总公司发行。

2014年2月14日元宵节，安徽电视台卫视经济生活频道《哪壶不开提哪壶》推出75分钟大型直播节目《迎春猜谜，情动元宵》。邀请合肥吴家宏为现场嘉宾，介绍灯谜的来历和猜灯谜的技巧。直播过程每15分钟抽取一次幸运观众，奖5克999的金条一根。节目在江南的铜陵和皖北的宿州分别设立分会场，三地互动，共度元宵。铜陵和宿州的直播现场悬挂2000条灯谜，进行文艺表演、观众猜谜打擂台等活动。

2014年12月31日晚至2015年3月5日晚，云南卫视打造的全媒体互动大型电视综艺节目《中国灯谜大会》第二季播出共12期。谜会经过8场淘汰赛和3场晋级赛，南通朱建铭、合肥骆岩、武汉葛晓滨、济南周昕、黑龙江马凤友、福建林海进入元宵节晚的总决赛，周昕夺得"2015年度灯谜大王"桂冠，骆岩、朱建铭获得亚军和季军。总决赛由王小丫主持，相声演员师胜杰与南京师范大学教授郦波在第一现场点评，谜界卢志文、郭少敏坐镇第二现场，重点就赛题谜法进行解析。第二季大会在谜题选择上讲求文学性、知识性、时尚性、艺术性，合适掌握难易程度。与第一季相比，大大增加了古典灯谜、诗词灯谜的比例，同时还特别突出反腐倡廉内容。节目的文化性、趣味性和时代感都有了质的提升。第二季大会吸引超1亿电视观众和新媒体受众收看并参与互动。直播过程实现PC、手机和电视三屏互动，吸引2万网友成功参与实时互动猜谜。节目播出后，收视节节攀升，最高收视进入省级卫视同时段前五名。第一、二季《中国灯谜大会》被国家新闻出版广电总局表彰为"2014—2015年度全国广播电视创新创优栏目"。

2015年3月2—4日（正月十四）晚，中央电视台科教频道精心打造的中学生《中国谜语大会》第二季比赛连续三天在中央电视台综合频道直播。比赛共 8 支队伍参加。3 月 2 日第一场小组赛中，北京东直门中学、石狮华侨中学等 4 个团队参赛。陕西师大附中、汕头龙湖实验中学晋级总决赛。3 月 3 日第二场小组赛中，合肥市第四十二中学、常熟市中专学校等 4 个团队参赛，哈尔滨市第三中学、宁德第一中学晋级总决赛。3 月 4 日举行决赛，由石燕丹、卓辉、陆一銮组成的宁德第一中学队获金奖，哈尔滨市第三中学队获银奖，汕头龙湖实验中学队、陕西师大附中队获铜奖。《中国谜语大会》第二季在谜题设计上比第一季更加丰富，减少字谜的数量，大大增加古典谜语、诗词谜语、成语谜语的比例，同时还创作和精选了一些事物谜、时尚谜，节目的文化性、趣味性和时代感都有所加强。第二季比赛由周涛、张泽群主持，中华灯谜学会郑育斌、方炳良、伍耿怀担任现场评委，中央民族大学蒙曼、中华灯谜学会姜文清担任电视嘉宾解说，斯琴高娃、李谷一、佟大为、陆毅、蔡明、郎永淳等多位明星出谜。央视直播的同时，面向观众推出手机和网络猜谜、摇一摇、上传全家猜谜照等活动。电视屏、电脑屏、手机屏三屏联动，连续三天刷新央视三屏互动记录：首场直播互动人数超过 1740 万，二场直播互动人数超过 2700 万，决赛直播的互动人数达到 3500 万，累计参与互动人数近 8000 万，是第一季参与互动人次 206 万的近 40 倍。《中国谜语大会》第二季比赛前，节目组自 1 月 5 日起，通过央视网科教台和《中华谜艺》等媒体，向海内外公开征集原创谜语。一个月内，收到谜稿上万则，遴选出 100 余则用于谜赛，评选出一、二、三等奖谜 100 则。节目组编著《中国谜语大会（第二季）谜语精选》由中国民主法制出版社出版。

　　2016 年 2 月 20 日（正月十三）至 2 月 22 日，中央电视台科教频道和央视网共同创办的第三季《中国谜语大会》，于每晚 19 时 30 分在央视十套科教频道直播，每晚 22 时 30 分在央视一

第四章 进入 21 世纪后的灯谜（2001 年至 2019 年）

套重播。前两场半决赛，第三场总决赛。这次谜语大会之前的 2015 年 12 月至 2016 年 1 月，在全国开展了公开征集谜语（特别提到征集视频谜语和花色谜语）及猜谜达人的活动。征谜评选出一、二等奖谜作各 10 则，三等奖谜作 50 则。通过征选，来自全国 6 省市及网络选拔的 8 路队伍参赛。其中，备受关注的"网络达人队"由北京张紫依、沈阳王海旭和青岛杜若萱三位学生选手组成。在元宵节晚的总决赛中，晋江市养正中学（黄亦陈、唐沁兰、蔡彧）夺得桂冠，汕头金山中学获得亚军，吴江松陵一中获得季军。在三天的电视直播过程中，网友可通过扫描电视屏幕下方二维码或下载"央视影音"客户端与选手同步猜谜，赢取大奖；可登录节目官网或关注央视网、中国网络电视台、央视影音、央视科教、微博、微信、节目官方微博等方式参与互动；可上传全家猜谜照片，有机会上电视。广告时间可获得抢红包的幸运。参与同步实时互动的观众达 2.66 亿人次，刷新央视纪录。其中，1325 万人次参与同步猜谜，2.53 亿人次参与抢红包，19 万家庭通过手机和网络上传全家福。20 日比赛，科教频道收视率 0.36%，完成率 113%，较同时段增长 13%。21 日比赛，收视率 0.49%，完成率 128%，较同时段增长 28%。

2016 年 2 月 22 日，元宵佳节"灯谜大观楼，民俗乐翻天"《中国灯谜大会》特别节目在昆明大观楼公园上演"千人千馅，千人千谜、民族民俗表演"的奇景盛况。云南卫视 13 时至 15 时现场直播。

2018 年 2 月，央视网体育与央视体育频道在直播平昌冬奥会期间，推出《冬奥会中国年·看冬奥猜灯谜》有奖互动活动，每晚 21 时发布题目，正确答案及获奖名单在每晚 22 时的《全景冬奥会》节目中公布，每日一题，答对即有机会获得 CCTV 冬奥会报道纪念章。

2019年2月19日晚20时,中央广播电视总台《2019年元宵晚会》在CCTV—1综合频道、CCTV—3综艺频道播出。由常远、包贝儿、李玉刚、沙溢、胡可、宋宁、张可盈等11位演艺明星演唱的开场歌舞节目《喜气洋洋闹元宵》中有歌词"解开一个灯谜,好运就来到",这是灯谜第一次写入央视晚会歌词。央视晚会的灯谜互动《群星闪耀闹元宵》猜灯谜活动共进行三次,贯穿晚会始终。

2. 叫停和引发非议的广电谜事
(1)"有奖猜谜"节目叫停
随着新世纪猜谜热的兴起,一档忽悠、欺骗消费者的"有奖猜谜"节目在许多省、市、县广播电视节目中热度播出,影响广泛。

2005年4月26日,国家广电总局发出《关于进一步加强电话和手机短信参与的有奖竞猜类广播电视节目管理的通知》规定:广播电视播出机构开设电话和手机短信参与的有奖竞猜类节目,不得以高额奖品和奖金迎合或诱发听众、观众的投机、博彩心理。又规定:开设电话和手机短信参与有奖竞猜类节目要按程序报批,开设这类节目的广播电视播出机构,负有电话和手机短信的选择、编辑、审查和播出责任。

《通知》发出后,有奖竞猜类节目稍有收敛,不久又陆续开设。2010年3月23日,《中国青年报》发表韩俊杰等采写的《电视"有奖猜谜"节目为何被紧急叫停》披露:

> "这个节目("有奖猜谜"节目)太骗人了!"王女士气愤地说:"我就被他们骗了!可是,多家省级电视台竟然长期播出,不知道欺骗了多少观众!"
>
> "猜一个字:一点一横长,口字在中央。大口张着嘴,

小口往里藏。"这是出现在宁夏卫视荧屏上一个节目中的谜语谜面。

在谜语的下方,显示有中国电信、联通、移动的参与方式。同时,在屏幕显要位置提示:奖金是5000元+一部3G手机。

据王女士介绍,半个月前,她看到宁夏卫视播出的这个"有奖猜谜"节目时,心里还在暗暗纳闷:"这个谜语的答案不就是'亩'字吗?太简单了!"而节目显示,有几个观众断断续续打进电话,但都没有答对。

王女士立刻用手机拨打了参与电话,很快,自动语音提示已经接通,每分钟3元,但王女士听到的只是"线路忙,请等待"。而此时,电视台"有奖猜谜"节目却在不断提示:"线路空闲,请赶快拨打。"

此后,该节目播出了20分钟,但王女士的电话却始终没被接到直播间。事后,王女士发现,自己的手机被扣除了十几元费用。

同样的事情,也发生在山西卫视。王女士再次参加了所谓的有奖猜谜活动。结果,她的遭遇与在宁夏卫视完全一样:电视画面中主持人一直说"线路空闲",但是,她的电话拨通后却长时间无法被接进直播室,而直播室偶尔接听的几个电话,答案都是错的。

"我后来才觉得自己是被骗了!"王女士说,"因为这些谜语太简单了!我在网上一搜索,答案就出来了。而整个节目过程中,全国这么多观众却没有一个答对的。"

同样的事情发生在其他多家省级卫视台。

记者随后的调查更令人吃惊:早在2008年,山东省消费者协会就发布了《2008年第3号消费警示》,揭开了电视、广播竞猜游戏以重奖为名,诱骗消费者参与活动,套取话费的黑幕。

根据济南市长清区工商局调查,此类竞猜节目多数都是提前录制好的,实际上消费者看到的类似直播节目,且主持人又打电话又接电话的电视画面,是提前录制好的,给人造成是在直播的假象。

《消费警示》明确指出,"此类竞猜游戏以'丰厚的礼品'为诱饵,暗箱操作,猫腻很多,实为套取消费者的话费。"

然而,令人吃惊的是,就在国家广电总局明确要求和消费者保护机构的揭露提醒之下,直到今年3月15日之前,多家省级卫视仍在违规播出此类节目。

《人民日报》2010年3月24日发表江苏邓海建的来论《猜谜节目别杀"回马枪"》亦谈道:电视猜谜节目之恶,不仅在于它创设了天上掉馅饼的虚假情境,也不仅在于它欺诈不明真相的消费者,更在于它公然收买公共媒体,将"忽悠大戏"搬进生活中大玩吸金把戏。2005年国家广电总局发出了规范相关节目内容的通知,但各种有奖猜谜仍此消彼长。从某种意义上说,所有电视猜谜节目必有一个共同谜底:主观放任,客观逐利。

经各方面的压力和治理,活跃10余年的带欺骗性质广播电视猜谜节目得以停播。

(2)"伪灯谜"引发非议

中央电视台2011年元宵晚会亮出8条灯谜,有7条牵强附会臆造,底面不通,违反灯谜法则,类似脑筋急转弯式的联想游艺题,被谜界和网民纷纷斥之为"病""烂",戏称为"伪灯谜"。"伪灯谜"也成为2011年谜界的流行语。作品如:

第四章 进入21世纪后的灯谜（2001年至2019年）

朱军看《聊斋》（春晚流行语）你一个养猪的怎么干出狐狸的事

天（春晚流行语）我人才你天才，不就比我多个二

我的个亲娘四舅奶奶（电视剧名）《四世同堂》

你把它埋起来（成语故事）此地无银三百两

情窦初开的窦哪是斗地主的斗，那是土豆的豆（相声）逗你玩

有些广播、电视播出的骗取观众（听众）眼球或短信费的谜题，也有些文娱节目中质量低劣的谜题，适时受到观众非议。也有个别广播网播的猜谜活动，因"谜题问题"遭到激烈批评而终止。

二、中华灯谜文化节

中华灯谜文化节是中华灯谜学会联合地方政府或部门、团体、企业等单位主办的谜界高规格灯谜活动，是谜界的"奥运会"，至2019年已举办六届。

首届中华灯谜文化节深圳谜会。2012年11月29日至12月3日，中共深圳市委宣传部、深圳市文体旅游局、文学艺术界联合会、城市管理局和中华灯谜学会联合主办，"幸福广东，和谐深圳"系列社区文化活动组委会、深圳市非物质文化遗产保护中心、深圳市民间文艺家协会、深圳市灯谜学会联合承办"居佳杯"首届中华灯谜文化节。全国各省市自治区的36支代表队，港澳台地区和美国、新加坡、泰国、马来西亚等国的嘉宾共238人与会。我国内地各省市自治区都有代表参会，每支队伍中都有1名女将。文化节期间举行了中华灯谜笔试精英赛、团体电控锦标赛、男子电控锦标赛、女子电控锦标赛、现场命题（深圳专题）

灯谜创作、百科题材（自荐佳谜）灯谜创作、灯谜赏析（鹏城风韵）小品文及谜艺随笔（文采风流）千字文评比。灯谜文化节的奖金总额为103200元，其中会徽设计一等奖12000元，谜赛奖金91200元，获奖个人186人次，团体电控竞猜冠军3000元，男女电控竞赛冠军2000元，论文一等奖2000元。电控竞赛结果：合肥队、石狮队、红头船队分获团体冠亚季军，吴健、曾庆滨、潘灏分获男子冠亚季军，段夏青、陈琴、贺阳分获女子冠亚季军。文化节还举行了中华灯谜2012深圳高峰论谈（收到论文34篇）、贺诗贺联书画展、海内外谜笺设计艺术展、当代谜事活动摄影图片展及"中华谜坛名人墨迹回顾——张哲源先生收藏展"。活动期间，组委会先后组织20多场群众灯谜展猜，参与群众近10万人。灯谜文化节按奥运模式运作，同年5月召开新闻发布会。7月面向全国征集会旗会徽，用作灯谜文化节的标志。组织义工为谜会服务。文化节主体谜会的工作细致入微，小到谜会举办酒店的交通图和谜会期间的天气，都及时在官方博客"深圳谜学"上公布。灯谜文化节发行纪念明信片，编《深圳灯谜读本》，出专辑《大鹏风采》两期和专题光碟。《香港商报》《深圳特区报》《羊城晚报》及深圳电视台等媒体作了近20次相关报道。本次谜会被中华灯谜学会授予"2012年度最佳谜会"。

第二届中华灯谜文化节华山谜会。第二届中华灯谜文化节（西安）于2014年7月启动，至2015年9月结束。本次灯谜文化节以"承接历史、走向大众"为主题，开展了全国展猜、网络选拔、华山谜会、专辑编印等四大板块的活动。首先进行的"华山杯"海内外华山专题灯谜创作大赛，收到8000多条谜作。其中500条用作全国展猜谜题，有的城市在此基础上扩展到上千则谜题展猜。2015年3月5日（元宵节），哈尔滨、长春、沈阳、丹东、北京、保定、长治、青岛、安阳、苏州、南通、上海、合肥、

第四章 进入21世纪后的灯谜（2001年至2019年）

宜昌、南昌、长沙、温州、厦门、石狮、深圳、潮州、澄海、南宁、重庆、成都、西安、宝鸡、银川、天水、台北等24个省市30城市同时举办灯谜联合展猜活动。展猜统一流程、统一时间、统一谜题、统一谜笺、统一宣传、统一奖品、统一评优。黑龙江省灯谜学会、潮州市灯谜协会、南通市职工灯谜协会、合肥市灯谜协会、上海浦东灯谜研究会获得优秀组织奖，长治、丹东、银川、温州、成都评为优秀展猜城市奖。联展谜作中评选出佳谜20则、优秀谜作10则，另有自荐佳谜30则获奖。第二届中华灯谜文化节"华山论剑大区冠军选拔赛"网络竞猜活动有181位谜友参加，5月9日开赛。全国按地域分为东西南北中五大赛区，每个赛区分男子组、女子组，共进行10场网络选拔比赛，产生出东部赛区男子组的杭州郑天伦、女子组的南京李莉；南部赛区男子组的福州潘灏、女子组的深圳庄云；西部赛区男子组的西安杨斌、女子组的兰州许妮；北部赛区男子组的永年赵建华、女子组的秦皇岛高熠璇；中部赛区男子组的吉安龚志颖、女子组的郴州段夏青等10名大区男女冠军。第二届中华灯谜文化节启动后，还进行了"灯谜书刊研究与收藏"专题征文、"灯谜之最"专题征稿等活动。专题征文共收到论文20篇，苏德友、方炳良获一等奖。

2015年9月19—23日，中华灯谜学会、陕西省民间文艺家协会主办，华山风景名胜区管理委员会、长安文虎社承办的第二届中华灯谜文化节华山国际谜会在陕西华山举办。海内外包括港澳台在内的30个省市以及美国、新加坡的团体、个人选手、嘉宾300余人参加。谜会主体活动分为华山论剑、首届谜书收藏精品展暨拍卖会、论坛演讲、内部展猜、当代灯谜活动图片展、颁奖典礼等项目。比赛有华山论剑笔试精英赛、团体争霸赛及华山论剑巅峰赛。团体争霸赛由35支代表队通过笔试、半决赛和决赛最终确定获胜队伍。华山论剑巅峰赛由网络选拔赛选出的五大区男女冠军在华山五云峰论剑争霸。谜会举行了灯谜界的首次谜书拍卖活动。当代灯谜活动图片展以视频形式循环播放，组委会根据从全国范围内征集到的照片精心筛选出近400幅，分为谜会集锦、谜事精粹、谜人风采、谜苑撷英四部分，展示回顾自1949年以来的谜事活动。华山国际谜会各项比赛结果：首届谜书收藏精品展精品奖获得者为张哲源、刘茂业、孙同庆、朗月，特别奖为民清谜书联展、文革谜书联展。"中国灯谜之最"征集优秀奖获得者为黄清明、张哲源、刘旭、王东雄、林清富、邵才。华山论剑笔试精英赛男子前五名为李创龙、陈万星、陈挺、薛道达、赵建华，女子前五名是许莉、李晋琼、段夏青、王芳、彭梅。华山论剑巅峰赛男子总冠军潘灏，女子总冠军庄云。华山论剑团体争霸赛一等奖广东澄海队，二等奖广东深圳队、福建石狮队，三等奖安徽合肥队、福建福州队、湖南队、美国队、福建漳州队、陕西西安队、台湾队。比赛结束后，大会举行了隆重的颁奖典礼暨闭幕式。本次谜会创造了诸多谜会第一，处处充满创新和惊艳。中华灯谜学会授予长安文虎社社长苏剑"中华灯谜突出贡献奖"，授予长安文虎社"谜海珠光耀，华山剑气豪"奖牌。

第三届中华灯谜文化节晋江谜会。2016年4月30日至5月2日，由晋江市人民政府、中华灯谜学会主办，晋江市文化体育新闻出版局、教育局、文学艺术界联合会、梅岭街道办事处承办的第三届中华灯谜文化节暨晋江市"品牌之都"国际校园灯谜精英赛在晋江市梅岭街道举行，同时举行晋江市第七届校园灯谜赛。来自各国家和地区包括中国台湾、新加坡在内的共54支队伍，419名选手、嘉宾及工作人员参加。谜会设小学组、初中组、高中组、高校组、教师组、精英组等6个组别，进行了即席命题创作、个人笔猜、个人电控竞猜、团体电控竞猜。安海教委办小学组、东石中学初中组、养正中学高中组获得晋江市第七届校园灯谜赛团体电控决赛金奖；在晋江市"品牌之都"国际校园灯谜精英赛上，石狮市第二实验小学小学组、石狮华侨中学初中组、北京东直门中学高中组获得团体电控竞猜金奖；黄艺楚、林俊兴、陆佳玥、陈颖炜、陈见生、邱壮炮分别获得小学组、初中组、高中组、高校组、教师组、精英组个人竞猜金奖；陈见生获得全场个人竞猜"王中王"金奖；方炳良获论文金奖；谜会还表彰了自荐佳谜奖、命题创作奖、晋江谜人灯谜作品评析奖等。4月30日晚，各学校代表队在万达广场主持群众灯谜展猜。

第四届中华灯谜文化节翔宇谜会。2017年5月28—29日，由中华灯谜学会与翔宇教育集团联合主办的第四届中华灯谜文化节暨首届华人中学生灯谜大会在温州翔宇中学举办，中华灯谜馆正式开馆。来自新加坡、中国台湾以及各省市的180名谜手参加。汕头私立广厦学校、石狮市华侨中学、台湾彰化私立精诚高级中学分获国际中学生灯谜邀请赛冠亚季军；福建潘灏、广东黄宜耀、王楷波分获成人组谜王赛前三名。

第五届中华灯谜文化节石狮谜会。2018年6月18—20日，由中华灯谜学会、石狮市人民政府主办的"海丝杯"第五届中华灯谜文化节暨石狮第七届中华灯谜艺术节在福建蚶江镇举办，来自全国各地的50支代表队近300名谜手参赛。本届活动开展了灯谜笔猜电猜个人竞赛和团体竞赛、中华巾帼灯谜团体精英赛、福建省灯谜团体竞猜赛、海内外常青组双人灯谜联谊赛、海内外"和谐家庭"灯谜联谊赛，以及文化节书画展、谜家书画展、体验海上猜谜活动、两岸灯谜联猜活动等20多项。

第六届中华灯谜文化节合肥谜会。2019年2月17—19日，第六届中华灯谜文化节暨第二届中华（合肥）元宵灯谜节在安徽合肥包河区中华美食文化名街罍街举行。来自美国、新加坡等国家，台湾地区、北京、上海、吴江等地共60支参赛队，近300

位谜手参加，活动内容包括 48 个城市和地区面向群众的万条灯谜大展猜、海内外灯谜专家"击鼓引猜"的 13 个灯谜主擂台、元宵传统民俗表演、中华灯谜男子女子个人精英赛、中华灯谜创作赛。现场谜赛中，广东深圳队夺得团体金奖，龚志颖和黄哲贤分别获得中华灯谜男子女子个人精英赛金奖。

三、省域和跨地区灯谜赛会

21 世纪，一市一县一区一镇一乡组织的谜赛谜会、文化宫（馆）和灯谜社团组织的灯谜活动非常多，国际国内、省际省内和跨地区灯谜赛会及规模较大的有影响的区域谜事活动也非常多。

1. 2001 年

5 月 2—4 日，福建泉州市文化局、石狮市人民政府主办石狮首届中华灯谜艺术节。来自 10 多个省市的 16 支代表队和福建的 8 支代表队和中国台湾、香港及菲律宾的代表近 200 人参加，进行了团体电控预赛与决赛、个人笔试、自由创作和命题创作评佳、"万条灯谜庆佳节"群众灯谜展猜、苏温才灯谜艺术学术研讨等活动，其间举行了蚶江灯谜馆开馆、中国灯谜艺术之乡授牌仪式。

7 月 1 日，泉州、青岛、杭州、合肥、南昌、长沙、衡阳、桂林、个旧、安阳等 10 城市工人文化宫同时在各宫广场举办全国部分城市职工灯谜大联展。

9 月 20—23 日，河南省首届民间艺术节"韩愈杯"灯谜大赛暨河南省第 14 届职工灯谜大赛在孟州市举办。省内 10 余支代表队 50 余人参加，进行了个人笔试、团体电控竞猜、韩愈专题创作、电业专题创作和自由创作等项比赛。同时，进行了河南省首届网络灯谜大赛,省内外网友与现场同步参加比赛。其间,还举行了"乐万家杯"孟州地名灯谜大赛和群众展猜活动。

10月1日,广西首届"刘三姐杯"灯谜擂台赛在南宁市人民公园举行。柳州、桂林、梧州、南宁4市组团参加团体擂台赛。

10月1—4日,福建省文化厅、泉州市政府、中华灯谜学会主办的"施琅杯"第二届中华灯谜锦标赛在晋江市举行。福建、广东、江西、浙江、安徽、湖北、湖南、河北、陕西、重庆等10个省市和台湾共17个代表队及海内外嘉宾120余人参加,进行了电控竞猜、书面竞猜、创作比赛、命题谜论比赛、灯谜评析比赛、最佳谜手评选,举办了新世纪中华灯谜论坛和对外联谊猜射。《厦门晚报》"每周一谜"连续刊载谜赛赛题40余则,《福建歌声》刊发谜赛主题歌。

10月3日,一汽谜协、一汽文化宫主办中国第一汽车集团有限公司金秋谜会。来自九台、农安、辽源、沈阳、山东及长春的谜友30余人参加,进行了笔试、电控竞猜和灯谜互猜交流活动。

11月2日,东北轻合金公司灯谜联谊会在哈尔滨举行。来自东三省和江西的10个城市12个代表队50余人参加,进行了笔试竞猜、交流主擂表演赛和悬谜展猜。

2. 2002年

元宵节,贵阳市举办马年林城射虎大擂台,将2002条谜复制10份,分10个区展猜。春节期间还升空"十大绝谜"悬赏。活动后,《贵阳日报》用四个版面刊登全部展猜谜题。

7月20日,"盛京之夏"第二届沈阳长春灯谜联谊赛在沈阳市第88中学举行。沈阳、长春的数十位谜友参加。

9月至2003年11月,《全国灯谜信息》《春灯》联合举办"古典文学名著灯谜创作大赛"。大赛收到近500谜人创作的四大名著题材的灯谜5000多则,两刊陆续刊出2000则,评选出佳谜100则。佳谜及部分参赛作品选入《四大名著灯谜精选》。

10月1—3日,"中国灯谜艺术之乡"联谊暨学术讨论会在汕头市举行。福建漳州芗城区、石狮蚶江镇和广东澄海市组队参加,分别在会上作了开展灯谜活动的经验交流报告,在汕头时代广场举行了灯谜擂台开猜活动。

10月12—14日,江西省第九届灯谜锦标赛在南昌铁路文化宫举行。省内50多名选手参加,进行了个人、团体竞赛和命题创作、自荐佳谜、优秀论文评选。

10月19—21日,宝鸡市举办"丽园杯"海内外灯谜大联展。内地各省市及香港、澳门、新加坡的代表50余人参加。进行了内部笔试、内部抢猜及谜友座谈交流会,举行了两场展猜。

12月20—21日,河南省第15届职工灯谜大赛在安阳市举办。省内8个地市代表参加。进行了笔试竞赛、自荐佳谜和命题创作评佳。赛前,代表们到安阳大学进行灯谜展猜。21日晚,全体代表聚集电脑学校机房,集体观摩网上举办的周末华清谜会,并对15届谜赛的笔试赛题在网上进行现场抢猜。

3. 2003年

3月至10月25日,广东汕尾市国税局与市灯谜学会联合举办以税法宣传为主题的2003"汕尾国税杯"全国灯谜创作大赛。参赛者近500人。大赛中,汕头举办灯谜展猜、灯谜对抗赛等系列活动。

8月1—3日,中国灯谜艺术之乡暨主要谜刊邀请赛在晋江举行。福建漳州、莆田、石狮、广东澄海4个灯谜之乡和《全国灯谜信息》《中华灯谜》《春灯》《网络灯谜信息》4家主要谜刊代表队，及香港、台湾、广东、浙江、宁夏等地谜友84人参加。进行了笔猜、团体电控竞猜、命题创作、命题评析、内部联谊猜射、对外展猜，举办了以"中国灯谜艺术之乡的发展道路"为主题的灯谜论坛。

8月15—18日，首届"闽东药城杯"灯谜邀请赛在福建柘荣县举办。温岭、台州、临海、宁德、蕉城、福安、周宁等地及新蕾谜社的8个代表队参赛，进行了个人和团体猜射赛、自由创作和命题创作评佳。

9月22—23日，宁夏市文联等单位举办"中国·银川谜会"。来自16个省市自治区和台湾、香港的50余人参加，进行了个人笔试、自荐佳谜、联谊会猜、团体电控决赛、论文评选和宁园门前"灯谜一条街"展猜。

10月8—10日，"南阳环保杯"河南省第16届职工灯谜大赛在南阳市举行。省内8市谜友及福建柘荣等地嘉宾参加，进行了笔试、团体电控决赛、谜作评选、内部会猜，在南阳市中心广场举行了群众展猜，特设环保专题重奖谜。

11月28日—12月2日，石狮市举办首届国际华人灯谜邀请赛暨第二届中华灯谜艺术节。来自海内外20支代表队200多人参加，其中有来自中国港澳台和新加坡、马来西亚、泰国、菲律宾、美国国家和地区的32位华人谜手参赛。谜会内容：有"文明杯"网络灯谜精英赛，在互联网上举行，国内17支地方代表队和1支海外联队参赛；有命题创作、自荐佳谜、笔猜和团体电控竞猜；有别具特色的中华巾帼灯谜精英赛，由来自美国、新加坡、中国的23位女谜手中的前10名进行电控决赛，冠军被汕头市澄海区方玫玫夺得；有探讨石狮谜事、谜艺、谜人的"石狮灯谜之路"论坛；有"万人灯谜万人猜"一条街展猜活动。

4. 2004年

4月7—9日，福建省第六届灯谜艺术节暨海峡两岸谜艺研讨会在漳州市芗城区举行。来自10多个省市和香港、台湾及泰国、新加坡的代表250余人参加。进行了笔试竞猜、个人和团体电控竞猜、谜乡之夜灯谜大展猜、互联网同步竞猜等；举办了"中华谜学的传承与交流"研讨会、第二批文虎丛书发布仪式、中华灯谜美术、书法、摄影展览；召开了"漳州高雄缔结灯谜姐妹会十周年"庆祝大会；举办了送谜进社区入校园、谜人文艺晚会；参观了漳州灯谜艺术馆。

4月16—19日，第二届庐州谜会暨"金星家园杯"海内外灯谜大奖赛在合肥举行。福建、湖南、河南、江西、广西、广东、江苏、安徽、甘肃的10个代表队和其他省市及台湾、香港嘉宾70余人参加，进行了个人笔猜、团体电控竞猜、自荐佳谜、命题创作、论文研讨、对群众展猜等活动。

4月30日—5月2日，"农行杯"浙江省灯谜邀请赛暨庆祝温岭市谜协成立十周年活动在温岭市举行，来自福建和浙江多地和网上搞脑筋网站的20余位谜友参加，进行了个人笔猜、团体笔猜、灯谜论坛等活动。

8月14—16日，中华灯谜学会在晋江市召开工作会议（晋江会议）。其间，举办海内外灯谜艺术家作品邀请展；评选优秀论文和佳谜；进行谜艺研讨、内部猜射、广场展猜；观摩晋江市第14届"深沪华丽杯"侨乡谜会团体决赛。

9月3—5日，河南省第17届职工灯谜大赛在开封市举行。本省9地10余个代表队50多人参赛。进行了个人笔试、命题创作、自荐佳谜、团体电控竞猜。

9月25—28日，潮州移动绿城国际休闲谜会在潮州举行。国内部分省市和台湾、香港及新加坡的40余位谜友参加。进行了海外及外省来宾谜作展猜、本市谜作展猜、国际灯谜学术研讨、佳谜佳联创作评选等活动。

5. 2005 年

2月22日,北京第五届"盛喜杯"灯谜邀请赛决赛在老舍茶馆举行。此前,北京市18个区县代表队经过初赛和复赛,大兴区、西城区、石景山区、延庆县、通州区、朝阳区、海淀区、密云县、宣武区等前9支代表队获得决赛资格。决赛采用笔答和电子抢答的方式进行。

5月至10月,石狮市举办第三届中华灯谜艺术节。整个活动由10多个大中型谜事活动此起彼落地进行。"五一"之夜,在石狮服装城举办全市职工灯谜竞猜系列活动。5月14日,在石狮市科技活动周开幕式后举行科技灯谜游园活动;24日,举办新加坡、泰国、香港灯谜代表团访问石狮的座谈会和"恒韵之夜"灯谜晚会。6月4—6日,举办"环保杯"全省灯谜邀请赛,12个县市区的代表队近100人参赛,其间举行大型广场灯谜展猜;25日,举办"国土谜会"群众灯谜展猜和"石狮国土杯"全国网络灯谜团体赛。7月,举办党建灯谜竞猜和纪念抗日战争胜利60周年群众灯谜展猜。8月1日,新加坡灯谜协会派执委邱建忠莅石参加"双狮"友好灯谜联谊会周年庆中新灯谜联猜活动,启动"双狮"周年庆网络谜会;同时,"双狮"周年庆海内外灯谜竞猜谜题在《全国灯谜信息》《中华灯谜》等多家谜刊刊出。9月18日中秋节,举办石狮市"玉湖杯"第七届(湖滨)侨乡谜会暨"平安石狮"灯谜一条街活动;25日,在市青少年校外活动中心举行全市中学生灯谜邀请赛,18支代表队参赛。10月,"双狮"友好灯谜联谊会周年庆海内外灯谜竞猜活动结束,灯谜艺术节落幕。

5月21—24日,福建省第七届灯谜艺术节暨"品牌之都"

国际灯谜大奖赛在晋江举行。福建省9个设区市和江苏、广东、河南、浙江、湖南、安徽、甘肃及网络等21支代表队，新加坡、泰国及港台地区的嘉宾共180人参加。赛前，各代表队完成了命题创作和谜论比赛。大赛期间，进行了即席命题创作、命题评析、个人竞猜、团体电控竞猜、对外展猜和最具魅力奖、潜质奖的评选。大赛的竞赛项目均从不同角度反映晋江的驰名商标和著名产品。两晚的灯谜夜市把"品牌之都"为主要内容的猜谜活动推向高潮。

9月16—18日，"御酒坊杯"河南省第18届灯谜大赛暨新郑市金秋灯谜艺术节在新郑市举办。郑州、开封、安阳、平顶山、南阳、三门峡、周口等地的10多支代表队参加大赛，在炎黄广场举办大型群众展猜，在河南华信学院举行郑州市谜委会成立20周年暨"桃李杯"中原谜手擂台赛。

9月24日，首届陕甘宁三省"谜王"邀请赛在宝鸡市举办。三省谜友和丹东、无锡、保定及台湾谜学研究会的代表参加，经过"金箭王"竞猜和四轮"谜王"赛，秦安王少鹏和宝鸡孙波分别获得"金箭王"和"谜王"称号。

10月29—31日，福建省未成年人思想道德建设灯谜大会猜在石狮市举办。福建省9个设区市和省直共10支代表队参赛。进行了个人笔猜赛、团体电控竞猜预赛和决赛，参观了蚶江灯谜馆。福建电视台综合频道全程录播。

6. 2006年

2月9—11日，"神州行"河南省第19届灯谜大赛在许昌市举办。省内10余支代表队参赛。赛后，代表队在都市花园、滨河花园等社区举行群众展猜。

2月10—13日，中华灯谜学会、中华行知网、山西省晋中市委宣传部等单位主办的"绵山杯"国际灯谜大赛在晋中市举行。海内外1000多灯谜爱好者踊跃投稿，上万人参与网上竞猜。参加现场比赛的来自上海、江苏、甘肃、湖南、河南、福建、广东、黑龙江、山西、台湾、香港等地的50余位代表，在平遥、晋中等地进行了群众灯谜展猜、灯谜元宵晚会等活动。

2月11—12日，江西省民协灯谜委员会主办、南昌市京东鹿鼎家居博览中心赞助的江西省首届"京东鹿鼎杯"灯谜擂台赛在南昌市举行。

7月13日，石狮市"人口计生"灯谜邀请赛在蚶江镇举办。福州、厦门、漳州、莆田、泉州、南安、惠安、晋江的8支代表队和石狮市的7支代表队参赛。赛后，在蚶江镇新大街进行大型群众展猜。

8月9—10日，庆祝安阳殷墟申遗成功全国旅游灯谜大赛在安阳市工人文化宫举行。大赛邀请全国近20个省市自治区（包括台湾）的30多个城市的近100名谜手，以殷墟为题材，创作5000多条专题灯谜，撰写一批研究甲骨文与灯谜的学术论文。谜赛期间，进行了殷墟专题灯谜笔试，参观殷墟的同时进行专题创作，召开了学术研讨会，在文化宫广场举行了殷墟和殷商文化专题灯谜擂台赛。

9月9日，宁夏区文联、银川市文联和中华灯谜学会主办的"宁夏·中华灯谜艺术高层论坛"闭幕。这次谜会从5月开始征稿，共收到全国25个省市自治区近50名作者的80余篇灯谜论文。参加大会的有来自香港、台湾和大陆14个省市的代表50余人，进行了论文宣读交流、灯谜内部抢猜、命题灯谜创作、对群众展猜等活动。

9月15—17日，河南省第20届灯谜大赛在巩义市举办。全省各地的40余人参赛。

12月30日，湖南省灯谜学会成立大会暨湖南省"军安石油杯"首届灯谜擂台赛在长沙举行，全省各地的7支代表队40多人参赛，进行了迎新年对外灯谜展猜、海内外灯谜交流资料展览、湖南卫视"楚湘风采"专题片展播和灯谜擂台抢猜等活动。

7. 2007年

1月20—21日，大潮汕（潮安）迎春谜会在潮安县举办，来自汕头、潮州、揭阳、汕尾四市的谜友近80人参加，召开了灯谜普及工作研讨会，举行了大型灯谜会猜。

4月7—8日，陕甘宁谜友联谊会在宝鸡市举办，来自三省区六地市的谜友和宝鸡市灯谜学会谜友参加。

4月下旬至7月底，上海浦东陆家嘴功能区域管理委员会和上海浦东文化馆、浦东灯谜研究会举办上海陆家嘴海内外金融灯谜创作大赛。大赛收到新加坡、马来西亚等国家和全国各地包括港台地区的365位谜友的谜作10800条、文章150余篇、论文12篇。编专辑《金融灯谜》。

5月4—6日，江西省第11届灯谜锦标赛在南昌市举行。南昌、九江、景德镇、鹰潭、金溪、贵溪等市县和洪都集团公司、南昌卷烟总厂、南昌铁路局等大企业的50余人参赛。

5月5—6日，合肥市总工会、市灯谜协会等联合举办的"庆5.1广场灯谜展猜擂台暨安徽省谜友联谊会"在合肥市工人文化宫广场和合肥市金星家园会所举行。合肥、六安、巢湖、安庆、蚌埠、芜湖、淮北的40余名代表参加，进行了个人笔猜、电控抢猜、内部展猜、自荐佳谜、命题创作评佳、群众灯谜展猜、群众灯谜擂台赛等活动。

6月19日，首届闽台对渡文化节暨蚶江海上泼水节在石狮市蚶江镇古渡头举行。台湾鹿港参访团一行51人专程前来与数

第四章 进入21世纪后的灯谜（2001年至2019年）

万名当地民众一同参加活动。作为重头戏之一的"两岸灯谜联猜"共设20个谜坛，悬挂灯谜2000多条，其中有台湾的台北、台中、台南、高雄、澎湖、鹿港谜坛，有中国灯谜艺术之乡的漳州芗城、汕头澄海、石狮蚶江谜坛，有石狮市友好灯谜协会新加坡、宝鸡谜坛，还有石狮各乡镇谜坛，移动公司还推出"手机猜谜乐"活动。在文化节开幕式上，蚶江中心小学60名女生提着60个大红灯笼欢快起舞，灯笼上悬挂着16条以思亲为主题的灯谜。文化节期间，两岸谜友进行了座谈交流。

7月7—8日，"飞将杯"甘肃灯谜邀请赛暨安建国灯谜收藏展在天水举办。兰州、陇西、成县、秦安、秦州、麦积、西北铝的30位谜人参赛，进行了笔猜、现场抢猜、佳谜评选、命题创作、命题评析、灯谜论坛、内部会猜等活动。

10月4—6日，福建省第8届灯谜艺术节、晋江市第17届（池店）侨乡谜会暨第2届"品牌之都"国际灯谜邀请赛在晋江市池店镇举行。省内各设区市和晋江、石狮等地代表队，17个省市以及泰国、新加坡和香港、台湾等国家和地区谜人共200多人参加。大赛前，各代表队完成了命题论文、自荐佳谜等赛项。大赛期间，进行了即席命题创作、个人笔猜、个人电控竞猜、女子组个人电控竞猜、团体电控竞猜等比赛，分别在青阳塘岸街和中远学校操场举行了灯谜夜市和群众性灯谜展猜。活动项目都从不同角度反映晋江的驰名商标和名优产品。

10月19—21日，河南旅游灯谜大赛暨河南省第21届灯谜艺术节在驻马店举办。全省10多个地市的代表队50多人及湖南、山东、河北等地嘉宾参加。进行了笔试竞赛、电控抢猜和专题灯谜创作、命题灯谜创作、年度自荐谜作评选，举行了"河南省灯谜活动优秀单位"命名授牌仪式，在乐山商场举行了群众性灯谜展猜。

11月21—23日，首届中国（福建）环保灯谜邀请赛在漳州举办。安徽合肥、广东潮州、顺德等地和福建各地市组成的12支代表队及中国台湾、香港和新加坡等地10多位谜人共近100人参加，进行了个人笔试、网络竞猜、函寄会猜、内部展猜、群众展猜、佳谜评选、论文研讨及团体电控比赛。

11月24—25日，海峡两岸"张起南灯谜艺术"研讨会在福建龙岩举办。参加首届中国（福建）环保灯谜邀请赛的新加坡黄俊琪、叶明德、台湾萧尧仁、香港刘雁云、张伯人及漳州、晋江、石狮、云霄、永安、潮州等地部分代表与会。会间，在龙岩文化广场举办了海峡两岸灯谜展猜活动。

8. 2008年

1月11—13日，广东民协灯谜学术委员会2008年会暨第三届"大潮汕（濠江）迎春谜会"在汕头濠江区举行。潮州、揭阳、汕尾、汕头大学、韩山师院、汕头职业技术学院的灯谜组织代表50多人，年会代表40多人，及中华灯谜学会、香港联谜社和其他省地代表10多人参加。进行了联谊会猜、灯谜论谈等活动。

2月7—21日，上海市职工灯谜协会、金山区旅游局、枫泾镇人民政府联合主办的上海首届灯谜艺术节暨谜王争霸赛在枫泾古镇举行。15天中，500条根据枫泾历史文化和旅游资源创作的灯谜和1500条传统灯谜分别布置在古镇各标志性景点供猜射。元宵佳节，枫泾题材灯谜创作大赛揭晓；经过预赛、复赛，从全国各地近40位参赛虎将中脱颖而出的8位高手决赛，甘肃王少鹏获"谜状元"及大奖5000元，江苏朱建铭和李军分获谜榜眼、谜探花。比赛结束，谜王身着状元服，登上喜船，从古戏台巡游至三桥广场，接受枫泾市民和广大游客的祝贺。

2月20—22日，"浏阳移动杯"首届湖南灯谜节在浏阳举办。

第四章 进入 21 世纪后的灯谜（2001 年至 2019 年）

举行了"浏阳移动之光"灯谜联欢会、"浏阳移动杯"全国灯谜擂台大赛、"中华灯谜进校园"示范讲座、"浏阳移动"灯谜一条街、灯谜广场大家乐等活动，同时在《当代商报》《浏阳日报》举办全省灯谜竞猜大赛，在互联网举办"中华灯谜颂浏阳"全国灯谜创作大赛。其中，全国灯谜擂台大赛有来自甘肃、福建、广西、广东、河南、安徽、江西和湖南的 8 支代表队参加。创作大赛以浏阳名胜名产、名人风物和移动名词为谜材，收到海内外来稿谜作 1 万余条。

3 月 14—16 日，四川成都·新津梨花节重头活动之一的"丽津酒店杯"首届水城新津国际灯谜邀请赛在新津县举行。甘肃、重庆、安徽、福建、河南、湖南、广东、广西、四川、江苏、河北、辽宁的 12 支队伍参赛，举行了"偏向虎山行"笔试竞猜、"智取威虎山"现场创作赛、"一山不容二虎"个人 PK 赛、"抢风头"团体电控抢猜、"龙卷风"以谜会友等竞赛、"八面来风"灯谜展猜和联谊活动。

4 月 5—9 日，戊子年黄帝故里拜祖大典灯谜大赛在河南郑州举行。北京、辽宁、河北、山东、甘肃、安徽、浙江、江苏、湖南、江西、福建、广西及省内郑州、安阳、开封、三门峡、周口、平顶山、驻马店、南阳等 20 支代表队参加。举行了笔试、命题创作、自荐佳谜、团体抢猜等项比赛；在郑州绿城广场分设 12 个擂台举办灯谜大观园活动，在新郑炎黄广场举办黄帝专题谜作展猜，向群众散发猜谜手册上万份。

4 月 19—20 日，中华灯谜"宝石机械杯"宝鸡谜会在陕西宝鸡市举行。上海、河北、安徽、山东、辽宁、江苏、陕西、福建、甘肃、宁夏、广西、广东及台湾、香港等地近 70 位谜人参加，进行了笔试、电控抢猜、内部抢猜、对外展猜，举行了宝鸡市灯谜学会成立 20 周年庆典。

5月2日，东北三省灯谜大赛在沈阳市举行，60多人参赛，其中参加团体赛的有黑龙江东轻队、大庆队、绥化队，吉林长春队、一汽队，辽宁沈阳队、丹东队、抚顺队、鞍山队、营口一队、营口二队、辽西南队。

6月7—9日，第二届闽台对渡文化节暨蚶江海上泼水节在福建石狮市蚶江镇古渡举行。"两岸灯谜联猜"共设26个谜坛和"手机猜谜乐"15个谜坛，其中有鹿港、台北、台中、台南、高雄市、高雄县、澎湖、金门、香港、新加坡谜坛。开幕式大型文艺表演中的"谜乡风采"章有20条以"统一、对渡、思亲"为主题的灯谜参与演出。其间，台湾知名人士邱毅博士一行参观了蚶江灯谜馆。

9月12—14日，"华祺杯"中秋灯谜联展在宁夏回族自治区固原市举行。陕西、甘肃、西藏、上海、江苏、浙江、宁夏13市的50多人参加，进行了谜友内部笔猜、抢猜、谜艺座谈讨论和对外群众展猜活动。其间，召开了第六届陕甘宁谜友联谊会，举行了"西北地区首届德艺双馨灯谜艺术家"和"西北风情海内外灯谜创作大赛"颁奖仪式。

11月29日，广西首届"八桂谜王赛"在南宁举行。南宁、桂林、柳州、梧州、崇左、合山、百色、桂平等地74名选手参赛。经过笔试、命题创作、电控抢答、决赛笔猜，百色覃子聪荣获"八桂谜王"桂冠。赛后，在南宁市工人文化宫举办庆祝广西壮族自治区成立50周年灯谜展猜。

11月29日，饶平县灯谜联谊会在饶平县所城镇政府举行。广东汕头、澄海、潮州、普宁、揭东、南澳和福建诏安、云霄的120多位谜人参加。

12月27—28日，江西省第12届灯谜锦标赛在景德镇市工人文化宫举行。省内7支代表队40人参赛。

9. 2009年

2008年12月31日至2009年1月3日,大潮汕(揭阳榕城)国际迎春谜会在揭阳市榕城区举行。中华灯谜学会常委30多人,以及来自新加坡、马来西亚、泰国、中国香港、台湾和大陆23个省市自治区及潮汕地区的150多人与会。举行了"光丰杯"十佳射手赛、内部开猜、大型灯谜会猜等活动。其间,召开了中华灯谜学会常委(扩大)工作会,颁发了首届雁云灯谜艺术奖。本次谜会被中华灯谜学会授予"2009年度优秀谜会"。

1月18日至2月7日,第二届上海灯谜艺术节·谜林大会在上海枫泾古镇举办。艺术节开幕后,2009条与枫泾相关的灯谜分布在古镇游客服务中心和枫溪长廊,其中3条难度较大的谜语布置在"枫泾谜宫"里,22天累计奖池高达3000元,吸引无数游客和当地居民前来猜谜。艺术节中参加谜王争夺赛的有来自全国26个省市80多名谜手,沈阳金镝和合肥仲慧芬夺得男女"谜王",他们身着状元服古装,在世博会吉祥物"海宝"和锣鼓队的引导下,巡游古镇。艺术节期间,还举行了海内外"中国农民画画谜"创作大赛、"灯谜与枫泾"高峰论谈。

2月7—10日,"湘银杯"第二届湖南灯谜节在张家界市举办,进行了开幕式暨"湘银之夜"灯谜晚会、国际灯谜创作大赛、全国猜谜大赛、全国灯谜邀请赛、"湘银之光"灯谜一条街、灯谜大家乐暨颁奖仪式、"中华灯谜进校园"讲座以及景区采风暨展猜活动。石狮、南昌、安阳、厦门、澄海、南通、合肥和湖南共8支代表队26人参加了全国灯谜邀请赛。国际灯谜创作大赛从2008年10月下旬启动,共收到海内外以张家界地名、景区景点、历史人物、土特产、民俗文化等名词为谜材创作的谜5万多条,优秀作品编辑成专集《情迷张家界》。2008年12月上旬,通过报纸、网络举办了"湘银杯"张家界旅游全国猜谜大奖赛,开封王玮、张家界龚恒初获一等奖并应邀参加灯谜节的全部活动。本次谜会被中华灯谜学会授予"2009年度优秀谜会"。

3月,《中华谜艺》、《春灯》、老鹰灯谜俱乐部联办"倾城杯"首届女谜人风采灯谜展,内容包括制作女谜人合影图片、女谜人谜作函猜、女谜人谜作网上抢猜、女谜人谜作赏析等活动。至2013年,连续举办五届"倾城杯"展赛。

3月20—22日,"花舞人间杯"第二届水城新津国际灯谜邀请赛在四川新津举办。甘肃、重庆、安徽、福建、河南、湖南、广西、广东、成都及台湾的10支代表队参赛。举行了"偏向虎山行"笔猜赛、"一山不容二虎"个人PK赛、"智取威虎山"命题创作和自由创作赛、"虎视眈眈"谜作评析赛、"风云际会"团体电控抢猜决赛、"浓情谜意"谜友擂台赛、"八面来风"广场展猜。活动内容之一的个人网络竞猜于3月8日先行赛毕。本次谜会被中华灯谜学会授予"2009年度优秀谜会"。

3月至10月28日,浙江舟山市纪委等举办"普陀山杯"廉政灯谜大赛系列活动。内容包含灯谜有奖征集、竞猜电视大赛,在报刊举办竞猜比赛,多场专题竞猜谜会以及编印反腐倡廉灯谜书籍等五个相对独立的活动。廉政灯谜电视大赛于9月23日在市广电总台一楼演播厅举行。有奖征集共收到廉政专题灯谜6668条。有奖竞猜1094人参加。

7月25日,第二届东北三省灯谜大赛在哈尔滨市东轻厂文化宫举行,三省的17支团体队近70人参赛。

8月14—15日,中华谜刊发展高层论谈暨《文虎摘锦》发刊百期庆典在扬州宝应县(翔宇教育集团扬州总校)举行,福建、上海、河南、台湾等海峡两岸11个省的46人参加。论谈就灯谜活动的普及推广、网络灯谜BBS搭建沟通及谜刊编印发行等多个话题展开圆桌研讨。其间还组织了内部展猜等活动。

第四章 进入 21 世纪后的灯谜（2001 年至 2019 年）

9月19日，晋江市安海中学举办闽南四地灯谜擂台赛，厦门、漳州、石狮各派出6名选手参赛。

9月19—20日，西北五省区灯谜邀请展在宝鸡市举行。来自陕西、甘肃、宁夏、青海、新疆的近50人参加。与会代表观摩了宝鸡市少儿猜谜大赛；举行了灯谜抢猜擂台赛、女谜手友谊赛、西北五省区及辽宁丹东、辽阳灯谜联展、全国英雄模范人物和感动中国人物灯谜创作赛佳谜评选。与会谜友就灯谜创作技巧的完善、灯谜猜射水平的提高和灯谜活动的组织与开展进行了交流与探讨。

9月27—30日，石狮市人民政府主办石狮第四届中华灯谜艺术节。新加坡、中国香港、台湾和北京、江苏、安徽、浙江、江西、河南、湖南、广东、陕西、宁夏、福建等地82人石狮60人参加。开幕式上，石狮市接受了2008年国家文化部授予的"中国民间文化艺术（灯谜）之乡"牌匾和2009年"福建省级非物质文化遗产名录——石狮灯谜"牌匾。艺术节期间举行了石狮市青少年灯谜汇报赛、海内外老年人灯谜联谊赛、"关爱女孩"第二届中华巾帼灯谜精英赛、"蔡襄杯"灯谜团体电控竞猜决赛、"盛世中华"庆祝中华人民共和国成立60周年暨纪念世界旅游日大型群众灯谜展猜、"灯谜与创新"研讨会、即席命题创作赛、灯谜自由创作赛、灯谜命题创作赛、灯谜作品评析赛等系列活动和石狮谜协成立20周年庆典。本次谜会被中华灯谜学会授予"2009年度最佳谜会"。

10月5日，东北三省灯谜联谊赛暨第二届辽宁网络谜友谜会在辽宁营口鲅鱼圈山海广场举行，东北三省的数十位谜友参加比赛。

10月23—25日，晋冀鲁豫接壤区首届谜友联谊会在山西长治牺盟会旧址举行。河北邯郸、邢台、山东菏泽、河南安阳、焦作、山西长治的谜友及部分嘉宾参加。

10月31日，闽粤灯谜联谊会在饶平县浮山镇举行。广东大潮汕三市和福建诏安、云霄、东山等地的谜友200多人参加，各灯谜组织轮番主擂，击鼓开猜。

12月25—26日，河南省第23届灯谜大赛暨《灯谜中原》首发式在郑州举行，省内11市30余人参赛。谜赛分青年组和中老年组，进行笔试竞赛、自荐佳谜评选、河南佳谜赏析等赛项，各项奖品均为公开出版的新谜书。谜会期间，河南省民间文艺家协会命名了第二批河南省灯谜艺术家（大师）。河南省民协灯谜学委员会召开了理事会，到会谜友还向河南籍在读研究生黄全来谜友进行了捐助。本次谜会被中华灯谜学会授予"2009年度优秀谜会"。

10. 2010年

2月24—26日，第三届上海灯谜艺术节在上海枫泾古镇举办。全国20多个省市的60多位谜手参加。活动内容有华人灯谜艺术大会展、灯谜大博弈和谜王挑战赛三大板块。大会展向海内外征集围绕"欢乐世博、和谐世博"及以枫泾古镇为主题的海派灯谜参展，评选出15名最佳谜笺制作奖、30名佳谜奖。大博弈由来自江苏、浙江、河南、湖南、广西、安徽的6支劲旅角逐，安徽队夺得冠军。挑战赛的谜王由河南罗营东摘取，榜眼为北京黄冬妮，探花为江苏朱建铭。艺术节期间宣布成立华人灯谜艺术研究会。

3月1日，第五届大潮汕（汕头）迎春谜会在汕头市木坑社区举行。潮州、揭阳、汕尾、汕头的代表和香港、深圳、佛山、顺德、石狮等地特邀代表120人参加。开幕式上授予金平区鮀江街道木坑社区居委会"汕头市民间文艺家协会灯谜艺术活动中心"牌匾。谜会举行了以"谜艺与社区"为主题的灯谜艺术研讨会。晚上,各地谜友分别主台开猜;汕头市私立广厦学校和澄海凤岭小学学生联手举行了校园灯谜展猜。

6月至10月,全国灯谜信息社主办,中山大学东校区灯谜协会承办,广东工业大学文虎灯谜学社、韩山师范学院灯谜学社、闽江学院灯谜协会协办"首届'80后'灯谜创作大赛",来自广东、山东、江西、河南、福建、甘肃、浙江等地的67位80后灯谜爱好者参赛。

6月13—15日,第二届中国(常熟)江南文化节期间,首届董浜·徐市灯谜艺术展在常熟市董浜镇举办,新加坡、中国台湾、香港、河北、上海、江苏、浙江、安徽、福建、河南、湖南、广东、四川、青海等地的110多人与会,进行了董浜灯谜艺术馆开馆揭牌仪式、"徐市灯谜"创作基地授牌仪式、"灯谜与江南文化"高层论谈、"世博之旅,欢乐董浜"长三角灯谜邀请赛、"江南猜想,相约常熟"国际灯谜精英赛等活动。本次谜会被中华灯谜学会授予"2010年度优秀谜会"。

7月10日,由束洪波、矫健军、王振达、邵才四位大庆市谜友个人出资举办"油城之夏"黑龙江谜友大庆联谊会。哈市、齐市、佳木斯、绥化、肇东等大庆周边地区的近30位谜友参加。

7月24日,"一汽技术中心杯"第三届东北三省灯谜大赛在长春市举行。东北三省80多位谜人参加。比赛项目有笔答、谋皮、个人抢答、团体抢答等。辽宁苏颖获东北谜王奖。

又,长沙灯谜申遗保护传承座谈会暨第五届湖南谜友联谊对抗赛在长沙雨花区民主党派活动中心举行,邵阳、怀化、株洲、衡阳、娄底及长沙的41位谜友参会。

9月22—24日,天之林紫云谜社谜友中秋聚会暨惠来灯谜协会中秋赏月灯谜晚会在广东惠来县举行。全国6省市和潮汕各地60多位谜友参加。连续两晚举办谜会,轮流悬谜,击鼓报猜。

9月23—24日，西北地区谜友金秋联谊会在陕西宝鸡举行。来自陕西、甘肃、宁夏、青海的40多人和四川谜友应邀参会，进行了笔猜、抢猜比赛。

10月2—3日，首届贵州省谜友联谊会在黔西县举行。贵阳、都匀、贵定、贵州水晶、剑河、大方、黔西、综合等代表队参加，举办了与虎谋皮、灯谜展猜、灯谜抢猜等活动。

11月20—21日，闽粤港台饶平灯谜邀请赛在广东饶平县举行。广东、福建及香港、台湾、河南的特邀代表共13市4区7县230多人参加，闽粤14支代表队共42人参赛，广东顺德勒流大晚小学25名师生到会观摩。邀请赛进行了团体及个人笔猜、命题创作和与会代表轮流主台开猜等活动。本次谜会被中华灯谜学会授予"2010年度优秀谜会"。

12月9—12日，深圳第五届客家文化节重要活动之一的中国深圳·新客家风采国际谜会在深圳举办。新加坡、泰国，中国台湾、香港、北京、上海、江苏、安徽、福建、山东、河南、湖南、广东、陕西、甘肃等地及深圳灯谜学会的128位谜人参加。谜会举行了"中华灯谜王中王"精英赛，邀请海内外各种灯谜大赛中拥有"谜王"头衔的20名精英参赛，通过笔试竞猜选拔赛和电控竞猜擂台赛，安徽吴健荣获"王中王"桂冠。谜会进行了自由题材创作赛和即席命题创作赛、海内外谜友击鼓报猜式擂台联谊大会猜、市民"新客家风采"灯谜大展猜、《中国深圳·新客家风采国际谜会》图片展等活动。举行了中华灯谜发展战略研讨会、中华灯谜2010年深圳高峰论谈，印发"中华灯谜传承与发展"论文集《大鹏风采（新2期）》。谜会前，在《深圳晚报》进行了灯谜有奖竞猜。本次谜会被中华灯谜学会授予"2010年度最佳谜会"。

12月24—25日，河北省职工灯谜协会年会、保定市灯谜学会年会暨河北省首届职工虎王赛在保定市举行。张留顺获"河北虎王"称号。

12月24—26日，河南省第24届灯谜大赛暨《谜话曹操》首发式在河南安阳举行。郑州、开封、洛阳、南阳、周口、焦作、三门峡、驻马店、安阳9城市40位谜友参加。其间，进行了曹操专题灯谜创作奖、2010年河南省佳谜评析奖和优秀谜文奖评选，命名了五位"河南谜坛五老"和两位"河南谜坛新秀"。

11. 2011年

1月8—9日，第六届大潮汕（潮安）迎春谜会在潮安举行。香港、诏安、厦门、广州、深圳、佛山、顺德、潮州、汕头、揭阳、汕尾及隆都侨乡谜社、澄海红头船谜社的代表100多人参加，举办了个人笔猜、命题创作、自荐佳谜比赛，对外展猜和"潮汕文化与灯谜"专题研讨。

2月15—17日，以"枫谜天下，对决上海"为主题的第四届上海灯谜艺术节·全国谜王枫泾巅峰赛在南京路世纪广场举行，数万群众围观。巅峰赛在喧天锣鼓、龙狮妙舞的欢快气氛中开始，由前三届枫泾谜王争霸赛冠军对决全国三大谜王，浙江章镳获得"王中王"称号，甘肃王少鹏险胜安徽吴健，获得亚军。比赛同步在全球灯谜网络直播。赛前，举行了为期两周的网络猜谜比赛，全国25个省市2000多名灯谜爱好者参与，南通王栋臣荣登榜首，应邀赴现场观摩谜王巅峰赛和现场领奖。艺术节连续三天在枫泾景区的古戏台、枫溪长廊、农民画村内悬挂2000条谜语，供游客参与猜谜。

2月16—18日，"华盛杯"甘肃省第二届谜会暨第九届陕甘宁谜友联谊会在陇西县举行。兰州、天水、秦安、陇西、成县和天水卷烟厂、西北铝加工分公司的7支代表队70余人参赛。进行了命题创作、内部竞猜、笔试和电控抢猜；举行了陕甘宁谜人灯谜展猜和联谊会；成立了甘肃省谜友联谊会。

4月15—17日，成都市人民政府主办，成都市旅游局、新津县人民政府承办"花舞人间"中华灯谜新津论坛暨第三届水城新津国际灯谜邀请赛。甘肃、陕西、辽宁、广东、重庆、贵州、广西、宁夏、四川等地的10支代表队及评委、嘉宾近50人参加，进行了笔试竞赛、个人PK赛、辩论赛、创作赛、优秀论文评选和"乐在谜中"联欢会。辩论赛由参赛队对一些谜坛重大的或有争议的话题进行立论、自由辩论和结辩。五个组的辩题为：网络谜会是否优于传统谜会，网络灯谜搜索引擎是否有利于灯谜的发展，形扣从宽是否是灯谜想象力的体现应当认可，五行、四季、八卦、五色等互为借代是否应予摒弃，自行离合的谜作大量出现是否有利于灯谜的发展。此辩论赛为国内谜会首创。本次谜会被中华灯谜学会授予"2011年度最佳谜会"。

4月24—25日，汕尾市灯谜学会承办第五届汕尾中华妈祖文化节暨大潮汕灯谜会。福建石狮、厦门和广东深圳、汕头、潮州、揭阳的代表近100人参加，召开了灯谜学术交流会，举行了广场灯谜会猜。

5月13—16日，西安市灯谜学会主办西安世界园艺博览会灯谜创作大赛颁奖暨全国谜人西安联谊活动。大赛共收到520多人的参赛灯谜1.9万多条，评选出佳谜40条。参加颁奖活动的有来自18个省市区谜学会领导、主要谜刊编辑、创作大赛获奖者、部分特邀谜人及嘉宾50多人。活动内容包括颁奖仪式、灯谜创作与鉴赏座谈会、内部展猜、中华灯谜学会（西安）工作会等。

5月21日，西北地区第二届女谜手友谊赛在中国铝业西北铝加工分公司举行，西北地区各省区的11位女谜手参赛。22日，与会人员赴天水市进行灯谜联谊活动。

7月30日，第四届东北三省（沈阳）灯谜大赛在沈阳市和平会馆举行。三省谜友100多人参加，进行了笔猜、抢猜（分老年组、巾帼赛、个人赛、团体赛）比赛和自荐佳谜评选。

9月18日，"文字之都，魅力安阳"联通杯全国灯谜大赛在河南安阳市图书馆和博物馆举办。河北、山东、山西、福建、宁夏、重庆和河南郑州、开封、周口、南阳、三门峡、焦作等地的12支代表队及北京、上海、西安、沈阳等地代表共50余人参加。进行了灯谜擂台赛、千条灯谜群众大展猜、安阳灯谜成果展、全国灯谜大赛暨河南省第25届灯谜大赛笔试、殷商文化专题灯谜评选、参观筹建中的中华灯谜图书馆等活动。在殷商文化专题灯谜创作活动中，全国各地600余人参与，创作5000余则。

9月24—25日，宝鸡金秋谜会暨陕甘川灯谜邀请赛在宝鸡市举行。来自广东、江苏、河南、湖北及陕西、甘肃、四川的16个地市的谜友参加。进行了自荐佳谜奖和命题创作佳谜奖评选、内部抢猜、电控竞猜和在宝鸡市青少年宫举行对外展猜。

10月15—16日，第十届中国（浏阳）花炮节"天马花园杯"浏阳花炮灯谜系列活动在浏阳举行。长沙、株洲、衡阳、邵阳、娄底、郴州的30余名谜友参加。进行了笔猜和电控赛，表彰了灯谜创作赛佳谜奖、全国灯谜竞猜大赛"十佳射手"和全国灯谜竞猜大赛浏阳市"十佳小射手"，在浏阳河广场进行了灯谜展猜。

10月21—23日，广东省顺德区灯谜协会成立30周年纪念暨中华精英灯谜邀请赛在顺德区清晖园举行。来自全国各地的80位谜手参加了现场笔猜、即席命题创作和自由题材创作赛。

12. 2012年

1月14—15日，珠三角地区谜友迎春联谊会在广州暨南大学举行。广州、深圳、惠州、顺德、中山、东莞及湖南等地22

位谜友参加。

1月26日—2月6日，第五届上海（枫泾）灯谜艺术节在上海枫泾举行。进行了全国网络猜谜比赛、龙年元宵主题农民画创作比赛、六龙争霸猜谜大赛、古镇景区灯谜大家猜等活动。网络猜谜赛登陆上海旅游网下载答题表填写答案发送邮箱。六龙争霸赛于元宵节当天在枫泾古镇古戏台上举行，参赛队分别由12岁、24岁、36岁、48岁、60岁、72岁的属龙人士组成，各队选派1名实力最强的选手上台答题，台上的6位选手和台下的6个后援团形成互动，争夺谜王称号。36岁的沈伟峰获得第五届谜王。

2月3—5日，"龙腾虎跃闹元宵"全国职工灯谜大赛在上海市工人文化宫举行。长三角地区的合肥、南京、南通、苏州、温州、杭州、绍兴、上海8个队及北京、重庆、湖南、福建等15个省区市的70余人参加。开展了团体赛、个人精英赛、内部会猜、群众展猜等活动。长三角职工灯谜团体赛合肥队折桂。上海职工班组灯谜擂台赛第一名由古今内衣公司获得，个人精英赛薛道达夺冠，常熟谜协获谜赛"优秀展示奖"。

同期，江西省第13届灯谜锦标赛在新建县举行。省内鹰潭、九江、景德镇、金溪等7支市县队和洪江集团、南昌铁路、南昌卷烟厂等3支企业队参赛。进行了团体和个人电控抢猜、自荐佳谜、命题创作、论文评选等赛事，举行了万条灯谜对外展猜和内部会猜等活动。

2月29日，石狮市灯谜协会、蚶江侨乡谜社、灵秀谜社举办的第二届聚苑家庭谜会暨闽粤灯谜联谊赛在林竞光谜友位于石狮蚶江的聚苑别墅举行。广东汕头、饶平及福建厦门、漳州、云霄、南靖、长泰、晋江、惠安和石狮谜友100多人参加，进行了自由创作、命题创作、即席创作、笔猜赛、现场抢猜赛等活动。

4月13—15日，中国新津首届国际梨花节"花舞人间杯"

第四届新津国际灯谜节在四川新津县举行。合肥、浦东、天水、宁德、重庆文化宫、毕节、西北花儿、巾帼联谊、成都、乐山等10支代表队,台湾嘉宾及新津谜人共70人与会。进行了自荐佳谜评选、论文评选、网络谜赛、笔试竞猜、命题创作评比、个人PK竞猜、团体电控抢猜等比赛和"八面来风"灯谜大展猜、游览花舞人间和新津灯谜艺术馆等活动。本次谜会被中华灯谜学会授予"2012年度优秀谜会"。

5月19日,汕头市澄海隆都镇政府举办隆都侨乡谜社成立25周年暨《厦坛遗韵》之五赠书仪式·闽粤灯谜联谊会。福建诏安、云霄、东山和广东潮州、揭阳、汕头的谜友约160人参加。举行了福建诏安灯谜协会与隆都侨乡谜社缔结姐妹协会的签字仪式、灯谜创作、笔猜竞赛等活动。

6月22—24日,石狮第六届闽台对渡文化节两岸灯谜联猜暨大学生灯谜邀请赛在石狮市蚶江镇举办。

7月14日,庆祝东轻公司建厂60周年"东轻杯"第五届东北三省灯谜大赛在哈尔滨东轻文化宫举行,东北三省各地20支团体队80余人参赛。进行了个人笔猜、个人抢猜、团体抢猜、个人自荐佳谜等项竞赛。

7月19—21日,古卫谜擂·海西灯谜邀请赛在石狮市举行。海峡西岸经济区的浙江温州、江西抚州、赣州、广东潮州、汕头、揭阳、福建福州、厦门、泉州、漳州、莆田、龙岩、三明、南平、宁德等15个城市的谜友参加,进行了灯谜会猜、个人笔猜、命题创作、自由创作、内部联谊会猜、海西灯谜发展交流研讨、谜作评析、海西灯谜精英擂台赛等活动。

8月11—12日,"文明长治"灯谜艺术节暨"长治工会杯"全国灯谜大赛在山西长治举行。全国18个省市自治区的32支队伍,进行了个人笔猜、团体电控竞猜、论文及佳谜评选、内部会猜、群众展猜、颁奖晚会等活动。赛前收到全国各地 400 多位谜人的参赛谜作 2 万多条,论文 20 篇。

9月7—8日,河北省职工灯谜协会年会在秦皇岛市举行。进行了河北省第三届虎王赛、佳谜展猜。

9月27—29日,江西省第 14 届灯谜锦标赛在金溪县举行。省内 10 支代表队参赛。

10月19—21日,河南省第 26 届灯谜大赛在周口市举行。省内 10 市 40 余人参加。评选出 2011—2012 年河南省优秀谜论、优秀谜评、自荐佳谜、命题创作佳谜,进行了个人笔试、个人及团体电控抢猜。

11月3—4日,第 14 届中国上海国际艺术节"浦东花木杯"长三角地区灯谜邀请赛在花木社区活动中心举行。江苏、浙江、上海的 9 支团队参加,进行了灯谜内部会猜、创作交流和灯谜比赛。赛前,花木街道和有关单位举办了灯谜创作大赛,全国 31 个省市自治区和美国、新加坡、马来西亚等国 400 多位作者参与。

11月9—11日,蚶江中心小学百年庆典暨第三届蚶江侨乡谜会在福建石狮市举行。上海、重庆、河北、山西、辽宁、江苏、浙江、安徽、福建、江西、山东、河南、湖南、广东、广西、贵州、陕西、甘肃、青海等地的 20 支代表队,菲律宾、新加坡、中国香港、澳门、台湾的嘉宾和石狮谜人 179 人与会,进行了"温才杯"团体电控竞猜、"谜坛宿将"个人电控竞猜、"谜苑巾帼"个人电控竞猜、"蚶江灯谜探索"论文赛、个人笔猜、灯谜自由创作、即席命题创作佳谜评选、全国网络灯谜团体赛和群众展猜等活动。其间,举办了"蚶小杯"石狮市第八届校园灯谜艺术节,赛项多,奖面广。谜会为泉州张奕虎、莆田方炳良、绍兴章镳、泉州谢灿星颁发了"蚶江侨乡谜会三届元老纪念杯"。谜会前,在侨乡灯谜赛群举行了全国网络灯谜团体赛,22 个省市自治区的

17支网络队51人参赛。中央电视台对谜会作了报道。本次谜会被中华灯谜学会授予"2012年度优秀谜会"。

11月16日，乐山市—宝鸡市缔结"友好灯谜城"签字仪式、纪念郭沫若诞辰120周年《郭沫若文化灯谜集粹》首发式、四川（乐山）谜友联谊会在乐山举行。宝鸡、成都、宜宾、新津、乐山及周边5区县近100名谜友参加了灯谜擂台赛。会前举办的郭沫若诞辰120周年全国灯谜创作大赛，收到国内外谜人创作的专题灯谜9365条。

11月18—20日，首届漳州天宝香蕉文化节暨福建省第九届灯谜艺术节在漳州芗城区举行。新加坡、中国台湾及福建、河南、广西、广东、河北、重庆、江西、安徽的近100名谜友参加，举行了漳州灯谜艺术博物馆揭牌庆典，进行了团体电控比赛、个人笔试、灯谜自由创作和命题创作佳谜评选、优秀谜评和论文评选、海峡两岸谜艺研讨会等活动。

11月20—23日，庆祝晋江建市20周年系列文化活动和文化献礼工程之一的第三届"品牌之都"国际灯谜邀请赛在晋江市举办，同时举办晋江市第22届侨乡谜会。中国灯谜艺术之乡和新加坡、中国台湾及国内主要谜刊、网络的15支代表队，晋江市各镇、街道的16支代表队参赛，共160人与会。进行了个人笔猜、电控竞猜、团体电控竞猜等项比赛和灯谜展猜、论文交流等活动。本次谜会比赛场次多、快节奏、高效率、文明和谐，被中华灯谜学会授予"2012年度优秀谜会"。

12月15日，第七届湖南谜友联谊赛在长沙举行，郴州、娄底、株洲和长沙的26位谜友参加，进行了笔试选拔和电控决赛。

13. 2013年

2月22日，华人灯谜艺术研究会和枫泾旅游区承办的第六届上海枫泾灯谜艺术节暨江浙沪旅游界灯谜争霸赛在枫泾古戏台举行，旅游公司通过官方微博进行直播。来自上航假期、上海金神、江苏泰和（杭州大众）、江苏南京德高、杭州立喜和浙江外海星空6家旅行社的团队角逐。枫泾古镇的枫溪长廊和古戏台悬挂千余条灯谜供游客竞猜。

5月30日，沈阳市皇姑区灯谜学会成立暨首届辽沈灯谜会在皇姑区文化馆举行，沈阳、抚顺、营口、盖州等地30余位谜友参加，进行了笔猜、抢猜等赛事。

6月9—12日，中华灯谜学会、中共常熟市委宣传部等主办，常熟市董浜镇人民政府等承办第五届江南文化节·第二届董浜徐市灯谜大世界活动，中华灯谜学会近20名常委出席，来自全国各地的谜友和长三角地区6支代表队共80多人参加，进行了"绿色董浜·田园风情"长三角地区灯谜团体邀请赛、"江南遐想·水乡情怀"个人精英赛、第二届常熟市中学生灯谜邀请赛、现场命题灯谜创作赛、"绿色灯谜"高层论坛、谜友内部交流展猜、各地特色谜笺评选等活动，参观了董浜灯谜艺术馆、智林谜社所在地董浜中学。竞赛中的团体赛一等奖由南通队获得，个人精英赛冠亚季军由郭少敏、段夏青、王楷波获得。谜会期间，中华灯谜学会召开了常委临时会议。本次谜会被中华灯谜学会授予"2013年度最佳谜会"。

6月11—14日，石狮市举办第五届中华灯谜艺术节。新加坡、中国台湾、香港、上海、河北、辽宁、江苏、安徽、浙江、福建、湖南、湖北、广东、广西、四川、陕西的118名谜友和来自国家级、省级、地市级灯谜非遗项目所在地的10支代表队及海内外10支女子代表队参赛。举行了即席命题创作赛、自由创作赛、个人笔猜赛、个人精英赛、团体电控竞猜赛、两岸灯谜联猜、第四届中华巾帼灯谜精英赛、谜作评析赛和内部交流会猜、校园灯谜文化研讨会、海内外谜友联谊等活动。

8月3日,第六届东北三省灯谜大赛在长春市一汽技术中心举行。东北三省的沈飞队、沈阳皇姑区文化馆队、吉林联队、黑龙江大庆队等60人参赛,进行了自荐佳谜评选、笔答、个人及团体抢答等项比赛。

8月17—18日,河北省职工灯谜协会2013年会暨河北省第三届职工灯谜虎王赛在邯郸市举行。保定、石家庄、秦皇岛、张家口、唐山、邢台和邯郸等地的省职工谜协理事会成员和谜友近30人参加。年会和虎王赛后,进行了灯谜创作评选、内部联谊展猜和公园灯谜展猜。

8月23—25日,第三届中华古都灯谜艺术节暨河南省第27届谜会在郑州华信学院举行。南京、洛阳、西安、北京、杭州、开封、安阳、郑州等八大古都谜友和周口、南阳、项城、信阳、漯河、驻马店、三门峡、新乡的8支代表队共60多人参加,进行了笔赛、团体电控擂台赛和内部展猜等活动。

9月7日,东北三省四市"庆全运"盛京谜会在沈阳市文化宫举行。长春、哈尔滨、沈阳、本溪的6支代表队参赛,进行了笔猜和团体抢猜。抚顺、营口及沈阳的许多灯谜爱好者到比赛现场观摩。赛后,各队摆擂向群众展猜。

9月18日,"邕宁杯"广西第二届八桂谜王赛在南宁市邕宁区总工会会议室举行。广西9市63名谜手参赛,进行了笔猜、与虎谋皮和电控抢猜等赛事。

9月20—21日,首届"活力非遗"闽粤灯谜论坛在汕头澄海区文化馆举行,福建漳州、石狮、晋江、广东深圳、潮州、汕头等地灯谜组织及谜人参加,进行了"活力非遗"学术研讨与经验交流会、现场击鼓会猜、商讨建立灯谜传承合作组织事宜、参观博今潮汕民俗博物馆等活动。会前,举办了活力非遗闽粤灯谜论坛"红船杯"网络谜艺联谊赛和闽粤四地网络谜艺联谊群猜活动。

11月9—10日，中国吴江莺湖文化旅游节·首届"平望杯"中华灯谜邀请赛在苏州市吴江区平望镇新世纪文化广场举行。上海、苏州、南通、常熟、绍兴、平望的6支代表队和江苏、浙江、福建、广东、湖南、陕西、重庆、辽宁、安徽等地及美国的60余人参加。进行了个人谜王赛预赛（笔试）、决赛、团体精英赛和以吴江、平望名胜古迹、特产、历史人物为谜材的专题灯谜创作赛、谜艺交流会、谜事展览等活动。本次谜会被中华灯谜学会授予"2013年度优秀谜会"。

12月15日，首届"杜鹃杯"长沙灯谜艺术节湖南谜人邀请赛在岳麓区文化馆举行。1. 举办首届"杜鹃杯"驻长沙高校灯谜邀请赛。湖南大学、湖南师范大学、湖南师范大学树达学院、中南林业科技大学、湖南第一师范学院、长沙医学院、湖南工业职院、湖南生物机电职院等12支高校社团代表队共36名选手参赛。2. 举办湖南谜人邀请赛暨第8届湖南谜友联谊赛。长沙、株洲、郴州、怀化、张家界、衡阳、娄底、邵阳、永州等地的40多位谜友参赛。本次谜会被中华灯谜学会授予"2013年度优秀谜会"。

14. 2014年

2月5—6日，黑龙江省谜友聚会暨"跃马争春"全省灯谜大赛在哈尔滨中国飞龙通用航空有限公司举办。大庆、绥化、佳木斯、哈尔滨、东轻、哈飞的谜友参加，进行了笔猜、电控抢答竞赛和谜笺展示展猜活动。

2月10—15日，第七届上海枫泾灯谜艺术节暨江浙沪旅游媒体灯谜争霸赛在枫泾古戏台举行。上海、江苏、浙江的旅游媒体单位派出的代表参加灯谜争霸赛，江苏《华东旅游报》的张颖获一等奖。其间，在金圃宅第、三百园、人民公社旧址、中国农民画村、古戏台、生产街长廊内悬挂上千谜条，供游客竞猜。

3月29—30日，中国重庆走马"百马踏春灯谜节"暨云贵川皖渝五虎将灯谜（谜语故事）邀请赛在重庆市走马古镇举行，进行了电控抢猜灯谜比赛、谜语故事创作赛、新谜语故事采风创作等活动。参加比赛的5名选手是昆明王世全、大方梁永祥、成都郭泉、合肥骆岩、重庆唐依明。骆岩获金虎奖。赛毕，选手们前往世界文化遗产大足石刻进行石刻专题创作活动。这次邀请赛是第一次将谜语故事列为内容的专题比赛，是参加人数最少的袖珍省际灯谜比赛。

5月16—18日，"国际博物馆日"石狮首届中华灯谜精英邀请赛在石狮市博物馆举办。全国50多名谜人参加，进行了个人争霸赛、谜作评析、专题创作、自由创作、石狮市青少年灯谜汇报赛，举行了"活力非遗"闽粤灯谜论坛、名家谜作展猜、灯谜联谊会猜、石狮市灯谜协会和国粹谜社缔结友好社团签字仪式等活动。其间，石狮灯谜文化艺术馆开馆，展出石狮灯谜历史、传承发展过程及取得的成绩。

6月28日，河南省第28届灯谜大赛暨南召灯谜艺术节40周年联谊会在南召县举办。郑州、洛阳、安阳、开封、周口、三门峡、驻马店、南阳及华信学院的9个代表队、新乡等市代表、南召县各乡镇文化中心主任及灯谜骨干、文化系统人员等100余人参会。进行了个人笔试竞猜、团体电控竞猜、自荐佳谜和南召专题灯谜创作赛，观看《南召灯谜40年》专题片，座谈交流谜艺和讨论河南灯谜发展规划。河南省民协灯谜学委员会授予南召县"河南省灯谜艺术之乡"。

8月1—2日，"极正万象·榕轩杯"第七届东北三省（沈阳）灯谜大赛在沈阳市和平会馆举行。东北三省17支灯谜队伍及北京、江苏等地的谜友共150余人参会。比赛设自荐佳谜评选、笔猜、新人赛、巾帼赛、老年赛、个人常规赛和团体赛等七个项目。和平区灯谜学会队获团体赛冠军，李彩霞获巾帼组第一名，杨承志获老年组第一名，李庆兰获新人组第一名，杨建华获笔猜和个人抢猜第一名。本次谜会是东北地区规模最大的竞技型谜赛，被中华灯谜学会授予"2014年度优秀谜会"。

8月18日至9月7日，"清正廉明·惠爱于民"厦门同安苏颂文化节在苏颂故居洪塘镇苏厝村举行。其间，灯谜唱主角。1.从4月份开始向海内外征集以苏颂事迹为主要内容谜作，收到237人创作的6000多则灯谜。2.在新浪网进行有奖征射。3.组织电控抢答赛，来自广东普宁、澄海、汕头、福建龙岩、龙海、厦门、泉州、石狮的代表队参加。其间，台湾灯谜代表团莅临同安进行了交流联谊活动。

8月29日至9月1日，"姑苏杯"廉洁·法治全国灯谜大赛在苏州市举行。大赛以"谜载清风，法播四方"为主题，于5月10日启动，先后举办市民灯谜竞猜、机关灯谜竞猜、苏州市组别比赛、以及"廉洁法治灯谜进社区进机关"等系列活动，同时通过网上报名选拔出来自全国各地的17个代表队17名个人选手，特邀嘉宾及东道主苏州的两支代表队共79人参加决赛。本次谜会被中华灯谜学会授予"2014年度优秀谜会"。

9月18—22日，"中华灯谜群英会"在丹东市举办。中华灯谜学会的部分领导和10多省市区的20多位谜人出席。丹东市灯谜学会会长刘忠和总结介绍丹东灯谜活动取得的成就。会议高度评价关德安对繁荣灯谜作出的突出贡献。会议举行了内部会猜等活动。

9月20—21日，"中国梦·桂林梦·我的梦"2014年八桂职工灯谜邀请赛在桂林市工人文化宫举行。南宁、柳州、梧州、崇左、来宾、百色等地谜友40多人和桂林谜友20多人参加，进行了个人笔试、谋皮、个人电控抢猜、团体电控抢猜等比赛。

11月15—17日，第二届"平望杯"中华灯谜邀请赛在江苏吴江平望镇举行，美国、新加坡、中国北京、上海、重庆、江苏、福建、广东、陕西、安徽、云南、台湾等地共80多位嘉宾参加，进行了吴江、平望专题灯谜创作赛、中华灯谜名城名家作品大展猜、个人谜王赛以及团体冠军赛等活动。

11月22—23日，"盼盼杯"国际灯谜精英邀请赛暨晋江市第24届侨乡谜会在安海镇举行。新加坡与中国香港、台湾、广东、安徽、湖南、浙江、福建等地谜人20名、灯谜教学先进校教师22名、晋江各镇（街道）16支代表队，共200多人参加。赛事采取国际赛、市赛合二为一，分场竞技评选的办法。赛前，各嘉宾和晋江市各代表队、教师选手已完成了命题创作、自荐佳谜及评析创作。大赛期间，进行书面竞猜、电控竞猜、对外展猜三项比赛，在上悦城广场举办第16届"鸿江之春"全国灯谜名家作品展猜、宣传贯彻新《安全生产法》灯谜展猜和内部交流猜射活动。本次谜会被中华灯谜学会授予"2014年度最佳谜会"。

12月27—29日，"中国梦·文化潮安—全国灯谜邀请赛"在潮州市潮安区举行。广东深圳、汕头、揭阳、红头船，福建漳州、晋江、石狮，江苏苏州和网络的长安文虎队、风云谜社队共10支代表队参赛。进行了个人笔猜、命题创作及团体电控抢猜。其间，搭建两个灯谜台举办现场谜会，采用潮州传统击鼓传猜形式进行。

15. 2015年

1月10日，广西谜协2014年会在位于南宁的广西电力职业技术学院举行。广西各地谜友50多人与会，举行了灯谜笔试和抢猜活动。会前，梧州、来宾、百色谜友举行了谜展。

1月31日，"铁人杯"黑龙江谜友迎春谜会在大庆市铁人中学举行。活动由束洪波、矫建军、王振达、邵才四位大庆谜友筹划举办。哈尔滨、齐齐哈尔、绥化、肇东、大庆等黑龙江周边地区的20多位谜友和大庆铁人中学的学生灯谜爱好者参加。谜会进行了笔猜赛、成人组和学生组电控赛，还模拟央视谜语大赛的比赛规则，进行学生组的团体赛，为即将参加央视中国谜语大赛的哈尔滨第三中学队员进行赛前演练。

3月7—10日，江西省第15届灯谜锦标赛暨新建县元宵灯谜有奖大展猜在新建县举行。金溪、九江、鹰潭、赣州、景德镇、南昌铁路局、南昌卷烟厂、洪都集团、南昌市工人文化宫的9支代表队和个人代表及嘉宾共60多人参加，举行了个人命题创作、个人笔试竞猜和团队电控竞猜。在心怡广场进行了灯谜大展猜。

3月28—29日，中华灯谜学会、苏州市民间文艺家协会、苏州相城区文联主办的"谜说相城"长三角谜友联谊会在相城区市民活动中心举行。南京、常熟、杭州、上海的50多位谜友参加。活动内容包括会前网络征谜和会间联谊竞猜。

5月2—3日，红五月首届海峡两岸（闽台职工）灯谜联谊赛在惠安县崇武镇西华村举行。台北、台中、晋江、石狮、安溪、德化、永春、惠安等地的12支代表队70余名选手参加。进行了个人必猜、崇武人文专题谜创作赛、惠安谜人谜作评析赛、团体灯谜电控赛。举行了内部展猜，各队每人创作两条谜语，自备家乡特色产品作为奖品，互相竞猜；在崇武文化广场举办群众竞猜。其间，进行了两岸谜艺交流研讨、专题书画展览、新联征对活动。谜赛完毕时，赞助单位厦门康纳威汽车部件有限公司为谜赛各种奖项大满贯获得者陈剑毅增设特别奖，为一台精美的厦门金龙大客车的车模。

第四章 进入 21 世纪后的灯谜（2001 年至 2019 年）

5月16日，张家港市联谜协会组织江浙沪谜友雅集。上海、杭州、苏州、南通、太仓、常熟、吴江、常州、无锡等地的30余位谜友聚会张家港香山风景区，假座南沙社区居委会会议室，互动猜谜雅集。各地谜友以当地特产作谜彩，轮流主擂猜射。

5月23日，皇姑区灯谜协会成立两周年暨第三届辽沈谜会在沈阳皇姑区图书馆举行。谜会设笔猜、团体抢猜、女子组抢猜和个人抢猜。团体赛有6个队参加，其中两个队来自二十中学的学生。

6月13—14日，"活力非遗"闽粤四地灯谜联谊赛在漳州举行。台湾、陕西、浙江和广东澄海、福建石狮、漳州、晋江的40多位谜友参加，进行了网络笔试、现场电控比赛和谜艺交流活动。

6月20—21日，"弘扬国粹，助力申奥"海内外灯谜创作大赛暨张家口全国灯谜精英邀请赛在张家口市桥东区举行。这是一次助力北京联合张家口申办2022年冬奥会的主题文化活动。创作大赛在4—5月进行，共收到海内外300多位谜人的近两万条专题作品。参加邀请赛的有来自北京、河北、陕西、山西、辽宁、河南、安徽、福建、四川等地的50余名谜人。活动在桥东区百盛广场举行开幕式，以申奥为主题的大型灯谜群众展猜和支持申冬奥的签名活动拉开序幕，随后展开灯谜竞猜、竞制比赛。

7月26日，宝鸡市灯谜学会组织的"宝鸡西安秦安陇西成县抗战灯谜展猜联谊会"在金台区西府天地一农家乐里举行，来自两省五地县的50多名谜友参加。

8月8—9日，"新华书店·万龙杯"第八届东北三省（绥化）灯谜大赛在绥化市委党校举行。沈阳、本溪、鞍山、营口、长春、松原、白城、四平、哈尔滨、大庆、齐齐哈尔、佳木斯及绥化等地的100余位谜友参加。经过各类比赛，评出佳谜奖、征文奖、笔答奖、女子抢答奖、老年抢答奖、个人抢答奖、团体抢答奖、组织奖、单位奖等奖项。

8月14—16日，"薛凤昌杯"大运河流域灯谜名城邀请赛在苏州市吴江区举行。邀请赛以纪念抗战胜利70周年为主题。北京、杭州、湖州、邯郸、安阳、郑州、吴江、沧州、淮北、镇江、无锡、开封的12支大运河城市代表队100多名谜手与会。淮北队获团体赛第一名，揭阳王楷波获个人第一名。活动期间共收到围绕薛凤昌生平、《邃汉斋谜话》研究、吴江灯谜史、南社社员谜人研究、抗日战争灯谜专题的论文23篇，征集到来自全国的原创抗战题材谜作2000多条。来自杭州的黄全来赢得论文一等奖。其间，还举行了纪念抗战胜利70周年灯谜展猜、《吴江灯会灯谜史事琐谈》讲座，展出了29米长集萃105条灯谜的书法册页《吴江灯谜史集粹》。本次谜会受到众多媒体关注，新华社、人民网、中国网、光明日报、中国新闻社、搜狐、新浪、腾讯、和讯、江苏省电视台等20余家媒体作了报道，《人民日报》海外版美洲刊网进行图文直播。

8月28日至9月8日，全国百城开展纪念中国人民抗日战争暨世界反法西斯战争胜利70周年灯谜展猜活动。展猜活动组委会办公室设在南京嘉泰文化艺术交流有限公司（南京嘉泰谜社）。这次活动在举办中华抗战灯谜史料征集和灯谜创作大赛（收到334位灯谜爱好者创作的抗战灯谜11662则）的基础上，先后有北京、上海、天津、重庆、南京、苏州、长沙、杭州、合肥、长春、沈阳、南昌、张家港、无锡、秦皇岛、本溪等106个城市和单位在各地广场、企业、院校、乡镇、街道、部队、文化宫（馆）进行了抗战灯谜展猜。

10月6日，河南省第29届谜会暨郑州市文体协会灯谜分会成立30周年纪念谜会在郑州市雕塑公园举行。安阳、开封、洛阳、周口、南阳、新乡、焦作、郑州、驻马店、三门峡、郑州工业学院、郑州高校等 12 个代表队参加。进行了笔赛、电控擂台抢答团体赛、个人赛和大型灯谜展猜活动。

10 月 6 日，辽宁灯谜联谊会在本溪市图书馆举行，沈阳、抚顺、营口等地的谜友和本溪灯谜爱好者近百人参与，进行了笔猜、对外展猜及内部展猜活动。

10 月 31 日至 11 月 2 日，第三届"平望杯"中华灯谜邀请赛在苏州平望举行。全国各地以及乌克兰、柬埔寨、新加坡、意大利、美国等国家和台湾地区的 16 支谜队 108 名谜手参加，其中"80 后""90 后""00 后"的参赛选手达到 30%。赛事主要为平望谜人作品赏析赛，平望专题灯谜创作赛，中华灯谜名城名家作品展猜，个人争霸赛以及团体冠军赛。谜赛首次引进非华人代表队，由同济大学三名留学生组成的"同济漂洋队"格外引人注目，队员是柬埔寨的陈光利、意大利的弗朗西斯（Francesca）、乌克兰的安娜（Anna Denysenko）。

10 月 31 日至 11 月 1 日，湖南省安委办、省安监局指导，省民间文艺家协会、长沙市文联、第 12 届花炮文化节指导中心联合主办的"安全生产杯"第三届湖南灯谜节，在浏阳市大瑶镇举行。灯谜节围绕"安全生产，你我同行"主题，举行了安全知识灯谜联欢会、全国灯谜创作大赛、全省灯谜擂台赛、全省安全生产知识灯谜展猜、全省大中学生猜谜大赛等五项主题活动。灯谜擂台赛有全省各地的 12 支代表队参加。灯谜展猜于国庆期间在长沙、株洲、湘潭、衡阳、岳阳、常德、邵阳、娄底、永州、吉首、醴陵、耒阳、浏阳等 13 个城市举行，各展出 500 条安全知识灯谜，以安全宣传扑克为奖品。

11 月 19—23 日，"世昊杯"石狮第六届中华灯谜艺术节暨第二届国际华人灯谜邀请赛在石狮举行，新加坡、菲律宾、马来西亚和我国港澳台地区与北京、上海、陕西、辽宁、安徽、广西等地200多名谜手参加,共进行了近20项赛事。国际华人灯谜团体精英赛冠军由合肥市获得;国际华人灯谜笔猜赛海外团体冠军由新加坡代表队获得、大陆团体冠军由深圳市获得;中华巾帼灯谜团体精英赛冠军由福建队获得;中华灯谜团体电控竞猜赛冠军由合肥市获得;大学生灯谜团体电控竞猜赛一等奖由福建农林大学获得;国际中学生灯谜团体电控竞猜赛一等奖由马来西亚中国联队、汕头市广厦私立学校获得;"冒险王"中华灯谜挑战赛冒险王中王由汕头市龙湖区麦铎雄、方树君、邱壮炮获得;海内外常青组双人灯谜联谊赛一等奖由新加坡陈秀云与福建永安蔡芳组合、台中谢荣贵与惠安张奕虎组合获得;中华灯谜个人精英赛冠军由王楷波获得;中华巾帼灯谜个人精英赛冠军由贺阳获得;国际华人灯谜笔猜赛海外个人一等奖由陈秀云、颜允金获得,大陆个人一等奖由邱壮炮、王楷波获得;其他赛事和奖项还有大学生个人笔猜精英赛"射虎能手奖"、中学生个人笔猜精英赛"射虎能手奖"、灯谜命题创作佳谜奖、吴文化专题灯谜创佳谜奖、灯谜自由创作佳谜奖、灯谜即席命题创作赛佳谜奖、灯谜评析优秀奖。艺术节还进行了内部联谊会猜、大型群众灯谜展猜等活动。

12月26日,广西灯谜学会年会暨八桂灯谜邀请赛在广西电力职业技术学院举行,约60名广西各地谜人参加。

16. 2016年

1月9日,揭阳市灯谜协会举办的2016大潮汕(揭阳榕城)迎春谜会在榕城区举行,揭阳、汕头、潮州的100多名灯谜爱好者欢聚一堂,研讨谜艺,进行灯谜互猜活动。

2月2日,中国萧军研究会、中国社区民间文化交流中心、北京文化艺术中心、西城区广内街道办事处联合主办的中国灯谜

第四章 进入21世纪后的灯谜（2001年至2019年）

高层论坛在北京西城区军队离退休干部活动中心举行，全国各地60余谜人参会。进行了论文交流、颁奖活动和内部会猜。

2月21—22日，"华盛杯"首届西北地区擂台赛暨西北谜人灯谜展猜由陇西县古莱坞旅游文化公司主办，陇西县灯谜学会承办，西北地区谜友联谊会、宁夏、甘肃、西安、银川、宝鸡、西宁、兰州、天水、秦安、天水卷烟厂、中铝西北铝加工厂、长安文虎社、新疆天山谜社等谜会谜社协办。擂台赛采用射手抢答、专家点评的形式进行。会议授牌陇西古莱坞"西北地区灯谜创作基地"，给柴彦章颁发"繁荣西北地区灯谜艺术突出贡献奖"奖牌。会前和会期连续五晚在古莱坞举办灯谜展猜。

3月26日，珠三角灯谜传统文化（顺德）研讨会暨群众灯谜展猜活动在顺德大良清晖园举行，邀请了广州、深圳、佛山、中山、禅城、南海等地谜协代表参加谜师讲堂和群众展猜活动。

5月20—21日，"乐山邮政杯"四川省首届灯谜联赛在中国邮政集团乐山分公司举行。新津一队、攀枝花花都队、犍为一队、乐山邮政队、内江大千队、宜宾队、五通谜桥队、新津教师队等16支队伍近100名谜友参赛，进行了个人自由创作佳谜评选、个人笔试竞猜、团体电控抢猜争冠赛。

6月18日，庆祝皇姑区灯谜学会成立三周年暨第四届辽沈谜会在沈阳皇姑区图书馆举行。沈阳、鞍山、抚顺、营口、阜新等地的8支团体队30余名谜友参加，进行了笔答和团体抢猜。

7月1—3日，西安市灯谜学会承办首届西北谜会。西北谜会由长安文虎社社长苏剑倡议，西北地区谜友联谊会牵头，西北地区各省区灯谜社团或个人轮流一年一度主办。谜会为零门槛，打破邀请制，自愿报名，凡西北地区谜友均可参加。费用实行AA制，参会者的旅费和住宿费自理，主办方负责会务和用餐费用。首届西北谜会有70余名谜友参加，进行了笔猜、男女个人电控赛、老年个人电控赛和团体电控赛，以及自荐佳谜评奖等活动。宝鸡二队、西安队、天水一队获团体前三名，罗红柳、杨斌、许妮获笔猜前三名。

7月30—31日，第九届东北三省灯谜大赛在长春一汽技术中心举行，70余位谜友参会，进行了笔猜、个人抢猜决赛、团体赛、佳谜评选等活动。

8月20—22日，"名城姑苏"全国法治谜语邀请赛在苏州市举行。比赛设城市团体赛、全国谜人精英赛、全国中学生谜语精英赛三个组别，来自全国22个地区的8支城市代表队、8支中学生代表队各32名队员和16名全国知名谜人参加。赛前，组委会组织到市各地各司法机关进行采访，拍摄完成了《苏谜载道，法播四方》的法治谜语宣传片。大赛期间举行了苏州法治谜语展览；召开了全国校园灯谜研讨会；平江中学还承办了以"关注宪法，健康快乐"为主题的平江杯苏州市第二届灯谜艺术节。谜会还穿插汪寿林谜语作品竞猜。

8月21日，中华灯谜学会主办，吴江区民间文艺家协会、吴江区职工灯谜协会承办的纪念薛凤昌诞辰140周年地方谜史研讨会在吴江举行，来自9省16市的谜人与会。

9月16—17日，晋江市第26届侨乡谜会在灵源街道灵水中心小学举行。参会的有全省各地谜友近50人及全市17个镇（街道）的代表队共130多名谜手，活动分会前和会中两个阶段进行。会前比赛有自荐灯谜、命题创作、晋江谜人灯谜作品评析；会中活动有个人笔猜、个人电控竞猜、团体电控竞猜、对外展猜等。其间还举行了"活力非遗"闽粤四地灯谜论坛暨联谊精英赛和福建省民协灯谜学术委员会成立仪式。

9月23—24日，"职工龙卡杯"江西省第16届灯谜锦标赛在九江花旗酒店举行。南昌市工人文化宫、赣州市、南昌卷烟厂、鹰潭市、南昌铁路局、景德镇市、中航洪都公司、金溪县、江西省医药公司共9支代表队60余人参加。

9月23—25日,两岸三地中华灯谜书刊研讨会暨河南省第30届职工灯谜大赛在安阳市工人文化宫举办,70余人参加。研讨会的主题是"跨世纪灯谜期刊的谜史定位"。

11月12—14日,中华灯谜学会和苏州吴江平望镇政府主办第四届"平望杯"中华灯谜邀请赛,全国各地及美国的近百名灯谜爱好者参加,进行了校园灯谜精英赛、团体冠军赛、个人争霸赛。其间,举行了江苏省非遗项目"平望灯谜"授牌仪式及"平望灯谜馆"揭牌仪式。

11月26日,"福鼎白茶杯"宁德市第四届灯谜邀请赛在福鼎市白茶街举行,宁德各县市区10支代表队50多位选手参赛。

12月24日,2016年度河北省职工灯谜协会年会、京津冀谜友联谊会、保定莲池区创建文明城区灯谜大会在育德中学举行,石家庄、张家口、唐山、邢台、承德、保定以及北京的谜友60余人出席。会后进行了"虎王赛"。

17. 2017年

1月13—14日,汕头市澄海区文广新局主办的2017中国谜乡澄海"文明之春"灯谜文化节在澄海区文化馆举行。江浙闽粤皖等省市和潮汕各地谜友80多人参加,进行了中华谜学"海丝谜路"学术研讨、"活力非遗"谜艺交流、"书香澄海"谜书展示、"海风谜韵"传统谜会、"学苑谜花"学生谜赛、"美味澄海"谜作大赛、"侨乡风光"旅游观光等活动。其间举行的澄海区第二届校园灯谜艺术节,119所中小学300多名学生参赛。

2月9日上午10时,宝鸡市纪委、宝鸡市监察委主办,宝鸡市灯谜学会协办的"廉政灯谜大家猜"活动第1场展猜在金台区市民中心伴随着歌舞拉开序幕。第二天《人民日报》就作了图文报道。至正月十五晚,共举办8场展猜。此次活动建立了60多人的灯谜宣传群,信息通过各自群圈转发,参与闹元宵猜灯谜活动的人员爆满。

3月11日,中国张家港"香山梅花节"长三角城市灯谜团体邀请赛在张家港市金港镇举行,12个城市的代表队参加,进行了猜谜互动和竞赛活动。

4月21—23日,"长天药业杯"保定莲池区创建文明城区灯谜大会在保定17中举办,北京、重庆、河南、河北、山西、甘肃、江苏、浙江、福建、安徽、广西、辽宁、湖南的13支队伍参加,进行了团体、个人多项竞赛,参观了保定灯谜艺术馆,在古莲花池举办了社会展猜。

5月29—31日,石狮市第11届闽台对渡文化节活动之一的"海丝杯"全国灯谜邀请赛在蚶江举行,台湾及广州、江门、宁波、漳州、莆田、泉州、晋江、惠安等城市组队参加,进行了"海丝灯谜"文化研讨会、中华灯谜联谊会猜、两岸灯谜联猜、个人灯谜精英赛、灯谜自由创作赛、灯谜评析赛、观摩石狮市第19届(蚶江)侨乡谜会等活动。

7月29—30日,新疆天山谜社承办的第二届西北谜会(新疆)在乌鲁木齐举办,西北五省(区)的50多位谜友参会。

8月6日,第十届东北三省灯谜大赛在沈阳世贸商都五里河茶城(和平区)举办,东北三省的谜手和北京、上海、江苏等地前来观摩者共120多人参会。

8月11至12日,第二届张家口灯谜艺术节暨"中国云岭杯"京津冀灯谜精英邀请赛在张家口举办。三地50余名谜手参加了主题灯谜笔猜和电控抢猜比赛,创作赛收到海内外400多位谜人的近14000条专题谜作。

8月26—27日，合肥市总工会、中华灯谜学会等主办的"合肥工会杯"长三角地区职工灯谜大赛在合肥市举办，20个城市代表队的100多名代表参赛。其间，还进行了20城市灯谜大展猜、合肥市2017年庐州职工谜赛，及线上线下灯谜有奖展猜。

9月22—24日，"2017中国（常熟）江南文化节—第三届董浜·徐市灯谜大世界"活动在董浜镇举行，广东、福建、浙江等地近80位谜手参加，进行了湿地文化（含董浜乡情十二品）专题创作赛、常熟谜人谜作奖评选、"泥仓溇杯"灯谜与湿地文化高层论坛，个人精英邀请赛等活动。

9月24日至10月24日，全国十城市文化宫（沈阳市文化宫、合肥市工人文化宫、天津市第二工人文化宫、哈尔滨市工人文化宫、南通市劳动人民文化宫、长治市工人文化宫、大连市铁路文化宫、宜宾市工人文化宫、九江市工人文化宫、温州市工人文化宫）举办以"庆祝国庆节，欢度中秋节，喜迎十九大"为主题的灯谜联展竞猜活动。

10月2日，"文笔峰杯"庆国庆、喜迎十九大福建谜友灯谜联谊赛暨惠安灯谜圈2017国庆灯谜大会在惠安县涂寨镇综合文化中心举行，福建、台湾、广东的70多名谜友参会，进行了群众广场展猜、谜艺交流会、个人纸上竞猜和电控竞猜、"文笔峰"主题灯谜创作赛、自荐佳谜评选等活动。

10月2—3日，"繁荣中华文化·助推濠江发展"首届中华灯谜（濠江）艺术节在汕头市濠江区达濠古城举办，福建、江苏、安徽、广东等地区的32个社区团体代表和嘉宾参加，进行了研讨会、命题创作赛、灯谜精英赛、灯谜大联猜。

10月13—15日，第五届"平望杯"中华灯谜邀请赛在平望莺脰湖生态园举行。开赛仪式中举行了江苏省非遗项目平望灯谜传承仪式。上海、江苏、浙江、安徽、福建、广东、湖南等省市

12支代表队和北京、青海、河北等省市的选手及美国、乌克兰、孟加拉国的嘉宾共100余人参加。谜赛设个人精英赛、团体争霸赛、征文征谜、平望谜人作品评析、自由谜材创作等多项。其间，还举行了"平望杯"苏州市小学生灯谜邀请赛，苏州市10所小学的灯谜代表队参加。

10月28—29日，贵州省灯谜联谊会（贵阳）年会在贵州林中月酒店举行。贵阳、都匀、大方、黔西、织金、桐梓等谜协、娄山谜社及贵州省各市县的谜友参会。

11月23—26日，"美江杯"全国职工灯谜邀请赛在石狮市举办，台港澳及北京、上海、河北、黑龙江、江苏、浙江、河南、湖南、广东、山东、湖北、四川、广西、福建等18个省市自治区的代表队和个人近100人参加。召开了全国职工灯谜文化交流研讨会，举行了"不忘初心牢记使命"学习宣传贯彻党的十九大精神灯谜展猜活动和灯谜联谊会猜，进行了个人笔猜赛和即席命题创作赛、女子团体电控竞猜赛暨石狮第三届中华巾帼灯谜团体赛、"勇者无畏"冒险王灯谜闯关赛、男女组个人电控竞猜赛和团体电控竞猜赛、全国职工灯谜团体电控竞猜赛。会前，举行了灯谜自由创作赛、灯谜命题创作赛、《石狮文明灯谜》评析赛、灯谜论文赛等活动。

12月9—10日，河南省第31届灯谜大赛在郑州工业应用技术学院举办，郑州、开封、洛阳、安阳、新乡、周口、南阳、三门峡、焦作、驻马店、许昌等10多个地市的谜友参会。

12月23日，杭州灯谜传承发展研讨会暨"武林杯"首届浙江谜友联谊交流会在杭州市工人文化宫举行。合肥、苏州、杭州、宁波、温州、湖州、绍兴、舟山、丽水、台州等城市灯谜社团及谜友80余人参加，进行了杭州灯谜传承发展研讨、浙江谜友个人笔猜、电控团体竞猜、灯谜联展对外竞猜及谜友内部竞猜。

18. 2018年

1月12—14日，中华灯谜学会和诏安县人民政府联办诏安首届"咏梅杯"全国灯谜大会。北京、上海、杭州、苏州、沈阳、合肥、金溪、深圳、汕头、福州、石狮、漳州等12支代表队和全国各地150多位谜友参加，进行了灯谜笔猜、现场命题创作赛、灯谜论文研讨、梅乡赏梅花猜"梅"谜、电控个人及团体抢猜及对外群众展猜等活动。诏安特色谜材及以"梅"相关谜材的灯谜创作、论文征集，共收到16篇论文和500多位谜友的1万多条谜作。

1月26日，在金溪县锦绣小学报告厅举行十九大知识全国灯谜竞猜决赛暨颁奖典礼。江西金溪县于2017年底启动"讴歌新时代，传播新思想"十九大知识灯谜竞猜活动，通过微信竞猜决出前48名进入复赛，又通过网络试卷竞猜，决出前12名进入决赛。

2月27日至3月2日，第14届杭州市暨第12届长三角地区职工元宵灯谜会在杭州市工人文化宫举办，进行了线上有奖竞猜、现场有奖竞猜、职工欢乐游园等活动。

3月2—4日，中华灯谜学会、合肥市总工会、庐阳区人民政府主办的"首届中华元宵灯谜节"在合肥市庐阳区举行。活动现场有人民广场开展的"万条灯谜大展猜"和民俗文艺表演，有来自北京、西安、台湾和新加坡等地的50名海内外谜人身着传统汉服，在人民广场、鼓楼广场、百盛广场主持击鼓猜谜活动，再现南宋时期"司鼓引猜"的独特猜射方式，复原古代观灯猜谜的热闹场景。还有在分会场庐阳区五一小学、南门小学上城国际分校的校园进行的室内猜射、室外挂猜、击鼓竞猜等活动。

3月10—11日，中华灯谜学会、张家港保税区（金港镇）等主办的2018中国·张家港第三届香山梅花节国际灯谜大赛在保税区举办，16支海内外灯谜代表队及嘉宾参加，在香山景区举行了现场群众灯谜展猜活动,在金港中心小学举行了国际灯谜大赛团体比赛和校园灯谜研讨会。

4月20—21日,贵州广西谜友联谊会在广西钦州市海豚大酒店举行,贵阳、桐梓、大方、都匀、织金、南宁、柳州、桂林、百色、崇左、河池、钦州、梧州等地的40多位谜友参加,进行了自由抢猜、个人笔猜比赛、个人电控抢猜比赛和团体友谊赛。

4月21日,成都市青羊区总工会在四川出版大厦举办"文脉少城杯"四川省职工灯谜邀请赛,省内成都、乐山、新津等10个市(县)以及四川省社保局、成都泸天化酒店基层工会组织的12支队伍参加,成都市泡桐树小学、成都市少城小学、新津中学等重点学校参与观摩。

5月12—13日,中国丝路之春·宝鸡谜会暨宝鸡市灯谜学会成立30周年庆典在宝鸡市举行,16个省市自治区和台湾地区的灯谜爱好者参加。赛前收到来自海内外303位谜友制作的以"一带一路"名词术语和宝鸡人文风情为主题的灯谜4000多条。活动期间进行了海内外一带一路灯谜邀请展。

6月29日至7月1日,龙海市"双第杯"首届中华灯谜文化节在漳州龙海石码龙头文化公园举办。福州、漳州、南靖、诏安、同安、晋江、深圳、吴江、澄海等12支代表队及龙海的近100人参加,进行了创作赛、竞猜赛、灯谜展猜、交流研讨等活动。

7月28—30日,"天麟杯"第三届西北谜会暨第三届甘肃省谜会在秦安县举办。西北五省区及甘肃兰州、成县、陇西、西北铝和天水本地的14支代表队,连云港、苏州、淮安、成都、台湾等地谜人以及秦安灯谜爱好者100余人参加。

8月11—12日,第11届东北三省职工灯谜大赛在哈尔滨工人文化宫举办。近120名谜手参赛,进行了笔猜、新秀电控决赛、精英电控决赛、团体电控决赛、自自荐佳谜评选等项比赛。

第四章 进入 21 世纪后的灯谜（2001 年至 2019 年）

8月24—26日，大方县灯谜协会承办2018贵州（大方）灯谜联谊会，来自全省6个市县的60余人参会。

9月至12月，北京文化艺术活动中心、北京灯谜协会主办"迎冬奥猜灯谜忆长城"迎2022年冬奥灯谜系列文化活动，各区文委、文化馆等协办单位积极响应和热情参与。活动分为原创灯谜征集、灯谜大赛、灯谜培训讲座和现场猜谜四个系列。其间，征集到灯谜作品近万条，走进社区走进校园进行灯谜知识和灯谜展猜，依托北京数字文化馆平台，推出"迎冬奥猜灯谜忆长城"微信公众号，并特别添加讲座视频板块；通过公共文化云平台，形成线上参与和线下活动相结合的互动。12月23日在朝阳区文化馆进行灯谜大赛，北京市各区近20支代表队参加。大赛当天，向各区发放了灯谜普及读本和灯谜展猜活动资料。

9月15—16日，邕宁区总工会举办广西"园博杯"灯谜活动，全区各地的30多名谜手参赛，进行了悬谜展猜和电控抢猜。

10月2日，"文笔峰杯"惠安第二届中华灯谜联谊赛在涂寨镇综合文化中心举行，三明、吉安、漳州、澄海、苏州等24个城市的67名谜人参赛，进行了庆国庆主题灯谜广场展猜、谜艺交流会、个人限时快猜、个人电控竞猜、"深化移风易俗，创建全国文明城市"主题灯谜创作赛、自荐佳谜评选等活动。

10月12—14日，"美丽乡村杯"首届福建省灯谜文化节暨宁德市第五届灯谜邀请赛在福鼎市硖门乡柏洋村举办。福建省8个地市及灯谜之乡晋江队、石狮队以及巾帼队、高校队等共12支队伍参加省赛。蕉城、福鼎等宁德各县市区的10支代表队参加宁德市赛。

10月18—20日，河南省第32届谜会暨项城市"民间谜语杯"大赛在项城市举办。河南谜语卷编委会成员以及来自省内10多个城市的代表队、河南谜语研讨会优秀论文作者参加。其间，举行了《中国民间文学大系·谜语·河南卷》工作会议、河南谜语研讨会、河南谜语笔试竞猜,河南省民协灯谜学委员会命名周口市、南阳市、安阳市、项城市、西华县、沈丘县、扶沟县、南召县、林州市等9个市县为"河南省民间谜语之乡",高新慧、闫涛、侯满昌、高慈修、唐贵知、侯新民、乔明宪、闫鸿信、赵全孝、付同喜等10人为"河南省民间谜语艺术家"。

10月20日晚,张家口第三届灯谜艺术节暨"唱响新时代"主题灯谜展猜大会在桥东区乐享城广场举行。本届艺术节从2月份启动,共收到海外400余人创作的主题原创灯谜16000余条。

11月3—4日,上海庆祝改革开放40周年"第四范式"杯全国灯谜大赛在上海市工人文化宫举行。北京、重庆、广东、福建、江苏、浙江、安徽、陕西、甘肃、辽宁、河南、江西、湖南等地12支代表队以及国内30余位灯谜高手,进行了团体决赛和个人笔试、半决赛、决赛等多场比赛。在参观浦东新区的上海中心大厦时,部分谜友在中国第一高楼的观光厅进行了悬谜征射。

11月16—18日,第六届"平望杯"中华灯谜邀请赛在苏州平望镇举办。北京、河北、江苏、浙江、安徽、福建、广东等省市12支代表队及嘉宾100余人参赛,进行了运河灯谜创作赛、平望灯谜作品评析赛、个人精英赛、平望学生个人争霸赛、运河城市团体精英赛、中华灯谜团体冠军赛等活动。

12月16日,共青团梧州市委员会主办的"梧州青少年传承优秀传统文化暨全区灯谜竞猜"活动在梧州青友家活动室举行。梧州高中、梧州八中、梧州学院学生与来自广西南宁、柳州、桂林、百色、崇左等地的谜协会员共40人同台比拼。

19. 2019年

1月21—23日,列为"诏安青梅产业推介会"子项目的诏

第四章 进入21世纪后的灯谜（2001年至2019年）

安第二届"咏梅杯"全国灯谜大会在诏安县举行。北京、上海、江西、辽宁沈阳、广东深圳、广东汕头、江苏吴江、福建厦门、福建宁德、福建石狮、福建巾帼、福建警官等12支代表队及来自全国各地的170多名谜友参加。进行了"梅"及"诏安人文"专题灯谜创作赛、百科灯谜创作赛、命题创作赛、个人笔猜赛和以"新时代灯谜文化的宣教功能"为主题的灯谜理论研讨，进行了个人电控竞猜赛、团体电控竞猜赛、广场大型灯谜展猜（12个谜台）、梅乡猜"梅"谜等活动。

3月13日，灌阳县首届桂林银行杯·唐景崧中华谜王擂台赛及"唐景崧中国猜谜一条街"活动在新街镇江口村举行。参加擂台赛的选手是经过网络赛、预初赛、复赛后决出的。

3月16日，张家港第四届香山梅花节中华灯谜团体邀请赛在保税区（金港镇）举行，包括台湾在内的全国各省区市16支代表队参加。

5月1日，青龙镇首届中华国际谜会在四川眉山青龙镇莲池村举办，来自马来西亚和全国20省市40名谜友参加，进行了展猜、比赛等活动。活动牵头者之一是称为"四川农民谜家"的张昭清。

6月28—30日，第二届"双第杯"灯谜文化节在龙海市双第华侨农场鹭凯生态庄园举行。福州、厦门、漳州、宁德、晋江、石狮、江西、苏州、南通、淮安、杭州、台州、广州、揭阳、潮州、汕头、澄海、平望和台湾的18支代表队，上海、广西、湖南等地谜手及龙海本地谜人共120余人参加，进行了笔猜、个人及团体电控精英赛、灯谜创作赛、评选优秀灯谜赏析和内部展猜、灯谜交流等活动。

7月27—28日，第12届东北三省灯谜大赛在吉林省建苑设计集团报告厅举行。70余位谜友参会。进行了笔猜、女子组电控抢猜、个人电控抢猜、团体电控抢猜及自荐佳谜评选等活动。

8月17—18日，富美同安"苏颂杯"海内外谜诗联大会暨采风活动在厦门同安区举办。活动前期面向海内外征集以"开闽第一、苏颂故里、朱熹首仕、富美同安"为主题的谜诗联新作，收到109位谜人作品2000多则。来自海内外的60位谜人参加了采风活动。

8月10—12日，以"壮丽70年阔步新时代"为主题的第四届张家口灯谜艺术节在张家口工业文化主题公园举行。群众展猜活动持续3天，500盏花灯，2000余条海内外原创主题灯谜分批悬猜。应邀参会的全国11个省市的70余位谜人携带地域特色作品分区挂猜。国手邀请赛进行了笔猜赛、抢猜赛和命题创作赛。艺术节还举行了中华灯谜高层论坛，探讨灯谜的传承与发展。

9月7日，第四届西北谜会在银川举行，在固原市设分会场。陕西、甘肃、宁夏、青海、新疆及江苏、河南、广东、辽宁、山西等省区的17个市县80多名谜人参会。谜赛设自荐佳谜奖、宁夏灯谜题材创作奖、宁夏谜人谜作优秀评析文章奖、西北谜会十佳谜手评选。市民竞猜活动在固原市博物馆广场举行。

9月12—14日，福建省第二届灯谜文化节、晋江市第二十九届（安海）侨乡谜会暨"万好照明杯"国际灯谜邀请赛在晋江安海举办。本次活动分为国际赛、省赛、市赛，来自海内外的40多支队伍参赛。活动还有灯谜竞猜、灯谜创作赛等。

9月15日，漳州第四届中华灯谜艺术节暨海峡两岸谜艺研讨会在芗城区举行，台湾、浙江、广东、广西、湖南等全国各地的20支代表队及特邀个人选手共100多名谜友参加，进行了个人笔试、个人电控、团体电控等比赛和自由创作、命题创作最佳谜面评选等活动。其中有巾帼队、大学生队、"90后"队等特色队伍与老牌选手们竞相角逐。

第四章 进入 21 世纪后的灯谜（2001 年至 2019 年）

9月12—19日，苏州市吴中区木渎镇举办的2019首届灯谜艺术节在线上线下同步举办，活动包括灯谜大赛和中秋灯谜展。报名的选手通过登录灯谜大赛线上程序，参加线上4场闯关赛，总积分排名前10者，获得相应奖金和参加现场决赛。灯谜展猜于中秋节期间连续三日举办。

9月21—22日，首届川南谜友联谊会暨谜学论坛在宜宾举行。乐山、内江、泸州、成都、宜宾等地21位谜人参加，进行了灯谜展猜和相互竞猜交流等活动。

9月29日，第14届贵州旅游发展大会活动之一的2019贵州灯谜联谊会在织金县举办。贵阳、都匀、桐梓、六盘水市钟山区、盘州、普定、黔西、大方、金沙、纳雍等市县灯谜社团及河南、广西、云南、重庆等地谜界嘉宾100余人参加，举行了个人笔猜、个人及团体竞技、灯谜展猜等活动。

10月1日，"礼赞新中国，奋进新石狮"全国灯谜邀请赛暨石狮市第21届（鸿山）侨乡谜会在石狮市鸿山镇举行，全国各地300多名谜手参加。赛事包括五人团体电控竞猜赛、三人电控竞猜赛、个人笔猜赛、个人电控竞猜赛、灯谜自由创作赛、灯谜命题创作赛、即席命题创作赛等。

10月2日，"文笔峰杯"惠安第三届中华灯谜联谊赛在涂寨镇文化站举行，台湾、黑龙江、辽宁、广东、江苏、江西等全国各地的80多名谜人参加。开幕式前，在涂寨镇文化站广场进行了大型灯谜展猜活动。

10月4—5日，上海"南翔杯"长三角地区灯谜邀请赛在上海市嘉定区南翔镇举行，上海、苏州、杭州、合肥、无锡等地10支代表队参加，进行了团体赛、个人精英赛和海内外征谜评佳等活动。

10月7日，福建海田费氏文化研究会主办，福鼎市店下镇海田村委会承办福建海田费氏庆重阳文化活动暨"费氏杯"重阳灯谜文化节。全国各地200多位费氏宗亲参加，活动内容有费之雄书法展、费之雄灯谜艺术征文、费之雄灯谜研讨会、重阳灯谜精英邀请赛等，来自10多个省市的谜友及本地谜人20多位参与灯谜采风、灯谜研讨、灯谜竞赛等活动。

11月2日，首届长三角城市灯谜邀请赛在吴江松陵一中举行，上海、南京、杭州、合肥、无锡、宁波等城市和长三角生态绿色一体化发展示范区青浦、吴江、嘉善的代表队参加。

11月10日，江苏省民协灯谜学术委员会成立仪式在南通江苏航运职业技术学院举行。江苏各地的灯谜爱好者50余人与会。

11月22—24日，"东坡杯"河南省第33届谜会在三门峡市举行，省内各地11支代表队70余人参加，举行了个人笔试竞猜赛、团体抢答笔答、对位选手抢答笔答等赛事。

11月23日，"当好主人翁，建功新时代"苏杭通谜友联谊会在苏州市会议中心举办，苏州、杭州、南通的50多位谜友参加。

四、网络灯谜竞赛

进入21世纪，各种各样的网络灯谜活动兴起，有各网络谜社（网站）活跃地举办内部谜事活动，更有大型网络灯谜竞赛活动吸引着众多灯谜爱好者。

2001年5月26日至6月23日，游子吟谜社主办第五届华清杯虎鼎谜网对抗赛。游子吟、安阳、沈阳、长春、青岛、网易广州、惠州、潮州、宜昌、天水、常州、台州、三明、泉州、舟山、郑州、周口、谜网常客等18个队100多人参赛。每队出谜10条，猜谜170条，比赛分团体制谜、团体猜射和评选十佳谜作。10月下旬至11月中旬，腾讯IQ大测试版主及原灯谜天地聊天

第四章 进入 21 世纪后的灯谜（2001 年至 2019 年）

室 OP 发起和组织第二届腾讯网上灯谜大赛，7 个队 90 人参赛，每队创作 15 条谜共 105 条赛题，3 星期完成制作、猜射和评分各环节，评定出猜射团体、创作团体及十佳谜作。

2002 年 5 月 25 日至 6 月 22 日，第六届华清杯虎鼎谜网对抗赛在游子吟谜社网站举行。4 个网络队 19 个地方队近 300 人参加。每队出谜 10 条猜谜 220 条，共收谜 230 条。由参赛队各评出佳谜 20 条。比赛评出团体制谜和团体猜射两个奖项。比赛除继续使用上届的基本规则和 BBS 讨论场所外，新增"公告网页"发布组织者的有关通知取代过去用电子邮件传达的形式。12 月 10—26 日，风云谜社主办第一届风云杯网络灯谜邀请赛。游子吟谜社、天涯社区、猜灯谜互动社区、不速之客队、高校联队、风云谜社等 6 支网络队 126 名网络谜人参赛。每队出谜 20 则，命题创作题目 2 个，猜谜 100 则，谋皮 10 则，产生自由创作佳谜 10 则，每个命题创作前 2 名为佳谜。比赛全部由电脑程序完成。比赛结束当晚，各队在 QQ 聊天室举行联谊活动，每队出 10 谜互相猜射，并就风云杯的情况开展讨论。

2003 年 3 月 15—26 日，《网络灯谜信息》编辑部和部分网络谜社、灯谜网站联合举办首届全国省际网络灯谜邀请赛。全国 15 个省市的网络谜队 200 余人参加，各网络谜队运用网上聊天室、自建论坛、电子邮件等形式参与，比赛分出题、猜射、评分等阶段。5 月 25 日至 6 月 15 日，举办第七届华清杯谜网对抗赛，9 个网络队 11 个地方队 400 余人参赛。12 月，风云谜社主办第二届风云杯网络灯谜邀请赛，10 支网络队 250 人参赛。

2004 年 1 月 20 日 12 时至 2 月 8 日 12 时，中华灯谜网主办第二届互联网灯谜大赛。赛题 100 则，在中华灯谜网和《全国灯谜信息》同时发布，采用在线答题方式进行。3 月，春风谜社主办第一届"春风杯"网络灯谜邀请赛，猜灯谜、游子吟谜社、风云谜社、春风谜社、华灯谜社、谜苑天涯、高校联盟、自五俱乐部、搞脑筋、狮城雄风、猜吧、银蛇谜社等12支队共226人参赛，评出团体奖和赛题评佳、命题评佳、佳谜评析等奖项。5月31日至6月23日，游子吟谜社、全国灯谜信息社联合举办第8届华清杯谜网对抗赛，10支网络队13支地方队近400位谜友参赛。9月10—26日，风云谜社主办第一届风云网络灯谜节，16个地市组队200余人参赛。比赛项目有团体笔猜、团体抢猜、自荐谜作评选、命题谜作评选、评谜"伯乐奖"评选等。12月，风云谜社主办第三届风云杯网络灯谜邀请赛，11支网络队227人参赛。

2005年5月1—4日，第二届全国网络灯谜现场谜会在福建南安举办，来自各地的70多名网络谜友参加，进行了笔猜、电控预决赛、内部会猜、男女混合猜射、谜作评析等活动。6月14日至7月，举办第九届华清杯谜网对抗赛，13支网络队和11支地方队共465人参赛。12月11—24日，风云谜社主办第四届风云杯网络灯谜邀请赛，14个队参赛。

2006年5月31日至6月13日，第十届华清杯谜网对抗赛在游子吟谜社网站举行，21支队伍360人参加。6月25日，石狮市第三届国土杯网络灯谜精英赛在互联网上举行。漳州、厦门、福州、三明、宁德、澄海、惠州、广州、普宁、合肥、武汉、安阳、扬州、南昌等14支地方代表队参加。当晚，石狮市在人民广场举办大型群众灯谜展猜活动。12月11—24日，风云谜社主办第五届风云杯网络灯谜邀请赛。邀请游子吟谜社、谜苑天涯、猜灯谜互动谜社、高校联盟、春风谜社、狮城雄风、华灯谜社、普宁谜苑、智星论坛、紫云谜社、天涯灯谜天地、稻香村、幽趣论坛、谜踪虎影等队伍参加，比赛分制谜、猜射、谋皮三项，15支队伍之间互射互制互评。

2007年3月13—27日，全国灯谜信息社、游子吟谜社、风

第四章 进入21世纪后的灯谜（2001年至2019年）

云谜社联合举办第二届全国省际网络灯谜邀请赛。北京、山西、辽宁、黑龙江、上海、江苏、浙江、安徽、福建、江西、山东、河南、湖北、湖南、广东、广西、四川、陕西、甘肃等19个省市自治区400多人参赛。比赛采用华清杯谜网对抗赛的程序，分为输入谜题、猜射、列中与评分、佳谜投票等阶段，全部在网上进行。5月11—14日，厦门灯谜协会和《中华谜艺》杂志社联合主办首届"萃新杯"网络灯谜邀请赛。风云谜社、谜苑天涯、猜灯谜互动谜社、春风谜社、徽风皖韵、普宁谜苑、谜踪虎影、华灯谜社、稻香村谜社、智星论坛、暖香坞谜社等11支网上队伍200多人参加，在网上进行团体笔猜、个人抢猜和佳谜评选等比赛。6月6—20日，第11届华清杯谜网对抗赛在游子吟谜社网站举行，24支队伍419人参赛。6月至7月，石狮市举办第四届国土杯全国网络灯谜精英赛，活动包括14支地方网络灯谜代表队比赛，国土资源和反腐倡廉灯谜创作赛及灯谜评析赛，"全国国土日"广场群众灯谜展猜。11月2日至2008年1月15日，全国灯谜信息社、新浪灯谜博客圈、《春灯》《文虎摘锦》等联合举办首届"灯谜博客杯"网络邀请赛，进行灯谜竞猜、命题创作、佳谜评选、优秀谜评、优秀谜文、博客之星、优秀博客圈等项比赛，评出10个博客之星、5个优秀灯谜博客圈及其他奖项。12月11—23日，风云谜社主办第六届风云杯网络灯谜邀请赛，16支队伍347人参赛。

2008年6月24日，第12届华清杯谜网对抗赛落幕，23支队伍442人参赛，暖香坞谜社、普宁谜社、风云谜社、无锡、游子吟谜社、互动谜社分别获得团体猜射第1—6名。6月28日，石狮市举办第五届国土杯全国网络灯谜精英赛，厦门、合肥、澄海、普宁、南昌、南京、上海等16支代表队参赛。7月至8月16日，中华国粹网举办为灾区同胞祈福·中华国粹网"风华杯"

爱心网络灯谜大赛。"5·12"汶川特大地震发生后,一位不愿透露姓名的谜友捐助3万元,委托中华国粹网灯谜区承办这次大赛,奖金以获奖者名义捐往地震灾区。10月3日,庆祝蚶江侨乡谜社成立30周年全国网络灯谜团体赛举办,合肥、厦门、福州、南昌、普宁、惠州等17个代表队参加。10月16日至11月2日,风云谜社主办第四届风云灯谜节,设12个比赛项目36块奖牌,武汉、合肥、北京、石狮、惠州、长沙、南通等23支代表队参赛。

2009年5月28—30日,中华灯谜学会、胥口镇人民政府主办的首届胥口杯全国灯谜大赛暨第三届全国网络灯谜现场大赛在苏州胥口镇举行。活动内容有"虎山觅路"笔猜比赛、"龙争虎斗"个人电控赛、"龙飞凤舞"男女混合赛、专题创作、内部会猜和群众展猜等。其间,在胥王庙举行了"全国网络灯谜创作基地"揭牌仪式。6月5—7日和7月8日,第三届"雄鹰杯"网络谜赛举办PK赛和争霸赛。争霸赛的参赛队员为所有"老鹰灯谜俱乐部"群友。6月20日,第13届华清杯谜网对抗赛落幕,21支队伍427人参赛。6月28日,石狮市举办第六届国土杯全国网络灯谜精英赛,13个城市队参赛。9月22日至10月5日,新浪网趣味益智论谈、春风谜社主办首届新浪杯有奖灯谜大赛。活动方式为每晚发出两帖,约50条灯谜,共计500条,跟帖报底,每首中1条记1分。大赛设最佳谜手、优秀射手、打虎英雄奖项。10月1日,中华国粹谜社成立并举办国庆60周年灯谜大赛。大赛采取在《中华灯谜》、网络论坛和QQ三种方式进行。11月21日,石狮市灯谜协会成立20周年"万祥杯"全国网络灯谜团体赛在万祥图书馆举行,20个地方代表队参赛。12月11—23日,风云谜社主办第八届风云杯网络灯谜邀请赛,14支队伍327人参赛。

第四章 进入 21 世纪后的灯谜（2001 年至 2019 年）

2010 年 6 月 12 日，第 14 届华清杯谜网对抗赛落幕，19 支队伍 418 人参赛。6 月 27 日，石狮市第七届国土杯暨纪念"中国航海日"全国网络灯谜精英赛在"石狮灯谜比赛专用群"举行，15 支地方队参赛。谜赛期间还举行了"国土日"和"航海日"大型广场群众灯谜展猜。8 月 23—29 日，猜灯谜互动谜社成立八周年举行系列活动，有互动月赛社庆专题谜会、社庆内部对抗赛、主擂华清谜会及多场个人主擂等，其中，社庆网络联谊赛在 QQ 群举办。游子吟谜社、风云谜社、暖香坞谜社、春风谜社、智星论坛、普宁论坛、幽趣论坛、三江论坛、谜踪虎影、紫云谜社、互动谜社、徽风皖韵等 12 支队伍参赛。12 月 1—24 日，风云谜社主办第九届风云杯网络灯谜邀请赛，14 支队伍 318 人参赛。12 月 4—5 日，女谜人冬妮娅主办第三届"咚咚杯"网络谜赛。通过数十位网络谜手的预赛，选出 10 位男谜友与事先邀请的 10 位女谜友随机搭档，进行混合双打 PK。

2011 年 1 月至 12 月，西北地区谜友联谊会开办西北风"华山论剑"网络灯谜擂台赛。擂台赛面向西北五省区谜友，每月举行一次，在网络 QQ 群里比赛。参赛者实行实名制。每月比赛取前三名，每名奖励 100 元。全年成绩累计前 10 名进入年度决赛，年度决赛前 5 名授予"西北五虎将"称号，颁发奖牌和奖金，其中第一名奖励 1000 元，第二名奖励 800 元，第三名至第五名各奖励 500 元。擂台赛活动由西安苏剑资助。12 月 17 日晚举行年度决赛，王少鹏、李毅、桑小平、许昌、王刚获"西北五虎将"称号。兰州许妮女士在西部"华山论剑"擂台赛群进行转播，邀请西部地区众谜友观摩决赛盛况并组织群内猜射。3 月 13—27 日，全国灯谜信息网、游子吟谜社、灯谜博客圈、传统谜人群、传统谜刊群等联合举办第三届全国省际网络灯谜邀请赛。河北、山西、浙江、安徽、河南、湖南、广西、四川、甘肃、贵州等

16个省区队100多个市县的400余人参加。比赛采用华清杯谜网对抗赛的程序进行，设综合、猜射、制谜三项团体奖和佳谜奖20人。山东、江苏、辽宁、北京、黑龙江、江西获综合得分前6名。4月30日至5月2日，第四届全国网络灯谜（石狮）现场谜会在石狮市举行，北京、辽宁、江苏、安徽、浙江、福建、湖南、广东、四川、广西及新加坡的12支网络队80多人参加，举行了全国网络灯谜发展战略交流研讨会、"歌盛世，颂党恩"庆祝五一国际劳动节海内外灯谜大会猜、第三届中华巾帼灯谜精英赛、个人和团体电控竞猜决赛、个人笔猜赛、即席命题创作赛、自由创作赛、命题创作赛、廉政灯谜评析赛等活动。其间，石狮灯谜传习中心在市文化馆四楼揭牌成立。6月23日，第15届华清杯谜网对抗赛落幕，20支队伍463人参赛，暖香坞谜社蝉联猜射冠军和卫冕综合成绩冠军，深圳谜友群获得制谜冠军。6月25日，石狮市首届国土杯中华巾帼网络灯谜精英赛在美女收藏家群举办，中国灯谜之乡（石狮）群进行现场转播，全国20多名女谜友参赛。石狮市第八届国土杯全国网络灯谜精英赛在石狮国土杯比赛群举办，13支地方灯谜队参赛。7月20—26日，稻香村谜坊主办"稻香村杯"全国高校网络灯谜邀请赛。韩山师范学院、广东工业大学、中山大学等全国高校灯谜社团的32支队伍90多人参赛，进行了团体笔猜、谋皮、个人及风险抢猜等项比赛。8月22—28日，互动谜社为庆祝谜社成立9周年，在互动论坛及各QQ群举行互动月赛社庆专题谜会、内部对抗赛、主擂华清谜会等活动。28日晚在专用QQ群举行网络谜社联谊对抗赛，12个网络社团近50人参赛。10月7—31日，举办第一届长安文虎杯全国网络灯谜公开赛暨长安文虎社成立庆典谜会。男子组比赛7日20时在长安文虎群举行，女子组比赛8日20时在长安文虎巾帼群举行。石狮薛道达和深圳庄云分别夺得男子组和女子组第一名，各获得长安文虎金箭奖和1000元奖金。谜赛还评选了赛题佳谜奖、自荐佳谜奖、命题创作奖。12月7—19日，风云谜社主办第十届风云杯网络灯谜邀请赛，长安文虎社、互动谜社、幽趣谜社、谜踪虎影等16支队伍385人参赛。

2012年1月至12月，西北地区谜友联谊会、长安文虎社举办"华山论剑"西部网络灯谜擂台赛，范围包括陕西、甘肃、宁夏、青海、新疆、四川、重庆、云南、贵州、广西、西藏、内蒙古等12个省市自治区。擂台赛每季度举行一次，分别在2、5、8、11月份第三个星期六晚8时在"华山论剑"网络QQ群里进行。每季度比赛前5名，各奖励100元。全年累计前20名进入年度决赛，年度决赛前10名颁给奖金，其中第一名奖励1000元，第二名奖励800元，第三名奖励500元。擂台赛活动由西安苏剑资助。12月22日晚举行年度决赛，成都郭泉、南宁黄冬妮、黔西南林文分获一至三名。5月至9月，甘肃省谜友联谊会举办第四届"展翅凌云杯"网络谜赛，60多人参赛。6月15日，第16届华清杯谜网对抗赛落幕，20支队伍465人参赛。6月30日至9月9日，举办第二届长安文虎杯全国网络灯谜公开赛。比赛的命题创作分社外函寄、社外网络和社内三块，群猜设函猜和网络竞猜。男子组网络竞猜于8月24日在长安文虎群举办，李创龙获男子金箭奖。女子组网络竞猜于8月25日在长安文虎巾帼群举办，段夏青获女子金箭奖。比赛的所有赛题均公开投票评选佳谜。7月13—14日，石狮市举办第九届国土杯全国网络灯谜赛、第二届国土杯巾帼网络谜赛，16支地方代表队和20多名女谜友参赛。8月19—26日，互动谜社成立十周年举办多项灯谜庆祝活动：集资出版《互动谜社成立十周年纪念刊》，主播《智力》杂志第8期和《中华灯谜》第8期有奖函猜；在互动论谈及各QQ群举行互动月赛专题谜会、谜社内部对抗赛、主播华清谜会等；26日晚在专用QQ群举办网络谜社联谊对抗赛，14支网络谜社近60人参加。10月6日晚8时，澄海文化馆"红头船杯"网络灯谜大赛在澄海红头船比赛群进行，全国20多个省市自治区的400多谜友参与。12月11—22日，风云谜社主办第11届风云杯网络灯谜邀请赛。长安文虎社、春风谜社、普宁谜苑、随风论谈、谜苑天涯等16支队伍383人参赛。

2013年1月至12月，西北地区谜友联谊会、长安文虎社主办2013年度"华山论剑"西部网络灯谜擂台赛。陕西、甘肃、宁夏、青海、新疆、内蒙古、四川、重庆、贵州、广西、云南、西藏等12个省市自治区的谜友实名参加。比赛每月举行一次，分别在每月第4个星期日晚8时举行。其中1—11月份由西部各省市自治区分别主播，年度赛在"华山论剑"网络QQ群里进行。擂台赛由西安苏剑资助。月赛前5名奖谜书，年度赛前10名颁发奖金。12月22日晚8时举行年度总决赛，前11月累计成绩列前30名的谜友参加。宝鸡李毅拔得头筹，成都郭泉位居第二，兰州许妮名列第三。5月18日晚，澄海文化馆灯谜研究活动中心和澄海红头船谜社主办红头船杯网络灯谜大赛，海外及全国各地400多人参与。6月7—24日，举办第17届华清杯谜网对抗赛，18支队伍参赛。6月25—29日，石狮市举办第十届国土杯全国网络灯谜精英赛团体抢猜赛、第三届国土杯中华巾帼网络灯谜精英赛、国土资源专题灯谜创作赛、国土灯谜评析赛和广场大型灯谜展猜。7月至10月，长安文虎社主办第三届长安文虎杯全国网络灯谜公开赛。赛项为网络抢猜、赛题评佳、灯谜创作（成句谜、自撰谜、离合谜、花色谜评选）。网络抢猜女子组比赛于9月13日晚在长安文虎巾帼群进行，男子组比赛于14日晚在长安文虎群进行，缪一松、贺阳分别获得男女"长安文虎金箭奖"。7月28日晚，汕头市举办职工杯全国网络灯谜公开赛。8月30日晚,老鹰灯谜俱乐部主办首届"和信源杯"灯谜网络大赛。12月13—23日,风云谜社主办第12届风云杯网络灯谜邀请赛,17支队伍参赛。

2014年5月25日至6月18日,举办第18届华清杯谜网对抗赛。7月1日至9月16日,长安文虎社举办第四届长安文虎杯全国网络灯谜公开赛,包括年度百谜评选和灯谜猜射创作比赛。9月9日,高校灯谜网络团体赛在比赛专用QQ群举办,长安文虎群同时转播,全国12支高校队伍及少数个人参赛,福建农林大学获团体金箭奖,陈颖炜、萧蔚琳分别夺得男女最佳射手奖。同时进行的还有85后新人灯谜创作赛。12月15—23日,风云谜社主办第13届风云杯网络灯谜邀请赛,17支队伍418人参赛。

2015年6月4—17日,举办第19届华清杯网络谜赛,24支队伍参赛。12月10—21日,举行第14届风云杯网络谜赛,19支队伍参赛。年内,还举办第二届汕头职工杯全国网络灯谜公开赛、河南谜群500期纪念谜播等。

2016年1月1—2日,中华灯谜学会主办"易斯欣杯"第五届全国网络灯谜(福州)现场谜会,全国100多名谜手参与。比赛在传统谜会基础上,开创了蒙目盲猜、性别之战、突围赛、复活赛、团体攻守播等新颖赛制,举行了笔答、个人和配对电控、男女擂台赛等现场竞技,同时还评选出自由创作、命题创作和灯谜评析等优秀作品。王楷波、黄宜耀、庄云分获个人电控赛前三名。年内,首届鲁阳杯、第20届华清杯、第13届国土杯、第6届长安文虎杯、第15届风云杯等网络谜赛相继举办。

2017年,举办第16届风云杯、第21届华清杯、长安文虎群月赛等谜赛。

2018年9月23日,"三六六教育杯"第一届互联网谜语大会在苏州落幕。大会分线上海选和线下决赛两部分。线上海选于 8 月 15 日至 9 月 15 日在"谜语闯关"程序上进行，近 15 万人参与。总决赛揭阳王楷波摘得桂冠，亚军为杭州郑天伦和潮州邱少明，季军是武汉葛晓滨、宁德刘猛和天水许昌。此次灯谜大会进行了网络直播，线上参与和关注人数达 1200 万。年内，迎春杯、佳梦杯、华清杯、国土杯、赏秋杯、风云杯等网络谜赛连续举办。

2019 年 9 月 8 日，"三六六教育杯"第二届互联网谜语大赛总决赛在苏州市人民路工人文化宫和三六六"遇见名师"会议室举行，全国各地的 20 位灯谜高手参加，他们是从 30 万参赛选手经过上海、杭州、南通、合肥等 4 个分赛区开展网上预选中脱颖而出的。最终上海赛区王楷波获金奖，合肥赛区程蓓和陈世栋获银奖，杭州赛区邱少明、合肥赛区葛晓滨和上海赛区林梓博获铜奖。年内，石狮国土杯网络谜赛、第 23 届华清杯谜网对抗赛、第 18 届风云杯网络谜赛等连续进行。

五、学校、部队及其他谜事活动

1. 校园灯谜赛会

进入 21 世纪，全国部分小学语文教科书中的谜语课文有所增加且有一些新的变化。人民教育出版社 2010 年前后出版的 6 年制《义务教育课程标准实验教科书·语文》12 册中，有 7 册 14 处涉及谜语，其中字谜居多，并有《猜谜游戏》口语交际练习和"搜集或编写字谜，开展猜字谜活动"的建议。其他语文课本也或多或少地编入谜语内容。学校第二课堂灯谜课也在很多学校开课。除此之外，校园灯谜赛会的兴起，也成为本时期灯谜普及、繁荣的突出现象。央视《中国谜语大会》是中学的灯谜盛宴，

第四章 进入21世纪后的灯谜（2001年至2019年）

六届中华灯谜文化节中有两届是校际赛事，很多地区灯谜赛会包含校园灯谜竞赛项目，还有很多地区文化教育部门、学校灯谜社团组织地区校园灯谜赛会。

跨地域或较大规模的校园灯谜赛会如：

2003年12月30日至2004年1月1日，"园丁杯"首届全国校园灯谜精英大奖赛在晋江市安海中学举行。谜赛采取先投寄作品、后择优邀请参赛的形式，共邀请天津、重庆、广东、江苏、浙江、河南等15个省市自治区40余名小学、中学和大专院校的教师到会参加总决赛，决出了自由创作、命题创作、个人竞赛、电控竞猜和优秀灯谜论文等奖项。其间，到会代表研讨灯谜在素质教育中的作用，举行了校园灯谜展猜。

2005年4月8—10日，广东省灯谜艺术传承与创新研讨会暨第二届汕头市中小学生灯谜艺术节在汕头市举行。汕头、广州、中山、深圳、潮州、肇庆、揭阳、普宁、汕尾、佛山、南澳、丰顺等地谜界代表30多人参会，就利用灯谜形式提高教育素质、灯谜创作和灯谜活动的走向、灯谜历史的发展、社区灯谜活动和网络灯谜活动等问题进行了探讨。艺术节有17所学校20支代表队参赛，进行了中小学生电控竞猜团体赛和个人灯谜常识、猜射、创作书面竞赛及灯谜公开课观摩等活动。

2010年5月2日，中山大学东校区灯谜协会主办"迎亚运"广东高校灯谜擂台赛，进行了个人赛和团体赛。华师灯谜组、广东工业大学文虎灯谜学社、韩山师范学院灯谜社等6支队伍40多人参赛。广州市灯谜学会、风云谜社谜师参会。

2014年5月11日，第二届"杜鹃杯"长沙高校灯谜邀请赛在长沙医学院图书馆举行。省内10支高校队伍和特邀曾亮相中央电视台《中国谜语大会》的湖南浏阳一中队参加。9月24—27日，第六届中国（常熟）江南文化节国际中学生灯谜邀请赛在常熟职业教育中心校举办。国内外的参赛选手、指导教师和常熟职业教育中心校的领导和师生500多人参加开幕式。开幕式上举行了"中华灯谜教学示范校"授牌仪式。9省市的22所学校以及新加坡的2支队伍，经过个人笔猜和团体电控竞猜，福建晋江安海中学夺得团体金奖，福建石狮华侨中学、湖南浏阳一中分别获得团体银奖、铜奖，石狮华侨中学林俊兴、安海中学唐沁兰分获男女个人金箭奖。交流会上，各校介绍了开展灯谜活动的经验，宣讲《我与灯谜》谜文。谜会还组织参观海内外各校开展谜事活动的展板、在常熟石梅广场举办悬谜展猜。本次谜会被中华灯谜学会授予"2014年度优秀谜会"。

2015年5月11日，晋江市第六届校园灯谜赛在罗山街道罗山中学举行，全市中小学45支代表队400多位选手参赛，进行了个人笔猜和团体电控竞猜。12月19日、26日，"侨中杯"石狮市第11届校园灯谜艺术节在华侨中学举行，40多所学校的300多名师生参赛，37支队伍参加团体电控赛。本次活动设个人笔猜赛、灯谜评析赛、灯谜命题创作赛、灯谜小品文创作赛、个人电控竞猜赛、团体电控竞猜赛等项目，分教师组、高校高中组、初中组、小学组进行。

2016年2月9—11日，"天翼4G杯"汕头谜语大会在汕头锦峰美食城举行，汕头各地的16支中小学代表队参加，参照央视《中国谜语大会》模式比赛，设置了网络直播和观众猜谜互动。10月15日，"少年蚌埠"行动暨蚌埠市中小学生猜谜比赛在蚌埠市高新教育集团实验中学举办。23日，汕头市首届中小学生灯谜大会在汕头华侨中学举办。29日，首届河南高校灯谜大赛在郑州市华北水利水电大学老校区举行，河南80多所高校经过分区选拔赛选拔出来的200多名选手参赛。11月26—27日，石狮市委宣传部、市教育局、市文体旅游广电新闻出版局、市文联、蚶江镇人民政府主办的石狮市第12届校园灯谜艺术节在蚶江镇莲埭小学举行，39支学校代表队参加了高校高中组、初中组、小学组的电控竞猜赛，40多所学校的300多名师生参加了个人笔猜赛。

2017年7月31日晚，"纪念中国人民解放军建军90周年"全国中学生军事知识灯谜大赛在苏州吴江人民剧院举行。上海、西安、合肥、汕头、石狮、赣州、沈阳、浏阳、常熟、吴江等10个城市组队参赛，其中8支队伍参加过央视中国谜语大会。大赛活动被列入文化部全国"百姓大舞台"品牌项目，中国文化网络电视进行了全程直播。吴江、汕头、合肥、西安四城市灯谜组织联合制作了《纪念中国人民解放军建军90周年》军事知识灯谜讲座课件，各参赛城市据此组织举办军事知识灯谜讲座。10月28至29日，"禄福杯"首届中华学生谜语大赛在广东省佛山市顺德区龙江镇举行。全国各地的24支代表队分别参加了小学组、初中组的比赛。福建晋江养正中心小学代表队、宁德师范学院附属小学代表队、黄岩实验小学代表队、佛山南海九江上东小学代表队分别获得小学组前四名；福建云霄立人学校代表队、常熟皖青中学代表队、汕头私立广厦学校代表队、汕头龙湖实验中学代表队分别获得中学组团体前四名。大赛期间，举行了大型灯谜展猜、顺德灯谜历史展暨《顺峰虎啸》谜刊首发式，召开了中华灯谜学会工作会议。

2018年5月19—20日，第一届中华高校国学文化艺术节（灯谜）暨第一届河南省高校谜会在郑州工业应用技术学院新校区举行。9月22日，首届全国校园灯谜大会在西安市曲江一中举办。10月5—7日，上海"南翔杯"全国中学生灯谜邀请赛在上海市嘉定区南翔镇举行。10月20日，"逐梦杯"福建省首届大学生灯谜大赛在福州的闽江学院举办。11月17日，第五届"杜鹃杯"

中华灯谜史（1949–2019）

驻长高校灯谜邀请赛暨湖南谜友联谊赛在长沙的湖南警察学院举行。11月24日，国际中学生灯谜精英赛暨董浜中学智林谜社成立30周年庆典活动在常熟市文化馆举行。12月2日，"莲峰杯"福建省首届中学生灯谜邀请赛在宁德市举行。

2019年4月14日，首届"梁丰杯"中外学生谜语大赛在江苏省梁丰高级中学举行。海内外40支代表队125名选手参加，进行了个人笔猜赛、梁丰团体赛、苏州团体赛、中外团体赛和谜语知识讲座、灯谜展猜等活动。江苏省震泽中学代表队获特等奖，福建省石狮青少年学生校外活动中心、福建省晋江市安海中学获一等奖。比赛中新颖而有趣的环节是外方选手的个人比赛采用全英文谜语，外方选手机智的对答让现场欢呼声和掌声不断。7月6日，"平江杯"第四届苏州校园灯谜艺术节在苏州市平江中学举行，25支中小学灯谜代表队参赛。10月18—20日，中华灯谜学会、金平区教育局、私立广厦学校等单位联合举办的"广厦杯"第二届全国校园灯谜大会在汕头举行，陕西、河南、安徽、江苏、福建、广东的10所大学、10所高中、10所初中学校的30支代表队150多名选手和嘉宾参加。经过集体答题、个人轮答、集体抢答的角逐，晋江市安海中学、汕头市龙湖实验中学获初中组金虎奖，汕头市聿怀中学、汕头市第一中学获高中组金虎奖，中山大学、惠州学院获大学组金虎奖。大会还举行了校园灯谜发展论坛。11月15—17日，"平望杯"全国小学生灯谜大会在平望镇举行，广东、福建、安徽、浙江、江苏等地10所灯谜名校师生和全国各地嘉宾近100人参会。活动内容包括校园灯谜研讨会、校园灯谜展猜、个人电控赛、团体电控赛、灯谜教练评选、校园灯谜论文评选等项目。石狮王汉彬和汕头佘荣泰摘得个人电控赛金奖；石狮市青少年学生校外活动中心、汕头私立广厦学校荣获团体电控赛特等奖，汕头市澄海建阳小学、晋江市安海镇西安小学、苏州市吴江区平望实验小学获一等奖；平望实验小学李小明老师获全国校园灯谜研讨会最佳谜文奖。12月7日，第七届顺德少年灯谜邀请赛在顺德龙江镇龙江外国语学校举行，潮州、中山、南海和顺德十镇街的40支中小学校队120人参赛。

2. 部队猜谜活动

进入21世纪，猜谜活动在部队又有与时俱进的新变化。《努力开创信息时代部队思想政治工作新体系》明示："鼓励官兵进行文艺创作，表现文艺才能；创建网上互动文化空间，开展网上互动游戏、网上卡拉OK、网上趣味灯谜、知识竞赛、辩论等活动，丰富官兵业余文化生活。"《如何组织新兵开联欢会》提议："晚会中多穿插一些集体活动，如猜谜、击鼓传花之类，调动群体热情，避免不参加表演节目的新兵呆坐着。"

进入21世纪，部队灯谜活动方式主要是展猜、报谜竞猜和通过网络猜射。部队组织灯谜活动，文义谜和事物谜都统称灯谜或称谜语，有些部队将知识问答题和部队应知应会内容也像猜谜一样，写成谜条，加入灯谜行列。有些部队猜灯谜的谜题偏于军事题材，力求为政治、思想和军事服务。2017年底，南部战区一位领导介绍改革重塑给南部战区带来的变化时说，任何行动都以打仗的标准来衡量，任何事情都以打仗的观念来思考，就连春节的灯谜上，不少谜语也与打仗有关。

21世纪初10年间，部队灯谜活动如：新疆军区某边防团边防一线连队充分利用冰雪和戈壁沙滩的地理条件，组织官兵开展冰雕雪塑、雪地灯谜、冰上拔河等活动。海军某海测船大队团组织利用在海上抛锚时间，组织联欢晚会、赏月晚会、灯谜晚会等文体活动。第二炮兵某基层部队在春节期间安排每天不同的文娱活动,初二猜灯谜。武警西双版纳支队新兵游园,开展投篮、钓鱼、猜灯谜等活动。

2010年2月27日,在亚丁湾海域,中国海军护航编队"马鞍山"舰官兵在护航间隙举办"彩灯闪耀照航程"元宵灯会,全体护航官兵一起挂灯笼、猜灯谜,喜庆元宵佳节。

2010年,在中国人民解放军建军83周年来临之际,福建三明军分区政治部和三明市总工会向全国谜界发出有关军事题材灯谜作品的征集启事,收到海内外360位作者创作的1.6万余则灯谜,经遴选归类整理,编成《军旅谜花》,上将向守志为书名题签。

2012年1月,福建石狮市公安边防大队举行灯谜游园活动,蚶江灯谜协会参与其中举办灯谜竞猜活动。

2014年2月12日,驻藏某旅官兵在驻地八一广场与藏族群众一起猜灯谜,喜迎元宵佳节。是年,总装某研究所高寒地区试验官兵在往返军列上,开展"理论观点小竞答、安全知识小竞赛、体能达标小竞拼、趣味谜语小竞猜、旅途美景小竞拍"等"五竞"活动。测试员常颖介绍,来之前车队按照大队领导要求,准备了字谜、地名、成语、人名和搞笑谜语,让车队专列一路上都有欢声笑语。

2015年初的春节、元宵节期间,部队文化活动丰富多彩。装甲兵工程学院新年游艺活动把新四有革命军人标准、好干部五条标准、转型建设相关要求等时政和中心工作知识问答列入文娱活动内容,与传统谜语竞猜一道成为现场热门项目。云南省迪庆军分区游园活动现场,官兵猜灯谜、瞎子打鼓、水中吹球。东航某部新春游园活动进行猜字谜、抢凳子、踢毽子等。潜艇兵基于潜艇空间以及环境的限制,开展简、小、快、活、灵的文体活动,如龙宫卡拉OK大奖赛、谜语竞猜、钻防水门等。武警8643部队举办手工艺品展览，用冰激凌棍做的灯笼上还有谜语，大家在赞美惊叹的同时，猜起了谜语。

2016年，军营流行迎新春游园活动8大件，其中第6件为猜灯谜。陆军第38集团军某装甲师通信站的女兵们在春节期间举办变装舞会、花式跳绳、猜谜语等趣味游戏。第27集团军某团举办"喜迎中秋佳节，共建和谐军营"猜灯谜活动，挂出上百条谜语，内容涵盖军事、体育、娱乐等方面。

2017年1月，春节放假期间，素有"天山雄师"美誉的新疆军区某师在王震广场组织板报展、灯笼展和猜谜语活动。火箭军某旅组织新春游园活动，其中设谜语趣味园。

2018年初，移防至青藏高原的第76集团军某旅官兵，第一次在青藏高原过节，第一次和38个不同单位的人一起过节。该旅精心筹划春节游园活动，由官兵自选了17个趣味活动，其中有猜字谜。活动方式是每人选定字谜后，告诉裁判谜底，答对则把字谜摘下，答错字谜则由下一名继续作答。其间不可查阅资料，不能使用手机解答。元宵节，坐落在科尔沁草原上的陆军某基地某区官兵们在文化馆组织"和谐和美圆梦想"元宵节灯谜会，赋歌曰："五彩花灯连成排，兴趣灯谜猜出来；甜美元宵寄怀念，官兵同娱笑畅怀。"

2019年2月5日，东部战区空军某场站在机关楼前开展迎新春趣味游园活动，进行了巧猜字谜等12个节目。2月19日，东部战区海军某基地教导大队组织猜谜活动，将"三个维护""四个意识""四个立起来"等时政军事知识融入灯谜内容。元宵节到来，驻吉某试验区在营区内布置花灯，在文化馆举办"和谐和美圆梦想"主题灯谜会，灯谜中加入了应知应会、条令条例等内容。灯谜会的小奖品，有卡通人物的小镜子，备受女兵喜爱，而男兵则挑选比较实用的洗衣液、香皂等日用品作为奖品。北部战区第79集团军某合成旅女兵执勤站的新兵们元宵节猜谜,有字谜、词语谜、成语谜、动物谜。

　　远在数千里外的中国维和部队,也带去了猜灯谜的活动。2016年2月20日晚,中国驻南苏丹维和步兵营亮彩灯,插彩旗,挂大红灯笼,舞龙舞狮、武术、街舞表演,猜灯谜,官兵们在异国他乡的任务区体会到了浓浓的节日气氛和家的温暖。2018年9月,中国第八批赴南苏丹(瓦乌)维和工兵第二梯队135名维和官兵圆满完成一年的维和任务载誉归国时,正逢中秋节。飞机在空中行驶了4000余公里,在沙迦中途补给时,南方航空公司乘务人员拿来了布置中秋节氛围的灯笼、贴画和做好的写真纸板。维和官兵立即欢呼起来,和乘务人员一起组织了唱歌、猜灯谜等活动。

　　用爱心传播警营正能量的好军嫂、北京市太平桥中学高级语文教师退休的吴晓燕,是第七届"中国优秀检察官"荣誉获得者雷明君的爱人,更是一位充满爱心情注警营的兵妈妈。至2018年,她连续8年行程30余万公里,走进200多座警营。她走进警营的爱心活动之一,是把含有当代革命军人核心价值观等内容的谜语带到部队,以猜谜的形式,把自己用退休金买来的小礼品分发给官兵,调动大家的参与热情,受到官兵的喜爱。

　　佳节和重要纪念日,军报军网微信也常出些谜语供官兵猜射。谜题之前,常常使用一些煽情和挑战语言的标题或短语,如"兵哥哥邀你来猜灯谜""元宵节,军事灯谜等你来猜""正月十五猜军事灯谜,你敢接招吗!""这些关于部队的灯谜你能猜中多少?""军事灯谜大家猜,你能猜对几条?""灯谜排位赛,来吧,看看你的灯谜段位!""70个军营独家灯谜在此,盘他!"等。2019年初,学习军团·解放军新闻传播中心融媒体出品的供官兵猜射的谜题如:

报名入学（军衔）上校

釜底抽薪（军事用语）停火

不打不成交（部门）作战处

天庭部队下凡尘（兵种）空降兵

挑灯抚琴（武器）照明弹

新三年，旧三年，缝缝补补又三年（军事词语）长期服役

红白黄绿小灯笼，高高挂在半空中，刮风下雨全不怕，能遣将来能调兵。（武器）信号弹

一对圆眼黑娃娃，眼睛能够变戏法，万物被它瞧一瞧，远变近来小变大。（军用物）望远镜

小兵一尺高，军装光闪耀，每当要冲锋，喊杀它最早。（军用物）军号

犹如猛虎巧藏身，悄悄静卧没响声，待到飞来害人鸟，猛吼一声鸟丧生。（武器）高射炮

3. 大陆（内地）灯谜代表团赴台港交流活动

2005年7月8—16日，晋江市灯谜代表团随该市南音代表团赴台进行艺术交流。在台期间，以晋江市副市长颜子鸿任团长，市灯谜协会顾问范清靖、刘志峰，会长伍耿怀、秘书长郑丽玲等为团员的灯谜代表团一行8人，先后拜访台湾谜学研究会、高雄谜学研究会、台北集思谜社、澎湖谜社及鹿港谜界，进行谜艺交流。16日，代表团途经香港时，拜访香港灯谜研究社。

2012年12月3日，由上海袁杰倡导组织，姜文清、苏剑任正副团长的大陆谜人港台参访团一行42人出发，经香港抵台湾进行了为期8天的灯谜交流活动。7日晚抵达高雄，与高雄市谜学研究会、高雄市三山谜学研究会、台南市谜学研究会的20多位谜友在欢迎晚宴上相聚。9日，到达台北，与台北集思谜社、

台中市谜学研究会的 20 多位谜友相聚，畅叙友情，交换礼物，互赠谜书，相互悬谜猜射。台南、安阳友好谜协讨论了两会合作事宜。

4. 其他猜谜活动

2011 年 2 月，郑州颐和老年公寓为了让老人们春节过得充实，法人代表陈桂英和服务人员准备了 200 多条谜语，挂在走廊和大厅里。老人们不时走到谜语条幅前猜一猜，猜中者拿着得到的毛巾、牙膏、香皂等奖品，兴奋得像个孩子。

2013 年 2 月，春节期间，西藏博物馆举行为期 9 天的春节、藏新年文化活动，现场举办猜灯谜、敲福鼓等藏汉民族传统的互动游戏。

2014 年 1 月 22 日，南昌铁路局"井冈山号"Z133 次列车上挂起了谜语，乘客们猜谜贺新春。

2017 年端午节，兰州铁路局的兰州至张掖 Z6207/8 金张掖号、天水至敦煌 Y671/2 伏羲号、兰州至敦煌 Y667/8 敦煌号等品牌列车上，乘务员和旅客一起包粽子、猜谜语。

2018 年春节，春运时临时加开的上海至安徽阜阳 K5542 次"共青团号"列车上，列车员们准备了"猜谜语"的游戏，答对问题有"福"字或小奖品相送。

2019 年 1 月 29 日至 2 月 4 日，新疆和田市举办持续 7 天的首届庙会暨新春年货节，七大主题活动轮番上演，伴随着猜灯谜、赏花灯等传统文化项目。2 月 14 日，伴随着喜庆的锣鼓、欢快的秧歌，内蒙古赤峰市红山区铁南街道曲家沟村热闹地举办"草原书屋有奖猜谜十周年"活动。3 月至 11 月，湖北省民间文艺家协会及湖北省谜语专业委员会以 2019 年世界军人运动会为主题，举行大型灯谜征集和展猜活动。

第四章 进入21世纪后的灯谜（2001年至2019年）

第二节 灯谜组织

一、中华灯谜学术委员会

1. 整顿调整和重组转型

2000—2001年，在中华灯谜学会协调和指导下，灯谜界分别在陕西绥德、福建晋江举办"凌云杯"第一届、"施琅杯"第二届中华灯谜锦标赛，其后没继续下去。原因是中华灯谜学会因故被中国民协叫停，上交了印章。

2003年8月，应中国民协要求，中华灯谜学会部分代表在广东中山进行内部整顿座谈，修改委员会章程和调整组织班子。在9月的银川谜会期间，与会的谜委会代表进一步落实整顿和重组工作，就新班子成员进行沟通和商议。

2004年4月7—16日，中华灯谜学会工作会议在漳州召开。会议通过了《中国民协中华灯谜学术委员会章程》。章程总则概述：中国民间文艺家协会中华灯谜学术委员会简称中华灯谜学会，英文全称Chinese Lantern Riddle Academic Committee of the Association for Folk Literature and Art Of China。英文简称 The Learned Society of Chinese Lantern Riddle（LSCLR）。中华灯谜学术委员会是中国文艺家协会的专业委员会，是从事灯谜学术研究，开展灯谜创作，组织灯谜活动，致力于发展中国民间文艺事业，推动中国民间文艺学发展，活跃中国民间文艺市场的非营利性的社会群众性学术团体。学会宗旨是：继承和弘扬中华民族优秀的传统文化，普及灯谜知识，繁荣灯谜创作，提高谜艺水平，为振兴中华灯谜事业做出贡献。学会的一切活动始终贯彻和执行"双百"方针,坚持"两为"方向和邓小平建设有中国特色的社会主义文艺思想。遵守国家有关法律规定,遵守民间文艺家协会章程。学会的基本任务:(1)学术交流;(2)人才培训;(3)评比奖励;(4)灯谜展猜;(5)沟通信息;(6)发展队伍;(7)维护本专业艺术家权益;(8)提供有关咨询。学会实行委员会内民主集中制和常务委员会负责制。

漳州工作会议就新一届中华灯谜学会的任务、聘任名誉职务、发展委员、出版会刊、编印年鉴、设立联络处及编印简报等事项进行了热烈的讨论并达成共识。会议决议:(1)中华灯谜学会今后的基本任务是进行灯谜理论研究,举办灯谜学术交流,培训灯谜艺术人才,对先进谜人进行单项或综合评比奖励,繁荣灯谜创作,组织灯谜展猜,沟通灯谜信息,发展灯谜队伍。(2)中华灯谜学会自中国民协批准继续活动之日起,改会员制为委员制。原有的"委员""会员"从此失去连续性。今后,由新的常委(联络员)推荐并通过重新登记审批,在内地发展新的委员。(3)筹备出版中华灯谜学会会刊,刊名定为《中华谜艺》。由郑百川任编委会主任,赵首成任主编,郑育斌、张奕虎、张哲源、许祯祥任编委。每年出版1—2期。(4)设中华灯谜学会联络处。联络处设在福建省晋江市文化馆。由晋江市灯谜协会秘书长郑丽玲兼联络处工作。(5)中华灯谜学会活动信息将在《全国灯谜信息》上发布。根据实际需要,中华灯谜学会将以《简报》形式,由联络处不定期印发给常委和委员。(6)中华灯谜学会、《全国灯谜信息》社与书香文化机构编印《中华灯谜2000—2004年鉴》。(7)为了培养、发现年轻灯谜人才,2005年前,将积极创造条件举办全国青年灯谜邀请赛,以激励青年谜人脱颖而出,为灯谜发展多做贡献。(8)会议一致通过,聘请中华灯谜学会名誉主任和顾问。

2. 新一届组织机构

漳州工作会议通过了经沟通并报中国民协批准的中华灯谜学会新一届组织机构名单。2004年8月14日晋江会议又通过了中华灯谜学会名誉主任及顾问名单。

中华灯谜学会新一届组织机构名誉主任及顾问

名誉主任：刘雁云、吴超、吴仁泰、沈志谦。

顾问：陆滋源、陈振鹏、章品、苏才果、翟鸿起、江更生、汪永生、汪寿林、吴学平、张伯人、郑泽生、林宝才、林仲杰。

增补顾问：张志有、杜宇澄、严宗达、许连进。

中华灯谜学会2004—2008届组织机构

主任：郑百川。

副主任：胡安义、杨梓章、闻春桂、高鸿泰、张哲源、姜文清、刘二安、张奕虎。

秘书长：田鸿牛。

副秘书长：伍耿怀、汪德亨、方炳良、康重庆。

常务委员：方炳良、王子安、丛川（女）、叶国泉、田鸿牛、伍耿怀、刘二安、关德安、许海魁、许祯样、张奕虎、张哲源、杜心宁、杨梓章、汪德亨、苏德友、武骝、郑百川、姜文清、胡安义、赵首成、闻春桂、俞涌、敖耀寰、袁杰、高鸿泰、康重庆、彭莉、蔡芳。

增补常委：王茂林、张顺社、鄞镇凯、郑育斌、苏荣灿、宋世荣、龙吉江、罗营东、朱建铭、王定一、王炜、余勇、刘旭、安建国、李军。

2006年4月，闻春桂代表中华灯谜学会出席中国民间文艺家协会第七届全国代表大会，苏德友以宁夏民协代表的身份出席大会。

3. 组织机构调整

中华灯谜学会于2008年12月31日至2009年1月2日假"大潮汕2009年（揭阳榕城）国际迎春谜会"召开常委（扩大）会议，听取郑百川主任所做的工作报告，以及副主任闻春桂关于组织发展、财务等情况的汇报。与会常委对委员会工作进行了讨论，一致肯定所取得的成绩，并针对存在的问题发表了意见，对今后的工作提出了建议。会议通过了中华灯谜学会2009—2013届组织机构，名单如下：

名誉主任：陆滋源、吴仁泰、刘雁云、沈志谦。

顾问：严宗达、张伯人、郑泽生、张志有、江更生、许连进。

主任：郑百川。

副主任：田鸿牛、刘二安、张奕虎、张哲源、胡安义、闻春桂、姜文清、高鸿泰。

秘书长：郑育斌。

常委：王子安、王定一、王茂林、王炜、方炳良、龙吉江、叶国泉、田光泽、田鸿牛、丛川（女）、朱建铭、伍耿怀、刘二安、刘旭、关德安、许海魁、许祯祥、安建国、杜心宁、李军、苏荣灿、苏德友、余勇、汪德亨、宋世荣、张奕虎、张顺社、张哲源、武骝、罗营东、郑百川、郑育斌、赵首成、胡安义、俞涌、闻春桂、姜文清、敖耀寰、袁杰、高鸿泰、康重庆、彭莉（女）、鄞镇凯、蔡芳。

秘书处：处理日常会务，协调各部工作。秘书处设于《中华谜艺》杂志社（地址：福建省厦门市南华路4号文心阁）。分管副主任：闻春桂。秘书长：郑育斌，副秘书长：施奕盛、郑明义、王炜。

组织发展部：吸收审批委员，建立人事档案。分管副主任：姜文清。部长：汪德亨，副部长：王子安、彭莉（女）、李军。

学术研讨部：组织专题研究，设定奖项评审。分管副主任：张奕虎。部长：赵首成，副部长：敖耀寰、俞涌、叶国泉。

活动协调部：协调地方活动，谜事赛项评判。分管副主任：胡安义。部长：方炳良，副部长：伍耿怀、蔡芳、武骝、刘旭。

宣传出版部：报道宣传谜事，出版谜艺专辑。分管副主任：刘二安。部长：关德安，副部长：鄞镇凯、罗营东、朱墨今。

青年网络部：设立、管理网站，协调网上活动。分管副主任：田鸿牛。部长：陈继耿，副部长：郭少敏、龙吉江、胡泊、苏颖、郭海龙。

对外联络部：沟通内外信息，促进谜艺交流。分管副主任：张哲源。部长：谢烈树，副部长：苏荣仙、梁少梅（女）。

申遗办公室：主管申遗事宜，建立、管理文档。分管副主任：高鸿泰。部长：苏德友，副部长：杜心宁、宋世荣、安建国。

2011年10月，在"顺德区灯谜协会成立30周年纪念暨国内灯谜精英邀请赛"期间，中华灯谜学会召开了常委扩大会，通过郑百川辞去谜委会主任职务，聘为名誉主任。原各名誉主任聘为顾问，闻春桂为主任，增补郑育斌为常务副主任（兼秘书长），李德生、伍耿怀、苏剑为副主任，邓泽权为副秘书长。增补邓泽权、朱墨兮、苏剑、郭少敏、章镰为常委。增补王少鹏为组织发展部副部长，王得道为青年网络部副部长，郭海龙调整为对外联络部副部长。其他各副主任、常委、部门人员的任职情况不变。

2012年12月1日，中华灯谜学会于假"首届灯谜文化节（深圳）"召开常委扩大会。会议一致通过增补叶曙光、陈挺、苏颖、吴家宏、解俊峰为常务委员。

4. 2015年换届

2015年9月，在华山国际谜会期间，中华灯谜学会召开常委（扩大）会议，进行换届工作，选举出新一届班子。

名誉主任：叶舒宪（中国民间文艺家协会副主席）、闻春桂。

首席顾问：郑百川。

顾问：方炳良、叶国泉、田鸿牛、许连进、关德安、江更生、刘二安、刘雁云、汪寿林、沈志谦、吴仁泰、李德生、杜宇澄、张伯人、张志有、张奕虎、张哲源、林仲杰、郑泽生、姜文清、俞涌、费之雄、胡安义、高鸿泰、鄞镇凯、翟鸿起。

主任：郑育斌。

副主任：刘晓路（中国民间文艺家协会权益保护部主任）、伍耿怀、苏剑、赵首成、卢志文、施奕盛。

常委：王炜、王子安、王少鹏、邓泽权、邓铸坚、叶春荣、叶曙光、龙吉江、卢志文、庄云（女）、刘旭、刘忠和、刘茂业、刘劲松、伍耿怀、安建国、邢华旭、师卫华、牟斌、苏剑、苏颖、苏荣灿、苏德友、吴家宏、吴建伟、纪培明、李丹路（女）、李志勇、宋世荣、杜心宁、朱建铭、朱墨分、陈挺、陈雷、陈雪江、陈继耿、赵首成、张红雄、张顺社、张家宽、武騊、郑明义、郑育斌、罗营东、周昕、姜建平、施奕盛、郤晋、饶初平、胡德怀、秦明科、敖耀寰、郭少敏、章镛、梁倩（女）、黄冬妮（女）、蔡芳、解俊峰、潘培生。

办公室主任：施奕盛（兼），副主任：郭少敏、叶曙光、郑明义、王炜、邓泽权。

组织发展部部长：张红雄，副部长：王子安、王少鹏。

学术研讨部部长：赵首成（兼），副部长：敖耀寰、师卫华、黄全来。

竞赛活动部部长：武騊，副部长：刘旭。

宣传出版部部长：罗营东，副部长：朱墨分。

网络信息部部长：陈继耿，副部长：龙吉江、苏颖、王得道。

对外联络部部长：暂缺，副部长：苏荣灿、梁少梅（女）。

申遗办公室主任：苏德友，副主任：杜心宁、宋世荣、安建国。

2016年6月，中华灯谜学会名誉主任叶舒宪、主任郑育斌参加中国民协第九次全国代表大会。2017年6月，郑育斌参加中国民协深入贯彻习近平总书记文艺工作座谈会重要讲话精神专题研讨班，在会上作了《增强传承传统文化使命感，促进中华灯谜艺术大繁荣》的发言。

2017年10月29日，中华灯谜学会在广东顺德召开工作会议，会议审议并同意增补樊秋华、刘颜民、陈向萍、龚海波、谭沃强、缪锦灼为常委，同时聘请苏德友、朱育珉、李国安为顾问。本次工作会议还根据主任办公会议的决定，宣布了各位副主任的分管范围和谜委会内设机构及工作人员调整情况：

办公室：负责日常办公事务；负责文件起草、上传下达，协调各部门工作。分管领导：施奕盛。主任：施奕盛（兼），副主任：郭少敏、叶曙光、郑明义、王炜、罗营东。

组联部：负责组织、管理会籍、档案；负责重要谜事活动宣传；编辑、管理学会网站；负责海内外社团、谜家联络。分管领导：施奕盛。部长：张红雄，副部长：王少鹏、胡文明、项行。

学术部：负责开展灯谜学术研究活动；制定佳谜评选标准，评审、推荐优秀谜文、谜作；具体经办"金虎奖""图书大系"工作；指导各地谜刊、谜馆工作。分管领导：赵首成。部长：赵首成（兼），副部长：敖耀寰、师卫华、黄全来、熊辉、顾斌。

竞赛部：负责每届"中华灯谜文化节"的联系与筹办（包括申报、考察、提交主任会议审批）；各省市团体实地谜事竞赛的组织与协调，制定各种竞赛规程并督促实施。分管领导：苏剑。部长：武骝，副部长：苏荣灿、骆岩。

网络部：负责各网络谜会比赛的组织与协调，制定各种网络竞赛规程并督促实施；培养网络灯谜人才。分管领导：卢志文。部长：陈继耿，副部长：龙吉江、苏颖、王得道。

宣教部：负责谜委会的宣传和教育工作；组织编写系列教程、教案，广泛推行灯谜基础教育；负责指导、组织谜校竞赛活动，以及各地灯谜示范校的申报、审批事务。分管领导：伍耿怀。部长：吴家宏，副部长：朱墨兮、陈挺、樊秋华。

二、中国职工灯谜协会

1. 协会成立

中国职工灯谜协会（简称"中职谜协"）成立的设想始于20

第四章 进入 21 世纪后的灯谜（2001 年至 2019 年）

世纪末。1999 年 3 月 9 日，河北省职工灯谜协会会长高鸿泰和秘书长韩万明，携带河北省总工会宣教部出具的介绍信，进京到中华全国总工会拜会中国职工文体协会副会长包常春（全总宣教部副巡视员），聊起成立中职谜协的意向，得到赞同。后经高鸿泰、于磊、卢小平等多次进京汇报协商，中国职工文化体育协会于 2013 年 8 月 1 日下达批文："同意你会提出的成立中国职工灯谜协会的请示。工作机构设在河北省保定市。"

2015 年 3 月 21—22 日，中国职工灯谜协会成立大会在河北省保定市召开。大会主办单位为中华全国总工会、中国职工文化体育协会，协办单位为河北省总工会，承办单位为河北省职工灯谜协会、保定市灯谜学会、保定市职工灯谜协会。中国职工文化体育协会秘书长崔志民、全总宣教部文体处处长陈光辉、河北省总工会副主席卢彦君、河北省总工会宣教部部长常安平、河北省总工会宣教部副部长张永敏、保定市部分领导及来自全国部分省、市工会、文化宫的领导和谜友出席大会。

中国职工灯谜协会成立大会通过了《中国职工灯谜协会章程》。章程总则概述：中国职工灯谜协会，简称中国谜协。协会隶属于中华全国总工会中国职工文化体育协会，是其领导下并接受其监督管理的全国职工群众自愿结合的灯谜文化活动团体。协会接受中国共产党的领导，以其指导思想为指导，倡导德艺双馨、以弘扬中华传统文化、服务职工两个文明建设为己任。协会秉承的行事原则是：（一）坚持中国工人阶级的先进性，以"中国梦""劳动美"为活动主题，紧紧围绕中华全国总工会的中心任务开展工作。（二）以灯谜独特艺术魅力引领职工群众爱国家、爱民族、爱母语根文化。倡导高雅文化艺术，净化社会风气，促进精神文明与社会进步。（三）坚持活动形式多样化，在着重普及的基础上，创新提高，使灯谜活动遍布工矿企业和城乡，普惠大众,为职工群众成为爱学习、懂艺术、有智慧、高素质的新型劳动者贡献力量。(四)坚持以谜会友,以德为尚,五湖四海一盘棋,全国谜人大团结。互相理解,彼此尊重,讲包容,比襟怀,民主议事,广纳良言,群策群力,谜兴我兴。坚决摒弃华而不实、自我封王、门户之见、党同伐异之风。团结不同行业领域、不同风格流派、不同级别层次的谜人,形成宏大的灯谜艺术队伍。协会的精神是"团结、协作、普及、创新、奉献"10字方针。协会的业务范围为:(一)发展会员,拓展队伍,建立健全全总系统各省市区县灯谜组织机构,以使灯谜活动质量品位更高,规模影响更大,为深入持久发展提供服务和组织保障。(二)以灯谜艺术为手段和平台,传播科教文化知识,宣传党的方针政策,培养职工高雅艺术情趣,丰富群众业余文化生活,利用街头巷尾、新闻媒体、节日会庆等条件,组织不同地域、不同时节、不同行业的广大群众,举办群众喜闻乐见、高尚有益、与时俱进的灯谜竞制、竞猜活动。(三)举办灯谜文化知识讲座、研讨会,交流经验,表彰先进,使灯谜进工矿企业、学校课堂、军营农村,在大力普及灯谜文化知识的基础上,将谜艺谜德不断提升至新的水平。(四)集聚谜人智慧,展现活动成果,搜集资料,撰写文章,编印发行灯谜书籍、报刊。(五)学校是开展、传承中国灯谜文化的最好平台,培训学校教师出任灯谜教师,推进灯谜进校园、进课堂举措,及时表彰灯谜进校园的先进学校。(六)推进与港澳台海外华人灯谜组织的联谊交流活动,在同文同种、同根同脉以共同文化底蕴传承中华优秀传统文化的过程中,激发对中华大一统的认同感、自豪情,为国家民族的统一大业积攒积极因素作贡献。协会会址设在中华全国总工会,工作机构(秘书处)设在河北省保定市。

总则还明确:中国职工灯谜协会与中国民间文艺家协会中华

灯谜学术委员会系兄弟灯谜组织，学会侧重学术研究，协会侧重灯谜文化活动。团结协作，相互配合，携手进步，共同发展。

2. 组织、工作机构和人员

（1）名誉团队

名誉会长：王晓峰（全总宣教部部长）。

名誉副会长：崔志民（中华全国总工会副巡视员、中国职工文化体育协会秘书长）、陈光辉（全总宣教部文体处处长）、卢彦君（河北省总工会副主席）、常安平（河北省总工会宣教部部长）、孙金博（保定市人大常委会副主任）、王锦强（中国民协民间文艺研究所所长）、高玉（保定市文广新局局长）、郝贵良（保定市农工委纪检书记）、刘雁云（香港灯谜研究社主席）、张伯人（香港灯谜研究社副主席）、黄秋生（广东凯利生物科技有限公司董事长）、李金龙（中国社区民间文化交流中心秘书长）。

（2）顾问团队

法律顾问：齐根立（北京大嘉律师事务所主任律师）。

谜艺顾问：郑百川、吴仁泰、闻春桂、郑育斌、胡安义、张哲源、丛川、张奕虎、刘二安、伍耿怀、李德生、苏剑、赵首成、卢志文、胡三白、王谦、沈志谦、高武煌、叶国泉、张志有、张松林、苏德友、敖耀寰、周震康、郭少敏、杜心宁、宋世荣、王寅丑、钱振球、王子安、陈光亮。

特邀顾问：张永敏（河北省总工会宣教部）、杜正芳（南通工会）、姜康（南通文化宫）、林志聪（温州文化宫）、刘飞（长治文化宫）、林祎（华药工会）、丁华（吴江人大）、孙汉文（河北大学常务副校长）、石俊瑞（河北大学化学学院院长）、郑新芳（作家、评论家、莎士比亚学会副会长、作协理事）、秦国虎（中共保定市委办公厅）、王青春（中共保定市委机关事务管理局）、韩保健（河北清苑中学校长）。

艺术顾问：张旭光（中国书协兼中国美协副秘书长）、李彦彬（河北大学艺术学院院长、中华灯谜学会、中职谜协会徽设计者）、乙庄（中国美协、中国书协副研究员）。

（3）组织机构

会长：高鸿泰。

常务副会长：于磊。

副会长：田鸿牛、武骝、杨耀学、蔡芳、卢小平（女）。

秘书处：秘书长：龙吉江；常务副秘书长：宋扬（女）；副秘书长：李宏（女）、韩万明、方炳良、蔡鸣、龚海波。

职能部门和负责人：

组联部：张家宽、朱建铭、刘茂业、朱洁恋（女）。

俱乐部：王少鹏、刘俊赫、黄冬妮（女）、杨宏声。

网络部：苏颖、谷红歌（女）、王栋臣、罗营东。

企业部：徐小丽（女）、李军、余晓红（女）、梁民生。

普及部：章镳、陈良庆、苏卓平（女）、骆岩。

校园部：赵轲、范文婷（女）、金若男（女）、仲慧芬（女）。

夕阳部：常志英、叶春荣、杨晓辉（女）、张文生。

志愿者：王世辉、王志强、张文庆、张留顺、陈清远、陈亮、赵翔、郭亚军、高玉舜、田春霞（女）、彭程。

（4）工作岗位

会长办公会议成员：崔志民、陈光辉、常安平、张永敏、李宏（女）、高鸿泰、于磊、田鸿牛、武骝、杨耀学、蔡芳、卢小平（女）、龙吉江、宋扬（女）、韩万明、方炳良、蔡鸣、龚海波。

常务理事：崔志民、陈光辉、张永敏、常安平、李宏（女）、高鸿秦、于磊、田鸿牛、武骝、杨耀学、蔡芳、卢小平（女）、龙吉江、宋扬（女）、韩万明、方炳良、蔡鸣、龚海波、张家宽、

第四章 进入 21 世纪后的灯谜（2001 年至 2019 年）

王少鹏、苏颖、章镳、徐小丽（女）、赵轲、常志英、刘茂业、刘俊赫、朱建铭、余晓红（女）、李军、黄冬妮（女）、杨宏声、苏卓平（女）、骆岩。

理事：王世辉、王志强、王栋臣、叶春荣、田春霞（女）、朱洁恋（女）、张文生、张文庆、张留顺、杨晓辉（女）、陈亮、谷红歌（女）、陈良庆、陈清远、罗营东、范文婷（女）、金若男（女）、赵翔、仲慧芬（女）、郭亚军、高玉舜、彭程。

三、省域属地及跨地域灯谜组织

21 世纪的灯谜组织，大多是上世纪的持续运行，部分随着社会发展和人事变化而升格、调整、换届、重组，也有一些悄然消失或终止，也有一些新建、另立。零星获悉新成立的灯谜组织如：

北京：北京市东直门中学灯谜社，2014 年 3 月成立。中国萧军研究会北京灯谜协会，2015 年 1 月 29 日成立。

辽宁：沈阳市皇姑区灯谜学会，2013 年 5 月成立。

河北：武安市灯谜学会，2001 年 12 月成立。

山西：长治市职工灯谜协会、临汾市职工灯谜协会，2001 年成立。

山东：莘县老干部谜社（莘县老干部局主管），2007 年成立。青岛福林小学风车谜社分社，2007 年 8 月成立。

上海：华人灯谜艺术研究会，2010 年 2 月成立。

江苏：江苏省灯谜学术委员会，2019 年 11 月 10 日成立。灌南县灯谜协会，2010 年 12 月 26 日成立。苏州市吴江区松陵第一中学松陵文虎社，2014 年 3 月成立。无锡灯谜学会，2016 年 5 月成立。苏州市华侨灯谜会，2016 年 11 月成立。江苏省常熟职业教育中心校春来谜社，2006 年 12 月成立。南通灯谜学会，

2017年10月8日成立。张家港市金港中心小学博雅文虎社，2018年3月由兴趣班转社成立。

安徽：巢湖市职工灯谜协会，列2002年谜社名录。合肥市五一小学五一灯谜社，2009年成立。合肥市第四十二中学中国铁建城校区千寻灯谜社，2014年10月成立。巢湖市七中碧桂园分校碧峰虎啸校园谜社，2016年5月27日成立。

福建：福建民协灯谜学术委员会，2016年9月17日成立。闽江学院灯谜协会，2007年成立。晋江市养正中学群虎谜社，2009年创建，2015年易名鸿江谜社养正中学分社。晋江市梅岭灯谜社，2015年4月成立。福建省宁德市第一中学莲峰谜社，2015年成立。

江西：鹰潭市灯谜协会，2011年1月16日成立。

湖北：湖北省谜语学会，2014年9月筹备会第一次会议。

湖南：湖南省灯谜学会，2006年12月30日成立。湖南警察学院警苑谜社，2014年6月8日成立。

广东：深圳市灯谜学会，2009年8月29日成立。潮阳区灯谜协会2003年1月由潮阳市灯谜协会改称。潮阳民间艺术学会灯谜专业委员会，2011年6月成立。潮南区灯谜协会，2008年成立。潮南区和靖谜社，2012年2月成立。潮南区南江谜社，2015年2月成立。中华妈祖文化交流协会潮汕交流基地妈祖灯谜社，2016年7月成立。汕头市私立广厦学校骊星谜社，2001年成立。广东工业大学文虎灯谜学社，2002年成立。广东石油化工学院风扬灯谜社，2010年5月成立。汕头市浮西小学小虎谜社，2013年成立。

四川：四川省谜友联谊会，2015年2月1日，有川内会员单位9个（成都、新津、乐山、宜宾、眉山、内江、自贡、南充、泸州9地灯谜会社）。四川眉山青龙镇青龙灯谜协会，2019年5

月 1 日成立。

陕西：长安文虎社，2011 年 10 月成立。陕西省西安市曲江第一中学曲江谜社，2016 年 9 月成立。

甘肃：甘肃省谜友联谊会，2011 年 2 月成立。

四、网络谜社及网站微信平台

进入 21 世纪，新的网络灯谜社团相继成立，且都建有自己的网络平台，不少地方灯谜社团、灯谜刊物和谜人也在网络上设立网站、主页。2006 年，灯谜博客和博客圈纷纷建立。2013 年，灯谜博客圈、中华灯谜圈分别吸引 800 和 900 多名博客加入。21 世纪初，灯谜 QQ 群诞生，10 年时间发展到 200 多个群，有些超级群的加入者达到 500 人左右。这些网站、网页和灯谜博客及 QQ 群的出现，极大地推动了灯谜文化的发展。

随着网络软件的创新发展，2014 年 7 月 28 日，新浪圈子正式下线，随之关停灯谜博客圈、中华灯谜圈、巾帼谜社博客圈等 20 多个灯谜类博客圈，其他灯谜博客和博客圈、灯谜 QQ 群的热潮也在消退。继而，新的交流平台产生和发展，推动网络谜事的持续发展。

2011 年，腾讯公司推出了一款新型即时通讯软件"微信"。微信突破传统的通讯功能，朝着移动社交化的趋势发展。微信朋友圈具有发表文字、图片、链接等功能，而且它以微信好友为基础，以转发、评论、回复等为中介，基本构成了一个小型的移动社交圈。微信一经推出，就受到广大用户的热切追捧，两三年时间，微信用户就达到数亿。21 世纪 10 年代中期后，微信公众号、微信群已在谜界广泛建立和运行。

1. 21世纪初的网站和网络谜社

追风阁：2001年2月1日创办，主要栏目有阁主有约（有奖灯谜悬猜）、空阁来风（谜友谜作精选）、灯下偶拾（阁主的谜文）、自吹自擂、古城采风等。版主冯济峰，网名追风，谜号梦虎，临海市总工会工人文化宫主任、临海市灯谜协会会长。

白马灯谜斋：2001年5月建站，有猜谜知识、佳谜欣赏、请君猜谜、辇谜小组、灯谜论坛等栏目。站长白马（许峰）。

天涯社区"灯谜天地"：天涯社区内以灯谜为主要内容的一个自由论坛，2001年6月20日开版。论坛举办的谜事活动如每周常规谜赛、"迎春杯"灯谜对抗赛、"赏秋杯"灯谜对抗赛、"中华文明"系列谋皮大赛。版主有咔哒、秋雨无声、俺村儿俺最帅、谈笑周郎。

狮城雄风：石狮市灯谜协会主页，创建于2001年8月5日。以发布石狮谜坛新闻，介绍灯谜知识，传播灯谜文化为宗旨。有管锥谈艺、每周竞猜、灯谜评析等栏目。版主薛道达，网名管锥客。

佳谜在线：为双十佳灯谜评选论坛，《全国灯谜信息》灯谜年赛评选平台，安阳市职工谜协在此主持"殷都文虎"网上灯谜创作月赛。版主为——列案头。

大华谜：汕头经济特区报社大华网主办，广东移动通信有限责任公司汕头分公司、广东宏景科技有限公司协办，辟有网上报名、登录比赛、谜艺谈薮等栏目。从2002年元宵节开始举行灯谜竞猜，每两周更新作品供谜友猜射。

猜灯谜网站：是以灯谜为主的综合性文化娱乐网站。开设好谜发布论坛、竞猜中心、擂台赛、互动谜吧、谜友作品、谜人主页等30多个栏目。网站成立的互动谜社，有统（谢德峰）、网上幽魂（刘壮虎）、rick（栾钟治）、逍遥居士（夏紫阳）等20名社员。

风云谜社：前身为网易广州队，因网易社区形式无法适应谜友间日趋频繁的交流，10多位核心人物另起炉灶，开办新的网站并于2002年5月4日成立网络谜社。谜社通过积极的对外交流，在各地区和网络上主持和参加各类谜事活动并取得不俗的成绩，其谜刊创刊号（含电子版）也于同年9月出品。网站主要版面有每周竞猜、与虎谋皮、谜材参考、谜艺探讨等。2002年起，创办风云杯网络灯谜邀请赛，与其他谜社合办赛会，也参加传统的灯谜活动。

猜吧猜吧：项行的个人灯谜网页，2002年5月1日对外开通，辟有文虎摘锦、二泉虎影、猜制谜赛、面面俱到（灯谜创作）、项庄论剑（点评佳作及谜事）、谜途导航等栏目。版主项行，网名谜里喇嘛、谜陀佛，无锡太湖职工谜联社副社长。

银蛇谜社：主题网站于2002年9月中旬开通。开设银蛇社务、谜舞银蛇、谜走龙蛇、银蛇论坛、蛇友联盟、肖蛇文化、滩上新谜、谜人网事等栏目。举办"银蛇文虎"网上灯谜创作月赛，参赛谜作刊于《杯弓蛇影》等谜刊。版主孙鉴（孙建），网名上海是个滩。

铁山谜苑：2002年2月1日网页上传。开设谜人谜作、佳谜赏析、每月竞猜、谜艺交流、《聊斋志异》专题等栏目。站长杨少湖，网名阿湖。

猜网：夸克大众娱乐网络有限公司独立创建的在线竞猜娱乐网站，曾全力推出在线有奖猜谜活动，开办猜谜栏目和灯谜论坛。2002年9月因故关闭。王小勇（谜号羽骁，北京谜友联谊会副秘书长）任版主期间，策划举办了历时7个月的首届猜网"四海绘斑斓杯"全球华人灯谜创作年赛。

2. 2009年前后的网络谜社和谜网

在网络谜事高潮期的2009年，谜界多人盘点了正在运行的

中华灯谜史（1949-2019）

主要谜网组织情况。

截至 2009 年 12 月正式成立并确立管理组织的网络谜社有：游子吟谜社、风云谜社、猜灯谜互动谜社、春风谜社、高校 BBS 灯谜联盟、自五灯谜俱乐部、华灯谜社、天之林紫云谜社、谜苑天涯谜社、老鹰灯谜俱乐部、谜踪虎影谜社、中华国粹谜社。

截至 2009 年 12 月，正常运行的各类主要灯谜网站有：中华灯谜网、全国灯谜信息、游子吟谜社、风云谜社、华灯谜社、猜吧、中国文虎网、谜材网、搞脑筋、文游网、狮城雄风、上海灯谜网、潮汕灯谜在线、保定灯谜网、云霄灯谜。社区类灯谜网站有：春风论坛、猜灯谜互动社区、谜苑天涯、谜踪虎影、幽趣论坛、谜城一灯、暖香坞谜社、天之林谜坊、杏林谜材库、天涯社区-灯谜天地、国粹论坛灯谜区、黑马社区—野渡灯谜、虎友谜社论坛、银蛇谜社、徽风皖韵、之江谜苑、辽宁灯谜、楚湘谜苑（长沙谜语网）、苏州灯谜网、浦东虎社灯影、深圳知音谜社、澄海红头船谜社、揭阳三江谜苑、揭东谜友沙龙、揭东虎山谜社、谜潮网、韩园谜苑、旗山射虎。非社区灯谜网站有：南京灯谜网、江西灯谜网、白马灯谜斋、水城新津灯谜网、中华灯谜艺术之乡、中华谜艺。

截至 2009 年 12 月，正常运行的主要灯谜圈子有：灯谜博客圈、谜友大家庭、灯谜发烧友、中国灯谜理论、巾帼谜社博客圈、猜灯谜互动博客圈、春风谜社博客圈、天之林 QQ 谜群、风云谜社、游子吟谜社、华灯谜博圈、虎友谜社圈、蛇友博客在线圈、潮汕谜友博客圈、中原灯谜客栈、齐鲁灯谜、辽宁网络灯谜协会、浙江灯谜圈、福建灯谜圈、河北灯谜博客圈、联谜大擂台、笑话灯谜大观、金庸迷博、古龙迷博、金融谜博、搜狐博客圈—灯谜世界、网易博客圈—灯谜、中国文虎网—谜人之家。

截至 2009 年 12 月，正常运行的主要灯谜群或灯谜室有：鹿鼎谜吧、灯谜联谊、笑谈谜坊、小楼观雪谜语群、灯谜沙龙、灯谜小屋、谜你群、九州谜苑、滴谷山风、清风晓轩、落梅如雪轩、闻风阁、开心小谜台、虎啸山林、新射虎之家、太阳、谜苑米香、思思爱猜谜、寒烟听雨、快乐猜谜大观园、音乐灯谜群、悦园谜友群、谜于江湖、风云谜擂、华清谜会群、品诗赏联猜灯谜、天涯谜友、春风谜社、天之林谜坊群2群、稻香村谜坊、谜踪聚义厅、老鹰灯谜俱乐部、搞脑筋灯谜群、灯谜乐园、传统谜人群、传统谜刊群、《全国灯谜信息》《文虎摘锦》《中华谜艺》《春灯》、灯谜菜菜鸟—笨笨家族、灯谜夜校、灯谜初学者、国粹论坛谜友群、天涯社区灯谜新天地、潮州灯谜群英会、河南谜群、东北新局、闽东虎友、潮汕谜友、广西谜友群、红头船谜社2群、晋江灯谜客栈、揭阳灯谜沙龙、石狮灯谜交流群、爱大方灯谜、新津灯谜邀请赛、中大东校区灯谜协会、大学城广工文虎谜社、韩园谜苑、腾讯固定聊天室—灯谜天地、新浪UC团体—六艺居灯谜吧、呱呱聊天室—灯谜初学者。

2010年后，一些新的灯谜微群诞生。如：2010年10月，陈明涛创建新浪微群"灯谜围裙"，2012年改为"灯谜屋"，群员450多人。群内发起谜海水珠、新谜挂面、谜艺入门等10多个灯谜话题，组织竞猜活动。又如：2011年9月，张建平创建新浪微群"东篱谜社"，群员最多时有1100余人，群内发起今日灯谜、灯谜擂台、佳谜推荐等10多个灯谜话题，组织每日竞猜、有奖谜赛活动。又如：2013年3月，孙鉴创建新浪微信公众平台"猜灯赏谜"，关注者有1000多人，平台微谜会推出每日一谜征射和发表谜文，谜作主要由上海谜人制作。

截至2009年12月，网络流传的灯谜软件和主要在线查询系统有：

《灯谜之灯》，王庆魁、王轶颖编发，1996年11月初版；

2004年4月新版。

《猜灯谜》，猜灯谜互动谜社编发，2003年12月初版。

《灯谜大典》，谜里喇嘛编发的数据库版，2004年4月初版。

《中华灯谜》，澄海夫子工作室编发，2005年1月初版。

《灯谜大擂台》，林作之编发，2005年2月初版；2009年2月新版。

《翱文中华灯谜大全》，翱文科技编发，2006年6月初版。

《中国灯谜XP》，houden编发，2004年7月初版；2005年10月新版。

《谜语大全》，任远编发，2006年1月初版。

《漪爱谜语大全》，漪爱谜语工作室编发，2008年10月初版；2009年8月新版。

《汉语大辞典》，汉辞软件，含谜数万条，2005年7月初版；2010年1月新版。

《顽石斋灯谜查询》，顽石斋编发，在线查询，2007年4月初版；2008年7月新版。

《谜萃网灯谜查询》，谜材网站长阿风编发，在线查询，2007年10月初版；2010年1月新版。（《中华灯谜年鉴·网络灯谜系列资料》）

　　2010年11月，谜界天歌（熊辉）、国粹网站长都市村夫（吴红）及无痕、寒灯等多方多人合作开发了《国粹网·中华灯谜库》，旨在把从古到今的灯谜作品都能收集到一起来。2019年，入库120多万不重复的灯谜作品。人们可以通过谜面、谜目、谜格、谜底、作者这几项进行任意组合搜索需要的灯谜，也可以通过输入1—3个关键字来组合，分别对应谜面、谜目、谜底进行搜索。广大谜友亦可参与谜库建设，点击"添加灯谜"链接可以单条或批量上传灯谜。

第四章 进入21世纪后的灯谜（2001年至2019年）

3. 21世纪10年代的微信公众号和微信群

随着智能手机的普及，微信软件的火爆，灯谜也从电脑网络延伸至手机微信。灯谜类微信公众号随之破土而出。苏颖《灯谜类微信公众号概况》介绍，2013年3月，上海谜人孙鉴开通了灯谜主题微信公众平台"猜灯赏谜"。2014年以校园谜协开通微信公众号的为多，反映出新生代对网络新事物的接受能力比较强。2015年各地谜协或个人微信公众号纷纷登场，并极其活跃，出现"每日一谜"栏目的就有10余家。这些微信公众号或是开展灯谜竞猜，或是发布灯谜信息、谜艺探讨。公众号的关注人数多者两千余人，一次竞猜参与者在一二百人的公众号也不在少数。

2016年4月略计，活跃型灯谜类微信公众号有：孙鉴《猜灯赏谜》、台州市黄岩区青年灯谜协会《橘乡灯谜》、红头船谜社《红头船灯谜》、福州市灯谜协会《榕荫射虎》、揭阳第二中学《涵秋谜社》、潮阳谜协《潮阳灯谜》、林毓睿《东山岛灯谜》、石爱民《武安灯谜》、常熟市灯谜学会《常熟灯谜》、东峰小学《东峰谜社》、养正中心小学《养正灯谜》、广东石油化工学院《风扬灯谜社》、黎冠新《儒林灯谜会》、顺德均安灯谜学会《均安灯谜》、濠江区文化馆濠江区灯谜学会《濠江灯谜》、澄海实验高级中学簏声谜社《实高簏声谜社》、五味子《每天一谜》、闭上眼睛《猜字谜》、孙桂秋《迷之世界》、苏州吴江区工人文化宫《吴江灯谜》、华灯谜社《华灯谜坛》、闽江学院《闽江中文社区》、汕头大学灯谜协会《汕大谜协》、龙海谜协《龙海灯谜》、辽宁网络灯谜协会《辽宁灯谜》、天辰戊《灯谜》、合肥市灯谜协会《合肥灯谜》、孙胜利《浮香斋谜艺》、厦门同安区灯谜协会《厦门同安灯谜》、澄海文化馆《澄海灯谜》、平望镇灯谜学会《平望灯谜》、晋江市谜协会《晋江灯谜》、杭州职工灯谜研究会《杭州灯谜》、陈剑敏《江西灯谜》、黑马《灯谜汇》、王磊《顽石斋》，主办者与微信公众号名称相同的《宁德市灯谜协会》《大方县图书馆》《国粹谜社》《温岭市灯谜协会》《惠安灯谜圈》《韩师灯谜学社》《广金金凤灯谜协会》《猜谜台之挑灯射虎英雄榜》《翔宇灯谜馆》《谜也者》等。

21世纪10年代末，相当部分灯谜社团、灯谜赛会、谜刊建立了微信群，运用微信平台进行谜友交流、谜艺探讨和猜射灯谜、组织竞赛。

第三节 灯谜作品

21世纪是灯谜创作的又一高峰期，谜作风格丰富多彩。

这一时期是新谜材广泛开拓和谜艺技巧创新最快的时期，贴近实际、贴近群众的通俗灯谜创作仍然是主流，同时兼有的求新、求异、求奇、求难的创作实践，共同推动了灯谜艺术的发展。在发展的大趋势中，也出现了"非成句不为佳，非典故不为能，非造底不看好"的倾向，出现了灯谜创作使用冷僻诗文和典故以及生造谜底的现象，少数谜作无益时用、无益规补、为谜而谜。另一方面，一些似谜非谜的"天鹅谜"、无厘头的"伪灯谜"、脑筋急转弯题、语文释义题在民间以灯谜的名义流传。这些偏向杂起，从各方面映衬出灯谜百花齐放、繁荣兴盛之势。

一、大众普及谜作

1.《老同志之友》2001年1月"开心时刻"有奖猜谜

奔向二十一世纪（歌曲）《走进新时代》

第四章 进入21世纪后的灯谜（2001年至2019年）

世纪的同龄人（成语）百年偕老
新世纪的约会（抗洪名词）百年一遇
元旦写生（文化用品三字）新年画

（以上侯印）

喜盈门（文学名词）乐府
一路欢笑（民俗名词）道喜
味精上广告（成语）鲜为人知

（以上齐庆）

2.《人民日报》2006年2月12日刊《猜灯谜》

急于植草广造林（农作物）蕉麻
网上落泪又相思（农作物）罗汉豆
春来尚且获利中（果树名）棠梨
金色的早晨（茶名）黄旦
拉住秀女把话传（农业名词）诱接
生生不息（农业名词）总产
倍加思念（蔬菜名）番茄
披星戴月到农村（花名）夜来香（乡）

（摘自中华灯谜网）

3. 老百姓最喜爱的谜语

2009年，《文虎摘锦》举办"老百姓最喜爱的谜语"全球征集评选活动，最终由海内外民众票选出100条，其中有50多条灯谜，大多是当代谜人的谜作。例：

小屋四四方，不见门和窗，有人犯了法，把他往里装

（字）囚（王德海）

两楼两底平顶房，朝东朝西都有窗；四口分居各一间，左邻右舍俱姓王（字）噩（汪寿林）

自大一点讨人厌（字）臭（王能父）

人人树立四化志（字）德（李飞鸿）

翻开日记写人生（字）借（陶维松）

游子方离母牵挂（字）海（李振洲）

甜咸苦辣，各味俱备（字）口（费之雄）

我为人人，人人为我（字）徐（汪寿林）

树先进，帮后进，团结昂首向前进（字）棉（朱墨分）

写点东西留人间（字）火（查坤林）

听听是一，看看似二，不是第一，却是第二（字）乙（席伟）

是汉子都爱走南闯北（九字常言）男人没有一个好东西（易中）

触电而亡（四字口语）肉麻死了（沈志谦）

做完选择题，再做连线题（四字常言）勾勾搭搭（项行）

太阳出来喜洋洋（祝贺用语）生日快乐（章镳）

一不要官，二不要钱（选举名词）弃权票（杨耀学）

学狗叫，学鸡叫，逗得宝宝开口笑（食品品牌名三）旺旺、喔喔、娃哈哈（刘敏）

4. 云南卫视2014年《中国灯谜大会》最佳谜题奖

昆明普降大雪（七言唐诗）春城无处不飞花

月神、月宫主人、后羿之妻（科技新词）嫦娥三号

万里赴戎机（中国革命历史事件）长征

第四章　进入21世纪后的灯谜（2001年至2019年）

5. 云南卫视2014年《中国灯谜大会》总决赛观众答题

婆媳一股劲，干啥都开心（吉祥用语）家和万事兴
元宵邀您来相会（社会倡导行为）节约
初看象关羽，细想是张飞（字）翔
心动含泪奋争先（成语）激流勇进
快刀斩乱麻（成语）迎刃而解
一桥飞架南北（字）工
馒头、配切半边的蛋（字）蚀
红豆一颗表真情（成语）赤子之心
小六着装色斑斓（成语）五彩缤纷
野渡舟自横（成语）无人问津
依圣旨接受招安（成语）从天而降
举重比赛（成语）斤斤计较
着着妙手，段位上提（成语）步步高升
"到黄昏点点滴滴"（《水浒传》人物绰号）及时雨
纽约城里车代步（成语）美中不足
高个学员年纪轻（成语）长生不老
打老虎（电影）《十二生肖》

6. 中央电视台央视2014年《中国谜语大会》征谜一等奖谜作

甲午年大有可为（字）骑（刘炳堃）
男人站中间，妇孺列两边（网络热词）女汉子（李明）
站直方可测身高（网络新词）正能量（潘汝淦）
"风乍起，吹皱一池春水"（网络交流平台）新浪微博（冯冬水）

先生从前住西楼（字）杉（钱振球）

提前留心点，保证能猜到（六字常用语）早在意料之中（马凤友）

奉先到，即挽公台（中国名胜）布达拉宫（刘健）

一旦用心有奔头（足球队）恒大（黄晖华）

代父从军未挂花（字）栏（聂玉文）

驾车不饮酒，饮酒不驾车（行政用语二）开会、出差（赵可东）

7. 中央电视台2015年《中国谜语大会》征谜一等奖谜作

哥儿俩同在照片中，模样有别声音同，一个反应不灵敏，一个眼睛亮晶晶（字）相（叶国泉）

两个合一起，猜竹不允许，要问为什么，我来告诉你！（字）答（王德海）

去年已入此门中（字）闯（李旭东）

望四面雾霾不起，看八方廉洁成风（泊人二）周通、张清（王寅丑）

恭喜庄稼收成好，保你生个大胖小！（北京著名店招）庆丰包子（李明）

放眼乙未年，准能火起来（字）着（梁民生）

官位高一生无求，家底少终生不贪（字）牢（孟凡祥）

赤卫队员探望湖区百姓（央视主持人二）朱军、张泽群（陈明雄）

因为气度恢宏，终于结为知己（股市用语）成交量大（胡安义）

全民掀起读书热（北京地名二）大兴、崇文（郭亚军）

"春天还会远吗"（节气）冬至（蔡芳）

火见它就灭，请别把水猜（少笔字）一（宋韦佩）

说说乙未年（星座名）白羊（兴山柏）

一个病老头，女士人人求（14笔字）瘦（刘立博）

出警后一心除恶（社会主义核心价值观名词）敬业（吴建伟）

8. 中央电视台 2016 年《中国谜语大会》征谜一等奖谜作

恰似双眼挂泪花（常用软件）QQ（龙汉德）

早晨人人露笑脸（民族美食）朝鲜冷面（云杰）

十分必要留个影（字）笔（林革）

猴年旧貌换新颜（字）申（吴家宏）

肚大腰圆腹内空，厚厚脸皮爱紧绷。别看胸中无点墨，发言便说通通通。（乐器）鼓（张文庆）

安定的北京（江西地名）宁都（张世培）

早餐有，中餐没，晚餐有，夜宵没（天文现象）日食（张从堂）

二〇一六（传统智力玩具）九连环（陶宽汝）

猴年迎春（中超球队）申花（陶维松）

相聚在南京（甘肃县名）会宁（李玉昌）

9. "素华杯"现代（白话）灯谜创作大赛佳谜

金猴谜社与《文虎摘锦》《白虎新风》联办"素华杯"现代（白话）灯谜创作大赛。2013 年和 2016 年两届都评选出十佳谜作。例：

做人需要常问心，交人一定要交心（穴位）合谷（乔北海）

只要勤劳定能致富（中药冠不定量）若干人发（骆岩）
念念不忘初恋情（称谓三）首相、爱人、老记（周跃建）
酒后开车出事故，出了事故折了手（字）渐（汪良淦）
工资捐给铁路了（5字财务用语）收支两条线（王少鹏）
先要相信党中央,奸官最后定扫光(民族)保安（林建兴）
眼睛虽然伤残，但有爱心一点，是公仆就应当为人民服务（字）官（陈道平）
相邀词客张三影，待得雨晴共登山（公交用语）请先下后上（王芳）
十二生肖匹配好，百里挑一结良缘（神话人物二）小青、白娘子（汪寿林）
越是有水平，越是沉得住气(环保名词)高能耗(曹先华)

二、适度回互谜作

1.《新民晚报》2001年1月"今宵灯谜"例录

元日（国名·求凰格）比利时（张文元）
二〇〇一（体育项目三）高低杠、吊环、单杠（雷鸿仁）
希望以色列和周边国家能和平共处（四川、湖南、甘肃地名各一）巴中、东安、宁（袁克诚）
口信（辛弃疾词句）日边消息（刘荣贵）
奋（电脑品牌）北大方正（袁先寿）
古来征战几人回（商业用语二）打折、盘存（石午中）
问渠哪得清如许（股市名词）流通盘（王兆贵）
不才明主弃（食品品牌）上好佳（曾正明）
月黑见李花（化妆品名）乌发素（夏建松）

第四章 进入21世纪后的灯谜（2001年至2019年）

扫地扫一房中央，揩面揩一鼻头梁（成语）不着边际（张礼鹤）

2. 报刊网络灯谜双十佳

21世纪的第一年，部分传统谜刊与灯谜网站联合倡导举办"报刊网络灯谜双十佳"评选活动，从当年各类谜会、创作赛评选并在报纸杂志网络发表的600多则佳谜中初选出60多则，然后评选产生佳谜20则。这项评选活动每年一次，2009年灯谜活动异常活跃，赛事不断，产生的赛事佳谜比往年成倍增加，灯谜双十佳的数量增加为各20佳。录第1届和第11届的双十佳谜作如下，可见当代灯谜之风貌，亦可从相距十年的谜作比较中领略艺术风格上的变化。

2001年报纸杂志十佳谜

生，似一线悬空；亡，如烛火幻灭（外名著）牛虻（辞明）

欲订城下盟，请君当说客（歌曲）想和你去吹吹风（王福阳）

中国体改呼声急（字）集（汪良淦）

绚烂北京展新姿（国名）约旦（宫清先）

休以乌纱乱吓人（河北地名）保定（傅金良）

破冰垂钓（贵州地名）习水（周利全）

只这脚踪儿将心事传（电信名词）移动通信（黄秦奇）

半生躬耕长相守（宋诗人）张耒（武骝）

东坡相约明月下，佛印前来杯不空（唐诗人）皮日休（杨翔）

怒目横眉发厉声（字）丽（许友金）

2001年网络十佳谜

失利即指吃败仗（字）剩（苏颖）

亡戍中，起蓟下，聚百人而撼秦室（国脚）宿茂臻（翁弘元）

牵衣折柳欲留君（谜格）榴裙（黄冬妮）

古今同是此月，来对一江流水（乐器）胡琴（晏浩）

翻眼一瞟孩子王（宋词一句）白了少年头（裴靖）

弹起土琵琶，唱起抗战谣（女歌手名）斯琴格日乐（项行）

吕奉先一出，百万人中任纵横（百强小说）《春桃》（天涯）

或以兵围之，或以火攻之（四字常言）可圈可点（金镝）

似扇、似柱、似壁、似索（五字称谓·卷帘格）形象代言人（一声横笛）

芳心错许，了此一生亦枉然（歌星）李玟（望文）

2011年报纸杂志灯谜双十佳

登轼而望之，曰："可矣。"（阅读古文行为）看《后出师表》（骆岩）

拒腐蚀，存睿智，不奢费，务求真（人事用语）清明节休假（林松龄）

"盎中无斗米储，还视架上无悬衣"（8字常言）舍不得吃，舍不得穿（袁廷福）

祖国已多年未亲近（发型连要求语）中分、别太长（郭泉）

牵一发而动全身（3字网络新词）微博控（林松龄）

同举义旗共赴难（安全名词冠不定量词）一起起事故（桑小平）

装起嫩来，让人难受（缺席原因解释）那天真的不舒服（李文林）

第四章 进入21世纪后的灯谜（2001年至2019年）

炎黄子孙发宏愿：岂能步他国后尘？（《桃花源记》二句连）此中人语云：不足为外人道也（安丽华）

毕其一生，大力支援边疆三省（2010年新词）牛奋男（龙汉德）

园中梅开已三分（4字商品标价语）每本二元（张士斌）

贪婪索贿显丑态，巨额财产不易藏（8字常言）要多难看有多难看（于万冬）

叹曰：那长嘴大耳的和尚，挥舞那九齿钉耙打将过来，倒颇有几分劲道（5字对人评价语）感悟能力强（孔祥启）

界河对岸，没有了往日的热闹，也听不到往日的笑声（5字口语）一边凉快去（郑庆元）

人生抱负点滴始（字）资（武骝）

为人莫贪肮脏钱（财经名词二）财务、净收入（杜敏）

六骏尚难聚一堂（《百家讲坛》人物连称谓）马未都·收藏家（张勇猛）

弈棋着着藏玄奥，解说一一作分析（学习用品冠品牌）步步高点读机（林怀聿）

采石矶前空伫立，唯有月影宛相随（民间艺术）碗碗腔（陈勇）

丫头，若两人真心为伴，需倾心以对，相互挂念（陕北民歌）兰花花（刘炳堃）

天子死曰崩，诸侯亡曰薨，政坛称逝世，军界称牺牲（报刊）古今故事报（于忠东）

2011年网络灯谜双十佳

冠亚军互夸对方（6字体育名词二）第一道第二棒、第二道第一棒（卫斌虎）

中华灯谜史（1949–2019）

"更闻帘外雨潇潇，滴芭蕉"（4字八卦行为，卷帘格）打听内幕（梁倩）

"我乃燕人张翼德也！谁敢与我决一死战？"（4字出行方式建议语）打飞的来（庄云）

"孔明变色曰：汝自幼饱读兵书，熟谙战法。吾累次丁宁告戒，街亭是吾根本，汝以全家之命，领此重任。汝若早听王平之言，岂有此祸？今败军折将，失地陷城，皆汝之过也！若不明正军律，何以服众？汝今犯法，休得怨吾……"（4字打黑报道语）悉数落马（赵首成）

"今亡亦死，举大计亦死；等死，死国可乎？"（6字身体状况描述语，掉尾）没有生理反应（束洪波）

大胆假设，小心求证（4字报刊发行用语）明天止订（蔡振亮）

独自承受一切，已然万念俱灰（6字口语）我都担心死了（王亮）

珍珠玛瑙终无用，把手一撒后皆空。（乐器）琵琶（林建兴）

你也思念，我也思念（电视剧《中国地》称呼四）他爹，想儿他娘；他娘，想儿他爹（黄文波）

枪杆子里面出政权（国际关系词）战争中立国（王醒宇）

宁可抛乌纱，自要人清白（古龙小说人物）丁奇（空学来凤）

不满月离娘怀要受饥寒（4字古代读书人自叹语）小生命苦（李迁）

"只为馨香重，求者遍山隅"（4字资源来源说明）芬兰引进（许传福）

曹孟德未竟之志（5字口语）操不完的心（刘艳明）

郓哥道：便到官府，我也只是这般说。（外国电影）《偷情许可证》（许友金）

"四面军马渐渐逼近,八方弩箭交射甚急"(5字马来西亚住宿安排)云顶不住了(程昭军)

"阿爷无大儿,木兰无长兄"(6字K宋祖英歌询问语)点兵哥哥没有(汪麟)

晚辈总将要接班(方位字三)以后人、最终取、代前人(崔永凯)

会意贵别解,离合要贴切(2字宗教名词)贝叶(王祥方)

"明星荧荧,开妆镜也;绿云扰扰,梳晓鬟也;渭流涨腻,弃脂水也;烟斜雾横,焚椒兰也"(5字快女粉丝数量比较语)比喻佳丽多(叶曙光)

侯增《2011年度报刊网络灯谜双十佳述评》曰:从2011年度报刊和网络灯谜双十佳的作者分布,很难看出网络和传统的区别,创作风格也更趋于一致,很多资深谜人的佳作在网络灯谜中出现,入榜作者中也出现了许多新面孔。从入榜作品看,创作风格更加丰富:时尚语言、网络语言、串联语言成为主流;同材谜底的串联也是谜人善于运用的手法;会意别解是灯谜之本,回互其辞,回味无穷;增损离合向来是灯谜好手的看家本领,拆字组词,信手拈来。

3. 2002年第一届风云杯网络灯谜邀请赛佳谜选

辗转乡思到天明(成语)胆大心细(李创龙)

上下齐心旧貌改(安全标志用语)EXIT(吴波)

离弃糟糠太荒唐,再迎新人戏洞房(六字常用语)休得无理取闹(许飞)

有情芍药含春泪,无力蔷薇卧晓枝(品牌冠形象代言人)

那英好美时（葛停香）

太公上山宋江摆宴，提辖买肉频戏郑屠（多字成语）庆父不死，鲁难未已（林敏）

定叛乱，候玉玺，立新君（金庸小说人物）平等宝树王（李迁）

一错再错，犹未得法（多字成语）三过其门而不入（骆文胜）

披上红盖头，哭轿放悲声（即物赠）一包555（郁银燕）
折柳赠别后，依依回闺中（水果）桂圆（陈继耿）
裁员解困，双增双节（水果）桂圆（李清川）

4. 2003年首届全国省际网络灯谜邀请赛佳谜

初听流莺喧柳叶（字）藻（李创龙）

望巍巍珠峰，嵯峨峥嵘，崖岩环现，璀璀琼瑶呈半空（聊目）九山王（胡永久）

为何单身苦，嫁后方知晓（宋词句）怎一个愁字了得（罗炜）
打拼在军旅之中（电视剧）《DA师》（郭泉）

对古之文化，当用心分析，先取精粹，后弃糟粕（四字常言）迷迷糊糊（魏育涛）

马汉道："这厮枉费包大人一番好意，王贤弟去打探打探。"（毛泽东词句）背负青天朝下看（陈见生）

身处水深火热，即须奋起一搏（四字常用语）沉着应战（龚慧娴）

闹罢水晶宫，径返花果山（汉诗句）威加海内兮归故乡（邱宁）

阿哥所虑何事，待卑职猜上一猜（多字成语）以小人之

第四章 进入21世纪后的灯谜（2001年至2019年）

心，度君子之腹（陈毅松）

翻看囊中无一文（三国人）昌义（岳广华）

5. 2015年第二届中华灯谜文化节"30城市灯谜展猜"佳谜

"承接历史，走向大众"（行政用语）上传下达（陈清远）

"坚决反对台独，维护祖国统一"（体育比赛解说语，含运动员名）陈中不得分（陈浩）

"爱是不可亵渎的"（敬称连评价）令尊，重感情（林狄平）

中央重塑新形象（字）贵（代述祥）

反腐没有时间表（山西地名）长治（冯生田）

叹从前，钱权前面栽了跟头（珍稀植物）银杏（郭天贵）

身处动乱时，忠孝终难全（《醉翁亭记》句）射者中（黄跃佳）

时光易过勿虚度，白发枯苍转头临（《聊斋志异》篇目）莲香（洪育敏）

彩票若获奖，游遍全世界（股票名）中国国旅（苏江树）

老公老婆互吹捧（体育项目连相关杂志）高尔夫、高尔夫人（骆文胜）

人说在战国之后，我看是春秋之前（字）秦（刘鸿喜）

阳春晚景四方同，泊堤鹊影处处见（字）日（汪寿林）

曾睹少游展辩才（古文出处介绍语，首字四笔）见《过秦论》（王芳）

小时四条腿，长大两条腿，老了三条腿（称谓）形象代言人（安润泽）

江左王公着朱衣（工业零件）滚珠（邢华旭）

吾既出口，驷马难追（节日简称）五四（张松林）

风险是涨出来的（象棋术语）高将多危（陈昌年）
周围谋士如云，猛将如雨（电子新产品）智能手环（庄云）
交际多元化（《水浒传》人物）阮小二（陈金吾）
我生待明日，万事成蹉跎（电动工具）磨光机（胥登品）

6.《咬文嚼字》"每月二谜"（2018年1至3期）

老聃有传人（成语）不绝于耳
陈德霖传（清代小说）《石头记》（注：京剧表演艺术家陈德霖的小名为石头）
松雪道人事后朝（已故语言学家）赵元任
拜小丁为师（钢琴演奏家）傅聪
前饰《西厢》传柬婢，后饰许仙共枕人（花卉二）一串红、一串白
文徵明出谜（动物）壁虎（注：文徵明初名壁，亦作璧）

三、深度回互谜作

1. 2011年第一届长安文虎杯谜会自荐佳谜

"无公乃无民国，有史必有斯人"（5字量子物理用语）夸克强作用（郭少敏）(面出章太炎挽黄兴联)
"家在潇湘云梦中"（前领导人）江泽民（郑百川）(面出吴禄贞《临终遗诗》)
"此一番诈降计安排定，今夜晚取南郡定杀曹仁"（2011年国际重大新闻）乔布斯去世（杨靖高）
翘首重阳日，亭前待子归（影视演员）郭晓晓（王刚）

第四章 进入 21 世纪后的灯谜（2001 年至 2019 年）

山中方十日，人间已千载（炫木演唱歌曲）芳香（林丰来）

四目相对难，百愁一心牵（党史人物冠原名）瞿双瞿秋白（昌纯洁）

仙境七十载，垂钓潋川间（谜家谜号）华山剑（武骝）

"和尚，你真个也作是耍？"（10字俗语半句）难为人上人（王亮）（面出《水浒传》）

"盲人骑瞎马，夜半临深池"（连续剧）步步惊心（王少鹏）（面出《世说新语》）

"汉朝气数休矣！……岂有连营七百里而可拒敌乎？"（冠姓行业称谓）刘运输部长（王得道）（面出《三国演义》）

"兼资文武，雄烈过人，一世之杰"（4字体育报道语，含赛事简称）亮相中超（金镐）（面为诸葛亮对马超的评价）

珍珠玛瑙终无用，把手一撒后皆空（乐器）琵琶（林建兴）

"四瞽者辩，纷呶不已"（4字体育事件）围象之争（张宏福）（面出《盲人摸象》）

"热血腔中只有宋，孤忠岭外更何人"（教学用语）语文第一节（郑远达）（面为海丰县方饭亭对联，写文天祥）

"我为你仙山盗草受尽了颠连"（外国电影）《偷情许可证》（郭海龙）（面出《盗仙草》唱词）

"幸得王爷到来降旨，不然这里很吃大亏"（5字物理特性描述语）遇水溶解难（贺阳）（面出《红楼梦》）

"只为馨香重，求者遍山隅"（4字资源来源说明）芬兰引进（许传福）

"室小才容膝"（4字分支机构）第十分局（黄宜耀）（面出陆游《秋冬之交杂赋》）

得到点化成大器（象声词）哈哈（林泽民）

杨靖高《妙造自然，伊谁与裁——第一届长安文虎杯自荐佳谜评比综述》谈这个阶段灯谜创作和评佳的某种倾向说：

（1）成句挂面几乎是佳谜的必要条件。参加这次自荐评佳的 162 条谜作中，成句面有 86 条，占 53%。这些标着引号的谜面，有的是诗词歌赋，有的是文史章句，有的是戏剧唱词，还有的是古今小说中的片段等。大家普遍觉得，成句为面，有来头，有文采，看着典雅，品有内涵，不管扣合怎样，都会让人高看一眼。实际还的确不假。在评佳时先看先选打引号的成句谜，好像已是不约而同的现象。以往，有成就的灯谜名家"师法传统，以雅正为宗，多采撷现成诗词文句作面"，他们的许多代表作如"玉盒子盖玉盒子底"，典雅浑成，脍炙人口，这也是谜人们崇尚成句谜的主要原因。现在，成句谜举目所见，多如过江之鲫，原因有二：一是技术的创新，现在有了网络搜索工具，查阅诗词、文史资料十分快捷，方便之极，这大大提高了搜求成句作面的效率；二是方法的改变，造底造目的出现，为成句谜的制作大开了方便之门。这样"造"出来的谜底，标目上又会出现困难，不得不"造目"。

（2）长面谜引人注目，越长越让人觉得不简单和功夫深。近年无论网络上还是谜刊上的评佳活动，都是长面的谜占优。这次长安文虎杯自荐评佳，众师友普遍报来了字数较多的长面谜。全部参赛谜作，谜面 7 字以上的有 120 条，近乎 75%；7 字（含 7 字）以下的谜只有 42 条，勉强占了四分之一，而 5 字以下的仅有区区 12 条。最终的评佳结果，长面谜也是显著优势。

（3）谜底也不能太短，且以有无顿读别解论高下。近年自荐评佳活动，字谜获奖的是凤毛麟角。谜底字数少，在评

第四章 进入21世纪后的灯谜（2001年至2019年）

佳时也吃亏，这与谜面长短的印象同理。另外一点，就是谜底以有无顿读别解论高下，这一说法在网络上很有市场。观察华清杯、风云杯等网络谜赛以及网上灯谜论坛、QQ群里的谜，会意谜普遍讲求在底中有顿读别解，而且舆论上是以组合式的别解（有连读的别解）为高，可以说这是网络谜坛除了离合谜风行外的另一大时尚。联系起来，寻根溯源，为什么参与评佳的谜的字数要多，恐怕与这一时尚不无关系。谜人认同"底必须有别解，否则不足云谜"，组合式别解比以往单字点睛式的别解，更进了一步，别解的谜味更浓，更具"使原义发生'颠倒错乱''嬉笑诙谐'等艺术境界"（借杨耀学语），这是当前风行一时的原因。但凡事的发展往往会过犹不及。过度追求组合式的顿读别解，乃至为此趣味而趣味，为此造底而造目，就有点"跑偏"了，发展下去会走入舍本求末的迷途。现在网络谜赛仍然对此趋之若鹜、乐此不疲，连一些传统谜人也开始迎合。

（4）离合谜入佳，撰面上更讲求思想、意境和形式美。这次参评的离合谜24条，产量巨增。其原因是只有离合增损的手法，可以为任何谜材进行谋面，出谜也比较快，而会意、象形、谐声等制谜法门，都在谜材的选择上有一定局限性。也正因为网上离合谜的丰产高产，让谜友们的聪明才智得以充分发挥，大家不断争奇斗巧，推新出新，推动了离合谜的开拓和繁荣。这次参评的离合谜，可以说都是精心之作，不仅在拆拼上灵巧别致，注意关合照应，绝少让人非议的"无示离合"问题，而且在面句的经营上也不同凡响，不是成句胜似成句，要么寓意丰富，如至理名言；要么，化典叙事，畅达有味；要么，讲求诗词的音韵美、对联的形式美；还有两条用成句为面的离合谜，也相当不错。

2. 2012年首届中华灯谜文化节（深圳）笔试精英赛试题

古书成痴广涉猎（字）凝（文木）

"不觉云间有士龙"（首都）奥斯陆（郑百川）注：面出唐李商隐《赠孙绮新及第》。

"锦鳞跃处浪痕圆"（美容词）鱼尾纹（郑育斌）注：面出宋赵构《渔歌子》诗。

精于鹘拳捕人（金庸小说武功）鹰爪擒拿手（伍耿怀）

"勤俭继家风"（古官署）门下省（姜文清）

直达峰顶，看黄河九曲（俗语）山不转水转（刘二安）

《过伶仃洋》押韵合辙（奥运冠军，卷帘）叶诗文（赵首成）

"才到半路里，凤死落坡东"（唐代诗人冠科举称谓，2+2）进士·元结（陈继耿）注：面出《三国演义》。

"先公四岁而孤，……以至昼夜忘寝食，惟读书是务。"（4字物理界誉称）力学之父（庄云）注：面出《欧阳公事迹》。

大泉吐水蛙侧踞（动物）白蚬（李牧雏）

"一册南华旋解忧"（生活水平评价语）经济困难（文木）注：面出唐李咸用《和彭进士感怀》。

宵分月落桂中人（女艺人）小宋佳（郑百川）

稍为转变成时尚（泊号二，3+2）小旋风、行者（郑育斌）

"四更天欲曙"（字）者（伍耿怀）注：面出南北朝庾信《行途赋得四更应诏诗》。

无心留恋去不还（字）迹（姜文清）

"相悲各问年"（集邮名词）伤齿（刘二安）注：面出唐司空曙《云阳馆与韩绅宿别》。

南军一路收复燕云十六州，直抵金人老巢（4字中国城

第四章 进入21世纪后的灯谜（2001年至2019年）

市合称）北上广深（赵首成）

征南蛮，收孟获，人心或定（3字香港称谓）盅惑仔（陈继耿）

"可怜荒冢穷泉骨，曾有惊天动地文"（4字科普书籍用语，含作者）过世杰作（庄云）注：面出唐白居易《李白墓》。

"今夕霞飞鸟道，月满鸿沟，行不得也哥哥"（4字经典电脑游戏）红色警戒（李牧雏）

如椽笔、五色笔、生花笔（上市公司简称连职务统称，2+2）三全高管（文木）

菊花月里谁无见（4字两岸用语）九二共识（郑百川）

来书委婉尽箴言（探骊，2+2）文具·圆规（郑育斌）

"一寸赤心惟报国"（少笔字）丨（gǔn）（伍耿怀）注：面出宋陆游《江北庄取米到作饭香甚有感》。

"雨鬓风鬟欲拢纱"（4字心理学术语）发散思维（姜文清）

极目茫茫汇百川（4字古籍名）《张苍水集》（刘二安）

"仁贵发三矢，辄杀三人，于是虏气慑，皆降"（3字宴会着装要求，卷帘）穿礼服（赵首成）注：面出《新唐书·薛仁贵传》。

劲松余晖后，色红繁叶中（4字武侠小说用语）绝世轻功（陈继耿）

"中有双飞鸟"（4字田径明星报道语）聚焦刘翔（庄云）注：面出《孔雀东南飞》。

"落叶开花飞火凤，参天擎日舞丹龙"（4字外国政党）红色高棉（李牧雏）注：面出朱光《望江南·广州好》赞英雄树诗。

"黄四娘家谁敢道，古来唯有杜陵翁"（4字美容嫩肤项目）光子美白（文木）注：面出〔宋〕释绍嵩《春日郊行》。

"买宅钱多为见山"（成语）阿其所好（郑百川）注：面出宋陆游《卜居》。

君自归隐后，事事必躬亲（10字成语）若要人不知，除非己莫为（郑育斌）

"天厩赐驹龙化去"（白居易诗目二，3+2）马上作、古意（伍耿怀）注：面出宋王安石《马毙》诗。

吴山浑似新妆成（3字北方曲艺形式）二人台（姜文清）

中途回首（数学名词二，2+3）半径、旋转面（刘二安）

陵内龙体，葬久自腐（桂、皖地名各一）来宾、天长（赵首成）

"惊心动魄，一字千金，人人笔下所无，却为人人意中所有，虽铁石人亦应感动。"（电脑术语二，2+3）重启、超文本（陈继耿）注：面出黄遵宪《致饮冰室主人书》。

与之诀别不相识（2字老舍作品）二马（庄云）

"为泗水亭长，廷中吏无所不狎侮，好酒及色"（4字气象名词）季风流动（李牧雏）注：面出《史记·高祖本纪》。

3. 2013年度"金虎奖"获奖谜作

"金虎奖"由中华灯谜学会主办，评委会办公室组织评选，每年一次，专项基金38万（李德生出资）的利息作颁奖经费。2013年度为首届评选年度十佳谜作。

"如何你也胡说！他哪里有好心，必是来捉我！"（通信产品连质量评价语2+3）飞信不过关（冯文浩）

"宾客慕义而从横死"（冠量贵重品连损坏状况2+3+2，首末字均少笔）一块和田玉碎了（李戈文）

"姐姐既会说，就该早来，也省了爷生气。自古以来，

就是你一个人服侍爷的,我们原没服侍过。"(四字某蔬菜特征)顶花带刺(黄冬妮)

"他凭着讲性理《齐论》《鲁论》,作词赋韩文柳文,他识道理为人敬人"(果品连农业词3+3)小红提生长处(沈玉泉)

"不食五谷,行年七十,犹有童子之颜色。"(5字文件学习用语,首字7笔)没吃透精神(卢山)

"爱的路上有你,我并不寂寞"(8字银行优惠活动)两人同行,一人免单(许蕴芬)

《为徐敬业讨武曌檄》(4字学科成绩比较语)代数落后(郭泉)

"至于子美,盖所谓上薄风骚,下该沈、宋,言夺苏、李,气吞曹、刘,掩颜、谢之孤高,杂徐、庾之流丽,尽得古今之体势,而兼人人之所独专矣。"(4字产品保质宣传语)杜绝代工(郭少敏)

"安能辨我是雄雌"(新影片连主演带性别3+2+1)《无人区》·余男·女(张文元)

4. 2015年度报刊·网络灯谜50佳例录

"赂遗绎络"(小孩上学家庭分工)一个接一个送(黄冬妮)
"自钱孔入,而钱不湿"(军事名词)空中加油(施奕盛)
"我捉你不得,誓不上关"(国际航空行程)飞巴拿马(黄松榆)
"只说是三四月,又谁知五六年"(外交用语)约见意外长(平秀玲)
"谁知我汗血功,谁想我垂缰义,谁怜我千里才,谁识我千钧力"(中国象棋术语)窝心马(郭泉)

"贴近实际、贴近生活、贴近群众"让人温馨（水电术语二）接地、气暖（李戈文）

"不如眼前一杯酒"（体育比赛用语）个人名次（吴家宏）

"坚决反对台独，维护祖国统一"（体育比赛解说语，含运动员名）陈中不得分（陈浩）

"像牛毛，像花针，像细丝，密密地斜织着"（抗战小说人物）小雨来（张文生）

"嘴尖皮厚腹中空"（采集食材语）挖苦竹笋（高建川）

2015年度之50佳，成句挂面依然是创作的主流。谜面采用成句，往往具有美的意境，使灯谜增添文采，给猜者以愉悦的享受。诗词入谜，典雅华丽，底面互补，相得益彰；古文作面，在古风中能够提升文学修养；现代经典诗词美文，更符合时代的特征，在优美的句子中得到思想的升华。（侯增述评）

5. 2019年第六届中华灯谜文化节（合肥）笔试题

云山雾里，方与人分（电脑术语）备份（赵首成）
来宾没至先迎接（合肥著名企业简称）滨投（吴家宏）
"头上不与留纤毫"（黄山名胜）光明顶（文木）
"弄去弄来都弄瓦"（校内泛称谓）全系女生（陈清远）
撇下生母后，连夜到江西（电影）《毒液》（仲慧芬）
"独酌无相亲"（古官阶）正一品（朱旭铭）
前村烟树迷花草（词汇）楚化（郑百川）
"身穿粉绫色百花战袍，气宇轩昂，正虎视眈眈对董卓"（电视剧）《布衣神相》（程蓓）
飞机上天需助跑（改革开放用语）先行地（施奕盛）

第四章 进入21世纪后的灯谜（2001年至2019年）

"流泉决决出洞底"（大写英文字母）Q（吴海水）

"儿时两颔已生髭"（口语）少胡来（伍耿怀）

"玉手乍攀花"（化妆品商标）拉芳（骆岩）

一束百合村边赠（字）香（苏剑）

捉住狂热追随者（冲调品）拿铁粉（昌庆锋）

遥视及时雨，叫阵小李广（4字安徽传统手工艺，含地名）望江挑花（郑育斌）

"近乡情更怯"（4字电动车用语）里程焦虑（王宇俊）

深巷前面开棋场（歌唱家）杨洪基（佘学锋）

伯温事危授奇谋（四声字）基急给计（赵首成）

曲川汇细水，古木衔日月（安徽地名）巢湖（朱旭铭）

"篇篇玉润又珠圆"（市招）文具精品（伍耿怀）

枯肠半断赋终成（乒乓球运动员）武杨（陈万星）

心期白首意笃定（字）必（苏剑）

公交末站（法国地名）巴士底（吴家宏）

"白发两三茎"（4字网络新词）微博粉丝（文木）

五羖大夫气度异，东篱先生举止雅（10字常用语）百里不同风，千里不同俗（夏彬）

脱贫致富一个不能落下（7字歌词）你有我有全都有（施奕盛）

百年半是在玉楼（病症名）五十肩（郑百川）

菜园子传话插翅虎（相声演员）张云雷（骆岩）

大奶奶给的好处，底下人自不多说（小说连作家，4+2）《丰乳肥臀》莫言（郑育斌）注："肥"作"好处"解，"臀"作"底、底下"解。

"吴用劝道：'兄长为尊，卢员外为次，人皆所伏……'"（4字古称谓，卷帘）大明公主（昌庆锋）

"日日雨不断"（3字交通用语，含安徽地名）天长下（陈清远）

幕后出力获殊荣（誉称）劳模（夏彬）

改革四十载，边城旧貌变（武器）坦克（吴海水）

由来吕端清，盛名始终在（商品）成品油（陈万星）

纸上谈兵高手，实战对局外行（学校用语二，4+2）论文通过、招生（仲慧芬）

四、主题专类谜作

21世纪，主题专类灯谜备受青睐，成为谜事活动的重要特征。灯谜创作的题材广泛，方方面面、万事万物、百科名词皆可入谜，国家机关、党政部门、社会团体、科研院所、企事业单位、地方军政、社区、农村、学校等，上上下下的社会组织和社会成员，皆有相应内容为我所用。开展主题专类灯谜活动，领导高兴，乐于支持；大众高兴，乐于参与，灯谜爱好者顺势应时弘扬灯谜文化，成就了主题专类灯谜活动成为新世纪灯谜兴盛的一大特色。进入21世纪以来的谜事，主题灯谜征稿、主题灯谜赛会、主题灯谜展猜等活动此起彼伏，活跃进行。政治思想教育、科技文教宣传、企业文化传播、乡土民俗特色、参与时政大事、纪念庆典年节、配合大型活动、宣传某种知识某项政策、为某项工作造势等各种主题灯谜，也成为灯谜创作的一大倾向，相当部分已汇编成专题灯谜书刊资料。常见的主题灯谜活动如纪念建党、纪念抗战胜利、庆祝建国、宣传重要会议精神、改革开放、廉政、法制、禁毒扫黑除恶、税法、安全生产月、环保、计划生育、金融、保险、体育大赛、文明城市、旅游文化、地方文化等专题展猜、谜会及其相应的灯谜专集。

第四章 进入 21 世纪后的灯谜(2001 年至 2019 年)

1. 纪念抗日战争暨世界反法西斯战争胜利 70 周年灯谜创作大赛佳谜

2015 年,由纪念中国人民抗日战争暨世界反法西斯战争胜利 70 周年中华抗战灯谜史料征集和灯谜创作大赛、全国百城灯谜展猜组委会筹划组织的灯谜活动,是一次以"铭记历史、缅怀先烈、珍爱和平"为主题的大型系列专题灯谜活动。灯谜展猜时,很多地方不仅采用统一专题谜作,还征集选用当地抗战题材灯谜(如湖北《纪念抗日战争胜利 70 周年灯谜汇编》)。创作大赛佳谜如:

"多算胜,少算不胜……"(抗战重大战役)长衡会战(徐卫锋)

打不尽豺狼,绝不下战场(成语)日落而息(闫春明)

地无分南北,人无分老少,皆有抗战守土之责!(文汇报栏目)神州广角(高建川)

秋水共长天一色(抗日英烈)江上青(陈晓映)

减碳排,省能源,倡光盘,兴中华(抗日英烈)节振国(韦汉荣)

共挽长弓,驱逐东洋,仰头就义(抗战英烈)张洪仪(吴松泰)

提倡当老实人,说老实话,办老实事(抗日英烈)张诚德(王志成)

一言一行不忘公仆形象,一举一动常思百姓冷暖(抗日英烈)官惠民(昌庆锋)

断头之时无后悔,可为大爱献此生(抗日英烈)寸性奇(吴松泰)

享乐在后,奉献在前,心口如一,先树榜样(抗日英烈)

孙春林（陈志明）

"公则挺身锋刃，独立战场，叱退穷丑，威雄七萃。"（抗日英烈）郭猛（王保武）（面出《全唐文》卷五十《加郭子仪尚父制》）

半生传奇化动力（抗日英烈）何云（王万森）

少先队员是我们永远的骄傲（抗日英烈）童长荣（杨文娟）

翱翔蓝天是抱负（抗日英烈）高志航（王汉生）

"我的目的，我的主义，我的信念，就是反满抗日。"（抗日英烈）赵尚志（田守文）（面为抗战英烈赵一曼誓言）

安庆地方戏，长盛永不衰（抗日英烈）黄梅兴（代述祥）

共赴前程先奉献，榜样在前需上进（抗日英烈）秦霖（孟凡祥）

先锋立首功，一生成名早（抗日英烈）王铭章（顾斌）

除灾积德半生安（抗日英烈）徐秋（王杰）

2. 廉政主题灯谜

在反腐倡廉宣传教育中，许多地方和单位采用灯谜形式，如：中共舟山市纪委等单位组织舟山市廉政灯谜大赛，中共宝鸡市纪委等单位举办全国廉政灯谜创作大赛，中共龙岩市纪委和市监察局等单位举办廉政文化灯谜展猜，北京朝阳区双井街道光环社区举办"元宵节廉政灯谜会暨正月十五猜谜乐"活动，浙江湖州市南浔区石淙镇纪委举办"不忘初心向前进，清廉灯谜庆元宵"活动，等等。

中国方正出版社 2012 年 10 月出版中共石狮市纪委等编《廉政灯谜评析》；2013 年 7 月出版中共汕头市纪委主办的《射虎寓教·廉政灯谜》。两书谜作若干：

不贪半丝能律己，珍惜前程好开端（单位名）纪委（谢德峰）

不收一金，廉者自见（字）镰（陆德昌）

不计前嫌团结广，两袖清风颂声连（字）廉（韩宇琼）

案已破，情妇溜，乌纱丢，牢狱收，囚犯不自由（字）槛（李永文）

保红色政权，廉洁为己任（作家）朱自清（潘洁妹）

不贪一文，不捞油水，做官公正法为先（公益事业演出名词）义演（陆炜）

严禁黄、赌、毒，严查贪、渎、贿（牙膏名）六必治（张玉婷）

家父深识规与矩（反腐倡廉名词）严明纪律（张红雄）

思无邪则知轻重（反腐倡廉名词）正能量（杨柳风）

日三省乎己（反腐倡廉名词）自律（纪澄文）

羊续悬鱼意何为（反腐倡廉名词二）警示、拒贿（麦铎雄）

正欲别离闻钟声（反腐倡廉名词）处分恰当（黄宜耀）

3. "不忘初心，牢记使命"主题灯谜

从 2019 年 6 月开始，全党自上而下分两批开展"不忘初心、牢记使命"主题教育。许多基层单位寓教育于灯谜文化中，开展主题灯谜活动。2019 年 10 月 18 日，福建南平延平区夏道镇在景江公园举办主题教育灯谜展猜。11 月 27 日，南通航运职业技术学院在大礼堂举办主题教育学习成果灯谜抢猜会，学院 12 个党总支（支部）集体登台比拼，教职工和学生代表 1000 余人观摩。12 月 6 日，西安交通大学能源与动力学院工会举办主题教育灯谜展猜。10 月至 12 月，温州市总工会、温州市工人文化宫先后到温州科技职业学院、金丽温高速温州管理处等 7 个站点进行主题教育专题灯谜展猜和谜会。专题谜作如：

捡起掉下的果子（主题教育三字用语）抓落实（延平区展猜谜）

初心永不忘（党史人名）向守志

天知、地知、你知、我知（主题教育词）四个意识

自始至终做导游（新时代热词）一带一路

温泉疗法（十九大热词二）洗洗澡、治治病（以上航运学院赛题）

不忘初心，牢记使命（宁夏地名）固原

"忆当年，曾记得"（政治主题热词）不忘初心

肩负重任决不忘（政治主题热词）牢记使命

御笔钦点辅导师（政治主题热词）主题教育

擅长数理化，独自来支教（党支部制度）三会一课

收到群众的来函（主题教育词）取信于民

情系华夏（社会主义核心价值观词）爱国

厉害了，我的国（金融机构简称）中行（以上能动学院展猜谜）

2019年11月2日，苏州市吴江区文学艺术界联合会等8个单位联合在松陵一中举办"不忘初心，牢记使命"首届长三角城市灯谜邀请赛，赛题50%是主题教育原创灯谜：

不忘初心每一天（文具用品）日记本（江更生）

精通车铣刨，初登大讲堂（主题教育名词）三会一课（樊秋华）

双方父母已察觉（主题教育名词）四个意识（戴英燊）

改行写民谣（主题教育词）转作风（戴英燊）

有黑扫黑，齐心治理；有恶除恶，清风始得（字）肴（陈

颖炜）

"当花瓣离开花朵"（改革先锋）余留芬（王楷波）

"欲上青天揽明月"（吴江时代工匠名）李要飞（陈志强）（面为李白诗句）

新任工程队队长（吴江时代工匠）管建刚（缪一松）

心有千结一杯休（吴江时代工匠）任怀林（赛题）

4. 体育专题灯谜

当今时代的体育赛事不断，奥运会、冬奥会、亚运会、全运会、军运会、大运会、残运会、农运会、省运会、足球世界杯、世界乒乓球锦标赛等，常常都有灯谜文化伴随。体育专题成为谜界征稿创作的一类热点题材，尤其是北京，体育大赛多，体育专题谜事活动也经常进行。

2001年2月24日新华社记者张旭摄影报道，北京东城区宝南社区的居民们参加"申奥谜语大家猜"活动，百余条申奥谜语及奥运知识问答题使社区居民们进一步增强了申奥意识。2001年，北京市劳动人民文化宫《紫禁城文虎》编委会向全国谜友征集支持北京申办2008年奥运会"新北京、新奥运"专题灯谜，收到272位谜友的7482条谜作。优秀谜作如：

花前月下沁芬芳（奥运冠军）葛菲（王保武）（韵目月下为曷）

仰望部队登祝融（奥运冠军二）张军、高崚（赖浩明）

黛玉长大回金陵（奥运冠军）林伟宁（余泮浩）

懒人明主弃（奥运冠军）王励勤（黄楚平）

又见三春玉龙舞（奥运冠军）桑雪（陆天伦）

"锄者忘其锄，犁者忘其犁"（奥运冠军）顾俊（多人作）

枝头夜半傲霜开（奥运冠军）李菊（顾荫龙）
老子有雄心，是能熬出头（奥运冠军）熊倪（顾贤东）
"臣本布衣，躬耕于南阳"（奥运冠军）田亮（多人作）
村头放焰火，门上贴春联（奥运冠军）阎森（武骝）
炎夏天，望东北，彩云挂（奥运冠军）伏明霞（陈士良）

2008年，为迎接"好运北京"2008年奥运会召开，《紫禁城文虎》编委会再次征稿，收到全国各地152位谜友新创作的奥运专题灯谜5155条。例：

燕翅掠西飞（奥运举办地）北京（尹业基）
穷在闹市无人问（北京奥运歌曲）有朋自远方来（侯增）
天明别后柔肠断（奥运冠军）杨昊（黄洁霞）
房间虽差，权且住（体育比赛用语）第二次暂停（朱本木）
关汉卿（桥牌术语）控制张（房延龄）
六军不发无奈何（足球术语）全线压上（李玉虹）
换车轱辘怎操作？（比赛用语二）下一轮、上一轮（王中和）

5. 迎世博海内外灯谜创作大赛佳谜

中国2010年上海世界博览会（第41届世界博览会）举办之前，上海浦东灯谜研究会举办"迎世博海内外灯谜创作大赛"，评选出佳谜50则。例：

天安门上太阳升（世博会名词）中国红（陈照明）
游子方离母怀抱，献点爱心报中国（世博会吉祥物）海宝（汪寿林）

第四章 进入21世纪后的灯谜（2001年至2019年）

"席卷天下，包举宇内，囊括四海，并吞八荒"（世博会名词）世博收入（武骝）

独行百年足未停（世博会主题）一个世纪的进步（刘旭）

机遇共抓，资源共享，主题共演，活动共办，声势共造（体育名词二）五项全能、团体操（郑鸿光）

目无泪，心无悔，安全始终放首位（世博会吉祥物）海宝（杨翔）

座上客常满，樽中酒不空（组委会成员）钟燕群（吴志昌）

出洋三十年，才得见一面（世博会词语）上海世博会（陈道平）

如意金箍棒，凤翅紫金冠，藕丝步云履，锁子黄金甲（世博会名词）四海之宝（缪建金）

脸谱集锦（世博会歌曲）相聚在这里（邱景衡）

万国衣冠拜冕旒（世博会歌曲）礼仪天下（陈政）

五柳先生囊中羞涩（世博会吉祥物）森林小子（史东山）

"天地入胸臆"（世博会名词）世博中心（刘二安）

世界都在竞争，失去竞争会落后（世博会标语）地球，城市，人（王绍宽）

"欲识他年分鼎处，先生笑指画图中"（世博会名词）参展国（刘精耕）

"东方一轧天门开，四海荡荡无尘埃"（世博会主题）明日新世界（许祯祥）

五、其他各类谜作

1. 优秀原创谜语与传统经典谜语

2017年，长安文虎社举办第七届长安文虎杯全国谜语创作征集大赛，评选出优秀原创谜语30条，题材和艺术都体现出新时代特色和大众风貌。例：

  四四方方像糍粑，里面布满黑芝麻。芝麻虽小学问大，一生一世要读它。（文化用品）书（张媛媛）

  辛苦开垦勤耕耘，曾助织女配成婚。有人把我来吹捧，有人为我来弹琴。（动物）牛（乔北海）

  一匹马儿脾气好，不定主人不定槽。只要手机扫一扫，解开缰绳载你跑。（新型交通工具）共享单车（陈弼炎）

  一口超级大锅，支在贵州山窝。从来不煮米饭，只收宇宙电波。（科技设施）中国天眼（王杰）

  一群小蝌蚪，爱在水里游。有的潜下水，有的露出头。（音乐名词）五线谱（周跃建）

  身穿盔甲有模样，自动控制本领强。模拟行为和思想，听从指令各处忙。（科技产品）机器人（陈书法）

  姐妹两个俏模样，脸儿圆圆辫子长。无论相隔有多远，如同见面聊家常。（电脑软件）QQ（罗忠武）

  皮肤白皙身细长，光棍一条又何妨。专同黑暗来作对，热心为人送光芒。（日用品）灯管（叶国泉）

  铺天盖地织一张，整个世界里面装。不打鱼来不捞虾，传递信息数它强。（科学技术）互联网（陈光作）

  这只犬儿真稀奇，不啃骨头爱下棋。脑筋灵光无人敌，你说稀奇不稀奇。（人工智能）阿尔法狗（崔永凯）

  一幅画片真神奇，黑白两色一般齐。用时拿来扫一扫，商品流通显威力。（信息表达符号）条形码（马爱国）

  无土无石一怪岛，深海之中四处漂。上有机场与跑道，时见神鹰冲云霄。（军事装备）航空母舰（陈建平）

第四章 进入 21 世纪后的灯谜（2001 年至 2019 年）

一座城市六堵墙，墙的颜色不一样。扭来转去易搞乱，谁能恢复算谁强。（益智玩具）魔方（姚砚库）

暗道飞驰一条龙，连接南北和西东。来来往往真方便，肚量好大容万众。（交通设施）地铁（汪寿林）

一辆电车真怪异，乘客暴走热汗滴。虽说走了几十里，人却始终在原地。（健身器材）跑步机（陈建平）

同期，长安文虎社又组织推荐和投票，评选出"我最喜爱的 10 条经典谜语"，除"风"谜外的谜作与 2009 年评选出的"老百姓最喜爱的谜语"重合，体现出本时期人们对优秀传统谜语的审美意识趋同。

千条线，万条线，落到水里都不见。（自然现象）雨

在娘家青枝绿叶，到婆家面黄肌瘦；不提起倒也罢了，一提起泪洒江河。（用具）竹篙

麻屋子，红帐子，里面住个白胖子。（食品）花生

解落三秋叶，能开二月花。过江千尺浪，入竹万竿斜。（自然现象）风

小小诸葛亮，稳坐中军帐。摆下八卦阵，专捉飞来将。（动物）蜘蛛

上边毛，下边毛，中间一颗黑葡萄。（身体器官）眼

弟兄七八个，围着柱子坐。大家一分手，衣服都扯破。（蔬菜）大蒜

有时像圆盘，有时像镰刀。有时挂山腰，有时落树梢。（天体）月

画时圆，写时方。冬天短，夏天长。（字）日

青石板，石板青，青石板上钉银钉。（自然物体）星星

2. 引子谜语

谜语作为其他文体的引子，是谜语发挥社会作用和体现文学价值又一表现。

21世纪常见谜语作为新闻的引子，《人民日报》2004年6月21日刊崔宝坤、刘海新文《阳信农家听新"谜"》：

近日走访山东省阳信县农村，听到当地流传不少农家新谜语，饶有趣味。现记录三则。

"高高一座房，有门没有窗。谁在里边住？梨家做新房。——打一建筑"

阳信镇乡村公路两侧，矗立着一座座高约7米、宽约5米、长约20米的建筑物，像楼却不分层，说是平房，又有门无窗。这是个什么建筑呢？魏湾村的党支部书记魏书恩告诉我们："那叫恒温保鲜库，专门用来储存鸭梨和其他水果的。"

原来，阳信鸭梨质量好，在市场上很受欢迎，但因水果不易保存，一过季节就容易腐烂，严重影响了果农收入。为了解决这一难题，当地果农自发地建起了一座座恒温保鲜库。金秋10月，黄澄澄的鸭梨下树后，一时卖不了的可以入库储存起来，一直保存到来年5月，根据市场需要，随时出库上市。魏书记说："魏湾村现在就有13座恒温保鲜库，每年可以储存2600吨优质鸭梨。"

"不嫌脏，不嫌臭，庄稼爱吸收，农民当朋友。——打一物"

我们来到翟王镇南商村村口时，只见几位村民围住一辆拖拉机正争得面红耳赤。原来争的是那车土杂肥。近年来，该村的无公害蔬菜更是名声远扬，畅销北京、天津等地。这一来，土杂肥就吃香了。

这不，这车土杂肥本是一个姓刘的村民预订的，结果刚到村口就被姓商的兄弟俩"截"了,那姓刘的村民能不急吗?最后只好请拖拉机手立马再运一车肥来,一场"风波"才止息了。

说到这里,你肯定已经猜到谜底了吧?对:土杂肥。

"小小'纽扣'作用大,易携带、不怕压,往里一插水哗哗哗。——打一物"

这小"纽扣"其实是一个供电磁卡。

这几年翟王镇蔬菜大棚迅速发展到上千个。大棚多了,浇地成了难题,为争水、抢水,老少爷们间弄个大红脸是常有的事。为此,该镇从北京引进了浇地智能控制系统,把电线扯到了机井旁。菜农只要预先交费40元,就能从供电所购买一个供电磁卡,上面存储有等额的电费。磁卡有"纽扣"大小,不怕水,不怕压,可随身携带,浇地时往卡眼里一插,水就哗哗地顺着输送带流到大棚里。磁卡上的钱没了,或者不够用了,菜农们可以上供电所充值。

《解放军报》2003年11月3日刊郭建军、刘海新文《阳信农家新谜多》载:

"尾巴短,耳朵长,嫦娥有它永相伴,农家夸它'小银行'。——打一动物"

这谜不难猜,说的就是长毛兔。在水落坡乡转悠,你会发现几乎家家都养着长毛兔。有人算过一笔账:一只长毛兔每年仅兔毛收入就可达到100元,加上繁殖仔兔,年收入可达200元。

目前,水落坡乡长毛兔存栏量达3万只,年总收入达200万元,已经成为本地最大的养兔乡镇和兔毛集散中心。许多农户靠养兔富了起来。王俊杰就是一位养兔专业户。去年以来,他投资7万元,盖了100间兔舍,目前他的养殖场拥有种兔300只,年出笼仔兔达5000只。难怪乡亲们经常挂在嘴边的话就是"要想富,快养兔""兔兔兔,奔富路",兔成了他们心目中的小财神啦。

《人民日报(海外版)》2005年11月29日刊张世新、颜晓涛《长兴用湿地为农村"洗"污水》消息:

有这样一个谜语:"什么东西越洗越脏?"答案是水。而今天,长兴的人工湿地却把水"洗"干净了。"人工湿地"作为一项新的治污技术正在浙北长兴广泛推广。

又,以谜语为引子的小说,如李德栋的长篇小说《外婆的十八个谜语》(《十月(长篇小说)》2006年第6卷,又云南人民出版社2012年3月出版),以云南地域文化为背景表现人的生存史,全篇用18个谜语来结构,故事套故事。史铁生的短篇小说《一个谜语的几种简单的猜法》(见《收获》1988年第6期和山东文艺出版社2001年3月版《我之舞》),用一个谜语为引子,写每个人都有的命运故事,寓意整个宇宙不因为自我而存在,也不能脱离自我而存在。家裕户晓著《大中华寻宝记·破解天书之谜》(21世纪出版社集团2016年8月出版,入选农家书屋)讲述三道灯谜开启新一轮寻宝比赛和多条谜语指点迷津的精彩故事。

3. 多康牧民谜语与藏北新谜语

新世纪,多种藏文版谜语书问世,如侃本、才加编《谚语谜语卷》、英加布、桑吉克编著《藏族民间谜语》等。同为藏族谜语,也存在地域和时代风格。

第四章　进入21世纪后的灯谜（2001年至2019年）

多康牧民谜语

时光的大鹏鸟，翅膀有大羽十二片，小羽三百六十片，一面白来一面黑。（年、月、日，昼夜交替）

骨肉筑成的城上，架了一副铁梯子，小不点在城上坐。（骑马）

仆人名叫勤奋扎西，属相羊，五行铁。（皮火筒）

印度飞来一只鸟，碰见大江饮口水，白毡上面留脚印。（竹笔写字）

一棵树有五根枝，五根枝上各撑一顶毡房，五顶毡房各挂一根彩带。（人的手指或脚趾）

上唇是角，下唇是肉，舌头由泥巴组成。（指甲）

捂在手中是一把，松手充满满一屋。（酥油灯灯光）(《多康牧民谜语集》)

藏北新谜语

捂住一把，放开一屋。（电灯）

你咬我，我咬你，有啥了不起。（拉链）

无眼无嘴四方方，碰到手指就开腔。（收音机）

一块白亮宽布，山水人畜无数，虽然没有人赶，按序演出节目。（电影）

不是赛骑聚会，却常常会聚，不是聚餐总是吃，真正的食物又不是。（学生）

是马不吃草，专喝酥油汤，一眼瞪得圆，无口吼声大。（摩托车）

一头青牛不简单，驮着重物跑得欢，赶牛人不在牛后走，却骑在牛脖子上面。（汽车）（索穷《藏北谜语的新文化特质》）

4. 彝族谜语

主要分布在滇、川、黔、桂四省（区）的彝族素有猜谜语的习俗，彝语次方言曰猜瑟瑟。《彝族传统文化通俗读本》编委会编彝汉对照《一起猜瑟瑟》，汇编彝文字谜和各类谜语。例，新事物谜语译文：

耳朵在上，嘴巴在下，你说我听，我说你听。（电话）
圆圆的头，长满沙眼，聚会说话，全靠它传。（麦克风）
听你说唱，一言不发，学你说唱，丝毫不差。（录音机）
生于大地，破雾升天，星星为伴，太空为家。（宇宙飞船）
相隔千万里，恰似在一起，问候谈家常，能见摸不着。（视频电话）
圆圆的身体，细细的肠子，翘翘的帽子，长长的辫子。（电灯）

5. 土族谜语

谜语是土族文学中的一朵奇葩。1979 年土族文字创制后，土文骨干们积极收集整理土族群众中流传的谜语，发表于土文杂志《赤列布》，鲁文忠译为汉文收入《土族谚语谜语集》（互助土家自治县民族宗教事务局 2008 年 8 月印行）。谜作如：

一只小红虫，一夜吃掉一棵树。（蜡烛）
一条蛇卧在两个窝里。（门闩）
一个尕娃娃，舌头硬，嘴儿尖，不吃馍，光喝水。（钢笔）
姊妹俩儿，心底纯洁，俩儿永不离，离时路坎坷。（眼镜）
白土坡上有群羊，羊倌数着羊。（念书）

6. 牛王宫连环谜语

新疆维吾尔自治区奇台县的连环谜语在当地俗称"猜话",因其结构如连环,猜出一条谜语后,谜底又引出下一条,连绵不断;又因其产生于牛王宫一带,故称牛王宫连环谜语。例,环状结构的连环谜语:

*一个母猪,两头呼哧——风匣;
风匣不风匣,两头开花——枕头;
枕头不枕头,抱着喂奶头——娃娃;
娃娃不娃娃,来人就爬下——板凳;
板凳不板凳,来人叫不停——狗娃;
狗娃不狗娃,清早吹喇叭——公鸡;
公鸡不公鸡,吃破铁锅底——母猪;
一个母猪,两头呼哧(回到起始谜面)。
*团扇不怕火,灯芯里面着——灯笼;
灯笼不灯笼,扶线上青云——风筝;
风筝断了线,美人手里站——团扇;
团扇不怕火,灯芯里面着(回到起始谜面)。

例,链式结构的连环谜语:

*一棵树,五丫杈,上面结了个大西瓜——手端饭碗;
饭碗真够大,牛羊喝水盛得下——涝坝;
涝坝不涝坝,辘轳上面架——井……
*雷声小,秋天响,乐得庄稼人连夜忙——打场;
打场不到场,石头缝里倒粮忙——推磨碾米;
碾米忙,推磨忙,忙不过打包起油梁——榨油……

7. 仿词谜

当代"仿词谜",谜面语言或仿古典诗词,或仿现代诗歌,或自度歌词,显示出别样的文学美感,丰富了谜面的表现力,增加了灯谜扣合的趣味。21世纪,有部分谜人积极尝试。但制作出来的仿词谜,有些谜面拖沓冗长的弊端越来越不被人看好,加之仿词谜创作者必须具备较高驾驭语言的能力,非积聚一定的遣词造境功力不可,故流行一段时间后,和者渐寡。也有一些仿词谜被人推介,例:

尘土飞扬,大江东去,多少英雄。唉!俱往矣,且看英雄何在?(香港地名)尖沙咀(郭少敏)

西风又卷凉初透,向晚瘦婵娟。画屏低掩,残花舞落,遍倚阑干。半生虚度,终须老至,尽损娇妍。眉头纵展,何堪客里,双泪偷潸。(谜人)冬妮娅(黄冬妮)

送别:只一望,北方便没有了踪影。当柳枝折断以后,是那故人;却比原来靠得更近,写下起初的一点一滴,把那天的一切留存。(港影人连影目)关之琳·《做头》(王磊)

8. 天鹅谜(手机谜)

天鹅谜是21世纪初手机走进人们的生活后,流行的一种短信谜语。谜作一般为七字五字句,每句猜一个字,连起来就是一句表达某种意思的话。这种短信谜语很多是在青年男女恋爱发短信时,用猜谜的形式表达对恋人及喜欢的人的爱慕,其内容的首字常见"天鹅飞去鸟不归"猜"我"字,因此被美称为"天鹅谜"。如:

天鹅飞去鸟不归,良字无头双人配;受字中间多两笔,

人尔结合就是自己。（每句猜一字，组成一句话）我很爱你

天鹅飞去鸟不归，怀念昔日空费心，云开月下双匕影，水流几处又相逢，日落月出人倚月，单身贵族尔相随。（每句猜一字，组成一句话）我不能没有你

天鹅谜中只有部分可以视为质量不高的谜语，多数不规范，谜面文字拼凑，牵强附会，无理取闹，扣底时有太多的闲字。

天鹅谜作为一种时髦文化现象，有一定的影响。除民间流行外，还有多种出版发行。

赵安志著《风雅斋诗谜三百首》《风雅斋诗谜射千文》，都是天鹅谜风格的谜：

天鹅入梦鸟高飞，审慎潜心善美随。有瑗如何不见玉，可人伴尔展愁眉。（四字情语）我真爱你

入夜青苍染昊空，寰球土也幻其容。一轮眩靓观日出，共济由衷喜向荣。（猜《千字文》韵句）天地玄黄

《成语谜语诗集》《爱情字谜》《中华字谜简词大典》等书所汇谜作，多为天鹅谜。

第四节　灯谜传承

一、非遗谜语（灯谜）项目

国务院 2005 年提出进行非物质文化遗产保护开始，很多灯

谜社团和众多谜人热切关注和积极投入谜语（灯谜）申遗。至2019年底，我国列入非物质文化遗产名录的谜语（灯谜）有：国家级2项，省级18项，市级50多项，县级40多项。

1. 国家级非物质文化遗产项目
（1）青林寺谜语

湖北省宜昌市宜都高坝洲境内的青林寺谜语，乡土气息浓郁，地方特色鲜明，集娱乐性、趣味性、知识性于一体，对研究我国民间文化、民俗学等有重要的参考价值（参看第三章中的"青林寺谜语"）。21世纪，青林寺谜语抢救保护工作落到实处，先后编辑出版《青林寺谜歌选》《中国湖北青林寺谜语村》《婚育新风谜语选》《青林寺谜语新选》《青林寺传统谜语选》《青林寺谜语故事选》《青林寺谜语少儿读本选编》《青林寺诗谜》《中国谜语村青林寺命名十周年座谈会材料汇编》等20多部专著和多篇调研文章，青林寺谜语列入宜昌市中小学校乡土教材。2002年，青林寺村被湖北省文联命名为"湖北省青林寺谜语村"，被湖北省文化厅命名为"湖北省民间艺术之乡"。2003年，青林寺村被中国民协命名为"中国谜语村"。2006年5月，青林寺谜语列入第一批国家级非遗名录。2012年9月17日，中央电视台《北纬30度中国行》播出青林寺村之行，突出介绍其谜语。

2014年，由宜昌市人民政府主办，市委宣传部、市文化局倾心打造，宜都市歌舞剧团向社会公演原创儿童剧《打个谜语你来猜》。该剧以青林寺村为源生地，通过谜语猜射的形式，再现出一群留守儿童在关怀中健康成长的故事。全剧5幕，演员40余人，时长60分钟，融入戏剧唱腔，采用立体舞台，使用舞台硬景。这台以谜语为主题的戏剧，在灯谜史和戏剧史上，都有其独特性。

（2）谜澄海灯谜

广东省汕头市澄海区的澄海灯谜，已形成经久不衰的人文盛况，谜艺活动分布区内所属11街道、镇。（参看第三章的"中国灯谜艺术之乡：澄海"）2006年"澄海灯谜"被列入澄海县、汕头市、广东省第一批非遗名录。张哲源被授予"广东省民间文化杰出传承人"，为澄海灯谜传承集体代表性人物。2008年登录第一批国家级非遗扩展项目名录，保护单位由原澄海区灯谜协会调整认定为澄海区文化馆。澄海区文化馆于2013年在原灯谜研究活动中心的基础上，扩建成"澄海灯谜传承基地"，同时附设"红头船网络灯谜实体基地"。基地制订民间自发和政府自觉保护相结合的机制，协调全区性灯谜活动的开展和传承工作的管理，设立澄海灯谜艺术陈列厅、灯谜书刊和谜人艺术档案实物及电脑资料库，加大理论研讨力度，编印出版了一批灯谜书刊。

2. 省级非物质文化遗产项目
（1）辽宁：沈阳民间传统灯谜

清代晚期，沈阳兴起民间传统灯谜活动。光绪初年，盛京名士缪公恩的曾孙缪润绂（字东霖），以举人身份（后中进士）与文友在盛京鼓楼南的会文山房组织"灯社"，制谜撰联相互猜对，逢节假日便在鼓楼附近茶馆内悬挂谜笺，供茶客猜射。光绪二十八年（1902），鸿雪轩灯谜会诞生，主社人是东三省三才子之一的王光烈，社员达20余人，社址设在王光烈的私宅（今沈河区滨河街道办事处）。1932年起，韦荣先与谜人王光烈等人结识后，经常在中街50多处商号、店铺摆台设谜，在报刊上撰文，编写《文虎集锦》。1946年，韦荣先、王筱颖在辽宁省民众教育馆的筹助下组建民众射虎社，社员20余人。当代，沈阳民间传统灯谜得到全新的发展。20世纪50年代后期，市工人文化宫灯谜小组开展活动，沈河区、和平区等市内文化馆、图书馆和企事业工会，经常在节假日里举办群众性灯猜。1984年后，沈阳市灯谜协会、学会的会员有韦荣先、石彧、王传章、冯述、潘吉超、杨佳作等近300人。20世纪90年代后，组织了各种形式的灯谜活动，出版谜刊《东北虎》，举办东北三省四市盛京谜会等。2007年，"沈阳民间传统灯谜"先后被沈阳市、辽宁省列入非遗名录。

（2）福建：石狮灯谜

石狮灯谜在清代已有记载。嘉庆十四年版《锦黄家谱二房长》载，康熙至乾隆年间，铺锦村黄钟晃擅长猜谜。乾隆时期《泉州府志》卷二十《风俗》载，温陵正月猜灯谜。石狮作为泉州外港，商船往来频繁，商贾云集，经济、文化胜极一时，明灯悬谜于通衢，农夫渔民，商人学界都甚爱好，争相猜射。清光绪八年（1882），林桂舟等人在蚶江成立谈虎楼谜社。1901年，林桂舟旅居厦门，参与创立萃新谜社。1920年，林桂舟到台湾经商，又将石狮灯谜带到台湾，在台湾龙山寺悬谜开猜，著《锦江林画中隐语》。抗战期间，谈虎楼谜社成员举办抗日专题谜会。20世纪50年代，蚶江常见谜事活动。1989年石狮市灯谜协会成立前后，各镇（街道）相继成立灯谜组织，实现乡镇谜社覆盖率100%。石狮灯谜有10多种活动形式，其内容根据本土的题材创作，通俗又文雅，朴实又富有情趣，亲切又耐人寻味，具有浓厚的乡土气息。十一届三中全会后，石狮举办过多届灯谜艺术节、多届蚶江侨乡谜会，承办过福建省灯谜节、福建省未成年人思想道德建设灯谜大会猜等数十场大型谜会及10多届石狮市侨乡谜会、10多届校园灯谜艺术节、多届学生灯谜精英赛、多届巾帼灯谜邀请赛等。石狮谜人编有多种灯谜书刊，多次在国际、全国、全省性谜会中摘金夺银。2008年、2011年，石狮市被文化部命名为"中国民间文化艺术（灯谜）之乡"，2009年，石狮灯谜列入第三批福建省非遗名录，2011年建成灯谜传习所。2000年、2019年，石狮市蚶江镇先后被国家文化部、文化和旅游部命名为"中国民间文化艺术（灯谜）之乡"。

（3）福建：晋江灯谜

晋江灯谜起源较早。宋代彭乘《续墨客挥犀》记载，吕惠卿（字吉甫，北宋宰相）巧解荆公之谜。清末民初，林桂舟在本地及台湾开展灯谜活动。民国时期，晋江涌现出谜坛著述颇丰的谢云声、周亚泌等一批谜人。抗战时期，晋江灯谜组织谈虎楼用灯谜形式开展抗日救亡宣传活动。20世纪50年代，苏温才、伍耿怀等先后在蚶江发起成立灯谜兴趣小组，1986年晋江县灯谜协会成立后，辖区内的15个镇（街道）相继成立灯谜社（组）。每逢节庆，晋江许多镇、社区、村居都纷纷举办灯谜展猜。1987年起，一年一度坚持举办晋江侨乡谜会，由各镇（街道）轮流主办，还举办了施琅杯第二届中华灯谜锦标赛、中国灯谜艺术之乡暨主要谜刊邀请赛、"品牌之都"国际灯谜大奖赛、园丁杯全国校园灯谜精英大奖赛，承办福建省第七、八届灯谜艺术节等大型赛事，举办由晋江84家重点企业联办的"品牌之都"灯谜夜市。2010年5月，晋江市举办首届校园灯谜赛，后连续举办多届。安海、罗山、东石、内坑等镇（街道）也相继举办镇级校园灯谜赛。晋江谜人编印出版多种灯谜书刊，多次在国际、全国、全省谜会取得佳绩。2008年、2011年，晋江市两度被文化部命名为"民间文化艺术（灯谜）之乡"；2009年5月，"晋江灯谜"入选福建省第三批非遗名录。2010年安海中学被确立为省级非遗（晋江灯谜）传习点。

（4）西藏：藏北班戈谜语

藏北班戈谜语是一种休闲娱乐游戏，也是一种特有的语言文化现象，其语言具有严密的逻辑性和相当的疑难性。常见的猜谜语方法有会意法、反射法、借扣法、溯源法、拟人法、拟物法、问答法等。班戈谜语在民间流传，受到广大牧民群众的喜爱。1966年1月生于西藏那曲地区班戈县青龙乡8村的旺秋多吉，幼年时常听父母说谜语，耳濡目染，自己也爱上了谜语，记住了很多谜语，为班戈谜语的传承人。旺秋多吉所讲的谜语以纯朴的形式、丰富的内涵启迪人们的心灵与智慧。为将班戈谜语流传下来，旺秋多吉积极配合县文化局整理出谜语词库，建立了文档资料库，还积极参与当地政府组织的公益演出活动。2009年，那曲地区班戈县文化局申报的"藏北班戈谜语"列入西藏自治区第三批非遗名录。

（5）江苏：竹西谜语

竹西是扬州的别称，扬州是灯谜的故乡之一。南北朝时期，广陵人高爽即以善谜著称。唐代离合体字谜"大明寺水天下无比"被誉为彼时构思奇巧的谜语。明代，出现自发组成的灯谜社团广社，出版谜著《广社》。诗人黄周星曾与诗朋文友在扬州平山堂下建木兰亭社，创人名灯谜酒令，以佐觞政。清代嘉道年间出现的竹西春社，有谜人爱素生、潘光、汪廷模、汪立亭等十多人。谜社编《竹西春社抄》集350余条谜传世。光绪年间至民国初年，又有竹西后社继起。后社可考的谜人有30多人，内中以孔剑秋、孙笃山、汤公亮、陈天一等"隐中八仙"为代表，多为当时知名学者、诗人和书画家。有《心向往斋谜话》《悔不读书斋谜稿》《惜今轩说谜》《埋鬠集》《竹西后社谜剩》《隐语萃菁》等谜书传世。扬州市职工灯谜协会谜承了竹西谜艺的传统，制谜数万条，经常举办谜会，多次在全国谜会和报刊中获奖。2006年，竹西谜语被列为扬州市第一批非遗民间文学项目名录。2009年6月，竹西谜语被列为江苏省级非遗民间文学项目名录。

（6）江苏：海虞谜语

海虞为常熟古称。南北朝宋时，海虞县令、大文学家鲍照创字谜，对中华谜界产生广泛而深远的影响。明清以降，吴中才子常熟人徐祯卿制画谜，东南文宗钱谦益在诗中记述"猜残灯谜"，两朝帝师翁同龢好隐语。民国期间，灯谜大家徐忱亚发起成立谜语团体琴心文虎社，结集出版《琴心文虎》。当代海虞谜语生枝勃发。1983年恢复成立常熟市灯谜研究会，编印《琴宫文虎》《虞山虎啸》等谜刊，1986年举办全国灯谜邀请赛。20世纪80年代后，节庆谜事活动遍及常熟各乡镇，尤董浜镇大放异彩。董浜镇建立了徐市灯谜馆，创建徐市灯谜协会、徐市中学智林谜社，职教中心成立春来谜社，出谜刊《银海谜谭》《谜花飘香》《春来谜苑》等。灯谜作为学校素质教育教材进入市内中小学第二课堂。2008年，董浜镇被文化部命名为"中国民间文化艺术（灯谜）之乡"。2009年，董浜镇重建灯谜艺术馆；同年6月，海虞谜语被江苏省人民政府命名为江苏省级非遗项目。2010年，首届董浜·徐市灯谜艺术展在董浜镇举办。2013年，成功举办第二届董浜·徐市灯谜大世界。董浜镇每3年举办一届大型谜会，持续地扩大海虞谜语的影响力和辐射力。

（7）河南：安阳灯谜

古之安阳，发祥于汤阴羑里城的《周易》爻辞，流传于中原各地的《诗经》篇什，多处闪现着灯谜日趋成熟的影子。宋代王安石、苏东坡等文学家曾宦游河南，对中原各地灯谜的发展与繁荣起到极大的促进作用。清代著名文人毛际可，顺治年间派往河南彰德府（即安阳市）担任推官，著《孟子》人名灯谜绝句。安阳的苏奇灯笼画，实现了灯与谜的完美具象结合。20世纪80年代以来，安阳市职工灯谜协会举办过多次各种类型的大中型谜会，创办谜刊《全国灯谜信息》《谜也者》，被全国总工会命名为

"全国职工灯谜的学校和乐园",被中华灯谜学会命名为"全国优秀灯谜城",被《工人日报》评选为全国职工十大文化品牌之一。在安阳举办的首届中华古都灯谜艺术节、全国部分文化宫(馆)谜刊研讨会、全国城市职工灯谜邀请赛、庆祝殷墟申遗成功全国旅游灯谜大赛、"文字之都魅力安阳"联通杯全国灯谜大赛等都在谜坛产生较大影响。1990年,安阳市职工谜协与台南市谜学研究会缔结友好谜协。安阳各县区都广泛地开展各种类型的灯谜活动。安阳组队参加河南省职工谜会20多次,获团体一至三等奖20多项,参加全国性谜会30多次,获团体一至三等奖20多项。安阳谜协会员积极著书立说,编印会刊9期,公开出版谜书数十部,获中国北方民间文学一等奖、郭龙春谜书奖、全国百部优秀科普读物、河南省社科优秀作品特等奖等。安阳市工人文化宫申报的安阳灯谜于2010年9月入选安阳市市级非遗名录;2011年12月入选河南省第三批非遗名录;被命名为县区级代表性传承人3人,市级传承人2人,省级传承人1人;2012年9月,被河南省文化厅评选为"河南省非物质文化遗产社会传承基地"。

(8)福建:漳州灯谜

明万历后期,漳州各地已有猜谜习俗,《芗城区志·文化卷》载:元夕,"文人墨客明灯悬谜语于通衢,谓之灯谜,射中者以笔墨果品酬之,备极欢谑。"明宣德三年太子太傅郑深道告老还乡,而后礼部尚书林士章、监察御史沈汝梁致仕归里,都以猜谜遣兴,谜事相沿成风。20世纪50年代以来,由文化部门、工会牵头,各单位、乡镇街道、工厂、学校普遍建立灯谜组织,频繁开展活动。80年代后,灯谜协会编印会刊《虎啸》和多种灯谜资料。1989年元宵举办漳州首届中华灯谜艺术节。1992年创建漳州灯谜艺术馆。1993年,与台湾高雄谜学会联合创办漳州高雄文虎基金会。1998年元宵节,漳州谜协代表团访问台湾,实现两岸谜界双边交流，漳州谜协多次组团赴海外及港台地区交流谜艺，灯谜成为联结国内外情谊的文化纽带。从1992年起，芗城区基层灯谜会猜已持续举办20多届。1999年至2011年，漳州市芗城区被评为"福建省灯谜之乡"，三次被文化部命名为"中国民间文化艺术（灯谜）之乡"。2011年12月，漳州灯谜列为福建省第三批非遗扩展名录。

（9）新疆：牛王宫连环谜语

牛王宫连环谜语流传于20世纪70年代以前，因流传于新疆奇台县老奇台镇牛王宫村一带而得名。它结构独特，分环状结构和链式结构两种；猜射方法特殊，只能面对面猜射，只有猜对了前一个谜面的谜底，才能引出下一个谜面。牛王宫连环谜语曾经是家长对孩童进行启蒙教育的一种寓教于乐的方式。2012年6月，奇台县申报的民间文学类"连环谜语"列入新疆维吾尔自治区第三批非遗名录。

（10）浙江：临海民间谜语

临海民间谜语是流传在古台州府临海一带，以斗智取巧、炫才耀能为主要内容的游戏娱乐文学。临海民间谜语采用的是临海方言，有很强的地域特点。其内容丰富，劳作用物、禽鸟虫鱼、花草树木等无所不具，落后的生产工具、简陋的日常用物、古老的民风民俗，在谜语里也有刻画反映。2009年，李忠芳编著《临海民间谜语》。2012年6月，"临海民间谜语"被列入浙江省第四批非遗名录。

（11）广东：揭西方言灯谜

揭西方言灯谜又称棉湖灯谜。清代棉湖的文豪曾习经、郭心尧等热心此道。民国时期，棉湖谜界的主要代表人物有谢益沙、郭常华、张次潮、曾广益、郭萼华、郭乐尧等。1949年后，棉湖大兴灯谜活动，出现了以洪尚隆为主的工商联谜台，以王邦澄为主的影剧院谜台,以陈锡贵、罗宗敏、李锡怀为主的居民谜台,以杨耀华为主的揭阳二中谜台,尤以工会的谜台活动最为活跃。1984年3月,棉湖镇工会整合全镇各谜台,成立棉湖镇灯谜组织,郭常业、陈文质、杨耀华等领头活动,棉湖镇灯谜由此进入全盛时期,涌现出一大批灯谜爱好者。每逢元宵、中秋,揭西谜人张灯射覆,设台会猜。灯谜的谜笺由擅长书法者用毛笔抄写谜文,猜灯谜以传话报猜的独特形式,猜谜现场鼓锣并用,有声有色。2013年11月,"谜语(揭西方言灯谜)"列入广东省第五批非遗扩展项目名录。

(12)江苏:无锡灯谜

东汉至民国,无锡地区陆续有谜事记载。1959年7月,无锡人民广播电台举办空中乘凉晚会,通过电波和电话猜谜。1979年元宵,无锡人民广播电台举办"周末生活·元宵广播猜谜会",此后,延续多年举办广播猜谜活动。《无锡日报》《无锡广播电视报》等多次举办灯谜竞猜活动。1980年后,无锡市工人文化宫灯谜研究组联合多方面活跃开展谜会、竞猜、展猜等活动,先后举办元宵全国灯谜大会猜(梁溪谜会)、"我爱太湖"灯谜展、夜公园灯谜竞猜、冷餐谜会、"农村改革十年"谜会暨全国灯谜函寄会猜、"党旗飘飘"千条灯谜大联展、税务专题灯谜大会猜、教师游园专题灯谜会、环保灯谜专题会猜、"水星杯"家庭藏书读书乐灯谜竞赛、"人人服装杯"灯谜竞猜、"三叶杯"有奖猜谜、八佰伴灯谜展猜、文化宫之夏灯谜展猜、工运灯谜有奖竞猜、中富美林湖中秋灯谜节、庆祝无锡解放60周年"中国无锡工业设计大厦杯"国际灯谜大赛、百城抗战灯谜展猜等活动。编著《无锡谜韵》《梁溪灯谜》《扬名乡风》《灯谜知识》等书刊。无锡谜人多次参加全国各地谜赛获谜文谜作奖。2016年1月,"谜语(无锡灯谜)"列入江苏省第四批非遗扩展项目名录。

(13) 江苏：淮安灯谜

淮安灯谜兴盛于清代、民初时期。1931 年上海《文虎半月刊》介绍："清江浦人文荟萃。灯虎之戏，每于春令举行，如上元、花朝、春社、上巳、送春等日，张灯寺观，光怪陆离，各体俱备。"20 世纪 50 年代，清江市工人文化宫职工灯谜组每逢春节、国庆、元旦、五一等节日，进行悬谜猜赛。1983 年后，淮阴市工人文化宫灯谜组除坚持每年重大节日开展对群众猜射外，在企业、商场、学校及名胜景点，举办专题谜会数十场。编印谜刊《淮阴斑斓》等。朱墨兮等谜人频繁参与国内谜坛举办的大型谜会和谜事活动，在多个谜会谜赛中获奖。曹成荣、朱墨兮等人还在淮阴师院、淮安外国语学校开设灯谜课。朱墨兮创办《文虎摘锦》，卢志文主编《中华灯谜教程》。灯谜已经成为淮安的一张文化名片。2016 年 1 月，"谜语（淮安灯谜）"列入江苏省第四批非遗扩展项目名录。

(14) 江苏：平望灯谜

平望灯谜在民国初期已经普及，20 世纪 50—60 年代初中期甚兴，70 年代后期以来盛行。每逢过年过节，平望镇文化站都举行灯谜展猜、灯谜擂台赛等活动。80 年代初期，平望灯谜爱好者队伍日趋壮大，文化站组织成立了莺湖谜会。相继编印《莺湖谜语》《鲈风》等谜刊。80 年代中后期到 90 年代是平望灯谜的创作高峰期，会员每年创作几千条谜语，多次在全国各种谜赛上获奖。2002 年，莺湖谜会获"吴江市特色文艺团队"称号；次年，又被评为苏州市优秀业余文艺团队。2008 年，莺湖谜会举办"百天百谜迎奥运"有奖展猜和竞猜活动。2012 年，平望镇文化站举办首届灯谜少儿培训班。平望灯谜具有鲜明的地方特色和艺术个性，洋溢着浓烈的乡土气息，2008 年被列为第二批吴江市级非遗项目名录。2016 年 1 月，"谜语（平望灯谜）"列入江苏省第四批非遗扩展项目名录。

（15）江苏：南通灯谜

南通灯谜具江海特色，地方风俗、地名、人物、历史等皆入谜。20世纪50年代，文化馆站在元宵灯节和节假期举办灯谜会，报刊上常登载谜作竞猜。60年代初，南通市劳动人民文化宫职工业余兴趣小组编印《乳虎集》。1978年后，南通市职工灯谜研究小组（后为南通市职工灯谜协会）先后多次举办南通市"万人猜灯谜，全城闹元宵"大型活动。1992年元旦，顾焕清在刘桥主持"婚礼灯谜会"。2月，新华社报道南通县灯谜之乡刘桥的活动情况，《今日中国》杂志将报道译成8国文字向海外传播。2015年，南通举行"第二届中华灯谜文化节·全国三十城市灯谜联展"。2018年举办首届南通灯谜大会。市文化馆群艺谜社开通了3个对外交流的窗口：一是建立群艺谜社QQ群，有500人加入，主擂猜射80多场；二是开通南通群艺谜网，注册会员数千人；三是《紫琅谜刊》复刊。2016年1月，"谜语（南通灯谜）"列入江苏省第四批非遗扩展项目名录。

（16）浙江：杭州灯谜

杭州猜谜活动在北宋时期非常活跃，清朝至民国时期更加繁荣，不少文人在西湖边组织谜社，涌现的谜人、谜著也非常多。1949年后，灯谜从原先的文人雅事转变成为老百姓文娱项目。1984年后，杭州市职工灯谜研究会经常深入民间开展灯谜宣讲和展猜活动，协助《文化娱乐》《杭州日报》《钱江晚报》开设灯谜栏目，出版会刊《武林虎影》，经常参加全国各地大型谜会谜赛屡屡获奖，部分会员还在高校开设灯谜课程。胡嘉廷、倪宝元、丛川、潘培生、郑天伦、宋胜林、王钦振、纪志康、李建树、汪良淦、黄全来等谜人活跃谜坛。1987年"中华杯电视猜谜大赛"在中央电视台周末黄金时间播出，大赛第一个答题且一语中的者即为杭州市职工灯谜研究会创会会长丛川。杭州市工人文化宫自2005年以来，每年投入近20万元举办杭州市暨长三角地区职工元宵灯谜会或擂台赛。2014年举办全国性"美丽杭州"首届职工原创灯谜征集活动。"谜语（杭州灯谜）"于2011年2月列入杭州市第四批非遗名录；2016年12月列入浙江省第五批非遗名录。

（17）贵州：贵阳灯谜

贵阳灯谜在清代就形成了"扣字谨严、凝练工巧、含浑典雅"的艺术特色，熔南北谜风和少数民族文化艺术于一炉。贵阳当地的猜谜语、玩灯谜等文化习俗一直延续传承。贵阳灯谜具有广泛的群众参与性、独特的地域代表性、鲜明的民族特色性、多样的内容涵盖性等特征，人生百态、市井生活、风俗人物等均有体现。贵阳灯谜以"会意别解"为主，兼以其他手法，讲究谜面的文句，自撰谜面也力求富有文采。20世纪80年代中期以来，贵阳市灯谜协会常年坚持开展灯谜会猜、展猜等活动，出版《贵州谜荟》《甲秀清风》等多种书刊。2019年6月，"贵阳灯谜（贵阳市）"列入贵州省第五批非遗名录。

（18）重庆：巴渝灯谜

巴渝灯谜包括大渡口区灯谜和万盛腰子老街灯谜。大渡口区灯谜从20世纪初发展至今，经历王成、熊仲威、熊燕林、张践等谜人近百年的传承和发展，逐渐形成自身特点。当代，大渡口的灯谜活动以重钢工人文化室为中心开展，21世纪走进了大渡口的五街三镇。大渡口灯谜多为原创灯谜，原创结合时效，同时对灯谜难易程度加以控制，成为与时事、宣传活动结合的游艺类项目。万盛灯谜是20世纪80年代初随着煤业的兴旺而发展起来的。1983年11月成立南桐矿务局灯谜学会时，比较活跃的谜人有朱镛、周忠恕、陆懋蔚、童志贤等。每年春节在腰子街、矿工俱乐部举办群众灯谜展猜。局工会谜协经常举办灯谜讲座，创办谜报《矿灯》。时任局工会宣传部部长的陆懋蔚经常牵头，组队参加全国各地举办的灯谜竞赛。万盛灯谜协会继承南桐灯谜传统，坚持开展灯谜活动，随社区文化做到"三下乡"，推广普及到各乡镇社区。2019年6月，大渡口区、万盛经开区申报的"巴渝灯谜"列入重庆市第六批非遗名录。

3. 市级非物质文化遗产谜语（灯谜）项目

新津县"新津灯谜"，2006年11月列入四川省成都市第一批非遗名录。

务川县"仡佬族盘歌"，2006年12月列入贵州省遵义市第一批非遗名录。

桐梓县"桐梓灯谜"，2006年12月列入贵州省遵义市第一批非遗名录。

酒泉各县市区文化馆"民间谜语"，2007年10月列入甘肃省酒泉市第一批非遗名录。

南召县"灯谜"，2007年10月列入河南省南阳市第一批非遗名录。

鹿城区、龙湾区"温州谜语（温州灯谜）"，2008年12月列入浙江省温州市第一批非遗名录。

榕城区、普宁市"谜语（揭阳方言灯谜）"，2009年4月列入广东省揭阳市第二批非遗名录。

会泽县"会泽县汉族谜语"，2009年5月列入云南省曲靖市非遗名录。

丽水市非遗中心"处州谜语"，2009年6月列入浙江省丽水市第三批非遗名录。

望谟县"布依族谚语、歇后语、谜语、顺口溜"，2009年6月列入贵州省黔西南州第三批非遗名录。

雨花区"长沙谜语",2009年12月列入湖南省长沙市第二批非遗名录。

武安市"武安灯谜",2010年2月列入河北省邯郸市第二批非遗名录。

柘荣县"闽东灯谜",2010年3月列入福建省宁德市第三批非遗名录。

长淮卫镇"长淮卫谜语",2010年5月列入安徽省蚌埠市第二批非遗名录。

黄岩区"黄岩民间谜语",2010年6月列入浙江省台州市第四批非遗名录。

鄞州区高桥镇中心初级中学"宁波谜语",2010年6月列入浙江省宁波市第三批非遗名录。

高台县"高台方言、俗语、谚语、谜语、歇后语",2010年7月列入甘肃省张掖市第二批非遗名录。

南浔区菱湖镇"菱湖元宵灯谜会",2010年8月列入浙江省湖州市第四批非遗名录。

扎赉特旗"扎赉特谚语、谜语",2010年10月列入内蒙古自治区兴安盟第二批非遗名录。

杭州市总工会"谜语(杭州灯谜)",2011年2月列入浙江省杭州市第四批非遗名录。

浦东文化馆、花木街道文广服务中心"浦东灯谜",2011年5月列入上海市浦东新区第三批非遗名录。

揭西县"谜语(揭西方言灯谜)",2011年6月列入广东省揭阳市第三批非遗名录。

东山区"谜语(淡浦灯谜)",2011年6月列入广东省揭阳市第三批非遗名录。

灌南县文化馆"灯谜",2011年6月列入江苏省连云港市第三批非遗名录。

伊犁州文化艺术研究所"哈萨克族民间谜语",2011年7月列入新疆维吾尔自治区伊犁州第二批非遗名录。

和静县、和硕县、博湖县、焉耆县"蒙古族谜语",2011年12月列入新疆维吾尔自治区巴音郭楞州第二批非遗名录。

黟县"黟县谜语",2012年2月列入安徽省黄山市第三批非遗名录。

新市区"保定灯谜",2012年4月列入河北省保定市第三批非遗名录。

合肥市"庐州灯谜",2013年5月列入安徽省合肥市第四批非遗名录。

平望镇"平望灯谜",2013年6月列入江苏省苏州市第六批非遗名录。

定海区"舟山灯谜",2013年6月列入浙江省舟山市第五批非遗名录。

台安县"台安民间谜语",2013年11月列入辽宁省鞍山市第四批非遗名录。

瑞安市"瑞安民间方言谜语",2014年1月列入浙江省温州市第七批非遗名录。

西城区"北京灯谜",2014年3月列入北京市西城区第四批非遗名录。

平邑县"平邑灯谜",2014年3月列入山东省临沂市第四批非遗名录。

南通市"南通灯谜",2014年4月列入江苏省南通市第三批非遗名录。

淮安市"淮安灯谜",2014年6月列入江苏省淮安市第五批非遗名录。

双清区"邵阳灯谜",2014年7月列入湖南省邵阳市第三批非遗名录。

无锡市"无锡灯谜",2014年8月列入江苏省无锡市第四批非遗名录。

金溪县"浒湾书铺街灯谜",2014年12月列入江西省抚州市第四批非遗名录。

鹰潭市"鹰潭灯谜",2015年8月列入江西省鹰潭市第五批非遗名录。

诏安县"灯谜(诏安)",2015年9月列入福建省漳州市第六批非遗名录。

绍兴市"绍兴谜语",2015年11月列入浙江省绍兴市第六批非遗名录。

永嘉县"永嘉民间谜语",2015年12月列入浙江省温州市第九批非遗名录。

大方县"大方灯谜",2016年1月列入贵州省毕节市第一批非遗名录。

富顺县"谜语识字",2017年4月列入四川省自贡市第五批非遗名录。

汕头市"灯谜(汕头)",2017年5月列入广东省汕头市第五批非遗名录。

南海区九江儒林灯谜协会"九江灯谜",2017年12月列入广东省佛山市第六批非遗名录。

长治市"灯谜(长治灯谜)",2018年3月列入山西省长治市第六批非遗名录。

永定区"张起南灯谜文化",2018年7月列入福建省龙岩市第六批非遗名录。

秦安县"秦安灯谜",2018年9月列入甘肃省天水市第四批非遗名录。

周口市"项城谜语",2019年10月列入河南省周口市第五批非遗名录。

张家口市"张家口灯谜",2019年11月列入河北省张家口市第六批非遗名录。

嘉定区"南翔灯谜",2019年12月列入上海市嘉定区第九批非遗名录。

4. 县级非物质文化遗产谜语(灯谜)项目名录

武穴市"民间谜语",2006年6月列入湖北省武穴市第一批非遗名录。

罗定市"灯谜",2006年9月列入广东省罗定市第一批非遗名录。

揭东县文化馆"灯谜",2007年7月列入广东省揭东县第一批非遗名录。

右江区"瑶族谜语",2007年11月列入广西壮族自治区百色市右江区第一批非遗名录。

保靖县"生产、用具、动物、植物等谜语",2008年1月列入湖南省保靖县第一批非遗名录。

靖安县"客家童谣、谜语",2008年1月列入江西省靖安县第一批非遗名录。

和平区"灯谜独字谜",2008年5月列入沈阳市和平区第二批非遗名录。

文成县非遗中心"文成谜语",2008年6月列入浙江省文成县第二批非遗名录。

龙泉市普查办"龙泉民间谜语",2008年6月列入浙江省龙泉市第二批非遗名录。

第四章　进入 21 世纪后的灯谜（2001 年至 2019 年）

壶镇镇"谜语"，2008 年 7 月列入浙江省缙云县第三批非遗名录。

平望镇人民政府"平望灯谜"，2008 年 9 月列入江苏省吴江市第二批非遗名录。

新安江街道"连环谜语"，2009 年 3 月列入浙江省建德市第三批非遗名录。

台安县"台安民间谜语"，2009 年 5 月列入辽宁省台安县非遗名录。

蒙阴镇"蒙阴谜语"，2009 年 5 月列入山东省蒙阴县第三批非遗名录。

海门街道、白云街道"椒江民间谜语"，2009 年 5 月列入浙江省台州市椒江区第三批非遗名录。

昌乐县非遗保护中心"昌乐谜语"，2009 年 6 月列入山东省昌乐县第二批非遗名录。

乌兰县"蒙古族谜语"，2009 年 6 月列入青海省乌兰县非遗名录。

乌兰县"谜语游戏"，2009 年 6 月列入青海省乌兰县非遗名录。

西华县非遗保护中心"民间谜语"，2010 年 3 月列入河南省西华县第二批非遗名录。

山丹县"山丹民间谜语"，2010 年 5 月列入甘肃省山丹县第二批非遗名录。

东林街道"南桐灯谜"，2010 年 7 月列入重庆市万盛区第一批非遗名录。

石溪乡、吴坑乡、张村乡"青田谜语"。2010 年 8 月列入浙江省青田县第四批非遗名录。

一马路街道"民间谜语"，2010 年 12 月列入河南省郑州市二七区第一批非遗名录。

宿松县文化馆"谜语",2011年1月列入安徽省宿松县第二批非遗名录。

大埔县"民间谜语",2011年4月列入广东省大埔县第二批非遗名录。

兴国县"兴国客家谜语",2011年10月列入江西省兴国县第二批非遗名录。

克拉玛依区"哈萨克文学（长诗、谚语、谜语）",2012年1月列入新疆维吾尔自治区克拉玛依市第一批非遗名录。

合肥市灯谜协会"庐州灯谜",2012年5月列入安徽省合肥市瑶海区第三批非遗名录。

单县文化馆"四有字谜识字",2012年7月列入山东省单县第二批非遗名录。

三水区文体旅游局"三水灯谜",2012年8月列入广东省佛山市三水区第四批非遗名录。

米脂县"米脂灯谜",2012年9月列入陕西省米脂县第一批非遗名录。

向阳乡"灯谜",2012年11月列入福建省南安县第五批非遗名录。

解放街道"舟山灯谜",2012年11月列入浙江省舟山市定海区第五批非遗名录。

富顺县"谜语识字",2015年列入四川省自贡市富顺县第五批非遗名录。

项城市"项城谜语",2016年2月列入河南省周口市项城市第四批非遗名录。

苏州市职工文化体育协会"姑苏谜语",2017年7月列入江苏省苏州市姑苏区第三批非遗名录。

五莲县"灯谜",2017年12月列入山东省日照市五莲县第四批非遗名录。

云阳街道文体计生站"云阳灯谜",2018年7月列入江苏省镇江市丹阳市第三批非遗名录。

罗源县"罗源灯谜",2018年12月列入福建省福州市罗源县第四批非遗名录。

开封市职工灯谜协会"开封灯谜",2018年12月列入河南省开封市鼓楼区第二批非遗名录。

秦淮区"南京灯谜",2019年3月列入江苏省南京市秦淮区第五批非遗名录。

张家口市灯谜学会"张家口灯谜",2019年4月列入河北省张家口市桥东区第三批非遗名录。

浏阳谜语协会"浏阳谜语",2019年9月列入湖南省长沙市浏阳市第七批非遗名录。

永泰县文化馆"福州传统谜语",2019年12月列入福建省福州市永泰县第四批非遗名录。

二、灯谜传承基地

1. 宫馆会社

沈阳和平区文化馆,2009年4月被辽宁省文化厅授予"民间文化艺术基地(灯谜)"。

石狮市灯谜协会,2011年6月被福建省泉州市非遗保护领导小组办公室授予"泉州市灯谜(石狮)传习所"。

佛山市顺德区,2011年10月被广东省文学艺术界联合会、广东省民间文艺家协会授予"广东省灯谜艺术之乡"。

安阳市工人文化宫,2012年9月被河南省文化厅授予河南省非遗社会传承基地。

漳州灯谜艺术馆，2012年11月19日，升级更名为"漳州灯谜艺术博物馆"，馆址迁至漳州古城台湾路漳南道巷。

徐市灯谜馆（董浜灯谜艺术馆），2000年初，江苏省常熟市徐市镇人民政府动议建立。2003年5月，徐市镇并入董浜镇。2006年，位于徐市文化站的灯谜馆搬迁至徐市老年活动中心内。2009年，董浜镇重新建造董浜灯谜艺术馆，馆址展示场所设在董浜镇文化大楼二楼。

蚶江灯谜馆，2001年2月，福建省石狮市蚶江镇党委政府决定创建，同年5月4日开馆。

南通群益谜社，2014年7月被江苏省南通市文广新局授予"南通灯谜传承基地"。2017年5月，南通灯谜传承保护工作会议推出南通灯谜传承保护工作的"五个一工程"：一个阵地——南通灯谜艺术馆；一个组织——成立南通灯谜学术委员会；一支队伍——整合南通灯谜非遗传承工作者、爱好者、志愿者队伍；一项赛事——每年举办一次面向全国的主题灯谜创作大赛和竞猜活动；一项活动——启动"南通灯谜周周猜"活动，每周六下午在南通"非遗"中心举行。

榕城区灯谜协会，2014年7月被广东省揭阳市文广新局授予揭阳市第一批非遗传承基地。2018年，传承"揭西方言灯谜"的揭西县棉湖镇郭氏大楼后楼列入第二批非遗传承基地。

翔宇中华灯谜馆，位于浙江永嘉县，翔宇教育集团总校长卢志文发起，2014年9月12日开工建立，占地近千平方。谜馆设谜史走廊、灯谜廊亭、射虎游戏、谜书馆、谜人馆、竞赛馆、高科技灯谜体验馆等多个分区，具有灯谜展览、灯谜教育、灯谜研究、谜书出版、射手培训、谜事竞赛等功能。

澄海区文化馆灯谜传承基地，保存着自20世纪50年代以来澄海当地出版的谜书340多册。2015年1月，澄海区文化馆被广东省文化厅授予第二批非遗传承基地。

佛山市南海区九江儒林灯谜协会，2018年4月被广东省佛山市文广新局授予第二批非遗传承基地。

合肥市工人文化宫，2018年12月被安徽省合肥市文广新局授予第二批非遗传习基地。

2. 中小学和技校

（1）中华灯谜教学示范校

中华灯谜学会2005年命名"灯谜教学示范校"；2010年后命名"中华灯谜教学示范校"。

福建省晋江市安海中学，2005年11月命名。1999年8月被晋江市文体局定为"灯谜活动示范点"；2010年6月被福建省文化厅确定为福建省非遗（晋江灯谜）传习点、灯谜教育基地。学校于2006、2008、2010年三次应邀参加新加坡第三届至第五届国际学生灯谜赛；2014年参加央视《中国谜语大会》总决赛获银奖；2016年再次参加《中国谜语大会》总决赛获金奖。

福建省莆田市第六中学，2005年11月命名。学校青璜谜社于1986年成立后，组织各种灯谜活动，参加各项灯谜赛事，获奖励数百人次，1998年被中华灯谜学会评为"全国十佳灯谜社团"。2016年，青璜谜社成立30周年之际，举办中华百家灯谜函寄会猜、第30届青璜灯谜艺术节谜艺研讨会和青璜乳虎电控竞猜。

福建省漳州市芗城区北斗中学，2005年11月命名。学校从2003年起开设校本课程《中国灯谜》。

广东省汕头市私立广厦学校，2005年11月命名。学校于2001年成立骊星谜社，将灯谜艺术引进校园；2002年将灯谜列入小学和初中课堂，举办中小学生灯谜艺术节等活动。2014年组队参加央视《中国谜语大会》。

江苏省常熟市徐市中学，2005年11月命名。

河北省保定市第七中学，2010年8月命名。学校从2008年起开展灯谜讲座和猜谜活动，2010年组队参加新加坡中学生灯谜邀请赛，随后将灯谜文化以校本课程的方式引入初中一二年级课堂，每周每班一节。各班猜谜好的同学选入灯谜社团进行重点培养。学校编印《保定七中灯谜校刊》。

山东省青岛市福林小学，2011年6月命名。学校从2007年开始，每周一次开展校园学生竞猜、校外家长竞猜、风车谜社、专题网站发布等活动，邀请谜学专家入校制谜讲谜。学校的语文课借助灯谜识字，数学课创设猜灯谜情境，其他学科也都通过灯谜激情引趣，逐步形成了课堂教学特色。学校研发《小学生字谜荟萃》教材，运用猜灯谜形式帮助学生学习难字和易错字，荣获青岛市校本课程评比一等奖。学校被教育部语言文字司评选为全国语文教改示范校。

福建省石狮市蚶江中学，2011年6月命名。2013年，学校开发的校本课程《灯谜基础知识教程》在初一全面展开教学，且纳入期中期末考试，成绩计入考试总分，2019年，这项教学被评为泉州市中小学精品校本课程一等奖。2016年创办校刊《蚶中谜苑》。

广东省顺德区勒流镇大晚小学，2011年6月命名。学校于2006年将灯谜引进校园，设有灯谜活动室、灯谜长廊等，每个班级每周开设一节灯谜课。学校创建了以灯谜为主要元素的特色网站、特色刊物、特色校内外学生综合实践活动模式，成立了灯谜发展促进会，建立了特色发展专项资金。

福建省石狮市蚶江中心小学，2012年6月命名。学校开设灯谜兴趣班，开辟灯谜校本课程，成立"红领巾谜社"，举办多届校园灯谜赛和大型谜会。

江苏省常熟职业教育中心校，2014年9月命名。学校于2006年成立春来谜社，创办《春来谜苑》，编写校本教材，6个系部都将灯谜排进了课程表。多次举办和参加全国大型谜赛。2008年评为苏州市特色文化学校，2010年评为谜艺传承特色贡献学校，2015年定为常熟市非遗（海虞谜语）传承保护基地。2014年、2015年参加央视《中国谜语大会》。

福建省石狮市第二实验小学，2014年9月命名。学校自2005年开始，以《中华灯谜入门》进行灯谜艺术的教学和传承。自2007年以来参加各项灯谜赛事，数十次获团体奖，上百次获个人奖。

江苏省常熟市董浜中学，2014年9月命名。2012年8月，董浜中学和徐市中学整合，制定了董浜中学灯谜特色学校教育规划，9月开始建设灯谜特色教育基地，2013年12月被常熟市教育局评为二星级特色学校。

安徽省合肥市五一小学，2014年9月命名。学校于2009年成立五一灯谜社，每周上一节灯谜课，在全校开展灯谜活动和普及灯谜知识。2013年后，连续举办小小谜王争霸赛。2014年5月被合肥市灯谜协会授予"合肥市灯谜传承基地"。

福建省晋江市安海镇养正中心小学，2016年5月命名。2009年10月灯谜走进校园，组建兴趣小组；2011年成立鸿江谜社养正分社，编印校本教材《养正灯谜》，建立灯谜活动专用室，创建养正灯谜QQ群、养正灯谜教师群、养正灯谜学生群；2016年1月启用养正灯谜公众号。自2013年起，年年举办校园灯谜艺术节，举办多届安海镇校园灯谜赛。

福建省晋江市罗山街道延林小学，2016年5月命名。学校开设教师灯谜学习课，开设学生灯谜课程《延小谜林》，在教学楼层建立灯谜长廊，设立校园灯谜天天猜活动板块，组织开展灯谜展猜、电控竞猜等活动。

福建省石狮市华侨中学，2016年5月命名。学校灯谜社团活动每天一谜猜，每周一谜课，每月一笔猜，每学期一展猜，每年一谜赛。学校代表队多次参加市办谜赛。2015年参加央视《中国谜语大会》。

江苏省南通市第二中学，2016年5月命名。学校于1988年成立东南风谜社，将灯谜文化作为选修课纳入课程计划，组织学生参加各种灯谜赛会取得多项佳绩。

安徽省合肥市第四十二中学中国铁建城校区，2016年5月命名。学校依托"城市少年宫"开展社团活动，2014年成立千寻灯谜社，主要组织校园灯谜活动，举办千寻杯灯谜赛。2015年参加央视《中国谜语大会》。

广东省汕头市浮西小学，2016年5月命名。学校于2010年引入灯谜项目，成立学生灯谜兴趣班；2012年获汕头市潮汕历史文化研究中心授予的"潮汕历史文化教育传播实验学校"；2013年成立小虎谜社；2015年开设学生灯谜课程；设置固定灯谜台，举办灯谜会，承办金平区灯谜赛。

江苏省苏州市吴江区松陵第一中学，2018年6月命名。学校于2014年3月成立松陵文虎社，组织灯谜月月猜等活动。2015年参加央视《中国谜语大会》；2016年9月建成灯谜培育基地。学校拥有面向全国中小学生的灯谜擂台群"松陵文虎群"，每周六举办全国中小学生灯谜擂台赛，53个灯谜社团派员出题主擂。

江苏省苏州市吴江区平望实验小学，2018年6月命名。学校从2014年起开展灯谜进校园工作，编写校本教材《谜风》，成立莺湖文虎社，开辟校园灯谜文化廊，建设灯谜厅。2017年特聘专职灯谜教师，建立学校特色文化基地——龚海波灯谜工作室,在四、五年级全面开设灯谜课,开展"灯谜月月猜"系列活动,进行灯谜期末考试,考试成绩计入学生素质发展报告书。

江苏省张家港市金港中心小学,2018年6月命名。学校自2014年9月起将灯谜引入课堂,开设灯谜特色课"金点点自主成长课程",建立灯谜活动室,组织各项灯谜活动,承办校园灯谜大会等灯谜赛会。2018年3月,学校灯谜兴趣班升格成立博雅文虎社。

安徽省合肥市南门小学上城国际分校,2018年6月命名。学校自2010年起引进灯谜项目,多年来,连续获得中国灯谜艺术节小学组团体优胜奖、首届合肥市校园灯谜竞赛小学组团体冠军、首届庐州校园灯谜大会小学组团体冠军、庐州职工灯谜大赛团体金奖,为合肥市灯谜传承基地。

福建省宁德第一中学,2018年6月命名。学校从2007年开始将灯谜作为校本课程。2014年9月,参加首届国际中学生灯谜邀请赛获个人笔猜第一和第六名、综合竞猜第二名,团体笔猜总分第一名及电控竞猜第五名;2015年参加央视《中国谜语大会》获金奖;2016年参加第三届中华灯谜艺术节暨国际校园灯谜精英赛,陆佳玥获笔猜第一名及个人金奖,团体获笔猜总分第一名。

福建省晋江市内坑镇东峰小学,2018年6月命名。学校于2010年开始在3年级以上班级设立灯谜兴趣小组,分基础班和提高班。2012年开始在3年级以上班级开设灯谜课程,教材由李清川等几位老师编写。学校还常常利用节假日举行校园灯谜展猜活动。

广东省汕头市龙湖实验中学,2018年6月命名。学校2006年建校以来,灯谜教学活动做到有专门教师、专门教材、专门活动场地、专门集训队伍,坚持举办"书山有路"灯谜角、各年级灯谜兴趣班和全校灯谜电控抢猜等活动。2015年参加央视《中国谜语大会》。

广东省汕头市澄海区建阳小学，2018年6月命名。建阳小学是一所乡村小学。学校根据本土特点和学生兴趣爱好，设计了36个社团活动项目，每一个学生至少参加一项，灯谜是学生喜爱的参与度高的特色教育活动项目。

四川省成都市新津中学，2018年6月命名。新津中学是全国首批"传统文化进校园"试点学校。学校致力于"新津灯谜"校本选修课开发，在高二学生中率先开设《灯谜赏析》选修课。灯谜文化成为学校的文化标志，2016年代表西南片区参加央视《中国谜语大会》。

陕西省西安市曲江第一中学，2018年6月命名。学校于2016年9月成立曲江谜社，有一支涵盖文理学科的灯谜教师团队。2018年9月，与长安文虎社联办首届全国校园灯谜大会。

（2）其他传承基地

浙江省宁波市高桥镇中心初级中学，2010年6月被宁波市人民政府授予"宁波谜语传承基地"。学校编校本教材《宁波谜语探宝》，一个月教学两课时；专门成立宁波谜语研究学习课题组，带领一个年段的学生进行学习。

湖南省长沙市雨花区东方红小学（2019年更名为雨花区泰禹第二小学），2011年6月被长沙市雨花区文体新局授予"长沙灯谜传承基地"。学校编制校本课程，引进课堂教学。2012年5月，举办"六一"家庭亲子谜语对抗赛。

浙江省舟山职业技术学校，2015年6月被舟山市文广新局、舟山市教育局授予舟山市第三批非遗传承教学基地。

北京市东直门中学，2014年3月成立灯谜社，开设《趣味灯谜》校本选修课，举办校园灯谜竞猜和灯谜大赛。2014年参加央视《中国谜语大会》。

河南省开封市求实中学,成立灯谜社团,定期开展灯谜沙龙活动,不同校区之间定期举行交流和比赛活动,2014年参加央视《中国谜语大会》。

福建省宁德市第一中学,2007年开设灯谜校本课程;2015年参加央视《中国谜语大会》后成立莲峰谜社,建立莲峰谜社QQ群,编印谜报《莲峰谜苑》,组织灯谜竞赛,每年举办灯谜周活动,组队参加各级谜赛。

福建省晋江市养正中学,2009年创建养正中学群虎谜社;2015年易名鸿江谜社养正中学分社。谜社举办灯谜竞猜和校园灯谜大会,参加各级各类灯谜比赛,2016年参加央视《中国谜语大会》摘下金牌。

广东省汕头市金山中学,1997年成立虎踪灯谜社,举办数十场百科谜会,在校内开设金山谜苑,编印社刊《西岳风迹》《风迹》。谜社荣获2015—2016年度"广东省优秀学生社团"。学校组织学生积极参加省市各项灯谜活动,2016年参加央视《中国谜语大会》获银奖。

(3)谜艺传承突出贡献学校和最佳谜校

雁云灯谜艺术奖中有三届评选"谜艺传承突出贡献学校"。获奖者:2010年第二届:莆田第六中学、常熟职业教育中心校、汕头私立广厦学校。2012年第三届:晋江市安海中学、顺德区勒流镇大晚小学、保定市第七中学。2014年第四届:佛山南海区九江上东小学、常熟董浜中学、富顺永年中心小学校。

中华灯谜学会"金虎奖"从2014年开始设"年度最佳谜校"奖项。获奖者:2014年度:常熟职业教育中心校。2015年度:晋江市安海中学。2016年度:温州翔宇中学。2017年度:汕头私立广厦学校、石狮市蚶江中学。2018年度:苏州市吴江区平望实验小学。

三、谜坛骨干

1. 中华灯谜学术委员会委员

2009年1月，中华灯谜学会公布399名委员名单：丁光斗、于忠东、马凤友、马杰忠、尹业基、尹海军、方木德、方汉宏、方如今、方阿哲、方建生、方建国、方炳良、王炜、王焕、王麟、王子安、王友宜、王文渊、王世忠、王长国、王民建、王东雄、王宇俊、王安生、王定一、王绍宽、王茂林、王虎军、王保武、王峰石、王培慧、王得道、王绵生、王德海、邓当文、邓泽权、邓德源、丛川、代述祥、冯乔、卢清利、厉国栋、史宝明、史建国、叶国泉、叶春荣、叶贺谦、田立宪、田守文、田洪亮、田鸿牛、申立峰、申志杰、申杰侯、白超谦、石爱民、龙吉江、龙江德、仲慧芬、任焕长、伍延才、伍耿怀、关怡娟、关德安、刘刚、刘旭、刘二安、刘长先、刘定枧、刘忠和、刘金友、刘炳堃、刘健炜、刘凌云、刘涤瑕、刘维仁、刘鹏展、吉其厚、吕祥、孙耀、孙同庆、孙国光、孙国和、孙承东、孙胜利、孙桂秋、安建国、庄云、庄荣坤、庄锐龙、庄意光、庄毓添、延洁、朱瑛、朱旭铭、朱建铭、朱金波、朱映德、朱洪加、朱洪星、朱景澄、朱墨兮、毕可朝、江兴锥、汤政良、纪志康、纪凯声、纪清华、许宝升、许祯祥、许海魁、那荣臻、何正文、何勇平、何振峰、余克昂、余勇、余春全、余铁坚、吴煊、吴熙、吴才懿、吴文坤、吴青松、吴礼龙、吴礼芳、吴作义、吴志昌、吴建伟、吴俊福、吴家宏、吴新民、吴楚鸿、吴锦斌、吴融杭、宋扬、宋世荣、张希、张雷、张飚、张守娥、张红雄、张宏福、张忠和、张松林、张金才、张奕虎、张树林、张顺社、张哲源、张留顺、张瑞权、张耀贤、李双、李军、李迁、李跃、李毅、李曰洪、李永文、李永木、李伟雄、李

第四章 进入21世纪后的灯谜（2001年至2019年）

创龙、李志红、李志勇、李来源、李汪应、李国安、李建树、李牧锥、李绍先、李培镇、李敏华、李新民、李德生、李德谭、杜心宁、束洪波、杨东、杨冰、杨江、杨玉林、杨怀晋、杨良伟、杨建华、杨肃志、杨继述、杨锦标、汪长才、汪本宏、汪良淦、汪德亨、沈玉泉、沈仲林、沈海德、沈裕民、肖殿忠、苏颖、苏岩俊、苏荣灿、苏振中、苏德友、邱中尧、邹文功、陆占山、陈挺、陈政、陈三徒、陈士平、陈书法、陈长儒、陈光作、陈孝遆、陈志光、陈良庆、陈国迁、陈忠建、陈明雄、陈松柏、陈剑毅、陈振凡、陈继耿、陈清远、陈雪芳、陈朝毅、陈裕生、陈瑞茂、麦铎雄、周骁、周跃建、周景富、周震康、岳广华、昌庆锋、易进、林强、林九亨、林文裕、林有福、林志攀、林凯胜、林松龄、林炳森、林祖武、林祖炳、林晓燕、林清富、武骝、罗宗勤、罗益寿、罗营东、范广文、范重兴、郑晖、郑百川、郑志强、郑建福、郑明义、郑育斌、郑雪秋、郑惠民、郑裕国、金杰、金鸽、金庆荣、金震宇、侯亚珠、侯南宁、侯增、俞涌、姜文清、施奕盛、柯允华、柳忠良、洪寿仁、洪育斌、胡泊、胡文明、胡永久、胡安义、胡荣康、胡根字、荣耀祥、赵云、赵刚、赵子鑫、赵可东、赵志国、赵定国、赵首成、赵静安、郝鲁松、郦伟民、闻春桂、项行、骆岩、倪壁雄、唐大受、唐庆生、唐淑珍、夏彬、徐卫锋、敖耀寰、晏礼峰、柴正本、桑永榜、秦喜遂、秦裔清、莫志刚、袁杰、袁廷福、袁克诚、袁松麒、袁泽平、袁春晖、郭乃明、郭少敏、郭建义、郭建明、郭桂林、郭海龙、陶维松、高东阳、高树凯、高鸿泰、高福才、常志英、康永信、康重庆、曹恩廷、曹振远、梁少梅、梁民生、梁信德、粘荣令、阎宝启、隋晶、隋文有、黄玲、黄友平、黄文英、黄冬妮、黄庆奎、黄杏川、黄卓彬、黄国泓、黄玮华、黄英章、黄叙梁、黄奕周、黄笃松、黄哲生、黄清明、黄跃佳、黄楚平、黄增荣、傅国防、喻继贤、彭岩、彭莉、彭梅、曾志宏、曾国星、程绍春、程荣林、董鸿印、谢礼让、谢烈树、谢德峰、韩尚荣、甄吉珏、蓝成扣、解晓霞、赖乙天、赖兴、辞明、鄞镇凯、廖西川、缪一松、缪建金、熊建光、蔡少文、蔡民荣、蔡芳、蔡鸣、蔡建群、蔡振奕、潘建华、潘洁妹、潘洪玉、薛红建、薛启章、薛茂章、薛道达、戴伟锋、檀焰炉、魏育涛、露兵。

2012年上半年公布加入委员16人：李晋琼、林枝发、高桑季、黄飞鸿、陈毅强、陶学湖、徐飞贤、饶初平、冯济峰、郑庆元、陈向萍、郑建彬、秦向前、任鹏文、刘廷福、张昭清。

2017年上半年公布加入委员18人：吴艺辉、梁禹、邬旭峰、王辉、魏强、陈霄、王耀辉、顾祖荣、成修衡、余跃进、袁永保、陈光耀、陈斌、顾建国、杨正、石昭智、林庆发、余俊丰。

2019年上半年公布加入委员22人：蔡志勇、连仲嘉、陈启达、郑国庆、沈加兴、何新芳、张镇江、余世亮、杨广彬、沈晓波、何秀礼、刘仁焕、郭家荣、吴新义、蒋海波、赖浩明、吉运辉、谭建华、马侠、顾剑青、郭惠彬、陈守兴。

2.非物质文化遗产项目谜语（灯谜）代表性传承人
（1）省级

赵兴寿、丁开清，2008年12月湖北省第一批。

伍耿怀，2010年8月福建省第二批。

刘二安，2012年12月河南省第三批。

邱德美，2013年8月新疆维吾尔自治区第三批。

苏荣灿，2014年5月福建省第三批。

张哲源，2014年10月广东省第四批。

丛川、李忠芳，2017年12月浙江省第五批。

（2）市级

李保华，2009年6月江苏省扬州市第一批。

第四章 进入 21 世纪后的灯谜（2001 年至 2019 年）

伍耿怀、苏荣灿，2009 年 12 月福建省泉州市第三批。

杨锐、孙国光、高树凯、张耀贤，2009 年 12 月广东省揭阳市第一批。

韩树轩，2010 年 5 月安徽省蚌埠市第二批。

傅瑞庭，2010 年 5 月浙江省宁波市第三批。

敖耀寰，2010 年 7 月湖南省长沙市第一批。

罗文锋、袁廷福，2011 年 1 月福建省宁德市第三批。

郭乃朋，2011 年 3 月辽宁省鞍山市第二批。

粘荣令、陈松柏、林清富、林志攀，2011 年 5 月福建省泉州市第四批。

白向亮，2011 年 7 月陕西省渭南市第二批。

杨建忠，2011 年 12 月浙江省丽水市第三批。

胡安义、朱映德、桑永榜，2012 年 4 月上海市浦东新区第三批。

吴卫华，2012 年 4 月安徽省黄山市第四批。

项有仁，2012 年 5 月浙江省温州市第二批。

刘二安、姜建平，2012 年 6 月河南省安阳市第二批。

秦兴菊、廖贵年，2012 年 6 月湖北省宜昌市第七批。

韦梁臣，2012 年 10 月江苏省苏州市第三批。

高鸿泰，2013 年 2 月河北省保定市第三批。

陈盛强，2013 年 9 月福建省泉州市第五批。

丛川，2013 年 12 月浙江省杭州市第四批。

程宏辉，2014 年 3 月安徽省黄山市第五批。

庄荣坤、杨锦标，2014 年 4 月福建省漳州市第四批。

郑抒、周松林、顾焕清、朱建铭、王栋臣，2014 年 4 月江苏省南通市第四批增补。

叶兆明，2014 年 4 月广东省揭阳市第三批。

朱墨兮，2014年12月江苏省淮安市第四批。

阮风友，2015年2月山东省临沂市第四批。

荣耀祥、王子安，2015年6月江苏省无锡市第四批。

王炜、喻继贤，2015年7月湖南省长沙市第二批。

章镳，2016年5月浙江省绍兴市第五批。

饶初平，2016年6月江西省抚州市第三批。

陈挺，2016年9月广东省汕头市第四批。

李剑虹、刘根树，2017年6月浙江省丽水市第五批。

吴仁泰、朱旭铭、陈清远、吴家宏，2017年6月安徽省合肥市第四批。

秦向前、王万森、杨建敏，2017年8月江苏省南通市第五批。

尹海军，2017年11月湖南省长沙市第三批。

王文锦、张红雄、黄育群，2018年6月广东省汕头市第五批。

王谦，2018年10月北京市西城区第四批。

邹文功，2018年10月四川省自贡市第二批。

王少鹏，2019年12月甘肃省天水市第四批。

（3）县级

郭乃朋，2009年5月辽宁省台安县第二批。

侯满昌，2010年3月河南省西华县第二批。

韦梁臣、袁松麒、钱振球，2010年6月江苏省常熟市第二批。

苏荣灿、林清富、林志攀、纪清华、林祖炳、黄杏村，2010年9月福建省石狮市第一批。

刘二安、姜建平、魏希洪，2011年12月河南省安阳市北关区第一批。

龚海波，2012年3月江苏省吴江市第四批。

周震康、蔡和平，2014年9月浙江省舟山市定海区第四批。

邹文功、邹奇霖，2015年4月四川省自贡市富顺县第五批。

第四章 进入 21 世纪后的灯谜（2001 年至 2019 年）

杨基平，2015 年 12 月广东省汕头市濠江区第一批。
余春全，2015 年 12 月贵州省毕节市大方县第二批。
侯延洁，2016 年 4 月辽宁省沈阳市和平区第六批。
胡兵，2016 年 6 月浙江省舟山市普陀区第二批。
闫涛，2017 年 1 月河南省周口市项城市第三批。
陈品良，2017 年 7 月广东省佛山市南海区第四批。
徐成堂，2017 年 12 月山东省日照市五莲县第四批。
林同军，2018 年 9 月江苏省镇江市丹阳市第三批。
吴建伟、胡文明，2018 年 12 月江苏省苏州市姑苏区第三批。
陈德，2018 年 12 月福建省福州市罗源县第三批。
梁禹，2019 年 10 月浙江省台州市黄岩区第四批。
张志强，2019 年 12 月江苏省苏州市常熟市第五批。

3. 谜界若干奖项获得者

灯谜终身成就奖，中华灯谜学会 2007 年 10 月晋江会议颁发。获奖者：陆滋源、吴仁泰、杨梓章、刘雁云、张伯人、吴学平、郑泽生、黄叔麟。

沈志谦文虎奖第 1 届至第 8 届每年评选一次，第 9 届起改为每 2 年评选一次。获奖者：2001 年第 8 届：韩清源（美国）、林延宗（高雄）、陈振鹏（上海）、周问萍（南京）、黄炳华（汕头）、陈书法（陇西），周震康（舟山）。2003 年第 9 届：白福臻（香港）、许涌泉（高雄）、陈以鸿（上海）、杜宇澄（青岛）、汪德亨（温州）、罗营东（周口）、关德安（丹东）。2005 年第 10 届：洪宽志（彰化）、周宏松（高雄）、叶明冬（台北）、苏德友（银川）、蔡芳（永安）、赖杰（衡阳）、张志有（兰州）、陈振凡（苍南）、刘凤俦（顺德）。2007 年第 11 届：林宝才（泰国）、郑国泰（澎湖）、王彭年（南京）、严宗达（天津）、王德海（富顺）、钱振球（常熟），陈道平（田林）。

2009年第12届：王铁栋（高雄）、伍延才（潮州）、伍耿怀（晋江）。2011年第13届：武骝(连云港)、林祖炳(石狮)、黄叔麟(新加坡)。2013年第14届：林瑞正（高雄）、郑育斌（厦门）、苏荣灿（石狮）。2015年第15届：高武煌（台北）、苏剑（西安）、郭少敏（厦门）。

金河川奖。为表扬谜坛内外推动谜事有贡献者，1998年，陈村钦、徐添河、彭建川各提供1.5万元人民币作为奖励基金。为表彰陈、徐、彭三位捐资者，于其名字中各取一字，于"沈志谦文虎奖"内增设"金河川奖"同步评选。获奖者：1999年第6届：高鸿泰（保定）。2000年第7届：侯印（沈阳）。2001年第8届：许祯祥（三明）。2003年第9届：冯汉臣（哈尔滨）。2005年第10届：刘志峰(晋江）。2007年第11届：陈惜生(新加坡）。2013年第14届：李德生（深圳）。2015年第15届：吴泽荣（石狮）。

谜书收藏家。中华灯谜图书馆2012年组织评选出十大谜书收藏家：章镳、刘二安、魏育涛、苏剑、熊辉、李永文、蔡鸣、张松林、蔡芳、王德海，8名谜书收藏家：袁松麒、柳忠良、安建国、李祝英、黄文龙、李著成、王民建、陈霄。2013年评出第二批谜书收藏家5名：胡文明、朱建铭、刘茂业、朱锦华、郑俊生。

灯谜普及突出贡献奖。由刘雁云设立，雁云基金会主办，《中华谜艺》杂志社承办。从雁云灯谜艺术奖第五届起评选。获奖者：2016年第五届：李德生(深圳）、苏剑（西安）、樊秋华(苏州）。2018年第六届：苏荣灿（石狮）、梁少梅（顺德）、严伟涛（宁波）。2020年第七届：李国安（郑州）、苏德友（银川）、龚海波（吴江）。

4. 新生代谜人

《中华灯谜年鉴（2013—2016）》简介1968年后出生的60位新生代谜人：蔡振亮、陈浩、陈见生、陈健聪、陈楷烁、陈琴、陈万星、陈向萍、陈颖炜、陈瑜、丁玉玫、杜娟、龚海波、龚志颖、何若雪、贺阳、黄松榆、黄宜耀、黄跃佳、黄泽鑫、金镝、金力楷、柯克斌、李彩霞、李冲、李创龙、李晋琼、李军、李莉、李牧雏、梁金强、林海、林津焕、林清富、林烁杭、刘晓璐、卢飚、吕纯洁、吕珏生、潘灏、潘洁妹、邱壮炮、束洪波、宋扬、覃子聪、王东雄、王楷波、王威、王雅真、吴健、徐卫锋、薛道达、严伟涛、余文钦、张琼霞、张颖、曾庆滨、赵轲、郑天伦、庄毓添。

四、知名谜人

严宗达（1926—2021），网名偕隐，天津大学教授，中华灯谜学会顾问、天津职工灯谜协会顾问、虎友谜社顾问，获沈志谦文虎奖。他1993年开始从谜，2001年开始上网，多次参加大型谜会谜赛获创作奖和猜射奖；2002年应邀在天津人民广播电台"老年之家"节目开设灯谜讲座。他主编《虎友谜苑》《虎友谜影》各1册，合编《龙腾虎跃》。

翟鸿起（1931—2016），北京师范大学第一附属中学教师，北京市民主促进会文史委员会副主任，北京东城区灯谜协会副会长，北京市谜友联谊会会长，中华灯谜学会顾问。1979年后，在北京市劳动人民文化宫、东城文化馆、地坛、孔庙、鼓楼、中山公园等处开展灯谜活动。1990年后，在清华大学、人民大学、工业大学、经贸大学、中央戏剧学院、中医中药大学、第十四中学、九三学社等单位主讲灯谜知识和组织谜会。在第十五中学连续四届任教"中华灯谜、北京民俗"选修课。翟鸿起撰北京谜史文章多篇，编著《灯谜览胜》《猜谜一窍通》《解谜一窍通》《另类谜语》《趣味京剧灯谜》《北京话口语谜选析》等，合编《鸟语花香》。

李德生（1943—），谜号清风，广东梅州人。深圳外贸集团中外合资深圳市圳荣企业公司总经理、深圳市华港纸业公司总经理、深圳市居佳物业管理有限公司总经理、董事长，深圳灯谜学会会长、终身荣誉会长，中华灯谜学会副主任、顾问。对灯谜及楹联情有所钟，20世纪80年代开始创作灯谜。21世纪多次参加和资助大型谜赛谜会，组织和参与灯谜学会年会和各项谜事活动，参与组织承办中国深圳·新客家风采国际谜会、首届灯谜文化节（深圳）等大型谜会。

李国安（1945—），名卫华，谜号唐宁。河南新郑人，高级工程师，2001年应聘郑州华信学院。为中华灯谜学会委员、顾问，河南省灯谜学会副会长，郑州市谜委会主席。获省民协颁发的"河南省灯谜艺术家""河南省灯谜艺术大师"证书。1970年在总参某部期间开始主持谜事。1984年转业到郑州一棉组织谜协任主席。1993年发起组织金鸡谜社任社长。1995年参与发起李姓灯谜联谊会。多次组织灯谜赛事，参加历届河南省谜会和多次参加全国大型谜赛，多次获个人猜制佳谜奖和团体冠亚军奖。1991—1994年四获郑州谜赛冠军，被郑州市职工文联授予"郑州谜王"称号。2013年起在郑州工业应用技术学院讲授灯谜课。主编《中州谜苑》《丝丝入扣》《一唱雄鸡》《唐山虎》《中华谜龙》《中华灯谜学基础》《中原文化谜中寻》等书刊。

俞涌（1945—），名国卿，笔名风满楼、西河生等。专业会计师。中华灯谜学会学术研究部副部长、顾问，苏州市民协副主席兼秘书长，苏州市谜学研究会会长。1987年后参加多地谜会，多次获佳谜奖、创作奖、论文奖。被《文化娱乐》杂志评为全国中青年十佳谜手，被江苏省职工灯谜协会评为1992年优秀谜手。发表谜论、谜文、谜评200余篇，主编《苏州谜苑》。

苏德友（1947—），河南卫辉人，居宁夏银川。银川市第三人民医院内科主任医师。银川市民协主席，宁夏民协副主席，宁夏灯谜学会会长，中华灯谜学会常委、申遗办公室主任、顾问。获沈志谦文虎奖、雁云灯谜艺术奖、苏剑谜学奖，2004年获宁夏"优秀文艺家"称号。他20世纪60年代初涉灯谜。1990年和谜友发起成立银川市灯谜学会，参编多种谜集。1993年7月起业余编辑《宁夏日报》"谜林"栏目，组织举办《宁夏日报》全区灯谜大赛、《银川晚报》"农行杯""宁光杯"全国灯谜大赛、2003年银川谜会、2006年"宁夏·中华灯谜艺术高层论坛"。2006年出席中国民协第七次全国代表大会。他多次参加谜会获奖，论文《关于灯谜欣赏》1999年获宁夏第五次文学艺术评奖三等奖。著《苏德友论谜》（2005年获宁夏第六次文学艺术评奖二等奖）《咏菊苑谜谭》。

郭镇凯（1950—），谜号清风、楷伯、文正等。《汕头日报》记者、编辑，汕头市民间文艺家协会副主席，中华灯谜学会常委、宣传出版部副部长、顾问，广东省灯谜学术委员会副主任，汕头市灯谜学术委员会主任、顾问。2002年被广东省灯谜学会授予广东灯谜艺术杰出贡献银奖、广东省灯谜艺术创作金奖。1975年组织汕头市交通局灯谜组。20世纪80年代后，多次参加大型谜会赛事，多次获创作奖、论文奖。主持全市灯谜培训班8期，组织省级以上谜事活动30余次，多次代表汕头队在省级以上谜会夺取团体冠军。1999年参与组织举办首届中国互联网灯谜大联赛。主编《文苑商灯》《汕头灯谜》《解读黄辉孝》《锦绣春灯》《粤东春灯》等，著《潮汕谜艺》《潮谜评析八百则》。

姜文清（1953—），笔名古辛、湖人。国有大型二级企业厂长、哈尔滨市审计局处级公务员，中华灯谜学会副主任、顾问。1977年在部队期间，首次创作并主持部队联欢晚会的猜谜活动。大学期间，经常参加市工人文化宫的灯谜活动，1984年调市工人文化宫任文化活动科科长；1985年组织成立哈尔滨市职工灯谜协会，任秘书长，主编《冰城谜苑》。1987年调市审计局后，组织成立市灯谜学会，任会长兼秘书长，主编《北国风》。1994年组织成立黑龙江省民协灯谜专业委员会，任常务副主席兼秘书长，主编《龙吟虎啸》。1980年至1982年，主持《新晚报》"每周十谜"栏目。1982—2006年，主持黑龙江人民广播电台"除夕猜谜""周末猜谜"节目。1996年，主持省电视台"谜园"节目，组织全国六省市《唱灯猜谜闹元宵》电视灯谜大赛。2014—2016年担任三届央视中国谜语大会点评嘉宾。

闻春桂（1955—），笔名文木，斋号木庐，谜号糊涂寅客，网名如是我闻，山西五台人，寓居青岛，为青岛37141部队政治处干部、山东省外经贸工会副主任，中华灯谜学会副主任、主任、名誉主任，青岛市职工灯谜协会常务副会长。20世纪70年代末涉足谜坛，闻春桂为北海舰队灯谜组骨干，先后获全国灯谜大赛奖项30余次。多次应邀担任全国及省、市灯谜竞赛活动评委。闻春桂先后在网上举办三次个人谜会、数次合作谜会，在《人民日报（海外版）》《知识窗》等刊物上发表大量谜论、谜评、谜作。在网络暖香坞谜社《暖香坞论坛》开辟"文木专栏"连载谜文谜评100余篇。主编《茶烟鹤迹》，著《木庐谜稿》。

苏剑（1957—），谜号苏醒，网名华山剑，陕西榆林人，居西安。中国民间文艺家协会理事，中华灯谜学会副主任，长安文虎社社长。获沈志谦文虎奖和中华灯谜学会颁发的"中华灯谜突出贡献奖"。上大学期间，自费设奖举办灯谜活动。20世纪80年代末开始参加全国性灯谜活动，多次获猜射奖和创作奖。在西安市多次组织主持普及性群众猜谜活动。2011年主办"西安世界园艺博览会灯谜创作大赛"现场谜会。发起成立长安文虎社，设立长安文虎基金用于编辑出版"长安文虎丛书"。多次资助大型谜会。2015年由长安文虎社承办的"第二届中华灯谜文化节"备受海内外谜人关注。主编《马虎集》《谜话三秦》《长安文虎》等。

伍耿怀(1957—),谜号鸿隐。中学高级教师,晋江市安海中学副校长。晋江安海鸿江谜社社长,福建省青少年谜协秘书长,晋江谜协会长,中华灯谜学会副秘书长、副主任。福建省非遗项目(晋江灯谜)代表性传承人。1984年发起成立鸿江谜社。策划并主持多个大型谜会,在赛制设计、比赛器材的开发改良上屡有创意。参加大型谜会获猜射奖、佳谜奖、与虎谋皮奖30余次。应邀赴中国台湾、新加坡、马来西亚等地进行谜事交流。2010年起,在学校组织4届晋江市校园灯谜赛和3届安海镇校园灯谜赛,在晋江市举办3期灯谜教师集中培训。主编《鸿江谜苑》《晋江谜苑》《晋江灯谜简明教程》《新时期晋江灯谜选萃》,著《鸿隐谜摘》。

卢志文(1963—),谜号晓庐。江苏省淮安市中学校长,翔宇教育集团总校长、温州翔宇中学校长,中华灯谜学会副主任。获评江苏省劳动模范、中国民办教育十大风云人物、中国民办教育20年最具影响力人物、全国教育科研杰出管理者。业余酷爱灯谜、篆刻和书法。发表《印谜散论》《书法谜附加字探微》等谜文数十篇。获灯谜猜射奖10余次。1990年获《中国谜报》"中华灯谜好射手"称号。在学校和教育系统内外组织各种猜谜活动和开设灯谜讲座数十场,在集团学校开设灯谜选修课和组织灯谜社团。2007年起,力助《文虎摘锦》复刊。为"倾城杯"谜赛总监和资助人。2014年发起创建翔宇中华灯谜馆。参与云南卫视《中国灯谜大会》点评灯谜。主编《中华灯谜教程》。

章镳(1963—),号忍冬、东方谜王。绍兴市非遗"绍兴谜语"代表性传承人,中国职工灯谜协会常委、绍兴市职工灯谜协会会长。被评为20世纪百佳谜人、十大谜书收藏家,获沈志谦文虎奖。1986年获常熟全国灯谜邀请赛和温州白鹿谜会个人笔猜第一名。1987年获首届中华杯电视猜谜赛"中华最佳猜谜手"称号。1989年参加央视春节联欢晚会"谜语擂台赛"节目,同年获漳州首届中华灯谜艺术节优秀制谜手和猜谜手奖。1990年获"中国灯谜百强"。1992年囊括保定全国历史文化名城灯谜邀请赛猜制评三项第一。1993年获石狮灯谜大赛特等奖。1994年在上海东方谜王擂台赛中夺魁;参加中华灯谜学会成立大会,获"中华灯谜国手"称号。1996年评选为首届中华十佳青年谜人。2000年开设"章镰谜书收藏室"。曾主持《绍兴日报》多次猜谜大赛和绍兴电视台《水乡彩虹》猜谜节目。编《稽山虎》《谜作》《越地风情》《当代谜书目录》等,合作创办《灯谜文史杂志》。

王德海(1965—),四川富顺人。中学教师,中华灯谜学会委员,获沈志谦文虎奖,评为谜书收藏家。多次获灯谜创作佳谜奖,2014年、2015年,作品被央视《中国谜语大会》选作决赛题目。1994年开始致力于儿童谜语创作和谜书编著,为灯谜普及读物高产作者,已出版《儿童谜语万花筒》《儿童字谜大观》等60余种谜书。

郑育斌(1967—),常署文心阁主,网名老茶客,生于福建诏安,定居厦门、北京。为厦门文心阁文化艺术有限公司总经理,福建西海书画院院长;诏安青少年谜协会长,漳州青少年谜协会长,诏安谜协会长,厦门谜协名誉会长;中华灯谜学会秘书长、常务副主任兼秘书长、主任。获沈志谦文虎奖。20世纪80年代步入谜坛。参加海内外各种灯谜活动,获猜、制、评、论等个人奖项数十次。1994年荣膺"中华灯谜国手"称号。2004年创办会刊《中华谜艺》。2006年应邀到新加坡、马来西亚讲学,在马来西亚国家电台现场直播讲谜。2013年底参与策划云南卫视《中国灯谜大会》。2014至2016年连续三年担任中央电视台《中国谜语大会》策划兼首席评委，多次出席央视网专家访谈节目。多次担任全国和国际灯谜大赛评委。主编《良峰虎迹》《隐趣园》《怀恩谜苑》，著《郑育斌说灯谜》《郑育斌教你轻松猜灯谜》《中小学灯谜选修课教程》《谜语大全》。

苏荣灿（1971—），石狮市灯谜协会会长，福建省谜委会副主任，中华灯谜学会常委、外联部副部长。获沈志谦文虎奖，被福建省政府授予省级非遗代表性传承人，被共青团中央授予第六届"全国乡村青年文化名人"称号。1986年读中学时加入泉州工人文化宫灯谜组，发起组织泉州一中灯谜社。历年来，数十次参加大型谜赛谜会，获各种奖项数十个。赴中国台湾、新加坡及大陆数十个城市进行灯谜文化交流。从1995年起，先后协调组建石狮市8个镇（街道）灯谜社团；组织谜会开展谜事活动；促成石狮谜协和新加坡谜协结为"双狮友好谜协"；牵头建立石狮灯谜传习所（中心）；牵头协助市政府向省、国家申报石狮为"灯谜艺术之乡"和非遗项目。主编《狮城雄风》，编《鳌城虎踪》。

施奕盛（1972—），谜号斯人、东流。执业律师。任中华灯谜学会副主任兼办公室主任，潮州市灯谜协会会长，潮州市潮安区民间文艺家协会主席。1987年从谜，多次参加潮汕地区和国内谜会。先后于1994年和1998年获"中华灯谜国手""中华十佳灯谜新秀"称号。为《律师灯谜》谜作者。

郭少敏（1972—），号文虎居主人，网名老鹰，福建莆田人，职业灯谜人，供职于翔宇教育集团，任中华灯谜馆馆长、中国灯谜学术委员会办公室副主任、厦门职工谜协副会长、老鹰灯谜俱乐部主席。获沈志谦文虎奖。1986年从谜，夺得现场谜赛猜谜冠军40多次，策划举办多次网络谜赛，创办中华灯谜文化网，设计翔宇中华灯谜馆。参与央视元宵晚会灯谜节目，为谜题主创和现场解读嘉宾。参与策划云南卫视《中国灯谜大会》，出任赛题监制、主创和现场点评。为央视体育频道直播平昌冬奥会节目和中央人民广播电台直播"天宫二号"发射节目提供原创谜题。应邀为新加坡、中国台湾及大陆等地谜赛出题并担任评委、比赛主持人。多次在各地讲学灯谜。撰多篇谜论,著《灯谜逻辑》。

第五节　灯谜理论

21世纪前20年是灯谜理论研究取得部分成果并向新一轮灯谜理论发展奠定更为扎实基础的时期。部分成果主要表现在：对灯谜传承与发展探索出了一个比较清晰的做法和路子,对灯谜创作的某些基本理论问题有了一些新的更符合语言规律的认识,对灯谜进校园总结出了很多好的做法和经验,地域灯谜文化研究广泛开展,中华灯谜学、中华灯谜史都展示出雏形。奠定更为扎实的基础主要包括：灯谜史料尤其是清代民国时期的大量资料的发掘和整理取得很大的进展和突破,且正处于热点势头,地方灯谜史研究兴起并取得初步成果,将更加完善灯谜史学；灯谜传承、灯谜创作及其相关多个方面理论探讨,将使灯谜走向更为理性的发展道路,催生出更加成熟的中华灯谜学说。

一、灯谜传承与发展的讨论

新世纪的灯谜传承与发展是谜人持续关注的热点论题。

中华灯谜学会学术部和澄海市灯谜协会于1999年举办"学术部杯"谜艺论文赛,参赛论文41篇,有1/3从不同角度论述新世纪灯谜传承与发展,如敖耀寰《新世纪灯谜的传承和活动方式构想》、甘当牛《谈市场经济条件下灯谜的发展》、郑育斌《浅谈新世纪印谜艺术的发展》、陈宝芳《对新世纪灯谜活动的几点思考》等。

望州山人《启动"三大工程"迎接灯谜新纪元》提出：迎接灯谜新纪元的到来，首先要启动"普及灯谜工程"，一要普遍组建，大力开展灯谜爱好者兴趣小组活动；二应有计划有针对的举办各种灯谜知识讲座；三是应有意识地不断创制一批通俗易懂、生动有趣的普及型谜作；四要遵循市场经济特点，多方开展谜企联姻，充分利用节假日、企业庆典等有利时机，举行大型灯谜有奖竞猜活动，吸引百万群众踊跃参与。其次要完善全国谜人组织，启动"组建全国谜家协会工程"，已组建的中华灯谜学会应责无旁贷地承担起这一工程的运转工作，一应组建一个真正有代表性又有权威性的全国谜人的统一组织；二应申报组建一个隶属于中国文联之下的中国谜家协会。再次要启动"创立中华灯谜学工程"。已建的中华灯谜学会的学术部应义不容辞地肩负起这一历史赋予的重任，聘请海内外资深人士，组建一个专业的创作班子，在新世纪之初编纂出《中华灯谜学》初稿，刊行全国。

章品《两条腿走路，全方位开花——谈如何开创灯谜繁荣的新纪元》指出：开创灯谜繁荣的新纪元，必须实行自力更生与商品经营两条腿走路。改革开放以来，承办谜事活动的文化宫（馆），已由国家拨款变成了自负盈亏，使得灯谜的门庭冷落下来。文化宫（馆）资金来源的方式变了，但开展群众性文化娱乐活动的任务并没有变。能否将灯谜活动坚持下去，全靠谜人去争取。灯谜具有题材广泛、参与性强等特点，非常适宜用来作广告宣传。可充分发挥灯谜的这一特长，将其推向市场，利用给企业作灯谜广告开展活动、积累资金、壮大自己。

2001年，晋江施琅杯第二届中华灯谜锦标赛期间进行的新世纪中华灯谜论坛,内容皆为论述灯谜创新和发展,如:郭少敏《由"造底"现象谈新世纪灯谜创作的创新》,赖乙天《论新世纪灯谜的创作与传播》,吴熙《灯谜进入电视之我见》,余克昂、唐大受《把握先进文化方向,促进群众灯谜发展》,杨梓章《方兴未艾,大有可为——专题灯谜各种活动形式的实践体会》,张哲源《弘扬中华优秀文化,加强对外谜艺交流——新世纪灯谜外联工作的思考》等。其中,杜心宁《浅析网络时代的灯谜及发展趋势》认为:谜网竞猜是新世纪灯谜活动的流行趋势,是繁荣灯谜事业不可或缺的赛制。其理由:一是打破了时空的局限,可以充分吸纳谜人参加;二是解决了谜赛的经费问题;三是严格、合理、公平的竞赛规则,将使谜友充分领略异地同时谜网竞猜的魅力,享受网上及时交流探讨的乐趣;四是随着电脑的升级和提速,时差和时限将使谜网竞猜更具角逐性。五是谜事的成本下降,全国、全省甚至各都可以举办谜网竞猜。

2005年,广东省灯谜艺术传承与创新交流研讨会在汕头召开,黄培佳《浅谈灯谜的传承与创新》等一批论文在研讨会上交流。其中,张哲源《创新是灯谜的生命力——灯谜现在时的困惑和未来出路的反思》认为:近20年是灯谜空前发展的繁盛期。但在目前国家体制改革和社会历史变迁的转折期中,灯谜逐渐陷于不景气状态。其具体表现在观念陈旧、组织失调、经费制约、人才局限、理论后滞、形式不新、技艺保守诸多方面,谜界不少有识之士深感困惑和忧虑,不能不引起我们的高度重视。灯谜作为中华民族文化中的特色文化,虽有其悠久的传统历史和艺术品位,然而,一种文化如果仅有独特性而没有先进性,是不符合人类社会进步的方向。先进性的来源在于文化的不断创新。同样,中国灯谜能否保持先进性,其未来的出路也在于创新。只有结合时代的要求,更新观念,多方位多层次努力变革,不断创新,才能保持其旺盛的生命力、创造力和凝聚力，促进灯谜事业的全面发展。如何创新？文章提议：一是调整灯谜文化心态与新时代发展观念。文章认为，很多搞灯谜的人希望将其列为高尚文艺形式，力求摆脱民间通俗文化范畴，积极向精英文化靠拢，而精英文化不可能有广大人民群众的参与。人民群众的参与是群众文化最主要的特征，通过文化传承和娱乐审美功能，使人民大众在娱乐中陶冶情操、得到美的享受，满足自身精神文化生活的需要。灯谜文化如果失去了群众基础，必然陷入一小部分人的圈子，也就谈不到发展和繁荣了。除此之外，我们必须对社会行为有一个新的认识。单位和个人对灯谜活动的支持及赞助是重要的社会行为。但实行社会主义市场经济，应遵循市场经济的客观规律与文化发展的自身规律的统一结合，有条件的地方应允许灯谜品牌有限度地加入商业行为，如通过灯谜形式为企业做广告，为产品作包装，谜会或参赛队的命名权，专题谜会作品创作权，民间庙会的灯猜，甚至个人专场专题谜会等等收费都可以大胆尝试。再者，灯谜要想真正融入人民大众文化生活之中，要特别关注新生代青年阶层的特点，多创作反映时代特色、为青年所熟悉和喜爱的题材和作品；要加强灯谜文化在校园的传播；要放眼农村，做好送谜下乡的工作；更要让灯谜走进社区、深入家庭。工厂企业、商业场所、娱乐场地、旅游景点、文化广场都应成为灯谜的传播地。从区内走向区外，从省内走向省外，从国内走向国外，也可以赴港台地区和海外华人社区作谜艺交流。二是继承灯谜传统艺术与融合创新意识。文章呼吁，要大兴理论研究的风气，大力营造良好的学术氛围，经常举办各种理论研讨会，有目的性解决各类问题。中华谜学会要创办理论刊物、开辟学术争鸣园地，推广学术研究成果，重奖优秀论文和作者。文章还提到，对于网络灯谜创作意识偏离传统的倾向，要给予更多的关注，使之沿着多样化多元化的道路上健康发展。

2010年12月，中国深圳·新客家风采国际谜会期间，举行了中华灯谜发展战略研讨会、中华灯谜深圳高峰论谈。

研讨会上，深圳市灯谜学会会长李德生作《路在脚下——现阶段中华灯谜传承与发展之我见》主题发言说道：当前，我们迎来了中华灯谜传承与发展的重要阶段。从一方面看，现今躬逢盛世、政泰民安，为谜事发展提供了良好的前提与契机。同时，长期以来谜界前贤留下了各种丰厚的财富，特别是近20多年来谜事日盛、硕果累累，也为进一步兴隆灯谜打下了较好基础。从另一方面看，当前我们面临许多老的或新的困难、缺失与不足。如何将错乱复杂、千头万绪的问题予以梳理，从中找到"瓶颈"并突而破之，成了当务之急。因而，现阶段中华灯谜传承与发展的战略任务是：把握契机，乘势而行；突破"瓶颈"，破浪而行。如何突破"瓶颈"，一是针对中华灯谜学术委员会由于规格、机制、经济等方面的种种困难，制约并限制功能发挥的问题，提出三个动议：一、提升委员会的管治能力。尽快通过各种途径，参照兄弟民间组织的做法，将中华灯谜学术委员会升格为中华灯谜学会。在升格申报完成前，尽快征得委员会成员讨论通过，将属下各部门按当前中华灯谜总体运作所需及对各地方灯谜组织全面履行指导、支持、扶助等功能所需重新设置并抓紧运作。一旦升格成功，顺理成章地学术委员会升格为学会，部门升格为专业委员会。二、提升委员会的影响力。核心举措是参照奥运会及世界客家恳谈会等相关模式，从2011年起每年举办由中华灯谜学术委员会主持，由各地灯谜学会经申办选定后轮流主办的"中华灯谜文化节"。三、提升委员会的经济能力。办法是设置中华灯谜发展基金会或具类似功能的机构。基金会应由中华灯谜学术委员会设置专门机构、人员及相关制度严格管理，使用优先考虑将核心谜刊《中华谜艺》尽快改为公开出版物;尽快建立中华灯谜学术委员会网站;组织曾有教学专著的灯谜家及相关专家,编制规范的初级、中级、高级灯谜教材;组织有关谜家对灯谜书写方式、谜格种类、谜种界定、谜赛规则、谜材汇编等的统一规范进行研讨、制订并编册出版。在力所能及的范围内对特别优秀的灯谜示范学校、灯谜之乡等予以鼓励及褒奖。以上三个动议,统而言之,就是让中华灯谜学术委员会有权、有势、有钱。二是加大开展灯谜活动的数量与力度,使能拥有越来越多的"灯谜人口"。三是通过各种正当方式广结善缘,取得经济资助,从而改善灯谜的生存环境,保证灯谜的可持续发展。四是应以人为本地提升精、气、神并锻造"谜魂",构建中华谜坛和谐及包容的风气。

这次研讨会作出的《中华灯谜学术委员会深圳会议纪要》提到:"中华谜委会又在深圳市文联大厦学术厅召开《灯谜发展战略研讨会》,20多位谜界领导、灯谜专家和网络谜友对当前灯谜发展总趋势各抒己见,畅所欲言。大家清醒地认识到,新的一轮灯谜发展高潮即将到来,必须抓住机遇,提升灯谜工作者的自信力和凝聚力,才能促进全面协调和可持续发展。对于制约当前谜事活动发展的瓶颈,李德生常委提出了宏观的规划和切实的解决措施,为此提议:一、应提升谜委会的管治功能;二、应提升谜委会的影响力;三、应提升谜委会的经济能力。深圳市民间文艺家协会杨宏海主席也在会上提出了'抢救原生态,传给下一代,创新原生态,吸引下一代'的口号,对灯谜的传承、保护、创新、吸引及他们之间的辩证关系作了深刻的论述,与会代表经过认真讨论,一致认为举办灯谜文化节是提升谜委会影响力的最佳活动形式,有必要像举办奥运会一样加以制度化,原则上每年由一个较有经济基础和文化活力的城市及谜学团体,向中华谜委会提出举办申请;谜委会将尽主要策划和协助举办的职责,努力提高灯谜文化节的谜艺档次和活动形式。建议深圳市灯谜学会尽速向所在市的有关部门提交相关报告，争取申报2011年举办'首届中华灯谜文化节'。也欢迎其他区域灯谜组织，积极创造条件申报第二届的举办权，相信这对中华灯谜的传承和发展有重要意义。"

这次研讨会之前，组委会收到海内外围绕"中华灯谜传承与发展"主题撰写的论文49篇，如李跃《中华灯谜发展战略思考》、苏德友《灯谜传承方式的多样性和树状发展模式》、荣耀祥《培养"灯谜人口"的现状、困境与对策》、方炳良《浅谈灯谜鉴赏的发展与拓展》、蔡芳《灯谜传承和发展要从小事实事做起》等。

2018年1月举办的诏安首届"咏梅杯"全国灯谜大会研讨会，主题为灯谜的传承与创新。6月举办的"海丝杯"第五届中华灯谜文化节"新时代新灯谜"海内外征文赛的征文中，也有部分论及灯谜的传承与创新。

2019年第四届张家口灯谜艺术节期间，举办中华灯谜高层论坛，就"灯谜接地气"和"灯谜传承发展"展开讨论，论文有杨耀学《满目春光皆是谜——张家口非遗项目灯谜传承发展巡礼》、张留顺《这里灯谜别样红——浅谈张家口灯谜的传承和发展》、黄育群《热风吹谜遍潮汕——潮汕地区灯谜接地气考察报告》等。杨宏声《灯谜接地气，让我们一起前行——张家口灯谜活动传承发展思考》谈道：接地气是"灯谜继承和发展"的关键核心。接地气、才能显人气，接地气、才能显生气，接地气、才能显大气。

二、谜语（灯谜）申遗的理论与实践

2005年，国务院提出要进行非物质文化遗产保护，很多灯谜社团和众多谜人热切关注、认真研究和积极投入灯谜申遗。2006年宁夏·中华灯谜艺术高层论坛有3篇论文探讨灯谜申遗问题。

第四章 进入21世纪后的灯谜（2001年至2019年）

王栋臣《灯谜申报国家级非物质文化遗产的可行性研究》论述灯谜申报国家级非物质文化遗产的目的和意义时指出：灯谜申报国家级非物质文化遗产：（一）有利于加强灯谜艺术的文化自觉和文化认同，提高全社会对灯谜艺术的认知度，提高对灯谜艺术整体性和历史连续性的认识，使灯谜真正登上大雅之堂；（二）有利于对灯谜艺术的抢救、挖掘、保护和继承；（三）尊重和彰显中华灯谜学会、各级地方灯谜组织以及几千年来众多谜人对灯谜艺术的贡献，展示中国人文传统的丰富性；（四）可以鼓励公民、企事业单位、文化教育科研机构、其他社会组织积极参与灯谜艺术保护工作；（五）可以更好地发挥灯谜艺术的作用和价值；（六）为灯谜申报世界非物质文化遗产作准备。文章论述灯谜具备申报国家级非遗的基础和条件说：灯谜的悠久历史构筑了灯谜作为汉文化独一无二、不可或缺的艺术形式；回互其辞的艺术特征形成了灯谜艺术独特的竞技技巧和思维方式；雅俗共赏的特点成就了灯谜艺术深厚的群众基础；灯谜艺术深刻反映了我们民族深层次的文化心里结构，灯谜是民族情感、思维特征和民众智慧的生动载体，也是发展先进文化不可或缺的精神资源；灯谜活动举办的独特形式成为我国民俗文化的一大亮点。

苏德友《中国灯谜的非物质文化遗产特征和申遗条件》论述灯谜申遗需要探讨的两个相关问题。一是申报非物质文化遗产工作的目的和工作难度。文章认为，申报的门槛很高，但也是一项极高的荣誉。在申报工作中不能忘记，申报不是目的，它只是一种手段，保护非物质文化遗产才是我们的真正目的。二是关于中国灯谜的濒危性问题。文章说，在举步维艰的境地中，中国的灯谜活动之所以能在各地开展，主要是以全国各地的谜友们热情所使，大家的热情太高了，灯谜趣味性对群众的吸引力太大了，谜人们的热情和执着也感动了上帝——国家和地方政府有关部门和一些企业的负责人，得到了他们的支持。各地还是做了一些灯谜保护性工作，如漳州灯谜艺术馆、石狮灯谜艺术馆，命名了一些以灯谜艺术之乡、学校，人们也及时总结灯谜艺术成果，出版了为数不少的谜书，编印了大量的灯谜内部书刊，灯谜艺术成果得以部分的保护。但是，这种保护还远远不足以解除灯谜面临的濒危状态。

张哲源《论灯谜的非物质文化遗产属性及其价值取向》介绍，"澄海灯谜"列入广东省第一批省级非遗名录，为中华灯谜申报非遗提供了成功的范例。文章认为，澄海灯谜（包括整体中华灯谜）列入非遗的价值取向，主要体现中华民族智慧的认识价值、反映世态事物和生活的社会价值、展示地方文化风尚的民俗价值、保存民间文艺形式的历史价值、精致特色的灯谜艺术欣赏价值、沟通港澳台和海外文化艺术的交流价值、活跃地方文化生活的娱乐价值、具备群文活动简约实用的推广价值。

2006—2010年，灯谜申遗成为热门话题。2007年晋江第二届"品牌之都"国际灯谜邀请赛、南昌"中华灯谜申报国家级非物质文化遗产高峰论坛"，议论主题主要是灯谜与非物质文化遗产。各种谜刊也陆续发表了一些灯谜申遗论文。略摘两篇如下：

张奕虎、郑明义《灯谜与非物质文化遗产关系的理性思考》认为，以灯谜申遗为契机，中华灯谜学会应该振奋精神，有所作为，要广泛团结全国谜友，调动一切积极因素，着力抓好三项工作：一、在深入调研的基础上，对灯谜组织、活动、创作、研究的现状和灯谜艺术（含民间谜语）传承，濒危状况做出客观的评估。在明确遗产的基础上，集思广益地制订出切实可行的保护措施和计划。二、要乘申遗之东风，把已在多年前就提出的建立灯谜艺术档案资料工作提上议事日程。建立中华谜学会资料室（库）。三、重视相当部分地区谜事青黄不接的断层问题，加强对青少年谜人的培养和扶植，注重在学校特别是中小学适时开设灯谜课,扩大灯谜受众。同时,关注和鼓励网络灯谜的健康发展。

蔡芳《申遗成功与否,灯谜都要传承》论及:当代灯谜界最重要、最迫切要办好几件事:一、抢救灯谜历史遗产。中华灯谜学会应担负起抢救灯谜历史遗产工程牵头之重责,与各地灯谜馆同心勠力,在挖掘发现、抢救、保护灯谜文物、历史资料方面多做切实有效的工作。二、有效利用灯谜历史遗产。建议中华灯谜学会组织翻印《中华灯谜集成(第四册)》。三、着力推动灯谜繁荣和发展。灯谜创作不能"复古化",要现代化;不能"谜人化",要平民化;扩大受众面和谜人队伍;娱乐性与文学性并重;谜人要为民众创造乐趣。

从2006年开始,中华灯谜学会牵头主办灯谜申请列入国家级非物质文化遗产的事务。全国不少地方启动灯谜申报当地非遗的工作。

2006年底,中国民间文艺家协会"首届中国民间文艺之乡、专业委员会现场经验交流会"上,刘二安就"中华灯谜"申报非遗具体事宜向中国民协秘书长向云驹作了汇报,获得重视与支持。受中华灯谜学会郑百川主任委托,刘二安修订了申报书,附上《中华灯谜艺术画册》《中华灯谜年鉴》等书刊材料和漳州灯谜艺术馆光盘资料,并聘请有关专家进行认证。以中国民协为申报主体的灯谜申遗工作进入申报程序。2007年11月下旬,刘二安撰《悲情灯谜》告诉谜界:"灯谜申遗工作开展一年多来,在郑百川主任支持下,在苏德友、王栋臣、张奕虎等谜友通力合作下,我们依靠中国民协,积极进行灯谜的非物质文化遗产申报,到今天,不得不痛心地承认:失败了!灯谜申报失败了。"

灯谜申遗没有成功的消息传出,许友金撰文《灯谜申遗还未成功,吾侪尚须努力》说,任何一种艺术,并不是批准不批准才显示它的存在,也不是批准了才能发展,不批准就无以发展的问题！我们只有敢于正视灯谜申遗还未成功的事实，并以之作为扬起风帆的更大动力，寻找灯谜发展前进路上的问题，为灯谜的更大发展付出更艰辛的努力，才是吾侪唯一正确的选择。还有一些谜人也撰文说，申报非物质文化遗产不是灯谜的唯一出路，申遗的目的是为了保护中华灯谜，使之得以更好地传承、更快地发展。不管申遗成功与否，保护灯谜、传承灯谜、发展灯谜都是我们的当务之急。

2009年1月，中华灯谜学会成立专门的申报非遗项目办公室，负责全国性灯谜项目的申报工作。几年努力，国家级申遗未获成功，地方的灯谜申遗工作不断传出捷报。

2012年11月，晋江国际灯谜邀请赛获奖论文中，刘二安《非物质文化遗产谜语（灯谜）项目刍议》一文，作了非遗谜语（灯谜）项目的形成回顾和现状分析，论述了非遗谜语（灯谜）项目的资源整合及创新发展。文章认为，前段灯谜申遗存在误区。

误区一，将"灯谜"与"谜语"视为两个项目。

作为民间文学的概念，长久以来，学术界民间文艺界的研究对象一般都是"民间谜语"或"谜语"，近来虽已有学者开始将"谜语"和"灯谜"分节论述，提出："灯谜由谜语发展而来"，区别在于谜语是口头创作，灯谜本义是写在灯上的谜语，"从形态上看，谜语是一种巧妙的短谣，灯谜已变化多端，形成了多种形式，这是由文人参与制作形成的。"（段宝林主编《民间文学教程》）；亦有谜友提出以"谜"的总称来统一谜语与灯谜（吕祥《浅谈灯谜的分类》），未尝不是一项好的建议。但我们不能不正视学术界、民间文艺界的现状，还是应该将"谜语"作为大的概念，将"灯谜"从属于"谜语"，或作为同一项目来看待。

误区二，无视"谜语"在首批名录中已经立项。

正是因为习惯于将"灯谜"与"谜语"视为两个项目的误区，

第四章 进入21世纪后的灯谜（2001年至2019年）

竟然无视2006年5月公布的第一批国家级非遗名录中，已有湖北省宜都市申报的"青林寺谜语"，类别及国家级编号为：民间文学I–31；竟然没有注意到2008年6月公布的第一批国家级非遗扩展项目名录中，有广东省汕头市澄海区申报的"谜语（澄海灯谜）"，扩展项目名录的序号、编号均为第一批国家级非遗名录的序号和编号。可以说：谜语在第一批国家级非遗名录已经立项，谜语大概念中的"灯谜"，自然也就立项了，才会有此后的"澄海灯谜"扩展为国家级非遗名录。

因此，"灯谜"申遗失败乃是一种误解，失败或未通过的，只是狭义的具体的某一处申报项目及其申报主体。非遗灯谜项目，已经形成于2006年公布的第一批国家级非遗名录的"谜语"项目之中，应是无疑义的。"谜语"项目，可以包括"灯谜"，"灯谜"却不能包括"谜语"。今后各地若能成功推荐为国家级非遗灯谜项目，将与"澄海灯谜"一样，成为民间文学"I–31"谜语的扩展项目，而很难再另有新的"灯谜"项目形成。

如何才能实现非遗谜语（灯谜）项目的资源整合及创新发展？文章提出意见说：编纂一部全面总结非遗谜语（灯谜）项目状况的文献，是十分必要的。我们应以谜语（灯谜）已入选各级非遗名录为契机，总结谜语（灯谜）非遗项目所在地的成功经验，挖掘整合所在地的灯谜文化资源，并进而推动更多有基础的地方申报和加入非遗名录，使灯谜文化在新世纪得到更好的传承与发展。文章还谈道：可以考虑筹办"全国非物质文化遗产·谜语（灯谜）项目所在地县市长论坛"，邀请所在地主管县市长与会，进行深入而有益的对话，并提交所在地灯谜文化资源论述、发展前景探讨等相关论文，反映所在地灯谜文化建设的主要工作成绩、存在的问题、今后的工作计划，努力将论坛办成当代中国灯谜最高层的专业会议。文章说：要提高灯谜的学术地位及社会的广泛认知度，势必应该将灯谜研究置于民间文学、民俗学乃至非遗的广阔领域里和大背景下，将谜语（灯谜）作为一项民间文化事业，非遗谜语（灯谜）项目的资源才能得到全面整合，才能使谜语（灯谜）文化得以传承、创新与发展。

21世纪10年代，论述谜语非遗的文章亦见：袁松麒《与时俱进，不断创新，做好灯谜"非遗"的保护和传承》、刘二安《非遗灯谜项目所在地谜刊概览》、刘小雨、刘二安《丰富中华灯谜图书馆馆藏，做好非遗传承基地主打项目》等。

三、灯谜进校园的研讨与经验交流

进入21世纪，随着灯谜进校园的实践发展，研究探讨、经验总结也随之大兴，尤其是教育领域，研究交流之风大盛，更有闽、粤两省，多次举办校园灯谜研讨会，研究、总结、交流，极大地促进了校园灯谜的发展。

2003年，晋江"园丁杯"全国校园灯谜精英大奖赛征集到校园灯谜研讨论文20多篇，结集为《园丁杯首届全国校园灯谜精英大赛优秀论文选》，其中优秀奖论文为：汕头市丹阳中学张红雄《借雕虫小技艺，做育人大文章——论灯谜艺术与素质教育》、常州高级中学裔胜东《开展校园灯谜活动的一点体会》、台湾彭湖郑国泰《校园灯谜纪事》、福建农林大学王家福《浅谈灯谜教学》、南通市唐闸中学秦向前《以灯谜为载体，推进"社会综合实践活动"课程实施》。

2005年，广东省灯谜艺术传承与创新交流研讨会征集的论文中，灯谜进校园论文数量占较大比重。如麦铎雄《加强灯谜创作指导，促进学生素质提高》、陈雁钿《启智陶情，寓教于乐——引谜入校园的理论和实践》、申志杰《浅谈灯谜在美育中的积极作用》、鄞镇凯《对"谜艺入课堂的诘难"之辩析》、黄树基《发挥灯谜对青少年寓教于乐的作用》等。

2006年宁夏·中华灯谜艺术高层论坛论文中，灯谜进校园内容的有：裔胜东《高中灯谜选修课建构设想及实施策略》、钱振球《试论中华灯谜在学校文化素质教育中的作用》、杨含璋《灯谜思维与青少年素质教育》、敖耀寰《普及与创新——媒体课件运用于灯谜讲座的思考和启示》等。

2007年1月，在第二届"大潮汕（潮安）迎春谜会"之灯谜普及工作研讨会上，汕头私立广厦学校、华世德小学介绍在灯谜普及方面的经验，汕头大学、韩山师院介绍高校灯谜活动情况。

"中华灯谜2010深圳高峰论坛"论述灯谜进校园的论文有王栋臣《学校应成为灯谜艺术传承和发展的重要领地》、钱振球《以学校为阵地，做好灯谜的传承、弘扬和发展工作》、申志杰《中华灯谜的传承与发展应立足于学校——从"汕头市灯谜的传承与发展"说开去》等。

2011年4月，在汕头市私立广厦学校召开汕头"灯谜进校园"可持续发展交流研讨会。会上作交流的有濠江区马滘实验小学校长吴茂创《灯谜进校园的尝试与探索》、澄海区凤岭华侨学校校长陈彦铟《灯谜进校园可持续发展的思考》、金平区浮西小学校长纪春祥《对灯谜教育可持续发展的思考》、潮州市灯谜协会秘书长苏江树《潮州市"灯谜进校园"可持续发展概况》、韩山师范学院灯谜学社陈泽《试谈大学生如何在中小学校园传承灯谜》、汕头大学灯谜协会会长朱阅《让灯谜在学校里"热"起来》。

2011年5月，在潮州韩山师范学院召开粤东高校灯谜学术交流会上。会上作交流的有韩师谜社创社社长陈瑞茂《灯谜的价值与当代大学生的志趣选择》、韩师谜社苏楚彬《明行山有虎，偏向虎山行》、韩师谜社陈爱辉《关于高校灯谜社团的几点想法》、韩师谜社陈泽《灯谜在高校中传承和发展之三"要"》、中山大学陈永毅《从中大谜协近几年的情况思考高校灯谜的发展》、广东工业大学文虎灯谜学社谢秋阳《高校灯谜的发展现状与继承发展之我见》、揭阳学院灯谜协会陈桂洲《"不畏浮云遮望眼"——刍议高校灯谜之传承和发展》、汕头大学灯谜协会朱闵《高校灯谜的传承与发展》、闽江学院灯谜协会董鸿迪《以人为本,与时俱进——浅谈高校灯谜的传承和发展》等。

2013年6月,石狮第五届"中华灯谜艺术节"中召开全国校园灯谜文化交流研讨会。参会论文23篇,苏德友《石狮校园灯谜的文化意义》获一等奖;王得道《中小学校园灯谜文化综述及浅议》、郭少敏《校园灯谜文化,方兴未艾》获二等奖;蔡芳《校园灯谜文化之"三要"》、缪建金《石狮校园灯谜现象浅析》、张文庆《巧借课堂培谜花——灯谜在高中地理四课型程序教学中的运用》、袁春晖《谜种播高校,接武待后生——关于高校灯谜社团发展的几点思考》获三等奖。

2013年,潮汕历史文化研究中心编《潮汕校园灯谜》,展示潮汕地区20所大中小学和薪火知识列车的校园谜事,记录教学体会和经验。展示的灯谜进校园的学校有:浮西小学、龙湖区中头合小学、澄海区凤岭华侨小学、澄海区龙美小学、澄海区鹤浦小学、濠江区马滘实验小学、濠江区埭头小学、庵埠官里小学、私立广厦学校、金山中学、新溪中学、澄海集贤中学、澄海苏北中学、达濠华侨中学、揭阳真理中学、揭阳市第二中学、普师高级中学、汕头大学、韩山师范学院、揭阳职业技术学院。汇编的论文有:浮西小学古燕顺《拨开迷雾识灯谜——浅谈化繁为简灯谜教学法》、鹤浦小学申志杰《如何指导学生猜好字谜》、马滘实验小学吴茂创《灯谜进校园的尝试与探索》、埭头小学杨忠《让灯谜照亮素质教育中的一片天空》、庵埠官里小学邓家乐《谜进校园裨益多——潮安县庵埠官里小学灯谜课教育经验谈》、新溪中学谢梓峰《引进灯谜，激活古诗文教学》、苏北中学唐大受《激活·巧记·审美——谈灯谜在语文教学中的运用》、普师高级中学李超《利用灯谜传统文化，培养中小学生思维》、汕头大学朱阅《让校园灯谜之花开得更绚烂》、志愿者陈伟滨《将快乐灯谜的理念导入小学生第二课堂——从"薪火知识列车进校园"灯谜活动得到的启示》等。

2015年，北京举办的中国灯谜高层理论研讨会上论述灯谜进校园的有：龙吉江《高校开设灯谜课程的探索与实践》、李国安《中华谜学教学研究》、钱振球、马志军《在学校中做好灯谜的传承、弘扬和发展工作》、高鸿泰《学生课堂是传承灯谜文化的最好平台》、刘增佑《让灯谜在课堂上传播正能量》等。

2016年举办的第三届中华灯谜文化节暨晋江市国际校园灯谜精英赛，从2015年就开始了以"灯谜与校园文化"为论题的征文活动。获奖论文有：方炳良《造就谜坛名师，深化传承教育——校园灯谜文化历史、现状与思考》、裔胜东《高中灯谜选修课建构设想及实施策略》、蔡芳《校园灯谜的师资与教材》、邱阿奖《谈实施灯谜校本课程的作用和方案》、顾斌《弘扬和发展高校灯谜文化》、杨耀学《校园谜花香——在汾阳医学院开展谜事体会》、余炎泽《中小学生灯谜教材编写开发探析》、许友金《教师懂谜，是校园灯谜文化建设常态化的根本》、赵轲《薪火相传，不忘初心——浅谈校园灯谜教学》、丁玉玫《灯谜让校园文化更芬芳》。

2017年5月29日，第四届中华灯谜文化节暨首届华人中学生灯谜大会活动之一的灯谜教育论坛在翔宇中学瓯江书院举行。论坛上，汕头市私立广厦学校副校长金力楷介绍："我们学校开展灯谜教学已有16年，把灯谜教育提升到学校的战略高度来做，叫响了'文有灯谜，理有科技'的口号。我们是汕头的重点学校,面向全市招收灯谜特长生。我们的校舍没法跟其他公立的学校比,但是我们可以用灯谜跟他们比。这十几年里,我们学校承办了很多灯谜赛事,参加了90%以上的重大赛事,在灯谜界已经有了一定的影响力。"泉州石狮华侨中学校长黄奇庆介绍:"我们2012年把灯谜纳入校本课程,每学期都开展校园灯谜艺术节,组织队伍参加石狮市的灯谜艺术节。我们把灯谜与书法作为学校的艺术教育重点来抓,事实证明,抓灯谜与学校抓教学质量不仅没有矛盾,而且有帮助,我们学校每年中考都能取得优异的成绩。"上海市同济大学附属存志学校党支部书记卫龙祥发言提出,希望在推广传统文化教育方面,灯谜能作为"正课"进入课堂。他说,弘扬中华文化,学校应该是主阵地,"从2014年开始,同济大学为我校开设了14门素养课程,其中就包括灯谜讲座,每周有两节课,已经开了六个学期,有了很好的开端,学生爱好灯谜的人数在不断增多"。翔宇教育集团总校长卢志文《学校开展灯谜活动契合时代教育趋势》概述:灯谜对于发散思维有着得天独厚的优势,因而具有非常独特的教育价值。学校开展灯谜教育,契合时代教育趋势。也因为契合这个大趋势,灯谜才有今天这样繁荣的局面。

  散见于报纸杂志和灯谜内刊上的灯谜进校园的研讨文章亦有很多:章荣跃《灯谜艺术与语文教学的结合》(《宁波大学学报》2000年第3期),张玉维《灯谜之于教学,提高语文教学效率》(《中小学电教》2008年第9期),莫关书《激发思维,趣味识记——猜字谜和编字谜是提高小学生识记汉字的有效方法》(《新教育》2009年第4期),陈玉新《让灯谜激活语文课堂》(《中学语文》2009年第33期),邵秋香《让灯谜之花在语文教学中绽放》(《新课程学习》2010年第8期),赵轲、欧群雍《灯谜艺术在提高理工科大学生人文素质中的作用探讨》(《现代商贸工业》2010

年第19期)，毛平阳《宁波谜语是初中语文的活态教材》(《宁波教育学院学报》2011年第4期)，宋守富《激活思维——大语文教育中灯谜的魅力》(《才智》2011年第16期)，曹霞《灯谜在语文阅读教学中的效用》(《中学教学参考》2015年第21期)，陈爱辉《浅谈中学灯谜社团的德育价值》(《德育报》2016年2月15日)，吕纯洁《灯谜在高校学生素质教育中的作用研究》(《洛阳理工学院学报》2017年第5期)，黄小兵《灯谜在小学古诗文教学中的运用及意义》(《课程教学研究》2017年第47期)，陈清涛《让灯谜在语文教学中绽放》(《全国教育科学学术科研成果汇编》2017年9月)，张鸿《智林流翠，谜花飘香——常熟市董浜中学灯谜特色建设的探索与实践》(《中学课程辅导》2018年第3期)等。

灯谜进校园的研究探讨和经验交流文章多，内容涉及方方面面。以下摘录几篇联系实际较密切的以窥校园灯谜之大势。

钱振球《创灯谜特色，扬民族文化》介绍：常熟市徐市中学遵循"拓宽知识、启迪智慧、提高素质、培育谜坛新人"宗旨，走出了一条灯谜特色教育之路。(一)更新观念，开辟阵地，让灯谜走进课堂。徐市中学从1999年秋季开始，在初中一年级开设了校本课程灯谜课。(二)健全组织，培养骨干，使灯谜成为学生成长的摇篮。徐市中学开展灯谜活动十分规范，做到"六有"：有正式的章程，有相对固定的活动时间，有活动地点，有活动经费，有辅导老师，有发表园地。15年来，共培养出300多名小谜手，他们在灯谜竞猜活动中频频获奖，制作的800多条谜作在20多种报刊发表；他们中绝大多数加入了共青团，大多数评上三好学生。(三)加强宣传，办好内刊、谜会，使灯谜成为学校教育的手段。谜社坚持出好半月一期的"有奖灯谜大家猜"校黑板报专栏，举办了各类专题灯谜教育活动，每逢六一节、校园文化艺术节开展悬谜展猜活动，办好一年一度的"智林谜会",办好每年一期的内刊《谜花飘香》。(四)开展交流,加强辐射,使灯谜成为联系学校和外界的桥梁。谜社先后与27个省市自治区64个市区县的106个灯谜社团或谜人建立关系,广泛进行学术交流。(五)设立课题,实施研究,使灯谜成为学校教育的一大特色。学校成立课题组,开展了"灯谜活动与学校文化素质教育研究"的课题研究工作,该课题被列为苏州市教育科学"十·五"规划课题。课题组撰写的《开设灯谜校本课程,推进学校素质教育》在2001年苏锡常初中教育研究会年会上交流并获优秀奖;论文《在灯谜活动中提高学生的智能素质》获2001年常熟市课题研究论文评选二等奖,入选北京《当代教育文集》;论文《校园谜花别样红》2002年入选北京《中小学素质教育研究丛书·常熟卷》;论文《灯谜在校园文化建设中的教育效应》获2002年常熟市教育科研优秀论文评比二等奖,论文《开展灯谜特色活动,推进校园文化建设》载2003年1月20日《小荷报》头版头条;编辑校本教材《灯谜基础知识》。徐市中学被苏州市文广局命名为首批"苏州市特色文化学校",智林谜社被授予"苏州市优秀业余文艺团队"荣誉称号。

徐市中学并入董浜中学后,灯谜特色教育继续发扬。孙惠明《灯谜活动与校园特色文化建设研究》(《初中生世界·初中教学研究》2014年第6期)介绍:董浜中学的办学特色之一是灯谜教育,建有灯谜文化特色基地,并通过组织开展灯谜艺术节、灯谜主题班会、灯谜黑板报、每周猜谜等活动,使灯谜教育成为传承中华优秀文化、推进素质教育的一个重要阵地。(一)以课题研究为抓手开展校园特色文化建设。做到确立理念,目标引领;壮大队伍,分解课题;培养骨干,充实师资。(二)以校本培训为手段推进校园特色文化建设。做到校本开发,课堂推进;兴趣小组,锻炼技艺;校园活动,提高能力。学校先后编印《灯谜基础知识》《谜海遨游》,开展"灯谜进班级"主题活动,在校门大厅前的电子屏幕上每周一次开展有奖灯谜大家猜活动,重大节日坚持开展悬谜展猜活动。(三)以环境宣传为窗口展示校园特色文化。做到灯谜基地,搭建平台;灯谜长廊,宣传理念;灯谜网站,展示形象。学校把景行楼的整个四楼建设为灯谜基地,分别建设智林谜社、《智林谜苑》编辑部、灯谜教室、谜史展览室、成果展览室等。在仰止、思齐、景行三幢教学楼的四层八条东西向主干道长廊和十二条南北向教学走廊都悬挂正反面都是灯谜内容的匾额。建立了董浜中学灯谜特色教育网站。(四)以特色活动为平台拓展校园特色文化建设。(一)发行智林谜票,每月定期出一套,每套数量不等,已发行64枚。(二)编印《智林谜苑》。(三)开展"智林杯"灯谜赛事。(四)举办灯谜文化节。从2012年起,每年12月为学校灯谜文化节。

鄞镇凯《教苑谜花香》介绍,私立广厦学校灯谜特色教育成功的经验在于——其一:认准目标,锲而不舍。这所学校是2001年把灯谜引进校园的,此举并非是主事人的心血来潮,而是他们经过认真的考察论证之后作出决定并付诸实践。主事人不是谜界中人,但他们经过学习调研后,认识到灯谜是开启少年智力的一把金钥匙,是古代儿童启蒙教育的好方式,于是决定运用这一艺术形式作为本校素质教育的重要载体。这所学校开展特色教育的最大优势是私立,校长室的一班人在董事长的支持下,对灯谜教育锲而不舍。其二:引进人才,重视师资。该校副校长金力楷,是该校灯谜教育的"开荒牛",而该校的主事人,是"识牛的伯乐"。2001年,有一定谜事水平的金力楷刚从师专毕业出来,就被该校当作特殊人才挖走了。一年后,该校灯谜教育已渐成气候,唯嫌师资欠缺。便将"国手第二"、从事电子工程工作的麦铎雄推荐给校长,校长立即拍板"成交"。学校还利用假期培训灯谜师资，李媛、徐馥等"自训"的灯谜教师脱颖而出。该校以"金麦"为核心的灯谜师资群体的形成巩固，是该校灯谜教育不断发展的基本保证。李媛老师因业务关系暂不安排上灯谜课，一段时间以后，她按捺不住了，主动要求"重操旧业"。她说："教灯谜课，感觉真好。"校园谜艺，让学生感觉好，教师感觉好，主事人感觉好。灯谜，就是让人感觉好的艺术。其三：目的明确，质量提高。该校郭小燕校长在灯谜引进校园之前就说："我们开展灯谜教育，目的不是培养专业谜家。我们只是利用灯谜作为一种开发学生智力的手段，提高他们的主课成绩。"

吴茂创《灯谜进校园的尝试与探索》介绍马滘实验小学开展灯谜进校园活动近10年的体会说：（一）校长思想要高度重视，在精神和物质上给予关心支持；（二）学校可根据自身的实际情况开设灯谜课或灯谜知识讲座；（三）创造条件引进或培养一支可胜任灯谜教学的师资队伍；（四）学校定期举行灯谜会，为学生搭建一个锻炼和展示自我的平台；（五）争取机会参加各级各类谜赛和谜会，促进学生灯谜水平的提高；（六）学校可尝试把灯谜列入学生综合素质考评的内容之一，激发学生学灯谜的积极性；（七）学校开展灯谜教学活动要持之以恒，要有连续性和长远性；（八）充分利用各种资源，扩大学生的见识面，拓展学生的思维空间；（九）加强兄弟学校之间的联系与交流，互相借鉴，取长补短，资源共享；（十）各级有关部门和组织要为灯谜文化创造一个良好的社会氛围和发展环境。

王得道《中小学校园灯谜文化综述及浅议》（《中华谜艺》）对中小学校园灯谜文化作了阶段性小结。文章说：截至2013年上半年，在全国将灯谜引入课堂的中小学已达200所以上，成立过灯谜社的中小学已达100所左右，主要分布在从长三角到珠三角的东南沿海地区，其中尤以闽南地区、潮汕地区最集中。石狮、晋江、常熟、芗城、汕头等城市，是全国校园灯谜文化发展最好的城市。在全国其他省区，零星分布着少量灯谜进课堂、校园灯谜社，其中保定、长沙等地比较突出。全国各地已编写过50种以上比较正式的灯谜教材，举办过约50次区域性中小学校际现场灯谜比赛活动。文章论述"中小学校园灯谜文化的几个特点"说：我国中小学教育阶段的主要任务，以及中小学生年龄小自主能力差、知识体系的深度及宽度都还不够、中学学习比较紧张等特点，结合灯谜文化，决定了中小学校园灯谜文化具有以下特点：1.从文化的宗旨、活动方式等方面综合看，中小学校园灯谜文化既有教育属性，又有文化属性。2.中小学校园灯谜文化受国家教育政策影响较大。自世纪之交国家推行素质教育改革，鼓励建立"三级课程"体系，加之社会对传统文化认同的回归，中小学校园灯谜活动、特别是教学活动才大量出现，目前已大大超过高校灯谜活动。3.校园灯谜受物质因素干扰较少，尤其中小学。4.中小学学习汉语的基本任务是掌握汉语的"正解"，而灯谜的要点却在于"别解"。这就决定了虽然灯谜有趣、益智、有助于学习，但也只是起到辅助作用，而不能影响主课程学习，更不会上升到主课地位。5.校园学生具有流动性大、爱好不稳定等特点，中小学生的爱好不稳定特点比高校学生更明显。中小学生灯谜爱好者中，受老师及周围同学影响而"被爱好"的情况较多，这些学生中学毕业以后大多远离了灯谜。从小学、中学到高校，再到社会，学生灯谜爱好者数量呈减速降低之势。6.中小学生灯谜爱好者中，男女生比例差不多；而到了高校后，则以男生为主，男女生比例趋近大谜坛。7.中小学校园灯谜文化多为教师和学生一体的灯谜文化，即由学校和教师牵头将灯谜引入教学、成立灯谜社并组织活动，学生作为主体参与活动。社会文化环境和家长的支持也很重要。凡中小学校园灯谜开展较好的地区，家长大多都在良好的文化环境中形成了对灯谜爱好的正确认识。8. 根据中小学校园的安全管理要求,以及学生自理能力差等情况,中小学灯谜活动一般限于校园内,外出活动都是由学校、老师集体组织。活动以实地为主,基本不参加网络活动,这也是由目前大多数学校、家庭对中小学生的上网要求,及中小学生对网络的掌握情况所决定的。

这一时期,谜语教学的教案交流也很多,网络一搜,可大量借鉴。

四、地域灯谜文化研讨

1. 灯谜艺术之乡研讨

2000年,文化部命名广东澄海、福建漳州芗城区、石狮蚶江镇为"中国民间灯谜之乡"。三大谜乡集中于闽南和粤东。从漳州、泉州、汕头三地之间的历史渊源、地理位置和文化风情等方面看,灯谜文化有其互相影响和互相融合的关系。基于这个特点,《漳州职工大学学报》《中华谜艺》《澄海灯谜》《晋江谜苑》《虎啸》《薰南谜萃》等各种报刊陆续发表相关探讨文章,如:张哲源《中国三大谜乡的形成和构建闽粤灯谜文化带的可行性》,张奕虎《南国谜风自悠扬——闽南语系地区灯谜发展历史和艺术特色浅析》《以设立闽南文化生态保护试验区为契机,促进灯谜文化繁荣》,郑明义《普及与提高——中国灯谜艺术之乡发展道路》,刘二安《灯谜艺术之乡的先锋作用》,罗营东《灯谜艺术之乡的发展道路浅探》等。

2. 石狮灯谜之路探讨

2003年,石狮首届国际华人灯谜邀请赛期间,举办"石狮灯谜之路"论坛,王栋臣《能探风雅无穷意,始是乾坤绝妙词——

"石狮灯谜现象"的研究与思考》，张哲源《石狮灯谜文化给中国谜坛的启示》，蔡芳《与时俱进的石狮灯谜之路》，陈国迁《构筑具有石狮特色的灯谜文化》，叶国泉《略论石狮灯谜的艺术特色》，鄞镇凯《谜坛"石狮"现象的思考》，陈继耿、杨少湖《从网络探索石狮灯谜发展之路》等文章专题探讨石狮谜事、谜艺、谜人。其后，《晋江谜苑》《狮城雄风》等谜刊和石狮第四届中华灯谜艺术节"灯谜与创新"研讨会，发表多篇论石狮灯谜现象的文章，如：纪培明《谜乡谜花别样红——石狮市创建"中国（灯谜）民间艺术之乡"纪实》，田鸿牛《灯谜与创新——"石狮灯谜现象"刍议》，薛道达《十年剑气冲斗牛——石狮网络灯谜如何创造"全国第一"》，林清富《继往开来，传承创新——新时期石狮灯谜发展给中华谜坛的启示》，郑天宝《立足侨乡灯谜活动，服务海西文化建设——浅议石狮灯谜的发展前景及措施》。

2012年第三届蚶江侨乡谜会开展"侨乡灯谜探索"，撰文者有刘二安《从〈滴水集〉看蚶江灯谜的家族传承》，张留顺《谜灿蚶江耀古今——从蚶江谜事活动说开去》，刘国瑞《谜林深处有薛家》，方炳良《呕心沥血传薪火，春风化雨乐菁莪——蚶江灯谜传承模式初探》，熊建光《蚶江灯谜家庭教育传承的典型——纪乃枫、纪清华、纪凯声祖孙三代灯谜作品的风格特点及其传承关系简析》，缪建金《蚶江灯谜文化模式浅析》，蔡芳《蚶江——石狮灯谜的发祥地》，叶国泉《纪清华灯谜的艺术风格与创作特色》，朱建铭《雏凤清于老凤声——蚶江校园灯谜活动初探》，陈清泉《蚶江典谜别样美——兼论苏温才先生的〈史记〉故事灯谜》等。

3. 漳州灯谜现象及闽台（两岸）灯谜文化交流的研讨

2004年，漳州芗城区举办福建省第六届灯谜艺术节，其间召开"中华谜学的传承与交流"研讨会，研讨主题是"漳州灯谜现象"。研讨会及其前后参与讨论的有：方炳良《一代风骚多寄托，十分沉实见精神》，郑百川《一个充满睿智与人情味的灯谜群体》，缪建金《虎啸芗城，威震华夏》，蔡芳《漳州灯谜现象及其对当代灯谜发展的推动作用》，陈国迁《铸灯谜旗舰的风采》，叶国泉《我爱漳州谜花妍》，蔡锦雄《过去未来共斟酌》，敖耀寰《从〈虎啸余韵〉看谜坛的漳州特色》等。

有些文章针对漳州市灯谜协会与高雄市灯谜协会结为"姐妹会"和两岸民间灯谜交流进一步活跃的现象进行总结探讨，如张红雄《弘扬中华优秀传统文化，推进两岸谜学交流融合》，高武煌《两岸谜艺交流的回顾与展望》，徐添河《高漳姐妹会，回顾十周年》，方炳良《两岸同心扬国粹，九州协力振雄风》，张奕虎《两岸谜缘今胜昔》《闽台灯谜文化事象初探》，林祖武、林积焕《两岸文澜气势昂》，林翰清《承先启后，继往开来》，袁春辉《两岸灯谜创作风格比较》，蔡芳《大陆与台湾灯谜之异同》，黄全来《两岸灯谜交流的珍档》等。

4. 晋江灯谜研究

晋江灯谜研究的文章散见于《中国民间文化艺术之乡建设与发展初探》《晋江谜苑》《春灯》《鸿江谜苑》等书刊和"品牌之都"国际灯谜邀请赛等谜会论文，如郑丽玲《晋江灯谜的发展与现状》，李清川《浅谈新时期晋江灯谜发展的几个加强》，吕金凤《量变到质变：晋江灯谜发展的并蒂花》，方炳良《谜企联姻获双赢——"品牌之都"灯谜发展模式初探》，郭少敏《谜乡开新路，廈苑绽奇花——从晋江灯谜看当代灯谜的发展与创新》等。

2005 年，晋江市第 15 届（安海）侨乡谜会亦有专题讨论，如朱星龙《光前裕后鸿江谜》、陈松柏《总结过去，开创未来——安海谜事活动的启迪》、王再兴《安海灯谜活动的启示》。

5. 河南灯谜现象探讨与河南谜语研讨

从 1988 年开始，河南省灯谜学会创办灯谜刊物、出版大量灯谜图书、每年举办省级谜会，创造了河南灯谜现象。刘二安《河南灯谜现象概述》，将河南灯谜 20 年的现象概括为：一面灯谜旗帜：河南省民协灯谜学委员会；两种主流谜刊：《全国灯谜信息》《春灯》；四部灯谜典籍：《中国谜语库》《中国当代灯谜艺术家大辞典》《中华灯谜年鉴》；10 多个省内地级市参与全省灯谜活动，20 届省级谜会连续举办，30 多位资深谜友涌现。2008 年举办"河南灯谜现象"探讨，参与者有苏德友《中原灯谜文化的传承与变异》、蔡芳《河南灯谜现象的启示》、王得道《河南灯谜印象记》、杨东《恢弘大气的河南灯谜军团》、敖耀寰《高扬虎帜大书谜》、侯增《双花开处尽风流》、熊建光《虎啸中原禹甸惊》、刘旭《稳掌舵，行大船》等。

2018 年纪念白启明《河南谜语》出版 90 周年之际，《中国民间文学大系·谜语·河南卷》编委会举办河南谜语研讨会，参与文论有苏德友《〈河南谜语〉初探》、顾斌《白启明与河南谜语》、王跃钢《寻找"致力者"的踪迹》、任建明《〈河南谜语〉中的方言字》、邵才《民国时期开封教育实验区的谜语教学》、侯满昌《民间谜语中的豫东民俗事象及西华县域的女娲文化意蕴》、方志宏《信阳民间歌谣谜语的产生、分类及艺术特色分析》等。

6. "灯谜与枫泾"高峰论坛

古镇枫泾，地处上海西南，是上海地区现存规模较大保存完好的水乡古镇，入选中国历史文化名镇名单，为 4A 级旅游景区。枫泾在 2008 年春节斥巨资成功举办首届上海灯谜艺术节后，在中国谜界和社会上产生广泛的影响，"上海市职工灯谜协会枫泾创作基地"被定为上海市灯谜活动的永久性基地。枫泾成为新世纪中国灯谜艺术的一个新地标。2009年上海第二届灯谜艺术节·谜林大会期间，举办"灯谜与枫泾"高峰论坛，参与文论有：胡文明《古韵话今风——浅谈上海枫泾与灯谜的互联关系》、王得道《顺天应时办谜事——略论枫泾举办谜事的有利条件》、骆岩《文化名镇枫泾与灯谜》、荣耀祥《和谐：灯谜审美的灵魂——兼谈"枫泾题材创作灯谜大赛"佳谜》、李保华《略评枫泾人文景观谜中的佳作》、郑天伦《从"灯谜与枫泾"说开去》、缪建金《枫泾与灯谜小议》、余从海《从"迷人的风景画"到"谜人的枫泾画"》、王峰《斯人陈令举——江峰青与枫泾的谜缘》、陈楠《枫泾谜趣掌故琐谈》、张践《努力将海派灯谜提升到一个新水平》、丁凤《枫泾旅游谜趣多》、袁先寿《小评"枫泾题材创作灯谜大赛"》、刘茂业《上海灯谜活动30年及枫泾谜会》等。

7. "灯谜与江南文化"高层论坛

2010年6月第二届中国（常熟）江南文化节首届董浜灯谜艺术节期间，举行了"灯谜与江南文化"高层论坛，相关论文有缪建金《浅谈江南文化发展中的灯谜情结》、荣耀祥《江南谜事活动与现代文化感应刍议》、袁松麒《略论灯谜艺术与江南文化》、郭少敏《收放自如传古意，刚柔并济写诗情——试论江南文化对南宗灯谜的影响》、汪德亨《灯谜与江南文化——从温州拦街福悬谜谈开》、胡文明《灯谜与江南文化》、沈玉泉《铁琴铜剑传雅韵，虞山虎啸谜花香》、任宗耀《灯谜与江南文化》、孙胜利《例谈文化江南之灯谜元素》、邓凤鸣《灯谜与江南文化》、郭海龙《弹词与灯谜》等。

8. "潮汕文化与灯谜"研讨

2011年第六届大潮汕（潮安）迎春谜会期间，举办了"潮汕文化与灯谜"研讨会，研讨论文有蔡民荣《在典雅工巧的传统风格中传承发展与创新的潮州灯谜文化》、鄞镇凯《灯谜在潮汕文化建设中的价值》、高树凯《潮汕方言入谜之我见》、陈朝毅《浅谈潮汕文化的价值取向对灯谜创作的影响》等。

2012年10月，潮汕历史文化研究中心主办灯谜文化节，其间举办了以"汕潮揭一体化与潮汕灯谜"为主题的研讨会，参会论文有陈伟滨《月明潮汕，光耀灯谜——潮汕灯谜文化从整体认同迈向整体发展刍议》、袁春晖《潮剧传雅韵，谜花更添香——漫谈潮人"潮剧谜"的创作》、陈庆文《浅谈当代潮汕灯谜的特色和发展走向》、蓝汉钊《为有源头活水来——灯谜与潮汕文化》、余铁坚《潮汕特色方言谜》、唐大受《潮汕名人与谜语故事》等。

散见于《科技与创新》《粤东春灯》《谜潮》《隆都谜花》《锦绣春灯》《濠江联谜》《晋江谜苑》《澄海灯谜》《垣风》等刊物的文章如：鄞镇凯《整合地域资源，提升传统文化——第三届大潮汕（濠江）迎春谜会引发的思考》《潮汕谜艺回归原生态》、黄一坤《潮州灯谜的现状与发展》、魏育涛《潮汕"土音谜"考源辨误》、陈泽《谈谈潮汕土音谜》、陈爱辉《浅谈潮汕乡村灯谜的传承与发展》、杨基平《浅谈潮汕灯谜文化的社会功能》、张哲源《澄海谜乡灯谜创作理念的再认识》、澄文《商灯扬国粹，谜乡展风采》、陈少芸《从数字化图书馆的建设看澄海灯谜的传承和创新》等。

9. 莘县谜语活动经验交流

2012年7月17日，莘县谜语活动经验交流会在雁塔街道办事处会堂召开，县委组织部、老干部局、县谜社、部分乡镇街道办事处领导、谜语分社社长等80多人参加。会前参观了雁塔街道谜语活动室。会上，雁塔街道办事处人大主席宋甲林、俎店乡党委副书记宋占洪洪等12位同志分别介绍开展谜语活动的经验和做法。

至 2019 年，莘县老干部谜社有县内分社 27 处和县外聊城分社。有社员 2298 人，以县内为主，亦有香港、台湾的社员和越南河内的社员。人民网报道说：莘县谜社渐成鲁西文化名片。2018 年 4 月 25 日，中组部老干部局副巡视员赵胜利一行到谜社，突出表扬谜社字谜做得好，新颖有趣，紧跟形势，为党的政治服务，这是灯谜发展的方向，要发展下去。

10. 天水灯谜现象探讨

2014 年，为纪念天水邓宝珊先生诞辰 120 周年和天水灯谜走过 400 多年，《谜话天水》纪念集编委会征集天水灯谜现象探讨文章。参与者有：苏德友《天水灯谜现象观察》、刘旭《羡看秦州盛虎风——天水灯谜现象走笔》、刘二安《听雨品猜天水谜》、陈书法《我与天水的灯谜情结》、许友金《一滴水的光辉——从天水谜人安建国先生说开去》、敖耀寰《不废江河万古流——读天水名流谜作有感》等。

11. 务川盘歌的收集与研究

贵州务川盘歌是一种富有地方特色和民族特色的传统文化。常见的有盘事理、盘动植物、盘饮食、盘情歌等，如盘植物："张先生来李先生，唱首盘歌给你分。哪样出来两头齐？哪样出来大肚皮？哪样出来戴铁帽？哪样出来两头翘？张先生来李先生，唱首盘歌我分清。冬瓜出来两头齐，荒瓜出来大肚皮。茄子出来戴铁帽，豌豆出来两头翘。" 2015 年 6 月至 8 月，务川仡佬族苗族自治县文化改革发展办公室、文学艺术界联合会等组织考察人员分两组分别到全县 16 个乡镇进行盘歌田园考察，又进行资料汇编整理，这项活动被纳入文旅引领战略之十大文化工程的范畴，

《务川盘歌》出版为其成果之一，研究文章如：杨旭峰、彭祥林《务川盘歌田园状况》，杨旭峰《务川仡佬族盘歌的危机及传承》等。

12. 地区灯谜文化研讨拾零

翟鸿起《北京的灯谜社团》，高玉舜《从北平射虎社到北京灯谜协会——北京灯谜社团活动百年回顾（1915—2015）》。

张艳红《关东民间谜语的产生环境与文学特征》。

田洪亮《龙江乡土灯谜初探》。

苏德友《西北灯谜活动的地域特点和亮点》。

张之义《成县灯谜概述》。

陈裕生《宁德的民间谜语》。

蔡芳《从〈藏智〉特色看长治精神》。

王作新《青林寺谜语及其传承的初步考察》，杜心宁《青林寺谜语的解读》。

王得道《略论西南地区灯谜文化的特点及建议》，路灯《读书随感录——西南地区灯谜形势分析》。

蒲生华《青藏地区民间熟语的民俗价值——以谚语谜语为例》。

欧阳建华《浅议江西灯谜的振兴与发展》。

黄全来《杭州灯谜古今谈》。

诸家瑜《吴江谜语文化史话》，庄培尧《吴江灯会灯谜史事琐谈》。

吴融杭《湖州灯谜之主题风格》。

缪建金《从"海西"灯谜的传承探讨灯谜文化行业的发展》。

闻微《漫漫谜途共求索——记灯谜之乡涵江区灯谜发展之路》。

周震康《从定海区壬辰元宵灯谜活动盛况看舟山民间猜谜习

俗与舟山灯谜的地方特色》，蔡和平《富有海洋特色的舟山民间谜语》。

王得道《客家·新客家·深圳灯谜》。

植成《顺德灯谜源流及发展》。

五、百花齐放的谜学研究

进入 21 世纪后的谜学研究百花齐放，在几个比较热点议题研究的同时，交织着方方面面内容的研究和多次的专题研讨会。

1. 文化宫的作用与职工灯谜文化的研究

20 世纪 70 年的灯谜活动，相当多的是在工人文化宫的领导、组织和支持下开展的，工人文化宫组织开展灯谜活动的研究文章和经验介绍文章时有所见。2017 年 11 月，连续两个谜赛都以这个主题为内容进行研讨。庆祝哈尔滨市工人文化宫建宫 60 周年职工灯谜创作赛参与研讨的论文，如：宁鸥《浅析灯谜传承的规律和工人文化宫的主体地位》，叶春荣《试议工人文化宫在灯谜文化传承中的作用——从温州的灯谜活动说起》，顾斌《工人文化宫如何发挥在灯谜文化活动中的作用》，刘二安《文化宫将灯谜的种子播撒海外》等。石狮市举办的全国职工灯谜邀请赛论文，如：林祥云《试论职工灯谜活动开展的必要性》，张震《职工灯谜文化——以灯谜为载体，寻找、建设我们的精神家园》，徐汉明《工会系统开展猜灯谜活动的组织过程》，范平《汲取传统精髓，助推企业发展，创新企业文化——浅谈武钢灯谜与企业文化》，陈守兴《让灯谜与企业实现双赢》，广西代表队《广西职工灯谜组织开展活动的一些浅见》，陈剑敏《浅谈职工灯谜文化的地位和作用》等。

2. 甲骨文、六书与灯谜的学术研讨

2006年8月，安阳市举办全国旅游灯谜大赛，其间召开了"甲骨文与灯谜学术研讨会"，中国民协副主席刘铁梁参会并作学术报告，10多位作者宣读论文，论文有：杨东《甲骨文乃谜语巅峰阶段的成果》，项行《上溯字源，下证今义——虎文意象例释》，王永治《论甲骨文化为"灯谜"之源》，樊温泉、吴凌涛《浅谈甲骨文的结构》，王俊杰《关于象形谜的一点思考》，郑明义《甲骨文与灯谜关系之浅见》，李永文《甲骨文与灯谜的象形》，吴超《论灯谜、甲骨文及保护文化遗产》等。

其中刘二安《甲骨文与中国灯谜的起源》阐述："古无谜字"，甲骨文中更无谜字。任何事物，总是先于命名而存在的。正是从本无谜字的甲骨文中，我们要去探寻谜的起源，去发现谜的胚胎。灯谜是以文字为基础的，"文字的产生，字谜的胚胎就孕育在内"，要发现谜的胚胎，须先研究汉字的结构规律。前人总结有所谓六书：象形、指事、假借、形声、会意、转注。"六书"是根据文字变化规律总结出来的，并非先有"六书"然后依此造字，造字是自发性的。直至普遍应用之后，才归纳出这些规律。甲骨文字基本已是六书具备了，灯谜是利用汉字的音、形、义的变化来表达的文义谜，同样是六书具备的，"制谜者恒准此为胚胎，至变化多方，莫可穷诘"。可以说，文字学和谜学是一对双胞胎，在文字产生的同时，就产生了谜，甲骨文的不同字数据说已超过五千，古人创造这些文字，是作谜；今人考释这些文字，就是猜谜，那些甲骨学专家，都堪称大谜家。这五千个甲骨文字，就是五千条字谜。现在有些已猜出来了，但大多数还未猜出来，从已经猜出的甲骨文中，按照六书规律，的确可以窥见谜的胚胎。由于甲骨文的发现，为文字学研究提供了古老而可靠的资料，对于探讨谜的起源，同样提供了古老而可靠的资料。

王栋臣《"六书"理论与灯谜成谜法门关系探究——兼评〈评注灯虎辨类〉的六书观》认为：《评注灯虎辨类》也仅仅只是以"六书"辨类了诸多灯谜并加以评注，而并没有对所列灯谜的"六书"原理作进一步的分析阐述，这不能不说是一种遗憾。文章论述：1."六书"理论是造字和用字方法的科学归纳。2."六书"理论可为灯谜成谜提供创作思想，灯谜创作已经自觉或不自觉地运用"六书"理论，并突破"六书"理论的范畴，或借用"六书"名称行灯谜法门之新解。3."六书"理论是从本源上解释文字，是汉字造字和用字的科学归纳，灯谜则是从现象上戏说文字，是对现有文字的艺术演绎，二者有着本质的区别。

同专题文章还有杨声远、刘二安《象形谜探源——再论甲骨文与中国灯谜的起源》，金寅《龙骨之谜》，张镇和《从甲骨文想到谜的含义》等。

关于"六书"与灯谜原理，柳忠良《"六书"非灯谜原理》阐述：六书原理提出，是对灯谜理论的初级阶段认识。它是灯谜理论的一种探索，也使灯谜理论走向了误区，主要表现是："六书"作为灯谜原理在理论上不见说明；"六书"作为灯谜原理在实际中不能圆其说。无论从理论，还是实际分析，"六书"原理既非灯谜原理，也不能作为谜体。将"六书"当成灯谜原理或视为谜体，是一个不成功探索。原因在于，对灯谜原理和谜体的确定不是从灯谜的内部特征入手进行分析所得，而是因为"六书"的影响太深，先入为主，从外部导入"六书"理论，须不知与灯谜实际不合套，于是左缝补右缝补，缝补来缝补去，还是与灯谜实际不合套，只有弃之，另开思路，才能走出误区。正确的途径是从灯谜语言的内部特征（音形义变化）入手进行分析，才能正确地认识灯谜原理和谜体。

3. 成句谜的谜面要不要引号的讨论

成句谜的谜面要不要引号，是 20 世纪 80 年代就出现的话题。赵首成《"成句面引号"牛后说》介绍：以成句（前人、名人之诗词文献，现代歌曲等）做谜面而加引号，于当今谜刊中屡见不鲜。大概是民国前引号尚未发轫吧，旧籍中的谜面悉数是"光头"的。最早发现引号在谜面上的使用情况并作为问题提出的是李平（平安道）。在 1982 年 9 月 10 日出刊的六安市三里桥文化站灯谜组《桥头商灯》第 2 期《门外谜谈》一文中，李先生用 300 字简述了谜面标出引号的三种情况：一、谜面为历史记载或文艺作品中人物的原话；二、属于引用性质的；三、引号作为"说、白、道"等字眼来使用的。文末并说："如加用引号的目的仅限于说明是'成句入面'，实在是大材小用了。"此文甫一交流，便引起了温州柯国臻的注意，随即在当年 11 月号的《微山谜话》上发表《关于谜面上的引号及其他标点符号的使用》，文章观点是：一、非用不可的，就坚决用上；二、可用可不用的，尽量不用；三、不好用的，就不用。此后，关于谜面引号的探讨，或也有只言片语之涉及，犹如断云零雨，已然不成气候。直到"花舞人间"水城新津谜会召开前夕，才被作为候选辩论题之一提上议案。虽然最终无缘把这一搁置有日的谜艺问题在唇枪舌剑、你来我往的各队辩手当面较量中得到进一步深化和澄清，但通过苏剑对此议题价值的重新认识和肯定，从而发起专题征文大讨论。赵首成文认为：通过实地猜射的验证，正如天涯文中所说，成句使用引号，既增加了灯谜的迷惑性，又增强了谜作的艺术感染力。如此一箭双雕、鱼与熊掌得兼，有力地促进和推动谜艺发展的好事，我们何乐而不为之呢？文章还谈到，寄希望于开展一两次研讨活动就能解决由谜面引号标注所引出的枝枝蔓蔓，显然是不可能的；即便由某个学术组织立马作出硬性规定，势必也无法普遍执行它。

中华灯谜史（1949—2019）

关键还在于大家尊重彼此不同的观点和做法，以此为基础坚持不懈地探索下去，求大同存小异，随着谜艺的不断演进，随着谜学的持续发展，总会有认识接近一致，能够圆满解决问题的那一天。

2011年，"苏剑谜学奖"有奖征文进行"成句谜谜面要不要标出引号"专题征文，参与者有：陈清泉《成句谜谜面不应标出引号》、纪志康《成句入谜引号问题之我见》、孙胜利《谜面引号使用规范之初探》、荣耀祥《谜面成句引号运用的理据、现状、规范及优点小议》、叶春荣《成句为谜面，引号不能少》等。

其中蔡芳《成句谜谜面引号的用法》谈到规范成句谜面引号标示时建议：1.成句为谜面，如用拆字法或以谜面语意直接扣合谜底的情况，不要标引号。2.成句为谜面，若用到承上启下、运典会意之法以及扣合谜底需要延伸到成句的上下文之意、出处背景和作者等方面的因素时，则必须标示引号。

周昕《成句谜谜面要不要标出引号》介绍，作者在博客上发了一个专题投票贴，借此了解谜友们的看法。参与投票的72位谜人中，主张必须加引号的46票，占接近三分之二的绝对多数，代表大部分人的意见。支持"可加可不加，以引号扣谜底的相关字时才要加"的14票，达到19%，代表了谜坛另一种不可忽视的观点。赞成"明显知道是成句的不需要加，反之则加引号"的有6票。认为"不需要加"的4票，"可加可不加"的2票。作者的观点：1.凡是引号与谜底相关的，不管是直接或间接，在成句上都标上双引号；而其它的成句，一概加上单引号，以示区别。2.谜后有注解的，成句面上加不加引号都可以。

陈继耿《刍议成句谜谜面加引号的作用》论述：成句谜面的发展历程是从不加引号到加引号，那么为什么会有越来越多的人给成句加上引号呢？这就要从引号在成句谜中的作用中来加以分析。（一）在现场猜射中，成句加引号起引导猜射作用。（二）对类似常见语言的成句，引号起强调作用。(三) 对冷僻的成句，引号起提示作用。

4. 灯谜历史研究

进入21世纪，谜史研究形成高潮，出版的中国谜史专著有：《中华灯谜年鉴》《谜史丛谈》《中华灯谜史》；公开出版或内印30多种地方谜史书籍或谜史资料汇编。谜史论文以研究清代民国时期谜事为盛，从清代民国时期的报纸杂志和文史小说及杂类书籍中发掘谜情，不断有谜史新发现。谜史片断研究书籍出品了《谜也者丛书》《丁卯谜社研究丛书》《萍社研究丛书》《也乐斋谜学丛书》等20多本。发表谜史研究文章较多的谜刊有《灯谜文史杂志》《谜也者》《文虎摘锦》《中华谜艺》等。

5. 谜人研究

柯国臻谜艺研讨。2000—2001年，中华灯谜学会外联部、学术部第一次开展针对具体谜人的谜艺研讨活动，就选中柯国臻。发起这一活动，是因为柯国臻是新时期卓有成就的灯谜作者，他对曲艺、诗词深有研究，有厚实文学功底，对灯谜的各种手法都勇于接受，敢于尝试，且时有创新。通过创作实践，不断加深对灯谜的理解，及时调整自己的理论，他的谜路宽阔，谜法多变，乐于发表议论。通过编辑谜刊、整理谜格、撰写谜话，评析佳谜，将自己的理解，升华为理论表达出来。他的谜作多且精；他的论述尖而新，形成了自己的风格，具备了被研讨的条件（郑百川介绍）。参与文论有：汪德享《出真善美新之谜，入神妙能逸之品》，蔡大金《柯国臻灯谜生平与作品谭概》，金瓯《革故鼎新，独树一帜》，苏德友《柯国臻的灯谜美学追求——传神、空灵、机趣、自然》，舒放《柯国臻灯谜创作的画面意识浅析》，吴融杭

《体会谜艺,理解柯老》,陶卫国《绝——柯老谜艺一瞥》,曹志标《微山才调更无伦》,张醒华《初探柯国臻先生的佳谜观》,刘德新《柯国臻的"断句谜"论》,林人骅《柯国臻的谜话》,侯印《柯国臻灯谜的美》,李振洲《典雅、严谨、自然、奇巧——柯国臻谜风谜艺初探》,肖耳《妙造自然,生气远出》,叶国泉《柯国臻先生灯谜艺术浅探》等。由于柯国臻因病疏离谜界多年,部分谜人对他不了解,由于参考资料有限,也由于柯国臻在开展谜艺辩论中因性格和笔调关系造成不同见解者不愿动笔,导致研讨活动开展得不是很热烈。

"薛凤昌杯"征文。2015年,苏州市吴江区举办"薛凤昌杯大运河流域灯谜名城邀请赛"专题征文,其中薛凤昌研究论文有:黄全来《试析〈邃汉斋谜话〉之灯谜理论贡献》,顾斌《〈邃汉斋谜话〉的灯谜理论初探》,周修荣《品读〈邃汉斋谜话〉》,苏德友《薛凤昌的灯谜理论创见和贡献》,张文元《论"空灵为上"》,缪建金《谜话开山"邃汉斋"》,潘汝淦《〈邃汉斋谜话〉启示录》,蔡芳《〈邃汉斋谜话〉的艺术追求》,孙胜利《〈邃汉斋谜话〉启示录》,李军《前瞻、指导、包容——薛凤昌谜话的理论价值刍议》等。

汪寿林字谜研讨会。苏州市职工灯谜研究会邀请苏州和部分外地谜友,对汪寿林的谜作进行了研讨活动(2018年结集),文章如:江更生《老树著花无丑枝》,陈志强《通俗而不浅薄,晓畅不失流丽》,单鑫华《汪寿林字谜浅析》,王钦振《汪寿林字谜赏赞》,敖耀寰《精心谋面,严谨扣合》,胡桦、莫志刚《任而东西南北中,一点一划总关情》,邱景衡《隐逸传清雅,功夫在谜外》,王泓《读"汪寿林先生谜作选粹(1957—2014)"后记》,黄国泓《趣谈汪氏谜作精巧新》,沈人安《浅谈汪寿林字谜创作中的"四性"原则》等。《百年谜品》评说:汪寿林谜作生活气息浓厚,富于时代感,似有一股清新旺盛之气,扑鼻拂面而来。

其命题出句，多出于自撰，但顺理成章，不黏不滞；其遣字炼语通俗浅近，童孺可解，老妪能晓。他工于离合增损，兼及象形谐声，注重熨帖扣合，善于文义联想。尤其是他创作的字谜脍炙人口，奇妙无穷。他曾总结出"字谜二十四法"及"字谜创作四要素"。其"四要素"即为"谜面通顺，含义关联；剔尽闲字，离合清晰；技法多变，不落窠臼；注意褒贬，广涵兼蓄"，以此经验身体力行，因而享得谜界"拆字大师"之誉。

黎国廉灯谜学术研讨会。2009年10月11日由顺德灯谜协会主办，邀请中华灯谜学会郑百川、刘雁云、郑育斌和广东广州、潮州、揭阳、中山、南海等多个地区灯谜组织负责人参加。讨论会对黎国廉的灯谜艺术价值、艺术风格和艺术影响进行交流探讨，就如何搜集更多有关黎国廉的灯谜史料进行研讨。会后，中华灯谜学会学术研讨部和顺德灯谜协会联合开展"黎国廉谜学论坛"学术研究活动。

郑百川灯谜艺术研讨会。2019年11月30日至12月1日，中华灯谜学会、中共潮安区委宣传部联合举办郑百川灯谜艺术研讨会。北京、宁夏、四川、江苏、安徽、湖南、福建、广东等地的灯谜学术研究者近80人参会。会上，王磊、敖耀寰、陈继耿等发言。研讨会期间，在潮安区人民公园举办郑百川灯谜艺术作品欣赏展猜晚会；到耐斋拜访郑百川；参观郑百川书画印作品展。研讨会前，征得"'长安文虎杯'郑百川灯谜实践及灯谜艺术"主题论文20篇，王磊《谜学、谜识、谜才、谜品——郑百川灯谜艺术散论》获特等奖。一等奖论文为：方炳良《谜擎一帜 海纳百川》，荣耀祥《郑百川灯谜艺术虚拟性特征发微》，蔡民荣《文思天地阔，艺海德声馨》，蔡芳《百川先生的治谜精神》，陈春祥《滔滔风流，辞翰鳞萃——我读〈谜余闲话〉》。

第六节 灯谜书刊

一、繁荣谜书新事

1. 国家多项文化工程入选谜书

进入21世纪，继希望工程后，又有多项国家文化工程入选谜书。由文化部发起，中共中央宣传部、教育部、科技部等九部委联合主办的知识工程，从2004年起由中国文化报社与中国图书馆学会联合承办中华全民读书书目推荐活动。知识工程推荐书目中入选谜书。21世纪初，文化部、财政部联合成立全国送书下乡工程领导小组，建立送书下乡工程全国图书配送中心（设在国家图书馆）。工程采取专家选书、集中采购、统一装帧、直接配送的办法实施。这项工程也入选谜书。2007年，新闻出版总署会同中央文明办、国家发改委、科技部、民政部、财政部、农业部、国家人口计生委联合发出《关于印发〈农家书屋工程实施意见〉的通知》，开始在全国范围内实施农家书屋（草原书屋等）工程，多种谜书入选。为有效缓解新疆农牧区缺书少刊的问题，2007年7月开始，国家和新疆维吾尔自治区统一规划，实施新疆新闻出版东风工程，这项体现党中央治疆方略的德政工程和民生工程也选入谜书。2007年党的十七大提出了文化惠民工程，党和国家及各省市自治区实施中也有灯谜猜射、谜书优惠销售、谜书赠送基层书屋等活动。入选国家和地方政府文化工程的谜书，皆为通俗普及型大众读物，相当数量通过政府出资或组织捐款出版免费赠阅，配送基层单位和偏远地区村镇、社区、学校，对灯谜文化的普及传播发挥了重要作用。

2. 郭龙春谜书奖

为传承郭龙春典藏谜史、弘扬谜艺的精神，促进、繁荣新世纪谜书的编纂与出版，根据郭龙春遗愿，设立"郭龙春谜书奖"。此奖由中华灯谜学会主办，《当代名家谜选赏析》编委会部分成员和部分灯谜期刊主编共同组成评审委员会，以《当代名家谜选赏析》一书稿酬为基金，并接受各界捐助设立，评选出版社公开出版发行的优秀谜书。评审委员会联系地址为安阳市工人文化宫。

为纪念郭龙春编辑出版第一部谜书《中华灯谜鉴赏》20周年，2009年首届评选年限从1988年1月开始，到2008年12月止，从20年间出版发行的谜书中评选20种获奖谜书。此后每年举行一届。获奖谜书颁发证牌和适当物质奖励。每届评选在当年1月，评选结果于每年8月7日郭龙春忌辰公布。2019年获奖者为第12届。

3. 中华谜刊发展高层论坛

2009年8月，在《文虎摘锦》发刊百期庆典之际，中华灯谜学会、翔宇教育集团、淮安市工人文化宫联合主办中华谜刊发展高层论坛。海峡两岸的谜刊编辑和谜人40余名参加圆桌会议，就灯谜活动的普及推广、网络灯谜BBS搭建沟通及谜刊制作发行等多个方面研讨。参会论文有对《文虎摘锦》百期的感言体会和特点分析，也有对几大谜刊的特点论述和对编辑、投稿的体会与建议。

4. 评选谜书收藏家

21世纪，中华谜坛涌现出一批谜书收藏者，殚精竭虑地抢救灯谜文化遗产，精心收藏、保护中华历代谜书。为表彰谜书收藏者为灯谜文化所做出的贡献，中华灯谜图书馆在全国范围内，开展了评选谜书收藏家的活动。2012年6月评出10名十大谜书收藏家8名谜书收藏家。2013年9月评出第二批5名谜书收藏家。截至2019年，灯谜书刊收藏数千册者近百人，收藏万册左右者数人。

5. 儿童谜语书展出、获奖和推优

2012年5月18日至6月2日，国家图书馆等七单位联合在国家图书馆总馆北区稽古右文厅举办"文艺的灯塔——纪念《在延安文艺座谈会上的讲话》发表70周年馆藏文献展"，展出珍贵历史文献300余件、珍贵照片100余幅、解放区出版物130余种，其中，1946年版辛安亭编《儿童谜语》，作为解放区儿童文艺作品列展。

"冰心儿童图书奖"奖励已出版的优秀图书，在海内外产生广泛而深远的影响。北京师范大学出版社出版的赖松廷、高淑英、程宏明著《谜语儿歌猜猜猜》获2012年奖。

国家新闻出版总署推荐青少年阅读的优秀图书书目中亦有谜书，如北京少年儿童出版社2003年出版的《儿童智慧小故事丛书·猜谜小故事》。

6. 召开中华谜书编著与收藏座谈会

2013年9月27—29日，中华谜书编著与收藏座谈会在长治市召开。浙江、江苏、广东、陕西、四川、重庆、山东、湖南、河北、河南、山西等地的谜书作者、谜书收藏家、郭龙春谜书奖获得者、出版社编辑等30余人参会发言。会上展示了《朱波春灯谜集》《丁卯谜集》《谜学一脔》《咏霓社谜剩》等新世纪谜书新发现，公布了"新世纪最受欢迎的谜书"评选结果。座谈会收到10多位作者自荐的谜书选题15部，中州古籍出版社编辑对选题

谈了编辑意见。长治会后，部分代表于9月30日，在安阳市工人文化宫召开中华谜书编著与收藏座谈会，举行了"非物质文化遗产谜语（灯谜）项目所在地谜书""台港海外谜书"两项专题藏书展，参观了"安阳灯谜成果展"。该次谜会被中华灯谜学会授予"2013年度优秀谜会"。

7. 灯谜书刊出版与收藏研究专题征文

2014年开始，第二届中华灯谜文化节进行"灯谜书刊研究与收藏"专题征文，辑为《谜苑书香》。汇编文章如：柳忠良《加强编纂责任，提升谜著质量》《〈中华谜典〉"当代谜刊"中的差错与随感》，孙胜利《灯谜书刊收藏与研究探微》，周昕《收之有度，藏之有道——我的谜书收藏观》，苏德友《刊诸枣梨，明宣灯谜——评〈文虎枣梨〉》，荣耀祥《灯谜青史丰碑，地域文化载体——〈龙山灯虎〉及其选家企杜》，黄全来《〈梅花诗谜〉作者献疑》《〈谜语选录〉张郁庭评语解读》，邵才《浅析地方文献中灯谜资料的艺术价值》《〈百二十家谜语〉的张冠李戴现象》，刘二安《丁卯谜社油印谜集谈片》，胡文明《江盈科和他的谜语》，刘茂业《〈锄经书舍零墨〉里的灯谜》，苏卓平《美国的谜书和谜家》，江更生《民初刊载灯谜的〈香艳杂志〉》，王得道《电子谜刊的分类及特点》等；还汇编《谜书分类表》等20多篇灯谜书刊出版与收藏内容的旧文。其中，蔡芳《当代谜刊对灯谜发展的贡献及其它》阐述：当代谜刊的作用和贡献的主要方面是：促进各地灯谜社团和谜人之间的交流；有效向社会传播灯谜文化；为灯谜文化复兴造势；记录一个时代灯谜发展的轨迹。文章还谈道：谜刊质量难免诸多不尽如人意处，常见的缺陷有：错字漏字严重；编辑失调无序；内容只辑不编；癖好刊用贺词；"杂凑"现象不少；内涵相对不足。文章对提高谜刊编辑质量提出建议：（一）内容要精彩丰富;(二)错漏要重点控制;(三)栏目要设置合理;(四)目录要明晰易查;(五)版面要美观规范;(六)开本要方便收藏。

8. 华山国际谜会谜书展和谜书拍卖

2015年9月第二届中华灯谜文化节华山国际谜会期间,举办了首届谜书收藏精品展暨拍卖会,影响波及全国书界藏界。

谜书展征集到23位谜书收藏者的19个专题的440多本谜书。专题中的《清代民国谜书展》《文革谜书展》《张哲源澄海谜书展》《孙同庆苏州早期谜书展》《朗月谜书展》《刘茂业上海谜书展》《谢荣贵台湾谜书展》《世界之最谜书展》等,成为谜书展的亮点。展出的谜书精品有清代、民国和"文化大革命"时期各地出的谜刊和谜书。

谜会举行的灯谜界首次谜书拍卖活动,全场高潮不断,热点频现。最高成交价被一次次刷新,现场响起一阵阵热烈的掌声。参拍的62件拍品全部溢价拍出,最低溢价为起拍价的2.6倍。最高溢价达起拍价的25倍。拍品1883年英文版《谜语一千则》,起拍价为50元,历经20多回合,被38号牌以1260元拿下。大陆图书公司1931年出版的《古今谜语大观》650元成交。兰登书屋1962年出版的(美)贝内特·瑟夫编著的《趣味谜语》180元成交。汕头工人文化宫1962年编印的《灯谜专刊》500元成交。上海南市区文化馆灯谜组1963年编印的《谜刊(3)》150元成交。德志出版社1973年8月出版的孔剑秋著《心向往斋谜话》350元成交。37号牌的苏剑一举拿下17个拍品,成为当场竞拍之王。最后一件全场最高起拍价为500元的名家手制的刻有谜语的紫砂茶壶,成交金额高达4600元,被1号牌的狄树林和王开璟联手拿下,成为标王头衔。拍卖的全部拍品累计拍出了18624元的高价,大大出乎到会所有人的意料。

9. 灯谜书刊收藏投资的传播

2015年后，灯谜书刊收藏投资文章陆续出现在金融、理财、收藏类报刊或网媒，多篇为吴伟忠撰写。《金融时报》等刊登的《灯谜书刊收藏异军突起》讲述：进入21世纪以来，曾经冷门的灯谜书刊收藏异军突起，行情逐渐趋热，成交价不断上涨。尤其是2014年云南卫视举办《中国灯谜大会》和中央电视台举办《中国谜语大会》，更是将国内各种灯谜活动和谜书收藏推向高潮。最令人难忘的当数2015年华山国际谜会灯谜书刊拍卖会，具有十分重要的里程碑意义。《西安晚报》刊登的《灯谜书收藏四要素》，《理财·收藏》刊登的《冷门不冷，行情渐热》等论述：判定灯谜书的收藏价值，需要从出版年代、印刷和装帧方式、成套率、品相等要素去考量。此外，灯谜书刊的厚薄、谜内容是否精彩、谜书作者知名度、谜书的版式开本等也会对灯谜书刊的收藏价值造成一定的影响。

10. 两岸三地中华灯谜书刊研讨会

2016年9月23—25日，两岸三地中华灯谜书刊研讨会在安阳市工人文化宫举办。两岸三地谜书作者、谜刊主编、郭龙春谜书奖获得者、跨世纪谜刊及功勋谜刊主编、研讨会征文作者、当代百家电影灯谜创作大赛获奖者代表、河南省各地职工谜协及部分文化宫共70余人参加。跨世纪灯谜期刊的研究，以2000年为坐标，1985年到2000年15年，2000年到2015年15年。研讨会收到30多篇应征稿，其中有杨耀学、王寅丑、柳忠良、顾斌从读者的视角，对《全国灯谜信息》《中华灯谜》《中国报刊谜汇》《谜谭》的评述，也有朱墨兮、王铁栋、谢荣贵、白云阶、任建明等《文虎摘锦》《谜萃》《谜谭》《联谜》《春灯》主编或参与者的深情回忆与自道甘苦，让大家对这些在当代谜史上占有重要地位的谜刊，有了更深入的了解。

11. 谜书交流微信群

在谜书收藏逐步进入热潮时，蔡建荣作为群主，于2017年1月1日建立谜书交流微信群，入群者上百人。群内发布谜书信息，进行谜书交流（交换或购买），经常开展谜书拍卖活动，推动了谜书收藏活动的热烈开展。谜书交流微信群一度成为非常活跃的群。也就在活跃之时，群员对谜书拍卖、谜书价格升高、谜书内部交流价影响到外部市场价、谜书交流的某些做法等问题的认识发生分歧，群主于2018年底停群。2019年，部分谜书收藏者在《灯谜文史杂志》编读交流群、谜也者群、文虎摘锦超级群等微信群发布与谜书编印收藏相关的信息，交流对谜书编印收藏的认识。

12. 灯谜书刊目录的建立与完善

21世纪，随着灯谜书刊藏馆的不断建立和个人谜藏的兴起，谜书逐渐成为一个收藏专类。谜书品种不断有新发现，谜书目录快速更新。多部灯谜辞典、谜史书籍和《全国灯谜信息》《灯谜文史杂志》等谜刊中，编载灯谜书刊目录，为灯谜书刊收藏提供了资料。还有章镳《当代谜书目录》、张哲源《澄海谜书志略》《智泉居灯谜藏书集录》、柳忠良《中华谜书大观》、李永文《灯谜书刊收藏目录》等灯谜书刊目录刊行；网络也流传多种类型多个版本的灯谜书刊目录，体现出灯谜书刊收藏的阶段性成果。

13. 郑育斌、刘二安被聘为"谜语"专家组成员

2018年7月3—6日，中国民协、江苏省文联、江苏省民协、徐州市文联、中国民间文学大系出版工程领导小组办公室主办的《中国民间文学大系》出版工程"谜语、谚语、民间俗语"专家组成立大会在江苏省徐州市召开。我国谜坛郑育斌、刘二安、杜心宁、刘英魁、诸家瑜等参加会议。郑育斌、刘二安被聘为"谜语"编辑专家组成员。"谜语"编辑专家组组长萧放，副组长张士闪、郑育斌。

14. 中国民间文学大系首批成果发布会和《中华灯谜年鉴》新书分享会

2019年12月25日上午，中国文联、中国民间文学大系出版工程领导小组、中国民协在中国文联大楼举办"中国民间文学大系出版工程首批成果座谈会"。下午在人民大会堂河南厅举办"中国民间文学大系出版工程首批成果发布会"。《中国民间文学大系·谜语·河南卷（一）》为首批成果之一。

次日，中华灯谜年鉴编委会、《中国学术期刊（光盘版）》电子杂志社、安阳市工人文化宫主办的《中华灯谜年鉴（2016—2018）》新书分享会在北京中关村东升科学园召开。中国民协、中国知网有关负责同志，有关专家、学者，出版社责编、部分编委、作者等50余人参会。会议介绍，《中华灯谜年鉴》已加入中国年鉴资源全文数据库和中国年鉴全文数据库，实现了年鉴信息数字化。

15. 打造丰富多彩的少儿谜书

21世纪的少儿谜书，除继承发扬传统少儿谜书通俗歌谣、配图认物、注音识字、猜谜手工、猜谜描红、谜语字帖、知识链接、延伸阅读等许多风格特征外，在继续打造百万以上印量的精品谜书、新颖装印、立体图形、异形版式、解密显隐、书本与朗读器与手机配合、认读结合、猜谜捉迷藏等很多方面有发展和创新，开发出多种多样的吸引儿童眼球和思维，具有新奇特色的谜书。2003年8月吉林电子出版社出版的《情境谜语》，用立体图画激发孩子的猜谜乐趣。2006年1月海豚出版社出版的《会变的谜语书》,设计三块颜色相同的小画面,通过反复翻页拼凑出完整的画面和正确的谜底。2011年12月湖南少年儿童出版社出版的《聪明宝宝翻翻乐·猜一猜》,既可以翻翻三片卡版,寻找同色汇合谜面、谜底和配图,也可以运用易读宝点读笔发声阅读。2015年7月安徽少年儿童出版社出版的《优乐互动宝宝成长随身听·谜语》,扫描封面的二维码,下载App就可以播放谜语。2017年9月山东美术出版社出版的《谜语大全》,用手机扫码,可开启有声同步朗读。2016年8月未来出版社出版的《我会猜谜语》,书与播放器合装,第一次按下朗读键播放谜面,第二次按下朗读键播放提示音引导思考。2017年1月上海世界图书出版公司出版的《谜语大转盘》,以有声绘本加转盘的形式吸引孩子猜谜的兴趣。上海辞书出版社发行的《熊宝宝猜谜语》,是一款熊猫图案版式的谜语书。此类异形版式的还有各种可爱的动物形、汽车形、圆形、椭圆形等符合儿童审美的花色形体童趣谜书。2019年4月机械工业出版社出版的《魔法水显卡·智慧谜语》,用水显笔或其他东西蘸清水涂抹谜语卡版上的设定部位,即显示谜底事物图画和谜底文字,可反复使用。

16. 谜界多途径多方式地编辑出版灯谜丛书

进入21世纪,谜界通过资助或自筹资金,多途径多方式地组织编辑出版灯谜丛书,取得一批新成果,出版了多套高质量的灯谜书籍,如《高雄漳州文虎基金会丛书》《长安文虎丛书》《中华灯谜图书大系》《丁卯谜社研究丛书》《萍社研究丛书》《谜也者丛书》《也乐斋谜学丛书》《中华灯谜典籍系列丛书》《中华灯谜名家系列丛书》。这种现象的出现,为谜界谜书的编辑出版提供了新的模式借鉴。这些丛书虽然只有少数通过书店渠道销售发行,绝大多数内印，印量不大，只在谜界内部消化，但对谜界而言，实属幸事。

二、文化工程和郭龙春谜书奖谜书

1. 国家文化工程入选谜书

知识工程：《字谜小词典》（丁璐编著，四川辞书出版社）。

送书下乡工程：《灯谜猜制入门》（潘振芳编著，金盾出版社）；《实用谜语小辞典》（刘德宝主编，世界图书出版公司）。

农家书屋工程：中原农民出版社出版的国家"十一五"重点图书《新农村新农民书系》包括：刘二安主编《新灯谜大观》（第九届中国民间文艺山花奖·民间文作品奖入围作品）、《笑话灯谜大观》、《趣味灯谜集锦》，郭龙春、刘二安、江更生主编《当代名家谜选赏析》，刘二安、常江敏主编《漫画灯谜大观》，刘盛昌编《字谜大观》。其他出版社出版的有：《精彩灯谜》（刘二安主编，中州古籍出版社）、《节日的灯谜》（隋晶、田鸿牛主编，学苑出版社）、《谚语·谜语·歇后语·惯用语》（陈晶编，天津古籍出版社）、《中国谜语大全》（王仿编，上海文艺出版社）、《咬文嚼字猜灯谜》（田鸿牛、田守文主编，学苑出版社）、《新编谜语大全》（申江编著，浙江古籍出版社）、《中国谜语8000条》（王海洋编，海峡文艺出版社）、《常用谜语选编》（陈凡编，贵州科技出版社）、《谜语》（蒙文，色音那、其木格编审，内蒙古文化出版社）、《灯谜集锦》（袁晖、张礼鹤、尚巾编著，海洋出版社）、《猜谜逗趣》（刘利生主编，陕西科学技术出版社）、《猜谜逗趣》（国磊主编，吉林科学技术出版社）、《最新实用谜语大全》（亦入选北京市读书益民工程用书。柳志、朱卉编，中国盲文出版社）、《常用谜语词典》（王德海、蔡芳编著，四川辞书出版社）、《谜语300首》（吴珹、李岩松、许京生编文，连环画出版社）、《农家灯谜》（池晨光、郑慰尧编著，福建科学技术出版社）、《趣味谜语集锦》（陈清泉、黄瑞龙编著，兰州大学出版社）、《动物谜语》《植物·自然谜语》《人·物·生活谜语Ⅰ》《人·物·生活谜语Ⅱ》《蒙古谜语集成》（4册，蒙古文，亦入选内蒙古自治区草原书屋。胡格吉夫主编，内蒙古少年儿童出版社）、《中华谜语3000条》（马欣平编著，学苑出版社）、《儿童谜语大全》（董恒波、张克明等编，辽宁少年儿童出版社）、《成语灯谜》（谭东主编，天津科学技术出版社）、《百家姓字谜解析》（亦入选北京市读书益民工程用书。王德海等编著，金盾出版社）、《千字谜》（王复文著，河北教育出版社）、《谜语小百科》（黎孟德著，巴蜀书社）、《多康牧民谜语集》（藏汉双语，俄邛搜集整理，民族出版社）、《猜谜语》（海豚传媒编，湖北少年儿童出版社）、《中国谜语精华》（王谦选编，济南出版社）、《让人抓狂的谜语》（乐八一编著，中州古籍出版社）、《民间节庆灯谜》（马芳、肖丽编著，湖南美术出版社）、《中华谜语大全》（申江编著，浙江古籍出版社）、《藏北民间谜语》（藏文，那曲地区文化局《藏北文化系列丛书》编辑小组编，青海民族出版社）、《少儿趣味灯谜1000》（王德海编著，天地出版社）、《灯谜趣事》（李焱编著，中国文史出版社）、《2500常用字字谜解析》（王德海编著，浙江古籍出版社）、《宝宝贝贝学灯谜》（陈清泉著，中州古籍出版社）、《中华灯谜学基础》（李国安、苏颖主编，河南人民出版社）、《谜语三百首》（童婴文化编，四川美术出版社）、《儿童谜语歌谣八百首》（刘彤生著，华中师范大学出版社）、《灯谜谐趣园》（江更生著，上海文化出版社、上海咬文嚼字文化传播有限公司）。

文化惠民工程：《农村实用灯谜》（马丁编著，山西经济出版社）。

新疆新闻出版东风工程：《谜语猜谜游戏文化读本》（胡元斌

主编，新疆人民出版社、伊犁人民出版社）。

2. 郭龙春谜书奖谜书

《新时期晋江灯谜选萃》：伍耿怀主编，中国工人出版社，2003年3月出版。内容包括谜作、谜论、灯谜赏析等，反映侨乡晋江新时期灯谜艺术事业的整体风貌。

《谜话》：陈振鹏主编，上海古籍出版社，2003年7月出版。多人合作，分门别类赏析谜作，兼收并蓄有关谜人谜事、谜题谜法的论述。

《苏德友论谜》：苏德友著，宁夏人民出版社，2004年4月出版。收入的文章涉及谜论、谜评、谜人、谜事、谜缘、故事谜等。2005年12月获宁夏回族自治区第七次文学艺术作品二等奖。

《百年谜品》：邵滨军、赵首成著，上海古籍出版社，2004年9月出版。介绍清末、民国和当代80位海内外谜人的生平事迹、创作成就和评注作品，简析40位谜人的作品。

《中华灯谜教程》：卢志文、裔胜东、方炳良主编，中国文史出版社，2005年10月出版，是一本以面向广大学生为主的教程。2006年1月出版的《中华灯谜琐谈》为此书的前2章。

《潮汕灯谜史》：魏育涛著，中国文史出版社，2007年4月出版，是一部系统地研究和阐述一个区域灯谜发展概貌的专门著作。2008年1月获广东省第三届民间文艺著作一等奖。2009年获第九届中国民间文艺山花奖·民间文学作品奖入围作品。

《教你猜字谜》：蔡芳、王德海著，金盾出版社，2009年7月出版。由巧猜字谜30法、字谜解析500例、综合练习500题3部分组成。

《灯谜中原》：刘二安主编，大象出版社，2009年12月出版。全书分河南灯谜现象、中原灯谜史话、河南灯谜人物、河南灯谜佳作4部分，附录河南灯谜图传、河南灯谜书刊考。该书获第四届河南省社会科学普及优秀作品特等奖。

《学诗词赏灯谜》：方芳、方炳良著，云南人民出版社，2010年5月出版。选编小学语文教学大纲指定和传统教材采用过的108首小学生必背古诗词，编辑成诗词灯谜赏析。

《灯谜》：厦门市同安区文化馆编，谢瑶中主编，厦门大学出版社，2011年1月出版。辟有谜事春秋、谜人风采、方言谜作等栏目，体现一个区（县）级区域灯谜的源流及传承。

《龙锦灯虎》：纪清华著，海风出版社，2011年8月出版。收录作者祖孙三代的灯谜事迹和作品，体现出灯谜之乡石狮蚶江一个家族的灯谜传承。

《灯谜基本知识》：钱振球编著，复旦大学出版社，2011年11月出版，为江苏省常熟职业教育中心校的校本灯谜教材。

《郭沫若文化灯谜集粹》：邰晋主编，巴蜀书社，2012年11月出版。以灯谜形式纪念郭沫若诞辰120周年，收录郭沫若灯谜故事、郭沫若诞辰120周年全国灯谜创作大赛佳谜赏析、谜作选等。

《潮汕灯谜百家佳作鉴赏》：黄育群主编，中国戏剧出版社，2013年4月出版。全书精选潮汕地区150多位作者的灯谜佳作，由30多位谜人撰写评析文章500多篇。

《长安文虎丛书》（其中1册2套获奖）：苏剑介绍："长安文虎社出资设立'长安文虎基金'，主要用于编辑出版'长安文虎丛书'。旨在支持优秀灯谜著作的出版，加快灯谜创作与研究成果的转化，集中编纂现阶段代表中国灯谜最高水平的研究成果，充分激发灯谜界的创造力，鼓励广大灯谜作者推出更多更好的精品力作，夯实中华灯谜理论根基。长安文虎丛书的选题涵纳学术专著、重要课题研究、优秀的个人谜作结集或合集，既注重名家，也奖掖扶持新秀。"丛书编委会主任苏剑、副主任刘二安、赵首成。丛书已出版1册3套，其中1册和第1、3两套获郭龙春谜书奖。1 册为：《谜话三秦》，苏剑、陈光作主编，中国文联出版社 2012 年 6 月出版，为西安世界园艺博览会灯谜创作大赛专辑。3 套为：第 1 套苏剑主编，中州古籍出版社 2013 年 5 月出版，共 5 本：《吴仁泰灯谜作品集》《马啸天灯谜作品集》《刘二安灯谜作品集》《黄全来灯谜札记》和叶曙光主编《灯谜博客圈博文精选》。第 2 套为 2015—2016 年长安文虎社出品的第二届中华灯谜文化节专辑 3 本：黄全来主编《谜苑书香》，苏颖主编《九州虎迹》，叶曙光主编《华山论剑》。第 3 套苏剑主编，中州古籍出版社 2017 年 6 月出版，共 8 种 10 本：《郑百川灯谜作品集》（上下册）《汪寿林灯谜作品集》《田鸿牛灯谜作品集》《武骝灯谜作品集》《蔡芳灯谜作品集》《莫志刚灯谜作品集》《当代海外华人灯谜作品选》《当代女谜人灯谜作品选》（上下册）。

《趣谜故事会》：陈清泉著，浙江古籍出版社，2013 年 8 月出版，汇编作者各类新编含谜文学作品 49 篇。

《中华灯谜学》：柳忠良著，学苑出版社，2014 年 6 月出版。全书分绪论、灯谜概要、灯谜的起源和发展、灯谜的原理和谜体、灯谜的扣合法门、灯谜的别解手段等 12 章 49 节对灯谜学科进行归纳阐述。

《中华灯谜图书大系》（其中 2 种获奖）：编纂宗旨介绍："以中华灯谜学术委员会为核心，以最具代表性的民间学术团体为骨干，拟担负起学科建设的责任和义务，从理论研究、基础教育、史料文献、作家与作品 4 个方面，期以 10 年，具体组织、编写、印行出一套灯谜图书大系。"启动资金由中华灯谜学会副主任李德生承担。大系编纂委员会主任文木，副主任郑育斌、李德生、赵首成（总主编）。已出版的图书有：《沐云斋文虎类稿》，赵首成著，海天出版社 2014 年 8 月出版，收入作者从谜 36 年的个人作品，分谜作、谜文、谜评 3 类 4 册，内容丰富，设计典雅，高端印制，礼盒精装，获第 7 届郭龙春谜书奖。《灯谜基础知识》，蔡芳编著，中州古籍出版社 2015 年 9 月出版，入选农家书屋。《方炳良论灯谜》，中州古籍出版社 2017 年 11 月出版。《谜萃》合订本 4 册，2017 年 12 月精装。《中华灯谜年鉴（2013—2016）》，云南出版社 2018 年 12 月出版。《二十四谜品》，王磊著，中州古籍出版社 2019 年 1 月出版，该书仿《二十四诗品》格式概括和描绘各种灯谜风格特点和评析鉴赏佳谜，获第 12 届郭龙春谜书奖。

《中华体育谜语》：鲍东东、安建平、诸家瑜主编，文汇出版社，2014 年 9 月出版。分体坛名人、专业知识、奥运风采、体育百花、史海遗珠等 5 个篇章，汇集当代体育谜语 5095 条和古代体育谜语 343 条，是为第 53 届世界乒乓球锦标赛呈上的一份文化礼品。

《宁夏灯谜（1973—2012）》：刘伟、苏德友、杨永圣主编，宁夏人民出版社，2015 年 2 月出版。该书收入宁夏各地的谜事、谜人小传、谜作、谜文、谜论，记录宁夏谜人 40 年的足迹和成绩。

《平望灯谜》：金健康主编，上海文艺出版社，2015 年 8 月出版，分灯谜史话、谜乡芬芳、谜品赏析、谜路薪火、谜人风采等辑，叙述平望灯谜的发展历程和展示成果。

《中华灯谜纵横谈》：李金龙主编，北京邮电大学出版社，2015 年 10 月出版。该书是北京灯谜协会进行的海内外灯谜学术论文征集活动所出的文集，分灯谜理论、谜史发展、组织活动、其他研究 4 部分汇编谜论 40 余篇。

《浮香斋谜艺》：孙胜利著，吉林文史出版社，2016 年 3 月出版。该书内容包括谜作选萃篇、谜理浅论篇、谜艺赏评篇、谜花集锦篇、谜事志贺篇、谜途足迹篇，是作者从谜 30 年的综合展示。

《灯谜聊天室》：刘茂业著，上海三联书店，2016 年 11 月出版。全书分谜艺乱弹、谜海拾贝、谜书采撷、谜家风采、谜苑杂俎五大板块，谈灯谜，说谜事，对灯谜民俗作了趣味盎然的诠释。

《无锡谜韵》：项行编著，江苏凤凰文艺出版社，2018年6月出版。该书为地域性灯谜史料汇编，分为四卷收录灯谜掌故、与无锡相关的谜作，记当代无锡灯谜组织的谜事，注解清代梁溪人企杜氏选编的《龙山灯虎》。

《灯谜逻辑》：郭少敏著，花山文艺出版社，2018年7月出版。上篇通过解读200多则灯谜，探讨灯谜信息、别解、扣合，总结逻辑定律。下篇是作者300则灯谜的逻辑解析。

《谜史丛谈》：刘二安、徐成校主编，中华书局，2018年10月出版。内文有《谜史》最新校点本、《谜史》研究文萃、钱南扬涉谜逸文汇辑及附录等。2019年11月获第四届河南省民间文艺金鼎奖·民间文艺学术著作奖。

《中华灯谜史（先秦至民国）》：柳忠良著，学苑出版社，2019年1月出版。该书囊括广义的、狭义的灯谜概念，系统讲述中华灯谜历史，写入较多新史料。获第十五届中国民间文艺山花奖·优秀民间文艺学术著作入围作品。

《也乐斋谜学丛书》：是研究广东潮汕地区历史谜人谜作谜论的地方特色丛书。广西美术出版社2019年出版《秋心遗韵》（黄秋心著丁培坤编校）、《松孙遗韵》（翁松孙著丁培坤编校），《会心遗韵》（丁培坤主编）。此3册获郭龙春谜书奖。又，潮州也乐斋2019年12月出品谢会心编著丁培坤主编《全编补注评注灯虎辨类》。

《平安灯谜评析》：张鸽翔主编，苏荣灿、纪培明执行主编，中国华侨出版社，2019年12月出版。该书是石狮市委政法委联合有关单位征集"平安建设"主题灯谜的选集。

三、例选谜书简介

《中华谜语大观》：袁晖、吴仁泰主编，中国青年出版社，

2001年4月出版。全书汇编两万多条灯谜，分为字句谜、名称谜、花色谜三部分。

《猜画谜丛书》：江更生编写，少年儿童出版社，2001年12月出版。全套为《猜画谜学汉字》《猜画谜学词语》《猜画谜学成语》《猜画谜学知识》4种，皆以画图为谜面，采用猜谜提示，嫁接谜底事物的百科知识。

《中华灯谜丛书》：中州古籍出版社出版。书目列有13个分册，统一封面设计出版9个分册，其中7个分册为2002—2005年出版的刘二安主编《20世纪灯谜精选》《全国灯谜创作大赛佳谜精选》《十二生肖灯谜精选》《当代灯谜精品鉴赏》《网络灯谜精选》《四大名著灯谜精选》《传统节日灯谜精选》；2个分册为2004年9月出版的陈灿仁主编《中国成语谜》《中国字谜》。

《中国当代灯谜艺术家大辞典》：刘二安、牛书友主编，中州古籍出版社，2002年4月出版。收录中国当代灯谜艺术家1350人，每人为一个词条，按姓氏笔画为序排列。附录当代中国谜坛十件大事、省级以上谜会、谜书目录、十佳谜刊、灯谜社团名录等资料。

《中华字谜鉴赏大典》：黄穆灿主编，江西科学技术出版社，2002年4月出版，精装。又，陕西师范大学出版社2004年7月出版，平装。

《历代灯谜赏析》：邵滨军主编，上海古籍出版社，2002年9月出版。比较系统地荟萃从《中华灯谜集成》中选录自北宋至民国的佳谜1600余条的赏析文章。邵滨军、赵首成写的代前言《论灯谜的艺术价值和文化意义》是一篇有分量的谜学论文。

《谜语300则》：骆枫、汪斌选编，辽宁少年儿童出版社，2003年1月出版。选编300则儿歌式谜语，注音、配彩图。2019年8月6版37印，总销量超200万册。

《中国古典文学名著故事灯谜》系列：6个分册，学苑出版

第四章 进入21世纪后的灯谜（2001年至2019年）

社出版。每册正文以原著回目为标题汇编以有关故事内容为谜面的灯谜及简析，还有以书中人物、地名为谜底的灯谜。2003年3月出版陈清泉、林春增编著《中国四大古典文学名著故事灯谜》（《红楼梦故事灯谜》《三国演义故事灯谜》《西游记故事灯谜》《水浒全传故事灯谜》）。2005年1月出版陈清泉编著《封神演义故事灯谜》《聊斋志异故事灯谜》。

《闲园商灯》：七廈人著，中国国际广播出版社，2006年8月出版。该书内容包括谜人风采、闲园谜萃、武安谜风、七彩谜苑、短信谜趣、佳谜赏析、洺水谜话、武安市灯谜年谱简编。

《世界少年儿童谜语集粹》：青山（李敬信）编著，金盾出版社，2006年8月出版。该书选编世界上86个国家和地区流传的有地区特色的儿童谜语（民间谜语）1948则，附录谜学论文。

《说谜丛书》：翟鸿起主编，中国文史出版社，2007年1月出版。含3个分册：《猜谜技巧与灯谜创作入门》《中国经典名谜赏析》《中国名谜掌故趣读》。主要内容是溯谜之源、解谜之体、讲谜之格、谈谜之趣。

《宁波谜语新编》：傅瑞庭主编，宁波出版社，2007年7月出版，获第二届浙江省民间文艺映山红奖民间文学作品奖一等奖，获第九届中国民间文艺山花奖·民间文学作品奖入围作品。

《南粤谜苑》：广东省民间文艺家协会组织编辑，罗学光主编，中国文联出版社，2007年11月出版。该书收录2005年4月在汕头举行的广东省灯谜艺术传承与创新研讨会论文19篇，省内60多位谜人的从谜简介和谜作2000余则，谜评60多篇。

《扬州廉政文化丛书·灯谜卷》：李保华主编，广陵书社，2008年1月出版，为扬州市职工灯谜协会举办两次专题廉政谜会作品和选录部分勤政廉政灯谜经筛选汇编。

《教苑谜花》：郭小燕编，岭南美术出版社，2008年6月出版，是汕头私立广厦学校的灯谜特色教育成果的总结性展示，内容包括探索实践、教案选登、师生谜作、体会感言。

《江更生闲话灯谜》：江更生著，上海远东出版社，2009年1月出版，介绍我国灯谜界的名人和趣事，汇录作者谜作。

《谜人的世界·青林寺谜语的人类学考察》：彭林绪、丁开清、魏瑶编著，中国书籍出版社，2009年11月出版。本书是对青林寺谜语产生和发展的情况进行考察的成果。

《谜海博览》：王坚主编，大众文艺出版社，2009年12月出版。该书为上海"迎世博·海内外灯谜创作大赛"作品汇编，其中的"谜途揽胜"类专题选刊命题征文140多篇。命题征文内容是记一次本人从谜以来最有意义的谜事活动。

《谜话曹操》：刘二安著，大象出版社，2010年11月出版，获第四届河南省社会科学普及优秀作品特等奖。全书用谜话和灯谜的形式塑造曹操的灯谜形象，通过猜射灯谜来认识曹操，通过解析灯谜来解说曹操。

《越地民间谜语》：李永鑫主编，西泠印社出版社，2011年1月出版。该书是绍兴市对所辖各区（县）的谜语（字谜物谜）进行搜集整理的汇编。2012年1月获第三届浙江省民间文艺映山红奖民间文学作品奖三等奖。

《灯谜·典故·杂感》：张志有著，兰州大学出版社，2011年1月出版。该书收录近2000条典故灯谜，由一谜一典、一事一议，夹叙夹议的一篇篇析谜说典、谈古论今的小品文汇编。

《新世纪十年灯谜精选》：刘二安、刘小雨主编，浙江古籍出版社，2011年11月出版。该书选汇谜作是对新世纪头十年灯谜的盘点和小结。

《谜苑揽胜》：李寒林主编，文汇出版社，2012年9月出版，为上海花木街道和有关单位举办的"浦东花木杯"海内外灯谜创

第四章 进入21世纪后的灯谜（2001年至2019年）

作大赛作品汇编。

《设谜猜谜技巧丛书》：金盾出版社出版。统一设计出版5本：2013年10月出版叶国泉、侯南宁、王德海编著《灯谜入门必读》、袁茂仲编著《体育灯谜》、王德海编著《中国人名灯谜解析》；2014年2月出版高军飞编著《设谜猜谜速查宝典》、任忠芳著《谜歌中国》。

《虎社览踪》：倪一梅主编，文汇出版社，2013年10月出版，为上海浦东灯谜研究会1995—2012年作品汇编。

《中华灯谜丛书》：中州古籍出版社出版，共4个分册。2014年3月出版刘二安、张松林主编《当代百家字谜精选》、刘二安、时光主编《当代百家成语灯谜精选》、刘二安、时光、黄全来主编《名胜古迹灯谜精选》。2019年1月出版刘二安、黄全来主编《当代百家动植物灯谜精选》。

《中学生谜语益智助学丛书》：王德海编著，金盾出版社2014年9月出版。含4个分册：《校园谜语猜猜猜》《有趣的字谜歌谣500首》《猜谜学成语》《精彩的名人谜语300则》。

《咏菊苑谜谭》：苏德友著，阳光出版社，2015年1月出版，收录作者灯谜文论40多篇。

《邵阳文库·民间文学——灯谜卷》：曾令禄编著，光明日报出版社，2016年3月出版。该书分谜艺史迹、民间谜语、当代灯谜、谜籍谜刊、谜文选录五章，记述邵阳灯谜发展的大致轮廓。本书列为湖南省文化事业发展引导资金支持和湖南省社科基金支持项目。

《谜语》：刘洵文图，中国中福会出版社，2016年3月出版。该书入选国家新闻出版广电总局"2017年向全国青少年推荐的百种优秀出版物"，获第一届小凉帽国际绘本大赛"专业组优秀作品奖"。书中描绘去世的奶奶清明节回来了，要和小欣过一天。

除了小欣，谁也看不见奶奶。小欣和奶奶一起自由自在地猜谜语，隐约感到奶奶的谜语带来的安慰。"谜语"串联起整个故事，一问一答间，传达出对自然和生命的赞美。

《潮汕灯谜百家传略》：黄育群主编，团结出版社，2016年4月出版。该书选录202名潮籍谜人，各以姓名、相片、简介、谜作的形式汇编成书。本书列入汕头市文艺创作基金扶持项目，获2016年度汕头文艺奖优秀作品奖。

《姑苏谜语通览》：诸家瑜编著，文汇出版社，2016年11月出版，分谜事篇、谜人篇、谜社篇、谜书篇、谜语篇记述苏州谜史。本书得到政府项目资金扶持。

《武强灯方年画灯谜欣赏》：刘二安、王玉鹏主编，河北美术出版社，2018年9月出版，获第十四届中国民间文艺山花奖·优秀民间文学作品奖入围作品。

《中国民间文学大系·谜语·河南卷（一）》：本卷主编刘二安，中国文联出版社，2019年12月出版，精装8开正文645页，选编四千余种谜底一万七千余首谜语。《概述》论述河南谜语的题材、成谜手法、语言特色、艺术魅力、意义和影响、地域性特点和河南民间字谜的主要表现手法。

《扬州谜史文献集成》：陈楠整理，广陵书社，2019年12月出版。该书上下册，辑录扬州历代谜语作品、谜话及与谜语相关的掌故、诗文。

《福州经典方言谜语》：榕城、张庆标、王五洲编著，海峡书局，2019年12月出版。该书收录"福州十邑"方言谜语，配以普通话意译和方言字词的注释与考证，附相关的福州文化知识。每条谜面页附二维码，扫描后可收听语音。

以上简介书中，有20种于2013年在中华谜书编著与收藏座谈会上被评选为"新世纪（2000—2013年9月）最受欢迎的谜书"，即《中华灯谜年鉴》《百年谜品》《长安文虎丛书》《中华灯谜教程》《潮汕灯谜史》《灯谜中原》《中华谜海》《中华字谜大全》《灯谜基本知识》《学诗词赏灯谜》《中国当代灯谜艺术家大辞典》《灯谜·典故·杂感》《当代名家谜选赏析》《中华字谜鉴赏大典》《20世纪灯谜精选》《谜话曹操》《历代灯谜赏析》《新世纪十年灯谜精选》《江更生闲话灯谜》《中华谜语大观》。

四、谜刊谜集

1. 功勋谜刊

2001年至2019年获评的功勋谜刊（不复录）：《虎啸》《山海风采》《狮城雄风》《鹿衔草》《楚湘谜苑》《谜潮》《千岛春灯》《厦门谜坛》《晋江谜苑》《庐州虎迹》(《庐州灯谜》)《三明谜花》《澄海灯谜》《谜花飘香》《藏智》《青天虎》《民风回澜》《雅风》《银海谜谭》《春来谜苑》《大鹏风采》《长安文虎》。

2. 全国十佳谜刊和十佳（内部）谜书谜集

2001年：谜刊《京都谜花》《东轻谜苗》《古瀛谜苑》《红海探骊》《谜花飘香》《晋江谜苑》《民风回澜》《虎友谜苑》《烛影摇红》《望州山虎斋谜笺》；书集《柯国臻先生谜艺研讨论文专集》《百川谜薮》《其乡居谜话》《游目春灯》《宝鸡揽胜》《怡隐集》《茶烟鹤迹》《妙趣横生》《长才谜踪》《露芽——萼溪虎隐》。

2002年：谜刊《三江虎啸》《太平文虎》《风云谜刊》《红海探骊》《庐阳商灯》《武安谜风》《晋江谜苑》《谜花飘香》《谜津》《镁都风采》；书集《天书索隐》《计生谜花》《朱建铭灯谜作品选》《花色谜新品屋》《环保谜语》《惟妙惟肖》《雄虎》《微山谜话》《微风习习》《薰南谜萃》。

2003年：谜刊《藏智》《北林谜苑》《谜花飘香》《西楚风》《濠滨谜苑》《太平文虎》《晋江谜苑》《庐阳商灯》《谜海新潮》《丽园灯影》；书集《流金飞瀑》《春风拂柳》《瘦叟谜集》《柳叶春灯录》《文新甫谜选》《龙浦索珠》《王文来灯谜年谱》《探骊得珠》《心声笑语话文虎》《节日纪念日灯谜大全》。

2004年：谜刊《雅风》《武林虎影》《鸿江谜苑》《青璜乳虎》《怀恩谜苑》《青天虎》《榕城谜苑》《南海骊珠》《三人成虎》《花果山风采》；书集《千岛人口灯谜》《法制灯谜》《徐市灯谜》《典故谜新作坊》《谈虎（家庭谜会特刊）》《雁云谜踪》《乐斋探虎》《龚西文虎》《原野集》《红楼韵谜》。

2005年：谜刊《紫禁城文虎》《藏智》《辰州风》《谜花飘香》《万象虎啸》《龙海谜刊》《虎山风》《丰顺谜苑》《文虎壮东风》《华灯虎风》；书集《龙腾虎跃》《谜苑杂草》《文渊阁谜话》《弈风谜稿之树大招风》《东阳虎迹》《谈虎色变》《谐趣园文虎》《开心小谜台百期回首》《环保谜苑》《民主与法制灯谜集》。

2006年：谜刊《藏智》《春来谜苑》《东狮虎啸》《金沙谜苑》《惠来谜苑》《隆都谜花》《桑浦谜苑》《岐山文虎》《民风回澜》《青天虎》；书集《阿源谜谭》《谜苑钟声》《枫林集（纪念杨焕文先生专辑）》《梅隐诗文谜选集》《乙酉集》《恒河一沙》《谜语可以这样玩》《韵林文隐》《典谜谭薮》《消费维权明灯》。

2007年：谜刊《东轻虎韵》《春来谜苑》《谈虎》《华南虎谜苑》《汕头灯谜》《隆都谜花》《南海骊珠》《三人成虎》《青天虎》《民风回澜》；书集《水泊雄风》《黄耳之歌》《其香居谜话（第三卷）》《文而斋谜稿》《中川书屋字谜》《新字谜精品版》《丙戌灯虎录》《虎山问径》《春潮谜花》《乾坤正气》。

2008年：谜刊《枫泾谜刊》《姑苏谜林》《银海谜谭》《华南虎谜苑》《昭陵虎影》《饶平谜苑》《普宁谜苑》《澄海职工谜艺》《六

盘虎啸》《成都风》；书集《汪永生谜文集》《王彭年谜文集》《廑坛遗韵》《气象谜林》《书林文隐》《耕耘集》《中川书屋典故谜》《炳烛十年》《望州山虎斋谜笺》《高桑季谜作选》。

2009年：谜刊《雅风》《楚风湘韵》《钟山谜苑》《春来谜苑》《谈虎》《鸿江谜苑》《华南虎谜苑》《三江虎啸》《宜宾谜苑》《三人成虎》；谜集《水城新津国际灯谜邀请赛纪念特刊》《情迷张家界》《火树银花不夜天》《澄江水》《廉海航灯》《税务谜林》《花团锦簇》《谜海拾贝六十年》《谜海一滴》《语林文隐》。

2010年：谜刊《枫泾谜刊》《雅风》《大鹏风采》《饶平谜苑》《春来谜苑》《银海谜谭》《万象虎啸》《谜语新编》《定南灯谜》《锦水春风》；书集《"海上谜谭"五十次雅集纪念专辑》《锦绣春灯》《董浜·徐市灯谜艺术展专辑》《军旅谜花》《解读黄辉孝》《百川谜薮（续集）》《商馀隐语》《鲁同文虎》《灯谜甲乙篇》《碧玉魔箫》。

2011年：谜刊《雅风》《春来谜苑》《银海谜谭》《榕荫射虎》《昭陵虎影》《大鹏风采》《汕头灯谜》《笔架虎踪》《饶平谜苑》《大方虎林》；书集《蔡建荣灯谜日志》《吟梅斋灯语》《文笔风趣》《侃谜集》《银风谜萃》《丰趣园春灯录》《银汉灯火》《陈元光历史文化·灯谜艺术集》《澄海谜书志略》《顺德灯谜卅年》。

2012年：谜刊《万象虎啸》《大方虎林》《大鹏风采》《长安文虎》《青璜乳虎》《春来谜苑》《昭陵虎影》《银海谜谭》《智林谜苑》《雅风》；书集《一面再生缘》《中华字谜大观园》《互动谜社十周年纪念刊》《客家谜花》《荫庐集》《健康灯谜》《添翼聊谜》《清风集》《清风薮集》《湘谜三味》。

2013年：谜刊《大鹏风采》《长安文虎》《平望灯谜》《龙海灯谜》《红土谜苑》《和靖春灯》《虎友谜苑》《春来谜苑》《钱东灯谜》《紫琅谜刊》；书集《凤烟望五津》《风雅宁德》《东亭谜苑》《同谷千虎》《灯谜十五年》《清风谜韵》《谜海红船》《谜海探趣》《谜潮

涌长沙》《新潮春风》。

2014年：谜刊《长安文虎》《太平文虎》《风雅宁德》《青璜乳虎》《春来谜苑》《昭陵虎影》《莲鸿谜韵》《钱东灯谜》《银海谜谭》《智林谜苑》；书集《老山风采》《三国群英》《城管灯谜》《谜海艺舟》《谜海荡舟》《谜载清风》《湖州灯谜》《新津灯谜》《蔡祖德灯谜选》《潮之春主题灯谜》。

2015年：谜刊《三江虎啸》《大鹏风采》《长安文虎》《平望灯谜》《华南虎谜苑》《辰州风》《武林虎影》《虎友谜苑》《春来谜苑》；书集《仙洲谜稿（续集）》《帆林隐趣》《虎迹摭拾》《金虎长啸》《垣风》《春灯耀古邑》《谜话长治》《银城文虎·苏颂文化节灯谜专辑》《薪火情怀——文谜集》。

2016年：谜刊《大鹏风采》《长安文虎》《风雅宁德》《红土谜苑》《辰州风》《虎友谜苑》《春来谜苑》《茶乡谜苑》《蚶中谜苑》《紫琅谜刊》；书集《长庚N百集》《华山论剑》《我的歌谜》《虎啸岳麓》《和平谜坛》《食安灯谜》《谜林一方》《谜话金港》《薛凤昌杯论文集》《麻省谜萃》。

2017年：谜刊《大鹏风采》《长安文虎》《百色春灯》《灯谜大方》《庐隐》《泸溪文虎》《茶乡谜苑》《昭陵虎影》《潮风》《鮀江影语》；书集《牟游于艺》《英雄盖世》《罗星灯话》《宝鸡灯谜（1987—2017）》《垣风·京津冀谜会专辑》《谜又谜》《谜你玖零》《谜海航灯》《隐乐斋谜稿》《聪明书屋谜萃》。

2018年：谜刊《龙海谜刊》《东北虎》《怀恩谜苑》《武林虎影》《姑苏谜林》《茶乡谜苑》《绥化谜苑》《蚶中谜苑》《紫琅谜刊》《潮风》；书集《海怀谜抄》《桑榆风虎》《唱响新时代·2018海内外主题灯谜创作赛专辑》《商埠风采》《梁溪灯谜》《谜途徐行》《谜海观澜》《短笛无腔又十年》《詹鸿行诗文谜选集》《新时代风采》。

2019年：谜刊《三人成虎》《无锡灯谜》《龙海谜刊》《平望

灯谜》《金凤虎啸》《采珠集》《织金灯谜》《茶乡谜苑》《绥化谜苑》《紫琅谜刊》；书集《灯谜创作小词典》《华山谜话》《苏州灯谜六十年》《空谷幽兰》《诗联谜大赛专辑》《盆景灯谜》《银汉灯火（第三辑）》《谐虎集》《阔步新时代·垣风系列灯谜专辑之八》《橘乡灯谜：十年磨一剑》。

3. 高雄漳州文虎基金会丛书及其它

《高雄漳州文虎基金会丛书》公告曰："自2002年起，每两年一次，在历届'沈志谦文虎奖'得主中，选取学术成果较显著，又尚未编印个人专集者2—3名，为其出版专辑，列为《文虎基金会丛书》。自2001年11月1日起，成立以沈志谦为主任，郑百川、高武煌、许祯祥、徐添河、张奕虎为委员的'高雄漳州文虎基金会丛书编委会'，负责该丛书编印工作。"至2012年，出版谜书9种：柯国臻《微山谜话》、费之雄《雄虎》、方炳良《微风习习》、刘雁云《雁云谜踪》、李珍《乐斋探虎》、叶明冬《谜苑钟声》、张哲源《阿源谜谭》、沈志谦《春灯两岸相辉映——高雄漳州姐妹会缔结纪念专集》、刘二安《文虎枣梨·刘二安灯谜书刊序跋集》(2册)。

《中华灯谜典籍系列丛书》《中华灯谜名家系列丛书》《武汉灯谜百年史系列丛书》，醉谜斋灯谜文化传播出品。已出：清吴钰编顾斌等校注《隐语萃菁》，吴钰著顾斌校注《悔不读书斋谜稿》，徐德斋编、洪沛臣注释《钓鱼钩初集》，沈起凤著、顾斌校注《绝妙好辞》，王东雄校注《邱春木灯谜作品集》，管雪斋著、顾斌校注《我之谜生活》。醉谜斋还设计出品谢星楼著谢汝川整理《省庐遗稿》，涂竹居《北派聊目谜集》，焦轼原著、邵才整理《梅花诗谜》，汪珠浦、邱家驹《江上春灯三十年》等。

第五章　台港澳地区及海外华人谜事

（1949 年 10 月至 2019 年）

第一节　台湾谜事

一、谜事概况

1949 年，国民党退至台湾，大陆谜人与台湾谜人相会，台湾灯谜进入了一个新的兴盛繁荣期。台湾地方志多处记载谜事盛况。

《台湾省通志稿（1950—1965 年）》记载："元宵例有灯谜韵事。文人之有斯癖者，集寺庙中，出题悬赏，俗称"灯猜"。谜底多经书成句。日据时期，虽禁止传授祖国文化，但仍公开行之，风雅不绝。光复后，行之更盛。"

《基隆县志（1954—1959 年）》记载："元宵，例有灯谜韵事。文人之有斯癖者，集寺庙中，出题悬赏，或谓射文虎，俗称灯猜。谜底多经书及古诗、稗史小说、俗语、字等，范围颇广，近年来亦加入新名词、东西人名、地名、电影片名、电视节目等新颖谜题。日据末期，虽禁止传授祖国文字，但仍公开行之，风雅不绝。间亦由殷商主办其事。光复后，一时更盛，现仅有基隆谜学研究会仍维持此一风雅韵事。"

第五章 台港澳地区及海外华人谜事（1949年10月至2019年）

《台南县志（1957—1960年）》记载："元宵各种行事，尤以听香及灯猜富有兴趣，兹略加列述如次：灯谜或称灯猜：此举亦如听香于元宵、中秋两夜举行，乃属文人墨客的文字游戏。逢此佳节，筑一高台于庙庭或旷场，台上悬吊猜棚，前面粘贴《四书》《五经》俗语句，令人猜射。入夜，文人墨客云集其地，静坐台前，绞尽脑汁，搜竭枯肠，唱出答案，中者鼓咚咚，领发奖品，不中者再行思索。"

《高雄县志稿（1958—1968年）》记载："上元节，又有灯谜之戏，多于公共场所悬示谜题，任人猜射；届时文人墨客，品题属词，猜中者则予以文事奖品。"

《彰化县志稿（1958—1976年）》记载："今人制谜，多以经文诗词，或流行之成文成语，或古人名，以及事物之名词称谓为谜底。其猜不中者，即打鼓缘，以示其不对；猜中时，连打鼓面三声，例由设谜人赠奖品。本县诗社林立，每当此夜，骚人墨客参加灯猜会者颇不乏人。八月中秋：……此夜亦有听香或灯猜之韵事，殆与元宵夜相同。"

《台南市志（1958—1983年）》记载："每逢上元夜及中秋夜，街上辄有以谜语书条贴在张挂之纸灯上，供人猜射者，谓之灯谜，一称灯虎，一曰文虎，为文人游戏之事。而制谜者，以字或书籍中之经文诗词，或社会流行之成文成语，或古今人名地名，以及一切事物之新旧名词，谓之谜底；而另撰隐合于谜底之文句为谜面，供人猜射。猜谜者即凭谜面以猜其所隐合之谜底。猜中之后，即由设谜人赠送彩品。本市大天后宫、天坛等各大庙宇，每年多有举办是项猜谜。"

《苗栗县志（1959—1978年）》记载："旧日原有灯谜娱乐，自日人据台以后，多方消灭固有文化，已逐渐式微。光复以后，省民亟欲重光故国文物，始又复予提倡。最早在1950年中秋，有本省全民日报首先发起猜谜运动,各地投函应征者数以万计。其后,本县南星照相馆即仿而行之,于1952年中秋之夜在南苗馆址张灯悬谜,各界人士莅场猜射者甚众。嗣后即引起县民浓厚兴趣,每逢佳节,辄悬谜征射。时县府职员有沭阳程哲民者,酷嗜于此,居常辄制谜自适;数年以来,常邀集同好筹开灯谜大会。会政府锐意提倡我国固有文化,程君遂得主持其事。近两年来,常于元宵、中秋等节日在苗栗镇中山堂及军人之友社等地举行是项娱乐。"

《澎湖县志(1960年至1978年)》记载:"上元节,是日有灯谜大会。"

《台东县志(1963年至1969年)》记载:"上元节,古有花灯、猜谜之俗。"

其他多种书刊陆续记载台湾谜事。

《民声日报》1966年2月5日和19日报道:"台湾谜风一年比一年盛行,每逢春宵秋夕,群屐联翩,探赜钩深,点缀风雅。《民声日报》社为庆祝丙午年元宵节,及提高我国国有文化,鼓励高尚娱乐起见,在报上特辟专刊,举办有奖灯谜征射。同时,于元宵节晚上8时,在报社门前举办'元宵灯谜猜射',参加市民踊跃,猜中者均赠以奖品。灯谜猜射一直在热烈地进行,猜中者即击鼓三下,另外燃放一串爆竹。主持猜谜的是中山路金明利皮鞋店的陈文振先生。报社设置的200多谜题,10时许即有1/2已为参加的市民射中,而人潮也于这个时候越来越大,进入高潮。在台中市民族路《民声日报》大厦前,从4日晚开始就举行了盛况空前的灯谜晚会,参加者无不尽情欢乐!"

《中央日报》1968年2月11日刊黄得时撰《元宵谈灯谜》说:"在台湾,灯谜相当流行,每到上元佳节,各地的图书馆、寺庙、区公所、百货公司,甚至报纸、电视、广播电台等,都有举行猜

第五章 台港澳地区及海外华人谜事（1949年10月至2019年）

谜大会。这是有原因的，因为曾任台湾兵备道，后升布政使的唐景崧，号南注，别号薇卿，雅好此道，曾著《谜拾》上下两卷，以资鼓励。"

洪伍雄著《谜语的理论与应用》记述："1949年，国民党政府来台后，在原有的基础上及全国各地寓台爱谜人士的加入，各地的灯谜活动又渐复苏，而且很快便凌驾日据时期。每逢元宵、中秋佳节，各地庙宇庆典，都会举办一至数日的灯谜晚会，提供丰富的奖品，吸引来自全岛各个角落的射虎勇将弯弓竞技；全台各地的谜会组织也先后成立。"

《台湾灯谜巡礼》（"台湾侨务委员会"2003年制作）介绍："1949年以后，民国政府转进至台湾，不少的大陆灯谜界人士，亦辗转而来，为台湾谜学界注入了一股新的力量。其中台北袁定华、王素存、来楚庚诸前辈，更于1958年，会聚了同好七八十人，成立了台湾第一个民间的谜学社团——集思谜社。其后基隆、高雄、台南等地亦纷纷继起，已有十数个谜学社团，灯谜的专刊、书籍等如雨后春笋般出现。1999年，全台各谜学团体结合，成立了'台湾谜学研究会'，全力为传统民俗作更进一步的拓展。每逢佳节、庆典，各地盛大举行的灯谜大会，几乎皆由社团谜友为主干，出钱出力，无怨无悔，为台湾近几十年的灯谜盛况，贡献了宝贵的心血与精力。更值得一提的是，台湾本土意识高涨，灯谜界亦颇致力于此，台南的许成章教授，已有台湾俗语词典的著作，而集思的陈溪田、叶明冬二先生则以台湾俗语为谜底，屡有佳构，如"缩衣节粮税赋重"射"俭吃忍寒缴大注""讨论登革热"射"讲虻咬的"等，在台湾俗语已逐渐式微之际，透过这种寓教于乐的方式宣扬，相信是有助于'台湾人应知台湾事'理念的完成的。随着民主社会的自由化及传媒的多元化，如报纸杂志、电视、广播、网络上，都可轻易获得灯谜的相关信息，灯谜同好们也常可借此更方便地相互切磋请益，深盼这种结合着中国文字之美与传统民俗文化的活动，在未来能更进一步地发展、提升。"

进入 21 世纪前后的一段时期，台湾灯谜活动一度处于低迷状态。2003 年 10 月，台北叶明冬《如何振兴台湾谜运》讲述："台湾灯谜活动，逐日式微矣。台湾爱好灯谜者，致力于谜会推广者，其心中无奈之呐喊。""台湾谜学联谊会之成立，继而台湾谜学会为立案合法社会团体。于沈志谦号召奔走下，虽责成几位谜友，设网站，以为传播，期望能得到影响社会各阶层之重视，刊行《台湾谜学》季刊，免费供应各学院校之学生阅读，乃希望能有谜学新血之加入谜社。信竭尽力于谜运之推展矣。惜乎，掀不起一丝涟漪。夫灯运所处之环境，洵恶劣也，欲短暂可得见其功，徒令吾等一再失望耳。"

几十年来，台湾谜运有兴盛亦有低迷，波浪式前行。

其间，有两件趣事可谓谜运之佳话：

现代国画大师溥儒（溥心畬）1952 年作《灯谜之趣》水墨纸本，表达对灯谜的情结。画面为两只宫灯，右灯书"笼照丙丁手提，妙语不留痕迹"，左灯书"灯谜二字"。2019 年 10 月 19 日，此画在台北艺流国际拍卖股份有限公司秋季拍卖会以 37.76 万台

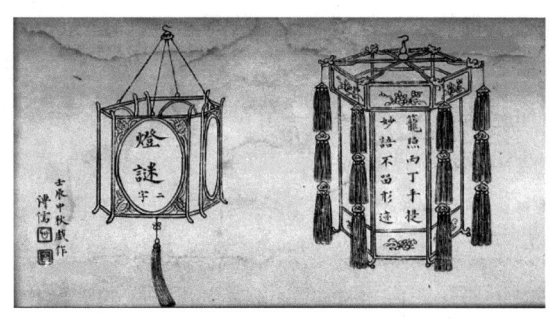

图 3　溥儒作《灯谜之趣》

币（约人民币 8.7 万元）拍出。

中国海峡两岸关系协会会长汪道涵和台湾海峡交流基金会董事长辜振甫，是在两岸政治舞台上被赋予重任的老人。两人年龄阅历、风度才情、谈吐见识、背景爱好，无不相称，彼此欣赏，互有默契。两人在 1993 年新加坡、1998 年上海的两次会谈后，原本以为很快就会再见，谁料形势变化，再也不易见面。但是，两人友情常常萦绕彼此心头，双方不时托朋友辗转赠送礼物，以寄思念，以相酬答。有一年，汪道涵以一竹筒寄给辜振甫，旁人不得其解，辜振甫却一目了然：此为盛筷子所用，"筷筒"即"快统"之义。辜振甫也回赠一竹制笔筒，取"必统"之谐音。这是用物谜表意。这种中国士大夫式的儒雅交往，给处于冷冻的两岸关系增添了一份暖意。（《文史博览》2013 年第 3 期洪梦文）

二、灯谜活动

20 世纪 50—70 年代，台湾灯谜活动活跃，尤以元宵、中秋为盛，主要是灯谜展猜、小型谜会。50 年代初期，谜人自发地单个或三五相邀地开展谜事活动；1957 年后陆续成立谜学会，谜事活动也陆续有组织地举行。80 年代以后，有活跃的本地展猜谜会，也有跨地区的大型灯谜活动不断。

20 世纪 50 年代，台湾猜谜活动与商业广告挂上了钩。每逢春宵秋夕或纪念日，在一些药店、银行、油漆店、旅社等处，设"灯棚"猜谜。来楚庚介绍：1951 年元宵节，来楚庚和袁定华同至万华观灯，发现一处人头攒动，就近一看，原来是灯谜晚会，主稿者是黄文虎。两人驻足而观，不觉技痒，苦于言语不通，于是以纸笔代喉舌，各揭其数条而回。以后每遇灯谜场面，往往插足其间，因此认得许多灯谜同好。（《猜谜·台湾灯谜初探》）

1966年10月30日至11月5日，基隆市谜学研究会在信四路第一信用合作社礼堂举办谜会，一连七晚分北中南三区轮流上台悬谜，设"福禄寿"三大奖，分别由台北翁胜龙、高雄陈玦琳、徐成章获得，基隆市长苏德良颁奖。

1967年元宵，配合北港朝天宫花灯比赛，朱家熹及北港谜友陈高城、陈昆赞、蒋礼智、余志修等，办三夜灯谜晚会，邀请全省谜友参加。

1981年10月24—25日，高雄市谜学会与高雄市国际青年商会合办台湾第一届灯谜大会。台湾100多位谜友参加。召开了座谈会，进行了现场猜射和纸上猜射比赛，纸上猜射一至三名由黄大棹、何清溪、苏明呼获得。黄永文教授、许成章教授分别作"灯谜与时代""古典谜与浪漫谜"专题演讲。台中县谜学会和台湾集思谜社分别主持了两晚灯谜晚会。

1983年11月12—15日，基隆市谜学研究会庆祝建会20周年，在国民党基隆市党部礼堂举办灯谜大会，南中北谜友100余人参与。台北杨柳风、台南洪金校、台北吴学平获前三名。

1984年5月13日，台中县谜学研究会筹划，彰化社教馆主办的中华民国谜学研究会筹备会在云林县天元庄音乐中心大礼堂召开，全台湾175位谜友参加，会议研讨筹备事宜，推李文忠为筹备会主任，李次高为总干事。会后各谜会献谜联谊。

1985年5月12日，台中县谜学研究会、彰化社教馆在八卦山社教馆会址举办第一届中华民国谜学研究会筹备会，约150名谜友赴会，会后分区悬谜猜射和联谊。是年，相继举办了天坛谜会、台南市谜学研究会灯谜会猜、新闻灯会、澎湖谜学会灯谜会猜、高县谜学会灯谜会猜。

1986年，举办新光灯谜大会猜、玉清宫民俗灯谜晚会。

1987年，高雄市文化中心与《民生报》联合举办大型灯谜会猜，由谜人田文仲主持举行灯谜联欢晚会，由《民生报》举办重奖猜射活动。

1991年3月29—30日，高雄市谜学研究会主办第二届"全国"灯谜大会（被高雄市政府教育局列为高雄市第十届文艺季活动项目之一，更名为高雄市第十届文艺季"全国"灯谜大会）。来自台北、基隆、台中、云林、嘉义、台南、澎湖、屏东、金门、高雄的126人参加。大会分别在三凤宫文化大楼和中正文化中心进行纸上猜射、函部制作、自由矢部三项灯谜竞赛；进行两场灯谜观摩，分别由各县市代表轮流出题猜射；进行谜学讲座和论文发表；召开盛大的颁奖典礼和灯谜晚会。这次灯谜大会，首次邀请大陆谜人参加，由于众所周知的原因，未能赴会。

1992年2月，台南市政府举办春季文艺联欢系列元宵谜会3天；9月，台南市政府举办秋季文艺联欢系列中秋谜会2天，均由台南市谜学研究会主稿。这个系列元宵谜会、中秋谜会持续进行。

是年2月21日，台南市谜学研究会顾问王火山长子新婚大喜，于宴席中举行谜会助兴。由会长黄大倬、会员范胜雄主稿。1993年1月10日，王火山次子新婚大喜，又由此二人主稿，于喜宴中悬谜助兴。数年，该会多名会员子女新婚，皆有悬谜助兴活动。

1995年2月5日，台南市谜学研究会举办第六届二次会员大会即12周年庆，会后召开台湾灯谜界联谊会第二次筹备会，会间进行悬谜助兴，由基隆市谜学会理事长罗庆云、台北集思谜社马胜良和台南市谜学研究会洪金校主稿。

是年3月29日，高雄市谜学会第八届第一次会员大会暨台湾谜学界联谊会成立大会在高雄市国际狮子会馆召开。大会也是高雄市谜学会成立13周年庆典。台湾各市县100余人参加。谜会颁发了第二届文虎奖与姊妹会荣誉奖（台湾及海外部分），选举了第一届台湾谜学界联谊会会长、副会长、常务委员等，进行了各谜会灯谜会猜，举办了电控竞猜。电控竞猜有5个队参加，竞猜结果依次为台中县谜学会、台北集思谜社、高雄市谜学会、高雄县谜学会、台南市谜学会。

是年10月10日，台湾省立彰化社教馆暨基金会主办的台湾谜学界第二届联谊大会在台中县举行。来自台北市、台南市、高雄市县、云林市、台中县的谜学团体100余人参会，当地民众400多人与会，进行了纸上竞猜、电控竞猜、灯谜联谊等活动。

1996年6月，台湾谜联友好访问团沈志谦等一行11人到丹东参加《中华谜报》200期庆典大会和系列灯谜活动。7月28日，台北市集思谜社成立37周年纪念大会暨台湾谜学届联谊会第一届三次会员大会在台湾大学举行。台湾基隆、台北、台中、台南、高雄、彰化、澎湖等12个市县96位谜友参加，香港刘雁云参会。会议通过了谜联会会徽，举行了纸上竞猜、函部谋面竞赛、电控竞猜和对外会猜等活动。

1997年3月23日，台南市谜学研究会成立14周年纪念大会暨第七届第二次会员大会、台湾谜学界联谊会第二届第一次会员大会在台南市举行。台湾各地区80位谜友参加，重庆谜人韩庆铭来台探亲赶上此会。会议进行了改选议程，进行了纸上竞猜、对外会猜、电控竞猜和函部创作、佳谜评选。台湾政要连战、吴京、宋楚瑜等向大会致贺。

1998年9月27日，台湾谜学界联谊会第二届第二次会员大会由高雄县谜学研究会主办，在凤山市五甲活动中心举行。近100人参会，香港刘雁云莅会，进行了纸上竞猜、电控竞猜。

1999年6月27日，台湾谜学研究会在高雄市劳工育乐中心召开成立大会，108名会员到会。会议讨论通过章程、工作计划、收支预算，选举了理事长、常务理事等。午后，进行函部矢部纸上竞猜，高武义、蔡孟璋、苏明呼获前三名。随后，全体会友分四区轮流幻灯片谜题抢猜。

2000年元宵节灯谜会极为热闹。2月17—20日，高雄市长青综合服务中心、三凤宫、文化中心、大众广播公司、旗津天后宫、前镇区佛公天后宫、左营区新上里北极殿、内惟启安堂、六龟教会、南投中兴会堂前广场等数处谜会活动。高雄县凤山信用合作社、南宫仙宫庙及台湾其他多个市县都举办元宵灯谜晚会。8月26日，台湾谜学会一届二次会员大会在高雄县召开。台湾各地及香港谜友100余人参加，进行了函矢部及纸上竞猜、电控竞猜、年度十佳谜评选。

2001年3月25日，高雄市谜学研究会成立20周年暨第11届1次会员大会在高雄黄鹤楼餐厅召开，近100人参加，会后举行灯谜展猜。7月14日，台湾澎湖县举办第一届海内外灯谜艺术节。中国台湾各地、香港及新加坡谜友100余人参加，进行了纸上竞猜、电控竞猜、函矢部创作和年度十佳谜评选。晚上在中正路举行"灯谜一路发，大家来猜谜"活动。

2002年7月28日，台北集思谜社43周年庆会员大会在台北市召开，台湾各地谜友到会。活动内容有周宏松作《台湾谜事溯往》专题演讲，举行台湾谜学研究会第二届第二次会员大会，进行纸上竞猜、电控竞猜及评选年度十佳谜。9月，高雄市三凤宫、高雄县凤山信用合作社前广场、台南县将军乡等处举办较大型的中秋节灯谜晚会。

2003年3月28日，沈志谦乔迁、许涌泉伉俪金婚纪念，二位联衔邀请台北、台南、高雄谜友在新嘉园餐厅举办宴会和灯谜晚会，谜会特奖大型烤箱由徐添河幸运获得。10月5日，台中县谜学研究会主办灯谜艺术节。中国台湾各地、香港及新加坡谜友参加，进行了纸上竞猜、自由矢部、函部、电控竞赛，颁发了台湾年度十佳谜奖，举办了对外群众灯谜晚会。其间召开了台湾谜学研究会第三届一次会员大会。11月23日，高市府文化局主办，高雄炼油厂、电台公司大林火力发电厂、国民党高雄市党部等协办，高雄市谜学研究会承办的庆祝文化复兴节灯谜晚会在高雄市文化中心正门牌楼前举行，多家电台、新闻网、报纸刊发消息。

2004年7月24日，台湾谜学研究会五周年会庆暨第三届二次会员大会在高雄举行。大会期间举办高雄市第一届灯谜艺术节，举行了个人纸上竞猜、个人和团体电控竞猜，评选出2004年度十佳谜和函部、矢部、诗钟佳作。会后举办灯谜晚会对外展猜。

2005年7月31日，台湾谜学研究会第四届一次会员大会在台北市台大馆召开。会务议程后，进行了纸上竞猜、6个队电控竞猜、内部会猜等活动。

2006年7月15—16日，第二届海内外灯谜艺术节暨台湾谜学研究会第四届第二次会员大会在澎湖县举办。中国台湾各地谜友及新加坡灯谜协会一行4人参加。进行了纸上竞猜、创作竞赛、团体电控竞猜、灯谜会猜、灯谜晚会等活动，评选出年度十佳谜。

2007年10月5日，台湾谜学研究会理事长陈文正娶媳妇，婚宴开席50桌，婚礼安排猜谜节目。酒过三巡，灯谜登场。谜底特别采用三选一的选择题作答，个个挥臂争取麦克风争抢答题权，应答声与欢笑声此起彼伏，气氛热烈。不一会儿，20多道谜题全部猜中而意犹未尽。

2010年2月26日，为期10天的台北灯节拉开帷幕，灯谜展猜为其活动项目。众多市民及游客前来观灯赏景猜谜，喜迎元宵佳节。

2012年6月3日，"六三禁烟节灯谜大会"在中和四号公园举行，这是集思社员们沉寂5年后举办的一场谜会。

第五章 台港澳地区及海外华人谜事（1949年10月至2019年）

2013年11月3日，台湾谜学研究会与华人灯谜艺术研究会在台北大学会议厅联合举办第一届两岸灯谜论坛暨交流赛。来自大陆9个省市的20名代表及台湾的30多名谜人参加。灯谜论坛上，台湾谜学研究会名誉理事长沈志谦、陕西绥德县文体局局长贺怀杰分别致辞；宁夏薛茂章、上海朱育珉、河南刘二安、台中谢荣贵作了两岸灯谜交流发言。交流赛由大陆与台湾谜友随机混合编队，分成6个参赛组，每组3人参加比赛。经过电控抢猜，郑志崇、颜允金、孙华获竞猜第一名，朱育珉、徐圣能、曾国绫获第二名，许海魁、杨怀晋、苏明呼获第三名。会议评出林建兴、方炳良、叶春荣、叶文宗、薛茂章佳谜5则。大陆谜友游览了台北、花莲、高雄、台南等地风光。

2016年8月27日，台湾谜学研究会会员大会在高雄市凤山区和乐宴会馆举行。中华灯谜馆馆长郭少敏、石狮灯谜协会会长苏荣灿受邀与会。会期举办了个人抢猜和团体电控竞猜。大陆石狮林清富、林志攀、朱莉莉、郭丽芳组队受邀参赛，广州倪燕慧只身参赛。谜题由大陆和台湾谜人共同提供。

2017年1月24日至2月，金门举办元宵灯会系列活动之首届金门两岸古风灯谜会，进行了大家来写灯谜——创作征选大赛，评选出佳谜和优秀谜作。

2018年8月25—27日，由台湾谜学研究会、金门县领团解说员协会主办，金门县文化局协办的第一届"金门杯"海峡两岸灯谜交流赛在金门举办。此次大会达成促进海峡两岸灯谜文化交流、增进海峡两岸谜友情谊、促进金门县观光等多个正能量目标。《金门日报》及电视媒体连续两日作大幅报道。参加此次大会的人员为：评审郑育斌、叶明冬、康维人。嘉宾李德生、伍耿怀、赵首成、卢志文、施奕盛、叶国泉、郭少敏、苏荣灿、林清富、黄哲贤、林文裕、蔡东晓、黄艺楚、陈盛强、杨清培、李清川、王东雄、柯允华、缪建金、杨肃志、龚志颖、许慧琳、郑明义、郑志强、缪锦灼、李晋琼、何若雪、林卫平、陈向萍、陈晓映、吴艺辉、詹彬彬、赵子鑫、王斌强、黄情波、陈温玲、郭炳茂、熊辉、庄毓添、庄云、王楷波、张和兵、罗育辉、陈丽吉、倪燕慧、黄远新、孙浩佳、王乾喜、张乃文、陈挺、陈见生、邱壮炮、陈晓琛、方汉宏、胡文明、陈颖炜、林保淳、卢淑霞、曾国绫、高素娇、许振东、马顺龙、罗志宏、陈明妙、张曼姝、施正雄、黄永树、巫弘尧、蔡庆盛、蔡妤婕、曾信豪、苏明呼、陈靖闵、施深渊、魏士杰、蔡钰斌、周惠真、林坤宏、王丽琴、张简大隆、谢曜鸿、张平顺、蔡孟璋、李咏玲、沈昱成、郑翠芬、黄国宾、周宏松、陈金凤、黄素薇、郑志崇、黄玉明、林瑞正、王铁栋、李百谋、苏明发、王添吉、余敏增、吴世雄。工作人员高武煌、谢荣贵、萧尧仁、曾俊益、王贤德、陈成基、颜允金。电控主持人郭少敏、谢荣贵、曾俊益。出题郑百川（未与会）、施奕盛、郭少敏、陈继耿（未与会）、王少鹏（未与会）、康维人、郑国泰（未与会）、黄大倬（未与会）、高武义（未与会）、谢荣贵、萧尧仁、曾俊益、颜允金。获奖名单：个人笔猜大陆组冠军邱壮炮、亚军庄云、季军杨清培；个人笔猜台湾组冠军曾信豪，亚军郑志崇、季军曾国绫；个人电控竞猜冠军王楷波，亚军陈挺，季军曾信豪，优胜魏士杰、郑志崇、李清川；团体电控竞猜冠军台中天队（施正雄、巫弘尧、曾信豪），亚军红头船队（陈挺、陈见生、邱壮炮），季军深圳队（庄毓添、庄云、王楷波），优胜台中龙队（许振东、苏明呼、曾国绫）、厦门队（缪建金、龚志颖、许慧琳）、高雄市队（郑志崇、黄玉明、林瑞正）。

2019年初，金门县文化局主办，台湾谜学研究会、厦门市职工灯谜协会、《金门日报》社协办金门两岸灯谜创作赛。1月26日，台湾谜学研究会第十届二次会员大会暨三度通宵谜会在台中市立大甲国民中学举行。8月10日,台湾谜学研究会第十一届一次会员大会在台南市大统喜宴餐厅举办,会后进行个人和团体电控竞猜和颁发2019年各项谜艺竞赛奖。

三、谜社谜人

当代台湾谜社始于1957年。是年冬至,来楚庚、王素存、徐建三、徐剑秋、谈浩及袁定华等谜友参加了林惠国主灯的协进药铺的灯谜大会。谜会结束时,王素存觉得,每年仅相会于灯会一两次,平时几乎没有交往,因而倡议以台北县市谜友筹组谜社,由徐剑秋、谈浩筹办,经黄文虎、蔡毓斋的合作,成立了台湾战后第一个民间谜学社团——台北市集思谜社。此后,陆续有10多个具规模的社团诞生,孕育了许多谜坛精英。(朱瑞墉《台湾谜坛今昔谈》,王火山《二十世纪台湾灯谜简史》)

台北集思谜社,20世纪十大谜社之一。1959年7月30日成立,有社员60余人。首任社长蔡毓斋,继任袁定华、来楚庚、黄永文、吴学平等。历任总干事唐羽、李次高等。成员年轻化,学历"博、大"皆是。早中期社员有王素存、徐建三、袁定华伉俪、蔡毓材、林惠国、黄文虎、黄笑园、吴朝纶、来楚庚、谈浩、陈雪峰、徐剑秋、张声炎、余毅、蔡孝敏、林耀庚、张用寰、高扬芾、黎泽霖、吴越天、李祥龙、李秉汾、吴学平、蔡金水、陈淡田、杨文权、马胜良、翁胜龙、高铭贤、李次高、黄水文、叶明冬、杨简仁、高武义、高武煌、林保淳、萧尧仁、陈正荣、郑君庆、陈祖舜、陈明哲等。集思谜社的出版颇丰,有《集思丛书》8种,又有《布衣斋谜集》《灯谜晚会谜稿》《集思文虎》,创办《集思谜社雅集草本谜刊》,主编《谜汇》月刊,主要刊登台湾各地灯谜征射,大陆亦有参射者。

基隆市谜学研究会，1963年6月23日成立，为第一个向政府登记立案的谜学会社团。首任理事长（后改任会长）罗庆云，常务理事胡云鹤、陈祖舜，常务监事何添旺。主要成员有陈彦宇、刘宗、林耀西、李碧山、陈阿荣、苏朝国等38人，及台湾各地通讯会员50余人。罗庆云连任会长至第16届，任期长达32年，因年事已高，在成立33周年的纪念会上，市议员张芳丽女士任会长，后因会务停顿，渐同虚设。研究会于1966年7月25日出版《中华灯谜》杂志旬刊；1973年11月10日改为《中华谜苑杂志》旬刊，并出版有《雨港春灯》。

澎湖县灯谜研究会，1966年2月2日成立，由庄东、颜其硕等组成。首任理事长郭自得，继任王大鲲、陈耀明。谜会活动较少。1987年端午，澎湖青年谜人成立澎湖火烧坪谜学会。1991年2月3日，两会合并，正式成立澎湖县灯谜研究会，会员有李诸鸿、林正己、徐东照、项自强、陈耀明等数十人。会长赵源发，常务理事郑国泰，常务监事王大鲲，总干事陈太源。继任会长刘文俊。两会合并后振衰起弊，会务开始正常，举办了地区间函谜猜射，1988年10月起不定期出会讯《虎啸西瀛》，出版《西瀛灯谜选》《虎啸西瀛谜集》等。

嘉义县谜学研究会，1970年11月成立，1971年3月12日登记完成，同年7月10日召开成立大会。首任理事长邱万福，常务理事萧敬厚、陈翼炫，常务监事徐清江。会员有刘天禄、翁传钟等30位。几年后会务停滞，活动消失，陈翼炫另行组织"嘉义市谜学研究会"。

云林县谜学研究会，1971年3月30日成立，成员有林重山、许进兴、苏明呼等。

台北县谜学研究会，1971年6月12日成立。第一届理事长陈振周，常务理事施胜雄、杨文权，常务监事欧文郎，会员有李雨传、洪灿楠、翁正雄、吴登龙、李秉汾、梁中良等。陈振周蝉联四届期间，出版《淡江廋语》。施胜雄主掌会务后不久，其会被政府取消。

中原谜社，1973 年由中原理工学院电子系主任黄永文教授创立，成员以学生为主。经常举办会员聚会、院际谜展、灯谜晚会活动，每年刊印《中原谜稿》，出版《学府新谜》。

台中县谜学研究会，1979 年 10 月 10 日成立；2012 年改名台中市谜学研究会。第一届理事长李文忠，常务理事郑荣益、纪连枝，常务监事王连池，会员有蔡政雄、蔡锦池、潘子元、李文德、梁绍仁、梁竞涛、张钟潭、蔡锡耀、吴亚非、岑文瑞等 40 多位。理事长先后有李文忠、陈明村、蔡锡耀、黄芳照、郑荣益、陈明村、陈国治、谢荣贵、许振东、何清溪、苏明呼。该会曾主办两届全台谜友联谊会；主办及协办台湾中部地区灯谜晚会百余场次；出版《谜谭》月刊、《灯谜入门及欣赏》丛刊及《新时代谜文集》《谜谭谜材》《同义词源流考》等。

高雄市谜学研究会，1981 年 3 月 29 日向高雄市政府立案成立。会员有吴武芳、林瑞正、王铁栋、曹枝贤、罗玉云、李百谋、苏明发、林明畏、许涌泉、黄仁和、吴士良、李东波、戴莲贤、刘天禄、刘仙进、施春水、周宏松等 190 余人，为全台谜会中会员最多。邱道得出任会长，陈联松、徐添河任常务理事，陈达雄出任常务监事。邱道得是高雄财团法人三凤宫董事长，三凤宫每年编灯谜活动预算，举办灯谜活动。陈联松负责总筹会务发展，全台四场大场面的灯谜大会，皆在其筹划中圆满完成。1993 年 3 月 29 日，沈志谦接任会长，1995 年后称理事长，常务理事陈联松、徐添河，常务监事陈达雄，总干事吴士良，副总干事李东波、张学耀、陈村金、曹枝贤。2001 年 3 月 25 日，苏明发接任 11 届理事长。学会除重大节日在当地举办谜会，出会刊《高谜通讯》

外,还大力开展海峡两岸的灯谜文化交流。1994 年与福建漳州谜协结成姐妹会;沈志谦、徐添河等多次赴大陆参加谜事活动。

高雄县谜学研究会,1982 年 9 月 28 日成立。会员有郑志崇、黄茂寅、黄泰猷、李春河、张学耀、孙枝木、林明时、翁相斋、洪伍雄、竺笑天、康维人、吴元剑等近百人。首届会长萧瑾瑜,常务理事黄火盛、杨国显,常务监事蔡胜炎,总干事叶仕臻,副总干事洪主税。先后当选的理事长有萧瑾瑜、吴元剑、黄茂寅、郑志崇。会刊为《高县谜会通讯》。

台南市谜学研究会,1983 年 2 月 17 日成立。会员有范胜雄、黄大倬、蔡钰斌、王幸男、李重和、江荣漂、杨超然、余文辉、吴宗民、蔡金传、王英琼、林坤炳、蔡镛铭、张述贤、蔡孟璋、李易峻、张简大隆等 40 多人。首届理事长王火山,常务理事张平顺、饶水树,常务监事黄天爵,总干事蔡镛铭。谜学会每月例会,元宵、中秋等佳节举办或承办灯谜大会,最盛时期元宵一连 7 夜晚会,六和堂连续 14 年之灯谜晚会,应市政之聘亦有 10 年春秋二文艺季之猜谜活动。1992 年黄大倬任理事长,1994 年范胜雄任理事长,继任理事长为蔡钰斌。出版《赤崁虎踪》6 辑,与河南省安阳市缔结友好谜协。

嘉义市谜学研究会,1984 年成立。会长陈翼炫,常务理事林育德、施深渊,常务监事黄芳津,总干事林国治。会员有翁传钟、徐清江等 30 余人。活动几年又消逝。

台北县乌来乡松竹梅谜会,成立时间不详,成员为许再发、杨华康、高茂源等。1984 年出《松竹梅谜集》。

台南县学甲镇学甲谜社,1995 年 10 月 25 日成立,社长庄秋情校长,成员陈文贤、文芳昆仲等 20 余人。谜社推行谜学,扩展到台南县全县。

台湾谜学界联谊会,1995 年 3 月 29 日在高雄市成立,有会

第五章 台港澳地区及海外华人谜事（1949年10月至2019年）

员82人。第一届会长沈志谦，副会长李次高、郑荣益；常务委员吴学平、李文忠、范胜雄、黄茂寅、林水泰、林荣隆、黄大倬、陈联松、徐添河、郑国泰、苏明呼、萧瑾瑜；常务监事陈达雄，监事王火山、黄泰猷、张云龙、许振东；总干事郑志崇，副总干事高武煌、谢荣贵。会刊为《台湾谜联》。1996年6月《中华谜报》举行出刊二百期庆典，该会组成以沈志谦会长为首的11人访问团莅会，并向与会者赠送《祝贺中华谜报二百期访问团特刊》。

台湾谜学研究会，1999年6月27日在高雄市成立。成立大会选举理事长沈志谦，常务理事徐添河、叶明冬、郑志崇、郑荣益，理事李次高、高武煌、郑国泰、吴士良、许振东、谢荣贵、苏明呼、苏明发、林瑞正、吴元剑，候补理事张平顺、彭建川、郑君庆、林永泰、朱洋凰，常务监事杨国显，监事张云龙、黄泰猷、陈达雄、叶振益。聘林明畏为秘书长，陈村金为副秘书长。2000年1月，《台湾谜学》季刊创刊，主编高武煌。

当代，台湾谜坛人才辈出，谜社介绍中列举200多人，其中不乏较有影响者。

来楚庚（1907—1988），名广铨，浙江萧山人，20世纪40年代末赴台，寓居台北。50年代初，值课《中央日报》副刊"每日一谜"专栏。尔后各机关、社团、报刊、电台、公司、商号，每逢元宵、端午、中秋及重大节日举办灯谜晚会，必聘其主稿出题。与台北市立图书馆密切合作，每年举办一届新春猜谜大会，30年不辍。1973年继为台北集思谜社社长，创办月刊《谜汇》，利用张灯主台及社内月会活动之机，宣传普及灯谜知识。制谜甚丰，《灯谜菁华》收录万则。来楚庚有"台岛谜圣"之誉。

许成章（1912—1999），台湾学者、教授，澎湖人。曾任高雄市第七中学及高雄中学国文教师，1958年后任教于高雄医学院及东海大学，为高雄市、县谜学会顾问。合著《灯谜之解剖》，著《许成章的灯谜》《灯谜·许成章作品集③》。

陈祖舜（1922—），世居基隆。为基隆港务局荐任商员，基隆市文化中心古典诗讲师；基隆市谜学研究会发起人之一；中华灯谜学会顾问。获沈志谦文虎奖。1967年创办台湾灯谜函部，参加投稿者非常踊跃，最多时达500多位，参与编印灯谜函部揭晓录期间，接受泰国谜坛惠赠各种谜书3000余册转赠全国谜友，促进了中泰谜坛交流。1972年主编《中国灯谜选》（收录当代180多位中泰谜人之谜作4000余则）。集资翻印谢云声《灵箫阁谜话初集》。

吴学平（1927—），谜号鲁同，原籍福建闽侯。中华灯谜学会顾问，台北市集思谜社社长，《谜汇》主编，香港联谜社名誉顾问等；当地每有节庆举办灯谜活动，均应邀主稿。曾聘为"海内外灯谜创作大赛"评委、"海峡两岸灯谜创作大赛"顾问、中华灯谜国际创作大赛评委。获沈志谦文虎奖、灯谜终身成就奖。多次参加大陆大型谜赛谜会，获"优秀射手""中国灯谜百强"等奖项。主稿《谜汇·鲁同商谜》，著《鲁同文虎》。

徐添河（1937—2022），台湾新竹人，祖籍广东蕉岭。高雄港务局仓库副主任，台湾区国际港产业工会联合会顾问，高雄市谜学研究会常务理事、理事长，台湾谜学研究会常务理事。1981年后，连续多年为元宵、中秋等节庆灯谜活动主稿，连续多年主持高雄市文化中心元宵节灯谜晚会，主持高雄电台空中猜谜十五分节目。1994年出席南昌"滕王阁谜会"和中华灯谜学会成立大会，后多次参加大陆各地谜会，多次被聘为评委。1998年被中华灯谜学会授予"中华十佳灯谜工作者"。合著《美的灯谜》，主编《谜萃》。

王火山（1937—2002），台湾台南人。台南市谜学研究会创会会长（理事长）、中华灯谜学会顾问。1982年与谜学同好筹组台南市谜学研究会，主持每月的灯谜研究会和历年台南市灯谜会。1989年参加漳州首届中华灯谜艺术节。1991年参加北京中华灯谜艺术研讨会。编撰《故都灯谜古今谈》《谢国文著〈省庐谜存〉注释》《三槐堂习谜录》，编《灯谜入门及欣赏》多辑，著《王火山谜集》。

范胜雄（1941— ），笔名步晚生，台湾台南市人，毕业于台湾成功大学土木工程系，1963年在大学期间主持谜会。1983年与同好组织台南市谜学研究会，历任理事、常务理事、理事长，任中华灯谜学会学术部副部长、东方文化馆灯谜学术委员会研究部部长。1989年后多次参加大型谜会谜赛，多次获佳谜奖和论文奖，多次任评委。促成台南谜研会与安阳市灯谜协会结为友好谜协。主编《台南文化》《赤崁虎踪》，著《步晚居谜集》《步晚居谜话》《崁城春灯选》《〈省庐灯谜〉与谢国文先生〈步晚居〉谜稿》。

萧瑾瑜（1941— ），谜号智允，台湾嘉义人。台湾塑料业联合会理事、常务理事；《中华日报》高雄市管理处副处长、记者，联亚新闻通讯社副处长、特派员，《中兴日报》编辑、记者；高雄县谜学研究会第一至三届理事长，高雄市谜学研究会理事、理事长，中华灯谜学会名誉副会长。三度在高雄广播电台主持空中猜谜节目。参与创立高雄市谜学研究会和高雄县谜学研究会。1989年参加漳州首届中华灯谜艺术节，获"最佳制谜手"。著《谜样人生——萧瑾瑜传》。

沈志谦（1949— ），谜号飘泊。南光建筑公司总经理，中华灯谜学会名誉副会长、顾问。1981年任台湾高雄国际青年商会会长时，与高雄市谜学研究会合办全台灯谜大会，随之加入高雄市谜学研究会。1993年任高雄市谜学研究会会长后，率3人小组赴漳州市缔结姐妹会，投资成立高雄漳州文虎基金会，设立沈志谦文虎奖。1994年成立台湾谜学界联谊会，当选为首任会长。

10多次参加大陆大型谜事活动。主编《高谜通讯》《台湾谜联》《春灯两岸相辉映》。为仓亿出版社灯谜丛书的发行人。

李次高（1958—），台湾台北市人。台湾谜学界联谊会副会长、集思谜社总干事。自幼随父亲李德芳参加各地灯谜活动，1977年在大学期间担任中原大学谜社社长。1983年加入台北市集思谜社；1986年出任《谜汇》主编。1989年参加漳州首届中华灯谜艺术节，获"优秀射手""优秀制谜手"，同年被《知识窗》评选为"当代百名谜家"。1990年获首届中国灯谜国际大奖赛"中国灯谜百强"。1994年获沈志谦文虎奖。

四、灯谜作品

《台湾灯谜巡礼》评说：文学史中的常规，往往是前盛后衰，唯独灯谜一道，由于谜社同人殚精竭力投入，却是"前修未密，后出转精"，会意之巧妙、思致之传神、蹊径之别出、取材之广博上，皆较前人更胜一筹，尤其是擅于古为今用，以现代社会中之人、事、地、物为谜底，颇能熔古今于一炉。

台湾灯谜与大陆灯谜都是同宗同源的中华文化，但受政治、经济、民俗等诸多因素的影响，各自既有对传统谜学的忠实坚守，又有自身的嬗变，形成了某些方面不同的风格。

张安木《灯谜在台湾》（《人民日报》1982年1月22日）描述：台湾的灯谜素负盛名，有许多高手。如新竹的张纯甫、郑天鉴，台南的谢如铨，基隆的许永吉等。他们的作品大都取材于《书经》、诗词，虽然较深奥冷僻，但也有许多典雅浑成的好谜，都曾受到过称赞。如："沧浪之水任泛舟"扣"载清载浊"（《诗经》）。"叹五更"扣"长吁了两三声"（《西厢》）。台湾谜界较活跃，各地有"谜学研究会"。但是，就我们所见到的一部分作品来讲，仍然未改过去那种"掉书袋"的旧习,谜目也还是《四书》《五经》居多,创作手法偏重于字义相扣,较呆板,新创的路子较少。但也有一些自然贴切的,如:两地相思一样情(诗经小雅句)有怀二人;鸡鸣早看天(《中庸》句)明则动;牺牲小我(字)舒;大海纳细流(台湾地名三)盐水、中和、淡水。还有一些灯谜,作得与大陆的一样。如:来往不逢人(字)柱;临去秋波那一转(词牌名)眼儿媚。可见台湾的灯谜与大陆的灯谜有着深厚的血缘关系。

1989年,林尚义在写给柯国臻的信中总结出《海峡两岸灯谜十大差异》:(一)台湾谜人文学素养较高,文学功底较深,大陆则参差不齐;(二)台湾灯谜活动虽盛,但仍停留在文人之中,不如大陆深入基层;(三)台湾之谜泥古,大陆之谜创新,尤其在简化字的运用,使字谜的别解更丰富;(四)台湾之谜借代、通假至多,大陆之谜较通俗化;(五)台湾的谜目少,大陆则五花八门,显得更灵活,使创作领域更扩大;(六)台湾的谜面多用成句,自撰的不多,而大陆构面自撰的多,尤其是北派谜;(七)台湾的谜社组织严密,如理事、监事、干事等各负其责,大陆则大为不如;(八)台湾较注重前人的谜论,大陆则多立自己的见解;(九)台湾猜射可以当场查资料,也可以当场掩卷笔试或当场抢答形式,大陆则注重当场"比武",并给捷足者以谜家称号;(十)台湾谜刊不多,大陆则谜刊极多,但质量相差较大。(汪德亨《海峡两岸谜艺交流回顾与展望》)

2013年,袁春辉《两岸灯谜创作风格比较》述说:

(一)台湾灯谜整体风格崇尚"古风",坚守传统谜学;大陆灯谜则流派众多,呈百花齐放之势。台湾的整体谜风,尤其是北部谜人中的诸多集思元老,谜面文词多选用前人之诗词曲赋文章原句,在谜目上偏重古文、诗词、聊目等,崇尚典雅浑成,从这一点上看与大陆所说的"南宗风格"是极其相似的。胡三白《台湾谜坛掠影》曾言:"台湾灯谜的素材涉猎我国数千年的历史文化,极具亲切感,其中多以现成句挂面,又见以古文和古诗句居多,偶尔还有以唐诗句为底面互扣的,诚为蕴含国学精华之神品。"台北集思谜社原社长吴学平秉承"无一字无来历,训诂、史传必有所本",道出了台谜界"谜出必有典"的创作理念。台湾谜学巨擘陈祖舜曾言:"尤其在一般灯谜晚会或报刊上,往往可发现为底面勉强扣合而杜撰事理不近逻辑,甚至史无根据之故事为谜面者,如此缺乏书卷气之作风,焉能获得学界之重视?"台湾谜学界联谊会每年都会评出佳谜十则,统计自1996—2011年的160则佳谜,属成句、有典实根据的谜面在八成以上,尤其是台湾谜学研究会2010年度十佳谜,有9则成句挂面,1则有典实根据:

冬月多以皂纱囊裹之,恐其断也(成语)爱惜羽毛(许秉川)(面出《三国演义》25回)

相思欲寄无从寄,画个圈儿替(字典用语)难字表(许淑芳)(面出清梁绍壬《圈儿词》)

冲冠一怒为红颜(四字泛称)人气美女(王铁栋)(面出明吴梅村《圆圆曲》)

在世一粒豆,可赢死后拜猪头(职称)侍应生(曾国绫)(面出闽南俗语,亦作"在世一粒豆,赢过死后拜猪头")

子哭之恸曰:噫,天丧予!天丧予!(影目)《生死一击》(彭建川)(面出《论语·先进》)

腰围八九十,健康常维持(广播电台二)中央、警广(魏士杰)(面出台湾健康公益宣传语)

三百六十五个日子不好过(市招)全年无休(许振东)(面出邓丽君歌曲《你怎么说》歌词)

奇货可居秦子楚（经济名词）人中投资（徐添河）（典出"奇货可居"）

人不风流只为贫（四字口语）大有起色（巫弘尧）（面出《增广贤文》）

户纳东西南北财（文学名著）《巴金全集》（吴世雄）（面出传统对联）

《百年谜品》选录来楚庚作品39则，除2则字谜自撰面之外，其余皆有出实，面句多撷《史记》、唐诗、宋词、《西厢》、《聊斋》等，运典娴熟，神气自足。录台南范胜雄的作品21则，收入台北李次高的11则，皆为成句，俱有典实，风格典雅浑成。在台湾《谜萃》开辟"仙洲谜稿"，坚持悬猜20余载的许涌泉，每期10则谜作皆注谜文出处；康维人辟"康盦心事"专栏近200期，谜面出处一一注明。这种"谜出必有典"的创作理念杜绝了谜面的胡编乱造，自然也就避免了无聊臆造、不伦不类的谜面。底材的选择多出国学范畴，显得古色古香，凸显灯谜"国粹"的味道。此种创作理念在台湾谜人中根深蒂固，势必要求谜人创作群体具备较为深厚的国学基础。生前与台湾谜界鸿雁往来频繁的普宁方书璧曾言"台岛谜师友，率皆饱学之士，国学根基深厚"。

将"谜出必有典"作为一种创作理念，从严要求自己，在大陆谜人群体中具有精品意识者是坚持得不错的，但就整体创作群体而言，能够以大量谜作严格实践此创作理念的，当推台湾。

（二）台湾谜界对"纯离合谜"多数持否定态度，而此种"纯离合谜"在大陆谜界尤其是网络谜坛盛行。台湾谜界在"增损离合"这一法门的创作实践上，依然秉承清末民初的风格传统，习惯暗企，运用转义、借代、象形等诸多手法进行增损离合得出谜底。在台湾谜学届联谊会1996—2011年评出的160则佳谜中，仅有2则离合谜，相对于成句会意谜的比例极少，而且这些离合谜中见不到一则"纯离合谜"（不转义、无暗企）的谜作，翻阅发行至今的《谜萃》和《台湾谜学》等刊物，"纯离合谜"在此是绝迹的。

台湾谜界崇尚会意谜为正宗，离合谜底材的字素亦不能在谜面直接出现。在台湾诸师友的理念中，"纯离合谜"使谜趣大减，有违灯谜"回互其辞，使昏迷也"的主旨。台湾谢荣贵说，纯拆的离合谜在台湾如果评分的话，是打零分的。

（三）大陆谜坛"延伸造底成风""唯顿读是佳"盛行，台湾谜界却不跟风盲从。自1989年漳州首届中华灯谜艺术节正式拉开两岸交流序幕以来，大陆谜坛刮起过几场创作风潮，如20世纪90年代末的"仿词谜"、2006年前后在网络谜坛逐渐风行的"延伸造底谜"，继而又崇尚在"造底"中嵌入所谓的"顿读法"为佳，由此引发的谜坛风气为之大变。如第15届华清杯20则佳谜，13则造底，7则传统谜目。2012年首届灯谜文化节（深圳）谜会评出来的30则自荐佳谜超一半的底材如"第一季真火""看中秋晚会""孙杨仪表非凡""着眼一笔大生意""有意向来深""探亲假一个月来回"是属于"延伸类作品"。在台湾出版的《谜萃》《台湾谜学》《美的灯谜》《谜样人生》《谜苑钟声》《仙洲谜稿》等书刊中皆未发现一丝一毫带有"仿词谜风""延伸造底风""唯顿读是佳风"等几种风气的谜例。可以说，在台岛谜书中，"仿词谜""延伸造底谜"是绝缘的！是台湾谜友非不能为，乃不愿也。这跟他们的创作理念是息息相关的。

例，不同时期的台湾灯谜：

1986年集思谜社《谜汇》之《集思征射（一）》谜题

义兴三横，子隐独剧（阳货，下楼）居处不安（典见《世

说新语》）

君取于吴为同姓（学而）因不失其亲（面出《论语》）

荣期三乐歌（先进，掉首）不幸短命死矣（面出白居易《偶作》）

自有岁寒心（《吊古战场文》）畏其不寿（面出张九龄《感遇》诗）

归至家，妻不在衽（《吊古战场文》）秦汉而还（面出《国策》）

以五千之众，对十万之军（杨恽《报孙会宗书》）不可胜量（面出《李陵答苏武书信》）

二三子（杨恽《报孙会宗书》）语言见废（猜"通是爵位"并列为中的）

摇其本以观其疏密（韩愈《复上宰相书》）动植之物（面出柳宗元《种树郭橐驼传》）

美上加美（《范增论》二句连，相消）增之去善矣，不去不了了之（《报任安》书）未能尽明

1996年台湾年度十佳谜

清朝皇帝匈奴王（常用语）满头大汗（郑国泰）

读书之乐乐何如，绿满窗前草不除（校名）长荣中学（徐添河）

夕阳西下，断肠人在天涯（医用语）不明外伤（郑志崇）

户外初飘雪，枰中半残棋（七唐）门前冷落车马稀（周宏松）

落叶凭水逝，残红知是秋（漫画人物）流川枫（蔡孟璋）

生，事之以礼（银行语）活期存款（林明畏）

应是钓秋水（治安用语）黑白挂钩（吴士良）

城春草木深（环保语）都市绿化（黄泰猷）

刀刀落处皆生灵（五字常语）一切都是命（高武煌）

嫁乞呷佩茄茎走（植物学名词二）适应、同化（林瑞正）

2000年台湾年度十佳谜

登舟只恨渡江迟（台谚）坐人的船、爱人船走（林瑞正）

猿心与禅定（口语）动不动（王锦泉）

终始如一，此君子之朋也（卷帘、新闻语）党产信托（洪宽志）

一向偎人颤（电脑术语二）软体、贴上（许秉川）

月亏月圆两相依（化学符号）CO_2（陈太源）

手绘丹青谢大德（成语）感恩图报（林永泰）

钱财一露白，朋友马上来（商业语）现金交易（曾俊益）

施施从外来，骄其妻妾（常言）讨回公道（蔡孟璋）

士甘焚死不公侯（台俗语）介高尚（郑君庆）

西楼望月几回圆（股市语四）高点、看盘、盘、盘整（吴士良）

2001年台湾澎湖县第一届海内外灯谜艺术节佳谜（命题）

取善辅仁，皆资朋友（袁枚文句）交相补过（杨柳风）

友直、友谅、友多闻（袁枚文句）交相补过（张平顺）

子为父隐，父为子隐（袁枚文句）交相补过（郑荣益）

三人共五目，日后无长短脚话（袁枚文句）交相补过（许振东）

佩韦自缓，佩弦自急（袁枚文句）交相补过（徐添河）

朱唇得酒晕生脸（常用语二句）喝彩、上相（李次高）

朱唇得酒晕生脸（歌曲名）《醉人的口红》（叶少玲）

朱唇得酒晕生脸（词牌名）《醉红妆》（谢荣贵）

朱唇得酒晕生脸（六才一、成语一）樱桃红绽、春风满面（林明畏）

2019年台湾年度十佳谜

有花堪折直须折（四字产销用语）开放自采（王铁栋）

强舌艰蛮语，孤吟惹客嘲（七字金庸小说名言）为人不识陈近南（许玉河）

社稷次之，君为轻（电视频道）民视第一（李佑宗）

船螺声音交响着酒场小吹声（谜目）泊人诨号（高武义）

所不可知者，有迟速远近，而要以不能免也（军武词）隐形战机（吴士良）

凡有的，还要加给他，叫他有余（七字常言）得饶人处且饶人（曾国绫）

年年斗绿与争绯（小说漫画用语）连载角色（黄永树）

"你愿意嫁给我吗？""我愿意！"（四字常言）互有心结（杨行中）

老吏或垂涕曰：不闻今日复见汉官威仪（医学名词）穿刺引流（许淑芳）

罗敷采陌频添绿，洪度染笺也着绯（中国百强小说）《桑青与桃红》（蔡秀绢）

五、灯谜书刊

1. 谜刊

自光复以来，台湾出版的大小谜学刊物不下数十种，其中较重要的有：

《中华灯谜》杂志：旬刊，基隆市谜学研究会编，1966年7月25日创刊，1973年1月10日更改刊名为《中国谜苑》杂志，1995年3月30日停刊，总发行769期。该刊自始至终由理事长罗庆云一人经营。

《集思雅集》：集思谜社编，不定期油印，1966年12月创刊。原名《台北市谜友小叙》，自第10期起更名，出版至第42期后休刊。

《全国灯谜函部揭晓录》：全国灯谜函部编印赠阅。全国灯谜函部始于1936年，吴朝纶（静阁）为与同好切磋谜艺而创办，设有函部（以底求面）、矢部（以面求底）两大类。1937年下半年战争终止活动。1967年，基隆陈祖舜恢复活动。1968年1月创刊。因各刊编辑或主持人不同而风格各异，如戊申年出品《灯谜函部全省谜友赐教谜面录》，2000年9月出《全国第36期灯谜函部揭晓录》。灯谜函部投稿人数最多为312位（23期），成为台湾谜坛竞赛的一大项目。

《谜谭》：丰原郑荣益1979年10月创刊。1980年9月编印第12期。1980年立案为灯谜杂志《谜谭杂志》，由台中县谜学研究会出版，主编李文忠，10月10日出创刊号。1981年2月10日出第5期，刊名为《谜谭杂志月刊》。1985年12月出第63期后停刊。1996年1月，黄芳照策划复刊出第64期，至第87期再度停刊。

《灯谜入门及欣赏》：台湾省立彰化社会教育馆印行。编者先后有李文忠、黄芳照、许成章、黄朝传等。1982年10月出第1辑，2007年3月出第26辑。2008年3月，彰化生活美学馆出第27辑。

《高县谜会通讯》：台湾高雄县谜学研究会编，1984年5月6日创办，8开4版半年刊。2010年9月26日出第45期。2011年9月25日，高雄市三山谜学研究会发行总第47期《高市三山谜会通讯》，发行人林明时，主编潘增强。2012年改为年刊。

2013年9月28日出刊第49期后因经费拮据暂时停刊。2015年决议复刊为全彩季刊，由理事长李继强承担费用，主编萧瑾瑜。6月15日出总第50期《高市三山谜会会讯》。

《谜汇》：台北市集思谜社编，主编吴学平。1986年5月1日创刊，16开复印。2005年12月出第235期后停刊。2015年，醉谜斋灯谜文化传媒出精装合订本。

《三山文虎集》：高雄县谜学研究会编印。第1集总编杨国显，1987年9月印行。第2集总编郑智崇，1992年9月印行。第3集总编黄茂寅，2000年9月印行。第4集高雄县第一届海内外灯谜艺术节活动专辑，总编杨国显，2001年6月印行。第5集高雄县乡镇市村里名灯谜专辑，总编潘增强，2006年9月印行。

《赤嵌（崁）虎踪》：台南市谜学研究会编，主编范胜雄，1992年2月创刊。1997年5月出第5期。第6期于2000年与《殷都文虎》第9期合编"安阳台南友好谜协十周年专辑"。

《台湾谜联》：台湾谜学界联合会主办，1995年6月15日创刊，4开4版。1998年3月5日出第6期。

《台湾谜学》：台湾谜学研究会主办，主编高武煌。2000年1月创刊，2014年8月出第36期。

《谜萃》：高雄市谜学研究会主办，编辑徐添河、周宏松、沈志谦等。2006年1月1日创刊，2016年3月1日出第123期。纳入《中华灯谜图书大系》2017年出精装合订本。

《台湾谜学月刊》：台湾灯谜研究会发行。由《台湾谜学》年刊改月刊，2016年10月出第1期，2019年12月出第39期。

2. 谜书谜集例录

1951—1960年：王隆逊、许成章《灯谜之解剖》，谢星楼《省庐遗稿》，欧文思《灯虎》《字谜物谜灯谜》，徐立《灯谜丛话》，黄朝传《谜拾评注》，吴启亭《灯谜手册》，程哲民《谜海》。

1961—1970年：王素存《灯谜的猜和作》，何雪峰《谜语大会》，基隆市谜学研究会《雨港春灯》（3集），台北集思谜社《集思谜社戊申端午谜稿》《集思谜稿》《集思谜社十周年专刊》，杨归来等《文虎蒐集》（泰华谜作集），总政治作战部《谜语集锦》。

1971—1980年：台北集思谜社《谜穗》，吴静阁《灯谜体格类纂》《静阁谜话》，洪灿楠《淡江廋语》（3集），杨景言《灯猜精华》，陈定国《台湾民间谜语》，袁定华《布衣斋谜集》，陈珙琳《斑瑜谜稿》，周中一《增选灯谜集》，黄永文《学府新谜》，沈亦薇《头痛问题》，陈香《谜语古今谈》，王隆逊《槐园谜集》，陈高城、陈昆赞《颍川谜集》，钟友南《磷光谜集》，瑞君《摩登谜语》，朱家熹《灯谜代义词源流考》，王惠群《灯谜讲座》。

1981—1990年：吴朝纶《静阁谜存·附灵箫阁谜存谢云声与我》，高雄市谜学研究会《高雄市第三届文艺季——灯谜讲座参考资料》《民众谜集》，澎湖县文献委员会《西瀛灯谜选》，黄朝传《艺友斋谜存》，洛淑贞《灯谜讲座》，陈联松《论语谜集》，蔡孝敏《六才谜诠》，庄明伟等《灯猜谜语诗词集》，黄永文《新时代谜文集》，王室祯《谜语别裁》，余全雄《台湾谜语指南》，杨景言《文虎蒐奇录》《谜语大观》，朱家熹《中华灯谜学初稿》《中华灯谜学》《中华灯谜学（续集）》，张孜卫《谜语七百则》，王惠群《怎样猜灯谜》，杨永然《拾人牙慧室谜稿》，黄云生《谜体谜格与谜例》，台北市立图书馆《灯谜选粹》《灯谜菁华》，郭秋潮《绣虎集谜稿》，洪金校《隐廋谜集（俗语成语）》，郭自得、何耿昭等《臭皮匠谜集》，房国雄《中国谜语典》，王秋桂、赵林《谜语》（5集），吴士良《灯海谜集》，孙岱麟《台湾俗谚谜集》。

1991—2000年：黄大倬《三凤宫谜集》，大会研讨组《高雄市第二届全国灯谜大会海峡两岸谜学论文初编》，吴士良《高雄谜集》，陈玞琳、陈联松《斑瑜长青谜稿》，李培林《习谜一得》《虎啸骊山》，高雄市谜学研究会《灯谜初学入门》《三山文虎·凤信谜辑》（2集），箫笛《猜谜入门》，台南市谜学研究会《古都文虎》，杨归来等《文虎谜语蒐集》，庄明伟等《灯猜谜语全集》，赵源发《虎啸西瀛谜集》，周美姬《巧思猜谜》，陈联松《港都谜集》，钟文出版社《校园谜语》，杨华康、高茂源等《松竹梅谜集》《乌来松竹梅灯谜特辑》《松竹梅谜集三》，黄茂寅《高雄县庆祝八十三年观光节暨税务宣导歌唱灯谜晚会专辑》，许思《台湾灯谜》，陈英豪《灯谜选粹》，赵孜卫、延宕等《谜语万花筒》，沈志谦、徐添河等《美的灯谜》（2集），高碧彰《沤汪谜草》《沤汪谜草续集》《沤汪谜草合集》，蔡孝敏《春谜大观菁华录》，黄永文《永文谜踪》，黄芳照《绣匠谜集》《绣匠谜猜三部曲》《千禧岫匠谜集》，康维人《谜作精选》，康庄《台语四句联——乡土谜猜》，洪宽志《古街灯谜》。

2001—2010年：洪伍雄《谜语的理论与应用》，吴元剑《中兴谜坛集》，许秉川《谜不谜·灯谜浅释》，苏明发《打狗射虎》，胡万川《芦竹乡闽南语谚语谜语》《南投县福佬谚语谜语集》《新屋乡客语歌谣谜谚》，何石松《客家谜语（令子）欣赏》，台湾谜学研究会等《灯谜·全国灯谜艺术节大会特刊》，国税局台中县分局《大家来猜谜——租税与灯谜的飨宴》，桃园县政府文化局《桃园市闽南语谚语谜语》《杨梅镇客语歌谣谜谚》，许涌泉《仙洲谜稿》《仙洲谜稿续集》，高雄市谜学研究会《高雄市第一届灯谜艺术节·虎啸打狗》，圣野、吴少山《新编谜语365》，林坤海《台湾灯谜红不让》，杨国显《高糖廆苑》《打虎话台语》《台语汇音谜典》《画谜部落格》《画谜新视界》《画谜总动员》《画谜大集合》《画谜大观园》《宋词台谜选》《台语四书廆隐》《论语隐语台语》《台廆语弟子规》《通俗台语谜选》《唐诗台廆语》《台语三字经谜集》《台语琼林谜苑》《台字讕千字文》《台廈隐成语集》《台俗谚谜世界》《台语成语与谜语》《台语离合字谜》《台语骊龙探珠》《台语趣味字猜》《台语辐射谜鉴》《台语字廈讕录》《咱的地方咱的谜》《体运语汇台谜鉴》《灯谜天方夜谭》《灯谜聊天室》《谜宫探虎魔法书》《谜魔法潘多拉》《(西厢) 廈语集注》《谜花飘逸菜根香》《拥抱本土乐此生》《闽南语字谜教室》《台语文虎菜根谭》《唐诗台语虎踪》《台语兵法谜蒐》《经典故事台语讲》《台湾习俗词谜观》《虎啸尽掏古今人》《国语歌与谜》《台语歌谜对对碰》《寒山居撷谜录》《射覆拾遗寻谜踪》《谜格大观园》《方位字谜新惊艳》《谜海浪淘沙》《新编画谜大全集》《新编画谜大观园》《创意画谜大解码》(2005年至2013年出版),李培林《秦岭虎踪》,黄芳照《生活美学与灯谜》,杨文权《四知谜集》,郑小飞、谭地洲《机智猜谜王》。

2011—2019年:朱瑞埔《新世纪谜语集》,黄芳照《台湾乡镇市区地名谜》《谜谭雅集》《浪漫(西厢)与灯谜》,许秉川《谜中谜》,魏良雄《客家令仔揣揣揣》,管梅芬《灯谜集成》,郑烟树《猜谜增刊·台湾俗语数千句》,台中市谜学研究会《郑荣益谜文集》《中谜四十年专辑》,刘二安《殷都射虎(第二集)》。

第二节　港澳谜事

一、谜事概况

1. 香港

香港是著名的大商埠,700多万人口中,93%是华人,其中

第五章 台港澳地区及海外华人谜事（1949年10月至2019年）

大部分汉族人来自台山和广州地区。由于区域、人文、经济的关系，中华灯谜在香港具有相当影响。

香港灯谜活动，既受到内地灯谜文化的熏陶，也具有浓厚的地方特色，与台湾好有一比。洪伍雄《谜语的理论与应用》介绍：香港虽在鸦片战争后"割让"给英国，但毕竟距离内地甚近，又有不少华人在对日作战前后陆续旅居于此，所以谜会活动屡有所闻。先是各大小商会在国庆、会庆时，常举办猜谜活动以助兴，而传播事业像《中声晚报》《星岛日报》、香港电台等也定期进行灯谜竞猜，及聘请谜学专家刘雁云、白福臻等主持灯谜讲座。中国人传统节日的元夕或中秋，则以灯谜为主要内容。1989年1月香港知名谜学人士刘雁云、张伯人等发起，组成了香港灯谜研究会，统合、领导香港谜界，促进香港灯谜的发展。刘雁云更积极地参与海内外各地的大型谜会，内地、台湾都常见其为谜学奔走的身影，加深了谜友间的联系与学术交流。

白福臻《香港谜坛简史》介绍：香港自1945年光复以来，最先设谜坛征射的是在中区先施公司重建前的大厦天台天宫游乐场，主持者是谢子贞。随后在北角月园游乐场，也曾设谜坛征射。九龙的天虹游乐场（后改建为大世界戏院）、东区的东区游乐场均附设谜坛，主坛者为刘诗言。工展会也曾附设谜坛，从第九届起聘请刘诗言主持，直至十六届时，则在中国酒业商会摊位举行，以国产名酿为奖品，因此有酒癖兼谜癖者趋之若鹜，每晚不约而同在摊位前麇集竞猜。定期的谜坛，则有每年香港私立中文教师联合会于孔圣诞（教师节）及九龙总商会于国庆日和会庆日举行。社团方面，经常举行猜谜的，首推庸社，这是一个旅行集团，每年十数次之游河及海浴节目，在专轮举行猜谜及其他文娱活动节目。每年社庆亦有猜谜助兴，持之以恒，相沿不替，多由陆昌义、李君毅二人负责主持。

中华灯谜史（1949—2019）

猜灯谜以在元宵佳节及中秋节举行为适应节令。战后40多年来真正依期在元宵节举行的谜坛，是在公园、社区中心、街坊会、屋邨等处举行，非常热闹。白福臻应邀在每年的元宵和中秋主持的谜坛，有香港旅游协会、华人风俗促进会，尤以市政总署为最多，或在维园、或在九龙公园、高山道公园、遮打花园，亦有在宋城、虎豹别墅，以及由亚洲电视赞助的《歌舞彩灯贺新春》中的谜坛。在宋城一连五天，悬谜近千，有三种形式：一是谜面、谜底皆是中文；二是英文谜面，中文谜底；三是谜面、谜底皆英文。因为宋城是游览景点，有不少外籍游客入场，可以一试身手猜谜领奖品。

元宵谜坛最热闹的两次是在郊区举行猜谜。一是1962年前绸缎商会在荃湾德声小学举办的谜坛，附设于绸缎展览会内，场面广袤，园景怡人，正值元宵佳节，美景良辰，虽则场地设在荃湾，当年尚未有地铁，往来不便，但是会场的绸缎制成品公开展览，琳琅满目。谜坛悬谜数百，每奖名贵绸缎衣料一件，以留纪念，展览日期一连五天，秩序井然，未因人众而紊乱。另一次是在元朗米埔泰国渔村酒家举行的灯谜大会，白福臻当日偕同社友孙季海赴会，劳师远征。入门处摆着一块小花牌，写着"欢迎光临"，旁注小字是"猜词目"，填猜"接贤宾"而获名贵奖品一份。当日灯谜遍悬贴于酒家灯饰及楹柱等处，超过二百，谜语雅俗共赏，妙制尤多，谜友猜中亦不少，满载而归。

如期在上元佳节设谜坛的社团，以潮商互助社尚存古风。战前每年元宵前后在南北行（文咸街）街头架搭竹棚，摆设射虎擂台。战后改在社内举行。谜坛前置一长桌，如开会议，贴灯谜纸条于墙壁，排成一行或两行，灯伯多人坐在桌后墙前，桌前则坐着猜谜者（射虎英雄）一行，这种称为"报猜"的程序井然，不会有紊乱情景发生。首先，猜者先要举手，征得灯伯同意，报

第五章 台港澳地区及海外华人谜事（1949年10月至2019年）

出谜面编号，然后读出谜面，这三程序都有鼓手敲打终终鼓声，每步骤敲打一下。例如是"三号"，鼓敲一下；再报谜面"举头望明月"，又鼓敲一下；说到"猜世界地名"时，鼓声再响一下。这时是进入紧张阶段，灯伯及谜友等人皆屏息静听所猜谜底是否一矢中的。如果你所说的谜底是猜不中的，例如说"日本"，鼓手便在鼓边敲打一下，又一下，"卜、卜"声之后，随即寂然，表示猜不中；若然鼓声仍在"卜、卜"连续敲打，表示虽不中不远矣。这是粤谚的"敲边鼓"。若然说的谜底是"仰光"，猜中了！鼓声隆隆，连打几声，大擂大响，宛如雷动的掌声。这时候猜谜者在众人艳羡的目光下领取应得的奖品。这种潮州人士猜谜时的击鼓助阵，也就是粤称猜谜是"打古（鼓）仔"之滥觞。潮商互助社每年社庆也有附设谜坛于宴会中，是由潮籍张恭名、张恭立昆仲主持。

1951年秋日，易君左召集港九谜人马帷园、许超然、沈清贤、伍醉书、黄梦华、陈菊衣、辜宣文、萧君亮、林泽芸、胡爵坤、陈昌麟、白福臻等，假座湾仔龙凤茶楼（后改为龙门酒楼）二楼，举办秋灯小集，席间各自出近作推敲切磋，雅兴盎然，并拍照留念。当年以善谜闻名者还有黄深明、许一瓢、陆昌义、潘学增、唐颖波、黄嗣拔、周广智、张江美、徐应瀚等。

香港报章刊载灯谜，如，1957年前的《中声晚报》副刊《风趣》版、《星岛日报》副刊《海天一角》星期三及星期日版，皆由易君左主编，经常刊登港澳及海外谜人之妙制公开征猜，并举办多次灯谜创作赛，掀起竞猜及创作灯谜的热潮。《天天日报》亦举办过春节灯谜竞猜比赛。《华侨日报》《星岛日报》也刊登过谜文。

20世纪50年代，黄梦华主编《新希望》杂志上的灯谜专栏，曾把古代大书法家王羲之写的《兰亭序》全文刊载，将序文中的句子作谜面，谜底品目不限，谜格仅限"卷帘"等少数几格，限时征谜，进行评比，优胜者获奖。当时，吸引海内外的一些谜人们纷纷投寄谜作。评比结果，旅泰华侨李文宾夺得桂冠。（胡振民、叶国泉编著《猜谜·香港灯谜漫步》）

20世纪80年代，香港中文大学、香港大学开设的中国民间文学课程，内容包括谜语。此外，在香港大学，民俗学家谭达先作"谜语研究""谜语选讲"专题讲座。在香港阅读学会与香港中文大学校外进修部联合多年举办的中小学中文教师进修的《儿童文学体裁介绍与阅读指导》课程中，作家朱溥生作"笑话谜语幽默小品""谜语笑话"讲座，或香港教育学院幼儿教育学院院长程炳仁作"儿歌童谣童诗谜语"讲座。

2014年6月，香港"谜语"列入香港康乐及文化事务署公布的香港首份非物质文化遗产清单。《中华灯谜年鉴（2013—2015）》介绍"香港谜语"曰：香港是大陆和台港澳、海外华人经济、文化联系的桥梁。香港的居民，很多来自粤、闽等省的灯谜文化盛行地区，因此其灯谜（谜语）文化有一定民间基础。香港本地化的灯谜（谜语）活动，根据《香港非物质文化遗产建议清单》，在尽量保留原文的基础上，经适当完善后的描述：制谜者设置谜坛，按主题如地名、人名等创作谜语；猜谜者通过转换文义、组合字形等猜出谜底。制猜互动，雅俗共赏。包括灯谜、民间谜语两大类。1984年12月，白福臻联络香港联人、谜人创办香港联谜社，白福臻连任主席；定期雅集，多次于元宵、中秋节在维园、荔园等处设谜坛征猜；印发简报《通讯》与各地联人谜人保持联系，先后出刊《联谜》季刊13期。1989年1月，刘雁云联络张伯人等创建香港灯谜研究社。刘雁云几十年来致力于灯谜尤与海内外谜学交流，慷慨捐助谜事，功劳卓著，蜚声谜界，被誉为"谜国雁臣"。刘雁云、张伯人、白福臻先后获沈志谦文

第五章 台港澳地区及海外华人谜事（1949年10月至2019年）

虎奖。香港比较著名的谜人还有邱春木、蔡经湘、许连进等。近年来，香港的灯谜（谜语）文化后继无人的情况比较突出。

香港的灯谜（谜语）特别值得提及的是，灯谜被印上了香港邮票和货币。

2006年元宵节，中国香港邮政发行《民间彩灯》小型张。邮票背景画面的3个花灯上各展示1条灯谜，分别为"方方身躯，长披绿衣，日夜索食，饭菜不思。——射一物""方寸薄纸，整齐牙齿，任人差遣，传情达意。——射一物""元旦授勋——射一物"。三条灯谜的谜底都印在彩灯的下部、谜面的下面，紫外光灯下可看见。谜底为"邮票""邮筒""首日封"。邮票将灯谜与集邮两大民间文化活动、将寻求谜底的乐趣与邮票印制的防伪工艺结合一起，在中华灯谜史和中华邮票史上都是第一次。

图4 中国香港2006《民间彩灯》小型张灯谜图

2011年11月22日，香港上海汇丰银行发行了50元港币钞票，是香港首套以人物和节庆为主题的钞票之一，体现出鲜明的中华文化色彩。50元钞票正面为汇丰狮子及总行大厦的图，背面以元宵节为主题，一对男女正在花灯会上猜灯谜。从钞票上可以看到四个花灯悬四条灯谜。两条灯谜用一般放大镜看得清楚，分别是"远树两行山倒影,一叶小舟水横流(猜一字)""四方八面都是山,山山都有一重关(猜一字)"。另两条灯谜要用高倍放大镜才能看清楚,分别是"点点萤火照江边(猜一字)""此地景色……(部分文字被灯穗遮挡),依山傍水真迷人(猜一字)"。钞票上未揭示谜底,给人留下了猜想的空间。香港市民评价如此设计"有得使(钱)、有得玩(猜灯谜)"。灯谜印上货币,在中华灯谜史和中国货币史上也是第一次。

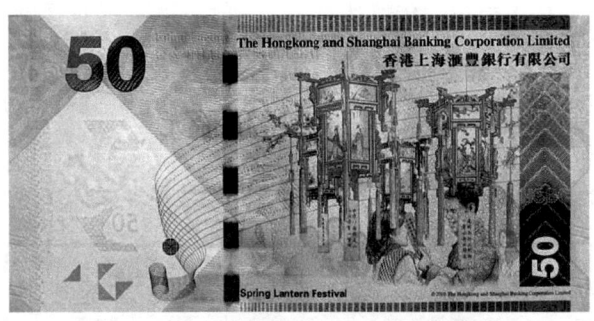

图5　香港上海汇丰银行50元港币猜灯谜图

　　我国著名的武侠小说作家、新闻学家、企业家、政治评论家、社会活动家金庸,对谜语也有研究和运用。他在《谈谜语》(《大公报》1957年1月25日《三剑楼随笔》副刊)中称赞:"我国有许许多多好的谜语,例子举不胜举……我国的谜语千变万化……有许多闪烁着很灿烂的智慧的光芒",西方谜语"比起中国字谜来,这种谜语实在太浅了"。在金庸的武侠作品《射雕英雄传》《神雕侠侣》《侠客行》《倚天屠龙记》《天龙八部》《笑傲江湖》中,共有10多处谜情描写。

　　我国著名音乐家、作曲家、音乐教育家黄友棣于20世纪80年代初将云南民歌《猜谜歌》编曲,赠予香港著名歌唱家费明仪小姐暨明仪合唱团演唱(混声四部合唱)。歌词片段:

小乖乖来小乖乖，我们说给你们猜：什么长，长天上；那样长，水中间；什么长长街前卖，那样长长妹跟前喽来？

小乖乖来小乖乖，你们说给我们猜：银河长，长天上；莲藕长，水中间；米线长长街前卖，丝线长长妹跟前喽来。

小乖乖来小乖乖，我们说给你们猜：什么圆，圆天上；那样圆，水中间；什么圆圆街前卖，那样圆圆妹跟前喽来？

小乖乖来小乖乖，你们说给我们猜：月亮圆，圆天上；荷叶圆，水中间；粑粑圆圆街前卖，镜子圆圆妹跟前喽来。

（黄友棣编曲《云南民歌组曲》）

2. 澳门

2004年12月20日，新华社、《人民日报》等报道《胡锦涛主席视察澳门劳工子弟学校》，有个细节说：在二层的英语俱乐部，胡锦涛亲切地问初一学生庄青青"你多大了？""13岁。""你们今天搞的是什么活动？""猜谜语。""你知道明天是什么日子吗？""澳门回归5周年纪念日。""回归5年来，澳门有什么变化？"胡锦涛又问。"繁荣。"庄青青回答道。

澳门有民间谜语流传。谭达先将澳门民间文学分为六大类，其中第四大类为谜语。

澳门又有猜灯谜的传统习俗延续。澳门的报纸杂志间或刊登灯谜，学校也常有猜谜语活动。1999年12月，为迎接澳门回归，濠江中学学生自办的黑板报丰富多彩，内容有澳门基本法介绍、祖国各方面成就的介绍、有关知识的猜谜等。2003年9月，澳门陈维周夫人纪念学校举办中秋灯谜会。2004年12月，澄海张哲源等赴澳门主持澳门特区旅游局和汕头市政府举办的美食文化节灯谜活动，香港刘雁云、张伯人莅澳参会，当地老谜人庄文风等参加。2006年农历正月十五夜，澳门特区政府民政总署在卢

中华灯谜史（1949-2019）

廉若公园主办"元宵金曲夜",有怀旧金曲表演,还有茶座和灯谜游戏。2012年9月30日,澳门特区文化局与澳门书画艺术联谊会在郑家大屋合办中秋灯谜会。是年,澳门谜人黄祖庆应邀参加深圳"居佳杯"首届灯谜文化节。2013年2月22日,澳门中央图书馆举办元宵节灯谜会。2016年中秋,澳门花灯节在南湾湖畔举行,中西风格混搭的"兔子灯"展览中伴随着猜谜。2017年国庆和中秋节期间,澳门特区文化局安排一系列活动与市民共贺佳节,当中包括10月1—2日及5日下午,在郑家大屋举办中秋灯谜会。

二、谜社谜人

1. 香港

香港联谜社,我国20世纪十大谜社之一。1984年12月20日成立,为不牟利注册社团,社员遍及美、加、菲、泰、星（新加坡）及国内（包括港、台地区）,达260余人。主席白福臻连任六届,副主席张伯人。续任主席白云阶。联谜社每年元宵、中秋节主持各区谜坛,并在香港大会堂应邀担任"联谜讲座"多次,又开办"联谜研习班"多届,从学者众。曾在《香港时报》连载《谜话》50余篇。编印社刊《联谜》通讯。1988年3月,香港联谜社敦聘大陆23名谜人为名誉顾问。

香港灯谜研究会,刘雁云、张伯人等人发起1989年1月成立。

香港灯谜研究社,1990年元宵节成立,主要成员有张伯人、许连进、邱春木、蔡经湘等,社长刘雁云。谜研社筹备期间,1989年元宵节,代邀港、台谜友一行16人,参加福建漳州市首届中华灯谜艺术节,为海峡两岸谜界交流架桥铺路,促成台湾高雄市谜学研究会与福建漳州市灯谜协会建立"姐妹会"。谜研社

第五章 台港澳地区及海外华人谜事（1949年10月至2019年）

成立后，参加了1992年漳州灯谜艺术馆落成典礼、1993年元旦泰国谜艺交流会、1993年新加坡潮州周元宵谜会、1994年中华灯谜学会成立大会、1995年南京新世纪重阳谜会等，与海内外谜友谜社切磋谜艺，并将各地谜刊谜讯代为转赠，使海内外谜事谜艺得以交流。

香港谜人中有一批活跃分子，如邱春木、纪乃坤、陈炳芳、林建成、林炳阳、方煜章、大夫、乔木、名立、黄梦华等，其中有影响者如：

白福臻（1924—2011），谜号百骈，广东南海人，1937年随父母移居香港。1945年开始研究对联、灯谜、诗词、诗钟等。1981年后，与市政总署（康乐及文化事务署）合作，主持元宵与中秋市区彩灯会谜坛。几十年来参与各处征联及猜谜活动，多次获奖。1984年12月创办香港联谜社，连任主席，印发社刊《通讯》；每月举行雅集，猜谜对联。1997年创办《联谜》季刊。编著《谜林》《谜语大观》《谜语天地》《白福臻谜录》等。2019年，香港联谜社筹建"香港灯谜文化站（暨白福臻纪念厅）"（位于九龙观塘道460—470号官塘工业中心，2020年7月5日开幕并对外开放，陈列白福臻及其子白云阶和刘雁云、张伯人的创作精髓）。

刘雁云（1925—），谜号彭城、碱夫，祖籍广东惠阳，1949年定居香港，为中华灯谜学会副会长、顾问，香港灯谜研究社社长，香港联谜社副主席。获沈志谦文虎奖、灯谜终身成就奖。1958年开始灯谜创作和主持香港公开灯谜会猜及谜社雅集。1986年秋首次到台湾进行谜事交流，1987年到中国内地谜界访问，经努力奔走策划，促成两岸谜人于1989年首次欢聚福建漳州进行谜学交流；多次访问泰国、新加坡、马来西亚灯谜界，为华人世界灯谜文化交流起了纽带和桥梁作用，誉称为"当代谜国雁臣"。多次应邀担任海内外重大灯谜比赛评委、顾问。设立雁云基金会，从 2008 年开始启动运作"雁云灯谜艺术奖"。著《雁云谜踪》。事迹汇于《当代谜国雁臣刘雁云》。

张伯人（1927—）字柏庐，号两柏草庐主人，晚号弥高老人，谜号柏庐壶隐，祖籍广东普宁。为中华灯谜学会顾问、香港联谜社副主席、香港灯谜研究社副社长。1957 年至 1973 年，主持普宁县节日谜事活动。1974 年定居香港执业行医，诊余之暇，继续钻研谜学。先后参加漳州第一届至第三届中华灯谜艺术节，北京花乡谜会，南京新世纪重阳谜会，上海广洋杯庆祝澳门回归谜会，泰国、新加坡谜艺交流会等。多次获"优秀制谜手"，获中国灯谜百强、沈志谦文虎奖、灯谜终身成就奖。自设柏庐三学研究室，以医学、谜学为重点，旁及书画等爱好。编著《两柏草庐谜学丛书》10 册，合编《谜海观潮》。

许连进（1950—），笔名卞明，福建晋江人，旅居香港。为香港灯谜研究社副社长、中华灯谜学会顾问。20 世纪 70 年代初开始灯谜创作。主持过数届村、乡谜会。1983 年自费办《百斛珠》谜报。1989 年评选为"当代百名谜家"。

2. 澳门

澳门民间谜语学会，2005 年 12 月 15 日在澳门公证署注册公证，地址在澳门花王堂街 1 号 B 座容祥大厦。章程规定，学会"从事民间谜语研究，加强本澳与外地相关艺术交流，促进本澳的文化活动"。

三、灯谜作品

1. 香港赛事谜作

20 世纪 50—70 年代，香港的灯谜作品之风格与同时期内地的谜风有较多的不同。80年代后，逐渐与改革开放后的内地传统灯谜相融合，其中也体现出某些地方传统特色。以若干灯谜赛事谜作为例：

（1）《星岛日报》灯谜创作赛获奖谜作

1953年6月，易君左主编的《星岛日报·海天一角》举办香港灯谜创作赛，谜面或谜底限用宋欧阳修之《秋声赋》句。谜赛由黄梦华主持，采用评分公选制度。先由应征作者33人担任评分，各选出5条谜作（不选自己）并简短评述其优点何在，然后寄回。灯谜创作赛的入选谜有采用《秋声赋》句作谜底者127条，采用《秋声赋》句作谜面者18条，20条获奖。例录黄梦华《入选作品简释》之前9条：

> 冠军："呸！银样蜡枪头"射"其触于物也"（菊叟）（题语见《西厢记》）
>
> 亚军："环堵萧然，不蔽风日"射"其所以摧败零落者"（何镇捷）（题文见陶渊明《五柳先生传》句）
>
> 季军："呼延灼"射"乃一气之余烈"（陈傲冰）
>
> 四名："罪无可逭"（升冠格）射"（物）过盛而当杀"（萧君亮）（题面用成语）
>
> 五名："乃一气之余烈"射西片"愤怒的火焰"（欧阳晋旺）（面用《秋声赋》句）
>
> 六名："两个黄鹂鸣翠柳"射"声声在树间"（沈清贤）（题面用杜工部绝句）
>
> 七名："木牛流马"射"人为动物"（萧君亮）
>
> 八名："峨眉岭下少人行"（睡鸭格）射"山川寂寥"（赖世泽）（面将原诗句第三字"山"换"岭"，不嫌小疵）
>
> 九名："癸"射"又兵象也"（马帼园）

(2)《天天日报》新春灯谜竞猜谜题

《天天日报》1969年2月17日刊出50条灯谜征猜,谜题分字谜、物谜、香港人名街道名谜、四书句谜、诗词句谜5类。此次征猜过去28年后,《联谜》1997年创刊号毫不避讳地再次录出,让读者试猜,猜中最多的前20名,每名奖金200元。两次竞猜运用连顺序也没有调整的同样谜题,实属特别。例录如下:

> 默记少言,福寿自添;酒不加水,美意延年。(字二,亦干支年号)己酉
> 春雨茁新颖(字)泰
> 分明眼底人千里(物)望远镜
> 信口雌黄(衣物)背心
> 高山仰止,景行行止(港时人)岑维休
> 深藏若虚,大巧若拙(港时人)贾讷夫
> 大慈大悲(大学)在止于至善
> 恶声至,必反之(《大学》两句)是故言悖而出者,亦悖而入
> 身后是非谁管得,满村听唱蔡文姬(杜甫句)千载琵琶作胡语

(3)全港灯谜创作赛入选作品

1987年初,市政局举办全港公开灯谜创作比赛,设重奖。比赛没有限制采用谜面、谜目及谜底,自由发挥拟制,范围广袤,参加者甚众,共收5000余卷。经立法局议员李汝大、中文大学中文系讲师杨钟基、教育署督学林章新、明报编辑张君默等评审团成员选出优胜作品105名。第一名林国荣获奖金5000元港币;第二名刘家骏获2500元港币;第三名叶有枝获1200元港币;第

第五章 台港澳地区及海外华人谜事（1949年10月至2019年）

四名李重生获800元港币；第五名郭志强获500元港币，前五名还获香港市政局的奖状和金庸小说签名本。100名参赛者获优胜奖。主办机构将入选作品及作者（不附谜底）在各大报章揭晓。又利用创作谜题于2月12日（元宵节）在红磡高山道公园之元宵彩灯会举行灯谜竞猜，由香港联谜社正副主席白福臻、徐应瀚主持谜坛。首先在现场派发刊载分5场竞赛的谜面和谜目，供参考猜射，并派发猜谜表格，按每场竞赛时间投卷。每场预先由主持人对谜面略作解释，揭晓时又将谜底作简要讲解，直到深夜11时才告竣事。此次活动，猜谜者亦甚众，被视为香港开埠以来的谜坛盛事。名列前5的谜作及优异奖谜作例录如下：

第1名：兔（电影）《龙兄虎弟》

第2名：两分钟（影视人）金童

第3名：说话十分得体（字）谢

第4名：爱上层楼（酒店）喜来登

第5名：自酌自饮（成语）唯我独尊

小心山火（历史人物）忽必烈

旧雨话北平（燕尾格·历史人物）陈友谅

年三十已出头（字）端

新历初一（中国地名）阳朔

此良材也（卷帘格·中国地名）佳木斯

小丑（成语）初生之犊

不问君平已了然（成语）未卜先知

论为国争光谁最强（香港足球员二）谭耀华、何佳

（4）康乐及文化事务署市区彩灯会灯谜竞猜谜题

进入21世纪，每逢庆祝元宵、中秋佳节，香港特区政府康

乐及文化事务署（香港康文署）举行彩灯会，安排多项表演和璀璨的彩灯展览。活动项目中，通常有灯谜竞猜，活动地点或维多利亚公园，或香港文化中心露天广场。2015年3月5日19时30分举行的元宵彩灯会灯谜竞猜《细语绵绵谜中寻》，在香港文化中心露天广场进行，谜题由香港联谜社主席白云阶创作和提供。灯谜竞猜分三场，每场开猜前10分钟，参加者将填妥的答案纸投进指定的号码箱内。每题设奖10份，若猜中者超过10位，则以抽签方式决定奖品分配，部分灯谜另设大奖及特别奖。此次竞猜的全部谜题为：

第一场灯谜

　　1. 乙未首会（字）美（大奖谜题）
　　2. 吴中南京女牵羊（古今才子佳人）苏小妹
　　3. 放权与众儿（潮流饮食词）分子料理
　　4. 一生甜美（字）廿
　　5. 晚年得子说不休（成语）老生常谈
　　6. 少帅一生典范彰（10笔姓氏）師
　　7. "三千宠爱在一身"（港铁站名）中环
　　8. 先谈未来（字）詳（特别奖谜题）

第二场灯谜

　　9. 用心计划（字）誌（大奖谜题）
　　10. 李家天下半佰谜（三言古今才子佳人）唐伯虎
　　11. 十二日生（成语）斗转星移
　　12. 羊年方来真有趣（字）味
　　13. 一人三圈（食品）春卷
　　14. 霜降芬芳（古今才子佳人）秋香

15. 未有先例（字）伴

16. 大粤北行（港铁站名）奥运（特别奖谜题）

第三场灯谜

17. 想不起，忘不掉（资讯产品）记忆卡（大奖谜题）

18. 一中团结（14笔字）幗

19. 解析成立改旧观（13笔姓氏）新

20. 考试开始（潮流饮食词）放题

21. 下决心，为未来（字）恚

22. 群（称谓）未婚夫

23. 巧手匠心（字）折

24. 秋菊随雨点散落池边（古今才子佳人）黄霑（特别奖谜题）

2. 澳门民间谜语

澳门民间谜语是澳门的平民大众用口头创作并传播的通俗谜语。澳门平民说粤语的广东人最多，因而澳门民间谜语基本上是粤语系统的口头文学，具有民族性、乡土性、生活性、可猜性。1996—1997年间，澳门大学客座教授段宝林布置学生进行实地调查，把澳门平民大众口头上流传的一些民间谜语及其他民间文学作品记录下来。后经谭达先、段宝林整理结集为《澳门民间儿歌、谣谚、谜语》。澳门民间谜语以字谜为数最多，物谜次之，事谜最少。例：

一点一画长，二字好商量，牛仔好打架，角仔又未长。（字）许

有土可以建筑，有竹可以成器，有月可以相约，有木可

以游戏。（字）其

上边十一口，下边二十口，上下合起来，遇事不会愁。（字）喜

高先生个（的）头，李先生只（的）脚，反转陈先生个背脊。（字）郭

火字头上戴顶帽，变成榕树口遮阴（字）容

千里姻缘草绳牵，心心相印在身边。（字）懂

东门头上草生花（字）蘭

人王面前一对瓜（字）金

南蛇头，水蛇条尾，执位中间讲道理。（物）秤

一枝树仔（小树）青卑卑，冇（没）皮又冇骨。（物）葱

广东有个蒙松狗，拉返（回）广西就剃头，无血出，拉返衙门血流流。（物）槟榔

一年一度一番新，一半畜生一半人，内外兼埋（相加）六只手，外耳不闻内耳闻。（事物）舞狮（以上《澳门民间谜语的艺术》《论港澳台民间文学》《澳门民间文学研究》等）

四、灯谜书刊

1. 香港

当代，香港出版的灯谜书刊数目可观，为香港谜书出版的繁荣期。

改革开放后，尤其是20世纪90年代后，较多内地人士编著的谜书在香港出版。对这些香港出版的内地人士编著的谜书，有内地谜书收藏者将其归类于作者所在地，因有些作者难以确认其身份，以下都作为香港出版的谜书记录。

香港出版的谜书也有多种情况，有出版社出版的，也有社团

和个人出品的，以下不作区分，一并记录；还有香港谜刊，也一并记录。

（1）谜书谜刊简介

《拙庐谈虎集》：沈观格著，民国稿本，1960年春香港大新印刷厂印行，厦门大学出版社2019年12月影印。全书搜罗汇集大量实例，分析介绍谜史、格式（列60格）、谜体，品评灯谜、物谜、画谜。沈观格（1892—1961），字锡标，自号拙庐主人，祖籍同安县，生于厦门，为印尼华人社会和中国闽南一带的爱国诗人和灯谜学者。1917年到印尼三宝垄谋生，担任仲烈公司会计兼批房。1927年回厦门定居，先后在银行、钱庄任会计。1940年冬初厦门沦陷期间，被日本警察署监狱关押10天。退休后在家写诗、作谜、著述。

《拙庐灯虎集》：沈观格著，民国稿本，1966年香港友联书报发行公司印行。汇编作者谜作700多条，大都加上音义注释、典故出处、谜语"体""格"作用及构造意义等。

《谜林》：百骈（白福臻）编辑，香港太平艺苑出版。全套4册，汇编《跬园谜稿》《邃汉斋谜话》《商旧社友谜存》《慧观室谜话》等数十种谜著谜文，第1、2册1975年5月影印；第3、4册1979年10月影印。

《中国民间谜语研究》：谭达先著，先后由商务印书馆（香港）分馆1982年6月初版，台湾木铎出版社1983年6月初版，台湾商务印书馆1988年8月初版。书中论述谜语的特征和性质，历代谜语的发展概况和作用，谜语的题材、思想性，谜语的艺术特点、构思、表现手法和语言等，附录宋元明清谜语和藏族、布依族、塔吉克族谜语。作者谭达先（1925—2008），生于广西玉林，博士，澳大利亚华裔，中国民间文学理论家。曾任教澳门东亚大学、香港树仁学院、香港大学、中文大学、岭南学院等。有多部著作和论文论及谜语。

《两柏草庐谜学丛书》：张伯人著，香港柏庐谜学研究室（香港柏庐三学研究室）出版，手写影印。已出 10 册：《独脚虎技法四十式》(1990 年 5 月)、《字谜技法四十式》(1994 年 11 月)、《谜学琼林》、《谜学琼林续集》、《杏林壶隐》、《韵林文隐》、《书林文隐》、《语林文隐》、《字林文隐》、《地林文隐》。

《中华灯谜艺术画册》：杨梓章、刘二安主编，香港新世纪出版社，1993 年 2 月出版。本书是我国第一本灯谜画册，由安阳市职工谜协、高雄市谜学会、高雄县谜学会、漳州灯谜协会、台北市集思谜社、台南市谜学会 6 个社团合作编辑。全书 120 余幅图片，根据年代、地域、题材的不同，分为射虎畴昔成旧迹、雕龙今日绘新图、天涯何处无芳草、少长贤集叙友情、商灯苑里看繁华 5 部分，从不同的角度和一定的广度反映出中华谜坛半个世纪以来的兴盛与繁荣。

《诗国谜风》：胡三白主编，香港天马图书有限公司，1998 年 8 月出版，收录胡安义、徐培武、赵首成、俞涌、蔡芳、陈文中等 6 位谜人以诗词为面的谜作。

《中华当代谜家辞典》：刘典忠主编，金陵书社，2000 年 12 月出版，收入当代谜人 500 余名，按姓氏笔画排列，分别介绍基本情况、从谜情况和灯谜作品。

《当代谜书目录》：章镳编，香港天马图书有限公司，2001 年 6 月出版，收录 1951—2001 年 5 月出版社出版发行的谜籍 1200 多种，附录内部出版的谜集谜刊 300 多种。

《海岛虎痴谭虎录》：黄辉孝著，关德安主编，香港天马图书有限公司，2001 年 12 月出版，从不同的角度记录如火如荼的灯谜活动中黄辉孝在谜坛留下的虎迹。

《中华雄风》：黄辉孝主编，香港天马图书有限公司 2002 年

5月出版，主要记录中华灯谜学会第二届全国代表大会，名商游艇杯98中国国际灯谜大赛，附录中华灯谜一百年、中华佳谜手大奖赛、多届名商游艇杯中秋谜会等资料。

《新世纪灯谜之星》：刘忠和编著，香港天马图书有限公司，2008年1月出版，为《中华灯谜》连续举办五届"新世纪灯谜之星"创作大赛专辑。2009年12月获丹东市第12届文学艺术创作奖文艺作品成果奖三等奖。

《教海谜花》：申志杰编著，香港天马图书有限公司，2009年1月出版，2010年12月获首届澄海文艺奖作品奖三等奖。

《夜郎虎威·桐梓谜乡史话》：桐梓县政协文史资料第八辑。主编曹旭，中国文化出版社，2009年11月出版，2012年10月获第二届桐梓文艺奖民间文艺类优秀奖。

《教你学会猜灯谜》：高鸿泰、高海燕等编著，中国作家出版社，2010年8月出版，12月第2次印刷时增订。书中插图多。

《丁卯谜社研究丛书》：为丁卯谜社成立90周年、新丁卯谜社成立30周年之际，谜界人士尤其是新丁卯谜社谜人，在新发现的丰富的丁卯谜社资料的基础上，合作编辑，陆续由中华国粹出版社出版。已出4册：2015年10月出版刘二安、黄全来注《黎国廉花鸟谜笺注》；2016年12月出版刘二安、朱墨兮笺注《顾震福人物谜笺注》；2017年3月出版刘二安、邵才笺注《张超南古文谜笺注》；2017年4月出版刘二安、邵才主编《丁卯谜社同人灯谜笺注》。另，2017年出版《谜也者·纪念丁卯谜社成立九十周年特辑》，亦为丁卯谜社研究专集。

《萍社研究丛书》：萍社成立110周年之际，谜界人士对萍社作系统研究，编辑了萍社研究丛书，由中华国粹出版社出版。2018年8月出版顾斌、刘二安笺注《萍社同人灯谜笺注》；2019年8月出版5册：顾斌主编《萍社谜话》，顾斌著《萍社丛谈》，顾斌、刘茂业主编《孙玉声灯谜笺注》，刘二安、莫志刚主编《王均卿灯谜笺注》，邵才、韦梁臣主编《徐枕亚灯谜笺注》。

《谜也者丛书》：为奖掖进入21世纪以来，中华谜坛不断涌现的20世纪70年代以后出生的新生代谜人在灯谜创作、研究方面著书立说之建树，推挽谜坛才秀，《谜也者》编辑部编辑丛书，陆续由中华国粹出版社出版。首批4册2017年12月发行，为黄全来著《北派灯谜研究》、邵才著《开凌谜话》、顾斌著《竹西后社灯谜集注》、徐卫锋著《微风集》。第二批5册2019年8月发行，为黄全来著《问樵谜书话》、刘茂业著《〈咬文嚼字〉谈灯谜》、顾斌校注《〈琴心文虎初集〉校注》、邵才笺注《〈绝妙好辞〉笺注》、石爱民著《西岭论谜绝句百首》。

《香港联谜社通讯》：主编白福臻。1984年12月创刊，刊登简讯、谜作、谜文、灯谜候教。8开两面复印，每月1期，出刊至2010年。

《联谜》：香港联谜社出版，1997年7月创刊。刊中灯谜部分主要发表谜事短讯、灯谜候教、名著精选。连载20多种谜著谜文。第1—12期编辑白福臻，2015年5月出第13期，编辑白云阶。

（2）谜书谜集例录

1950—1980年：钱用和《小朋友谜语》，钱南扬《谜史》，海鸥出版公司《儿童谜语》(套书)，李晨波《猜谜语》(套书)，雄狮图书公司《让你猜》，海风出版社《小谜语》(套书)，敏妮《少年谜语选》，刘武《妙谜语》。

1981—2000年：周中一《灯谜集》，容斋《灯谜趣话》，刘兆源《猜谜语》(套书)，梁丽红《益智谜语》《趣味谜语》，丽丝《谜语开心地》，赵孜卫《谜语七百则》，浩坚《动物谜语》《科学谜语》，雅苑出版社《猜猜谜语》(套书)，郭建文《古今对联谜语趣味故事》，白福臻《香港联谜社十一周年纪念特辑》，邱谷安、黄炳华等《四皓趣灯》，牧羊人《猜谜学成语》，何艾珍、吴湘清《诗联谜语》，胡三白、黄树基《百粤春灯》。

2001年至2019年：沈新《沈新谜集》，王新忠《谜语与教学》，刘典忠《千虎争啸》，陈年杰《谜乡之路》，虎影《幻影神箫》《逍遥虎影》《碧玉魔箫》，杨基平、蔡文彬《虎友谜苑》，韩彦荣《生肖谜苑大视野》，余泮浩《潮谜精品鉴赏》，敖耀寰《情迷浏阳河》《悟怡集》《无韵集》，余克昂《廋叟耕友风》，邱谷安《榕谷轩廋韵》，黄育群《庐隐谜稿》，周汉昌《〈红楼梦〉谜语解》，陈清泉《趣味漫画谜》，杨东《风虎集·虎卷》《谜谭偶得》，王照《灯谜集锦》，冯毅然《近天楼杂俎》，邓家乐、杨国强《走进谜宫》，丁翕云《谜艺诗词》，牧羊人《谜语擂台》，李忠芳《括苍商灯录》，黄潾《灯谜猜射两百法》，陈光亮《陈光亮画谜集》及续集，马永忠《谜语大全》，刘二安、史志宏《谜咏龙安》，玮静《超级谜语猜猜猜》，张红雄《海内外潮人灯谜精品评注》，陈淑先《武穴民间谜语》，际云《灯谜弘三宝》《文心雕虎》，杨文琦《灯谜甲乙篇》，刘二安《刘二安灯谜日志》，柳忠良《咬文嚼字聊灯谜》《〈评注灯虎辨类〉法门卷点评》，姚喜林《谜苑奇葩——揭阳电台"开心小谜台"谜作专辑》，王水松《王水松网络谜文选》，张发源《就字论字》，赵全孝《谜语故事》《谜语诗词》，张清畅《畅风谜集》，聂玉文《新词谜老字谜》，李国安、赵轲《中华古都谜中游》，杨继述《云峰虎迹》，杨基平《达濠灯谜》《校园灯谜闯五关》《校园灯谜训练营》，林素梅、陈晓映《谜恋南音》，张红旗《灯下谈谜录》，新雅编辑室《谜语挑战赛》，陈亮如《澄江骊影》，刘二安、朱墨兮《谜语过三关》，雷筱为《古犍谜韵之二·犍为方言篇》。

2. 澳门

《谜语的精华》：沈亦薇编，澳门智学出版社出版。

《中国谜语大全》：孙岱麟著，澳门华联出版社出版。汇编千字文、六才、聊目、昆目、京目、三字经等 17 类谜作，多数作注。另，台南西北出版社 1978 年 11 月印行。

《诗联谜》：叶锦添著，澳门楹联丛书之四。

《澳门民间儿歌、谣谚、谜语》：谭达先、段宝林合编，澳门历史学会 1998 年出品。

第三节　海外华人谜事

优秀的中华灯谜传统文化，随着华人的足迹流传到世界各地。长久以来，世界各地有华人的地方，都可见灯谜文化的传播，使中华文化在华人地区生根、发芽、成长。灯谜文化传播，融入到了世界各地的中文教育之中、中华传统节日活动和其他各类中国文化传播活动之中。在世界各地华人聚集区域，可经常见到灯谜爱好者组织开展的谜事活动，华人较多的东南亚和北美国家和地区，灯谜活动尤为活跃。泰国、新加坡、马来西亚、菲律宾等国有悠久的灯谜传统，当代成立灯谜社团，出版谜刊谜集，经常开展活动。新加坡还多次举办国际灯谜赛。美国、加拿大等国的灯谜爱好者也结社事谜，编印谜刊，更开网络灯谜活动之先河。中国灯谜（谜语）已立于世界文化（文学）之林。

一、泰国

泰国，即泰王国，旧称暹罗，位于东南亚。20 世纪 90 年代经济发展较快，成为"亚洲四小虎"之一。泰国是东南亚地区华

第五章　台港澳地区及海外华人谜事（1949年10月至2019年）

人华侨最多的国家，21世纪20年代有华人华侨600多万，占泰国总人口的12%，曼谷的耀华力路称唐人街。泰国是东南亚华人社会灯谜活动最负盛名的国家。20世纪30年代，成立过多家谜社，出现过杰出的谜艺人才，各地经常举办会猜。60—80年代谜风兴盛。进入21世纪，谜事热度虽减，仍能时有所见。

1. 谜事概况

"泰国地处东南亚，太洋毗邻，向为我华人移居、谋生之邦。灯谜活动，如影随形，数百年来已在彼邦发芽生根，开花结果，诚华人圈未可或缺之文化娱乐项目。泰华谜界，薪火相传，人才济济，谜社林立，活动之盛，一度不亚于大陆。"（刘雁云序《商余隐语》）

第二次世界大战结束后，世界和平，社会渐臻安定，泰华灯谜活动亦日见繁荣，特别在20世纪60—80年代，20年间泰国京都及内地各府华侨谜社一如雨后春笋，纷纷创立。曼谷当年四大华文报，均设有文虎版，由著名谜人司其事，逐日刊出谜作，供人欣赏，猜谜蔚成风气。这个时期，是泰华灯谜的黄金时期，部分谜作，远传至星马台湾，获得谜界珍视赞赏。至80年代末期，由于老一辈谜人相继谢世，后起者因华文程度偏低，华侨移民又受环境限制，谜坛缺乏新血补充，影响所及，泰华谜事转趋沉寂，昔年一枝独秀之情景，至此已是"开到荼蘼花事了"矣。（卢山夫序《泰国灯谜选萃》）

张哲源《湄江到处谜风盛》介绍：1978年泰华谜学界应邀至台湾访问，1987年又组团访问广东四市县，开始正式与国内谜学团体的谜艺交流。随着我国改革开放的进一步发展，泰国华侨谜人近年相继回国，参与各地谜会，对国内谜界有了更多的了解，触发了他们对灯谜的更大热情。是年，张哲源在泰国旅游观光时，对泰华灯谜活动进行实地考察，参加泰国"春灯夜谭"及"退思文虎社"等灯谜社团的常月联欢聚餐会猜射活动，应邀出席林氏宗亲会冬祭大典灯谜大联猜，参加了泰国谜界组织的一个跨国大型谜会。

洪伍雄《谜语的理论与应用》介绍："谜语在泰国的发展颇早，像泰北地区从 1963 年起，每年春节都由泰北春灯联谊社举办春灯联谊会，除政府要员莅临致辞、庆贺外，由各地而来参与的人士也相当热烈，每次会后也结集出版。80 年代，蓝君谦等发起组织潮州会馆灯谜组，迄今仍为泰国灯谜团体最健全者；除会馆遇庆祝节日自行集会会猜外，更常为其他社团聘请主持庆典会猜。近年来，泰华内地报业协会在主席洪能勉领导下，常年联欢均设有灯谜雅集，广邀同好赴会参射。曼谷谜友们每月也有一次的春灯晚会；而素有泰国谜乡之称的中区红统府泰针辰县，当地业余谜社常年雅集，均发柬邀请全泰同人聚会，也都获得广大回响。"

2013 年 4 月 9 日，中国新闻网转发中国国家汉语国际推广领导小组办公室网站消息《猜谜学汉语·泰国曼松德孔子学院巧播中国文化》，报道了泰国灯谜传播的另一途径。消息说：

> 自蛇年（2013）伊始，泰国曼松德孔子学院对泰国社区民众推出"打灯谜"活动以来，吸引了成百上千的泰国人加入其中，乐此不疲。尤其是泰国本土汉语教师，对此的热情有增无减，曼松德孔院已有的谜语资料被他们搜罗一空，并通过他们把"打灯谜"学汉语的形式带到泰国的中小学学生中间。4 月 6 日星期六，曼松德孔院在汉语俱乐部活动中再次推出"猜谜语学汉语"活动，同样受到热烈欢迎。参加本次活动的 62 名来宾，有的是在曼松德孔院学习过的高年级

第五章 台港澳地区及海外华人谜事（1949年10月至2019年）

和已毕业的大学生，有的是在曼松德孔院培训过的曼谷市教育局本土汉语教师和泰国基教委的本土汉语教师，汉语水平比较高。因此，曼松德孔院教师在以往整理的初级谜语基础上，特别增加了一部分中级难度的谜语。结果，60条谜语仍有85%的谜语被破解。猜谜语的过程是参与者运用汉语和中国文化知识的过程，而揭穿谜底的过程则是教汉语和解说中国文化的过程。例如：有面没有口，有脚没有手，虽有四只脚，自己不会走。（打一家居用品）谜底是"桌子"。在公布谜底后，教师指出"面"在谜面上指"脸"，而在谜底上则是"桌面"的意思。再如：皇帝的衣服。（打一字）谜底是"袭"。教师讲解说：中国皇帝自比为龙，"龙衣"两字叠加就是个"袭"字。就这样，大家讨论互动在一起，恍然大悟之声接连不断，还不时爆发出笑声和掌声。所以，孔院教师们特别享受这个过程。曼松德孔院在汉语教学实践中总结出的做法是：一、将收集到的谜语分类整理为3部分备用。第一部分是初级谜语，如猜字、猜日常用品、猜自然物、猜动物等内容的谜语。这类谜语只要具备一定的汉语水平，借助一般生活常识和初步了解中国式思维方式的外国人都有可能猜到。第二部分是中级谜语，需要具备中文系本科以上的水平才有可能猜得到。第三部分是高级谜语，目前可忽略。二、将打灯谜活动穿插在大、中、小学汉语课过程中作为活跃、互动的课堂教学辅助形式。三、在短期本土汉语教师培训课程中安排一至二次活动。四、在中小学汉语活动日、开放日等一两天的活动中设计成一个版块。曼松德孔院的温象羽院长表示，"打灯谜"活动是中国人喜闻乐见的一种文字游戏，与"对对子"相比更加具备趣味性和大众性。因此，参加的人群范围更广，涉及的中国文化、民俗、生活方式等元素更加丰富，是一种非常适合孔子学院向所在国周边社区使用的汉语教学和文化传播的形式。今后，曼松德孔院还将对这项活动做深度开发，使其在汉推事业中发挥更大的作用。

2. 谜坛活动

1949年10月6日，泰京吴少芳北上悬壶，与清迈郑毓光、许倬如、林大木等，于中秋节在老祖巷李居利饼家悬挂文虎，参加者有杜金、吴先兆、许敬传、林榜昌、蔡超群、曾雨松、陈仁财、谢深、黄足成、陈炳发、许雄恭、欧阳楷等。

1950年4月15—18日，泰京华侨报德善堂40周年庆典，文隐深处研究社旧人李君玉、杨痴红、蔡醉红、周世杰、丁朗、周绵、余文痴等联合主持四个晚上的灯猜活动。

1951年5月：吴醉白在泰京是乐园开办华商贸易场，邀请文隐深处研究社蔡醉红、张笑吾等旧友主持灯谜晚会。连续月余，极一时之盛。

1955年1月24日，在许醉月的推动下，林山翁、林老农、张醉风、余梦蝶等，在素可泰光中学校举行春节灯猜晚会。猜射者有陈锡智、罗玉墀、陈醉花、丁布衣、丁惠长、蔡岳阳、吕漂生、丁森利等。

1956年2月12—15日，湄滨谜联社连续四晚举行庆春谜会。12月，竹板杏谜联社为埠中常年盛会主持灯猜晚会。

1957年3月25—27日，泰京天华医院观音圣诞吉祥法会举行灯猜三晚，吴少芳主鼓。5月14日，素可泰府尹于故都主持半佛劫盛会，许醉月、丁惠长、丁雪生等主持谜会三晚。

1958年9月27—28日，由泰北南邦蔡毓兰倡导，联合陈仁辉在束兑本头公庙举行中秋节灯猜二晚。12月26—27日，竹板杏谜联社获卢汪洋助阵，为埠中常年盛会主持三场灯谜晚会。

第五章 台港澳地区及海外华人谜事（1949年10月至2019年）

1959年12月，竹板杏谜联社为埠中常年盛会主持灯谜晚会，设冠、亚、季、殿军四座银杯奖竞射，素可泰的丁雪生获冠军，佛统的吴野夫得亚军。此海外廛坛创举，轰动一时。

1960年4月20—24日，华侨报德善堂50周年庆典暨火化先友法会，文隐谜学社接受主持灯谜大会五晚。10月，素可泰文兰谜社、鹄三廊文风谜社、华风谜社分别于中秋节举行灯谜会。是月6—15日，天华医院圣像开光大典，泰华、国风两谜社接受主持灯谜大会一连十晚。16—17日，泰京龙莲寺解夏布施礼，泰华谜社主持灯猜两晚。

1961年9月23—24日，鹄三廊文风谜社为纪念成立一周年举行灯谜晚会两晚。12月，竹板杏谜联社为埠中常年盛会五度主持灯猜，获卢汪洋、汤伯俊、林苑生助阵。其间，泰国北部北榄坡湄滨谜社、竹杏板谜联社、素可泰文兰谜社、华富里华风谜社、鹄三廊文风谜社、清迈混沌谜社等六社代表举行座谈会，通过于翌年春节联合举办大规模之泰北春灯联欢会。

1962年2月6—8日，泰北六谜社假北榄坡府常年庆春大盛会，举办第一届泰北春灯联欢会。由北榄坡湄滨谜社主办，社长许方猷为大会主席，竹板杏杏范、素可泰文兰、华富里华风、鹄三廊文风、清迈混沌等五社协办，联合悬灯，广邀泰京暨全国各府谜社谜友参加猜射。

1963年4月，泰北部域五府七谜社，乘华富里华风社杜照煌为儿子举办婚礼之机进行灯猜，由北榄坡湄滨社召开会议，筹备举办第二届泰北春灯联欢会。6月25日（端午节），泰华诗谜界联合庆祝第28届诗人节，假泰京潮阳同乡会广场举行灯谜晚会。京都暨泰北谜坛联合主持谜政，曼谷杜士元与泰北许方猷共同任大会主席。全国诗谜友参加会猜。

1964年2月14—16日，泰北部域七谜社联合举办第二届泰北春灯联欢会与北榄坡庆春盛会。由北榄坡湄滨社主办，社长许方猷为大会主席，竹板杏杏苑、素可泰文兰、华富里华风、鹄三廊文风、清迈混沌、春盛春江六谜社协办。全泰谜友暨各地社团代表200人参加。27日（甲辰元宵），泰国庄氏宗亲总会在凤凰大酒楼联欢，锦绣谜社悬灯射覆。5月4—5日，春府明慧善堂火化骷髅法会，良友联谊社主持灯谜两晚。明慧堂主席谢益秀暨良友社长庄坚为大会主席。全泰谜社谜友莅临参加。场面之盛，媲美第二届泰北春灯联欢会。6—7日，万佛岁诗谜社接力主持灯猜两晚。12月1—3日，泰国叻丕府济德善堂第二次火化先友法会，邀请泰国第七行政区各府六大谜社联合举办第七区灯谜雅集大会，一连三晚。叻丕府丕风谜社主办，社长谢英华为大会主席，佛统谜联社、佛丕文友谜社、龙仔厝文龙谜社、夜功萤光谜社、叻丕中兴谜社等协办，联合悬谜，全国谜社谜人参加，极一时之盛。25—26日，春府旧罔县明德善坛落成庆典，虎丘谜社同时成立，举行灯谜大会。游楚生为大会主席，广邀全国谜友参加。

1965年3月11—13日，泰国中华总商会联合文隐谜学社在光华堂举办"国父百龄纪念灯谜大会"三晚。

1966年2月21—23日，泰北部域九谜社联合在清迈府崇华学校举办第三届泰北春灯联欢会。清迈混沌谜社主办，社长欧阳楷为大会主席。开幕典礼由泰国国务院发言人庵蕾·猜耶落中将主持剪彩，赐银杯。庄文墀主持开鼓礼，黄景云、张珂猷分别主持中、泰文谜开猜礼。泰国军政官员、泰华文化界名流、全泰谜友近三百人参加，为泰北历次春灯大会最突出的盛会。6月23—25日，潮州会馆联合文隐谜学社，于老本头文化广场举行纪念第27届诗人节灯谜晚会三晚。

1967年6月13日，春府良友联谊社为仙佛寺法会主持灯猜，悬出"小老虎"谜语,专供儿童猜射。

1968年2月12—14日,泰国潮州会馆30周年庆典,文隐谜学社接受主持灯猜三晚。24—26日,泰北部域九谜社联合在华富里府越骚通禅院举行第四届泰北春灯联欢会,由华富里华风谜社主办,社长社照煌为大会主席。北榄坡湄滨、竹板杏杏苑、素可泰文兰、鹄三廊文风、清迈混沌、春盛春江、南邦泰兰、板会文等八社协办。军都军政长官及泰华文化界名流、全泰廛坛谜人近300人参加。2月29日至3月1日,泰国黄氏宗亲总会新会所开幕,江夏文风灯谜组同时成立,举办灯猜大会两晚,新闻处长官莅临剪彩,京都和内地谜友参加猜射。

1969年3月1—5日,潮州会馆灯谜组于老本头市文化广场主办全国性的第一届春灯联谊大会五晚,泰北、京华各谜社参加协办,轮流悬谜会猜。

1970年2月7—8日,泰北部域十谜社联合在竹板杏华侨协会广场举办第五届泰北春灯联欢会。竹板杏杏苑谜社主办,社长林树德为大会主席;北榄坡湄滨、素可泰文兰、华富里华风、鹄三廊文风、清迈混沌、春盛春江、南邦泰兰、植基和声、程逸逸乐等九社协办。当地侨团代表、泰京文化界名流、全泰谜友200余人参加。5月,泰京普门报恩寺圣佛开光大典,同文谜学社主持灯猜两晚。5月27日至6月2日,华侨报德善堂60周年庆典,文隐谜学社主持灯猜活动七晚。

1971年2月18—22日,潮州会馆灯谜组于老本头庙文化广场主办全国性的第二届春灯联谊大会,泰北、京华各谜社协办,连续五晚轮流悬谜会猜。

1973年4月9—10日,泰国黄氏宗亲总会10周年庆典,江夏文风灯谜组主持灯猜晚会两台。12月9—10日,鹄三廊本头公庙重建落成庆典,文风谜社举行灯谜大会两晚。

1975年2月19—23日，潮州会馆灯谜组于老本头庙文化广场主办全国性的第三届春灯联谊大会，泰北、京华各谜社协办，连续五晚轮流悬谜会猜。设竞射积分赛，泰北谢英华获冠军，泰京王澍甘、龙仔厝杨世亮分获亚、季军。

1978年1月28—30日，泰国潮州会馆40周年暨新馆落成揭幕，灯谜组举办春灯大会三晚。主席金崇儒主持剪彩，中国驻泰大使柴泽民偕随员莅场参观嘉勉。10月6—21日，泰华谜学界访问团团长欧阳楷，团员陈德裕、马灿士、马维克、林仲杰、卢一雄、谢英华、黄建民等21人，飞赴台湾，访问全台谜学团体和有关文化机关。在台北、高雄、褒忠等地与台湾谜界合办五场灯谜大会，台泰谜学得到大幅度的交流。

1979年9月27—29日，庆祝王母圣诞，呵叻府乐善堂与麟声联友互助社联合于乐仁大礼堂举办灯谜大会三晚，由黄岑、郭升德、余文痴、李墨郎、庄明镇共同主持。

1980年5月22—29日，报德善堂70周年庆典，潮州会馆灯谜组应邀于报德善堂办公大厦广场举行灯谜大会七晚。11月12—16日，报德善堂暨潮州会馆联合举办第七次火化先友法会，潮馆灯谜组于潮州义山庄举行灯谜大会五晚。

1982年4月11—15日，泰国庆祝建都曼谷200周年，泰国政府特别邀请潮州会馆灯谜组于耀华力路进德学校广场主办五晚灯谜大会，潮州会馆执行委员黄景云邀请泰北、京华各谜社协办。皇宠会主任丘细见主持剪彩。谜台分悬中、泰文谜语，分设中、泰主鼓座主持谜政。泰、中文化人士、青少年学生临场参观猜射，盛况空前。谜会期间，中国驻泰国大使柴泽民莅会。泰王国宫务处代表坤仁玛丽秘书，驾临曼谷建都200周年灯谜台，赏谜慰勉。会后，灯谜资料被泰国政府志于《建都二百周年文献特刊》，谜事入选1982年中华谜坛"十大新闻"。12月18—19日，在泰国林氏宗亲总会举行壬戌冬祭大典时,西河谜苑灯谜组主持首度灯谜晚会两场。

1983年3月28—29日,华富里华德善堂延揽华风、文风两谜社同人成立灯谜组,举行元宵灯谜晚会。悬出大量诗谜、花色谜,多姿多彩。

1984年11月17—19日,天华医院80周年庆典,潮州会馆灯谜组主持灯谜大会三晚。12月15—16日,林氏宗亲总会甲子冬祭大典,西河谜苑第三度主持灯谜晚会两场。

1985年1月5—6日,黄氏宗亲总会大宗祠开幕典礼举行谜会,全泰谜友近百人参加。3月9日,素可泰兰声联谊社欢迎泰华内地记者报业协会及各报编辑、记者之访问,邀约泰北杜树华、马维克、陈包、林苑生等,假光中学校,联合举行春节灯谜晚会活动。4月1—2日,泰针辰辰德善堂21周年纪念,业余谜社蔡子丘等恢复停顿16年之文化活动,主持灯猜两晚。12月7—13日,报德善堂75周年庆典,潮州会馆灯谜组于办公大厅广场举行七晚灯谜大会。14—15日,林氏宗亲总会乙丑冬祭大典,西河谜苑第四度主持谜会,设积分猜射竞赛奖,全国谜友从报德善堂移师参加,益增盛况。

1986年5月18—19日,泰针辰辰德善堂22周年纪念,业余谜社二度主持灯猜两晚,京华、内地谜人热烈参加。11月8—14日,报德善堂举办第八次火化先友法会,潮州会馆灯谜组应邀于潮州山庄举行七晚灯谜大会。

1987年2月14—15日,泰北部域八谜社联合举办第六届泰北春灯联欢会,假清迈府修德善堂举行。清迈混沌谜社主办,北榄坡湄滨、竹板杏杏苑、素可泰文兰、华富里华风、鹄三廊文风、南邦泰兰、植基和声等七谜社协办。谜笺有中文谜、泰文谜配合悬出。当地侨团首长、文化界人士、全国灯谜界参加甚众。

9月28日至10月12日，泰国潮州会馆灯谜组访问团团长林宝才，团员卢一雄、谢英华、陈德裕、林仲杰、黄建民、黄煜煌、林苑生等28人，赴华访问广东汕头、潮安、澄海、深圳四市（县）谜学团体，进行谜学交流。

1988年3月4—6日，潮州会馆50周年庆典，灯谜组主持春灯大会三晚，全国谜社、谜人、泰京各华校高中学生参加猜射。5月28—29日，泰针辰辰德善堂24周年纪念，业余谜社四度主持灯会两晚。

1990年1月19—20日，配合植基埠植基善堂暨中山学校新校舍落成开幕盛典，泰北部域八谜社联合于中山学校广场举办第七届泰北春灯联欢会。植基善堂灯谜组主办，北榄坡湄滨，清迈混沌、南邦泰兰、素可泰文兰、竹板杏杏苑、华富里华风、鹄三廊文风等七社协办。开幕仪式潮馆谜组主任林炎炮、植基善堂理事长王来怡、植基市长林真亮联合剪彩。台面中、泰文谜纷呈，香港刘雁云获邀悬谜会猜，是为中、泰灯谜艺术交流之嚆矢。12月15—22日，报德善堂80周年庆典，潮州会馆灯谜组应邀于办公大厅广场主持八晚灯谜大会。

1991年6月，潮州会馆灯谜组以林炎炮为团长的代表团一行5人，赴北京参加全国灯谜艺术研讨会及中华灯谜国手赛。

1992年9月8—20日，泰华谜学界访问团团长林景海，团员林宝才、卢一雄、叶锐海、黄煜煌、许方猷、林仲杰、马维克、庄明伟、黄焕南、黄建民、郑侨南、王澍甘、许瑞初、殷正本、张国胜、黄财森等24人，赴汕参加澄海华夏金秋灯谜艺术节，主持"月是故乡明"谜会。续程访问汕头、潮阳、普宁、潮州、饶平、漳州、厦门等市（县）谜坛，进行会猜和交流谜艺。

1993年1月2—3日，潮州会馆55周年纪念，灯谜组主办海内外谜艺交流大会，广邀中国大陆、台湾、香港和新加坡谜坛

第五章 台港澳地区及海外华人谜事（1949年10月至2019年）

代表参加悬谜会猜，交流谜学。中国广东郑百川、张哲源莅泰出席。张哲源记述：1993年1月2日，谜艺交流会开幕。潮州会馆披上节日的盛装，大门门柱挂着"宏扬中华文化；重振大汉天声"的楹联，广场上停放着一辆辆小汽车，人头攒动，热闹非凡。作为大会的猜谜台，那古色古香的会标彩眉迎风飘扬，更有那"萃四海精英人来佛国；商千秋隐语心向神州"的台联，充分流露出泰国谜人对祖国文化的认同和各地谜友莅临的喜悦。谜台之上彩灯、鲜花和片片谜笺两相辉映，分外耀眼。应邀与会的外宾还有新加坡八邑会馆谜坛主桴郑泽生以及吴惠兰、叶少玲、林素珍等诸位女将，香港谜研社刘雁云、张伯人正副社长，香港谜联社主席白福臻、台北集思谜社马胜良等先生。泰华方面出席的有潮馆谜组主任林炎炮、副主任卢一雄、林宝才、林雨生、杜树华、秘书林仲杰、马维克、庄明伟、黄焕南以及诸多成员外，还有泰北春灯联谊社、素可泰兰声联谊社、华富里华风灯谜组、植基善堂灯谜组、鹄三廊文风谜社、泰针辰谜社、叻丕丕风谜社暨京都各社代表百余人。下午6时30分，潮馆主席周鉴梅，副主席郑俊英、梁润潮先生步上谜坛主持剪彩礼，随着一阵如雷的掌声，彩带若文采纷披飘坠于花团锦簇之间。继而周主席致开幕辞并向代表授予纪念金盾，再接受各界贺礼。随后设宴款待全体嘉宾。8时30分，会猜正式开始，郑俊英副主席敲响激越雄壮的开场鼓。首场会猜由中、马、台、港谜友联合主台，各种不同谜艺风格的佳作琳琅满目，台上台下应接不暇，其场面之热烈、猜射之活跃，在泰国谜史上前所未有。泰华的猜谜方式保持了正宗的潮汕风格，猜时按座位顺序，手提同步话筒分报谜号、谜文、谜目，每报一声擂鼓一响，如果猜中，还必须解释，解答得好，台上擂鼓"通通通"表示赞赏。谜会还规定每人每轮只猜一条，如报猜不中时，可另选猜一条，二次为限，让大家的机会均等，一旦猜中，侍者即用金盘子捧出奖品连同谜笺相赠。第二天晚上 8 时 30 分的会猜由全泰各谜社联合主台。只听鼓声大响，一则以"低头思故乡"的谜作已被一位老翁以古文句"人亦念其家"猜中，顿时响起热烈的掌声。未已，"生身之本不可忘"猜一称谓"体育记者"的谜作被一位年轻的先生捷手先得，猜众莫不啧啧称赞。正当大家心动神驰之际，忽地传来一串甜美的歌声，这是殷婵娟小姐猜中了一则歌词谜。殷小姐与父亲殷正本、丈夫林学声一门三谜人，在泰谜坛中颇负盛名。此时的她应台主的要求，猜中那则谜底为歌词的谜条，就必须现场唱那一首歌。顿时，那歌声，那笑语汇成一片欢乐的海洋。不知不觉中话筒传到中国代表郑百川和张哲源面前，见有一则"实业有限公司"要求猜成语的谜作，当即报猜出谜底"不虚此行"（"行"作商行解），台上闻报，金鼓齐鸣，礼仪小姐捧上奖品相赠，座中谜友表示祝贺。久负盛誉的泰国谜界前辈庄笑生老先生更是激动，即席口占一诗相赠："莫道泰中隔海空，有缘千里聚萍踪。以文会友无虚士，翰墨结交仰古风。"谜会还特地辟出四分之一的台面挂满了由庄明伟先生创作的泰文谜，庄先生语重心长地说，这是有感于为宣传中国文化并要适应泰国新一代青年人的需要而创作的，虽然泰文的字义和发音与华文不同，但在谜法的运用上可借鉴中国灯谜的部分法门，尽管成谜格式目前还未能完善，作为一种外文的尝试仍在实践之中。这也是使中国灯谜"走向世界""中为泰用"的一种努力。

是年 1 月 31 日，泰华内地记者报业协会举行春节文艺联欢大会，恭请中国驻泰大使馆参赞李茂主持剪彩礼，并颁发"中泰文化活动贡献奖"金盾一面予理事会秘书马维克，及"中泰灯谜活动贡献奖"金盾三面，分颁予顾问林宝才、卢山夫、林仲杰，以表扬其对中华文化及灯谜活动克尽辛勤之重大贡献。联欢宴会中，有灯谜等节目，文艺气氛浓烈，灯谜由郑侨南主鼓，使馆嘉宾带头猜射，情况热烈。

是年2月5日，潮州会馆灯谜组副主任林宝才、泰文秘书庄明伟代表谜组应邀，首次赴新出席由新加坡潮州八邑会馆主办的"潮州周"及"元宵灯谜"文化活动。

1994年3月25—30日，华侨崇圣大学揭幕盛典期间，邀潮州会馆灯谜组主持灯谜大会五晚。5月21—22日，泰针辰辰德善堂30周年纪念，业余谜社主持谜会两晚。11月27—29日，天华医院90周年庆典，潮馆灯谜组主持灯谜大会三晚。12月17—18日，林氏宗亲总会甲戌冬祭大典，西河谜苑主持谜会两晚。

1995年2月5日，泰华内地记者报业协会在泰京客属会馆大礼堂举行乙亥春节文艺联欢会，颁发在《亚洲文虎》由马维克主持的"1994灯谜征射"发奖仪式。一等金笔奖分由黄煜煌、许自佑、林宝才、黄焕南、殷婵娟获得；最优胜金盾奖为殷婵娟获得。中国驻泰大使馆李茂参赞主持联欢会剪彩礼及颁奖。11月1—17日，泰国潮州会馆灯谜组代表团团长林宝才，副团长马维克，团员卢一雄、林仲杰、庄明伟、林鑫声等赴华，参加南京市新世纪重阳谜会。会后续程上海，参加"爱我中华爱我浦东"广洋杯灯谜精英赛雅集，与大陆、台湾、香港谜学界交流谜学。

2000年1月2日，泰华谜学界在福记酒家举行常月春灯联欢会，谜友20余人悬谜猜射，切磋谜艺。郑侨南悬谜"香港回归日，彭督掩泣时"射七唐"还君明珠双泪垂"，长久无人猜中，最后卢山夫中的，获得重赏泰币500铢，捐给春灯会作基金。12月9—13日，潮州会馆灯谜组为泰国华侨报德善堂举行建堂90周年堂庆，一连五晚举行灯谜助兴，此系五年以来未曾有过的大型谜会。

2005年5月，林仲杰、郑侨南二位应邀参加福建晋江举办的"品牌之都"谜会。会后，偕同新加坡陈惜生和黄俊琪、香港刘雁云和张伯人访问潮汕。

3. 谜社谜人

20世纪50年代，泰国旧有的文隐深处研究社继续开展活动，新的谜社不断诞生。60年代兴盛时，谜社有数十个。

竹板杏谜联社，1955年2月1日成立，林树德任社长，成员有陈松填、郭升德等，1961年12月易名为竹板杏杏苑谜社。

军都谜社，1955年9月30日成立，为华富里的殷商杜照煌号召组织，同好余辅成、郭兆鸿、黄楚强、林展伟等人响应，1960年10月改名华风谜社。

湄滨谜联社，1956年1月25日由北榄坡湄东谜社、湄西谜社合并组成。这两个谜社同时成立于1954年1月25日，成员有杨御钦、李笑生、许方猷、杜树华等。

素可泰文兰谜社，1957年5月成立，社员有许醉月、丁惠长、丁雪生等。

文隐谜学社，1960年3月15日由文隐深处研究社旧友重新组织，黄景云为社长，成员有陈凌云、张笑吾、陈笑痴、王澍甘等。

鹄三廊文风谜社，1960年10月成立。社员陈镜钟、何泽川、陈铁彬、马维克、黄建民于中秋举行谜会，啼声初试，得"五虎将"之美誉。

国风谜社，1960年组建，1965年易名为文联谜学社。

春江谜社，1962年3月1日成立，成员有泰北春盛县黄烈全、许木钦等。

泰北春灯联谊社，1963年4月成立的泰北各谜社联盟机构，湄滨社为盟主，理事长杜树华，副理事长林树德、张醉风、杜照煌、陈镜钟、林大木、黄烈全，秘书长马维克，财政许方猷，交际黄建民，宣传丁雪生。

春府良友联谊社及灯谜组，1963年9月成立。联谊社董事长庄坚，副董事长郑廷松，灯谜组主任庄慕文，秘书吴炯铭，组员有李墨郎、林少华、叶花叟、余文痴、吴海春、周小玉等。

春府旧罔县虎垌谜社，1964年12月成立。

南邦泰兰谜社，1965年9月10日经谢东日倡导成立，社长程晋，社员有张东提、罗衣、肖友英、陈德裕、陈仁辉、赵世明、陈拱麟、徐闻韶、黄重甘、张俊峰等。

江夏文风灯谜组，1968年2月29日成立。

潮州会馆灯谜组，文隐谜学社黄景云以潮州会馆执委身份于1968年冬建议成立，自兼主任，成员有张珂猷、陈朝曦、陈凌云、林仲杰、马灿士、卢一雄、庄明伟、陈笑痴等，皆京华硕彦。谜组成立后，自1969年至1985年，连续举办全国性之第一、二、三届春灯联谊大会，及潮馆40周年暨新馆揭幕、报德善堂70周年、报德堂·潮馆联合火化先友法会、曼谷建都200年、潮馆45周年、天华医院80周年等庆典灯谜大会共10余次。1986年1月，黄景云逝世，林炎炮接任主任，扩大灯谜组组织，吸收泰北及京华部分谜人参加，新阵容为林传锐、许方猷、杜树华、卢山夫、林宝才、林雨生、林仲杰、马维克、黄焕南、庄明伟、陈笑痴、林建华、黄江流、倪泮生、黄建民、林蔚松、谢英华、陈德裕、丁雪生等。改组后的灯谜组成为当代海外重要的谜学团体之一，先后主办报德堂火化先友法会、潮馆50周年、普门报恩寺法会、报德堂80周年等庆典灯谜大会和潮馆55周年举办海内外谜艺交流大会、华侨崇圣大学揭幕盛典灯谜大会。1994年秋，林宝才继任灯谜组主任。11月间为天华医院90周年庆典主持灯谜大会等。潮馆灯谜组在开展谜事活动中，注意发动华裔青年参加，积极灌输灯谜基础知识，传播中华传统文化。

植基埠和声国乐社灯猜组，1969年5月成立，主任许学武，

中华灯谜史（1949—2019）

成员有陈铁彬、陈肯构、温国精、黄戒非、林子华等。

西河谜苑灯谜组，1982年12月18日成立。

佛丕府文友谜社，主持人蔡陶彬等。

泰国灯谜人物在前文谜事活动和灯谜社团已列名数十人，其中有一批风云人物，如谜坛"文风五儒将"马维克、陈铁彬、陈镜镜、何泽川、黄建民；谜坛"四大金刚"黄天德、许俗俗、庄舜海、黄岑。其中在海内外有影响者如下：

黄景云（1922—1986），潮州籍旅泰华侨。1939年，参加泰京文隐深处谜学研究社。曾担任泰国潮安同乡会理事长，泰国潮州会馆文艺部主任。20世纪60年代中期任重组的文隐深处谜学社社长。1968年，以泰国潮州会馆执行委员的身份发起成立泰国潮州会馆灯谜组，任主任。多次主持泰国全国性的灯谜会猜和对外交流。1982年，在潮州会馆主持的庆祝泰国建都200周年灯谜会猜活动，被列入泰国国家文献。曾先后两次受到泰皇的嘉奖和授勋，国学大师饶宗颐赞其"笃好文事，尤长于商谜，运思密栗，机智过人"。著有《松庐谜话》。

卢一雄（1919—2003），谜号山夫，广东澄海县人，侨居泰国曼谷，为泰国澄海同乡会灯谜组委员，泰国汇文谜社负责人，泰北春灯联谊社顾问，泰国《亚洲日报》文虎版编辑、泰国潮州会馆灯谜组副主任，被聘为《中国谜报》名誉社长及广东省灯谜学会名誉会长。他主持泰国大型谜会10多次，数次组团访问中国大陆和台湾谜界，主编《侨乡灯影》。谜事谜作汇于《商余隐语》。

林宝才（1934—），谜号野鹤，祖籍广东普宁。泰国林氏宗亲总会理事长，西河谜苑灯谜组主任，潮州会馆执委兼灯谜组主任，文新联谜学社社长，广东省灯谜学会名誉会长，中华灯谜学会名誉副会长。自1986年参加潮州会馆灯谜组后，数次主持全国性灯谜大会，为林氏宗亲总会10余次主持冬祭大典灯谜晚会。

1987年任泰国潮州会馆灯谜组代表团团长,赴华访问广东四市县灯谜界;1990年出资赞助《汕头日报》等举办宝才金银盾灯谜函猜竞赛;1992年任泰华谜学界访问团副团长,协办澄海92华夏金秋灯谜艺术节;1993年为潮州会馆主持海内外谜艺交流大会;1994年出席新加坡潮州八邑会馆主办的潮州周暨元宵灯谜文化活动。他捐资出版多种谜集。

林仲杰(1933—2019),笔名杜非,祖籍广东普宁;1958年定居泰国。为某石油公司高级职员,泰国潮州会馆秘书,中华灯谜学会顾问。先后参加曼谷文联谜学社、泰国潮州会馆灯谜组、林氏西河谜苑,皆为秘书。多次参与主持曼谷报德堂、普门报恩寺、天华医院、崇圣大学等各种庆典、法会的猜谜活动。作为泰华灯谜代表团秘书,1978年访问台湾;1987年访问广东四县市灯谜界。多次参加大型灯谜创作赛获佳谜奖。著有《典谜谭薮》。

4. 谜作谜著

泰国灯谜作品的风格近于中国潮汕地区。卢山夫论述:"至若泰华谜风,由于谜人多来自潮汕,以前侨乡流行之橐园春灯话、春灯录,与谢会心之灯虎辨类,先后流入泰华谜界,谜人受上述二书理论影响,多遵从其学说,故泰华一般制谜,多以崇拜南派是尚。谜目方面,向来均以童读传统古籍为主,近十年来虽受国内新作风新谜目所感染,亦略有若干改革变通,但多数仍抱残守缺,一成不变为主流,此亦泰华灯谜保旧落伍之一因也。"(《泰国灯谜选萃》序)

(1)《湄江春灯录》收录:

飞将军(幼学)岳武穆之用兵(林士元)

旋转乾坤(六才)一个变了卦(林士元)

中华灯谜史（1949—2019）

因烧其券（古文）文质无所底（林仲杰）
有牵牛而过堂下者（幼学）花落松庭间（庄文垾）
白露降（《千家诗》）清明时节雨纷纷（庄文垾）
流水远浮空（七唐诗）此曲只应天上有（张笑吾）
蜡烛有心还惜别（《蒙经》）离为火（张笑吾）
窥臣已三年矣（西片·下楼格）玉女痴情（马灿虹）
白云初晴（五唐）空山新雨后（马灿虹）
离亭宴（五唐）醉后各分散（张珂猷）
眼见四朝全盛时（贤文）幸生太平无事日（张珂猷）
湄江春灯录（古文）光照临川之笔（杨世亮）
吾翁乃若翁（贤文）是亲不是亲，非亲却是亲（杨世亮）
那个男儿是丈夫（《四书》）择其善者而从之（马维克）
天下英雄惟使君与操耳（贤文）他人碌碌（马维克）
独力难持（宋文）众方有为（林大木）
归老江湖边（五唐）嫁与弄潮儿（林大木）

书中还收录连环谜和咏物词谜，体现灯谜种类多样。

　　小官人（蒙正词）少年登科（六才·遗珠格）功名早则不遂心（幼学）暮岁登科（口语）老举（幼学）晚年生子（家训）既昏便息（中星·系铃格）莫愁（五唐）向晚意不适（五唐）愁因薄暮起（五唐·系铃格）天气晚来秋（五唐）是夜越吟苦……（庄笑生）

　　（调寄贺圣朝）金身银样水晶䯼，恰蛮腰一捻，明眸暗里送君行，更相亲持挈。春光轻泄，缠绵频迭，至精枯油竭，黄金应许买芳心，看欢情重热。（用物）手电筒（卢一雄）

第五章 台港澳地区及海外华人谜事（1949年10月至2019年）

(2)《文虎蒐集》收录：

　　明月棹孤舟（词牌名一）《夜行船》(陈慎元)
　　使天下之人（字）二（杜照煌）
　　春耕夏耘秋获冬藏（幼学句）农民之常规（林吉昌）
　　时人不识余心乐（五唐句）隐者自怡悦（张绿崖）
　　徐庶走马荐诸葛（管仲论句）举天下之贤者以自代（廖寒光）
　　胜读十年书（《千家诗》句）共君今夜不须睡（郭兆鸿）
　　何以有羽翼（五唐句）意欲凌凤翔（刘白）
　　鸦雀无声（五唐句）鸟亦罢其鸣（何泽川）
　　卷帘格（六才句）将言词说上（郭升德）

(3)《侨乡灯影》收录：

　　退兵三舍，以避子玉(《答苏武》)报恩于国主耳(陈德裕)
　　十五始展眉（六才）半世羞惭（陈德裕）
　　学书不成，去学剑又不成(《千字文》)籍甚无竟(谢英华)
　　疑似地上霜（五唐）关月冷相随（谢英华）
　　看红妆素裹，分外妖娆(《西厢》)打扮得娇滴滴的媚(黄煜煌)
　　江山如此多娇（五唐）艳色天下重（黄煜煌）
　　火则旺于夏(《皇岗竹楼记》)比屋皆然（黄建民）
　　问渠那得清如许(《岳阳楼》)浊浪排空（黄建民）
　　一个个来来往往（成语）势如破竹（黄焕南）
　　先生不知何许人也（古文《卜居》）贤士无名（黄焕南）
　　东西一舍（五唐）有弟皆分散（许雄仲）

而吊其不终（五唐）欲祭疑君在（林苑生）
故道不同（《答苏武书》）人绝路殊（林鑫声）
说与旁人浑不解（五唐）胜事空自知（林建华）
遥远的爱（成语）不近人情（王乙文）

20世纪50年代以来，泰国出版谜书数十种。

《湄江春灯录》，主编李文宾，编者庄笑生、李书光、李文宾、周绵。泰国曼谷崇文印刷无限公司于佛历二五〇四年（1961年）十月十五日初版。书中辑录和注释泰国各地70位谜人的谜作900余则，分述谜法、例释谜格和探讨谜艺。汇编的谜文有庄笑生《谜格例释》《谜格例释补遗》《连环谜》、李文宾《猜法》《谈灯谜七忌三可取》《漫谈灯谜》《分曹射覆蜡灯红》、王燕虹《泰华谜号集锦》、马维克《谈谜格使用诸问题》、马灿虹《怀乡前辈许超然先生》《谜苑古痕录》、李书光《灯谜拉杂谈》、卢一雄《泰华灯谜杂谭》等。该书是研究泰国灯谜的重要著作，也是展示泰国灯谜理论研究成果的重要著作。

《侨乡灯影》，泰国潮州会馆灯谜组访问团编印，泰华卢一雄主编，1990年12月印行。为泰国潮州会馆灯谜组1987年访问广东四县市谜学界特辑，书中汇编的谜作与之前的谜作相比，创作风格上有跟进新时代的变化。

《典谜谭薮》，林仲杰著，先在台湾《谜汇》连载，2006年7月整理印行，是一本论述典谜的著作。书中引经据典，边讲典中故事，边举谜例，边释谜法，对典谜的诸多问题如典谜的概念、典谜制作法门、典谜的典雅风格、典谜素材的取舍、典谜悬射不便透露出处、典谜扣合不犯当头用典、典谜底句能具备人物名字及其事迹者最具神韵与气魄等，提出了见解。

《中国谜语》，佛历二五四八年（2005年）泰国出版。全书将中国的76条民间事物谜语用中文、汉语拼音、泰文三对照出版，并配图和配合学习汉语语词，向泰国民众主要是青少年传播中华谜语文化。书中收录的谜作多为优秀之作，如月亮、雨、大象等谜语。

其他谜著例录：蔡一余等《太辰针》，蓝青（郭彭生）《文虎蒐集》，马灿虹《皇华春灯集》，黄景云《松庐谜话》，泰北春灯联谊社《泰北第二届春灯联欢会特刊》《泰北第三届春灯联欢会特刊》《泰北第四届春灯联欢会特刊》《泰北春灯联谊社八周年暨第五届春灯联欢会纪念刊》，庄文墀《锦绣春灯集》，泰国《植基和声国乐社成立三周年暨灯猜组成立纪念特刊》，张仲元、蓝青《西厢记谜选》，庄明伟《同文灯谜诗词集》《春灯墨痕》，李文宾《灯谜二谈》，卢一雄《商馀隐语》，许玉潮《玉潮集》，杨益华《谈灯谜七忌三可取特辑》，林宝才《林之南老先生哀荣录》，许方猷《分曹射覆腊灯红》，林宝才、马维克《宁沪虎踪》，郑侨南《荥阳谜苑》，李耐冬《李耐冬文集》。

多种泰国报刊辟有灯谜专栏，如：北榄坡湄滨谜联社杜树华、许方猷以"凤影"联合谜号，于1959年3月在《星暹日报》《京华日报》开辟"海延灯谜"专栏，历时半载，发表谜作300余则。泰京文隐谜社从1961年6月8日开始在《京华日报》辟"文虎"专栏，又于7月1日同时在《星暹日报》《京华日报》辟"泰嘉盛灯谜"栏目，卢山夫主编。1962年，马维克的《听雨楼谜话》《听雨楼灯虎》、陈无己的《春灯剪影录》在《京华日报》副刊连载。泰京湄江春灯社在《虎报周刊》辟"虎报灯猜"栏目。1966年9月26日，泰京文隐谜学社在《京华日报》辟"京华谜坛"专栏。1978年4月，郑侨南在《泰商日报》副刊开辟"泰商谜苑"。1982年5月，郑侨南在泰京《新中原报》副刊辟"新中原谜苑"，泰北春灯联谊社在《新中原报·艺林》开辟"泰北谜苑"，举行"灯谜征射"和"文虎征面"活动。《新中原报》还连载马维克、陈包合编的《聊斋灯谜集》，历时一年，共29期。1988年2月22日，泰京《世界日报》与潮馆灯谜组联合主办"元宵有奖灯谜"活动。1993年8月至1996年4月，泰国《亚洲日报》副刊每星期六大半版刊登卢夫山编《亚洲文虎》，共出126期。

二、新加坡

新加坡，全称新加坡共和国，旧称新嘉坡、星洲或星岛，别称狮城，是东南亚的一个岛国，为"亚洲四小龙"之一。新加坡是一个多元文化的移民国家，2015年总人口553.5万，公民和永久居民390.2万，华人占75%左右。大多数新加坡华裔的祖先源自于中国南方，尤其是福建、广东和海南，其中四成是闽南人，其次是潮汕人、广府人、莆田人、海南人、福州人、客家人等。这些地区和人群多为中国灯谜文化的活跃区域，灯谜文化随人流而流传，是以谜风在新加坡得到延续飘扬。新加坡是一个城邦国家，没有省市之分，整个国家既是一座城市，也是经济、政治和文化中心，非常有利于开展全国性的灯谜活动，是以新加坡的全国性灯谜活动开展较多。

1. 谜事活动

1963年，合洛区民众联络所合洛谜社成立后，每逢周末晚上，指导委员轮流向社员讲解谜作，指导解谜窍门。每逢佳节庆典，谜社在联络所公开场地设台悬谜。

1965年，新加坡共和国宣布成立后，每年的国庆活动都有猜灯谜节目，情况一年比一年热烈。

1968年，合洛谜社应邀参与全国农业展览会节目，由谜社9

第五章　台港澳地区及海外华人谜事（1949年10月至2019年）

位指导员轮流主枰，一连9天举办灯谜晚会，盛况空前。接下来的数年后，谜风随着老谜人凋零，理事员忙于事务而渐渐沉寂。

1982年中秋节，名胜裕华园又响起灯谜鼓声，反映奇佳。自此以后，每年中秋，裕华园成为灯谜爱好者乐在其中的去处。

1987年，新加坡报业控股、人民协会、旅游局、宗乡会馆联合总会等机构联合主办"春到河畔迎新年"综艺节目，这是华人最大规模的迎春活动。由于活动场地广大、设计精心、节目丰富，成为各族人士共欢同庆的游览场所。会场中的射虎台，伴随着迎春活动设立。一连12晚的灯谜会猜，吸引上万名参观者，创下了辉煌记录。由于参加者甚众，每晚鼓声不停，围观者更不时响起如雷掌声，给予猜中者赞赏和鼓励，反映非常的热烈。从是年开始，每年春到河畔迎新年活动，都有射虎台参与。

1989年，新加坡潮州八邑会馆联合各宗乡团体，在莱佛士城举办华族传统展览会。潮州馆单位里设台悬谜，供公众人士猜射。《联合早报》2月11日报道，元宵佳节，3万余人涌到从西方情调转为东方传统世界的莱佛士城大厅，参观由新加坡宗乡会馆联合总会主办的华族传统展览。灯谜会猜，这一历史悠久的文化活动也第一次进入了现代化的莱佛士城。这是新加坡自开埠以来最盛大的华族文化活动和灯谜盛会。此次元宵佳节的灯谜盛会是由素誉为"潮州才子"的郑泽生等摆擂主枰的。射虎台上灯虎遍挂，台下人群密集，气氛越来越热闹，将历时10天的展览推向高潮。

1991年，潮州八邑会馆文教组主办为期6个月的灯谜学习班。参加学习的30多名学员，成为新加坡的灯谜种子。

1992年，中国广东澄海市主办澄海华夏金秋灯谜艺术节，广邀海内外谜人赴会。郑泽生参会交流谜艺。

1993年元宵节，新加坡潮州八邑会馆叶少玲、吴惠兰、黄俊琪、蓝惠直、徐耀文、庄汉忠、黄忠贞、郑泽生等在会馆礼堂举办潮州周元宵谜会两晚，邀请中国香港刘雁云、张伯人、泰国林宝才、庄明伟等谜人参加。展猜时将谜题写在 80×100 厘米丝绸制作的锦旗上，不仅绚丽多彩，还可以给人以夺得锦标之感。

1996 年，直落亚逸芳林公园民众联络所灯谜俱乐部为响应华族文化节活动，举行两晚灯谜会猜，邀请中国广东省澄海市张哲源和潮州市郑百川莅会主桴和主持灯谜讲座，两位还接受英文报章《海峡时报》专访，将灯谜介绍给非华文源流读者。11 月，中国漳州杨炎木莅新观光，灯谜俱乐部特邀作灯谜专题讲座。

1997 年，郑泽生、黄俊琪受邀参加南澳县于 6 月 27—29 日主办的以庆祝香港回归祖国为主题的广东省第 9 届职工灯谜大会。会后，往漳州市芗城区参观灯谜艺术馆。中秋节，新加坡民众联络所、宗乡会馆联合总会、潮安会馆、福州会馆、晋江会馆、唐城、裕华园、丽的呼声广播电台、新加坡广播电台、报业控股，都响起了灯谜鼓声，更有百货公司悬谜供猜等，到处洋溢着富有文化气息的谜风。

2000 年除夕至元宵，新加坡民间团体主办的"春到河畔迎新年"大型春节活动在新加坡滨海城南举行，灯谜射虎台一连 16 晚吸引 25 万人次前来参观、猜射。直落亚逸芳林公园民众联络所灯谜俱乐部除邀请郑泽生、黄俊琪、潘昭雁、黄叔麟、吴惠兰、郑进福、庄汉忠、徐耀文、黄玉兰等主稿外，特邀中国漳州薛启章、庄荣坤，潮州伍延才、吴楚鸿、郭庆基、陈作根不远千里来助阵。

是年 3 月 17—19 日，为配合华族文化节，新加坡灯谜俱乐部连续三天举办新中灯谜交流晚会，邀请中国香港刘雁云、张伯人、澄海詹少光、张哲源、潮州郑百川及漳州杨梓章前来进行灯谜艺术交流。三晚的谜会，分别由新加坡与中国香港、广东、福

第五章 台港澳地区及海外华人谜事（1949年10月至2019年）

建四地谜友出题，轮流主枰对外展猜，场面非常热闹，被射中的谜题近500则。19日还举办了题为"如何制谜与猜射"的谜学讲座，由郑百川主持，参加者十分踊跃，座无虚席。

2001年1月19—28日，新加坡宗乡会馆联合总会、新加坡报业控股、新加坡旅游局、新加坡中华总商会及人民协会在新加坡滨海湾举行"春到河畔迎新年二〇〇一"庆祝活动，其中设有猜灯谜项目。筹委会节目主任方百成说，猜灯谜的活动一年比一年热。

2002年9月21日，郑泽生率领新加坡直落亚逸芳林公园民众联络所灯谜俱乐部会员一行22人，会同中国香港刘雁云莅临中国潮州交流，与潮州谜人在奎元广场联合举行灯谜会猜。

2004年5月9日（星期日），新加坡灯谜协会（5月1日成立）在潮州大厦义安文化中心举行成立典礼，举行灯谜艺术展览、灯谜网络示范及灯谜展猜活动。

是年7月29—31日，新加坡裕廊初级学院、南洋女子中学校、联合早报、星期五周报联合在裕初大讲堂主办第一届国际学生灯谜观摩赛。来自中国东北、浙江、广东、福建、香港、台湾及马来西亚、新加坡的华族师生组成的39队117名中学生参加。比赛分集体笔猜、集体抢答、个人笔猜和个人抢答等项。汕头市私立广厦学校荣获冠军（金虎奖），广东澄海文化馆参赛队、南洋女中（一队）获优胜奖（金灯奖），福建石狮市青少年灯谜代表队、华侨中学、马来西亚槟华女子中学获优秀奖。澄海陈旭波、汕头刘森峰、吴智宏获海外个人奖金箭奖。南洋女中一队韩思恒、程姗、华侨中学谢春冠获本地个人奖金箭奖。中华灯谜学会主任郑百川应邀担任总裁判，应邀作"灯谜与文学"的公开讲座及主枰一晚的对外展猜。

2006年5月27日，新加坡裕廊初级学院、联合早报及新加坡灯谜协会联合主办全国中学生灯谜比赛。14 所中学 23 支队伍参赛。比赛包括个人笔猜、集体笔猜、个人抢答及集体抢答四项。华中学院荣获冠军，南洋女中获亚军，励进中学二队为季军；华中许十界、圣公会中学许亚文获最佳个人奖金箭奖。

是年 8 月 16—20 日，新加坡裕廊初级学院、联合早报及新加坡灯谜协会联办"2006 年（第二届）国际学生灯谜观摩赛"。佛教居士林林长李木源居士主持开幕典礼。50 支分别来自新加坡、马来西亚、中国（含香港及台湾地区）的队伍参加比赛。初赛分个人笔猜、个人及集体抢答三个环节。成功晋入大决赛的 6 支队伍，清一色来自中国。大决赛分集体抢答、个人笔猜、个人抢答、集体笔猜等环节。中国石狮市青少年队荣获冠军，中国汕头广厦私立学校获亚军，中国晋江安海中学一队获季军，中国福建厦门第一中学、宝鸡市青少年宫、中国晋江安海中学二队获优胜奖。中国汕头广厦私立学校的陈吉发、林铭发及石狮的女射手蔡冰冰，赢得金箭奖。新加坡教育部长兼财政部第二部长尚达曼为颁奖嘉宾。中国郑育斌先生应邀到新加坡观赏谜赛，并于 18 日在新加坡金声联络所作灯谜讲座。

是年 7 月 15 日，新加坡灯谜协会代表队由副会长黄玉兰领队，陈秀云、刘淑香、郑景祥等一行四人，赴中国台湾澎湖参加台湾澎湖第二届灯谜艺术节。12 月 30 日，新加坡谜协顾问郑泽生、黄俊琪、会长黄玉兰、秘书陈秀云一行四人到友好协会石狮市灯谜协会进行拜访交流，参观石狮市博物馆，晚间出席"石狮市 2009 新年灯谜会暨新加坡—中国石狮双狮友好灯谜协会联谊会猜"活动。31 日，一行四人在石狮市灯谜协会苏荣灿、林清富陪同下，到汕头广厦学校联谊。随后又抵揭阳市，参加 2009 年 1 月 1 日和 2 日举办的大潮汕'09（揭阳榕城）国际迎春谜会。

2008 年 3 月 24—30 日，新加坡裕廊初级学院、新加坡教育部、联合早报、新加坡灯谜协会联办第三届国际学生灯谜观摩赛。来自中国、中国香港、马来西亚、新加坡的 39 支队伍参赛，进行了集体抢答、集体笔猜、个人笔猜、个人抢答、大决赛等赛事。中国福建石狮队、晋江安海中学二队、厦门双十中学队获团体前三名。个人金箭奖获奖者是石狮吴奕涛、汪锦雄和厦门由申（女）。赛会期间还进行了"猜谜乐"活动，举行了交流友谊赛和灯笼制作比赛。新加坡财政部长兼教育部长尚达曼受邀颁奖。

2009 年 5 月 23 日，全国中学生灯谜比赛在裕廊初级学院举行，普通华文组 15 支，高级华文组 23 支共 38 支队伍参加，裕廊初级学院连续 7 年举办灯谜比赛，为了吸引更多的参赛队伍，此次首次在灯谜比赛中增设普通华文组。赛会进行了初级笔试和大决赛，德惠中学一队获普通华文组冠军，队员劳可欣获个人金箭奖；华侨中学一队获高级华文组冠军，队员许十界获个人金箭奖，这是四连冠。新加坡灯谜协会包办了这次灯谜比赛的全部赛题、审题、选题、整理比赛谜材、制定比赛规则、设计比赛形式以及提供赛前集体培训课程等工作，郑景祥、林月英、邱建忠三名执委及会员邓凤鸣受邀担任评审。陈秀云、程丽华、邓凤鸣、李仙葫、林月英、罗兰、邱建忠、郑景祥、黄玉兰等创作赛题。赛前，黄玉兰两次开办中学生灯谜学习坊，共有 200 多名学生及 20 多名教师出席培训。

是年 10 月 2—4 日，谜协应滨海艺术中心邀请，主办三晚中秋谜韵公众展猜，邱建忠、陈秀云、郑景祥主桴。展猜中植入谜法简介。第一晚，谜协与空谷回音华乐团合作，以"当灯谜遇上华乐"的创新方式，让灯谜连接华族乐器和曲目，当观众猜到某样乐器时，如琵琶、箫、笛子、阮、扬琴等，司仪介绍该乐器，并由团员示范该乐器演奏。

2010 年 7 月 21—24 日，新加坡裕廊初级学院举办"第四届国际学生灯谜邀请赛",中国广东、福建、江苏、陕西、湖北、河北、香港和马来西亚槟城州、柔佛州和新加坡各学府的海内外35支队伍140人参赛。福建石狮队夺得团体冠军,实现三连冠。亚军和季军分别由广东汕头和福建晋江获得。个人金箭奖获奖者是石狮王明竞、林慧莹、晋江杨馨。

2012年3月17日,新加坡中医师公会为配合中华医院成立60周年,在芳林公园举办2012年度中医节养生保健嘉年华会,会中举办中医灯谜有奖游戏活动。

自2012年起,中国大陆历年应聘赴新加坡担任"新加坡全国中学生灯谜大赛"评审,以及举办谜学交流讲座的有方炳良、赵首成、武骝、蔡芳、郭少敏等人。

2013年2月,新加坡总统陈庆炎莅临癸巳年春到河畔迎新年射虎台活动,成为前排座上贵宾,坐在贵宾座上的还有教育部兼律政部高级政务次长沈颖女士、宗乡总会主席蔡天宝。

2014年,新加坡灯谜协会庆祝成立十周年和与中国福建省石狮市灯谜协会结谊十周年,于8月8日前往石狮市拜访交流,接着在8月23日举办"庆'双狮'结谊十周年新加坡—石狮中华灯谜网络联谊赛"。12月12日,石狮市谜协的代表前来新加坡回访交流。14日下午,新加坡谜协举行欢庆成立十周年暨双狮结谊十周年活动,双狮谜协互赠礼物、举行切蛋糕仪式、进行猜谜乐。

在新加坡,很多中学上灯谜课,做灯谜游戏,举办灯谜赛会,小学也有灯谜课和灯谜活动。《新加坡小学华文课程标准》中5次提到"谜语":奠基阶段(1—2年级)要求"听懂简单的儿歌、儿童故事、生活故事、谜语和寓言故事等";"读懂适合程度的一般语科(纯汉字或加注音):句子、短文、儿歌、谜语、故事等"。奠基第二阶段要求"听懂适合程度的儿歌、谜语、儿童故事、生活故事、寓言故事等"；"读懂适合程度的一般语科：……谜语"。定向阶段（5—6年级）要求"读懂适合程度的语科"中也列有"谜语"。21世纪初，锦茂小学安排5节灯谜课，陈秀云去上课时，还带着小鼓，课堂猜谜时段，采用击鼓猜谜的形式开展教学活动。

2. 谜社谜人谜作

合洛谜社，1963年于合洛区民众联络所成立，成员有谢云声、倪启绅、谢东仁、吴田夫、陈傲冰、何镇捷、赖世泽、高低、杨柳絮、吴寄星等。

灯谜俱乐部，1992年于直落亚逸芳林公园联络所成立。成员有郑泽生、黄忠贞、蓝惠直、庄汉忠、杨启麟、黄叔麟、徐耀文、郑进福、吴惠兰、黄俊琪、潘炯铭、潘昭雁等。翌年，开班授课，由郑泽生、黄俊琪、郑进福、黄叔麟等老师授课，毕业者加入灯谜俱乐部为会员。每年开设一班，至21世纪初，学员超过200人，培养出一批新一代的中青年谜人。灯谜俱乐部的老师们除了指导会员，也为各灯谜赛事制作谜题及担任主桴。每当有灯谜赛事，俱乐部的学员都积极参加。在没有赛事期间，俱乐部定期每两周聚会一次，进行学习与交流。俱乐部设有小型图书馆，收集灯谜书籍。

新加坡灯谜协会，2004年5月1日成立，首届会长陈惜生、副会长黄玉兰，骨干有郑泽生、黄俊琪等。2007年第二届会长黄玉兰，副会长郑景祥，秘书陈秀云，副秘书林月英，财政王秀婷，副财政刘淑香，活动组主任罗兰，活动组副主任叶明得，公关邱建忠，副公关张维吟，委员蔡建泰、陈炎明、黄纪荣、李万德、林瑞贤、李葆美、许和平。至2015年有会员200多名，非常活跃者50多名。2016年，谜协第七届执委为：会长黄玉兰，副会长郑景祥，秘书杜式铃，副秘书蔡建泰，财政罗兰，副财政黄振新，活动组长柯秀清，副活动组长叶炳辉、叶明得，公关陈炎明，副公关陈家安，康乐组长许桂珠，副康乐杜成江，执委陈秀云、黄纪荣、邓伟文。谜协根据本国具体情况做了适应性改变和创新，不但有传统的传播内容，还有当代的竞技式谜会和网络灯谜活动，也有与域外国家和地区"走出去请进来"的灯谜交流，还有英语国家的地域灯谜特色，以及因地制宜细致的灯谜培训活动，使灯谜传播活动显出生机。谜协每年在"春到河畔迎新年"和中秋节期间大型团体的大型活动中负责主枰谜台，有时则分散在联络所、居民委员会、庙宇、社团、商场多处举行展猜，执委和会员们每年到中国大型谜会参与比赛与展猜活动。谜协与报章联办灯谜赛。在网络上开辟协会的网页，多名会员在微信平台上参与多项猜谜活动，谜协执委常到学校、图书馆等团体举办灯谜讲座。内部坚持每月两次活动，分享猜谜方法、赏析佳谜和进行猜谜乐。谜协出版丛书《谜岛众生》5集。

新加坡谜人中，较有影响者如下：

郑泽生（1924—2018），谜号新中。祖籍广东潮安，自小受潮汕浓烈谜风影响。抗战胜利后定居新加坡，20世纪60年代开始登台主鼓。1963年初发起组织合乐民众联络所谜社。晚年为新加坡直落亚逸芳林公园灯谜俱乐部顾问兼导师、新加坡潮州八邑会馆文教委员会委员。多年在灯谜俱乐部讲授灯谜课和主枰每年"春到河畔"第一晚的谜台，多次参加中国大陆和国际间的谜事活动。获沈志谦文虎奖、灯谜终身成就奖。聘为中华灯谜学会顾问。著《墨泽生风》，主编《狮城春灯录》，合编《新加坡灯谜集锦》《潮人灯谜雅辑》。

黄叔麟（1939—2012），谜号贺天，笔名黄信、简桥等，祖籍广东潮安，生于新加坡，教师、记者、知名作家。他1963年加入合洛联络所组织的谜社。春节期间在新加坡"春到河畔迎新年"的猜谜大会上担任主枰。20世纪90年代后，任直落亚逸芳林公园联络所灯谜俱乐部顾问、中华灯谜学会顾问、新加坡灯谜协会顾问。获沈志谦文虎奖、灯谜终身成就奖。在《南洋商报》灯谜专栏连载《并生阁谜话》，著《灯谜与我》，主编《直落亚逸芳林公园联络所灯谜俱乐部成立十周年纪念特刊》。

新加坡的传统灯谜使用古典文学和历史典故为主要谜材。近几十年的谜作尤其是展猜谜赛中使用的谜作，常用的古典谜目多属于人们较为熟知的类别，如成语、单字、唐诗、宋词、中药、《红楼》人、《三国》人、《聊斋》目、《诗品》、《三字经》、《千字文》等。亦有较多通俗的谜目如商号、地名、人名、华歌、影片等。新加坡的灯谜以简体字为文本，不再以繁体字书写，除非谜题特别需要，才特别用到繁体字。这种作法和中国大陆灯谜相同，区别于台湾灯谜。在谜种方面，新加坡有较多的英文谜，这与新加坡主要使用英文有关。新加坡谜作以会意手法为主，次为形扣，极少音扣，较少用格。谜作较为通俗、大众化，且呈现出较浓的本地特色。例谜：

第一届国际学生灯谜观摩赛谜题

离人泪点点，欲诉泪已干（字）谈（陈秀云）

仰头不见明月光（字）昂（郑进福）

卷我屋上三重茅（成语）家徒四壁（李葆美）

飞阁倒影入塘中（成语）近水楼台（林月英）

石榴红破（饮品）果子露（郑进福）

娃娃算星星（数学名词）小数点（林月英）

她用英语开讲（歌唱组合）S.H.E（邱建忠）

实习保姆（医学名词）试管婴儿（邱建忠）

看来有四十五岁（唐朝诗人）张九龄（李葆美）

实在高兴(食品)开心果(黄玉兰)

春到河畔迎新年射虎台主桴谜作

亲吻小格格(金庸小说人物)香香公主(黄振新)
"如波涛夜惊,风雨骤至"(先驱人物)陈金声(叶炳辉)
数朋柳陌边写生(商业场所)百胜楼(叶炳辉)
春色暗香传,君子千里逢(成语)青梅竹马(柯秀清)
中国放宽生育政策(成语)不一而足(邓伟文)
哑巴传情有何难(歌曲)爱要怎么说出口(陈炎明)
别孩子气(字)氦(陈秀云)
娘子喋喋不休(三国人)关云长(罗兰)
发现秦汉(3字新词)富二代(邱建忠)
未看到结局就中断(成语)没完没了(郑景祥)
客从东方来,春后郎当归(果名)槟榔(黄玉兰)
绿灯过红灯停(5字常用语)看颜色行事(黄玉兰)

本地色彩谜作

无奈朝来寒雨晚来风(本地地名)加冷(庄汉忠)
骂要出口,打要出手(本地路名二)马丁路,莫斯路(郑进福)
善更应在其间(本地建筑物)报业中心(吴惠兰)
STREET(本地路名)英云街(吴惠兰)
QUEEN(潮剧目)《汉文皇后》(吴惠兰)
只有七个座位(商业中心)第八站(黄俊琪)
成功入闽(本地谜人)郑进福(黄俊琪)
印度女(成语)一刻千金(蓝惠直)

3. 谜著谜论

20世纪中后期，新加坡的灯谜理论研究成果主要是谜著《并生阁谜话》，被誉为狮城"灯谜宝典"之一。

《并生阁谜话》，贺天（黄叔麟）著，新加坡潮州八邑会馆文教委员会出版组1986年6月初出版，2000年由新加坡新亚出版社出版。张良材序文介绍，黄叔麟"于执教之余，应撰《并生阁谜话》于《南洋商报》连载，行文流畅，妙趣横生，一时脍炙人口，竞相传阅，遂为谜坛佳话"。应撰之谜话100篇，连载100期。结集出版后，部分篇章在汕头大学主办的《华文文学》刊发。这些谜话开始是发表在公众媒体上的，为了对读者有很大的吸引力，让读者有非得一期一期看下去不可的欲望，整个谜话像章回小说一般，每篇结尾留有"关子"。又因考虑读者面，没有刻意去讲灯谜大道理和专门的灯谜术语，而是把许多灯谜原理、技法，融化在谜话中，潜移默化的给人以灯谜教益。谜话讲述了不少自身见解，如："灯谜虽然是一种小小的文字游戏，但是因为它的幅度很广，深度很大，加上没有一定的法则，而是出于作者和猜者的个别心窍，所以它千变万化而令人着迷。""灯谜充沛于广大浩瀚的文字作品之中，就等待我们以智慧去发掘。""后人的作品一定要比前人更加高级。""灯谜除了妙造自然之外，还要在可能的情况下曲解原意，才有趣味。"谜话对英文谜或英文涉谜情节，从中西文化的角度进行比较，阐述了具有新加坡国情的灯谜文化。

1992年1月，并生轩出版社出版中国大陆谜人杨炎木著《南国谜鼓》，及新加坡灯谜协会陆续出版《谜岛众生》丛书，内容包括谜艺论坛、谜学基本知识、参赛感言等。

进入21世纪的新加坡灯谜理论研究，主要是陈秀云的数篇谜论。

陈秀云，女，谜号微云，祖籍广东潮安。20世纪80年代中期在"春到河畔迎新年"的灯谜展猜台下猜谜而踏上谜途。1997年在新加坡直落亚逸芳林公园联络所灯谜俱乐部灯谜学习班接受灯谜培训。2002年10月，发表她在北京师范大学与新加坡管理学院开放大学联办的汉语言文学学士毕业论文《新加坡灯谜的地方色彩》（见《中华灯谜年鉴（2000—2004）》）。其后，撰写《谈网络灯谜的运用》《简述大陆与台湾灯谜之不同》《中华灯谜在新加坡灯谜的传承和发展》《新马网络灯谜现况概述》《灯谜如何接地气之我见》等，文章结合当时当地的灯谜作品特色和灯谜活动实践进行分析和论述。

三、马来西亚

马来西亚，全称马来西亚联邦，前身马来亚，简称大马，是一个多民族、多元文化的国家，其经济在20世纪90年代突飞猛进，成为亚洲地区引人注目的多元化新兴工业国家和世界新兴市场经济体。华人是马来西亚的第二大人种，主要是明清到民国时期数百年来从中国福建、广东、广西、海南一带迁移的中国人后裔。1957年马来西亚独立时，华人约占40%，21世纪初，华人为25%左右，华语使用较为广泛。华人迁居马来西亚数百年，也把灯谜文化带到了马来西亚。

1. 谜事概况

马来西亚的谜事活动主要是华人社会团体和谜人的兴趣和行动。杨海松《马来西亚灯谜史略及活动概况》（《中华谜报》1995年9月21日）介绍，第二次世界大战后百废俱兴，中小学复课，谜坛尚按兵不动。迄20世纪50年代，槟城树胶公会周年会庆，

第五章 台港澳地区及海外华人谜事（1949年10月至2019年）

特邀邱蔚青、林庶利，一连四晚分主灯政。次届由林庶利独挑大梁。越数年，改由孙崧樵中医师掌舵。同时，许沱生于吉打州首府亚罗士打开风气之先，别树一帜。未几，杨永谦崛起槟城，先后于惠安公会、联商公会、男精武体育会，以文会友，推动谜运。斯时，许沱生又移居槟岛，前后于海陶公会、联商公会、紫云阁德教会，与杨永谦一呼一应，声气互通。杨、许二人相继引退后，谜坛善宿周成器于北马潮安同乡会登坛拜帅，花开数度。是时，杨海松于北马潮安同乡会及槟城联商公会的每届上元灯辉，中秋月朗，辄分别举办谜会，迄至70年代。

槟州华人大会堂宣告成立后，积极推广华族传统优秀文化，杨海松主持中秋灯谜讲座。为适应当代初学者猜射能力，加深更多人对灯谜之爱好，谜材采用社会间口习耳闻，众所周知之眼前事物，平浅易猜。猜射方式，亦不墨守成法，部分谜材，尽早刊出，供人于限定期间内，推究文义，这一方式收到事半功倍之效。八方谜友，欢欣鼓舞，而盛况空前。之后，年例举行灯谜猜射。

首都吉隆坡湖滨诗社成立时，在雪兰莪首都中华大会堂举办文娱晚会。各社诗友，例必共参盛典，邀杨海松乘便客串灯谜，三通鼓响，竟获首都中华大会堂当局垂青。第二年上元佳节，在大会堂主持灯谜讲座，座无虚席。后又到槟榔屿潮州会馆举办谜会。

在吉打州首府亚罗士打，曾有许沱生主持谜事，播下灯谜种子。1993年，第十届全国华人文化节轮值吉打州华人大会堂主办，杨海松剪裁谜文，供人猜射而轰动一时。1994年春，素为市民所景仰之拿督公暨城隍爷庄严新庙宇落成庆典，当事人为盛大庆祝特悬赏千元为灯谜猜射奖金，杨海松又北上主持。基于重赏之下，吸引外州谜友，跋涉长路，躬与其盛。广坪上座客告满，四围作壁上观者，人山人海，为各地历来举行谜会所仅见。是晚全场冠军为槟城卢瑞和所得。

20世纪90年代初中期,马来西亚谜运处于冷热胶着之形势。马来西亚全国十三州,分隔东西两岸,遥遥相对。东马沙巴、沙捞越,谜运未闻。西马划分南马柔佛、马六甲;中马森美兰、雪兰莪;北马为霹雳、槟城、吉打、加央。东海岸三州除市区外,华裔聚居者为数不多,文化活动鲜少见报,谜事亦未闻。稍为活跃者槟州。战后50年,槟州之擅于制谜及猜射者有邱蔚青、林庶利、周成器、陈学儒、孙崧樵、杜联登、许沱生、杨永谦、卢文清、萧海全、张声照、张润泉、周国振、周国基、蔡普熙等,后起之秀有张汉中、庄育文、刘作云、卢瑞和、许大道等。其时,槟州部分社团于会庆中,穿插10—20则谜助兴。谜材出自后起之秀或谜本,诱导一般青年产生灯谜兴趣。首都吉隆坡,人口逾百万,隽才云蒸霞蔚,耽谜艺者多,虽主桴乏人,年间仍援例举行,谜材沿袭谜本。吉隆坡名胜区之天后宫,及尊孔中学,继有灯谜活动。柔佛州幅员辽阔,新山市宽柔中学、居銮县居銮中学,皆曾主办谜猜。新山市中华公会于元宵节商邀新加坡黄叔麟主持。霹雳州谜人李若冰,四年一度诗总轮值主办区扶风诗社会上,客串登台主桴。其时,全马十三州,唯槟城艺术协会灯谜组,此外别无谜社组织。杨海松为当时谜运之重要者。

杨海松(1920—1998),字若杉,号松间居士,祖籍潮安,马来西亚公民。嘉时令节,数为北马潮安同乡会、槟城联商公会所举办的谜会主桴;为槟州华人大会堂、雪兰莪首都中华大会堂、马来西亚诗词研究总会、槟城艺术协会、槟榔屿潮州会馆、吉打州华人大会堂第十届华人文化节主持灯谜讲座及猜射。聘为中华灯谜学会顾问,评为中华当代谜坛宿将,获沈志谦文虎奖。灯谜作品大部分收录于《杨海松灯谜集》。

进入新时期的马来西亚灯谜,又有新的景象。邓凤鸣、王

第五章 台港澳地区及海外华人谜事（1949年10月至2019年）

得道《淡淡谜史，浓浓谜情——马来西亚谜坛今昔谈》介绍：自20世纪80年代末开始，吉隆坡乐圣岭天后宫每年元宵节、中秋节都举办灯谜展猜活动，历届灯谜主持人有李雄之、林水壕、陈福成、蔡茂华、卢瑞和、邓凤鸣等。2006年9月，在吉隆坡太子世贸中心举行的马来西亚华人工商总会展销会上，《南洋商报》举办灯谜展猜活动，李雄之现场主持。

进入21世纪，马来西亚谜人分布在马来西亚半岛各地。比较活跃的谜人，北马有张润泉、游大兴、陈玉刚、蔡少华、倪光晋、许临桂、黄振福、李瀚周、钟俊源、张文泰、杨伟添、黄冰芯等10余位；中南马有林水壕、李雄之、陈福成、蔡茂华、李若冰、黄昌文、卢瑞和、简锡添、林有量、邝东华、叶秀群、魏国强、尤荣顺、童义桀、林振耀、林志扬、彭天生、蔡凌希、邓凤鸣等10多名。槟城、高渊、吉隆坡等地还成立过灯谜组织。每逢佳节良辰，谜人们在谜会上相逢，彼此商灯射虎、切磋谜艺、交流心得，其乐融融。来自高渊的张润泉，曾在培德校友会上主持中秋灯谜大赛。大马和邻国新加坡一衣带水，及中南马的一些谜人，会在春节或中秋期间，前往新加坡弯弓射虎，参与猜谜活动。其中卢瑞和，为了提升自己的灯谜水平，于2004年专程到新加坡参加郑百川的制谜课程。2003年至2004年间，卢瑞和在马来西亚《中国报》主持灯谜栏目，每天发布一道谜题，第二天公布谜底，并详解其扣合法门。

2004年，新加坡裕廊初级学院、《联合早报》及新加坡灯谜协会联合主办首届国际学生灯谜观摩赛，马来西亚有3支学校队伍报名参加。到2006年的第二届，报名参加的队伍剧增至9支，即槟城钟灵中学、槟华女子国民型中学、吉隆坡循人中学、江加埔莱国中、巴生兴华中学、沙威国中、古来太子城国中、昔拿督孟德拉国中、昔华中学。

马来西亚人很重视"纪录",玩"纪录"的兴趣不亚于吉尼斯世界纪录。作为华人文化活动和马国多元文化组成部分的灯谜活动也搞起了"纪录"。

2004年,关丹华人社团联合会首开先例,在中秋同乐会中悬挂1088题灯谜,让所有灯谜爱好者尽情射猜。此项盛举,被写进受官方承认的马来西亚纪录大全,让大马友族同胞更深一层认识了中华文化多姿多彩的一面。2005年,关丹华人社团联合会主办中秋同乐会,又以2005题中秋灯谜打破同样由该会创造的1088题的马来西亚纪录。

2007年10月,第24届马来西亚全国华人文化节文化村活动在槟州首府乔治市中心的槟州大会堂开幕。是项活动不仅展示各种传统艺术的精髓,也特设5000盏灯谜供群众射猜,从而荣获新的大马灯谜展猜纪录,在会上进行了见证及证书移交。出席此次活动开幕的有中国驻马大使程永华、行政议员邓章耀、华总总会长兼槟州华人大会堂主席丹斯里林玉唐、华总署理总会会长叶健超局绅,以及登嘉楼中华大会堂会长符芝万等人,足见活动受重视程度。群众参与踊跃,可谓盛况空前。到2019年,马来西亚华人文化节已是第36届,多姿多彩的文化表演活动中,有奖猜灯谜这一传统的文化摊位,一直坚持,一直吸引着马来西亚民众热情参与。

通过中秋同乐会、文化节一类大型活动的推广,以及历年来缔造的马来西亚纪录大全,灯谜逐渐吸引马来西亚人的目光,间接地培养了更多年青一代的灯谜爱好者。

对外方面,20世纪80年代前,马来西亚谜友的交流主要限于一衣带水的新加坡。90年代起,开始和中国大陆、台湾的谜界有联系。随着中国大陆的快速发展及对周边国家经济的带动作用,东盟国家和中国经济、文化交流活动的日益增多,越来越多

第五章 台港澳地区及海外华人谜事（1949年10月至2019年）

的人开始重新对中国文化感兴趣，客观上为灯谜文化的传播创造了条件。尤其是中国大陆、香港、新加坡等地的谜人多次访马，传播灯谜文化，促进了马国灯谜文化的发展。访马举办灯谜讲座，或进行谜艺交流的谜人，有中国大陆的杨炎木、郑育斌、田鸿牛、伍耿怀、江更生、袁杰，香港的刘雁云，新加坡的郑泽生、黄叔麟、黄俊琪、陈惜生、黄玉兰、陈秀云、叶美玲等。其中，新加坡的黄叔麟倾注了更多热诚。1996年12月，黄叔麟邀请中国大陆杨炎木一起，从新加坡出发，驱车奔驰逾700公里，到槟城拜访杨海松，在当地主持谜会和灯谜讲座。1997年9月，新加坡黄叔麟非常欣赏马来西亚张润泉创作的繁体"遠"字猜杜甫诗《秋兴》中的"孤舟一系故園心"，而"一谜走千里"，从新加坡长途跋涉，前往高渊拜访张润泉，在新马谜坛传为佳话。2006年8月，黄叔麟虽已年近古稀，仍抱病前往吉隆坡主持灯谜讲座，竭尽全力，提携后进。

2006年8月21日，趁着国际学生观摩赛的热潮，时任新加坡灯谜协会会长的陈惜生在比赛结束后，率领中国香港、大陆及新加坡谜人刘雁云、郑育斌、田鸿牛、伍耿怀、黄叔麟、黄俊琪一行7人，前来吉隆坡举办灯谜讲座和学术交流。当时，中、港、新三地谜人代表被邀请前来马国电台直播室，进行了一小时的现场讲谜直播，引发马国听众对灯谜的兴趣。

马来西亚谜人也逐渐走出国外，多次前往新加坡参加、观摩国际学生灯谜赛、参加新加坡谜协主办的灯谜课程和联谊会等。马国谜人的灯谜创作和赏析，也出现在中国大陆的《中华灯谜年鉴》《中华谜艺》《中华灯谜》《全国灯谜信息》《中国报刊谜汇》，台湾的《谜萃》，新加坡的《谜岛众生》，以及泰国的《京华中原联合日报》等书刊上。马来西亚谜人参加了2005年的双狮友好灯谜联谊会周年庆海内外灯谜竞猜、2007年的中国灯谜（函猜）

百强、2007年的上海陆家嘴海内外金融灯谜创作大赛等谜事活动,以及众多的网络灯谜竞猜活动。

《马来西亚谜坛今昔谈》作者之一的邓凤鸣是马来西亚新一代的女谜人,20世纪90年代的某个春节,她带着孩子到吉隆坡天后宫凑元宵佳节的热闹时,第一次接触射灯谜就产生"谜"恋。自此阅读谜语书,参加大型的灯谜会,对着电脑玩猜谜,在网友的鼓励下进行灯谜创作,2005年第一次以主持人的身份主持谜会,成为活跃的谜人。2008年11月,绿野国际会展中心所在吉隆坡绿野休闲城举办第10届"国际中文书展",邓凤鸣受邀主持两场"以谜会友"灯谜展猜,一家人全上阵,女儿帮助贴谜题,丈夫负责分发奖品和更换猜中的谜条,猜谜的队伍排成长龙,好不热闹。《星洲日报》2011年8月14日《痴情男女》版刊文《邓凤鸣全身是"谜"》描绘邓凤鸣主持谜会时写道:

"给我一个吻,可以不可以……"在购物广场舞台上,主持人哼完轻快曲子后,问台下观众道:"猜一句礼俗用语!"现场气氛开始热闹,观众交头接耳,绞尽脑汁,却依然百思莫解,她笑嘻嘻说:"答案很简单啦,就是'求亲'!"现场观众哈哈大笑……邓凤鸣是"谜一般的人物",她喜欢猜灯谜,也喜爱自创灯谜出题考人,因而经常受邀主持猜灯谜展。不过,她并非"正经八百"主持灯谜,而是通过轻松有趣的哼唱,及古灵精怪的题目,来带动现场气氛。例如,她曾出过一道题目:"小孩不宜观看",猜电视节目,许多观众不假思索说"成人影片",然后洋洋得意。若答案如此简单,那就不叫灯谜啦!她分析说,"儿童"为"小孩","节"有"不宜"之意,"目"为观看,所以答案是"儿童节目",观众才恍然大悟。接下来,她"变身"为周华健,哼唱"明天我要嫁给你",并要观众猜《弟子规》一句。当她揭开谜底——将入门,观众点头称是。灯谜不只能唱的,还能用动作出题,因此她邀请一名观众上台,并与对方握手,然后要观众猜一字。当观众莫名其妙时,她揭开谜底说:"两'人'的'手''合'在一起,那不就是'拿'字吗!"逗得观众乐开怀。

2. 谜著谜作

马来西亚出版的谜著有:杨海松《杨海松灯谜集》,马来西亚槟州华人大会堂文教组,1992年出版。新加坡黄叔麟《灯谜与我》,马来西亚怡保观音堂法雨出版小组2009年10月出版。

马来西亚的一些中文报刊,经常刊登谜文谜作,如《成报》《月灯报》《新力报》《南洋商报》《星洲日报》等。20世纪90年代后,马来西亚谜人的谜作也通过中国大陆、台湾、香港和新加坡的报刊发表,通过网络交流。

马来西亚谜人主持的谜会,谜题多为创作。马来西亚地处东西方文明交汇地带,马来文化、中国文化、印度文化、伊斯兰文化、西方文化交相融合,因而马国谜人的灯谜题材也较广泛,涉及古今中外。再者,马国华人以中国潮汕、闽南籍居多,谜人的谜作也在很大程度上继承了地域风格,讲究炼句、会意、离合兼有。例:

《当代海外华人灯谜作品选》汇编的马来西亚谜人谜作:

凤凰鸣矣,于彼高冈(首都)吉隆坡(邓凤鸣)

周一相聚到周末(华语旧曲)《别在星期天》(卢瑞和)

出家计划(成语)一五一十(卢瑞和)

唯一的意中人(字)但(叶秀群)

人生苦短(成语)天长地久(叶秀群)

耳得之而为声，目遇之而成色（《西游记》人物二）清风、明月（张润泉）

风中残烛（口语）有点飘飘然（张润泉）

全部都是白的（成语）总而言之（李瀚周）

马来西亚角头（《三字经》句）国号商（李瀚周）

三十一枝花（字）卉（简锡添）

秋雨梧桐半凋零（字）淋（简锡添）

又例：英文、马来文谜作：

Red（热带水果）红毛丹（卢瑞和）（注：面为英文词红色，民间俗称西方人为"红毛"）

Swimming record（文学名著）《西游记》（邓凤鸣）（注：面文译为"游泳纪录"）

Sampai（机械名词）马达（邓凤鸣）（注：面为马来文"到达"）

nenek（称谓）巫婆（李雄之）（注：面为马来文词，马来文也称巫文，面为巫文"婆婆"）

四、菲律宾

菲律宾，全称为菲律宾共和国，位于西太平洋，是东南亚一个多民族群岛国家，人口上亿，华人约百万，其中先祖来自福建闽南（泉州、漳州、厦门）者十有八九。菲律宾素有灯谜文化传播，但谜人与中国大陆谜界交流不多，谜事消息断断续续传闻。

1989年12月，菲律宾首都马尼拉新疆书店举办书展，邀请刘天佑等撰谜，在书展期间穿插猜谜游戏，每天挂出5—7则，

第五章　台港澳地区及海外华人谜事（1949年10月至2019年）

中者每则奖励购书券60元。

1999年己卯元宵之夜，菲华元宵灯谜文艺晚会在马尼拉著名的游览胜地中国公园内举行，200多盏从中国引进的造型各异的花灯灯火辉映，分外娇艳，游客万头攒动。晚会节目丰富多彩，以灯谜为主题，穿插了各种精妙的中华传统文化艺术表演，猜谜声，喝彩声此起彼伏，高潮迭起，一直持续到深夜。这次活动由中国驻菲律宾大使馆与菲国著名的文艺社团——菲华青年学社联合举办。祖籍福建蚶江的菲华青年学社理事长、三龙国际集团总裁兼副董事长王飞虎，委托蚶江侨乡谜社提供了大量谜作供晚会选用。中国中央电视台派记者赴菲律宾进行采访，并通过中央电视台第一、二套和国际频道向海内外播放了此次灯谜晚会的盛况，菲律宾各传媒也纷纷予以报道。

菲律宾的灯谜活动与福建蚶江关系密切。1983年3月18日，菲律宾《世界日报》以《灯谜之乡——蚶江》为题，发表通讯文章介绍了中国福建省晋江县蚶江公社文化站灯谜组开展灯谜活动的状况和成果。1989年4月，蚶江中心小学新校舍落成庆典时举办蚶江第二届侨乡谜会，有菲律宾谜友与会。20世纪90年代中期，蚶江谜人林祖炳、黄杏川与蚶江旅菲同乡会副理事长、菲律宾锦江诗谜社社长王景超携手合作，广泛搜集流传于蚶江一带和东南亚蚶江籍侨胞之间的蚶江乡土灯谜，并加以注解诠释编撰了《蚶江乡土灯谜简注》，1996年10月由中国华侨出版社出版后，受到海外华侨的欢迎。当时林祖炳和黄杏川只准备带50本到菲律宾，结果带了300多本过去，被一抢而空。《蚶江乡土灯谜简注》一时间成为海外侨亲了解家乡、怀念家乡的新渠道。待林祖炳和黄杏川回到蚶江后，仍有华侨打电话过来请他们寄书。2015年11月，"世吴杯"石狮第六届中华灯谜艺术节暨第二届国际华人灯谜邀请赛举行，菲律宾延陵吴氏宗亲总会的代表参加。

2002年2月24日，首届马尼拉菲中传统文化节在以菲律宾国父黎刹的名字命名的马尼拉市中心广场的中国园内举行。龙狮起舞，鼓乐齐鸣。下午5时30分，在中国园巍峨的"天下为公"石坊前，中国驻菲大使王春贵和马尼拉市长阿蒂恩萨等贵宾为文化节剪彩并启动元宵灯会按钮。转瞬之间，由12家华文学校师生参与制作的600余盏彩灯齐放，与马尼拉湾玫瑰色的晚霞相映成辉。面对此情此景，作为文化节主办者之一的菲华青年学社理事长施振忠先生十分激动，因为3年来由华人社团举办的元宵灯谜晚会，影响和规模不断扩大，在马尼拉市政府和中国驻菲使馆文化处的大力支持下以及社会各界的积极参与下，元宵灯谜晚会形成了热烈隆重的首届"菲中传统文化节"。

2018年3月15日，菲律宾中国商会会长洪及祥在《人民日报（海外版）》介绍，菲律宾中国商会每年都会在菲律宾最大的国家公园黎刹公园中的中国公园举办中菲文化节。在每年的正月十五，都邀请中国驻菲律宾的大使以及当地的官员参加，大使还会去剪彩。中菲文化节在菲律宾政要的眼中，也有很重要的位置。

2019年2月23日，仍在中国公园举办第19届菲中传统文化节，中国驻菲大使赵鉴华、马尼拉市长埃斯特拉达等1000多位菲中各界人士出席。文化节活动照例有猜灯谜，且采用了中菲英三语。是年2月，中国广西壮族自治区文艺代表团到菲律宾文化中心大剧场进行"美丽中国·心仪广西"文艺演出，23日，文艺代表团抵达菲律宾后，在演出前举办了猜灯谜、写春联、画年画、庆团圆煮元宵等多场中国特色文化活动。

菲律宾的谜人中，与中国大陆有谜事交流者主要有：

许永康，菲律宾《世界日报》编辑。在《世界日报》副刊开辟"灯谜欣赏"专栏，每周一期刊登5则灯谜，谜作风格与中国闽粤相似。1989年参加《中国谜报》首届中国灯谜国际大奖赛获"中国灯谜百强"。中华灯谜学会成立时聘为顾问。

王景超（1931—2006），福建石狮人。蚶江旅菲同乡会副理事长，菲律宾锦江诗谜社社长、石狮市灯谜协会名誉顾问。曾在其主编的菲律宾《商报》"醒狮"专版上开辟"狮城谜选"。合编《蚶江乡土灯谜简注》。谜作如：

老头添丁（字）孝
杨家有女初长成（红人二）环儿、大了
执干戈以卫社稷（三国人）武安国
月儿弯弯（七唐）此曲只应天上有
NEWS（《三字经》句二）曰南北，曰西东（注：NEWS是新闻、消息的意思，N、E、W、S又表示北东西南四个方向）

刘天佑，祖籍福建南安，生于菲律宾，汉文高中毕业，英文亚当顺大学化学系毕业。服务报界十多年，后从事国际贸易。积极投猜台湾《谜谭》《谜汇》，在菲律宾《世界日报》主编"灯谜集锦"，介绍海内外谜人作品。谜作如：

马上相逢无纸笔（成语二）乘人不备、难以置信
感君缠绵意（歌名）谢谢你的爱
洞房记得初相遇（成语）会逢其适
不偏于憎爱（成语）平情而论
枫红瑟瑟入诗篇（古文篇目）《秋声赋》

五、美国及其他

在世界各地的唐人街及其他华侨华人聚集的地方，都保留着

猜灯谜的传统文化活动。20世纪的海外谜事活动，展猜形式的多，小规模开展的多，传入国内的信息有限。21世纪，随着信息化的发展，海外谜事活动形式、规模都发生了较大变化，海外很多谜事活动尤其是较大型的谜事活动通过各种途径直接传递到中国大陆。中国大陆经常性地组织冠名"世界""全球""海内外"的灯谜赛会，网罗海外谜人参加。在西方国家的华侨华人的谜事活动中，美国的灯谜热爱者相对较多，谜事活动相对活跃，带动了海外谜事的发展。

1. 猜谜活动

海外谜事活动多而分散，消息散见于海外华人报刊和网络，中国大陆的报刊网络、广播电视也有报道。中国最具权威的《人民日报》及其海外版，记述了大量海外猜谜活动实例，足见我国舆论高层对中国灯谜文化的热情关注和传扬。

美国：1977年，台中县蔡文德在威斯康辛大学留美同学会元宵节聚会中举办灯谜活动，因此而与杨逸香小姐缔结灯谜姻缘。20世纪八九十年代，台北黄永文教授旅居洛杉矶时坚持主持谜坛。2000年元宵节期间，美国南部达拉斯地区，特别是华人社区迎新春闹元宵，人们无不被那浓郁的中华传统文化气氛所感染，当地的几家华文报社都接连搞了几次征联猜谜活动。2007年9月23日，由繁荣华埠总会主办的第五届中秋文艺节在纽约华埠举行，活动中有各式各样的表演，特别是猜灯谜和压轴的儿童提花灯游行，让民众度过一个愉快又有意义的周日。灯谜由人瑞中心提供。2017年1月，美国福建公所在纽约东百老汇街举行挂千灯、舞狮、猜灯谜等一系列热闹非凡的庆祝活动。2019年2月9日，"文化寻力"中国春节庆祝活动在美国北卡罗来纳州的斯泰茨维尔市南爱尔德尔高中举行，来自中国的近百名学生

第五章 台港澳地区及海外华人谜事（1949年10月至2019年）

同当地美国师生联袂演出。中美学生用演出的形式为当地民众讲述了中国春节的由来，春节的传统，并献上了歌舞表演。在演出前后，进行了猜灯谜等活动。此项活动连续第五年在该市举行，成为了当地一项重要的文化交流活动。2月16日，中美青年新春联欢在中国驻美大使馆宴会厅举行，约500名中美青年欢聚，庆祝中国农历新年以及中美建交40周年。联欢有文艺演出，有猜灯谜等文化游园活动。

加拿大：20世纪80年代，是香港人移民加拿大高峰期，多伦多唐人街发展蓬勃。有个叫文华邨的商场，春节期间的年宵市场设猜灯谜摊位。后来新建的龙城商场、文华中心，亦每年坚持在年宵市场进行猜谜活动，有时兴盛有时维持。制谜和主持谜坛的有张毓昆、苏武龄、黄平康、朱宗伟、黎彪、潘宙等。2003年2月，华人张庆伟描绘在加拿大的多伦多过除夕说，多伦多唐人街一家大商场的长长的走廊两边，密密麻麻挂满了五彩的纸片，凑近一看，竟全是写就的谜语。猜谜会！喜出望外自然兴致大发，冥思苦想、连说带比画地和一群说广东话的老人交流了起来，一个多小时后意犹未尽地抱拳告辞时，心情大好。温哥华唐人街举行庙会，一直保持品尝饺子、书写春联及猜灯谜等传统活动。香港作家阿浓（朱溥生），曾在香港主持过猜谜节目。1993年移居温哥华，曾任加拿大华裔作家协会副会长。当地社团多次邀请他主持灯谜竞猜节目。加华作协的新春联欢会也有猜谜的传统，阿浓亦多次主持。2012年，温哥华中文图书馆举办40周年馆庆暨筹款晚宴，邀阿浓出谜助兴。2015年，加华作协再次邀请阿浓主持灯谜竞猜。为增加热烈气氛，猜的方式是猜中即大声喊出谜底。猜的谜有"特首新年贺词"猜爱情剧"梁祝"（当时香港特首是梁振英），"香港首富退休"猜唐诗人"李商隐"（香港首富指李嘉诚）等。2017年，阿浓应心理学会邀请，以心理学名词为素材制作灯谜竞猜。阿浓还把猜谜制谜的心得和主持猜谜节目的趣事写成文章，在《星岛日报》《大公网》等报纸网站发表。

英国：2003年9月7日，上千名华侨华人欢聚在英国东北部海滨城市纽卡斯尔市的中国城内举行长达4个多小时的"中秋同乐日"活动。小舞台旁，10多个摊位上展销着具有浓郁民族特色的中国食品和各种手工艺品，并举办有奖猜谜。一位年逾七旬的老者在不到十分钟内就猜出了近10条谜语，引起周围人们一阵惊叹。原来，这位老人是有着深厚的中外文化功底的北京外国语大学教授，不久前刚刚来到纽卡斯尔看望定居在此的儿子、孙子。2019年2月，由中国驻英大使馆文化处、凤凰传媒国际（伦敦）有限公司以及英国江苏商会共同主办的"中国文化进社区"春节庆祝活动，在伦敦泰晤士河畔凤凰之家全景艺术展厅举办。其中第二场活动是"符号家乡新春联欢会"，通过猜灯谜、有奖问答、家乡才艺表演等生动有趣的形式，邀请现场来宾互动体验，分享中华传统文化知识。

法国：1983年，著名的蓬皮杜国家艺术和文化中心专场放映北京春节谜会的电视录像片，吸引许多侨胞前往观看。2003年2月8日晚上，在图卢兹三大leCAP大厅，300多名留学生、旅法学者及其家属济济一堂，共庆新春。晚会还吸引了许多法国朋友，其中有来自图卢兹市政府的官方代表、三大、二大、INSA的国际关系处的负责人、法国里昂信贷银行的负责人、法中友好协会主席等。晚会演出部分结束后猜谜语，一时间男女老少、学生学者齐上阵，纷纷开始猜谜活动，直把领奖处的两名同学围得水泄不通。2007年2月，中国学联组织的迎新晚会在尼斯大学宿舍的晚会厅举行，首次邀请尼斯大学东方语言文化系的法国同学参加。学联主席赵丰的新年祝词刚完，大家立刻迫不及待地奔向气球下悬挂的彩色纸条，开始了猜谜语的活动。根据晚会规定，中国同学只能猜法文的，法国同学只能猜中文的，因此外语尚不熟练的都急忙找伙伴帮忙，猜中了共同领奖。初学的法国朋友，说中文未免不够字正腔圆，那认真而别扭的洋腔洋调使厅内爆发出阵阵开心的友好笑声。2012年1月，巴黎欢歌笑语闹新春欢度中国春节，很多法国友人参与写春联、猜谜语活动。

俄罗斯：2014年2月，莫斯科中国文化中心举办"欢乐春节"系列活动，各界民众冒着-20℃的严寒赶来体验中国春节的包饺子、写春联、猜灯谜。2016年2月，在庆祝新春佳节之际，俄罗斯民众在莫斯科中国文化中心的新年联欢会上猜灯谜。

瑞士：2000年2月龙年春节，巴塞尔学联会自办100多人的年夜饭。年饭后开展猜灯谜等游艺活动。为了筹集春节晚会的灯谜，从中国北方来巴塞尔攻读博士学位的学生老凌，发E-mail给国内的妻子，到图书馆去找了本灯谜书抄录谜作，又忙不迭地用E-mail发过来，很快就为晚会筹集了几十条灯谜。

澳大利亚：进入21世纪，奥本市每年都在农历新年期间举办新年元宵联欢花灯会，花灯会少不了有奖猜灯谜活动。2001年，澳洲华人电台国语台增辟有奖猜谜栏目。2016年中秋节，阿德莱德大学国际学生社团支持、中国留学生主办中秋节晚会。晚会是联欢会的形式，包括传统的猜灯谜、发月饼等活动。

斐济：2016年2月，斐济中国文化中心开展中国春节趣味知识讲座、有奖竞猜灯谜、中国春联书写体验、"我来教你包汤圆"等互动活动，让斐济人民了解并体验中国传统节日春节的习俗和文化。

埃及：2019年2月，系列中埃文化交流主题活动在埃及首都开罗举行。23日，两国民众共同参加中国传统猜灯谜活动。

尼日利亚：拉各斯大学孔子学院2019年迎新春暨元宵节联

欢会在拉各斯大学主礼堂举行，进入猜灯谜环节，主持人请一位本土教师做示范后，观众们争先恐后登台参与猜灯谜活动。

缅甸：仰光华侨丘立才，每年参加当地春节文娱活动，负责搞展猜。20世纪50年代编著出版《朱波春灯谜集》。

越南：20世纪50年代中期，中国体育代表团访问越南时，当地侨胞以运动员的名字为谜底制作即景谜，用以在欢迎会上举行传统的猜谜活动，气氛十分活跃。

日本：新华社东京电消息：1984年7月11日，日本国际亲善中心举行日中友好晚会，放映了中国彩色风光片，举行了关于中国情况的猜谜活动。猜谜，在日本福井、石川和冲绳岛一带叫"谜挂""灯挂""灯问""猜一猜"，鹿儿岛一带则称灯谜为"老古话"。旅日侨胞中比较喜欢猜《西厢》、诗词和字谜一类的灯谜。由于日文中不少字与汉文有相同之处，因而猜谜就不仅是在旅日华侨之间开展，日本人民也爱猜谜。日本近代的多本华语学习读本中选编入中国谜语。当代，华侨大学（校本部位于中国福建）日籍教师谷崎永井在教学之余，潜心著述，在高校学报发表多篇关于日本民间谜语与中华灯谜的文章，多次将中华灯谜的溯源发展、猜制艺术等撰文向日本读者介绍。日本知名童书作家、翻译家石津千寻的作品《猜谜语商店》《猜谜旅行》《猜谜房间》则译成中文在中国大陆出版。20世纪80年代，日本生产了一种印有字谜的卫生纸，可供入厕者片刻消遣，增长知识，提供高层的"精神享受"。这种印谜手纸首先在美国畅销，虽每卷价标5美元（黑市有售10多美元），但远远不能满足美国国民的"渴求"。步美之后尘，欧、非各地也在设法弄到货源。（《人民日报》1988年12月11日）

海外谜事活动中，运用灯谜辅助教学或学习汉语，已成中文学校或汉语教师常用的教学方法，猜灯谜是寓汉语学习于娱乐的经常性活动。

2001年，美国克里夫兰中文学校的小学中文代课老师顾小宇撰文《从学生到老师》讲述：他请国内的爷爷、奶奶和伯母，买了许多中文的谜语、儿歌、笑话的书，以丰富课堂教学内容。4个多月来，学生对学中文的兴趣大大地提高了。有时提出一个问题，学生们举手急得都站了起来。猜谜语时，他只接受中文答案。常常有学生猜出了谜底却想不起中文该怎么说，用英文说出来又怕别人知道了谜底，着急得憋红了脸，一个劲地说："我知道，我知道……"

2001年暑假，在德国学中文的刘畅、张雅慧一起办了一份学中文的小报《小留学生报》，9月1日创刊号上选刊了几个谜语。

2009年6月，记者杨凯走进意大利普拉托中文学校，看到国内特意为海外华文教育编写的教材。第一册第一课学习的是中文数字，从"一"到"十"，作为辅助的是一首谜语诗："一片一片又一片，两片三片四五片。六片七片八九片，落入水中看不见。"重要的不是这首谜语诗的谜底（雪），而是加深对这些中文数字的印象以及提高孩子们学习的兴趣。

2010年，美国密歇根州的西密歇根中文学校教师贺锡翔撰文《猜字谜学汉字》讲述：汉字的象形会意特征之鲜明，古代文人一直喜欢制作字谜，竞猜娱乐。受此启发，便从上《中文》第六册（中国暨南大学华文学院编）第一课《古诗二首》开始，就尝试把课文里的字做成谜语，让学生们抽空竞猜。在备课时就把字谜做好，然后在课堂间隙，如学生朗读课文几遍之后或课堂书面练习结束后宣布："现在大家来猜几个字谜，谜底就在课文的字里行间，看谁能把它们找对，越快越好。"当在白板上写完谜面，转过身来，发现学生们都已在埋头看书找字了，那神情比读课文还专注。从表情看来，学生们对猜字谜确是很感兴趣的。第一课字谜是这样几个：谜面：二十个太阳和半个朋友（谜底：朝）；谜面：屋里关了个太阳（谜底：间）；谜面：树下有个男孩（谜底：李）；谜面：大激流（谜底：瀑）。尽管出的谜语有些难度，但仍有几个被学生猜出。对猜得又快又好的优胜者，往往颁发小奖品，即自制的书签，上书勉励学习的格言警句。看得出，得奖的学生还很兴奋。几年来，采用《中文》第六、第七、第八册教材里的字，制作了各种各样的字谜。让学生们猜谜认字，有助于汉字学习。所教的有几个学生所写作文获得第八届世界华人学生作文大赛一、二、三等奖，而这几个学生恰好都是猜谜积极分子。

加拿大渥太华欣华中文学校教师勾伯明撰文《字谜走进中文课堂》讲述，他是一名中文学校老师，参加"长青谜苑"是为了学习制作字谜，用来提高孩子们学习中文的兴趣。80多岁的罗庆裕老先生知情后，把正在编写中的《〈中文〉生字谜汇》的部分谜面交给他，希望在教学中试用。他如获至宝，每节课在黑板上写出几个谜面让学生猜。猜谜语引发了学生极大的学习兴趣，他在介绍字谜的猜解方法的同时，顺势讲解汉字的结构规律。如："父亲上巴山"说出了"爸"字是由一个"父"字和一个"巴"字组成的；"父"是"爸"字的意思，"巴"是"爸"字的读音。这个谜面语言简练、上口，孩子们容易记忆，只要会背这个谜面，"爸"字的写法就不会忘记了。再如"啊"字，谜面是"口耳可并用"，将"啊"字的3个构件列出来，孩子只要把这3个构件合成一个字，谜底就猜出来了。更重要的是，孩子们在猜谜语的过程中，感性地懂得了汉字的结构特点和规律，对于孩子记忆汉字字形有极大帮助。不少谜面富有文学性，使学生在猜字谜过程中，潜移默化地提高文学修养。如"翅"字的谜面"一支羽毛为啥来？小鸟靠它飞起来"，读起来很有诗的韵味；再如"骄"字，罗老先生用陆游的《咏梅》词句作为谜面"驿外断桥边"，把"驿"

和"桥"拆开，再组合成新字，便正是谜底。

21世纪10年代中期开始，中国国家汉语国际推广领导小组办公室在世界各地建立孔子学院。至2018年12月，已在154个国家和地区建立548所孔子学院和1193个中小学孔子课堂，有注册学员210万人，中外专兼职教师4.6万人。孔子学院在进行汉语教学的同时，亦传播中华灯谜文化。如俄罗斯国立人文大学孔子学院举办"迎新春、闹元宵、猜灯谜、学汉语"为主题的新春联欢晚会，开展"猜灯谜""说绕口令"等竞赛活动。蒙古国国立大学孔子学院每年举办猜谜语比赛。加拿大新不伦瑞克孔子学院的春节文化活动展中设猜灯谜展台。

2. 网络谜情

海外网络灯谜活动起于被评为20世纪十大谜社之一的游子吟谜社。

游子吟谜社的网上猜谜始于1994年。当时互联网创建不久，还没有后来的网站、浏览器这类概念，主要交流形式是新闻组（newsgroup）和邮件列表（mailing list），而中文活动的主要场所是新闻组ACT（Alt. Chinese. Text）。在ACT发表的帖子涉及政治、经济、文化、军事等各个领域，不知何人提出了猜谜，得到ACT十多位人士的响应，开始有了不定期的灯谜帖子，并于1994年6月出版了电子刊物《谜径通幽》第1期。接着，在1996年5月，建立了邮件列表CHRIDDLE，即谜网。从此网上猜谜活动有了专门的、稳定的依托。谜网最早的成员都是在海外留学、工作、生活的中华游子，把谜社的名称定为"游子吟谜社"，是取其思念故国之意。当时没有正式的章程，也没有一定的管理形式，任何人只要加入谜网的列表，就算是游子吟的一员，来去自由，无拘无束。谜友在谜网发言，多以谜号自称。谜网言论自由，以谜会友，从不以资历为凭。大家散居世界各地，多数未曾谋面，却不因此而有陌生之感。凭着网络的联系，凭着对灯谜的喜爱，谜社成员在谜网这片网络净土上陶然共乐。

1996年8月10日，散居在美国、英国、德国、加拿大、荷兰等国的游子吟谜社数十位谜友，应约欢聚在各自的电脑前，通过全球电脑网络举行别具一格的"庆奥运灯谜晚会"。谜会从美国东部时间下午2点开始一直持续到午夜之后。

1998年1月，谜网成员使用IRC（Internet Relay Chat）召开全体大会，讨论通过游子吟谜社章程，选举产生第一届理事会，登记注册正式成员22人，宣布有组织的"游子吟谜社"正式成立。至2005年，历届社长为：第一、二届老哈（韩清源）；第三、四届阿翁（翁弘元）；第五届凝烟（崔宏），名誉社长老哈、阿翁，有注册成员70人。在谜网活动蓬勃开展之际，谜社于1997年与内地（大陆）、港台谜界开始了接触，在《全国灯谜信息》上开辟了"游子擂台"。同时，谜社的正规化建设也逐步走上轨道，谜社电子刊物《谜径通幽》于1997年7月取得国际标准刊号ISSN1094-0006，主要用于网上阅读，打印时为16开本，主编由游子吟谜社社长兼任。谜社网站于1997年10月创建，2000年3月设立新址，2002年迁至www.youziyin.net。

游子吟谜社的主要活动包括：通过邮件列表的社内通信，进行日常的制谜、猜谜、玩谜等活动。从2002年开始，活动的场所逐渐从邮件列表转向游子吟BBS论坛，日常举行与虎谋皮和游子竞猜，不定期举办网上实时谜会。谜会早期主要借助IRC进行，后来改用专门的华清谜吧和游子吟聊天室。每周六晚在华清谜吧或QQ聊天室举行华清周末谜会，由主播谜友提供50条左右原创谜作供大家猜射。社刊《谜径通幽》，除了在网上以电子形式出版、寄发各刊物下载中心收存以外，还印送国内大陆、

第五章 台港澳地区及海外华人谜事（1949年10月至2019年）

香港、台湾等地的谜报、谜人。在《全国灯谜信息》报上不定期举办"游子擂台"。在互联网上组织举办华清杯谜网团体对抗赛。华清杯的前身是"虎鼎杯"谜网团体对抗赛，自第四届起，为纪念英年早逝的谜社成员、副社长华清（赵旭晟）而改名华清杯。华清杯（含"虎鼎杯"）从1997年第1届的两个队（游子吟、北京），1998年的3个队（游子吟、北京、南京），到1999年的4个队（游子吟、南京、安阳、沈阳），2000年的13个队，2001年的18个队，2002年的23个队，华清杯谜网团体对抗赛的影响日益扩大。游子吟谜社作为第一个网上谜赛（1997年第1届）、第一个基于网站的自动化谜赛（1998年第3届）、最大规模的灯谜团体对抗赛（2005年第9届共25队465人参赛）的发起者、组织者、程序设计者，为灯谜网络化做出了开创性的贡献。

进入21世纪，较为活跃的网络灯谜阵地有文学城"闲趣谜语"论坛。

文学城是美国最大的中文门户网站，共有70多个主题板块，"闲趣谜语"是其中之一。版主有竹杖，东渡等。"闲趣谜语"是松散性灯谜论坛，骨干谜友约20人，访客无数，没有正式谜社组织，自发性出谜、猜谜、砸砖、灌水。时而日翻数页，时而几日无帖。2003年与《易凡网》"四海纵谈"论坛举办首届四海杯灯谜对抗赛。对抗赛于美国东部时间10月30日12时开始，参赛的文学城闲趣队和四海迷宫队两支队伍40余位谜友，全部由海外华人组成，大部分队员分别来自两大海外华人网络社区文学城和四海纵谈。比赛规定双方各制35条谜题，相互猜射，最先全部猜射中的或在规定时间内猜射条数最多的队伍获得团体优胜。11月2日10点比赛结束，迷宫队猜出全部谜题，以两分优势险胜。谜赛评选出13则佳谜。此赛入选当年谜坛十件大事。论坛内还组织过新年谜会、万圣鬼怪谜会等活动，多是兴致所驱,一呼数应而成。常见的"文中觅谜",由谜友自发帖一段古文,众谜友跟帖造底谋面。论坛谜友常以个人身份参加国内各种谜赛,2014年与《谜也者》编辑部联合举办首届"谜也者"杯旅美华人灯谜创作赛。

海外网络灯谜阵地还有"未名空间·执谜不悔俱乐部"。

未名空间(mitbbs.com)创办于1997年,是一个主机位于北美的、主要用户群为在北美的中国留学生的电子信息服务系统(BBS)。执谜不悔(riddles)是其中开创比较早的一个版,活动形式松散,主要活动人员也是以留学生为主,版主有snowforever和yantse等。2004年前后,版上开展过定期"与虎谋皮"和"子曰诗云"竞猜等活动。2005年起应网站要求改为俱乐部形式,用户需要加入俱乐部才能发文,版面活动开始减少,几年后近于停滞。

3. 海外谜人

从三本谜书中,可窥海外谜人谜情之概貌,亦可知两个不同时期中国大陆对海外谜人的知晓情况。

(1)1990年出版的《海内外灯谜精选》

《海内外灯谜精选》是一本当代灯谜创作选集,选编了大陆、台湾、香港以及泰国、美国共150多位谜人的创作灯谜5000余条。书中谜作主要由作者本人提供然后汇编。由于信息等原因,海外谜人谜作只汇编到3人,即泰国庄明业、黄景云和美国的陈世禄。

陈世禄(1916—),笔名陈文受,广东澄海人。早年居湛江市,青年时代经商。1955年在香港从事新闻工作及写作。1974年移居美国。文学创作之余,从事灯谜创作与研究。1971年在香港《当代文艺》杂志发表谜作。1985年在国内《文化娱乐》发表谜作。1986年、1988年和1989年连获"中华佳谜手""华

第五章　台港澳地区及海外华人谜事（1949年10月至2019年）

夏最佳灯谜""中国灯谜百强"等称号。常应国内各地谜界函邀，遥寄灯谜作品或贺诗。中华灯谜学会成立时聘为顾问。谜作如：

　　歌残宴散华堂空（五言唐诗）曲终人不见
　　回首前尘原是梦（《西游记》人名）悟空
　　误认少妇作小姑（古文句）乃不知有汉
　　叠波翻遍屠龙血（词牌）《满江红》
　　唐室无纷争（奥运会冠军）李宁

（2）2014年11月出版的《旅美谜话》

《旅美谜话》，（美国）中国独立作家出版社出版。编著者刘二安，于2013年末到美国探亲时，正逢美国谜坛活动转冷时。作者在代序言《在美国编中国谜刊》介绍："在美期间，恰逢海外游子创建'游子吟谜社'和出版《谜径通幽》社刊20周年，借此机会我广泛联络了在美国、加拿大的游子谜友，因忙于事业、生活及种种原因，活跃了十余年的海外灯谜游子大多淡出了谜坛，有些已经失联，有的因疾病缠身无法再从谜，我曾建议他们编印20年纪念集的愿望很难实现。我也访问了几家曾辟有灯谜论坛、在海外影响较大的中文门户网站，除了文学城的'闲趣谜语'还在坚守，未名空间的'执谜不悔俱乐部'已近于停滞状态，亦凡论坛的'四海谜谈'早成陈迹。"作者便由此产生了搜集、整理、编辑海外华人灯谜作品的构想。半年期间，作者与海外谜友联络，与海外中文门户网站"文学城·闲趣谜语"论坛合作，发起举办了首届"谜也者"杯旅美华人灯谜创作赛。由此汇编了旅美华人灯谜作品书。书中会集谜作者王巨、王锋、王静、刘迟冰、许朝良、李川、苏卓平、邱宁、陈世禄、范杜谊、徐文蓉、徐福东、晏浩、翁弘元、聂大林、基甸、黄永文、谢建、韩清源、潘汝淦、蔡季男、蔡赟昀等 22 位。

（3）2017 年出版的《当代海外华人灯谜作品选》

《当代海外华人灯谜作品选》收入 13 个国家 70 位作者的谜作及谜评，另汇编其他 50 多位作者的谜作。主编刘二安旅美期间，借在海外联系的便捷，广泛联系其他国家的谜友，得到海外谜友的热烈响应。为配合海外华人灯谜作品的征集，《谜也者》编辑部先后与"文学城·闲趣谜语"论坛、台湾《谜萃》月刊合作，举办了"旅美华人灯谜创作赛"和"海外华人灯谜创作赛"。这两次创作赛不仅征集到了一批海外华人灯谜活动资料，还提高了海外华人的灯谜创作热情，出现了一批海外灯谜新作佳作。书中汇编事谜的海外华人有美国屠安和《旅美谜话》汇编的 22 人；（加拿大）杨立勇、李幸、董国强、谭永祥、潘宙；（英国）丁金宏；（法国）邵长春；（德国）郝向阳；（葡萄牙）符连社；（澳大利亚）刘晓璐；新加坡邓伟文、叶少玲、叶美玲、邱建忠、陈秀云、林平、林月英、罗兰、郑进福、黄玉兰、黄叔麟、黄俊琪；（马来西亚）邓凤鸣、卢瑞和、叶秀群、张润泉、杨海松、李瀚周、简锡添；（泰国）马灿士、马维克、卢一雄、庄文墀、庄明伟、陈少南、陈凌云、陈惠龄、林仲杰、林宝才、林鑫声、殷婵娟、黄克光、黄景云；（菲律宾）王景超、刘天佑；（日本）陈雪江；（新西兰）曹志标。

4. 谜书在海外

中国灯谜书籍摆上了海外中文书店书架。旅美谜人苏卓平曾在位于纽约中国城伊利莎白街的东方文化事业公司（东方书店）发现灯谜书，细细数来，竟有 40 多种，如《灯谜万花筒》《中华谜书集成》《古今优秀灯谜鉴赏辞典》等。在美探亲的谜人刘二安也到东方书店，经营业员的引领指点，在"儿童图书"类见到几本陈清泉编著的古典名著故事灯谜，其他是中国内地和香港编

第五章 台港澳地区及海外华人谜事（1949年10月至2019年）

著的儿童谜语书。灯谜书归类于儿童图书，是中国内地谜友想不到的。美国中文书店销售的谜书还有：

洛杉矶中国城长青文化广场销售中国大陆出版的《四大名著灯谜精选》《灯谜览胜》《民间节庆灯谜》。

波士顿中国城中文书店销售台湾出版的《新编谜语365》。

纽约中国城东方书店销售中国大陆出版的《〈西游记〉故事灯谜》《〈水浒全传〉故事灯谜》《〈红楼梦〉故事灯谜》《〈聊斋志异〉故事灯谜》《〈封神演义〉故事灯谜》《我就要这本谜语书》《少儿读歌谣猜字谜》《我的第一本谜语书》，香港出版的《谜语故事》《猜谜语》。

纽约法拉盛中华书局销售台湾出版的《新世纪谜语集》《猜谜语大全》。

中国灯谜书籍在海外图书馆也有较多收藏。苏卓平介绍，陆续在耶鲁大学图书馆查到来自中国大陆、香港、台湾以及泰国、新加坡的中文谜书80本，其中有最早中国明代谜书《广社》电子版，有当代中国大陆谜书《中华灯谜集成》《中华灯谜研究》《中华灯谜鉴赏》《中华灯谜库》《现代灯谜精品集》《百年谜品》《历代灯谜赏析》《中华字谜鉴赏大典》等。

世界上最大的、全球最重要的图书馆之一的美国国会图书馆收藏了数十种中国大陆当代出版的谜书，如：陈雨门《文虎集》，申江《谜语大全》，吴仁泰《佳谜欣赏》，杨永生《谜语漫话》，江更生《灯谜万花筒》，金舒年等《谜语夜话》，赵首成、邵滨军《新时期灯谜佳作集》，崔慧明等《古今灯谜三千条》，鄞镇凯《潮汕谜艺》，李永文《中华灯谜大观》，彭林绪等《谜人的世界·青林寺谜语的人类学考察》，曹石珠《走进字谜的艺术宫殿》，柳忠良《中华灯谜学》，刘二安等《谜史丛谈》。

日本早稻田大学图书馆藏有《灯虎》《新灯虎》《新选灯虎》

《新刻灯虎》《最新灯虎》《灯谜大观》等中国清末民初的谜语书。

《谜史》是中国近代出版的一部重要谜著，美国哈佛大学图书馆竟收藏了5个版本：国立中山大学1928年初版、台湾1969年版、上海1986年版、黑龙江2004年版、中华书局2009年版。耶鲁大学图书馆收藏两种：台湾1969年版和上海1986年版。

《春谜大观》也是中国近代出版的一部重要谜著，美国哈佛大学图书馆收藏了两个版本：1917年进步书局初版、国立北京大学中国民俗学会民俗丛书1977年版。

《谜社便览》是中国明代灯谜研究专著，近代以来，国内没有发现其踪影，记作散佚。而在日本图书馆《尊经阁文库汉籍分类目录》中，标注其版本信息为"四卷，韩某，明版"，比国内文字记载的版本还完整。

《灯谜雅调》(扉页书名《灯谜雅集》)，清刻本，盛兴堂梓，现代国内未见。1823年，英国基督教传教士罗伯特·马礼逊（1782—1834）带到英国的近万卷中文图书中包含此书，1922年至今由伦敦大学亚非学院收藏，21世纪制成网络版传到网上。

5. 谜作例录

（1）首届四海杯海外华人灯谜对抗赛佳谜

2003年11月2日举行的首届四海杯海外华人灯谜网络对抗赛邀请了蜗牛手（张卫平）、翟鸿起、谈笑周郎（林敏）、天涯（陈继耿）、燕云（滕宝毅）、陈清远、祥龙福虎（林松龄）和朱琳等谜界人士作为特邀评委，经过评委给全部参赛谜题评分，产生出13条佳谜。

菡萏香销翠叶残（体育比赛用语）落后一杆（xinger）

采用非常规棋路，大家纷纷叫好（五字口语）怪招人喜

欢（fallrain）

纵然三山横阻，犹念爱意依依（电子工程名词）IEEE（xinger）

无论责备与否，失利责任在我（多字成语）见怪不怪，其怪自败（蒙大拿）

迷宫队长真鬼，闲趣班竹更神（五字口语）两头不是人（古巷）

找不到活儿干，连累老公也受穷（六字口语）没工夫跟你贫（xinger）

绑架撕票（四字常言）抓住要害（古巷）

表演作派更是超凡脱俗（探骊）台风·尤特（竹杖）

井台泉头，欲仿太公钓王侯（人物神态形容语）两眼直勾勾（竹杖）

逆流直去孤帆横（二字形容词）充沛（Skystalker）

少发牢骚，知足常乐（探骊）节气·小满（古巷）

天庭饱满者，长命但定多难（保险业词）高额人寿保险（竹杖）

小心兔子，改变局面（歌星）孙悦（rover）

（2）2008年文学城"闲趣谜语"迎春谜会佳谜选

球打中横梁，人冲进网窝（网络用语）闪（名嘴）

断桥残雪日落时（10笔字）栘（Cai123）

清大内禁止大年初一酗酒（词曲牌二）《满宫春》《节节高》（新学生）

很不爽地说，受邀饭局不断，减肥必定泡汤（探骊）客气话·请多多保重（东渡）

已娶妻室者，大半讲土语（俗语半句）有女人的地方话多（名嘴）

冰雪消融后，一路到塞北（时令）寒露（Letstalk）

"山径崎岖静复深，西风黄叶满疏林。偶逢双斧喽啰汉，横索行人买路金。""劫掠资财害善良，谁知天道降灾殃。家园荡尽身遭戮，到此翻为没下场。"（唐人冠别称·卷帘）诗鬼李贺（笔加锁）

有一点机会，江即弄权（演员）巩汉林（东渡）

三教九流都爱泡啤酒屋（4字口语）行行好吧（竹杖）

有的写漏了半截，结果倒判对三题（名建筑）鸟巢（老y）

（3）2014年首届"谜也者"杯旅美华人灯谜创作赛佳谜

谁得献计取燕中（字）信（底特律·范杜谊）

死亡航班潜各方（成语）危机四伏（洛杉矶·潘汝淦）

个体有难处，成了钉子户（网络新成语）人艰不拆（洛杉矶·许朝良）

多来米饭少来稀粥（《三字经》句）乃八音（洛杉矶·蔡季男）

"君为我呼入，吾得兄事之"（语言学名词）希伯来语（奥克拉荷马·王静）注：面出《鸿门宴》。

佳人月下照徘徊（娱乐圈现象）美女走光（纽黑文·苏卓平）

滴水不漏，又顾全大局，有领导作派（数学名词）圆周率（洛杉矶·王锋）

内人入厨做早点（食品）豆腐（达拉斯·徐福东）

"遥知不是雪，为有暗香来"（食品用语）花生味（奥兰多·

王巨）

colt，foal，horse，mare，mustang，maverick，pinto，stallion，steed（台湾名人）马英九（波士顿·袁尚贤）注：谜面为马的英文词汇9种。

（4）2015年首届海外华人灯谜创作赛佳谜

"非陶龙骧莫可"（象棋残局研究语）缺士行不行（美国屠安）注：面出《晋书》列传第36《陶侃传》，陶龙骧即陶侃，字士行。

"老大海南岛，老二吐鲁番，老三少林寺……"（作家连作品）路遥·《人生》（美国王巨）注：面为小品《超生游击队》台词。

"终日行不离咫尺，而自以为远"（电影）《一步之遥》（美国苏卓平）注：面出自《淮南子·通应训》。

猜得诗句韵尤工（美国城市）底特律（美国刘迟冰）

天门中断楚江开（人事用语）岗位分派（马来西亚邓凤鸣）

尽信书，不如无书（《范增论》句）是疑增之本也（泰国庄明伟）

揍小妾有用心，边数落边质问（常言）打如意算盘（新加坡黄玉兰）

东坡墨竹师承谁（外国已故政要）范文同（法国邵长春）

纳诚连横可平戎（字）计（美国范杜谊）

期期艾艾来讨饭（离合字二）乞口吃、乞口吃（加拿大潘宙）

(5)外国出版的中国谜语书中的双语谜作例录

High on a Hill-A Book of Chinese Riddles 载：
Summer maiden, all alight,
She's white
At night;
Turns dark, then bright.
有位夏家姑娘，
电灯装在身上，
夜里出来白相，
灯光一暗一亮。(firefly)
They love to work, although they're small,
And never, ever shirk at all;
They're gath'ring food, for winter's coming,
And, as they work, just hear them humming!
小小身体爱劳动，
团结互助同做工，
花儿开处嗡嗡叫，
运回粮食好过冬。(bees)
High on a hill grows a neat patch of grass.
How many separate blades? No one can guess.
高高山上一捆草，
千人万人数不了。(hair)

High on a Hill-A Book of Chinese Riddles（《高高的山上——一本中国的谜语书》），1980年美国出版。作者ED YOUNG（杨志成，1931—），中国天津出生，3岁移居上海，17岁前往香港。

第五章 台港澳地区及海外华人谜事（1949年10月至2019年）

1951年赴美国留学，就读于伊利诺伊州立大学建筑系，后转入艺术中心设计学院。他毕业后，从事广告设计工作，后成为儿童插画师，创作80多部作品，多次摘得美国儿童文学界优选荣誉凯迪克奖。《高高的山上》出版当年，即获美国图形艺术研究所"年度50本最美图书奖"，第二年获美国图书馆协会"年度值得关注图书奖"。作者在自序中描述小时候在上海生活的情形，"全家在忙碌一天后，会在晚上聚在一起聊天，听长辈讲述旧时的民间故事、笑话、互相猜谜逗趣"。全书挑选28条原汁原味的有的还带上海方言的事物谜，谜面中英文对照，谜底用印章款形式标注英文谜底，并巧妙地搭配自创的生动活泼的铅笔画插图。作者翻译谜面文句时，为了保留中文原有的韵律和节奏，对译文做了适当改变，让读者不论用中文，还是英文，读起来都合辙押韵。

Chinese Riddles 载：
一群鸭子会唱歌，
黑的少来白的多；
鸭子头上按一按，
唱起多拉米法梭。（钢琴）

A flock of ducks that can all sing songs,
Some ducks are black, but most white as snow;
Just press them on their little heads,
And they'll sing you do-re-mi-fa-so.

四四方方一座楼，
男人梳起女人头；
状元及第空思想，
骑马坐轿都自走。（演戏）

A square square building,

Men done up with women's hairdos；

Coming out Top Graduate, all mere fantasizing,

Riding horses and riding in sedans, all walking along on their own feet.

弯弯一座桥，

挂在半天腰；

七色排得巧，

一会儿不见了。（虹）

A very curved bridge,

Hanging mid-sky；

The seven colours cleverly arranged,

Then suddenly it disappers.

Chinese Riddles（《中国谜语》），2007年英国出版。作者是英国汉学家 William Dolby（杜为廉，？—2015），早年在剑桥大学研读文言文和中国古代戏曲，获文学博士学位，为英国艾丁堡大学东亚学院中文系教授。他一生大部分精力研究中国文学，先后完成33本中国文化研究丛书和数十本译著。*Chinese Riddles* 是中国文化研究丛书中的第21本。书的前言谈道，谜的智慧在许多古代文明中就被高度推崇，是寓教于乐的一种有益活动。和英国一样，中国人猜谜活动并不局限于婴孩，而是成年人智力娱乐活动的一部分。还谈到周密的《齐东野语》、左丘明的《国语》、薛居正的《旧五代史》、班固的《汉书》、许慎的《说文解字》、刘勰的《文心雕龙》等古籍中有关谜语的由来和在各个时期的不同表述，以及有关谜语猜射的基本知识。作者还注意到了在世界各地的中国社区里都盛行猜谜，认为汉字的简洁语言，特别适合谜语明快风格的表达，其中有些还如诗一般回味无穷，

因而深受大众的喜闻乐见。作者从朋友的收藏中选用了关于自然现象、民俗、日常生活用品及动物等的事物谜103条，进行了中译英翻译，标注汉语拼音，可作为教材或供喜欢汉语、喜欢谜语的人消闲娱乐。

外国出版的此类中国谜语书，中西合璧，是中国谜语走向世界的见证。

附录：当代灯谜史编纂的若干思考

《中华灯谜史（先秦至民国）》于2019年由学苑出版社出版之后，笔者便开始考虑继续编纂其下编《中国灯谜史（1949—2019）》了。这里所说中国灯谜史的"灯谜"，是指大概念的灯谜，包含灯谜（文义谜）和谜语（描绘事物谜）。

中国当代灯谜史将记录1949年至2019年70年的灯谜历史，这是中国灯谜发展前所未有的一个兴盛时期的历史。在这段历史中，灯谜登上大雅之堂，灯谜立于中国传统文化遗产（中国民间文学）之林，谜作谜学成就灿烂辉煌，值得好好记录书写。如何编纂好这段谜史，本人有以下几个方面的考虑：

一、指导思想

坚持以习近平总书记提出的"以马克思主义为指导，坚守中华文化立场，立足当代中国现实，结合当今时代条件"，与时俱进地发展中国特色社会主义文化的思想，全面、真实、客观、系统、确保质量地记录当代中国灯谜发展的历史，努力做到思想性和资料性的统一，突出时代特点和灯谜特色，以利于更好地传承中华优秀文化遗产，传播和繁荣灯谜文化。

二、主要内容

拟就编纂大纲初稿后，开始搜集资料撰写。设想，中国当代灯谜史的主要内容（重点考虑的内容）大体包括：

1. 谜事概况：灯谜文化发展的基本脉络及其各阶段的基本特点。
2. 灯谜活动：国家各部门团体和省区市部门社团组织的灯谜

活动，地方部门及社团组织的跨地域的大型灯谜活动或特色创意活动，包括电视灯谜大赛，现场谜会、网络谜会及谜学研讨、创作赛事、评选佳作等有影响力的灯谜活动。

3. 灯谜作品：各阶段灯谜作品及其风格特色。

4. 灯谜组织和谜人：全国和省区灯谜组织、跨地域大型灯谜社团、有影响的地方灯谜社团、创作和传播灯谜文化及组织灯谜活动有较大业绩和影响的谜人。

5. 谜学研究：灯谜理论和谜学创新。

6. 灯谜书刊：出版社出版的质量高、见解新，或编辑发行有特色、发行量较大、大众喜爱的谜书，内印的有特色有影响的谜集谜刊。

7. 台港澳地区及海外谜事：包括谜事概况、灯谜活动、灯谜作品、灯谜组织和谜人、谜学研究、灯谜书刊、大陆与台港澳及海外的灯谜交流等。

三、阶段分期

承接《中华灯谜史（先秦至民国）》的章节体模式续写下编。下编的中国当代灯谜史部分拟分四个时期和五章编纂。

1. 社会主义改造与建设时期（1949年10月至1966年5月）。在新中国文化建设方针政策的指引下，灯谜文化进入一个为社会服务、为政治服务、为人民大众服务，面向基层、面向群众的新阶段。

2. "文革"与转折时期（1966年5月至1978年）。这是一个灯谜在极左高压下顽强生存的时期。"文革"期间，灯谜几近窒息沉寂而星火不灭。"文革"后期和粉碎"四人帮"后两年多，持续"以阶级斗争为纲"，灯谜文化的整体状态有些改观而变化甚微。

3. 改革开放至20世纪末（1979年至2000年）。十一届三中全会后，思想解放和改革开放，使文艺复兴，谜苑复苏。20世纪80年代中期至90年代初，灯谜热形成高潮。1992年10月至

2000年,随着我国的经济体制改革,灯谜热潮在调整中持续。

4. 进入21世纪后至2019年。随着国家的社会经济科技发展尤其是信息科学技术发展,网络灯谜与传统灯谜交相融合,促进灯谜繁荣兴旺。这一时期,灯谜再次掀起奔腾浪潮,创造出新的高峰。

以上四个阶段分四章编纂,第五章写"台港澳地区及海外谜事(1949年10月至2019年)"。

四、处理关系

根据当代社会形势和灯谜发展状况,编纂当代灯谜史,除遵循编写史志的基本要求和一般原则(如反映基本情况,资料真实可靠,体例风格一致,语言准确、规范、简洁、朴实等)外,应注意处理好几个关系,即谜史编纂过程中特别注意的几个事项:

1. 社会与灯谜

融入社会,融入大众,灯谜才有生机活力。党的十九大报告提出了发展中国特色社会主义文化的三个"坚持"重要原则:坚持为人民服务、为社会主义服务,坚持百花齐放、百家争鸣,坚持创造性转化、创新性发展。这也是发展灯谜文化必须坚持的重要原则。当代灯谜史的立意行文也须坚持这些重要原则。

2. 文义谜与描绘事物谜

文义谜和描绘事物谜各有特色和活动范围,文义谜在谜界的创作中、在悬猜竞猜活动中、在文人雅玩中引领风骚;描绘事物谜在儿童教育和游戏中、在大众流传猜射中、在少数民族文化传播中形成特色。入史,不能顾此失彼,偏此略彼,而应以史实为据,实事求是地书写。

3. 大众与小众

灯谜文化是中华文化和大众文化。写灯谜史,不能为某一部分或某一圈子的思想所囿,要客观公正地运用史实。对于部分人偏好灯谜的某个子品种或某种风格的谜类,作为现象记录,不作褒贬评论。

4. 谜家与谜人

部门、单位、社团和某次谜会命名或评选的各种荣誉称呼，只照本记录。谜史行文中，只以谜人姓名叙事，不以谜家、灯谜艺术家、灯谜活动家等荣誉称呼叙事写人。至于某谜人是否成"家"，待后人结论和传说。

5. 记叙与录引

以朴实、准确的语言写史，力求真实、公正、恰当。行文时，坚持用事实说话，言之有据，对有代表性的谜作和图文、精彩的灯谜故事和谜学论述，尽可能按原文引用。使读者真切地感受第一手资料，增加可信度和真实感。

6. 差误与审校

灯谜史的史料尤小心慎重地运用。针对灯谜史料书籍文章差误率较高（主要有谜事时间、谜人姓名、书刊名的差错，同音输入错字、浮夸杜撰史料等）的问题，资料摘录时尽可能采用原始版本，并及时笔录按编纂大纲归类，便于及时发现问题，有疑问及时查证。资料要按原文点校，避免笔误而产生新的差错。

五、编纂大纲

个人编史，可免了组班子、作分工、搞协调等工作，而不能省却整体思考、构思谋篇、拟写编纂大纲的工作。编纂大纲的好处在于能分清层次，明确重点，把握全篇的基本骨架，使全书的结构完整统一；利于编纂时有序地安排、组织和利用资料，能提纲挈领、有条不紊地开展编写工作。

编纂大纲拟成三级层次。本文略录初拟之"当代谜史编纂大纲"之章节（两级层次）如下（见《中华灯谜史（1949—2019）》目录）。

后　记

《中华灯谜史（1949—2019）》完稿，又一阵欣喜。完稿之后，许多想要说的话，如《中华灯谜史（先秦至民国）》（学苑出版社2019年版）后记所述，不重复了。

《中华灯谜史（1949—2019）》为新时代新撰，没有同门学科的前书作参考。为尽可能避免"前修未密"，笔者以文史工作者应有的严谨作风要求开展编纂工作。编纂开始时，明确了指导思想，拟定了编纂大纲，后来改写成论文《当代灯谜史编纂的若干思考》（刊《谜也者》2019年第2期，中国国粹出版社出版，刘二安主编《中华灯谜年鉴（2019）》）。这篇论文论述了编纂本书的思路和方法，特作附录，供读者参考。

编纂中国当代灯谜史的资料绝大多数采录本人专类收藏的近万册灯谜书刊（引用文中注明，不一一再列参考书了）。尽管慎重思考和博采众书，也难免有很多不周或不当之处，请诸位赐教！本书作为填补空白的第一部中国当代灯谜史，是为一个视角，希望以此抛砖引玉，后续有更多优质版本问世，共同展示中国谜史的辉煌。

感谢中华灯谜学会主任郑育斌为本书作序！感谢赵首成、刘二安、章镳、苏卓平、黄全来等谜界知名人士阅读本书初稿，予以肯定或提出宝贵意见！感谢责编周鼎、齐立娟的辛勤付出！

柳忠良
2020年12月28日于衡阳